J.D. Barker
The Fourth Monkey
Das Haus der bösen Kinder

J. D. BARKER

DAS HAUS DER BÖSEN KINDER

THE FOURTH MONKEY

THRILLER

Deutsch von Leena Flegler

blanvalet

Die Originalausgabe erschien 2019 unter dem Titel
»The Sixth Wicked Child« bei Hampton Creek Press.

Das Zitat aus dem Gedicht »Der Tod« von Emily Dickinson auf
S. 334 und 421 stammt aus »Gesammelte Werke in fünf Bänden.
Band 5: Übertragungen« übersetzt von Paul Celan,
Suhrkamp Verlag, Frankfurt am Main, 1983.

Das Zitat aus dem Gedicht »Willst du ein Sinnbild wissen« von
Han Shan auf S. 334 stammt aus »Gedichte vom Kalten Berg.
Das Lob des Lebens im Geist des Zen« übersetzt von
Stephan Schuhmacher, Arbor Verlag, Freiburg im Breisgau, 2005.

Das Zitat von Sri Chinmoy auf S. 334 wurde
übersetzt von Leena Flegler.

1. Auflage
Taschenbuchausgabe 2021 bei Blanvalet, einem Unternehmen
der Penguin Random House Verlagsgruppe GmbH,
Neumarkter Str. 28, 81673 München
Copyright der Originalausgabe © 2019 by J. D. Barker
Copyright der deutschsprachigen Ausgabe
© 2020 by Blanvalet einem Unternehmen der
Penguin Random House Verlagsgruppe GmbH,
Neumarkter Str. 28, 81673 München
Redaktion: Susann Rehlein
Umschlaggestaltung: © www.buerosued.de
DN · Herstellung: er
Satz: KompetenzCenter, Mönchengladbach
Druck und Bindung: GGP Media GmbH, Pößneck
Printed in Germany
ISBN 978-3-7341-1015-3

www.blanvalet.de

Für Truth

1

Tray

»Hey, du Penner, sieht das hier aus wie eine verdammte Frühstückspension?«

Die Stimme klang ruppig und rau. Um diese Uhrzeit musste es sich um einen Cop handeln, um einen Security-Mann oder vielleicht auch nur um den wütenden Hauseigentümer. Aber wer immer es war – Tray Stouffer machte keine Anstalten, sich unter der muffigen Decke zu regen. Wenn man nur still genug dalag, machten sie sich manchmal wieder vom Acker. Manchmal aber auch nicht.

Der Stiefel näherte sich erneut – schnell diesmal. Hart. Voll in den Bauch.

Tray hätte am liebsten gebrüllt, sich das Bein gekrallt, zurückgeschlagen. Aber Tray blieb einfach still liegen.

»Verdammte Scheiße, ich rede mit dir!«

Noch ein Tritt, härter als die vorigen, in die Rippen.

Tray ächzte, konnte es nicht länger unterdrücken. Zog sich die Decke enger um den Leib.

»Hast du auch nur eine Ahnung, was du und deine Kumpels hier anrichtet? Dass die Preise in den Keller gehen, wenn ihr hier campiert? Ihr erschreckt die Kinder doch halb zu Tode – und die Älteren trauen sich nicht mehr vor die Tür! Eine Schande, dass sie über euch drüberklettern müssen, wenn sie nur einkaufen gehen wollen.«

Dann war es also der Hausbesitzer.

Tray hatte all das schon tausendmal gehört.

»Hast du eine Ahnung, was *ich* hier draußen mache – um fünf Uhr in der Früh? Während du dein Nickerchen machst? Während du hier draußen schön gemütlich unsere Haustür blockierst? Ich komme gerade von einer Zehn-Stunden-Schicht bei Delphine's Bakery. Letzte Nacht zwölf Stunden – in dieser gottverdammten Hölle von einer Back-stube! Noch mal zehn Stunden, und ich muss wieder dort-hin, und das nur, um für dieses Haus hier zu zahlen. Aber das ist nun mal meine verdammte Bürgerpflicht! Mich würdet ihr nicht in einem Hauseingang herumlungern se-hen, ihr faulen Säcke! Sucht euch einen Job! Macht etwas aus eurem Leben!«

Mit vierzehn fand man keinen Job. Zumindest keinen legalen. Und nicht ohne Einverständniserklärung der El-tern – und *das* würde niemals passieren.

Tray wappnete sich gegen den nächsten Tritt.

Stattdessen riss der Mann an der Decke, zog sie weg, warf sie beiseite. Die Decke landete in einer Schneematsch-pfütze am Fuß der Eingangstreppe.

Tray zitterte, rappelte sich hoch, rechnete mit einem weiteren Tritt.

»Himmel, du bist ja ein Mädchen – und noch ein halbes Kind!«, stellte der Mann fest, und mit einem Mal war die Wut in seiner Stimme verflogen. »Tut mir wirklich leid. Wie heißt du?«

»Tracy«, antwortete sie. »Die meisten nennen mich Tray.« Sie bereute ihre Antwort, sowie sie ihr über die Lip-pen gekommen war. Sie wusste genau, was passierte, wenn man mit einem von ihnen ins Gespräch kam. Am besten hielt man den Mund und machte sich unsichtbar.

Der Mann ging in die Hocke. In der linken Hand hielt er eine Papiertüte. So alt war er gar nicht, vielleicht Mitte zwanzig. Schwerer Mantel. Braunes Haar unter einer dunkelblauen Strickmütze. Braune Augen. Was immer in der Papiertüte steckte, duftete zum Niederknien.

Er ertappte sie dabei, wie sie die Tüte anstarrte. »Tray, ich bin Emmitt. Du hast wahrscheinlich Hunger?«

Sie nickte. Wusste genau, dass auch das ein Fehler war. Aber sie *hatte* Hunger. Riesenhunger.

Er griff in die Papiertüte und angelte einen kleinen Brotlaib heraus. Von der Kruste stieg Dampf in die eisige Chicagoer Luft, und für einen kurzen Augenblick vergaß Tray den schneidenden Wind, der vom See herauffegte und in den Straßen aufheulte, wann immer er von Neuem auffrischte.

Ihr knurrte der Magen, und zwar so laut, dass sie es beide hören konnten.

Emmitt brach ein Stück von dem Brotlaib ab und drückte es ihr in die Hand. Ohne groß zu kauen, hatte sie es mit zwei Bissen hinuntergeschlungen. Womöglich das beste Brot, das sie je gegessen hatte.

»Willst du mehr?«

Tray nickte, auch wenn sie nur zu gut wusste, dass sie das besser bleiben lassen sollte.

Emmitt atmete tief durch. Dann streckte er die Hand aus und strich ihr mit der Seite des Zeigefingers leicht über die Wange, hinab bis zum Hals und unter den Saum ihres Pullis.

»Warum kommst du nicht einfach mit rein? Du kannst so viel Brot haben, wie du willst. Ich hab auch noch andere Sachen da – und eine warme Dusche. Ein Bett. Ich …«

Beidhändig stieß sie den Mann an den Schultern von sich weg. Er hatte nicht sonderlich stabil dagehockt, sich bloß auf ein Knie gestützt und war auf den Stoß nicht vorbereitet gewesen. Er kippte nach hinten, die Tüte glitt ihm aus der Hand, und dann krachte er mit dem Kopf gegen das Eisengeländer der Vordertreppe.

»*Blöde Schlampe!*«

Noch ehe er sich wieder hochstemmen konnte, war Tray auf den Beinen. Sie schnappte sich die Papiertüte und ihren Rucksack und sprang die fünf Stufen hinunter, riss ihre Decke an sich und sprintete die Mercer entlang. Er würde ihr nicht hinterherlaufen, das taten sie so gut wie nie, nur manchmal ...

»Lass dich hier nie wieder blicken! Wenn ich dich noch mal hier erwische, dann ruf ich die Cops!«

Tray riskierte einen Blick über die Schulter. Emmitt war aufgestanden, hatte seine Siebensachen aufgeklaubt und drückte gerade die Eingangstür auf. Selbst aus der Ferne meinte sie, die Wärme aus dem Treppenhaus spüren zu können.

Sie sprintete weiter, bis sie das Tor zum Friedhof Rose Hill erreichte. Um diese Uhrzeit war es verschlossen, aber so dünn, wie sie war, hatte sie sich schon einen Augenblick später zwischen den schmiedeeisernen Streben hindurchgequetscht und zog Rucksack und Decke nach.

Es gab natürlich Unterkünfte in Chicago, aber die kannte sie schon. Die waren nachts verriegelt und verrammelt. Und selbst wenn man Tray reinließe – da wäre alles voll besetzt. Mitunter standen die Leute schon mittags dort Schlange, nie gab es genügend Schlafplätze für alle. Außerdem fühlte sich Tray auf der Straße ohnehin sicherer; Emmitts gab es überall, vor allem in den Unterkünften, und das Einzige, was noch schlimmer war, als in einem Hauseingang oder in einer windgeschützten Gasse an einen Emmitt zu geraten, war: in einer Unterkunft über Nacht mit einem eingesperrt zu sein. Manchmal sogar mit mehreren. Emmitts neigten dazu, sich zusammenzurotten und im Rudel zu jagen.

Der Friedhof machte Tray keine Angst. Nach zwei Jahren auf der Straße hatte sie auf jedem Friedhof der Stadt mindestens ein Mal gepennt. Wegen der Mausoleen mochte sie Rose Hill besonders gern. Anders als auf dem Oakwood oder Graceland schlossen sie hier nachts nicht sämtliche Grabhäuser ab. Und auch wenn es hier diverse Sicherheitsleute gab, säßen die in einer kalten Nacht wie dieser in ihrem Aufenthaltsraum und spielten Karten oder sähen fern oder hätten sich sogar aufs Ohr gelegt. Tray hatte sie oft genug durchs Fenster gesehen.

Durch den frisch gefallenen Schnee marschierte sie die Tranquility Lane hinauf. Wegen der Fußstapfen machte sie sich keine Sorgen; darum würde der Wind sich schon kümmern. Trotzdem sollte sie besser kein Risiko eingehen. Deshalb verschwand sie, sobald sie die Hügelkuppe erreichte, in das kleine Wäldchen.

Hier standen nirgends Laternen, allerdings wäre bald Vollmond, und als sie endlich den Teich vor sich sah, blieb sie stehen. Unter der dünnen Schneeschicht glitzerte das Eis; Marmorstatuen standen stumm am Ufer, dazwischen steinerne Parkbänke. Das hier war ein so friedvoller Ort, so still …

Für einen Moment hatte Tray sie glatt übersehen – das Mädchen, das mit dem Rücken zu ihr am Ufersaum kniete. Langes blondes Haar, das ihr über den Rücken fiel. Das Mädchen sah aus wie eine der Statuen – reglos, das Gesicht dem Teich zugewandt. Ihre Haut war merkwürdig blass, fast genauso farblos wie ihr Kleid. Sie trug weder Schuhe noch Winterjacke, nur dieses weiße Kleid, das so dünn war, dass es fast transparent wirkte. Sie hatte die Hände vor der Brust verschränkt wie zum Gebet und den Kopf leicht zur Seite geneigt.

Ohne ein Wort zu sagen, ging Tray ein Stück näher. Nah genug, um zu erkennen, dass dieselbe feine Schneeschicht, die rundherum alles bedeckte, auch auf dem Mädchen lag. Als sie es umrundete und an seine Seite trat, dämmerte ihr, dass es sich nicht um ein Mädchen, sondern um eine erwachsene Frau handelte. Diese krasse, diese allumfassende Blässe wurde von einer dünnen roten Linie durchzogen, die vom Haaransatz über die Wange nach unten verlief ... und da war noch eine Linie, die vom Winkel des linken Auges auszugehen schien, eine rote Träne ... und eine dritte, aus dem Mundwinkel, und die hatte die Lippen leuchtend rot gefärbt ...

Auf ihrer Stirn stand etwas geschrieben.

Moment, nein, nicht geschrieben ...

Vor ihren Knien lag ein Silbertablett im Schnee. Solche Tabletts kamen bei feinen Dinnerpartys zum Einsatz oder in teuren Restaurants – Orte, von denen Tray selbst mit ihren vierzehn Jahren wusste, dass sie sie außer im Fernsehen oder im Kino nie im Leben zu Gesicht bekäme.

Auf dem Tablett lagen drei weiße Schächtelchen. Jedes war mit einer schwarzen Kordel verschnürt.

An der Brust der Frau lehnte ein Pappschild, wie auch Tray es benutzte, wenn sie betteln ging. Nur dass sie noch nie diese drei Wörter auf eins ihrer Pappschilder geschrieben hatte.

VATER, VERGIB MIR.

Tray tat das einzig Mögliche. Sie nahm die Beine in die Hand.

2
Poole

Hallo, Sam,
ich kann mir vorstellen, dass Sie jetzt verwirrt sind.
Ich kann mir vorstellen, dass Sie jetzt Fragen haben.
Ich weiß, ich hatte Fragen. Ich habe noch immer
Fragen. Wirklich.
Fragen sind die Basis aller Erkenntnis, allen erlernten
Wissens, der Entdeckung und Wiederentdeckung.
Jemand, der Fragen stellt, blickt über seinen Tellerrand.
Jemand, der Fragen stellt, ist wie ein unendlich großes
Warenhaus, wie ein Erinnerungspalast mit unendlich
vielen Stockwerken und Zimmern und glitzernden,
schönen Dingen. Manchmal jedoch nimmt jemand
Schaden; dann bröckelt eine Wand, Zimmer verfallen,
der Palast der Erinnerungen muss renoviert werden.
Ich fürchte, Sie gehören genau dieser Kategorie an.
Die Fotos, die Sie vor sich sehen, die Tagebücher –
all das sind Hinweise, die Sie durch den Verfall führen
sollen, während Sie Ihren Palast neu errichten.
Ich bin für Sie da, Sam. So wie ich es immer war.
Ich habe Ihnen vergeben, Sam. Andere werden es mir
vielleicht gleichtun. Sie sind nicht mehr jener Mann.
Sie sind jetzt so viel mehr.
Anson

»Was soll das bitte sein?«, brummte Special Agent Frank Poole und legte den Ausdruck beiseite. Er schloss die Augen und presste sich die Handballen an die Schläfen. Er hatte höllische Kopfschmerzen. Während des Rückflugs von New Orleans hatte er versucht zu schlafen – vergebens. Das Satellitentelefon hatte in einer Tour geklingelt. Seine FBI-Kollegen aus New Orleans kämmten immer noch Sarah Werners Anwaltskanzlei und die darüberliegende Wohnung durch. Gerade erst neun Stunden zuvor hatte Poole die Leiche der Anwältin entdeckt, die ihm vom Sofa aus mit milchigem Blick entgegengestarrt hatte – ein vergammeltes Abendessen auf dem Schoß und mitten auf der Stirn ein kleines pechschwarzes Einschussloch. Der Rechtsmediziner hatte ihm mitgeteilt, dass sie bereits seit Wochen tot gewesen sei – viel länger, als Poole zunächst angenommen hatte –, und dass es sich tatsächlich um Sarah Werner handelte. Was im Umkehrschluss bedeutete, dass die Frau, mit der Detective Porter in den vergangenen Tagen mehrmals gesehen worden war und die behauptet hatte, Sarah Werner zu sein, jemand anders gewesen war. Eine Betrügerin – oder Schlimmeres. Gemeinsam hatten sie eine Gefängnisinsassin aus New Orleans aus dem Knast geholt und quer durchs ganze Land bis nach Chicago kutschiert.

Zwischen den Anrufen der Kollegen aus New Orleans war auch Sam Porters Partner in der Leitung gewesen. Porter selbst hatten sie im Guyon aufgespürt, einem leer stehenden Hotel mitten in Chicago. Die Gefangene, der er zur Flucht verholfen hatte, hatte erschossen im Foyer gelegen, und Porter hatte wie versteinert in einem Zimmer im vierten Stock inmitten von Fotos gekauert, die ihn zusammen mit dem berüchtigten Serienkiller Anson Bishop zeigten, mit dem Four Monkey Killer. Neben ihm hatten Notizbücher gelegen sowie ein Laptop – mitsamt der Nachricht auf dem

Bildschirm, die Poole jetzt wieder und wieder las, aber einfach nicht verstand.

Nach allem, was er bislang gehört hatte, hatte die Chicago Metro den Laptop mit einer Reihe aufsehenerregender Morde in Verbindung gebracht, die in den vergangenen Tagen verübt worden waren: Mehrere Mädchen waren wiederholt ertränkt und dann wiederbelebt worden, ehe ihre Körper den Strapazen nicht länger standgehalten hatten; dazu Erwachsene, die auf unterschiedliche Weise zu Tode gekommen waren und alle mit der medizinischen Versorgung eines gewissen Paul Upchurch zu tun gehabt hatten, der zur Stunde im Stroger Hospital operiert wurde.

Wann immer Poole nicht gerade mit New Orleans oder mit Detective Nash telefoniert hatte, hatte er mit Detective Clair Norton gesprochen, die sich derzeit ebenfalls im Krankenhaus aufhielt und einer drohenden Virusepidemie auf den Grund ging – einer Epidemie, die Bishop, Upchurch plus potenzielle Mittäter zu verantworten hatten.

Der Einzige, der sich noch immer nicht bei ihm gemeldet hatte, war sein direkter Vorgesetzter, SAIC Hurless. Doch Poole wusste genau, dass dessen Anruf schneller käme, als ihm selbst lieb wäre. Besser, er hätte dann verdammt noch mal die eine oder andere Erklärung parat.

»Lassen Sie mich mit ihm reden«, sagte Detective Nash, der jetzt hinter Poole im Überwachungsraum stand.

Pooles Kopfschmerzen waren schier unerträglich. »Auf gar keinen Fall.«

Auf der anderen Seite des Spionspiegels war Porter auf seinem Metallstuhl zusammengesackt. Sein Oberkörper krümmte sich über dem Metalltisch. Handschellen hatten sie ihm nicht angelegt. Ob das klug gewesen war?

»Mit mir spricht er aber«, legte Nash nach.

Porter hatte mit überhaupt niemandem gesprochen. Er hatte keinen Mucks gesagt.

»Nein.«

»Sam ist einer von den Guten. Er hat mit dieser Sache rein gar nichts zu tun.«

»Er steckt bis zum Hals mit drin.«

»Doch nicht Sam!«

»Die Frau, die er aus dem Knast geholt hat, ist mit einer Kugel aus derselben Waffe erschossen worden, die wir bei ihm sichergestellt haben. Er hatte Schmauchspuren an der Schusshand. Er hat nicht mal versucht, die Waffe loszuwerden und abzuhauen. Er saß einfach nur da und hat quasi auf seine Festnahme gewartet.«

»Wir wissen trotzdem nicht, ob er es war.«

»Er hat nicht widersprochen«, konterte Poole.

»Er hätte sie im Leben nicht erschossen, außer in Notwehr.«

»Er hat Detective Clair Norton im Stroger Hospital angerufen und ihr Informationen zukommen lassen, die er nur als Insider haben konnte. Er wusste, dass Upchurch ein Glioblastom hat. Woher kannte er überhaupt Upchurchs Namen? Er wusste über beide Mädchen Bescheid. Er kannte Details, die er unmöglich hätte kennen können, wenn er mit der Sache nichts zu tun gehabt hätte.«

»Sie haben gehört, was Clair gesagt hat: Das alles hat Bishop ihm erzählt.«

»Das hat Bishop ihm erzählt«, echote Poole frustriert. »Bishop hat ihm erzählt, dass er die zwei vermissten Mädchen mit SARS-Viren infiziert und sie dann in Upchurchs Haus zurückgelassen hat – als eine Art Trojaner.«

Auch diesen Teil der Geschichte hatte Poole immer noch nicht begriffen. Die beiden Vermissten, Kati Quigley und Larissa Biel, waren in Upchurchs Haus gefunden worden. Porter behauptete, dass ihnen SARS-Erreger injiziert worden seien. Inzwischen war das komplette Krankenhaus abgeriegelt worden, und die Labors liefen auf Hochtouren:

Bluttests sollten zeigen, ob die Behauptung der Wahrheit entsprach oder nicht. Bestenfalls war es ein Bluff. Schlechtestenfalls …

»Bishop benutzt ihn nur«, sagte Nash. »Bishop zieht die Strippen.«

»Er hat Clair am Telefon gesagt, dass er's *versaut* hat. Er hat ihr gesagt, es tut ihm leid. So was sagt ein Unschuldiger nicht.«

»Aber der Schuldige ergreift die Flucht. Der bleibt nicht in einem Zimmer sitzen und wartet darauf, dass die Polizei ihn sich schnappt. Der Schuldige verwischt seine Spuren und verschwindet.«

»Er hat Beweismittel unterschlagen«, rief Poole Nash in Erinnerung. »Er hat Befehlen zuwidergehandelt. Er ist nach New Orleans abgehauen, hat dort eine Frau aus dem Gefängnis befreit und eine Leiche zurückgelassen. Eine weitere liegt inzwischen hier in Chicago. Und genau deshalb werden Sie nicht mit ihm sprechen: weil Sie zu dicht an ihm dran sind. Vergessen Sie, dass er Ihr Partner ist, vergessen Sie, dass Sie befreundet sind – sehen Sie sich die Beweislage an, betrachten Sie ihn wie einen Fremden. Solange Sie dazu nicht in der Lage sind, sind Sie nicht objektiv. Und solange Sie nicht objektiv sind, sind Sie Teil des Problems.« Poole griff erneut zu dem Ausdruck und überflog den Text. »Wo ist der Laptop jetzt?«

»Oben in der IT.«

»Rufen Sie dort an, die sollen ihn eintüten. Ich will nicht, dass Ihre Leute darauf herumtatschen. Ihr komplettes Team ist befangen. Das FBI-Labor soll ihn auseinandernehmen und die Festplatte durchleuchten«, befahl Poole. »Was ist mit den Fotos und Notizbüchern, die wir um Sam Porter herum in dem Hotelzimmer gefunden haben?«

Nash antwortete nicht.

»Ich will die Frage nicht noch einmal stellen müssen …«

»Die Fotos hängen immer noch in Zimmer 405 im Guyon Hotel. Dort wird alles dokumentiert, dann wird der Raum versiegelt. Ein Beamter steht auf dem Flur Wache, zwei weitere vor dem Gebäude«, erklärte Nash. »Die Notizbücher habe ich mit hergebracht und sie persönlich ins Asservatenregister eingetragen.«

»Sie rühren ab jetzt nichts mehr an. Von jetzt an sind Ihre Leute raus aus der Nummer.«

Wieder reagierte Nash nicht.

Poole stand auf; bei der Bewegung fing in seinem Kopf Schmerz an zu hämmern, als rollte in seinem Schädel eine Bowlingkugel von einer Seite zur anderen und krachte gegen die Außenwand. »Hören Sie, ich tue Ihnen hier einen Gefallen. Was immer mit Sam passiert ist – wenn das hier vor Gericht landet, müssen Sie und Ihr Team auf Abstand gehen. Wenn nicht, wird jeder Staatsanwalt, der seinen Titel verdient, den Fall nach allen Regeln der Kunst zerpflücken. Er wird mit Sam anfangen, dann sind Sie dran, dann Clair, Klozowski – was immer Sie angefasst haben. Ab sofort sind Sie nur noch stiller Beobachter. Sie alle. Alles andere wäre beruflicher Selbstmord.«

»Ich lasse meine Freunde nicht hängen.«

»Schön und gut. Aber manchmal lassen Freunde einen selbst hängen.«

Poole trat an die Durchgangstür zum Vernehmungsraum, zog sie auf und ging hinein. Das metallische Klicken, als die Tür hinter ihm ins Schloss fiel, war das Lauteste, was er je gehört hatte.

3

Clair

Clair musste niesen.

»Verdammt noch mal«, murmelte Klozowski und sah sie quer durch ihre improvisierte Einsatzzentrale im John H. Stroger, Jr. Hospital an.

»Normale Menschen sagen Gesundheit«, gab Clair zurück und putzte sich die Nase.

»Meine Haut fühlt sich schon ganz klamm an. Mein Hals ist trocken, und mir tut alles weh«, sagte Klozowski. »Du weißt, was auf uns zukommt, oder? Als Nächstes Durchfall. Nichts ist schlimmer als Dünnpfiff, wenn man sich nicht innerhalb der eigenen vier Wände befindet. Nach und nach lösen sich die inneren Organe in Wohlgefallen auf und werden zu Brei. Die Augen auch. Wir treten von dieser Welt als breiige Pfütze ab. So hab ich mir das nicht vorgestellt. Als ich zur Polizei gegangen bin, hab ich mir eher gedacht, dass ich bei einem gloriösen Schusswechsel sterbe oder bei einer Durchsuchungsaktion oder bei einer Festnahme durch das Sondereinsatzkommando – aber doch nicht so!«

»Gloriös ist kein Wort«, entgegnete Clair. »Außerdem arbeitest du bei der IT. Was du da aufzählst – davon kriegt ihr Computernerds doch überhaupt nichts mit! Wahrscheinlich verblutest du eher an einem Papierschnitt oder bei einem Unfall mit deinem Federmäppchen.« Sie zerknüllte ihr Taschentuch und warf es in den Papierkorb unter dem Schreibtisch. Obenauf lag immer noch Upchurchs Krankenakte. »Außerdem hast du da, was die Symptome angeht, irgendwas durcheinandergebracht. Was du meinst, ist Ebola. Bei SARS lösen sich die Organe nicht auf.«

»Na, das wär dann ja mal Glück im Unglück.«

Clair nickte in Richtung von Klozowskis Laptop. »Gibt's schon eine Zahl?«

»Willst du nicht hören.«

»Muss ich aber.«

»Dreiundzwanzig.«

Clair horchte auf. »Gar nicht so viele wie befürchtet. Hätte viel schlimmer kommen können.«

Klozowski hob die Hand. »Dreiundzwanzig potenzielle Opfer aus Upchurchs Akte. Wir haben sie mitsamt Familie hierher ins Krankenhaus gebracht. Wenn man die Ehepartner und Kinder mitzählt, sind wir schon bei siebenundachtzig.«

»Ach du Schande.«

Als sie begriffen hatten, dass Upchurch und sein Komplize die Leute umbringen wollten, die sie für Upchurchs missglückte Behandlung verantwortlich machten, hatte Clair sie alle ausfindig machen können und in die Klinik bringen lassen, weil sie davon ausgegangen waren, dass dies der einzige Ort war, an dem eine so große Gruppe sicher wäre. Doch genau damit hatten Upchurch und sein Komplize gerechnet – sie hatten Upchurchs jüngste zwei Opfer, Larissa Biel und Kati Quigley, mit einem hoch ansteckenden Krankheitserreger infiziert, weil sie genau gewusst hatten, dass die Mädchen ins nächstbeste Krankenhaus gebracht werden würden – und das war nun mal Stroger.

Binnen weniger Stunden hatten sie nicht nur die restlichen Leute von Upchurchs Todesliste der Virusgefahr ausgesetzt, sondern auch sämtliche Mitarbeiter, Patienten und aus anderen Gründen im Krankenhaus Anwesende. Inklusive Clair Norton und Edwin Klozowski.

Porter hatte Clair jedoch nicht nur deshalb angerufen, sondern auch, um zu berichten, dass es sich um ein SARS-Virus handelte und dass Upchurchs Komplize kein Geringerer als Anson Bishop war. Das komplette Krankenhaus war unter Quarantäne gestellt worden, und den gesetzlichen Vorschriften zufolge war Meldung an das Center for Disease Control ergangen, das augenblicklich ein Noteinsatzteam aus der nächsten Quarantänestation am O'Hare Airport geschickt hatte. Das Team war in siebenundzwanzig Minuten vor Ort gewesen; Kloz hatte extra auf die Uhr geschaut. In der Zwischenzeit hatte er bei sich geschlagene vier Mal Fieber gemessen.

Clair verstand immer noch nicht vollends, was Porters letzter Anruf zu bedeuten hatte.

Der Mann in der Leitung hatte nicht geklungen wie derjenige, den sie kannte.

Er hatte geklungen, als wäre er am Boden zerstört. Erledigt.

Sam hatte Dinge gewusst, die er gar nicht hätte wissen dürfen.

Als Nash und das SWAT-Team Upchurchs Haus gestürmt hatten, hatten sie Upchurch in einem Kinderzimmer im ersten Stock aufgespürt. Ein Kind war nirgends auffindbar gewesen – nur eine Schaufensterpuppe, die in Mädchensachen gekleidet und von Plüschtieren und Zeichnungen umgeben gewesen war. Wie sich herausgestellt hatte, handelte es sich bei dem Mädchen, mit dem sie gerechnet hatten, bloß um eine Figur aus einem nie veröffentlichten Comic, den Upchurch gezeichnet hatte. Er hatte sich ohne jeden Widerstand festnehmen lassen. Im Keller hatten sie Larissa Biel entdeckt – bewusstlos. Später erfuhren sie, dass das Mädchen Glas geschluckt hatte. Erst nahmen sie an, Upchurch habe sie dazu gezwungen, aber wie sich zeigen sollte, hatte sie die Splitter aus freien Stücken geschluckt, um zu verhindern, dass er das Gleiche mit ihr täte wie mit den anderen. In ihrer schriftlichen Erklärung schilderte sie, wie Upchurch die Mädchen ertränkt und dann wiederbelebt hatte – allem Anschein nach, weil er auf irgendeine verquere Weise versucht hatte herauszufinden, ob es ein Leben nach dem Tod gab. Als Larissa das Glas geschluckt hatte, war sie für ihn schadhaft gewesen, hatte für seine Versuche nicht länger getaugt.

Clair wollte sich nicht einmal ausmalen, wie man eine solche Entscheidung treffen konnte. Die Stärke, die Larissa Biel an den Tag gelegt hatte, indem sie die Pläne dieses Wahnsinnigen durchkreuzt und ihr Schicksal in die eigenen Hände genommen hatte, war schier nicht zu fassen. Biel erholte sich derzeit von der OP, bei der die Glassplitter entfernt und die Verletzungen in Hals, Kehlkopf und Magen versorgt worden waren. Was sie in Upchurchs Haus erlitten hatte, würde verheilen – allerdings wies sie inzwischen ebenfalls erste Symptome der Virusinfektion auf, die sie Anson Bishop zu verdanken hatte. Er hatte dem verletzten Mädchen eine Spritze mit dem Virus gesetzt. Ob sie sich auch davon erholen würde, stand in den Sternen.

Ebenfalls bewusstlos und mit einer kleinen weißen, mit schwarzer Kordel umwickelten Schachtel in Händen hatten sie auf dem Küchentisch in Upchurchs Haus Kati Quigley gefunden. Der Anblick schrie regelrecht nach Anson Bishop. In der Schachtel hatte ein Schlüssel gelegen, der zu einem Krankenhausspind im Stroger gepasst hatte. Und in diesem Spind hatten sie schließlich Paul Upchurchs Krankenakte gefunden – sowie einen Apfel, in dem eine Spritze steckte. Porter zufolge enthielt die Spritze den Krankheitserreger. Anscheinend hatte Bishop ihm verraten, dass er im Falle von Upchurchs Ableben irgendwo in der Stadt eine Epidemie damit auslösen würde.

Schneewittchen wusste es auch nicht besser, hatte Porter am Telefon gesagt.

Paul Upchurch selbst wurde zur Stunde operiert. Er hatte einen Gehirntumor, ein Glioblastom vierten Grades. Noch im Polizeigewahrsam war er zusammengebrochen. Porter hatte Clair aufgetragen, einen gewissen Dr. Ryan Beyer hinzuzuziehen, einen Neurochirurgen vom John-Hopkins-Uniklinikum. Sie hatte die Aufgabe an Klozowski delegiert, der keine zehn Minuten gebraucht hatte, um den Mediziner ausfindig zu machen. Clair hatte unterdessen Frank Poole vom FBI alarmiert, der wiederum Dr. Beyers Flug von Baltimore nach Chicago in einer FBI-Maschine organisierte. Der Flieger hob um kurz nach Mitternacht vom internationalen Flughafen Baltimore-Washington ab und landete nachts um einundzwanzig nach zwei in O'Hare. Von dort brachte eine Polizeieskorte Dr. Beyer ins Stroger Hospital, wo er an sämtlichen potenziell Infizierten vorbeigeschleust und zu den Operationssälen im zweiten Stock geführt wurde. Dort war Upchurch bereits vom hiesigen Personal für die OP vorbereitet worden. Upchurch und Bishop hatten mehrere Morde verübt, weil sie der Ansicht gewesen waren, dass Upchurchs Erkrankung nicht adäquat behandelt worden war. Im Guten wie im Bösen hatten seine Taten ihn an die Spitze einer langen Warteliste katapultiert – und nun stocherte also der führende Experte auf dem Gebiet in Upchurchs Gehirn herum.

Es klopfte an der Tür.

Sue Miflin, eine der Stroger-Stationsschwestern, steckte den Kopf herein.

»Detective? Dr. Beyer ist soeben aus dem OP gekommen und würde gern kurz mit Ihnen sprechen.«

4

Poole

Als Poole den Vernehmungsraum betrat, blickte Detective Sam Porter von der Chicago Metro nicht einmal auf. Er nahm seinen Besucher gar nicht zur Kenntnis. Er blieb einfach weiter still sitzen, blendete rundherum alles aus. Nur seine Lippen bewegten sich, als führte er ein stummes Selbstgespräch. Der Blick war starr auf seine Hände gerichtet. Die Finger zuckten, allerdings sah es nicht bewusst gesteuert aus; unwillkürlich musste Poole an den Moment denken, bevor man einschlief und der Körper durch jähe Hüpfer und Zuckungen das letzte bisschen Bewusstsein austrieb – nur dass Porter von Schlaf weit entfernt war. Sein Blick war geschärft wie der eines Speed- oder Meth-Junkies – wie bei jemandem, der sich gerade die dritte Line Koks reingezogen hatte. Hyperempfindlich, verkrampft, tollwütig – und doch seltsam beherrscht.

Poole kannte Sam Porter nicht allzu gut – kein bisschen besser als den Rest der ursprünglichen 4MK-Taskforce –, aber er hatte durchaus eine gewisse Menschenkenntnis. Er bildete sich ein, sein Gegenüber auf den ersten Blick einordnen zu können und dessen Motive, Ängste, Fähigkeiten und Zweifel halbwegs gut einzuschätzen. Als er Detective Porter erstmals begegnet war, hatte sein Instinkt ihm gesagt, dass Porter ein guter Ermittler war. Poole war felsenfest überzeugt gewesen, dass der Mann den Four Monkey Killer festsetzen und hinter Gitter bringen wollte. Er hatte Porter als einen scharfsinnigen und erfahrenen Vertreter der Strafverfolgungsbehörden kennengelernt, der von seinesgleichen respektiert und hoch angesehen wurde. Exakt so jemand hatte auch Poole sein wollen, seit ihm seine Dienstmarke ausgehändigt worden war. Obwohl Porter in der kurzen Zeit, die sie jetzt miteinander bekannt waren, nicht allzu viel gesagt hatte, war Poole sich relativ sicher, dass er viel zu sagen gehabt hätte; er zog keine voreiligen Schlüsse, er analysierte die Faktenlage genau. Er brachte Mitgefühl für die Opfer auf und hielt die Erinnerung an sie am Leben. Und er sorgte dafür, dass den Hinterbliebenen Gerechtigkeit widerfuhr.

Dieser Detective Porter war ein rechtschaffener Mann.

Die Person hingegen, die jetzt vor ihm im Vernehmungsraum saß, war eine vollkommen andere – diese Person war nur mehr eine leere Hülle.

Der Mann war erledigt.

Seine zerknitterte Kleidung stank nach Schweiß und Dreck. Er hatte sich seit Tagen nicht rasiert. Sein Blick flackerte, huschte hierhin und dorthin. Vom tagelangen Schlafmangel hatte er dunkle Ringe unter den müden, blutunterlaufenen Augen.

Poole setzte sich ihm gegenüber auf einen Stuhl und verschränkte die Finger auf dem Tisch. »Sam?«

Porter starrte weiter auf seine Hände hinab. Seine Lippen bewegten sich immer noch wie zu einer Unterhaltung, die nur er selbst hören konnte.

Poole schnipste mit den Fingern.

Nichts.

»Hören Sie mich, Sam?«

Nichts.

Poole hob die rechte Hand und schlug sie flach auf die Tischplatte, so fest er nur konnte.

Es tat höllisch weh.

Porter blickte auf. Kniff die Augen zusammen. »Frank …«

Es klang nicht nach Frage, nicht nach Begrüßung, lediglich nach einer Feststellung. Er hatte den Namen nicht mal richtig ausgesprochen, eher tonlos gehaucht.

»Sam, wir müssen uns unterhalten.«

Porter lehnte sich zurück. Sein Blick fiel erneut auf seine Hände. »Ich will mit Sarah Werner sprechen.«

»Sie ist tot.«

Porter schreckte hoch. »Wie bitte?«

»Kopfschuss, ist mindestens drei Wochen her. Ich habe sie auf dem Sofa in ihrer Wohnung in New Orleans gefunden.«

Porter schüttelte den Kopf. »Nicht die – die andere. Die andere Sarah Werner.«

»Sagen Sie mir, wo sie ist, und ich lasse sie holen.«

Porter antwortete nicht.

»Wussten Sie, dass sie die echte Sarah Werner erschossen hatte?«

»Wir wissen nicht, ob sie es war.«

Angesichts des geschätzten Todeszeitpunkts hatten sie zumindest sicherstellen können, dass Porter selbst in Chicago gewesen war, als die echte Sarah Werner gestorben war. Was das andere anging, hatte Porter recht: Abgesehen davon, dass sie sich als Sarah Werner ausgegeben hatte, hatten sie keinerlei Beweise, dass die unbekannte Frau auch hinter jenem Mord steckte.

»*Ihre* Sarah Werner«, sagte Poole, »die sich als Anwältin ausgegeben hat – wissen Sie, wer sie in Wahrheit ist?«

»Wissen *Sie* es?«

»Ich weiß, dass sie mit Ihrer Hilfe eine dritte Person aus dem Gefängnis in New Orleans befreit hat. Eine dritte Frau, von der wir derzeit annehmen, dass es sich um 4MKs – um Anson Bishops – Mutter handelt. Ich weiß, dass Sie beide die Gefangene quer durch mehrere Bundesstaaten bis hierher nach Chicago gebracht haben. Und ich weiß, dass diese Frau in der vergangenen Nacht im Guyon Hotel erschossen wurde – und zwar mit einer Schusswaffe, die wir kurze Zeit später in Ihrem Besitz sicherstellen konnten. Ich weiß, dass die falsche Sarah Werner sich abgesetzt hat, und Sie selbst hatten anscheinend weder Zeit noch Lust, sich auch nur die Schmauchspuren von den Händen zu wischen, bevor auch schon das SWAT-Team aufgetaucht ist.« Poole seufzte vernehmlich. »Ich weiß also einiges. Aber warum erzählen Sie mir nicht, was ich noch nicht weiß?«

»Das war Bishops Mutter«, flüsterte Porter.

»Die Tote? Hab ich doch gesagt.«

»Nicht die Tote. Die, mit der ich unterwegs war. Die andere Sarah Werner. Die Fake-Sarah Werner. Kurz bevor sie mit Bishop geflohen ist – und nachdem *er* die Gefangene erschossen hatte –, haben die zwei mir erzählt, dass *sie* Bishops Mutter ist.«

»Und Sie glauben das?«

Porter starrte erneut auf seine zuckenden Hände hinab. »Ich muss die Notizbücher lesen. Alle. Alles, was in dem Zimmer war. Da steht alles drin – alles, was wir brauchen. Sämtliche Antworten. Alles da drin. Alles da.«

»Sam, Sie reden wirres Zeug – Sie brauchen eine Pause.«

Porter blickte wieder auf und beugte sich über den Tisch. »Ich muss die Bücher lesen.«

Poole schüttelte den Kopf. »Nie im Leben.«

»Die Antworten stehen da drin.«

»Wenn Sie mich fragen, steht da nur Bullshit drin«, entgegnete Poole.

Porter schüttelte vehement den Kopf. »Ich habe den See gefunden. Das Haus. Sie haben das alles doch auch gesehen, oder nicht? Sie waren vor Ort. Ich weiß, dass Sie dort waren. Das war alles echt.« Er senkte die Stimme, klang fast verschwörerisch: »Im Keller war ein Blutfleck, genau dort, wo er hätte sein müssen. Genau dort, wo Carter gestorben ist.«

»Apropos – war das Ihr erster Aufenthalt in Simpsonville, South Carolina? An der 12 Jenkins Crawl Road?«

Porter sah ihn verwirrt an. »Was? Ja, sicher – warum fragen Sie?«

»Ich bin dort mit Sheriff Banister die Grundbücher durchgegangen. Im Grundbuch steht Ihr Name.«

Porter schien ihn nicht gehört zu haben. Stattdessen fragte er: »Haben Sie Carter in dem See gefunden?«

»Wir haben sechs Leichen geborgen – oder vielmehr fünf Leichen plus Leichenteile in einem Müllsack.«

»Carter«, flüsterte Porter.

»Das Grundbuch, Sam. Warum steht da Ihr Name drin?«

Porter richtete erneut den Blick auf die Hände. Seine Lippen bewegten sich lautlos.

»Sam?«

Er schreckte hoch. »Bitte?«

»Warum steht Ihr Name im Grundbuch zur 12 Jenkins Crawl Road?«

Porter winkte ab. »Typisch Bishop. Gefälscht, manipuliert, ausgetauscht … Spielt keine Rolle. Das war er. Spielt aber keine Rolle.« Er lehnte sich wieder zurück. Ein schiefes Lächeln umspielte seine Lippen. »Sie haben Carter gefunden. Sie … haben … Carter … Heilige Scheiße, Sie haben Carter gefunden!«

Porters Finger auf dem Tisch zuckten noch immer, wie Poole zur Kenntnis nahm. Porter selbst schien es nicht zu bemerken.

»Es geht Ihnen nicht gut, Sam. Sie brauchen eine Auszeit.«

Porter schlug beide Hände flach auf den Tisch und beugte sich vor. »Ich brauche die Bücher!«

»Wer waren die anderen fünf Leichen, die wir aus dem See gefischt haben?«

»Keine Ahnung.«

»Es ist Ihr Grundstück.«

Porter machte den Mund auf, als wollte er antworten, überlegte es sich dann aber anders. Er starrte wieder auf seine Hände hinab. Verschränkte die Finger, zog sie auseinander. »Das war Bishop. So was macht er nun mal. Setzt eine Lüge nach der anderen in die Welt.«

»Wenn das so ist, warum glauben Sie dann, was in den Tagebüchern steht?«, hakte Poole nach. »Wenn Bishop doch ohnehin lügt – was kümmert es Sie dann, was in den Büchern steht?«

Fast schon hoffnungsvoll blickte Porter auf. »Wo sind sie – immer noch im Guyon?«

»Ich habe Sie etwas gefragt, Sam.«

»Ihre fünf Leichen – die stehen in den Tagebüchern.«

»Das wissen wir nicht.«

Porter beugte sich noch ein Stück weiter vor. In seinem Mundwinkel schimmerte ein Spucketröpfchen. »Wir wissen, dass es die Wahrheit ist, weil Sie Carter gefunden haben – und zwar genau dort, wo er laut Tagebuch hätte sein müssen. Wir wissen, dass es die Wahrheit ist, weil im Keller ein Blutfleck war – und am Kühlschrank ein Vorhängeschloss! Er will, dass wir erfahren, was dort passiert ist. Der ganze Rest, mein Name in irgend so einer Akte – das ist Blendwerk, genau wie Sie sagen, das ist Bullshit. Aber durch den Bullshit müssen wir uns durchwühlen!«

Poole lehnte sich auf seinem Stuhl zurück. Er ließ sein Gegenüber nicht aus den Augen. Aber diesmal sah auch Porter nicht weg. Leise sprach er weiter.

»›Sie hieß Rose Finicky, und sie hatte es verdient zu sterben, sie hatte es hundertfach verdient – sie war durch und durch verdorben.‹«

»Was soll das?«

»Das hat Bishop zu mir gesagt, gleich nachdem er sie erschossen hatte.«

»Die Frau, die wir in der Guyon-Lobby gefunden haben?«

Porter nickte. »Und die andere, die ich für Sarah Werner gehalten habe – das ist Bishops Mutter. Er hat mich benutzt, um sie beide hierher nach Chicago zu bringen. Und er hat eine Bombe erwähnt.«

»Sie hatten Schmauchspuren an der Hand.«

»Ich hab ihm die Knarre abgenommen und einen Warnschuss abgegeben. Ich habe die Frau nicht erschossen! Das war er.«

»Wenn Sie in den Besitz der Waffe gelangt waren, warum haben Sie die zwei dann abhauen lassen? Warum haben Sie sie nicht festgenommen?«

»Sie wissen genau, warum.«

»Wegen der Sache, die Sie Clair erzählt haben?«

Porter nickte. »Er hat den zwei Mädchen SARS-Viren injiziert und darüber hinaus eine Kostprobe im Krankenhaus deponiert, um zu beweisen, dass er uns in der Hand hat. Er hat mir erzählt, dass er mehr davon hat und dafür sorgen wird, dass sich das Virus verbreitet, wenn ich sie nicht laufen lasse. Ich musste davon ausgehen, dass es die Wahrheit war – ich musste sie ziehen lassen! Er meinte noch, ich dürfte von Zimmer 405 aus telefonieren. Und dass ich dort weitere Beweise vorfinden würde.«

»Und dann haben Sie einfach getan wie geheißen?«

»Was hatte ich denn für eine Möglichkeit?«

Poole hätte ihm am liebsten aufgezeigt, dass er vielerlei Möglichkeiten gehabt hätte. Porter hatte von Anfang an, seit er mit dem Fall betraut worden war, zig falsche Entscheidungen getroffen. Er war derart verblendet gewesen, dass es an Blindheit grenzte.

»Da ist noch etwas, das sollten Sie ebenfalls wissen.«

Porters Blick flackerte erneut, als würde in nächster Zukunft eine Glühbirne durchbrennen. Er blinzelte. Konzentrierte sich wieder auf Poole. »Teile des Tagebuchs entsprechen der Wahrheit – die Häuser, der See, die Carters ... Ich glaube wirklich, dass all das vollkommen wahr ist. Andere Teile hingegen nicht. Das weiß ich inzwischen. Man merkt es dem Text an, der Wortwahl, da hat er Spuren ausgelegt. Ich glaube, ich könnte den Unterschied herauslesen. Diese *Erwachsen-müsste-man-sein*-Fassade – die kann ich inzwischen durchschauen. Sie haben das doch auch bemerkt, oder nicht?«

Poole war zusehends frustriert. »Diese Tagebücher sind eine falsche Fährte.«

»Nein!« Angesichts der Lautstärke schien Porter selbst zu erschrecken; er sackte in sich zusammen und schien sich tiefer in seinen Stuhl kauern zu wollen. »Nein, die Tagebücher sind der Schlüssel. Nur damit lösen wir den Fall.«

»Wir lösen den Fall, indem wir den Täter schnappen.«

»*Die* Täter«, entgegnete Porter.

»Wie bitte?«

»Bevor sie mich in dem Hotel allein zurückgelassen haben, meinte Bishops Mutter: ›Warum hast du dem freundlichen Mann denn erzählt, dein Vater wäre tot?‹ Da hat sie über das Tagebuch gesprochen.« Porter beugte sich wieder vor. »Kapieren Sie das denn nicht? Ich habe es endlich begriffen – es schreit einem förmlich aus den Seiten entgegen. Die Lügen und Wahrheiten – als wären sie in unterschiedlichen Farben gedruckt, so klar sehe ich es vor mir! Sie haben die Leiche von Libby McInley gesehen. Ich will einfach nicht glauben, dass Bishop sie umgebracht hat. Ich glaube, er hat versucht, sie zu beschützen. Aber wenn es nicht Bishop war ...« Seine Finger verschränkten sich erneut ineinander und zuckten. »Es sind alles Täter: die Mutter, der Vater, Bishop selbst. Und ich glaube, dass alle drei hier in Chicago sind, in diesem Moment. Sie versuchen, etwas zu Ende zu bringen, was sie vor Jahren begonnen haben. Irgendetwas, was seinen Ursprung in Bishops Kindheit hat. Was in den Tagebüchern erwähnt wird. Irgendwo in diesem Lügengeflecht versteckt sich die Wahrheit.« Er nickte in sich hinein und fing an zu grinsen. »Und endlich kann ich das sehen.« Er sah Poole ins Gesicht. »Sie müssen mir vertrauen!«

Poole starrte ihn an. Sekunden verstrichen. »Es gibt Kollegen, die glauben, Sie könnten Bishops Vater sein.«

Der Spucketropfen löste sich aus Porters Mundwinkel und zerplatzte auf dem Metalltisch zu einem winzigen Pfützchen. Er wischte sich über die Lippen und sah Poole starr in die Augen. »Und was glauben Sie?«

»Ich glaube, wir haben in Ihrem Zimmer im Guyon zwingendes Beweismaterial sichergestellt.«

Porter gluckste in sich hinein. »Die Fotos? Also bitte. Sie wissen genau, wie leicht man so etwas fälschen kann.«

»Einige Fotos sind mehr als zwanzig Jahre alt«, entgegnete Poole. »Selbst wenn er sie hätte fälschen wollen – woher hätte Bishop zwanzig Jahre alte Fotos von Ihnen als Bastelmaterial herkriegen sollen? Wie lange kennen Sie einander schon, Sam?«

»Kein halbes Jahr«, antwortete Porter. »Ich hab ihn am selben Tag kennengelernt wie Nash auch – am Tag des Busunfalls, als er so getan hat, als würde er bei der Chicago Metro arbeiten. Schließen Sie mich an den Lügendetektor an, wenn Sie das beruhigt. Mir doch egal. Ich habe nichts zu verbergen. Die Fotos sind genau wie diese Grundbuchgeschichte – er will Sie damit nur von der Wahrheit ablenken.«

»Von einer Wahrheit, die einzig und allein Sie aus den Tagebüchern herauslesen können.«

Darauf reagierte Porter nicht. Er war mit den Gedanken bereits ganz woanders.

Poole rieb sich die schmerzenden Schläfen. »Wer ist Rose Finicky?«

»Sie müssen mir die Tagebücher zu lesen geben. Sie wissen doch selbst, er hätte sie nie liegen gelassen, wenn sie nicht wichtig wären. Zumindest das müssen Sie doch begriffen haben.«

»Meine Leute sollen sie sich ansehen.«

»Dafür haben wir keine Zeit, die wissen doch gar nicht, wonach sie suchen müssen! Die können den Bullshit nicht von der Wahrheit unterscheiden. Ich kenne Bishop …«

»Ach, jetzt doch?«, fiel Poole ihm ins Wort. »Wie gut kennen Sie einander?«

Jemand klopfte an den Spionspiegel. Hart. Zwei hektische Schläge.

Poole blieb noch für einen Moment reglos sitzen und ließ Porter nicht aus den Augen. Porter starrte zurück.

Poole wurde einfach nicht schlau aus dem Mann. Er wollte, aber er konnte ihn schlichtweg nicht deuten. Falls Porter ihn gerade belog, dann hatte er seine Körpersprache komplett unter Kontrolle. Dann glaubte er an jedes Wort, das er soeben geäußert hatte.

Was es trotzdem nicht unbedingt wahr macht, rief sich Poole ins Gedächtnis.

Dann stand er auf und wandte sich zum Gehen.

In seinem Rücken sagte Porter: »Sie kriegen ihn ohne mich nicht. Sie kriegen keinen von denen.«

5

Clair

Clair schaute zu der Krankenschwester, die in der Tür zu ihrem improvisierten Büro aufgetaucht war. Die Frau war im Dienst, seit Clair hier angekommen war, und sah keinen Deut besser aus als alle anderen – blutunterlaufene Augen, dunkle Schatten darunter, gebeugte Haltung. Trotzdem schien sie noch immer auf Hochtouren zu laufen. Clair meinte sich zu erinnern, dass die Frau nicht eine einzige Pause eingelegt hatte.

»Der Doktor ist auf Leitung vier«, sagte sie und nickte in Richtung des Telefons in der Dockingstation an der Wand.

Clair bedankte sich und kam auf die Füße.

Ihr tat alles weh.

Ihre Knochen. Die Kehle. Sogar die Augen pulsierten. Ihre Nase hatte sich in eine wahre Rotzfabrik verwandelt, und warm wurde ihr auch nicht mehr.

Kloz warf ihr einen argwöhnischen Blick zu. Drüben in seiner Ecke schien es ihm selbst kein bisschen besser zu gehen.

Sie lief auf den Telefonapparat zu, nahm den Hörer in die Hand und drückte auf den blinkenden Knopf. »Hallo? Hier spricht Detective Norton.«

»Detective, hier ist Dr. Beyer.«

Aufgrund der Quarantäne waren sie sich noch nicht persönlich begegnet. Sie hatte ihn sich vorgestellt wie eine Mischung aus George Clooney, Patrick Dempsey und diesem niedlichen Typen aus *Scrubs*, weil der ihr immer ein Lächeln entlockt hatte, und sie brauchte jetzt etwas, worüber sie lächeln konnte. Seine Stimme war sonor, leicht rau. Die Stimme eines Mannes, der schon sein Leben lang genau überlegte, bevor er etwas sagte.

Er räusperte sich und sagte dann genau das, was sie nicht hatte hören wollen: »Der Fall ist hoffnungslos. Das wissen Sie, oder? Dem Mann kann nicht mehr geholfen werden.«

Verstohlen spähte Clair zu Kloz. Was immer er gerade am Rechner getan hatte, lag auf Eis. Er starrte sie an. Leise sagte sie ins Telefon: »Wenn der Mann stirbt, dann bedeutet das höchstwahrscheinlich, dass Anson Bishop irgendwo in der Stadt SARS-Erreger freisetzt. Und das hieße, dass Tausende Menschenleben in Gefahr wären.«

»Das ändert leider nichts an den Tatsachen, Detective. Dieser Mann hat Krebs im Endstadium. Weite Teile seines Gehirns sind von den Tumoren komplett durchsetzt. Ich hab entfernt, was möglich war, aber der Schaden ist schlicht und ergreifend irreparabel. Ich bin gelinde gesagt überrascht, dass er überhaupt noch am Leben ist. Abgesehen davon, dass er motorische und Gedächtnisstörungen gehabt haben muss, hat der Tumor den hinteren Teil des Scheitellappens und die primär-motorische sowie die supplementär-motorische Rinde befallen. Wenn er wieder aufwacht, wird er nicht mehr vom Beatmungsgerät wegkommen. Außerdem ist sein Herzrhythmus gestört, und sein Sehvermögen dürfte gefährdet sein. Was die Lebensqualität betrifft ...«

Der Arzt schwadronierte noch eine Weile weiter, und Clair schloss die Augen. »Wir haben gehört, Sie könnten ihn retten, weil Sie irgendeine Methode hätten ...«

»Ich forsche an der Hopkins zur fokussierten Ultraschalltherapie«, ging Dr. Beyer dazwischen. »Das ist ein nicht-invasives Verfahren zur Behandlung von Glioblastomen. Allerdings stecken wir, was die klinischen Versuche angeht, immer noch in den Kinderschuhen. Wenn er bei den ersten Symptomen vor ein paar Jahren an uns überwiesen worden wäre, hätte ich ihm vielleicht helfen können – aber jetzt? Dafür ist der Krebs zu weit fortgeschritten. Es gibt keine bekannte Methode mehr und keine Aussicht auf Besserung. Dafür ist es zu spät.«

»Und was können wir jetzt noch machen?«

»Nichts, was nicht schon versucht worden wäre. Stabilisieren Sie ihn. Machen Sie ihm das Leben so leicht wie nur möglich. Bereiten Sie sich auf das Unausweichliche vor. Es würde mich wundern, wenn er in seinem derzeitigen Zustand noch länger als ein, zwei Tage überlebt.«

Clair spähte erneut zu Kloz. Er hatte wieder diesen hoffnungsvollen Blick. Sie drehte sich von ihm weg und sprach weiter: »Sie werden der Presse erzählen müssen, dass Paul Upchurch seit der OP in besserer Verfassung ist, als wir es uns erhofft hätten. Dass sein Zustand sich stabilisiert. Dass Sie vorhaben, ihn mit ins Hopkins zu nehmen, sobald er transportfähig ist, und dort Ihre Behandlung fortsetzen. Sie müssen die Leute dort draußen davon überzeugen, dass Sie guter Dinge sind, was ihn angeht.«

Dr. Beyer antwortete nicht.

Clair sah auf die Uhr. »Hören Sie … Anson Bishop ist immer noch irgendwo dort draußen. Wir müssen ihn glauben machen, dass wir alles tun, was in unserer Macht steht, damit Upchurch die Behandlung bekommt, auf die Bishop bestanden hat. Gehen Sie nicht ins Detail – schieben Sie den Datenschutz vor oder was weiß ich. Sie müssen einfach nach außen überzeugend sein.«

»Detective, ich bin meinem Patienten verpflichtet, und mein Ruf als …«

»Von Ihnen hängt möglicherweise das Leben Tausender Menschen ab. Dieser Mann, dieser Paul Upchurch, hat mehrere Mädchen entführt und ermordet. Zwei seiner Opfer liegen ebenfalls hier im Krankenhaus und kämpfen ums Überleben. Wenn Upchurch stirbt, führe ich hier ein Freudentänzchen auf, wie es die Welt noch nicht gesehen hat. Aber was die Öffentlichkeit angeht, *was Anson Bishop angeht*, muss die Prognose positiv sein. Zumindest fürs Erste.«

Es blieb eine Weile still in der Leitung. »Darüber muss ich nachdenken, Detective. Und vielleicht mit meinem Anwalt sprechen. Was, wenn Bishop hier im Krankenhaus einen Komplizen hat, der alles mit anhört und an ihn berichtet? Ich persönlich kannte niemanden aus dem Team, das mit im OP war. Ich kenne nur meine eigenen Leute zu Hause in Baltimore.«

Clair seufzte und zupfte ihr zerzaustes Haar zurecht. »Ich sitze in diesem Zimmer fest… Sie müssen mit den Leuten aus dem OP reden. Erklären Sie ihnen, was auf dem Spiel steht.«

»Sie verlangen mir einiges ab, Detective.«

»Könnten Sie das tun?«

»Ich melde mich wieder.«

Er hatte aufgelegt, noch ehe sie etwas erwidern konnte. Sie hielt kurz inne, dann hängte sie den Hörer auf die Gabel.

»Und, wie war er?«, wollte Kloz wissen.

»Fantastisch.«

Noch bevor er darauf reagieren konnte, klopfte es erneut an der Tür. Durch das Fensterchen erkannte Clair Jarred Maltby vom CDC, dem Center for Disease Control. Er sah nicht glücklich aus.

6

Poole

Seit Poole hinüber in den Vernehmungsraum gegangen war, um mit Porter zu sprechen, hatte sich die Anzahl der Leute im angrenzenden Überwachungsraum verdoppelt. Captain Henry Dalton hatte sich zu Nash gesellt und dazu eine weitere Person, die Poole nie zuvor gesehen hatte.

Auch wenn Dalton eine gute Handbreit kleiner als Poole war, strahlte er eine solche Autorität aus, dass er jeden im Raum in den Schatten stellte. Und obwohl es gerade erst fünf Uhr irgendwas am frühen Morgen war, war er frisch rasiert, frisch geduscht und allem Anschein nach sogar hellwach. Für eine Dusche hätte Poole derzeit alles gegeben.

»Sie können ihn nicht länger festhalten«, verkündete Dalton, ohne sich mit Förmlichkeiten aufzuhalten.

»Und wie ich kann.«

»Wenn die Presse Wind davon kriegt, dass Sie ihn festgesetzt haben, dann teeren und federn sie ihn.«

»Ich nehme an, man hat Sie ins Bild gesetzt, Captain: Dieser Mann teert und federt sich gerade selbst. Er steht nicht nur unter dem Verdacht, den Mord im Guyon verübt zu haben. Er hat überdies eine Insassin aus dem Gefängnis in New Orleans befreit und sie über die Grenzen mehrerer Bundesstaaten befördert. Er hat unseren Befehlen zuwidergehandelt und hat Chicago verlassen, um eigenmächtig Jagd auf Bishop zu machen. Es besteht dringende Fluchtgefahr. Außerdem ist mir egal, was die Presse sagt.« Poole warf dem vierten Mann im Raum einen Blick zu. »Wer sind Sie?«

Der Mann um die fünfzig, im dunkelblauen Anzug und mit akkurat gestutztem weißem Haar, streckte ihm die Hand entgegen. »Anthony Warnick, Büro des Bürgermeisters.«

Statt ihm die Hand zu geben, drehte Poole sich wieder zu Dalton um. »Ich will Porters Personalakte sehen – die Background-Checks, die Eignungstests, sämtliche Beurteilungen. Was immer wir über ihn haben. Jedes Puzzleteil aus seiner Vergangenheit.«

»Und ich glaube, Sie schalten mal einen Gang runter und denken erst noch mal über alles nach«, gab Dalton zurück. »Das sollten wir alle.«

Warnick machte einen Schritt nach vorn. »Agent Poole, es wäre in der Tat unverantwortlich, einen Vertreter der Strafverfolgungsbehörden mit Verbrechen in Verbindung zu bringen, die so abscheulich sind wie die von Anson Bishop, ohne erst das Gesamtbild zu kennen. Die Presse lungert draußen herum wie ausgehungerte Straßenköter. Die werden Ihnen jedes Fitzelchen aus den Fingern reißen und damit losrennen, ohne über die Folgen nachzudenken. Wenn auch nur der leiseste Verdacht gegenüber Detective Porter nach außen dringt, dann wird nicht nur er an den Pranger gestellt, sondern der komplette Behördenapparat – inklusive Ihr Arbeitgeber. Die werden bei ihm nicht aufhören – die werden Sie alle für korrupt erklären. Im Augenblick können wir von der Stadt so etwas nicht auffangen. Bei allem, was hier vor sich geht – was drüben am Stroger passiert –, steht die allgemeine Sicherheit auf Messers Schneide.« Er senkte die Stimme und legte Poole eine Hand auf die Schulter. Poole schüttelte sie ab. Trotzdem fuhr der Mann fort. »Sofern er tatsächlich in die Sache verwickelt sein sollte, wird sich ein Gericht darum kümmern. Niemand hindert uns daran, den Fall erst einmal hinter verschlossenen Türen vorzubereiten und sämtliche Fakten zusammenzutragen, bevor wir damit an die Öffentlichkeit gehen. Das wäre die verantwortliche Herangehensweise.«

»Das ist nicht mehr Sam.« Nash stand am Spionspiegel und starrte in den Vernehmungsraum. »Komplett verwirrt, orientierungslos... Sieht aus, als hätte er seit Tagen nicht geschlafen. So war er nicht mal, als seine Frau ermordet wurde. Wenn Sie ihm den Fall jetzt wegnehmen, zerbricht er daran.«

»Der Mann ist schon zerbrochen«, kommentierte Poole.

»Er muss das hier zu Ende bringen. Er braucht das, um einen Schlussstrich zu ziehen.«

»Und was schlagen Sie vor?«

Nash zuckte mit den Schultern. »Geben Sie ihm die Bücher. Die Tagebücher.«

»Das sind Beweismittel – und sie könnten ihn potenziell selbst belasten. Die überlasse ich ihm unter gar keinen Umständen. Ich will, dass wir sie in die Verhaltensanalyse nach Quantico schicken. Wenn da irgendwas drinsteht, dann finden die es.«

Dalton wechselte einen flüchtigen Blick mit dem Typen aus dem Bürgermeisteramt. »Wir könnten sie digitalisieren, dann hätten Ihre Leute die Daten schon in ein paar Stunden. Und Porter könnte sie ebenfalls einsehen. Wir sagen ihm, wenn er die Tagebücher lesen will, dann muss er es hier in der Metro tun – ohne Haftbefehl, er bleibt aus freien Stücken. Wenn er etwas findet – wunderbar. Wenn nicht, hätte er diese Räumlichkeiten nie verlassen. Er bleibt, wo wir ihn im Blick behalten können. Das beschert Ihren Leuten auch Zeit genug zu durchleuchten, was Sie in South Carolina gefunden haben.«

Im Vernehmungsraum hatte Porter erneut die Hände auf dem Tisch verschränkt und die Finger ineinandergekrallt. Seine Lippen bewegten sich tonlos.

Nashs Handy klingelte. Er ging hinaus auf den Flur, um den Anruf entgegenzunehmen.

»Wäre das in Ihrem Sinne, Agent?«, fragte Warnick.

Im nächsten Moment klingelte auch Pooles Handy. Er angelte es aus der Tasche und warf einen Blick aufs Display. SAIC Hurless.

Er hielt den Zeigefinger in die Höhe. »Bitte entschuldigen Sie, da muss ich rangehen.«

Hurless wartete nicht mal, bis Poole Hallo gesagt hatte. »Wir haben noch eine Leiche, die auf Bishops MO passt – eine Frau auf einem Friedhof hier in Chicago. Rose Hill. Ein Einsatzteam ist auf dem Weg. Ist Porter hinter Schloss und Riegel?«

Poole warf einen Blick durch die Spiegelscheibe. »Ja.«

»Ich kriege hier außerdem Meldungen von Granger aus South Carolina, aus dem Gefängnis in New Orleans und vom CDC im Krankenhaus hier in Chicago. In der Einsatzzentrale tragen wir alles zusammen. Wenn Sie mit dem Tatort fertig sind, will ich auch von Ihnen alles hören.«

»Ja, Sir.«

Hurless legte auf.

Nash kam wieder herein. Er war leichenblass. Sein Blick huschte von Dalton zu Poole. »Wir haben noch eine Tote.«

»Gerade gehört. Bin quasi schon auf dem Weg.«

Nash atmete hörbar aus. »Sir, wir können die Red Line nicht freigeben, bis wir die Leiche von den Gleisen geborgen haben. Wir müssen die Pendler informieren ...«

»Die Red Line?« Poole runzelte die Stirn. »Die Leiche liegt auf einem Friedhof.«

Auch wenn das kaum möglich war, wurde Nash noch blasser. »Ich habe eben einen Anruf gekriegt, dass auf den

U-Bahn-Gleisen der Red Line, unmittelbar vor dem Bahnhof Clark, eine Leiche liegt, eine Frau, und sie wurde dort ... *arrangiert* ... drei weiße Schachteln mit schwarzer Kordel im Gleisbett neben ihr.«

7

Nash

Detective Brian Nash stellte seinen nur teils instandgesetzten 72er Chevy Nova hinter dem Rettungswagen ab, der an der Lake Street, Ecke LaSalle, in zweiter Reihe parkte. Er angelte das »Polizeieinsatz«-Schild vor dem Radkasten am Beifahrersitz hervor und schleuderte es unter die Windschutzscheibe. Clair hatte gerade erst Minuten zuvor bei ihm angerufen. Sie war immer noch in der Leitung.

»Und da sind Sie sich sicher?«, fragte er und schob den Schalthebel auf Parken. Dann hielt er die freie Hand über die Lüftungsschlitze – es kam zwar Luft heraus, aber die fühlte sich kein bisschen wärmer an als der Wind, der vom See herüberwehte.

»Maltby vom CDC meint, sie hätten extra einen Sicherheitsdurchlauf gemacht«, erklärte Clair. »Die Probe aus dem Apfel von Upchurchs Krankenakte enthielt einen bereinigten SARS-Virenstamm – Laborqualität.«

»Scheiße.«

»Ganz genau. Scheiße. Die geben hier Medikamente aus, als wären es Süßigkeiten, aber abgesehen davon können sie nicht viel machen. Präventivmaßnahmen gibt es nicht. Dieses Gebäude ist inzwischen so hermetisch abgeriegelt wie der Keuschheitsgürtel einer Zehntklässlerin an einer katholischen Mädchenschule.«

Nashs Gackern schlug um in röchelnden Husten.

»Himmelarsch, du klingst nicht gut!«

»Hab mich erkältet oder so. Hab mich nicht ausgeruht, Mistwetter, mein Körper macht das wohl nicht mehr mit. Und jetzt holt es mich ein.«

»Dass du dich bloß von Fast Food und Schokoriegeln ernährst, macht es bestimmt auch nicht besser. Dein Körper sollte dein Tempel sein, aber du behandelst ihn wie der halbseidene Besitzer seine Mietbaracke im Slum, weil er auf ein hübsches Sümmchen von der Versicherung hofft, wenn das Ding abfackelt.«

Nashs Blick huschte zu den McDonald's-Verpackungen im Fußraum seines Wagens. Er wechselte das Thema. »Ich hab gehört, dass Upchurchs Arzt vor ein paar Minuten im Radio gesprochen hat. Klang halbwegs so, als wären wir diesbezüglich entlastet.«

»War alles erstunken und erlogen. Der Arzt gibt uns Deckung, weil wir nun mal mehr Zeit brauchen. Upchurch ist auf direktem Wege ins Jenseits. Er hat noch maximal achtundvierzig Stunden zu leben. Ich habe jeden, der mit ihm zu tun hatte, einen Maulkorb angelegt, damit über seinen Zustand keine Silbe nach draußen dringt.«

»Wenn du mich angerufen hast, um mich aufzuheitern, Clair, dann machst du deinen Job gerade hundsmiserabel.«

Im Eingang zum U-Bahnhof duckte sich ein uniformierter Beamter unter dem gelben Tatort-Absperrband hindurch und kam auf Nashs Nova zu. Der Wind fegte den lockeren Schnee zu seinen Füßen auf und wirbelte ihn durch die Luft. Als dem Beamten dämmerte, wem der Wagen gehörte, winkte er Nash halbherzig zu und machte wieder kehrt.

»Ist es eine von Bishops Leichen?«

»Ich bin noch nicht drin«, antwortete Nash. »Klingt aber ganz danach.«

»Glaubst du, was Sam über Bishops Eltern erzählt hat?«

»Ich weiß ehrlich nicht, was ich noch glauben soll.«

»Weil der Mörder Bishops Mutter oder Vater sein könnte ... oder auch nicht. Oder irgendein Nachahmer.«

Nash schaltete die Heizung aus und wieder an. Das verdammte Ding blies eindeutig nur kalte Luft aus. Seine Haut fühlte sich eisig an, als würde ihm nie wieder warm werden. »Sam hätte gesagt, wir sollten uns auf die Fakten konzentrieren. Alles andere ist nur Begleitgeräusch. Und genau das machen wir.«

»Du hast ihn gesehen, oder?«, fragte Clair.

»Ich bin mir nicht sicher, wen ich da gesehen habe. Keine Ahnung, ob er sich davon je wieder erholt.«

Clair blieb einen Moment lang still. »Weiß denn dieser FBI-Agent, dass du dort bist?«

»Ja, er weiß Bescheid. Er gibt jetzt die Richtung vor.«

»Was für eine Richtung?«

Jemand klopfte an Nashs Scheibe, und vor Schreck wäre ihm fast das Herz stehen geblieben. »Oh Gott!«

»Was?«, rief Clair.

Nash sah aus dem Fenster. Lizeth Loudon von Channel Seven News stand neben dem Wagen. Sie schob die Hände sofort wieder in ihre Pelzjacke und tänzelte von einem Fuß auf den anderen, um sich warm zu halten.

»Ich muss los, Clair. Ich ruf dich später wieder an.«

Er legte auf und stellte endlich auch den Motor ab, der noch kurz unschlüssig stotterte. Er stieg aus, donnerte die Tür hinter sich zu, schob Loudon zur Seite und marschierte auf den U-Bahn-Eingang zu. »Mit Ihnen rede ich nicht.«

»Dann erfinde ich etwas«, rief sie ihm nach und wieselte hinter ihm her.

»Wo ist denn Ihr Kameramann?«

Sie deutete mit dem Daumen über die Schulter auf einen

Ü-Wagen, der drei Stellplätze hinter ihm gehalten hatte. »Der will im Warmen bleiben.«

»Womöglich sollten Sie ihm Gesellschaft leisten.«

»Ich weiß, dass Sie da unten eine Leiche gefunden haben. Vielleicht das nächste Opfer von 4MK?«

»Es gibt keine Leiche.«

Sie zückte ihr Handy. Auf dem Display war ein Facebook-Post zu sehen. »Sieht nach meinem Dafürhalten nach Leiche aus.«

Nash nahm sich vor, sich den Usernamen zu merken. »Sieht nach meinem Dafürhalten nach Fake aus.«

Er duckte sich unter dem Absperrband hindurch. Als sie ihm hinterherwollte, tauchte der Streifenbeamte von zuvor wieder auf und befahl ihr, stehen zu bleiben.

»Ich gehöre zu ihm«, flötete sie.

»Gar nicht wahr«, brummte Nash, schüttelte den Kopf und lief die Treppe hinunter.

»Wo ist Detective Porter?«, rief sie ihm nach. »Sollte der nicht auch hier sein?«

Nash antwortete nicht. Er lief weiter in Richtung Bahnsteig und auf ein Stimmengewirr zu.

Auch wenn an der Decke Leuchtstoffröhren brannten, waren die vier riesigen Halogenleuchten, die ein Stück die Gleise entlang aufgestellt worden waren, wesentlich heller: eine grellweiße Blase, die von oben gelblich umschienen wurde. An der östlichen Einfahrt zum Bahnsteig war ein Zug angehalten worden, und ein Ford F150 mit speziellen Radkränzen blockierte die Schienen in Richtung Westen. Die Scheinwerfer waren aufs Gleisbett gerichtet, doch das Licht reichte gerade mal fünfzehn Meter weit, war der tiefschwarzen Dunkelheit nicht gewachsen.

An der Bahnsteigkante verwies man Nash auf eine Treppe ins Gleisbett.

»Das dritte Gleis steht unter Strom – den können wir

nicht abschalten, ohne gleichzeitig den kompletten Rest der Strecke lahmzulegen«, sagte jemand in seinem Rücken. »Seien Sie vorsichtig, wo Sie hintreten.«

Auch hier war gelbes Absperrband angebracht worden: ein größeres Viereck, in dem die Halogenleuchten auch den letzten Schatten austrieben. Vielleicht ein halbes Dutzend Leute stand rund um die Absperrung – zwei, drei Streifenkollegen, zwei von der Spurensicherung der Chicago Metro, drei vom FBI. Im abgesperrten Bereich selbst stand niemand. Die Gespräche verstummten, alle blickten ihm entgegen.

Nash tauchte unter der Absperrung hindurch und trat in die Mitte. Ging in die Hocke. Nahm sein Handy zur Hand und rief Poole an.

»Beschreiben Sie es mir«, sagte Poole, sowie er den Anruf entgegengenommen hatte. »Jedes noch so kleine Detail. Nehmen Sie sich Zeit. Lassen Sie nichts aus.«

Nash warf einen flüchtigen Blick zurück auf die drei Typen vom FBI und auf die Metro-Techniker, die hinter das Absperrband geschickt worden waren und ihn unfreundlich anstarrten.

Als sie begriffen hatten, dass zwei Leichen aufgetaucht waren, hatte Poole augenblicklich die Initiative ergriffen. Warnick hatte den Bürgermeister angerufen, der den Leiter des FBI, der wiederum Pooles Vorgesetzten. Innerhalb von fünf Minuten hatte Poole die Order erhalten, die Chicago Metro nicht nur mit einzubeziehen, sondern sie sogar in sein Team aufzunehmen. Anscheinend war eine nach allen Seiten hin sichtbare Zusammenarbeit der Behörden der beste Weg, um gegenüber der Öffentlichkeit das Gesicht zu wahren. Poole hatte widersprochen, war aber sogleich zurechtgewiesen worden. Über die Gründe, warum Pooles Chef dem Ganzen so schnell zugestimmt hatte, machte sich Nash keinerlei Illusionen: Das FBI brauchte einen potenziellen Sündenbock in Reichweite; wenn das hier schiefginge, würden sie jemandem die Schuld geben wollen – jemandem *außerhalb* des FBI. Politik in ihrer schönsten Form.

Nash räusperte sich. »Sie ist ... äh ... Was das Alter angeht, bin ich mir unsicher. Schätzungsweise Mitte dreißig, vielleicht Mitte vierzig. Schwer zu sagen. Sie trägt ein weißes Nachthemd, dünner Stoff, ansonsten nichts, soweit ich das erkennen kann. Keine Schuhe, keine Unterwäsche, keinen Mantel, nichts dergleichen in unmittelbarer Umgebung der Leiche. Die Haut ist mit weißem Pulver bedeckt. Die Haare ebenfalls.«

»Das Nachthemd auch?«

»Nein.«

»Dann ist sie posthum angekleidet worden?«

»Sieht ganz danach aus.«

»Was sonst?«

Nash streifte seine schwarzen Lederhandschuhe ab und zog ein Paar Latexhandschuhe aus der Tasche. Dann legte er eine Atemschutzmaske an; womöglich war das weiße Pulver infektiös. Er beugte sich tiefer hinunter. »Die Lider sind geschlossen, aber ich glaube fast, das rechte Auge ist entfernt worden ... Im Augenwinkel klebt ein bisschen trockenes Blut.« Vorsichtig strich er ihr Haar zurück. »Ein Ohr fehlt. Sie ist hier hingesetzt worden ... in einer Pose ... als würde sie beten. Sie kniet.« Er streckte sich nach ihrem Mund aus, versuchte, den Kiefer zu öffnen. »Und sie ist stocksteif. Ich kriege den Mund nicht auf.«

»Leichenstarre?«

»Fühlt sich irgendwie anders an. Womöglich die Kälte.«

»Erzwingen Sie nichts«, wies Poole ihn an. »Der Rechtsmediziner kann später bestätigen, ob die Zunge entfernt worden ist. Sind da auch drei Schachteln? Mit schwarzer Kordel?«

»Ja«, antwortete Nash. »Allerdings war das sonst immer anders – sonst hat Bishop sie immer per Post geschickt, eine nach der anderen, im Lauf einer Woche. Drei auf einmal hat er noch nie irgendwo liegen lassen.«

»Doch, bei der Leiche im Tunnel – bei Talbots Finanzchef, den Porter gefunden hat«, rief Poole ihm ins Gedächtnis.

»Gunther Herbert«, murmelte Nash.

Bishop hatte Porter erzählt, dass er Informationen zu Arthur Talbots Finanzen aus Herbert herausgefoltert hatte. Informationen, die den Chicagoer Immobilienmogul mit einer Reihe von bislang unentdeckten Verbrechen in Verbindung gebracht hatten.

»Und bei Libby McInley«, fuhr Poole fort. »Dort hat er die drei Schachteln auf dem Couchtisch hinterlassen.«

»Der Täter hat ihr mit einer Klinge irgendwas in die Stirn geritzt …«

»Was?«

»*Ich bin böse.*«

Auch Libby war mit einer Klinge bearbeitet worden. Ihr ganzer Leib war mit Tausenden winziger Rasiermesserschnitte traktiert worden.

»Sowohl Herbert als auch McInley sind gefoltert worden, um an Informationen zu kommen«, stellte Nash leise fest. »Das hat sie von den anderen Opfern unterschieden.«

»Was noch?«

Nash ging erneut näher heran. Sie glich eher einer Statue denn einem Menschen aus Fleisch und Blut. Er hatte noch nie zuvor eine Leiche gesehen, die auf diese Weise arrangiert worden war.

Wie zum Gebet.

Er kniff die Augen zusammen. »Ihre Fingerkuppen …«

»Was ist damit?«

»Die sind … verätzt.«

»Damit wir keine Fingerabdrücke nehmen können?«

»Ich nehme es an«, erwiderte Nash und hockte sich vor sie hin, um die Finger besser betrachten zu können. »Das hat er noch nie gemacht.«

»Irgendein Schild?«

»Ein Schild?«

»Ein Pappschild oder ein Blatt Papier … Irgendwas Schriftliches?«

Nash sah sich um. »Nicht dass ich … Moment!«

»Was?«

Nash stand auf, lief auf die Mauer zu. Sah zu den Kollegen hoch, die ihm immer noch zusahen. »Weiß jemand, ob das hier schon vorher stand?«

Niemand antwortete.

»Was?«, fragte Poole durchs Telefon.

Nash streckte die Hand aus und berührte die Farbe. Sie war noch feucht.

VATER, VERGIB MIR.

Gesprayte Farbe an der Wand zum Gleisbett. Zwischen den anderen Graffiti leicht zu übersehen.

8

Poole

Tag 5, 6.22 Uhr

Während er mit Detective Nash telefonierte, hielt Poole den Blick unverwandt auf die Leiche gerichtet. Die Frau kniete am Teichufer, sah aus, als würde sie beten. Direkt vor ihr auf einem Silbertablett lagen drei weiße Schachteln, die mit schwarzer Kordel verschnürt waren. *Vater, vergib mir*, stand auf einem Schild, das an ihr lehnte – und in ihre Stirn hatte jemand geritzt: *Ich bin böse.*

Ein paar Leute aus dem FBI-Labor und einer von der Rechtsmedizin beobachteten ihn aus einiger Distanz. Genau wie im U-Bahnhof hatte man ihnen befohlen, auf Abstand zu bleiben.

Poole legte auf, ging im Schnee in die Hocke und sah sich die Fingerspitzen näher an. Auch wenn sie die Hände verschränkt hatte, konnte er sehen, dass die Fingerkuppen verätzt worden waren. Irgendwas Chemisches, wahrscheinlich Säure – Schwefel-, vielleicht auch Salzsäure.

Er fasste ihr an den Kiefer und versuchte, den Mund aufzuschieben – keine Chance. Genau wie Nash gesagt hatte. Zu steif für Leichenstarre. Womöglich die Kälte. Es war gut zehn Grad unter null, in der vergangenen Nacht war es noch wesentlich kälter gewesen, inklusive Windchill-Faktor sicher minus zwanzig.

Auch hier konnte er das weiße Pulver sehen. Sie war

51

eingeschneit, insofern war es nicht leicht zu erkennen, aber es war da – wie ein dünner Film auf der Haut, allerdings nichts auf dem Kleidungsstück. Das Nachthemd war ihr übergestreift worden, nachdem ihre Haut mit dem Pulver in Kontakt gekommen war. Es schimmerte leicht, wie Kristalle.

Salz?

Mit Bishops Hilfe hatte Paul Upchurch seine Opfer in einer Art Floating-Tank in Salzwasser ertränkt. Waren das hier Rückstände aus dem Tank?

Pooles Handy klingelte erneut. Unbekannte Nummer.

»Ja? Agent Poole.«

»Hallo, Sheriff Banister hier, aus Simpsonville. Tut mir leid, dass ich so früh anrufe. Sind Sie noch in New Orleans?«

»Nein, wieder zurück in Chicago.« Poole stand auf und bedeutete den Spurentechnikern, dass sie mit der Dokumentation des Leichenfundorts beginnen konnten. »Was kann ich für Sie tun, Sheriff?«

»Ich … Wir haben hier eine Leiche.« Sie klang erschüttert, ihre Stimme zitterte leicht. »Haben sie vor rund zwei Stunden auf der Vordertreppe zum Gerichtsgebäude gefunden, auf … auf Knien. Wie zum Gebet. Zumindest sieht es so aus. Daneben drei verschnürte weiße Schachteln. Und irgendwer hat etwas auf die Stufen geschrieben.«

»Vater, vergib mir«, murmelte Poole.

»Genau – woher wissen Sie das?«

»Haben Sie sie schon identifiziert?«

»Ihn, nicht sie. Aber ja, ich kannte den Mann sogar persönlich.«

9

Clair

Clair nieste schon wieder und zupfte ein neues Taschentuch aus der Schachtel auf ihrem Schreibtisch.

»Da werden wir bestimmt alsbald eine größere brauchen«, kommentierte Kloz mit gekünsteltem New-England-Akzent – der leider wenig überzeugend war. Beim Einatmen zog er Schleim hoch.

Clair sah ihn finster an. »Ich will wirklich nicht hier mit dir zusammen sterben.«

Kloz lehnte sich auf seinem Stuhl zurück. »Wenn du an einem Ort deiner Wahl sterben könntest – wo wäre das und mit wem?«

Sie dachte kurz darüber nach. »Mit Matthew McConaughey. Für einen Weißen hab ich den immer echt sexy gefunden. Allerdings den McConaughey über vierzig, nicht den jungen aus *Sommer der Ausgeflippten*. Der Mann ist erst mit den Jahren in sein Gesicht reingewachsen.«

»Und wo?«

»An einem Strand in Barbados vielleicht?«

Kloz schüttelte den Kopf. »Also bitte. Die einzige Art, wie man an einem Strand sterben sollte, ist durch einen Hai. Und niemand will von einem Hai gefressen werden.«

»War sowieso eine Scheißfrage.«

Kloz ging darüber hinweg. »Ich würde Jennifer Lawrence

nehmen – allerdings nur in dieser Lederkluft aus *Tribute von Panem*.«

»Und wo genau würdest du sterben wollen?«

»Toledo, Ohio. Ganz ohne Zweifel.«

»Warum ausgerechnet Toledo?«

Er zuckte mit den Schultern. »Keine Haie.«

»Na klar.«

»Außerdem hat man in Toledo sonst nichts zu tun. Wenn ich also mit einer Jennifer Lawrence in Ledermontur dort zusammengepfercht wäre, irgendwo in einem heruntergekommenen Motelzimmer mit nichts außer...«

Clair kniff die Augen zusammen und hielt sich die Ohren zu. »Das reicht. Ich will nicht hören, was in deinem Kopf vor sich geht. Jetzt nicht und auch nicht in Zukunft.«

»Ich wollte doch bloß ein bisschen gute Laune machen.«

»Ich weiß.«

»Ich will nicht hier sterben müssen.«

»Ich weiß.«

»Wir dürfen nicht raus. Ich geh die Wände hoch.«

»Ich weiß.«

Mit dem rechten Fuß stieß Kloz sich vom Boden ab, sodass sein betagter Schreibtischstuhl sich quietschend gegen den Uhrzeigersinn drehte. »Dieses SARS-Virus hat eine Inkubationszeit von sage und schreibe zehn Tagen. Unser Kumpel aus der Seuchenbehörde hat sich noch nicht getraut, es zu verkünden, aber die müssen laut Anweisung das komplette Gebäude bis Minimum zehn Tage nach dem allerletzten Infektionsfall unter Quarantäne stellen. Wenn das Virus uns also nicht ohnehin dahinrafft, dürfen wir hier zwei komplette Wochen nicht raus.«

»So lange können die uns nicht festhalten.«

»Wieso denn nicht?«, entgegnete Kloz. »Wir haben hier Betten, Essen, Zugang zu allem möglichen medizinischen Zeug, und wir sind von der Außenwelt isoliert. Könntest du dir einen besseren Ort vorstellen? Die werden nicht riskieren, dass dieses Virus das Gebäude verlässt.«

»Bishop hat noch mehr von dem Zeug. Und er könnte überall sein.«

»Und wenn er Leute damit infiziert, wird das CDC sie zur Behandlung höchstwahrscheinlich ebenfalls hierherbringen – aus demselben Grund, warum sie uns alle hierbehalten: Betten, Medikamente, Essen, Isolation. Die sperren uns ein und warten, bis das Virus uns erst alle erwischt und sich dann totläuft. Ohne Behandlung. Nichts anderes würde Sinn ergeben. Die werden keinen Ausbruch der Krankheit riskieren. Selbst wenn sie Bishop heute noch schnappen und ihn in den Knast bringen, lassen sie uns nicht raus. Nicht bevor die komplette Wartezeit ausgesessen ist.«

Clair ahnte, dass Kloz recht hatte, aber das würde sie ihm gegenüber nie im Leben zugeben. Sie zerknüllte ihr Taschentuch und warf es in Richtung Papierkorb. Einen knappen halben Meter daneben.

Es klopfte dreimal hektisch an der Tür.

Sie blickten beide auf.

Noch bevor einer von ihnen etwas sagen konnte, war Jerome Stout auch schon ins Zimmer geplatzt. Als Leiter der Krankenhaus-Security hatte er nicht ein einziges Mal durchgeatmet, seit sie hier angekommen waren, und er sah genauso erschlagen aus wie sie alle. Auf seinem sonst akkurat rasierten Schädel waren die ersten Stoppeln zu sehen, und unter den Achseln seiner Uniform zeichneten sich Schweißflecken ab. Irgendjemand hatte Clair erzählt, dass er den Job im Krankenhaus seit etwa fünf Jahren hatte; zuvor war er bei der Chicago Metro gewesen und hatte mit fünfzig dort das Handtuch geworfen. Allerdings hatte er sich seine hiesige Arbeit wohl angenehmer vorgestellt. Er trug eine weiße OP-Maske, durch die seine müde Stimme noch gedämpfter klang. »Detective, Sie müssten bitte mitkommen.«

»Warum?«

Sein nervöser Blick huschte zu Kloz in der Ecke und wieder zu ihr zurück. »Leichenfund. Fürchterlich.«

»Ach du Scheiße«, flüsterte Kloz.

Clair sprang sofort auf und stürzte zur Tür.

»Die müssten Sie bitte tragen.« Stout nickte in Richtung der Atemschutzmaske, die sie ausgehändigt bekommen hatte.

Sie zog sich die Gummibänder über die Ohren und eilte ihm nach.

Sie wäre lieber nicht durch die Cafeteria gelaufen, aber noch ehe sie fragen konnte, ob es eine Alternative gab, hatte er auch schon die Tür aufgerissen, und sowie die Leute sich nach ihnen umgedreht hatten, brach die Hölle los. Seit die Polizei Bishops siebenundachtzig potenzielle nächste Opfer ins Krankenhaus beordert hatte, hatten diese Leute sich hier oder in einem der zwei angrenzenden Personalräume aufhalten müssen. Außer Klozowski war Clair derzeit die einzige Vertreterin der Chicago Metro vor Ort, und natürlich hatte man sie sofort wiedererkannt. Einige von ihnen trugen Masken, andere nicht – aber alle kreischten erst auf, hielten dann inne, stürzten auf sie zu, glotzten sie hasserfüllt an. Sie wollten Antworten, genau wie Clair selbst. So schnell sie nur konnte, schob sie sich durch die Menge, rief im Vorbeigehen, man möge Ruhe bewahren, es sei bald ausgestanden. Doch diese Leute hatten den Braten gerochen. Viele von ihnen waren selbst Mediziner, sie ahnten, was los war. Ihre Kinder und Ehepartner waren ebenfalls hergebracht worden. Man hatte Tische zur Seite gerückt, und einige hatten begonnen, mithilfe von Laken aus den Krankenhausbeständen Zelte zu errichten, um sich zumindest behelfsweise gegen die anderen abzuschirmen.

Bestimmt zwanzig, dreißig Personen hatten sich komplett abgesetzt. Nach allem, was Clair gehört hatte, waren einer Handvoll Familien Krankenzimmer zugewiesen worden, aber es hatte natürlich nicht für alle gereicht. Viele gehörten dem Krankenhauspersonal an, und wer immer hier ein eigenes Sprechzimmer oder Büro hatte, war dorthin geflüchtet; andere hatten die Umkleiden bezogen. Wieder andere waren auf Visite gegangen, als wäre rein gar nichts passiert. Die Polizei hatte versucht, sie alle wieder zusammenzutreiben, aber ein Großteil des Personals hatte da schon gewusst, dass es ohnehin zu spät war. Das ganze Gebäude, nicht bloß die Cafeteria, war inzwischen mit dem Virus verseucht, genau wie Kloz gemutmaßt hatte.

Stout steuerte die Aufzüge an. Als die Türen zugingen und den wütenden Mob aussperrten, seufzte Clair erleichtert auf.

»Ein paar von ihnen haben versucht, die Glastüren in der Lobby zu durchbrechen und ins Freie zu kommen, aber die Metro hat draußen ein SWAT-Team postiert – in voller Kampfmontur«, berichtete Stout. »Ich will mir gar nicht vorstellen, was passiert, wenn einer von ihnen die Grenze überschreitet.«

Es war Clair selbst gewesen, die empfohlen hatte, Sondereinsatzkräfte hinzuzuziehen, allerdings behielt sie das lieber für sich. Seit sie bei der Metro war, hatte sie drei »Großveranstaltungen mit Eskalationspotenzial« erlebt (die Polizei selbst sprach nur ungern von »Krawallen«). Jedes Mal hatte bereits im Vorfeld etwas in der Luft gelegen, und sie hatte Lunte gerochen. Doch dieses Krankenhaus stank regelrecht zum Himmel, und diesmal war sie nicht die Einzige, der es in die Nase gestiegen war. Das Personal ging annähernd wortlos seinen Routinen nach, man beäugte einander ebenso misstrauisch wie die Fremden in der Cafeteria. Eltern beschäftigten sich mit ihren Kindern, aber wehe, irgendwo in der Nähe war ein verdächtiges Hüsteln oder Schniefen zu hören. Aus den Reihen des CDC war durchgesickert, dass diejenigen mit Symptomen isoliert werden sollten; mit den Abteilungsleitern des Krankenhauses wurde beratschlagt, vielleicht einen Teil des ersten Stockwerks zu diesem Zweck abzuriegeln, aber sofern der Plan tatsächlich weiter gediehen war, hatte man Clair nicht eingeweiht.

Sie fuhren hinauf in den dritten Stock.

Als die Türen aufglitten, deutete Stout nach links den Flur entlang. An der Wand wies ein Schild in Richtung Kardiologie. »Eine Schwester hat ihn vor zehn Minuten entdeckt.«

»Wen – ihn?«

Er antwortete nicht. Stattdessen bog er um die nächste Ecke erst auf einen zweiten, dann auf einen dritten Flur ab – anscheinend der Verwaltungsbereich. Die meisten Türen waren geschlossen und die Jalousien heruntergelassen. Stout wies nach vorn. »Die Zweite links.«

Auf dem Schild neben der Tür stand *Dr. Stanford Pentz.* Unwillkürlich wanderte Clairs Hand zum Holster an ihrer Hüfte.

»Die werden Sie nicht brauchen.«

Trotzdem zog Clair den Lederriemen auf, der die Dienstwaffe sicherte, und verstärkte den Griff darum, während sie mit der freien Hand die Türklinke nach unten drückte.

Hinter der Tür befand sich ein Büro. Linker Hand stand eine Couch, rechts ein Edelholzschreibtisch mit zwei verschnörkelten Ledersesseln. An den Wänden diverse Diplome, auf dem Schreibtisch ein Familienfoto: drei Personen, ein Mann Mitte sechzig, seine Frau sowie ein Junge von vielleicht zwölf Jahren, alle mit einem strahlenden Lächeln im Gesicht und festlich gekleidet.

In der Mitte des Zimmers, mit dem Rücken zu Clair und

dem Gesicht zur Fensterfront, kniete ein Mann. Sein Kopf war nach vorn gekippt, das Kinn auf die Brust gesackt. Er hatte Socken an den Füßen; ein Paar schwarze Lederschuhe stand direkt neben ihm auf dem Boden.

Clair machte einen Schritt auf ihn zu.

An der Tür räusperte sich Stout.

Clair ging um den Mann herum, blieb zwischen ihm und dem Fenster stehen – und erst da sah sie das Blut und die drei Schachteln, die vor ihm aufgereiht waren.

10

Nash

Sowie er ins Untergeschoss der Chicago Metro fuhr, schälte sich Nash aus seinem Mantel. Normalerweise war es dort unten verwaist; heute sirrte der Flur nur so vor Betriebsamkeit. Die Fahrstuhltüren waren kaum auf, als auch schon irgendein Jüngling Anfang zwanzig mit einem Bürowagen voller Aktenkartons die Kabine stürmen wollte.

Nash erkannte die Kartons sofort wieder.

»Wo bringen Sie die hin?«

»Roosevelt«, antwortete der Jüngling.

Nashs Blick fiel auf den FBI-Ausweis an dessen Gürtel. »Sagt wer?«

Der junge Mann streckte die Hand aus und drückte auf den Knopf fürs Erdgeschoss. Dann wies er mit dem Daumen über die Schulter. »Wenn Sie Fragen haben, schlage ich vor, Sie sprechen mit Agent Poole.«

Die Aufzugtüren glitten bereits zu, als Nash seinen Fuß dazwischenschob. Sie blockierten, gingen wieder auf, und Nash drückte noch schnell sämtliche anderen Knöpfe auf dem Steuerpult, bevor er den Fahrstuhl verließ.

Ein weiterer junger Agent lief mit einem Bürowagen mit sechs weiteren Kisten an ihm vorbei.

Seit mehreren Jahren hatte sich die 4MK-Taskforce hier unten getroffen, in ihrer »Einsatzzentrale«, wie sie es genannt hatten. Hier war es einfacher für sie gewesen, sich auf ihre Aufgaben zu konzentrieren, als oben im Großraumbüro, wo all die anderen Detectives arbeiteten. Dort hätte man zu viele Fragen gestellt, zu viele neugierige Blicke riskiert, es hätte zu viele potenzielle Lecks gegeben. Doch ihre selbst gewählte Isolation hatte ein Ende gefunden, zumindest fürs Erste. Denn wenige Monate zuvor, nachdem Anson Bishop als 4MK identifiziert worden war und hatte entkommen können, hatte das FBI die Ermittlungen an sich gerissen und war in ein Büro schräg gegenüber eingezogen. Porter hatte dem Rest seines Teams zwar erklärt, das sei bloß vorübergehend, entweder werde Bishop geschnappt, oder das FBI werde den Fall, sobald er aus den Schlagzeilen verschwunden sei, an die örtliche Behörde zurückdelegieren. Nur war das nie passiert. Stattdessen war alles aus dem Ruder gelaufen. Es war alles nur noch viel schlimmer gekommen.

Nash warf einen Blick in das FBI-Büro – vier Agents, keiner, den er wiedererkannt hätte. Sie packten Kisten und stapelten sie neben der Tür.

Schräg gegenüber, in ihrer Einsatzzentrale, saß Special Agent Frank Poole am hinteren Ende des Raums und starrte die drei Whiteboards an, auf denen sie ihre Ermittlungsergebnisse notiert hatten.

Nash spürte, wie in ihm die Wut hochstieg. »Was soll das, Frank?«

»SAIC Hurless hat angeordnet, dass sämtliche Unterlagen in die FBI-Niederlassung an der Roosevelt gebracht werden. Dort landen auch die Berichte aus New Orleans und aus Simpsonville – die sechs Leichen aus dem See … das Haus … alles, was Sam zwischen seiner Abreise aus Chicago bis zu dem Moment, da wir ihn im Guyon Hotel aufgespürt haben, auch nur annähernd gestreift haben könnte.«

»Und warum geht das nicht hier?«

»Hab ich nicht zu entscheiden.« Ohne den Blick von den Whiteboards abzuwenden, erkundigte sich Poole: »Wie gut kennen Sie den Bürgermeister?«

»Ich? Hab ihn bei zwei offiziellen Gelegenheiten getroffen, hab ihm die Hand geschüttelt, ein Foto gemacht … Ich glaube nicht, dass er weiß, wer ich bin.«

»Was ist mit Anthony Warnick aus seinem Büro?«

»Dem bin ich heute erstmals begegnet«, antwortete Nash. »Warum fragen Sie?«

Poole sah ihn immer noch nicht an. »Warnick hat den Bürgermeister angerufen. Der Bürgermeister hat den Chef meines Chefs angerufen, und in nicht mal fünf Minuten hatte ich die Order auf dem Tisch, dass ich Sie in die weiteren Ermittlungen mit einbeziehen soll. Zehn Minuten zuvor hatte SAIC Hurless Sie noch zu Sam in die Zelle werfen wollen. Irgendwer hält da doch irgendwas schützend über jemand anders. Anders kann ich mir das wirklich nicht erklären.«

Poole stand auf, trat auf das erste Whiteboard zu und tippte auf eine Info, die sie zu Arthur Talbot notiert hatten: *Kumpel des Bürgermeisters.*

»Das muss Sam da hingeschrieben haben«, sagte Nash. »Wir wussten, dass der Bürgermeister und Talbot zusammen Golf gespielt hatten. Talbot hat sogar dessen Wahlkampf mitfinanziert. Talbots Immobilienprojekte hatten allesamt riesige Ausmaße; ich kann mir nicht vorstellen, dass die genehmigt wurden, ohne dass der Bürgermeister seine Finger im Spiel gehabt hätte.«

»Haben Sie ihm je irgendwelche kriminellen Machenschaften nachweisen können?«

Nash schüttelte den Kopf. »Nein, aber ich wüsste ehrlich gestanden auch nicht, dass wir genauer hingeschaut hätten. Der Fokus lag auf Talbot, nicht auf dem Bürgermeister.«

»Ich vermute ja, Sie sollen für ihn Augen und Ohren aufhalten«, stellte Poole tonlos fest.

Nash schnaubte. »Falls das stimmt, hat er sich den Falschen ausgesucht. Mit dem rede ich nicht.«

Poole schwieg eine Weile. Dann fragte er: »Könnte er etwas gegen Sie in der Hand haben?«

Diesmal musste Nash lachen. »Sie meinen, er könnte irgendwie Druck auf mich ausüben?«

Poole zuckte mit den Schultern.

»Das wird nicht passieren«, sagte Nash. »Und er hat nichts gegen mich in der Hand. Ich habe eine weiße Weste.«

Poole sah aus, als wollte er etwas einwenden, überlegte es sich dann jedoch anders. Stattdessen räusperte er sich. »Konzentrieren wir uns auf den Fall.«

»Gute Idee.«

Poole trommelte ein paarmal rhythmisch mit den Fingern auf seine Armlehne. Dann wandte er sich wieder zu den Whiteboards um. »Vor ein paar Stunden habe ich einen Anruf von Sheriff Banister aus Simpsonville, South Carolina, gekriegt. Sie haben dort auf den Stufen zum Gerichtsgebäude eine männliche Leiche gefunden, die genauso arrangiert war wie die beiden Frauen, die wir hier in Chicago gefunden haben. Auge, Ohr und Zunge entfernt, in weiße Schachteln gelegt, die mit schwarzer Kordel verschnürt und dann fein säuberlich neben die Leiche drapiert wurden. Das Sätzchen *Vater, vergib mir* jeweils in unmittelbarer Nähe. Genau wie die zwei, die wir hier gefunden haben, hatte auch er ein weißes Pulver auf der Haut. Aus dem Labor habe ich noch nichts gehört, aber ich würde auf Salz tippen.«

»Scheiße, das heißt, wir haben heute schon vier«, erwiderte Nash.

»Bitte?«

»Clair hat gerade angerufen. Bei ihr ist es ein Arzt, ein

gewisser Stanford Pentz. Sie haben ihn in seinem Arbeitszimmer im Stroger Hospital gefunden. Identisches Set-up – bis hin zu den Schachteln und dem weißen Pulver.«

»Was ist mit dem Satz?«

»*Vater, vergib mir.*« Nash nickte. »Stand auf dem Rezeptblock auf seinem Schreibtisch.«

»Irgendwas auf der Stirn?«

»Nein. Das wäre die einzige Abweichung.«

»Der Typ aus Simpsonville hatte auch nichts auf der Stirn.« Poole hielt kurz inne. »Das Krankenhaus ist hermetisch abgeriegelt. Hat sie schon einen Todeszeitpunkt? Wie ist der Täter dort reingekommen?«

Drei Agents betraten den Raum und fingen an, Unterlagen einzusammeln und sie neben der Tür bereitzustellen.

»Die Whiteboards bleiben hier«, befahl Poole.

Die drei nickten bloß und werkelten weiter.

Poole drehte sich wieder zur Stirnseite des Zimmers um. »Vier Leichen binnen weniger Stunden. Zwei hier in der Stadt, eine in einem derzeit abgeriegelten Krankenhaus, eine andere siebenhundert Meilen entfernt. Das kann Bishop nicht allein gemacht haben.«

Nash schnappte sich einen Stuhl und setzte sich neben Poole. »Wurde der Typ aus South Carolina schon identifiziert?«

Poole nickte. »Ein gewisser Tom Langlin. Hat damals in den Neunzigern den Bericht geschrieben, als Bishops Haus abgebrannt ist. Pensionierter Feuerwehrmann.«

»Haben Sie den Bericht?«

»Nein, der liegt in South Carolina. Ich hatte dort bloß einen flüchtigen Blick reingeworfen.« Poole legte den Kopf in den Nacken und schloss die Augen. »August 1995. Das war deutlich vor meiner Zeit. Brandstiftung, war gleich am Tatort klar. Tom Langlin hat den Bericht geschrieben. Der ist inzwischen pensioniert, wohnt aber noch in der Gegend.

Ich kann Sie hinfahren, wenn Sie glauben, das könnte hilfreich sein. Dem Bericht zufolge hat die komplette Umgebung nur so nach Benzin gestunken. Als die Feuerwehr ankam, war das Haus schon nicht mehr zu retten. Drinnen haben sie drei Leichen gefunden, allesamt männlich. Todesursache bei allen dreien unbekannt, die Leichen waren zu stark verbrannt. Ein Überlebender, Anson Bishop, zwölf Jahre alt. War angeln am See und ist zurückgelaufen, nachdem er den Rauch entdeckt hatte. Seine Mutter wird verdächtigt, das Feuer gelegt zu haben – scheint abgetaucht zu sein. Sie wurde zur Fahndung ausgeschrieben, aber nie aufgespürt. Der Trailer hinter dem Haus war an einen gewissen Simon und eine Lisa Carter vermietet, die seit dem Feuer ebenfalls als vermisst gelten – auch von ihnen trotz Fahndung keine Spur. Der Junge wurde ins Camden Treatment Center hier in der Nähe gebracht.‹« Poole schlug die Augen wieder auf. »So hat es mir Sheriff Banister erzählt.«

»Gruselig. Das haben Sie sich Wort für Wort gemerkt?«

Poole strich sich das Haar zurück und wandte sich wieder den Whiteboards zu. »Ich hab ein eidetisches Gedächtnis. Speichere solche Informationen annähernd vollständig ab.«

»Himmel hilf. Ich kann mir die Hälfte der Zeit nicht mal merken, wo ich geparkt habe.«

»Tun Sie das nicht.«

»Was?«

»Sich selbst ins Lächerliche ziehen. Ich weiß, dass Sie ein cleveres Kerlchen sind. Sie machen Ihren Job gut. Sich selbst kleinzumachen ist kontraproduktiv. So blicken die Leute um Sie herum tatsächlich eher auf Sie herab. Und das haben Sie nicht verdient.«

Nashs Mundwinkel zuckte ganz leicht nach oben, und er senkte die Stimme. »Ich verrate Ihnen jetzt mal ein Geheimnis, Frank. Die Leute lassen die Deckung runter, wenn nur ein dummer Cop in der Nähe ist. Sie ahnen ja nicht, wie entwaffnend ein paar blöde Sprüche und zerknitterte Klamotten sein können. Jemand wie Sie betritt einen Raum, und jedes Arschloch macht dicht. Die Leute sind doch sofort auf Habtacht. Überlegen genau, was sie sagen. Mit mir wollen sie ein Bierchen trinken gehen. Da vergessen sie dann, dass sie mit einem Cop reden.« Er deutete auf die Whiteboards. »Mit meinen blöden Sprüchen komme ich übrigens auch mit solchen Sachen besser klar. In diesem Raum haben wir es ziemlich oft mit dem Tod zu tun. Das kann mit der Zeit zur Last werden.«

Poole atmete vernehmlich aus und starrte zu Boden. »Steckt Sam hier irgendwie drin?«

Nash wischte sich die Handflächen an den Hosenbeinen ab. »Ich würde wirklich gern sagen: Nein. Ich würde wirklich gern sagen: Unter gar keinen Umständen. Ich kenne ihn schon seit einer Ewigkeit, und er ist einer der besten Ermittler, mit denen ich je zusammenarbeiten durfte. Ich nehme an, wenn Sie mir dieselbe Frage vor einem Monat gestellt hätten, hätte ich Ihnen genau das erzählt. Mittlerweile bin ich mir nicht mehr ganz sicher – und das macht mir Angst. Er ist besessen. Nicht mehr objektiv. Dass er einfach abgetaucht ist... diese Frau aus dem Knast geholt hat... Ich versuche, mir einzureden, dass er sich mir nicht anvertraut hat, um mich, Clair und Kloz da nicht reinzuziehen. Aber irgendwie fühlt es sich nicht so an. Es fühlt sich eher an wie Geheimniskrämerei, wie Verrat... Wenn ich auf diesem Whiteboard jetzt aufschreiben müsste, was er alles angerichtet hat, und seinen Namen wegließe und mir dann lediglich die Fakten ansähe, seine Handlungen – dann wäre er mein Hauptverdächtiger. Das liegt mir verdammt schwer im Magen, und trotzdem ist es wahr. Dann wiederum haben wir vier neue Leichen, obwohl er die ganze Zeit in Polizeigewahrsam war. Mit diesen vier hat er nichts zu schaffen, nachweislich nicht – nur bedeutet das trotzdem nicht, dass er unschuldig ist. Irgendetwas verschweigt er mir, irgendwas Großes, und was immer das sein mag, ist über die Jahre, die wir an diesem Fall gearbeitet haben, immer größer und größer geworden. Ich hab eine Heidenangst, eines Tages zu erfahren, was das sein könnte. Trotzdem wird der Cop in mir nicht stillhalten, bis ich es weiß. So läuft das eben, im Guten wie im Schlechten.«

Beide schwiegen sie eine Weile, ehe Poole wieder das Wort ergriff: »Im Bureau glaubt man, dass jemand die Ermittlungen sabotiert hat und 4MK nur deshalb so lange hat unter dem Radar bleiben können.«

Nash hatte bereits den Kopf geschüttelt, noch bevor Poole ausgesprochen hatte. »4MK ist unter dem Radar geblieben, weil er komplett wahnsinnig ist und seine Motive für niemanden außer für ihn selbst einen Sinn ergeben. Sollte Sam irgendwie mit der Sache zu tun haben – *sollte* er –, dann hat das seine Arbeit nicht im Geringsten beeinflusst. Sie haben seine Wohnung doch selbst gesehen, diese Wand ... So etwas tut doch keiner, der versucht, einen Fall zu sabotieren. Das war ein Einblick in eine besessene Seele. In den Geist eines Menschen, der sich Bishop schnappen will, und zwar um jeden Preis. Der Mann im Vernehmungsraum will das noch immer.« Nash drehte sich frontal zu Poole um. »Sie müssen ihm die Tagebücher zu lesen geben. Lassen Sie zu, dass er mithilft. Ob Sie ihm vertrauen oder nicht – niemand wäre besser geeignet, Bishops wirre Tiraden zu durchschauen. Das wissen Sie doch ganz genau – ob Sie es nun zugeben wollen oder nicht.«

»Vor zehn Minuten hat er die Kiste gekriegt«, murmelte Poole.

Nash runzelte die Stirn. »Dann hab ich mir hier gerade umsonst den Mund fusselig geredet?«

»Was – geredet?«, konterte Poole. »Hab gerade nicht zugehört.«

»Ach, blöde Sprüche können Sie auch?«

»Nur den einen.«

Poole stand auf und fotografierte mit dem Handy die Whiteboards ab. »In einer halben Stunde ist Briefing an der Roosevelt. Der Bürgermeister will sicher, dass Sie dabei sind.«

Nash wiederum war sich nicht sicher, ob dieser letzte Satz nur ein blöder Spruch gewesen war oder nicht.

11
Porter

Porter war zu aufgewühlt, um schlafen zu können. Sie hatten ihn gerade lange genug aus dem Vernehmungsraum gelassen, damit er aufs Klo gehen und am Wasserspender draußen auf dem Flur einen Schluck trinken konnte. Als sein Aufseher ihn hinausgeführt hatte, war es auf dem Flur still geworden. Detectives, die er seit Jahren kannte, Kollegen – sie hatten ihn alle bloß wortlos angestarrt. Er hatte den Impuls unterdrücken müssen, beide Hände nach oben zu reißen und »Buh!« zu rufen. Als sie ihn in den Raum zurückgebracht hatten, war er dort lange allein geblieben. Er hatte damit gerechnet, dass sie ihn einbuchten würden – sei es wegen der Beihilfe zu einem Gefängnisausbruch, wegen des Mordes im Guyon ... Aber nichts passierte. Zumindest war bis jetzt noch nichts dergleichen passiert. Andererseits hatten sie es wahrscheinlich auch nicht eilig. Porter war klar, dass sie ihn hier nicht so bald wieder rauslassen würden. Er hatte die Augen geschlossen und versucht, sich auszuruhen, hatte aber nur das Geschrei in seinem Kopf gehört: die Fakten dieses Falles, die alle auf einmal auf ihn einbrüllten, hundert Stimmen, die in seinem Hirn im Widerstreit lagen.

Als es an der Tür klopfte, riss er die Augen auf. Verblüfft stellte er fest, dass volle zwei Stunden vergangen waren.

Keine Ahnung, warum sie sich die Mühe gaben und anklopften. Er konnte die Tür ja doch nicht aufmachen. Eine gute Stunde lang hatte er dem Drang widerstanden, bevor er schließlich aufgestanden war und versucht hatte, den Türknauf zu drehen. Natürlich war die Tür verschlossen.

Als es klopfte, sah er also bloß hoch und wartete. Hörte, wie das Schloss entriegelt wurde. Einen Augenblick später schwang die Tür auf. Eine Frau Mitte zwanzig mit einer FBI-Marke und einem Chicago-Metro-Besucherausweis trug eine weiße Aktenkiste herein und setzte sie auf dem Tisch ab. »Das hier ist von Agent Poole.«

Dann war sie wieder verschwunden. Die Tür fiel zu und wurde verschlossen.

Es war still, nur die Klimaanlage surrte.

Porter ertappte sich dabei, wie er reglos die Kiste anglotzte. Er wusste genau, was sich darin befand, er konnte die Notizbücher verdammt noch mal regelrecht in der Pappkiste spüren – wie ein lebendiges, atmendes Tier, das es sich darin gemütlich gemacht hatte. Als er die flache Hand auf den Deckel legte, hätte er schwören können, dass davon Wärme abstrahlte.

Ein Schweißtropfen löste sich aus seiner Augenbraue und lief ihm über die Wange. Trotzdem machte er keine Anstalten, sich übers Gesicht zu wischen.

»Ich brauche etwas zu schreiben«, sagte er, ohne aufzublicken. Er wusste, dass ihn auf der anderen Seite des Spionspiegels jemand beobachtete, womöglich mehrere Jemands. »Und vielleicht Kaffee?«

Eine Minute später stand alles bereit – ein Whiteboard, Stifte, ein Becher und Kaffee in einer braun verkrusteten Kanne, deren Henkel mit Paketband umwickelt war.

Erst als er wieder allein war, zog Porter den Deckel von der Kiste, nahm ein Tagebuch nach dem anderen heraus und legte sie alle vor sich auf den Tisch. Sie waren nummeriert, in der oben rechten Ecke stand jeweils eine Zahl – eins bis elf – in einer Handschrift, die er mittlerweile nur allzu gut kannte.

Er goss sich Kaffee ein und setzte sich wieder. Als er das erste Buch zur Hand nahm, konnte er regelrecht spüren, wie sich hinter dem Spiegel jemand leicht nach vorn beugte. Fast hätte er angefangen, laut vorzulesen.

12
Tagebuch

Das Finicky-Heim für missratene Kinder sprach in der Nacht: Seine Wände, die Böden und das Dach knacksten arthritisch, und das Haus schnappte nach Luft – ein kaum vernehmbares Keuchen und rasselndes Ausatmen, das jedes Mal aus den Böden zu kommen und nach oben hin ausgestoßen zu werden schien. Die Zimmer waren schlaffe Lungen mit Krebstumoren und Narbengewebe – vergessen von all jenen, die diesen Ort einst ein Zuhause genannt hatten.

Zuhause.

Ein komisches Wort. Vor gerade einmal einem Jahr hätte ich noch mit Gewissheit sagen können, was es für mich bedeutete. Ohne zu zögern, ohne jeden Zweifel hätte ich gewusst, was mein Zuhause war, hätte auf einer Karte darauf zeigen und den schnellsten Weg dorthin beschreiben können. Damals war es noch ein genau definierter Ort gewesen – der einzige, den ich je gekannt hatte. Zuhause – das war die Behaglichkeit einer warmen Decke. Feuchte Erde zwischen den Zehen, wenn ich barfuß den Trampelpfad zu meinem See entlanglief. Zuhause, das war das Lachen meiner Mutter und das Lächeln meines Vaters und ein freundliches Winken der hinreißenden Mrs. Carter, wann immer ich quer über ihren Rasen lief und insgeheim hoffte, einen Hauch ihres Parfüms oder einen Blick auf die Kontur ihres Körpers zu erhaschen, den die Sonne von hinten durch ihr gelbes Blümchenkleid anstrahlte.

Wenn ich die Augen zumachte, konnte ich dorthin zurückkehren, und das tat ich auch – ich kehrte oft dorthin zurück. Doch je mehr Zeit verging, war dieser Ort – mein Zuhause – immer schwerer zu finden, als hätte man ihn in meinem Kopf in einen Karton geworfen, ganz nach hinten bis an die Wand geschoben, und mit jedem Tag, an dem neue Kartons davorgepackt wurden, geriet der erste mehr in Vergessenheit.

Als ich heute aufgewacht bin, habe ich zuallererst an meine Katze denken müssen, die dort am Seeufer mutterseelenallein zurückbleiben musste und um die sich niemand mehr kümmert.

Ich habe mich gefragt, ob ich mein Zuhause je wiedersehen werde.

Dann kam mir in den Sinn, wie ich mein Zuhause zuletzt gesehen hatte – das Feuer, diese Männer –, und ich fragte mich, ob davon überhaupt noch etwas übrig geblieben war.

Paul schnarchte.

Mr. Paul Upchurch, der Zeichner der Welten, der Schöpfer der Missgeschicke der Maybelle Markel, Zimmergenosse und Bewohner des oberen Stockbetts, schnarchte ausnahmslos jede Nacht und klang wie das Rumoren eines in die Jahre gekommenen Generators. Weil er oben schlief, unter der Zimmerdecke, war das Echo seiner rasselnden Atmung umso lauter. Manchmal wachte er selbst davon auf, hatte dann aber keine Ahnung, was ihn aus dem Schlaf gerissen hatte. Dann murmelte er etwas in sich hinein, dämmerte wieder weg, und kurz darauf ging das Ganze wieder von vorn los.

Ich hatte weniger Glück.

Aus unerfindlichen Gründen lag ich immer stundenlang wach, wenn sein stotterndes Atmungssystem mich wieder geweckt hatte, und ertappte mich dabei, wie ich das obere

Stockbett anstarrte, während unser Wecker alles in matt-rotes Licht tauchte. Wenn ich hinsah, war es aus unerfind-lichen Gründen immer exakt zwei nach vier.

Auch gestern Nacht war es so gewesen. Als ich irgend-wann die Augen geschlossen hatte, hatte sich alles nur umso lauter angehört. Ich versuchte, die Geräusche auszu-blenden, um bloß sie zu hören.

Ich hatte das Mädchen von der anderen Seite des Flurs, Libby McInley, noch immer nicht kennengelernt. Trotzdem hatte ein Teil von mir bereits jetzt das Gefühl, dass ich sie kannte. Mit jedem neuen Tag fühlte ich mich mehr zu ihr hingezogen. Dieses unsichtbare Band zwischen uns beiden schien stündlich kürzer zu werden. Es hatte angefangen, als ich mich noch in der Obhut des erlauchten Dr. Joseph Oglesby im Camden Treatment Center befunden hatte. Ge-nau wie hier hatte ihr Zimmer dort ein Stück den Gang hi-nunter gelegen – weit genug weg, um unerreichbar zu sein, aber gleichzeitig so nah, dass ich sie spüren konnte. Sie hatte dort ihren kompletten Aufenthalt hinter verschlosse-nen Türen verbracht und die meiste Zeit geweint. Ich sehn-te mich danach, sie lachen zu hören. Wenn ich Geld gehabt hätte, hätte ich jede Summe bezahlt, um sie auch nur nie-sen zu hören. Trotzdem weinte sie einfach nur weiter, und ich konnte es mir nicht erklären. Außer dass Miss Finicky nach ihr sah, wechselten sich die anderen Mädchen aus dem Heim bei ihr ab und gaben sich zu jeder Tages- und Nachtzeit die Klinke in die Hand. Kristina Niven und Tegan Savala hießen die beiden, sie waren fünfzehn beziehungs-weise sechzehn, aber abgesehen von ein paar flüchtigen Blicken über den Flur und einem unbeholfenen Hallo kannte ich sie nicht wirklich.

In meiner ersten Nacht im Heim war Paul so nett gewe-sen und hatte mir allen Ernstes erzählt, dass er Tegan »echt wichswürdig« finde und Kristina sich »echt mal zurechtmachen« müsse – eine gute Acht und eine Sechs auf seiner »Wichsskala«. Die beiden waren schon länger im Heim als jeder andere – knapp zwei Jahre.

Insgeheim war mir noch immer nicht klar, um welche Art Heim es sich handelte. Ich hatte mit einer langen Reihe von Möchtegerneltern gerechnet, die sich hier regelmäßig durch die Flure schoben, aber nichts dergleichen schien je zu passieren, niemand kam, um sich ein Adoptivkind zu holen oder auch nur ein Pflegekind. Mir war auch nicht klar, wo genau wir uns befanden. Rund um das Haus erstreckte sich ein riesiges Grundstück; Nachbarhäuser waren nirgends zu sehen. Das einzige andere Gebäude in Sichtweite war eine verfallene Scheune, die angeblich ganz grässlich gefährlich und verboten war, was sie natürlich nur umso verlockender machte. Paul hatte sich schon einen Plan zurechtgelegt.

»Wir nehmen die Mädchen mit und erkunden die Scheune. Wetten, da gibt es Heu und ein paar leere Ställe – und vielleicht einen Dachboden? Da spiel ich dann Versteck-das-Würstchen mit Tegan. Du kannst ja Kniffel oder so mit Kristina spielen. Oder Wache schieben. Auf jeden Fall brauchen wir eine Flasche fürs Flaschendrehen.«

»Du solltest dich vielleicht erst mal mit ihr unterhalten, bevor du dir Namen für eure Kinder ausdenkst.«

»Ich unterhalte mich doch mit ihr.«

»Du blaffst sie an«, entgegnete ich. »Ich hab's doch selbst gehört. Sie sagt so was wie: ›Guten Morgen‹, und du antwortest mit: ›Hä, äh‹, oder brabbelst irgendwas noch Sinnloseres vor dich hin.«

»Ich bin eben kein Freund vieler Worte. Ich komm auf den Punkt und halte den Mund. Sie versteht schon, was ich ihr sagen will. Deshalb zieht sie mich ja auch immer mit ihren Blicken aus.«

»Ach ja?«

»Sie nennt mich Paul-führ-mich-zum-Altar.«

»So nennt sie dich nicht.«

»Aber das sagt ihr Blick.«

»Vielleicht braucht sie nur eine Brille.«

»In ihren Augen funkeln Sterne und ganze Feuerwerke«, sagte Paul. »Mit den anderen Mädchen redet sie die ganze Zeit über mich.«

»Woher willst du das wissen?«

»Worüber sollten sie sonst reden? Wir zwei allein in der Scheune, und ich kann für nichts mehr garantieren.«

»Hoffentlich hast du dann genug getrunken.«

Paul hielt einen Augenblick inne. »Hast du schon mal ein echtes Mädchen nackt gesehen?«

»Nein«, antwortete ich – vielleicht einen Hauch zu schnell. Aber ich hatte schon mal eine Frau gesehen, und in jener Nacht fragte ich mich im Schlaf, wo Mrs. Carter gerade steckte und wie weit sie wohl von zu Hause weggestreunert war.

13

Nash

Die FBI-Niederlassung war etwa zehn Minuten von der
Chicago Metro entfernt in der 2111 Roosevelt Road untergebracht. Nash fuhr in seinem Chevy hin. Einer der Kisten-
schlepper-Agents hatte angeboten, ihn mitzunehmen, aber
Nash hatte abgelehnt; das alles hier fühlte sich einfach nur
noch verkehrt an.

Am Eingang meldete er sich bei der Security an, gab beide Dienstwaffen ab, wurde fotografiert, nahm seinen Be-
sucherausweis entgegen und durfte dann endlich durch die
Sicherheitsschleuse. Laut Poole sollte er in den Konferenz-
raum im dritten Stock kommen. Nash wusste nicht, was er
erwartet hatte – aber ganz sicher nicht das. Bei Konferenz-
raum C handelte es sich um einen riesigen Saal mit einem
Dutzend Stuhlreihen, die zur Rückwand hin anstiegen und
auf eine Bühne ausgerichtet waren. Die Stirnseite war vom
Boden bis zur Decke mit Videobildschirmen bedeckt. Auf
jedem einzelnen Bildschirm schwebte das dreidimensio-
nale FBI-Logo und blitzte in einem künstlichen Licht. Er
war zehn Minuten zu früh dran; von Poole oder Pooles Vor-
gesetztem war weit und breit nichts zu sehen. Stattdessen
standen in dem Saal mindestens zwanzig andere Agents
herum und warteten.

Auch wenn Nash keinen von ihnen kannte, mussten sie

ihn wiedererkannt haben. Kaum dass er eingetreten war, hatten die meisten von ihnen aufgehört zu sprechen oder tuschelten leise miteinander. Und sie starrten ihn unverhohlen an. Nash musste sich zusammenreißen, um nicht zu winken. Stattdessen holte er sich einen Kaffee von einem Beistelltisch an der Tür und setzte sich in die dritte Reihe. Allmählich füllte sich der Saal.

Um Punkt neun Uhr wurden die Oberlichter gedimmt, und die zwei Zugangstüren glitten automatisch zu. Nash rechnete fast damit, dass auf den Monitoren gleich Werbung laufen würde. Stattdessen kam SAIC Hurless durch einen Seiteneingang, und es wurde still im Raum.

»Mir ist klar, dass die meisten von Ihnen mit diesem Fall nicht vertraut sind. Trotzdem haben wir keine Zeit für eine ausführliche Einarbeitungsphase. Seit den frühen Morgenstunden haben wir es mit vier weiteren Leichen zu tun – drei hier in Chicago, eine in Simpsonville, South Carolina. Detective Sam Porter ist in Gewahrsam und befindet sich derzeit in der Obhut der Chicago Metro.«

Zu Nashs Überraschung ließen sich diverse Agents zu Beifallsrufen hinreißen. Einige applaudierten.

Hurless ging darüber hinweg. »Agent Poole wird Sie jetzt mit den Einzelheiten vertraut machen.«

Poole kam durch denselben Eingang wie zuvor Hurless. Er hatte es tatsächlich geschafft, sich in der Zwischenzeit zu rasieren und sich umzuziehen. Er hielt eine Art Fernsteuerung in der Hand, und als er auf einen der Knöpfe drückte, erwachten die Bildschirme in seinem Rücken zum Leben.

Vier Leichen.

»Alle vier wurden in ein und derselben Körperhaltung gefunden: auf den Knien, die Hände vor dem Körper verschränkt und mit gesenktem Kopf, als würden sie beten. Linkes Auge, linkes Ohr und Zunge wurden mit chirurgi-

scher Präzision entfernt und jeweils in weiße Schächtelchen gelegt, die mit schwarzer Kordel verschnürt und dann
bei der Leiche zurückgelassen wurden. Außer bei Gunther
Herbert und Libby McInley hat Bishop die Schachteln bislang immer binnen einer Woche per Post verschickt – ich
wiederhole: Herbert und McInley waren die Ausnahme. In
unmittelbarer Nähe der Leichen haben wir überdies jeweils
den Satz *Vater, vergib mir* gefunden.«

Poole trat ein Stück zur Seite und zeigte auf die zwei
Frauen, die hinter ihm auf die Wand projiziert wurden.
»Das erste Opfer haben wir auf dem Friedhof Rose Hill gefunden. Das zweite kniete auf den Gleisen der Red Line im
U-Bahnhof Clark. Die Fingerkuppen wurden bei beiden
chemisch behandelt, sodass wir keine Abdrücke nehmen
können. Entsprechend wissen wir immer noch nicht, um
wen es sich handelt.« Er ging über zum dritten Opfer. »Diesen Mann konnten wir als Tom Langlin identifizieren –
pensionierter Inspector der Feuerwehr Simpsonville. Unser Täter hat ihn weithin sichtbar auf den Stufen zum
dortigen Gerichtsgebäude platziert. Langlin hatte damals
den Bericht zum Brand auf dem Bishop-Grundstück geschrieben.«

»Auf dem Porter-Grundstück, meinen Sie wohl?«, rief
jemand aus den hinteren Reihen.

»Dazu kommen wir später«, erwiderte Poole.

Er ging ganz nach rechts und zeigte auf die letzte Leiche.
»Das hier ist Dr. Stanford Pentz. Hat in der Kardiologie des
Stroger Hospital gearbeitet. Er wurde heute früh in seinem
Büro aufgefunden – in der gleichen Pose wie die anderen.
Das Krankenhaus steht seit gestern unter strengster Quarantäne. Wir haben immer noch keinen Todeszeitpunkt,
aber höchstwahrscheinlich wurde er umgebracht, bevor
das Krankenhaus abgeriegelt wurde. Dass unser Täter sich
trotz der verschärften Sicherheitslage dort mit einer Leiche

eingeschlichen hat, ist eher unwahrscheinlich, und abgesehen von dem Chirurgen, der Paul Upchurch operiert hat, ist niemand rein- oder rausgelassen worden. Informationen dazu stehen in der Fallakte.«

Ein Agent in der Mitte der zweiten Reihe stand auf. »Sie sagen immer noch ›Täter‹ statt ›Bishop‹. Heißt das, Sie glauben, es war jemand anders?«

Poole sah zu Hurless. Auf dessen Nicken hin wandte er sich wieder zu dem Fragesteller um. »Nachdem wir es mit mehreren Opfern in mehreren Bundesstaaten zu tun haben, die alle etwa zur selben Zeit aufgefunden wurden, gehen wir derzeit davon aus, dass es neben Bishop noch einen Mittäter gibt. Mit Gewissheit können wir sagen, dass Bishop Paul Upchurch geholfen haben muss, Ella Reynolds, Lili Davies und Larissa Biel zu kidnappen. Aber möglicherweise gibt es noch einen Dritten. Detective Porter behauptet, dass Anson Bishop sich derzeit hier in Chicago in Begleitung einer Frau aufhält, die eventuell seine Mutter sein könnte.«

»Ist Detective Porter der Vater?«

Diesmal hatte jemand aus den hinteren Reihen gefragt – eine Frau mit asiatischen Zügen in einem beigefarbenen Hosenanzug.

»Zum jetzigen Zeitpunkt«, ging Hurless dazwischen, »können wir nichts ausschließen.«

»Den beiden weiblichen Opfern«, fuhr Poole fort, »wurde *Ich bin böse* in die Stirn geritzt. Das war bei den männlichen Opfern nicht der Fall. Im Augenblick wissen wir noch nicht, ob das relevant sein könnte. Klar ist, dass nichts davon an die Öffentlichkeit durchsickern darf.«

Ein Raunen ging durch den Saal.

Poole drehte sich wieder zu den Monitoren um. »Und es gibt noch etwas, was Sie über die Opfer wissen sollten. Ihre Haut war mit Salzkristallen überzogen – im Gegensatz zu der Kleidung. Es ist anzunehmen, dass sie aus- und später wieder angekleidet wurden. Das Salz ist nicht identisch mit dem Salz aus dem Tank, den wir in Paul Upchurchs Haus sichergestellt haben. Es scheint derzeit, als handelte es sich um ein feiner gekörntes Produkt, das zum Streuen auf vereisten Straßen eingesetzt wird.«

Die Asiatin stand erneut auf. »In der Bibel – Genesis – steht, dass Lots Frau zur Salzsäule erstarrt ist, als sie sich noch mal nach Sodom umgedreht hat. Wenn Sie das mit diesem Satz kombinieren – *Vater, vergib mir* –, dann könnte ein religiöses Motiv dahinterstecken. Irgendwas, was von Bishops bisherigem Vorgehen eindeutig abweicht.«

»Oder aber Bishop wendet sich damit direkt an seinen Vater«, warf Hurless ein. »Sofern der immer noch am Leben sein sollte.«

Poole wandte sich an die Asiatin und zitierte: »*Errette dein Seele und sieh nicht hinter dich; auch stehe nicht in dieser ganzen Gegend. Auf den Berg rette dich, daß du nicht umkommst.* Genesis 19, Vers 17. Das sagen zwei Engel zu Lot und seiner Frau, bevor sie die Stadt zerstören.«

Die Asiatin nickte. »Ich bin nur neugierig – aber waren die vier Leichen zufällig in dieselbe Himmelsrichtung ausgerichtet?«

Poole schien noch darüber nachzudenken, als Nashs Handy klingelte. Es wurde still im Saal; alle drehten sich zu ihm um. Nash lächelte seinen nächsten Sitznachbarn betreten an, griff in die Tasche, zog das Handy hervor und drückte die Anruf-Annehmen-Taste, ehe er sich das Gerät ans Ohr hielt. Auch wenn er die Stimme seit mehreren Monaten nicht mehr gehört hatte, erkannte er sie sofort wieder. Und schon beim ersten Wort, das Anson Bishop sagte, fühlte es sich an, als kröchen ihm Spinnen über die Wirbelsäule.

»Ich weiß, wo Sie sind, Nash. Sie müssen nichts sagen. Hören Sie mir einfach zu. Ich schicke Ihnen gleich eine

Adresse. Sie verlassen Ihre kleine Konferenz und fahren dorthin. Sie fahren allein. Wenn ich außer Ihrer Chevy-Rostlaube noch irgendein anderes Fahrzeug dort sehe, werden jede Menge Leute krank. Ich weiß gar nicht, wohin mit dem Virus, so viel hab ich davon – und allmählich bin ich es leid, es mit mir herumzutragen. Irgendwie verlockend, es mit den Besuchern der Revival Food Hall oder der Woodfield Mall zu teilen. Die Bears spielen heute Abend – Heimspiel. Stellen Sie sich nur vor, was für ein Spaß das wäre, wenn ich dort kurz vorbeischaute! Diese Variante wäre gerade die allerverlockendste – aber ganz ehrlich? Viel lieber würde ich im Moment Ihnen gegenüberstehen. Kommen Sie – ich vermisse meine alten Freunde. Und es gibt einiges, worüber wir uns unterhalten müssten. Sie haben dreißig Minuten. Seien Sie pünktlich. Ich kann es nicht ausstehen, wenn ich warten muss.«

Ein Signalton, und eine Adresse erschien auf dem Display.

»Kommen Sie alleine, Nash«, fuhr Bishop fort. »Ich will sonst niemanden sehen. Husten Sie, wenn Sie mich verstanden haben.«

Nash räusperte sich.

»Guter Junge.«

Dann war die Leitung tot. Als Nash aufblickte, starrten ihn immer noch alle an.

14

Tagebuch

Um kurz nach sechs wachte ich auf und musste pinkeln. Nicht die Art Dreh-dich-noch-mal-um-und-denk-an-was-anderes-und-halt-noch-eine-Weile-durch-Pinkeln, ich musste wirklich dringend, als würde im nächsten Moment meine Blase platzen, wenn ich nicht sofort etwas dagegen unternähme.

Irgendwie hatte sich die Decke um meine Beine gewickelt, was es nicht besser machte. Ich fiel fast aus dem Bett, als ich mich in aller Eile aus dem Durcheinander befreien wollte. Auf der Matratze über mir schnarchte, schnorchelte und grunzte Paul unaufhörlich weiter vor sich hin. Er lag auf dem Rücken, sein rechter Arm hing über die Bettkante. Die Dämmerung schlich bereits um unser Fenster.

Ich durchquerte das Zimmer, zog die Tür auf und stürzte mit beiden Händen im schlafanzugbekleideten Schritt hinaus auf den Flur. Wenn Mutter Natur ruft, und zwar aus voller Kehle, dann geschehen zwei Dinge, wie jeder Junge bestätigen wird: Er verspürt den überwältigenden Drang zu rennen – und er wird hart. Beides würde anhalten, bis ich eine Weile auf der Toilette am anderen Ende des Flurs zugebracht hätte.

Nun war es aber folgendermaßen: Die Bohlen im Flur knarzten, und Vince Weidner hatte mir schon einmal gesagt, dass er das Geräusch bis zum anderen Ende des Flurs hören könne. Außerdem hatte er mir angedroht, wer immer die Bohlen zum Knarzen bringe, werde dafür hart bestraft, ziemlich sicher grün und blau geprügelt und womöglich sogar aus dem Weg geräumt. Vince war sein Schlaf heilig, während ihm alles andere – oder vielmehr jeder andere – ziemlich egal war. Außer vielleicht das mit der Bestrafung – das schien er trotz allem ganz gut zu finden.

Ich wusste genau, welche Bohlen knarzten.

Paul hatte eine Karte gezeichnet und mir gleich an meinem ersten Tag im Finicky-Heim aus genau diesen Gründen geholfen, mir alles einzuprägen. Mit diesem Wissen setzte ich den linken Fuß auf die Diele, die direkt an der gegenüberliegenden Wand verlief, und schwang dann den rechten einen knappen Meter weiter in Richtung Toilette auf eine Stelle in der Mitte des Flurs. Auch wenn mein Körper weiterhin einfach nur hätte rennen wollen, geschah dies alles vollkommen lautlos.

Libbys Tür war geschlossen, und wie jedes Mal, wenn ich daran vorbeiging, blieb ich kurz davor stehen und spitzte die Ohren.

Sie weinte nicht, das war schon mal gut. Sie weinte immer noch oft, allerdings nicht mehr ganz so viel wie im Camden Treatment Center. Auch wenn ich sie nicht weinen hören wollte, wollte ich sie wenigstens hören. Es war merkwürdig beruhigend zu wissen, dass sie so nah bei mir in diesem Zimmer war. Mir ist klar, dass das seltsam klingen muss – immerhin waren wir uns nie begegnet. Hatten nie miteinander gesprochen. Ich wusste kaum, wie sie aussah, hatte immer nur flüchtige Blicke erhascht.

Am anderen Ende des Flurs rauschte die Spülung, und dann ging die Tür zum Mädchenklo auf.

Tegan kam heraus. Sie hatte die Augen zugekniffen, streckte sich und gähnte herzhaft. Außer einem dünnen weißen Schlüpfer hatte sie nichts am Leib, und ich blieb wie angewurzelt stehen – sogar der Drang loszurennen *hatte sich schlagartig verflüchtigt. Nur meine Morgenlatte verflüchtigte sich nicht, und als sie die Augen wieder aufschlug, blieb ihr Blick daran hängen – an dem Schlafanzugzelt über meinem Schritt. Ich versuchte noch, es zu verdecken, war aber ein bisschen zu langsam – und ich würde lügen, wenn ich behauptete, es hätte nicht daran gelegen, was sie anhatte (oder vielmehr daran, was sie nicht anhatte).*

»Himmel noch mal, genug gegafft?«, fragte Tegan und kam auf ihren langen Beinen auf mich zu. Mehrere Bohlen knarzten. »Du bist ja pervers!« Dann schlüpfte sie in ihr Zimmer und schlug die Tür hinter sich zu, dass die Wände wackelten.

In seinem Zimmer stöhnte Vince auf.

Wie der Blitz lief ich den restlichen Flur entlang, stürzte in die Toilette und schloss hinter mir ab. Ich erleichterte mich und überlegte schon, ob ich die kommende Stunde auf der Schüssel verbringen müsste, damit ich Vince nicht begegnete, oder ob ich es irgendwie zurück ins Bett schaffen könnte.

Hinter dem Klo befand sich ein schmales Fenster, das zur Auffahrt hinausging, und während ich dastand, pinkelte und sich in mir Erleichterung breitmachte, sah ich nach draußen. In der Auffahrt stand ein Wagen, ein weißer Chevy Malibu, den ich schon einmal gesehen hatte. Im nächsten Moment lief Detective Welderman um das Fahrzeug herum und zog die hintere Tür auf. Kristina Niven stieg aus, sagte noch etwas zu ihm und stampfte dann zur Haustür. Sie trug ein kurzes schwarzes Kleid, dazu passende Schuhe mit Absatz und hatte sich ein Handtäschchen unter den Arm geklemmt.

Als ich mich wieder dem Detective zuwandte, sah er mir direkt ins Gesicht.

15
Clair

Clair stand in Jerome Stouts überfülltem Arbeitszimmer. Der Leiter der Krankenhaus-Security saß auf einem klapprigen Bürodrehstuhl an seinem Schreibtisch und hatte das klobige Telefon zwischen sie beide gestellt. Auf Stouts ausdrücklichen Wunsch rief sie bei Captain Henry Dalton an.

»Fünf? Das ist alles?«, krächzte Daltons Stimme aus dem Lautsprecher. »Wie können Sie ein Krankenhaus dieser Größe überwachen, wenn nur fünf Securityleute im Dienst sind?«

Stout kratzte sich am Kopf. »Diese Frage stellen Sie besser unseren Controllern und nicht mir. Ich versuche, aus den Mitteln, die mir zur Verfügung stehen, das Beste zu machen. Ganz ehrlich? Ich hab einen Kumpel, der am Cleveland General arbeitet, und dort sind sie nur zu dritt. Da kann ich schon dankbar sein für das, was ich hier zur Verfügung habe.«

Clair beugte sich vor. »Captain, er ist hier drin. Wir brauchen Verstärkung.«

»Das CDC wird keine weiteren Zugänge erlauben, genauso wenig, wie auch nur einer von Ihnen rauskommt«, antwortete Dalton. »Außerdem können wir doch gar nicht sicher sein, dass er drin ist.«

»Ich bin mir ziemlich sicher, dass unser Toter sich nicht

selbst Ohr und Zunge abgeschnitten und dann fein säuberlich in Schachteln verpackt hat. Und das Auge hat er sich wahrscheinlich auch nicht selbst rausoperiert.«

»Wir haben seit heute früh zwei vergleichbare Leichen hier in Chicago und eine weitere in Simpsonville. Ich habe meine Zweifel, dass Ihr Arzt von Bishop ermordet wurde. Viel wahrscheinlicher wäre ein Nachahmungstäter.«

»Und da soll ich jetzt aufatmen, ja? So oder so sind wir in diesem Krankenhaus mit einem Mörder zusammengepfercht!«

»Sie sind Ermittlerin. Machen Sie sich an die Arbeit und ermitteln Sie. Wie viele Kollegen sind bei Ihnen vor Ort?«

»Noch vier«, antwortete Clair. »Einen habe ich zu Darlene Biel und ihrer Tochter Larissa geschickt, Nummer zwei steht vor Kati Quigleys Tür, der Rest ist in der Cafeteria. Ich überlege derzeit, sie alle vier dort runterzuschicken, damit es dort nicht zu einem ausgewachsenen Tumult kommt. Ich kann mich jetzt nicht auch noch um den Mord kümmern. Ich muss diese Leute beschützen. Wir brauchen Verstärkung. So können wir nicht rund um die Uhr weitermachen.«

»Keiner bei Upchurch?«

»Der liegt im Koma. Unwahrscheinlich, dass er noch mal zu sich kommt. Außerdem habe ich keine Ressourcen, um jemanden bei ihm zu postieren.«

»Was ist mit den werten Bundesbehörden?«

»Ich hab schon mit SAIC Hurless gesprochen. Der sieht das wie Sie. Bis das CDC uns erlaubt, die Türen wieder zu öffnen, kommt keiner rein und keiner raus. Nur so behalten wir die Lage unter Kontrolle.« Clairs Blick huschte zu Stout und wieder zurück zum Telefon. »Wo ist die Leiche überhaupt hin – und wer weiß noch davon?«

»Ich habe sie nach unten in die Leichenhalle bringen lassen«, erklärte Stout. »Eine Pathologin hat dort unten Dienst, eine gewisse Amelia Webber.«

»Gut«, sagte Dalton. »Bringen Sie sie in Kontakt mit Eisley aus der Rechtsmedizin. Er hat die beiden von heute früh auf dem Tisch. Und er steht in Kontakt mit Simpsonville. Die drei müssen jetzt ihre Ergebnisse abgleichen – und natürlich muss das so diskret wie möglich passieren. Wenn auch nur irgendwas aus dem Krankenhaus nach draußen durchsickert, könnte die Lage bei Ihnen im Handumdrehen eskalieren.«

Clair verdrehte die Augen. Super Erkenntnis, kam nur zu spät. Die Krankenschwester, die Pentz' Leiche gefunden hatte, hatte den anderen auf der Station laut genug Bericht erstattet, dass mehrere Angestellte in Hörweite – drei Krankenwärter, ein Arzt und zwei vom Cafeteria-Personal –, aufgehorcht hatten. Clair hatte noch versucht, sie zusammenzurufen und ihnen zu erklären, wie wichtig es jetzt sei, den Mund zu halten. Doch da hatten sie bereits anderen davon erzählt. Die Lawine war schon losgetreten worden.

»Die Katze ist aus dem Sack, Captain«, sagte sie.

»Dann behandeln Sie die Angelegenheit wie jeden anderen Todesfall und versuchen Sie, ihn so schnell wie möglich aufzuklären. Wenn diese anderen Leichen nicht wären, hätte ich auf einen Nachahmungstäter getippt, der diesen Kardiologen einfach nur auf dem Kieker gehabt hat. Irgendwer, der den Hype um 4MK ausnutzt, um jemanden aus dem Weg zu räumen. Diese Version steht nach wie vor im Raum, aber Sie müssen natürlich auch offen bleiben für andere Möglichkeiten. Hat Klozowski den Namen schon überprüft? Hatte er mit Upchurch zu tun?«

»Nicht direkt, nein, allerdings saß er im Klinik-Verwaltungsrat. Kloz versucht gerade herauszufinden, ob er vielleicht mit Budgetierung zu tun hatte, was Upchurch dann mittelbar doch betroffen und Pentz in Bishops Blickfeld gerückt hätte.«

»Gut, sehr gut«, sagte Dalton. »Halten Sie mich auf dem Laufenden. Ich berichte dann an die nächste Ebene.«

Dann legte er auf.

»Tja, das war kein bisschen hilfreich«, stellte Clair fest.

Stouts Rückenlehne ächzte, als er sich zurückfallen ließ. »Egal ob es Bishop war, irgendein Nachahmer oder wer auch immer – Dr. Pentz' Mörder ist hier in der Klinik.«

Clair kam etwas in den Sinn. »Sind Sie hier eigentlich mit dem Tunnelsystem unter der Stadt verbunden?«

»Mit welchem Tunnelsystem?«

Clair nickte nachdenklich. »Alte Schmugglertunnel. Verlaufen vom Hafen bis wer weiß wohin, zu zig Stellen innerhalb von Chicago. Wurden während der Prohibitionszeit gebohrt, um Alkohol von A nach B zu transportieren. Inzwischen nutzen Telefongesellschaften und andere Firmen Teile davon. Als wir damals nach Emory Connors gefahndet haben, ist uns irgendwann aufgegangen, dass sich Bishop dort unentdeckt fortbewegen konnte. Da unten kommen Sie ungesehen von einem zum anderen Ende der Stadt.«

Stout runzelte die Stirn. »Ist mir neu.«

»Dann sollten wir jetzt wohl den Keller kontrollieren.«

16

Nash

Nash parkte den Chevy etwa einen halben Block von der Adresse entfernt, die Bishop geschickt hatte – 423 McCormick in der East Side. Er sah sich in beide Richtungen um. Nicht dass viel zu sehen gewesen wäre. Dieses Stadtviertel war in den Neunzigern von den meisten Chicagoern aufgegeben worden. Sobald diverse Gangs Einzug gehalten hatten, waren nach und nach auch die Ladengeschäfte verschwunden, bis nur noch eine Handvoll Pfandleiher und ein Kautionsvermittler sowie ein Kiosk geblieben waren, den kein Kunde betreten durfte. Stattdessen gab es ein fünf Zentimeter dickes Panzerglasfenster; über die Gegensprechanlage gab man seine Bestellung auf, und der Kioskbetreiber suchte die Sachen zusammen. Sobald bezahlt war, wurden die Einkäufe in eine Stahlschublade gelegt und dem Käufer übergeben. Über die Jahre, in denen es im Viertel immer schlimmer geworden war, hatten sich die letzten Bewohner (und selbst die Gangmitglieder) darauf verständigt, dass der kleine Laden unter besonderem Schutz stand. Seit sage und schreibe dreiundzwanzig Jahren war er nicht ausgeraubt worden – was trotzdem nicht hieß, dass der Ladenbesitzer die Tür aufmachte. Er ließ niemanden rein. Nicht mal einen Cop.

Damit hatte Nash nicht gerechnet – dass die Adresse, die

Bishop geschickt hatte, 423 McCormick, ausgerechnet die Anschrift des Ladens war. Allerdings brannte drinnen Licht. Wahrscheinlich hatte der Besitzer um neun Uhr aufgemacht, auch wenn Nash hinter dem dicken Glas niemanden erkennen konnte.

Er beugte sich zum Handschuhfach, zog die Klappe auf, und Musikkassetten regneten in den Fußraum. »Scheiße.« Die Klappe hatte er schon vor Langem reparieren wollen. Ganz zuhinterst im Handschuhfach und mit Schwerlastschrauben auf den Plastikuntergrund montiert, lag ein Lederholster, in dem eine stupsnasige .38er steckte. Die nahm er heraus, kontrollierte die Trommel und schob sie sich im Rücken unter den Gürtel. Darüber hinaus steckte in seinem Schulterholster die vorschriftsgemäße Beretta, und eine Kel-Tec P-3AT trug er am Knöchel. Er hatte keine Ahnung, was ihm in den kommenden Minuten bevorstand, und hätte er ein Samuraischwert auf dem Rücksitz gehabt, hätte er womöglich auch das mitgenommen. Unter dem formlosen Mantel trug er eine Schutzweste. Die hatte er sich noch im FBI-Gebäude übergestreift, um zu vermeiden, dass ihn hier jemand dabei beobachtete.

Er legte sein POLIZEI-Schild unter die Windschutzscheibe, besann sich dann aber eines Besseren und warf es in den Fußraum zu den Kassetten. In dieser Gegend posaunte man besser nicht aus, dass man bei den Bullen war. Wahrscheinlich hatte es sowieso längst jemand spitzgekriegt. Er hatte immer noch niemanden zu Gesicht bekommen, spürte aber, dass er selbst beobachtet wurde – von oben, von vorn, von hinten. Er war sich sicher, dass er beschattet wurde; ob von Bishop oder einem hiesigen Späher, der seine eigenen Interessen oder die seiner Kumpels verteidigen wollte, blieb abzuwarten.

Nash atmete tief durch, drehte den Motor ab, stieg aus und trat auf den kalten, rissigen Gehweg. Er schlug die Tür zu, machte sich jedoch nicht die Mühe abzuschließen. Die Beifahrertür schloss ohnehin nicht, und in so einer Gegend legte man einem Dieb besser nicht auch noch Steine in den Weg. Andernfalls konnte man sich gleich auf die Suche nach einer neuen Scheibe machen.

Obwohl die Schneepflüge selbst in diesem Viertel die Straßen halbwegs frei hielten, sah es auf den Gehwegen komplett anders aus: An einigen Stellen war dreckschwarzer Schnee einen guten Meter hoch aufgetürmt, vor ein paar leeren Ladenfronten sogar noch höher. Nirgends war gestreut, und vorsichtig setzte Nash einen Fuß vor den anderen und umrundete vereiste Stellen, während jaulend der Wind an ihm zerrte.

Als er vor dem Fenster des Kiosks stand, klopfte er an die Sicherheitsscheibe, ging mit dem Gesicht ganz nah heran und spähte hinein. Ein Mann, vermutlich der Ladenbesitzer, saß auf einem Klappstuhl an einem Tisch zur Linken und las den *Chicago Examiner.* Er blickte kurz auf, sah Nash an und wandte sich wieder der Zeitung zu.

»Verdammt, was ...« Nash klopfte erneut ans Fenster.

Ohne auch nur aufzublicken, drückte der Besitzer auf einen Knopf an einem klobigen Mikrofon. »Wollen kaufen, benutzen Sprechanlage.« Dann widmete er sich wieder der Zeitung. Blätterte um.

Nash wollte schon antworten, als ihm dämmerte, dass es keinen Zweck hätte. Er betrachtete das Mauerwerk und entdeckte den Knopf zur Gegensprechanlage auf einer Alukonsole zu seiner Linken. Er drückte den behandschuhten Finger auf den Knopf. »Ich bin ...«

Er verstummte, wusste nicht, was er sagen sollte.

Ich bin mit Anson Bishop verabredet.

Ist Anson zu Hause?

Darf Anson rauskommen, spielen?

Der Mann schien genau zu wissen, weshalb Nash gekommen war – er musste gar nicht mehr sagen. Die Stahlschublade unter dem Fenster klappte auf – eine Stablampe und zwei Monozellbatterien. »Er meinte, Ihre Knarre können Sie von ihm aus mitnehmen. Aber Licht werden Sie brauchen.«

Nash griff in die Schublade, nahm die große Stablampe heraus, fummelte an dem Deckel am hinteren Ende herum, bekam ihn auf, schob die Batterien hinein und schraubte den Deckel wieder drauf. Statt LED ein älteres Modell mit Birnchen. Immerhin anständig hell.

»Sechs achtundfünfzig«, sagte der Ladenbesitzer.

»Wie bitte?«

»Lampe und Batterien: sechs achtundfünfzig.«

»Wo ist Bishop?«

Der Mann klapperte mit der Schublade. »Sechs achtundfünfzig!«

Nash schob die Hand in die Hosentasche, angelte einen Zehner heraus und legte ihn in die Schublade.

Der Besitzer zog die Schublade zu sich herüber, steckte den Zehner in seine Brieftasche und widmete sich wieder seiner Zeitung.

»He, und was ist mit dem Wechselgeld?«

»Viertel-Verschönerungs-Abgabe«, sagte der Mann, ohne aufzublicken.

Nash war nicht in der Stimmung, mit ihm zu streiten. »Dann sagen Sie mir jetzt, wo Bishop steckt.«

Der Ladenbesitzer seufzte, ließ die Zeitung sinken und wies mit dem knochigen Zeigefinger in Nashs Richtung. »426, direkt gegenüber. Wenn Sie in Begleitung gekommen wären, hätte ich 430 sagen sollen.«

»Ich bin allein.«

»Deshalb ja auch 426. Sind Sie schwer von Begriff? Ich sehe selbst, dass Sie allein sind. Und jetzt verschwinden Sie, Bullen sind schlecht fürs Geschäft.«

Als der Ladenbesitzer diesmal die Zeitung hochnahm, hielt er sie vor sich, damit Nash ihn nicht mehr sehen konnte. Eine unüberwindbare Mauer aus Druckerschwärze und Recyclingpapier.

Nash drehte sich um, wäre um ein Haar auf einer vereisten Stelle ausgerutscht und konnte sich gerade noch so aufrecht halten, indem er sich mit der freien Hand an der Klinkerwand abstützte. Die 426 auf der anderen Straßenseite sah kein bisschen besser aus als der Rest. Drei Stockwerke hoch, roter Backstein, solide schwarze Gitter vor den Fenstern im Erdgeschoss, Sperrholz vor den übrigen Fenstern. Jemand hatte auf die grüne Eingangstür einen orangefarbenen Pimmel gemalt und »CaliCorn 16« daneben geschrieben, was Nash rein gar nichts sagte.

»426 McCormick«, murmelte er vor sich hin, während er an dem Gebäude hochsah. »Fürs Sterben genauso gut wie jeder andere Ort auch.«

Er nahm sich noch einen Moment Zeit, um nach links und rechts zu sehen, und überquerte die Straße – bei Rot. Doch abgesehen von seinem Chevy war das einzige Fahrzeug weit und breit ein ausgebrannter alter Transporter, der halb unter dem Schnee begraben war.

17

Tagebuch

»*Dreh dich nach links und mach einen Kussmund*«, sagte Paul Upchurch hinter der Kamera.

Stattdessen streckte ich ihm die Zunge raus.

Vater hatte mir eingebläut, dass ich mich für kein Geld der Welt fotografieren lassen dürfe. Ein Foto war gleichbedeutend mit Dokumentation, mit Spuren, mit Beweisen, die man zeitlich einordnen konnte. So etwas konnte sich eines schönen Tages ganz urplötzlich als problematisch erweisen. »In dieser Welt hältst du dich besser bedeckt, Champ. Je weniger Leute dich sehen, umso freier kannst du dich bewegen. Aber wahre Freiheit kennen nur die Toten.«

Trotzdem passierte gerade genau das. Wir standen in der guten Stube des Finicky-Heims, ich mit dem Rücken zur Wand und Paul mit seiner Fünfunddreißiger-Linse, die teurer aussah als so manches Auto.

»*Wozu soll das bitte gut sein?*«

»*Ist für die Fotowand über der Treppe.*« *Paul stellte etwas an der Kamera ein, stützte sich auf ein Knie und sah durch den Sucher.* »*Finicky besteht normalerweise darauf, dass wir das gleich am allerersten Tag machen. Du bist jetzt schon fast eine Woche hier.*«

Er drückte auf den Auslöser, und der Blitz erzeugte weiße Pünktchen.

»*Heute Morgen habe ich diesen Polizisten gesehen. Der mich hierhergebracht hat.*« *Ich erzählte Paul lieber nicht, was ich sonst noch gesehen hatte – nämlich Tegan. Es hätte in einem zweistündigen Verhör geendet, und so viel Zeit hatte ich heute nicht. Ich hatte andere Pläne.*

»Welderman?«

»Richtig. Welderman.«

»Die richtige Antwort wäre gewesen: ›Jupp.‹ Manchmal klingst du, als wärst du uralt. Vielleicht solltest du damit anfangen, mindestens dreimal am Tag ›ey‹ zu sagen.«

Wieder der Auslöser. Wieder der Blitz.

»Dreh dich nach rechts.«

Ein »ey« würde mir wahrscheinlich – genau wie »jupp« – nur mit äußerster Konzentration über die Lippen kommen. Vater hatte mir erklärt, wie wichtig es sei, dass man sich anpasste, und natürlich könnte ich mich dazu überwinden – aber es wäre eben Überwindung. Eine solche Ausdrucksweise lag mir eindeutig nicht.

Paul stellte erneut etwas an der Kamera ein. »Welderman ist bloß eine Marionette ... Aber er kommt öfter vorbei. Genau wie sein Partner, dieser Stocks. Die beiden sind mit der Finicky befreundet. Manchmal nehmen sie die Mädels mit in die Stadt. Jungs auch, aber hauptsächlich die Mädels.«

»Er riecht nach fauliger Grapefruit. Aber es ist immer noch besser als Laufen.«

Das war Kristina.

Als ich aufblickte, stand sie in der Bogentür zum Wohnzimmer. Sie hatte nur einen winzigen weißen Bikini am Leib und ein braunes Handtuch über den Schultern.

»Grapefruit und Old Spice.« Hinter ihr kam Tegan im schwarzen Bikini und mit einem Handtuch zum Vorschein. Beide Mädchen hatten sich die Haare zu Pferdeschwänzen hochgebunden.

Bei ihrem Anblick lief ich puterrot an und schlug den Blick nieder.

Als Paul sich zu ihnen umdrehte, klappte ihm die Kinnlade runter. »Ich glaube, ich liebe euch beide.« Ohne erst durch den Sucher zu spähen, schoss er mehrere Fotos von ihnen. Sofort fingen sie an, sich in Modelposen zu werfen, stellten sich Rücken an Rücken und strahlten in die Kamera. Neigten den Kopf hierhin und dorthin. Wie Profis.

»So ist es fantastisch«, rief Paul ihnen zu. Dann reckte er den Daumen in meine Richtung. »Captain Stock-im-Arsch ist da ein bisschen scheuer.«

»Im Moment vielleicht.« Tegan grinste breit. »Heute früh war er nicht annähernd so scheu.«

Sie zog Kristina an der Hand hinter sich her durch den Raum.

Als sie vor mir stehen blieben, ließ Tegan ihr Handtuch zu Boden fallen und legte den Arm um meine Taille. Dann beugte sie sich ganz nah an mich heran und flüsterte mir ins Ohr: »Da warst du alles andere als schüchtern, nicht wahr, Anson?«

Kristina stellte sich an meine andere Seite und schmiegte sich mit ihrem halb nackten Körper an mich.

Unbeholfen ließ ich die Arme hängen; ich war mir nicht sicher, was ich sonst hätte tun sollen. Als meine Finger Kristinas Schenkel streiften, zog ich sie sofort wieder weg.

Paul schoss ein weiteres Foto.

Die beiden dufteten nach frischen Wildblumen und Babypuder. Sie rückten noch näher an mich heran. Beide glühten.

»Dein Kopf sieht aus wie eine reife Tomate.« Nett von Paul, dass er darauf hinwies. So brannte mein Gesicht nur umso mehr.

Tegan gluckste in sich hinein. Dann streckte sie die Hand aus, tippte Kristina auf die Schulter und zeigte in Richtung meines Schritts.

»Oh, das ging ja leicht.« Kristina kicherte leise.

»Hab ich doch gesagt.« Tegan strahlte sie an. Dann neigte sie den Kopf leicht seitlich in Richtung Tür. »Libby, willst du Ansons Ständer sehen? Ich glaube, er will, dass du ihn siehst!«

Ich hielt mir beide Hände vor den Schritt, und die Mädchen lachten erneut los und pressten sich wieder dicht an mich.

»Libby, komm schon – beeil dich!«

Ich konnte nur ihren Schatten sehen, nur die Andeutung eines Schattens draußen auf dem Flur vor der Tür. Aber sie kam nicht herein.

»Ich glaube, ich gehe wieder in mein Zimmer«, sagte eine dünne Stimme. Ich hatte sie nie zuvor sprechen gehört, aber die Tonhöhe, der Tonfall – es klang, als hätte ich sie schon mein Leben lang gekannt.

Tegan verdrehte die Augen und marschierte in Richtung Flur. »Dich in deinem Zimmer zu verbarrikadieren ist wirklich das Letzte, was du jetzt brauchst. Komm mit uns raus in die Sonne. Du bist ja leichenblass.«

Zwischen den Mädchen eingequetscht zu sein hatte sich peinlich angefühlt. Noch peinlicher war allerdings, jetzt nur neben Kristina zu stehen.

Paul schien es nicht zu kümmern. Er schoss direkt das nächste Foto.

Niemand von uns hatte Miss Finicky aus dem Speisesaal kommen hören. Wahrscheinlich war sie zuvor in der Küche gewesen. »Anson, du solltest dein Hemd ausziehen. So sieht das doch merkwürdig aus – auf der einen Seite Kristina in ihrem hübschen Bikini, die ihre Kurven präsentiert, und du, als würdest du gleich in den Gottesdienst gehen!« Sie wandte sich an Paul. »Du lernst nie, wie man gute Fotos macht, wenn dir solche Dinge nicht auffallen.«

»Natürlich, Ma'am«, erwiderte Paul.

Miss Finicky drehte sich zu mir um. »Na?«

Als ich mich nicht rührte, fing Kristina an, mir das Hemd aufzuknöpfen. »Ich mach das schon.« Allerdings klang sie nicht mehr ganz so ausgelassen. Für einen Augenblick meinte ich sogar, sie hätte verängstigt geklungen.

18

Nash

Auf den vereisten Stufen wäre Nash beinahe gestürzt. Erst als er den Treppenabsatz erreicht hatte, erkannte er, dass die grüne Tür mit dem orangefarbenen Pimmel eingetreten worden war. Im Türrahmen war das Holz gesplittert und das Schloss rausgerissen. Allerdings sah es so aus, als wäre das schon vor einer ganzen Weile passiert.

Er stieß die Tür leicht an, und sie schwang nach innen auf. Dahinter lag ein dunkler Flur, in dem sich eine Blümchentapete von der Wand ablöste. Er knipste die Stablampe an und ließ das Licht durch den Raum wandern. Es fehlten mehrere Bodendielen, der Rest war zerfurcht und ausgebleicht; durch die Löcher im Boden waren die Balken darunter und der Keller zu sehen. Nash richtete den gelblichen Lichtstrahl auch auf die Löcher, doch das Licht reichte gerade drei Meter weit; dahinter herrschte Dunkelheit.

»Bishop? Ich komme jetzt rein.«

Vorsichtig ging er weiter. Er hätte nicht sagen können, wie stabil der Boden war. Nash war nicht gerade klein, und als er sich zuletzt gewogen hatte, hatte er an die hundert Kilo auf die Waage gebracht – und das war, bevor er sich sein kleines Waffenarsenal und genug Winterklamotten übergehängt hatte, um einen Spaziergang durch die Arktis zu überstehen. Er zückte seine Beretta.

»Ich bin bewaffnet, und ich werde schießen, wenn Sie irgendeine Dummheit machen.«

Die einzige Antwort war das Pfeifen des Windes, der irgendwo im Gebäude durch ein offenes Fenster fegte. Ein Stück lose Tapete flatterte neben ihm auf.

»Wo sind Sie, verdammt?«

»Sind Sie allein?«

Beim Klang von Bishops Stimme schreckte Nash zusammen – was er niemals irgendjemandem erzählen würde. Niemandem. Da schwang etwas mit… Er hatte nicht gebrüllt, nicht mal laut gerufen, trotzdem schien die Stimme aus allen Richtungen zu kommen, von vorn, von oben, von unten…

»Sie sagten, allein, also bin ich allein gekommen. Ich brauche keine Armee im Rücken, um Ihnen eine Kugel in den Kopf zu jagen.« Nash ging ein paar Schritte weiter und richtete im Vorbeigehen die Stablampe in die Zimmer entlang des Flurs: ein altes Wohnzimmer, ein Esszimmer, ein heruntergekommenes Bad. »Warum konnten wir uns nicht einfach bei Starbucks treffen?«

»Das wäre nicht halb so lustig gewesen.«

Hinter ihm knarzte eine Bodendiele, und Nash wirbelte mit der Beretta im Anschlag herum. Die Stablampe folgte. Aber dort war niemand.

»Ein bisschen schreckhaft, was?«

»Wo sind Sie?«

»Gehen Sie hoch in den ersten Stock«, erwiderte Bishop.

Diesmal war die Stimme eindeutig von oben gekommen.

Nash richtete die Taschenlampe zur Decke und meinte, jemanden zu erahnen, der ihn durch eins der Löcher beobachtete. »Wenn ich da runterkrache und mir was breche, dann sind Sie dran, dann verklag ich Sie. Die Krankenversorgung bei der Metro ist nämlich scheiße.«

»Merk ich mir.« Bishops Stimme klang diesmal gedämpft. »Gehen Sie ganz langsam die Treppe hoch, halten Sie sich an der Wand, dann passiert Ihnen nichts.«

Vor dem Treppenaufgang hielt Nash inne. Die Treppe verlief linker Hand an der Wand entlang, die hölzernen Stufen verschwanden im Dunkeln. »Warum bin ich hier?« Misstrauisch musterte er den Handlauf; er würde entweder die Waffe oder die Taschenlampe wegpacken müssen, wenn er sich daran entlanghangeln wollte – aber das kam nicht infrage. Er setzte den Fuß auf die unterste Stufe und spürte, wie sie unter seinem Gewicht ganz leicht nachgab. Er rückte ein Stück näher an die Wand und setzte den zweiten Fuß auf. Diese Stufe würde halten. Nächster Schritt.

»Das machen Sie ganz fantastisch, Nash.«

»Halten Sie die Klappe!«

»Huch, so feindselig?«

Die nächste Stufe knirschte unter seinem Gewicht, und Nash rechnete bereits damit, dass sie einstürzen würde, aber das Holz hielt stand. Die nächsten vier Stufen stieg er ein bisschen schneller hinauf, landete zu guter Letzt auf dem Treppenabsatz und in einem Flur. Er konnte drei geschlossene und zwei offen stehende Türen erkennen. Eine Tür fehlte komplett.

»Wo soll ich als Nächstes hin, Arschloch?« Er suchte mit dem Lichtkegel den Flur ab, richtete ihn auf eine Tür nach der anderen. Nirgends ein Hinweis.

»Wir werden nie Freunde, wenn Sie so mit mir sprechen. Freunde respektieren einander.«

»Kommen Sie raus, damit ich Sie sehen kann«, entgegnete Nash. »Damit die Schussbahn frei ist. Ein Streifschuss würde mir doch sehr leidtun. Wir setzen dem Elend besser schnell ein Ende. Wenn ich Sie bloß in den Bauch treffe oder so, bluten Sie hier über Tage aus. Das wäre doch grässlich.«

»Ich bin mir sicher, Sie wären außer sich vor Kummer. Hinterstes Zimmer – das ohne Tür.«

Nash folgte Bishops Stimme und machte ein paar Schritte nach vorn. Er hielt seine Waffe auf das letzte Zimmer gerichtet und streifte die anderen im Vorbeigehen mit der Taschenlampe. »Warum kommen Sie nicht einfach raus?«

»Ich gönne Ihnen die freie Schussbahn nicht. Ich bin mir ziemlich sicher, Sie würden sie nutzen.«

»Da hast du verdammt noch mal recht«, flüsterte Nash.

Er dachte kurz darüber nach, die verschlossenen Türen zu öffnen, überlegte es sich dann aber anders. Bishops Stimme klang tatsächlich so, als käme sie aus dem hintersten Zimmer. Als er sich dem Türstock näherte, verstärkte er den Griff um die Waffe. »Ich komme jetzt rein, Bishop. Keine Dummheiten!«

»Nie im Leben.«

Das hinterste Zimmer war unmöbliert. Ein früheres Schlafzimmer. Das Fenster war mit Brettern verbarrikadiert. Hinter einer breiten Jalousientür zur Linken befand sich ein Einbauschrank. Genau wie im Rest des Hauses schälte sich auch hier die Tapete von der Wand. Ein alter Deckenventilator hing an einem Kabel von der Mitte der Zimmerdecke und sah aus, als würde er bei der geringsten Berührung herunterkrachen.

Vor dem verrammelten Fenster kniete Anson Bishop mit dem Rücken zur Tür. Er hatte die Hände wie zum Gebet gefaltet und den Kopf nach vorn geneigt.

Nash richtete die Waffe auf Bishops Hinterkopf. »Keine Bewegung, du Stück Scheiße.«

19
Clair

Der Keller unter dem Krankenhaus war gigantisch groß. Außerdem war er vollgestopft mit Plunder – jeder Millimeter war zugestellt mit medizinischen Gerätschaften aus unzähligen Jahren: Rollbahren, Krankenbetten, Infusionsständer, Rollstühle … und Kisten. Allem Anschein nach hatte hier irgendwer versucht, Ordnung zu halten, allerdings musste das Jahre her sein, und auch wenn die einzelnen Räume beschriftet waren, schienen die Schilder nur noch als freundlich gemeinte Vorschläge zu dienen. Wenn das Personal etwas loswerden wollte, landete es hier unten und geriet in Vergessenheit. Nur im Lüftungsraum herrschte halbwegs Ordnung, und dort traf Clair auch auf Ernest Skow, einen Schwarzen Mitte sechzig, der in einem schmuddeligen Arbeitsoverall auf einer Vorratskiste aus Kunststoff saß und gerade sein Frühstückssandwich aß, als sie mit Stout und drei seiner Leute, die Stout für die Suche abgestellt hatte, aus dem Aufzug trat.

»Ernest, sagen Sie Ernest zu mir«, sagte er, verputzte den Rest seines Sandwiches und wischte sich die Brösel vom Mund. »Also, was genau meinten Sie mit diesen Tunneln?«

»Das waren mal Schmugglertunnel«, erklärte Clair. »Laufen kreuz und quer unter der ganzen Stadt hindurch.

Viele ältere Gebäude – und sogar ein paar neuere – sind damit verbunden.«

Ernest kratzte sich über die Bartstoppeln. »Ich arbeite hier unten jetzt schon an die zwanzig Jahre. Aber Tunnel sind mir nie aufgefallen.«

»Wie gut kennen Sie diese Kellerräume?«, wollte Stout wissen.

Der Mann nickte vage zur Seite. »Ich kenne meine Maschinen – die Geräte, um die ich mich kümmere. Was den Rest angeht … Der interessiert mich nicht. Geht mich nichts an.«

»Wissen Sie zufällig, wo der Zugang für die Telefonleitungen liegt?«, fragte Clair. »Die Telefongesellschaft nutzte Teile des Tunnelsystems für ihre Logistik.«

Er sah zur Decke empor und kratzte sich erneut am Kinn. »Ich glaube, die sind an der Westseite verlegt worden … Dort drüben gibt's auch noch Aufzüge, und manchmal höre ich dort ein paar Techniker herumwerkeln. Hier rüber kommen die fast nie. Muss also dort sein.«

»Bringen Sie uns bitte hin.«

Während Ernest sie durch das Labyrinth aus vergessenen Gerätschaften führte, blieb Clairs Blick wiederholt an den Rollbahren hängen – einige waren allem Anschein nach zum Transport alter Ausrüstung und Kisten benutzt worden, die nie heruntergeräumt worden waren. Ein paar waren kaputt und achtlos abgestellt worden. Es waren überraschend viele, und Clair fragte sich, ob Bishop hier die Rollbahren gefunden hatte, an die er Emory und Gunther Herbert mit Handschellen gekettet hatte. So etwas bekam man ja nicht gerade in der nächstbesten Walmart-Filiale.

Ernest zeigte zur Decke. »Das da sind die Telefonleitungen. Die grauen. Die blauen Kabel sind für das Internet.«

Dutzende dicker Kabel waren mit Kabelbindern zusammengezurrt und dann durch Halterungen an der Decke geführt worden. Während sie immer tiefer in den Keller hineinliefen, hielten sie den Blick auf den Kabelstrang gerichtet. Als sie die Außenwand erreichten, verschwanden die Kabel durch ein kreisrundes abgedichtetes Loch von vielleicht zehn Zentimetern Durchmesser im Beton.

Kein Tunnel. Nicht der kleinste Durchgang.

»Verdammt«, murmelte Clair, die mit dem Blick weiter die Wand absuchte. »Ich war mir sicher…«

Stout hatte sich nach links gewandt und tastete mit der Hand die Betonwand ab, als würde sich gleich eine Geheimtür öffnen, sobald er einen gut getarnten Hebel berührte.

Clair starrte bloß die glatte Wand an. »Wann wurde das Gebäude gleich wieder gebaut?«

»1912«, antwortete Ernest, ohne zu zögern. »Das weiß ich genau.«

»Die Tunnel sind ab etwa 1899 entstanden«, erwiderte Clair. »Ergibt irgendwie Sinn, wenn sie hier ebenfalls benutzt worden wären. Diese Betonwand sieht aber wesentlich jünger aus. Ich frage mich gerade, ob sie den Zugang nicht irgendwann zugemauert haben.«

»In den Achtzigern haben sie die Fundamente verstärkt. Das hier ist alles nicht original. Kann schon sein, dass sie die Ausgänge in diesem Zusammenhang dicht gemacht haben.«

Clairs Handy klingelte – Kloz. Sie presste es sich ans Ohr. »Ja?«

»Paul Upchurch ist aufgewacht.«

Sie zog die Stirn kraus. »Was? Die haben doch gesagt, er würde nicht…«

»Er kann sprechen«, fiel Klozowski ihr ins Wort. »Du musst sofort kommen.«

20
Tagebuch

»Leise!«, blaffte Paul mich an, obwohl ich gar nichts gesagt hatte und er selbst laut genug sprach, um gehört zu werden.

Wir krochen durch das hohe Gras hinter dem Haus auf die Scheune zu.

»Ich glaube, ich kann sie jetzt sehen«, sagte er und hob den Kopf gerade so hoch, dass er die Wiese überblicken konnte. »Vielleicht fünfzehn Meter vor der Scheune.«

Auch ich hob den Kopf, und sofort packte er mich an der Schulter und drückte mich wieder nach unten. »Sonst entdecken sie dich!«

Ich sah ihn finster an. »Haben sie dich auch entdeckt?«

»Nein, aber ich weiß, was ich tue. Ich bin quasi ein Geisterninja. So gut wie unsichtbar. Mich sieht niemand – es sei denn, ich will, dass man mich sieht.«

Die Mädchen waren aus dem Wohnzimmer geflüchtet, sobald Miss Finicky ihnen den Rücken gekehrt hatte. Sie waren den Flur entlang und durch die Hintertür nach draußen gelaufen. Libby hatte das Zimmer gar nicht erst betreten, aber ich hatte gesehen, wie ihr Schatten den anderen beiden gefolgt war, und dann gehört, wie drei Paar Füße das Haus verlassen hatten. Finicky hatte Paul die Kamera abgenommen und uns hinausgescheucht. Am Fuß der Treppe hatte Paul mich am Arm gepackt und in Richtung Vordertür genickt.

Sekunden später umrundeten wir das Haus.

»Wir zählen bis zwanzig und schleichen ihnen dann nach. Wir dürfen ihnen nicht zu nah kommen.«

»Zu nah?«

Paul verdrehte die Augen. »Wenn wir sie beobachten wollen. Sie wollen eindeutig, dass wir sie beobachten. Warum hätten sie sonst in diesem Aufzug zu uns kommen sollen?«

»Vielleicht weil sie gerade sowieso auf dem Weg nach draußen waren?«

»Gott, wenn es um die Tricks der Frauen geht, bist du echt naiv.«

Ich wollte, dass du zusiehst.

Völlig unvermittelt waren mir Mrs. Carters Worte in den Sinn gekommen.

»Kristina hat eindeutig mit dir geflirtet, und Tegan konnte kaum die Finger von mir lassen«, fuhr Paul fort. »Du musst lernen, die Signale zu deuten.«

»Die Signale?«

»Mädchen senden Signale aus. Wie ein Leuchtturm – oder Sirenengesang. Du glaubst nicht ernsthaft, dass sie sich bloß sonnen wollten?« Er schüttelte den Kopf. »Nie und nimmer. Die liegen halb nackt im Gras, weil sie wollen, dass wir sie beobachten.«

Irgendwo in der Nähe kicherte eine von ihnen.

Paul drückte mich zurück zu Boden. »Mist!«

Ein, zwei Minuten lang hielten wir beide den Mund. Dann hob er vorsichtig wieder den Kopf, um übers Gras zu spähen.

»Kannst du sie sehen?«

»Mhm«, erwiderte er leise. »Es ist der reine Wahnsinn.«

Bäuchlings kroch er zwei, drei Meter weiter, und ich kroch hinter ihm her. Als wir erneut innehielten, konnte ich die Mädchen hören, aber immer noch nicht verstehen, was sie sagten. Ich stemmte mich auf die Ellbogen hoch. Und endlich sah ich sie auch. Tegan lag uns am nächsten: auf dem Bauch auf ihrem Handtuch und mit dem Gesicht in die andere Richtung. Kristina lag neben ihr, ebenfalls auf dem Bauch. Sie hatte die Knie angewinkelt und schaukelte geistesabwesend mit den nackten Waden. Libby lag hinter den beiden, sodass ich sie, abgesehen von einem Stück Fuß, kaum sehen konnte.

»Ich will rüber zur anderen Seite«, flüsterte ich.

»Warum? Tegan liegt doch genau richtig, und – ach du Scheiße!«

Tegan hatte nach hinten gegriffen und zog den Knoten ihres Bikinioberteils auf. »Kannst du mich eincremen?«

Wir rutschten noch ein Stück weiter vor, um nichts zu verpassen.

Mit einer Flasche Sonnencreme in der Hand setzte Kristina sich auf, drückte Tegan einen Klecks Creme auf den Rücken und fing an, sie einzuschmieren. »Nur ein bisschen«, erklärte sie. »Sie wollen keine Bräunungsstreifen.«

»Aber ich will auch keinen Sonnenbrand kriegen!«

»So lange bleiben wir nicht«, gab Kristina zurück. »Die hier solltest du auch loswerden.« Sie zupfte an der Schleife an Tegans Bikinihöschen, und der Stoff rutschte weg. Einfach so.

Neben mir schnappte Paul nach Luft. Ich möglicherweise auch.

»Maximal dreißig Minuten«, sagte Tegan. »Ich will nicht aussehen wie ein Krebs.«

Kristina drehte sich zu Libby um. »Ich bin mir nicht sicher, ob die Creme bei blauen Flecken gut ist oder nicht.«

»Schaden kann sie ganz sicher nicht«, mischte Tegan sich ein. »Die verschwinden schon wieder. Sieht jetzt schon viel besser aus. Ich glaube sogar, die könnten wir mit ein bisschen Abdeckcreme überschminken.«

»Vielleicht ein bisschen Sonnencreme?«

Das war weder Tegans noch Kristinas Stimme gewesen. Libby hatte etwas gesagt.

»Sei nur vorsichtig an meinem Rücken, die Stelle tut immer noch ziemlich weh.«

21

Nash

Mit dem Rücken zu Nash und dem Gesicht in Richtung des verrammelten Fensters kauerte Anson Bishop vor ihm auf den Knien. Er hatte sich nicht einmal umgedreht, als Nash das Zimmer betreten hatte, und sich auch sonst nicht geregt; er kniete stocksteif da – ziemlich genau in der gleichen Pose wie die vier Toten, die sie früher am Morgen gefunden hatten.

»Sag bitte, dass vor dir drei weiße Schachteln stehen, die diverse Körperteile von dir enthalten.« Nash machte einen Schritt auf ihn zu. Er hielt immer noch die Waffe auf Bishop gerichtet.

Der Mann antwortete nicht.

Im Licht der Taschenlampe wanderte Bishops Schatten durch das Zimmer und dann die Längswand empor – eine Kreatur mit langen, scharfen Konturen.

Der Boden ächzte unter Nashs Gewicht. Behutsam ging er um Bishop herum.

Bishop hatte die Augen geschlossen. »Wie geht's Sam? Ich mache mir Sorgen um ihn.«

»Bist du bewaffnet?«

»Nein.«

Bishop trug ein graues Sweatshirt, Jeans und Wanderschuhe. Eine schwere Jacke, ein Schal und eine Mütze lagen auf einem Haufen in der Zimmerecke. Nirgends standen Möbel.

Mit der Schuhspitze hob Nash Bishops Sweatshirt an. Keine Pistole. »Hände in den Nacken!«

Bishop tat wie geheißen.

»Finger verschränken!«

Bishop verschränkte die Finger.

Im selben Moment entdeckte Nash das Schild.

Es hing Bishop um den Hals und sah genauso aus wie dasjenige, das sie bei der Leiche auf dem Friedhof gefunden hatten. Ein Pappschild, nur dass diesmal nicht *Vater, vergib mir* draufstand, sondern *Ich ergebe mich*.

»Wo sind die restlichen Viren?«, fragte Nash.

Bishop hielt die Augen weiter geschlossen. »Was für Viren?«

Nash drückte die Mündung seiner Waffe gegen Bishops Schläfe, bohrte das Metall in dessen Haut. »Der Geduldige von uns beiden ist Sam, nicht ich. Ich hab kein Problem damit, dir hier und jetzt das Licht auszublasen und jedem zu erzählen, dass ich dich so aufgefunden habe. Glaubst du ernsthaft, es würde irgendwen kümmern? Die Stadt würde wahrscheinlich ein Feuerwerk spendieren. Wir haben ein Krankenhaus voll kranker Leute – und ich frage dich jetzt ein letztes Mal: Wo sind die restlichen Viren?«

Bishop leckte sich über die Lippen. »Sind Krankenhäuser nicht immer voll mit kranken Leuten?«

Nash versetzte ihm einen Tritt.

Sein Fuß schnellte nach vorn und traf Bishop vor der Brust, noch ehe er wusste, wie ihm geschah. Aber es fühlte sich verdammt gut an. »Glaubst du, die Familien dieser zwei Frauen von heute Morgen kümmert es, wenn ich dich aus dem Fenster stoße? Wo sind die restlichen Viren, verdammt?«

Bishop war bei Nashs Tritt nach hinten gekippt; irgendwie hatte er es trotzdem geschafft, dass seine Finger weiterhin hinter dem Nacken verschränkt geblieben waren. Er hustete ein paarmal, kam wieder zu Atem und richtete sich gerade auf. »Ich habe mich ganz eindeutig ergeben und mich einem Angehörigen der Chicago Metro gestellt. Ich habe keinen Widerstand geleistet, habe mich ihm nicht in aggressiver Weise entgegengestellt. Trotzdem ist dieser Detective der Ansicht, er müsste Gewalt gegen mich ausüben und mein Leben bedrohen. Genau deshalb habe ich Sie dazugebeten: Damit Sie es bezeugen, damit Sie dokumentieren, dass er mich genau so behandelt wie befürchtet. So wie ich von Anfang an behandelt wurde. Die Chicago Metro braucht mich als Sündenbock. Und damit versuchen sie nur, Leute aus den eigenen Reihen zu decken. Dieser Mann hier, Detective Brian Nash, ist Sam Porters Partner. Sie sind seit Jahren befreundet. Keine Ahnung, wie tief dieser Detective hier in der Sache mit drinsteckt, aber er hat eindeutig Dreck am Stecken, womöglich genauso viel wie Porter selbst. Was immer diese Männer mir vorwerfen – ich bin unschuldig.«

Mit hochrotem Kopf starrte Nash auf ihn hinab. »Mit wem zur Hölle redest du?«

Draußen frischte der Wind auf, und das Gemäuer ächzte.

Bishop schlug die Augen auf – erstmals seit Nash angekommen war – und nickte in Richtung Zimmerecke. Inmitten von Staub, zersetztem Parkettholz und Spinnweben und Dreck stand eine kleine GoPro-Kamera. Die winzige Linse war auf die Mitte des Zimmers gerichtet und zeichnete die beiden auf.

Nash trat mit dem Absatz darauf und vernahm ein befriedigendes Knirschen, trat erneut darauf, wieder und immer wieder, bis nur noch ein Häuflein Schrott übrig war.

Bishop schien davon nicht im Geringsten beeindruckt zu sein. Auf seinen Lippen zeichnete sich ein Lächeln ab. »Ich habe nicht damit gerechnet, dass Sie mich einfach nur abführen. Deshalb habe ich Channel Seven Bescheid gegeben, Ihrer Lieblingsfreundin Lizeth Loudon, bevor ich Sie angerufen habe. Sie haben die Kamera dort installiert. Und im Nachbarzimmer haben sie alles aufgezeichnet. Sie wollten wissen, warum wir uns hier in diesem Gebäude treffen?« Bishop sah zu ihm hoch. »Genau deshalb.«

Nashs Blick wanderte von Bishop zu der zerstörten Kamera und wieder zurück. Er hatte das Gefühl, als würde ihm gleich das Herz aus der Brust springen. Er wich einen Schritt zurück und legte die flache Hand über das winzige Mikrofon, das an seinem Jackenkragen befestigt war. »Poole, hören Sie mich? Schicken Sie Ihr Team rein, sofort.«

22

Clair

Nach der OP war Paul Upchurch in ein Isolationszimmer ganz zuhinterst in der Intensivstation im vierten Stock gebracht worden. Clair fuhr mit dem Aufzug nach oben. Dr. Beyer kam ihr schon auf dem Flur entgegen. Sein Haar sah leicht zerzaust aus, und er blickte besorgt drein, aber abgesehen davon wirkte er munterer, als sie bei einem Mann befürchtet hatte, der aus seinem normalen Leben herausgerissen und kopfüber in dieses Chaos gestürzt worden war.

»Ich habe mir sagen lassen, dass inzwischen fast ein Dutzend Anwesende grippeähnliche Symptome aufweisen, die wir mit der SARS-Infektion in Verbindung bringen.«

»Hm«, sagte Clair hinter der Atemmaske. Ihre Augen juckten, und sie war schon wieder drauf und dran zu niesen. Was in ihrem Verdauungstrakt vor sich ging, wollte sie lieber niemandem erzählen; sogar nach einem verhängnisvollen Abend mit mexikanischem All You Can Eat war es ihr besser gegangen.

Auch Beyer trug eine Maske, allerdings sah er kein bisschen krank aus. »Sind Sie …« Er musste gar nicht weitersprechen, er kannte die Antwort bereits. »Sie waren dem Ganzen früher als jeder andere ausgesetzt.«

»Es geht mir gut.«

»So sehen Sie aber nicht aus. Irgendwer sollte Sie an einen Tropf mit Kochsalzlösung hängen. Sie dehydrieren.«

»Ich bin einfach nur müde. Wir arbeiten seit Tagen ohne Unterbrechung an diesem Fall, und es wird immer nur schlimmer.«

Er packte ihr Handgelenk und kniff die Haut auf ihrem Handrücken zusammen. »Sehen Sie, wie die Haut steif bleibt und sich nicht wieder normal zurückzieht? Sie büßt ihre Elastizität ein – eindeutig ein Zeichen von Dehydration.« Er ließ ihre Hand wieder los. »Bekommen Sie überhaupt Medikamente?«

Clair zuckte mit den Schultern. »Sie haben mir irgendeine Spritze gegeben, um mein Immunsystem zu stärken. Abgesehen davon können sie nicht viel machen. Aber ich werde mal nach Kochsalzlösung fragen.« Sie nickte den Flur entlang. »Hören Sie, ich weiß Ihre Fürsorge wirklich zu schätzen. Aber ich muss meinen Job machen. Was hat Upchurch Ihnen erzählt?«

Dr. Beyer sah in Richtung von Upchurchs Zimmer. »Wir haben den Beatmungsschlauch entfernt – das ist eine postoperative Standardmaßnahme, mit der man feststellen kann, ob der Patient schon zu Reflexhandlungen imstande ist, zur eigenständigen Atmung und zum Schlucken beispielsweise. Eigentlich hätten wir ihn direkt wieder intubieren wollen, aber dann hat er gehustet und mich am Arm gepackt.« Der Arzt hielt kurz inne. Unwillkürlich rieb er sich über den Unterarm. »Ich verstehe das alles nicht. Die Hirnareale, die für das Sprechen und logische Schlussfolgern zuständig sind, sind stark dezimiert... Im Grunde dürfte er gar nicht mehr begreifen, was ein Wort ist, geschweige denn eigenständig einen ganzen Satz bilden.«

»*Was hat er gesagt*, Dr. Beyer?«

»Einen Namen. Erst habe ich ihn nicht verstehen können, er hatte Schwierigkeiten, ihn laut auszusprechen, aber

116

dann hat er ihn mehrmals wiederholt – Sarah … Sarah Werner. Sagt Ihnen das etwas?«

Inzwischen konnte Clair mit dem Namen sehr wohl etwas anfangen, allerdings hatte sie immer noch keine Ahnung, wer Sarah Werner wirklich war. Sam hatte sie vom Handy der Frau aus angerufen; so hatte Clair überhaupt erfahren, dass Sam in den vorangegangenen zwei Tagen in Begleitung einer Frau, die er für Sarah Werner gehalten hatte, kreuz und quer durchs Land gereist war. Inzwischen wussten sie aber auch, dass die echte Sarah Werner, eine Anwältin aus New Orleans, gestorben war, und das schon vor Wochen. Sie hatten die Leiche in ihrer Wohnung gefunden. Darüber hinaus hatte auch ein gewisser Vincent Weidner, Gefängniswärter aus New Orleans, bei seiner Verhaftung nach Sarah Werner verlangt. Mit Weidners Hilfe – und der Hilfe der vorgeblichen Werner, die mit Sam unterwegs gewesen war –, war eine Frau aus ein und demselben Gefängnis freigekommen. Diese Frau wiederum war in der Lobby des Guyon Hotel in Chicago tot aufgefunden worden. Alles deutete darauf hin, dass Sam sie erschossen hatte. Doch Clairs Bauchgefühl sagte ihr, dass das nicht stimmte. Sam hatte Poole erzählt, dass die falsche Sarah Werner in Wahrheit Bishops Mutter sei. Warum in aller Welt fragte Upchurch jetzt nach einer toten Anwältin?

»Hier entlang«, sagte Dr. Beyer und geleitete sie durch mehrere Türen bis in ein kleines Vorzimmer. Dort drückte er ihr ein versiegeltes Päckchen mit steriler Kleidung in die Hand. »Die müssten Sie bitte überziehen. Er würde den Kontakt mit dem Virus nicht überleben.«

»Sie sind wirklich der geborene Gastgeber.« Clair riss das Päckchen auf und zog einen gelben Einweg-Kunststoffoverall hervor. Dann nahm sie von ihm ein Paar passende Überzieher und eine riesige Maske entgegen, die ihren kompletten Kopf bedeckte und mittels eines Klebestreifens am Kragen mit dem Overall verbunden wurde. Anschließend legte er ihr einen Gürtel mit einem kleinen Sauerstofftank um die Taille. Der Schlauch passte genau in eine Öffnung im Overallrücken. Als er einrastete, spürte sie, wie augenblicklich kalte Luft um sie herumströmte.

Nachdem er ihr geholfen hatte, legte Dr. Beyer routiniert seinen eigenen Anzug an. »Der Sauerstoff reicht für eine Viertelstunde, aber ich bezweifle, dass wir so lange brauchen.« Seine Stimme klang, als käme sie aus einer Gegensprechanlage. »Bereit?«

Clair nickte.

Durch eine weitere Tür betrat sie hinter Dr. Beyer Paul Upchurchs Krankenzimmer.

Als sie ihn hergebracht hatten, hatte Clair nur einen flüchtigen Blick auf ihn erhaschen können. Er war im Polizeigewahrsam zusammengebrochen und sofort in den OP geschoben worden. Der Mann, der jetzt vor ihr auf dem Krankenbett lag, war der Stoff, aus dem Albträume waren: Seine Haut war teigig und grau und schweißig. Sie hätte erwartet, dass sein Kopf dick verbunden war, aber das war nicht der Fall. Stattdessen war unter einer transparenten Bandage die OP-Narbe deutlich erkennbar. Damit sie sich ausdehnen konnte, war die Bandage mit einer Flüssigkeit gefüllt – sie hätte nicht sagen können, ob das Medikamente waren, die der Heilung dienten, oder irgendein Sekret. Bei dem Anblick musste sie würgen. Haare und Augenbrauen fehlten; entweder waren sie ihm schon im Zuge der Chemotherapie ausgefallen, oder er war in der Vorbereitung auf die OP kahl rasiert worden. Er sah aus wie ein Außerirdischer, kein bisschen menschlich … und er starrte sie unverwandt an.

Upchurch hatte den Unterlagen zufolge blaue Augen; nicht dass man es noch hätte erkennen können. Der Blick, den er auf Clair richtete, war milchig, wolkig grau, die Augäpfel waren rot unterlaufen und gelblich, dort wo sie weiß hätten sein müssen.

Dr. Beyer durchquerte das Zimmer, marschierte auf einige Maschinen zu und studierte diverse Kurven und Zahlen auf einer mehrfarbigen Anzeige. Er hatte ihr den Rücken zugewandt, sodass sie ihm nicht ins Gesicht sehen konnte.

Clair trat näher an das Bett heran. Upchurch folgte ihr mit dem Blick. Seine Zunge schob sich aus dem Mund, und er leckte sich über die trockenen, rissigen Lippen. Genau wie seine Augen und die Haut hatte auch die Zunge die verkehrte Farbe; sie war nicht rosa, sondern leblos grau. Sie hatte einen toten Mann vor sich. Irgendwas in seinen Augen sagte ihr, dass ihm das ebenfalls klar war.

Upchurchs rechte Hand zuckte. Dann hob er sie ein, zwei Zentimeter vom Laken, ehe er sie wieder fallen ließ. Die Handschellen klapperten gegen das Bettgestell. Absurd, dass sie ihm die überhaupt noch angelegt hatten. Dieser Mann würde nirgends mehr hingehen. Als sich seine Lippen bewegten, kamen statt Wörtern bloß ein dumpfes Schmatzen und ein angestrengter Atemzug.

Die ganze Zeit hatte Upchurch sie nicht aus den Augen gelassen. Sofern er auch nur geblinzelt hatte, war es ihr entgangen.

Clair machte noch einen Schritt auf ihn zu. »Ich bin Detective Clair Norton von der Chicago Metro. Wissen Sie, wo Sie sich befinden?«

Unter Mühen brachte er ein knappes Nicken zustande. Im nächsten Moment schloss er die Augen.

»Er hat starke Schmerzmittel bekommen. Trotzdem dürfte selbst die kleinste Bewegung ihm im Moment Schmerzen bereiten«, erklärte Dr. Beyer, der auf die andere Seite von Upchurchs Bett getreten war. »Er wird dafür alle Kraft zusammennehmen müssen.«

»Sie haben nach Sarah Werner gefragt«, wandte Clair sich an Upchurch. »Sie ist tot.«

Selbst wenn er sie verstanden hatte, gab sein Gesicht nichts preis. Seine Lippen schmatzten erneut, und Clair musste sich zwingen stehen zu bleiben. Am liebsten hätte sie augenblicklich die Flucht ergriffen.

Wieder bewegten sich seine Lippen, und diesmal war sie sich sicher, dass er versuchte, etwas zu sagen. Sie konnte eine – wenn auch nur hauchdünne – Stimme erahnen, beugte sich näher heran, um hinzuhören, und runzelte die Stirn. »Sie sehen … *Was* sehen Sie?«

Ein wenig Blut sickerte ihm aus dem Mundwinkel – aus einem der Risse in seiner Lippe. Der Anblick war kaum zu ertragen.

»Endlich sehe ich«, sagte er mit einem Hauch mehr Kraft in der Stimme.

»*Was* sehen Sie?«

Er versuchte, den Kopf anzuheben, näher an sie heranzukommen, aber die Bewegung war anscheinend zu viel für ihn. Er sackte zurück auf sein Kissen.

Also beugte Clair sich vor, so nah sie konnte. Notfalls hätte sie sich die Maske vom Gesicht gerissen, nur um ihn verstehen zu können.

Als Upchurch erneut Anlauf nahm und ihr wie ein Geist vier Worte zuflüsterte – die Worte eines toten Mannes –, wünschte sich Clair, sie hätte sie nie gehört. Entsetzt wich sie zurück. »Oh, verdammt, nein …«

Fast hätte sie sich den sterilen Anzug vom Leib gerissen, als sie aus Upchurchs Zimmer stürzte. Dr. Beyer und die anderen starrten ihr nach.

23
Clair

Zehn Minuten später hatte Clair in dem kleinen Behelfsbüro bei Kloz die Hände vors Gesicht geschlagen. Sie kauerte in der Ecke am Boden und wiegte sich langsam vor und zurück.

Zunächst hatte Klozowski sich über sie gebeugt und versucht, sie zu beruhigen, doch nachdem sie es ihm gesagt hatte, war er zurückgewichen, zu seinem Stuhl zurückgekehrt und hatte sich hinter seinem Laptop in Sicherheit gebracht. Er sah genauso aufgewühlt aus, wie sie sich fühlte.

Das konnte einfach nicht wahr sein.

»Er hat fantasiert, Clair. Was er sagt, ist bedeutungslos.«

Clair wiegte sich immer noch vor und zurück. »Er hat es gesagt. Ich bin Polizistin. Ich muss es melden. Dann wird es dokumentiert. Herrgott, wenn das an die Medien durchsickert...«

»Sicher, dass du ihn richtig gehört hast? Vielleicht hast du ihn ja missverstanden.«

»Ich habe noch nie im Leben etwas so klar und deutlich gehört.«

»Du hast gesagt, du hattest einen Schutzanzug an. Wie hast du ihn da überhaupt hören können?«

Clairs Bewegungen wurden hektischer. »Er hat gesagt: ›Sam Porter ist 4MK.‹ Das war unmissverständlich. Ich habe nichts missverstanden. Dieser Arzt war dabei, garantiert hat er es auch gehört. Gott, und die Krankenschwester – die hat ihn bestimmt auch gehört! Und wer weiß, wer sonst ...«

»Dann musst du es offiziell zu Protokoll nehmen«, sagte Kloz leise. »Bevor er stirbt.«

Sie hielt in der Bewegung inne. »Ich gehe da nicht noch mal rein.«

»Wir müssen rausfinden, was er weiß.«

»Er lügt.« Sie hörte selbst, wie defensiv sie klang. »Anson Bishop ist 4MK!«

»Und was, wenn nicht?«

Sie sah ihn finster an. »Auf welcher Seite stehst du eigentlich?«

Kloz hob zur Verteidigung beide Hände. »Ich stehe auf niemandes Seite. Aber wir zwei sind hier auf uns allein gestellt, und wenn das rauskommt – und du weißt genau, dass das irgendwann passiert –, und wenn wir bis dahin nicht eine Zeugenaussage haben, wie sieht das dann bitte aus? Die werfen uns doch vor, mit Sam unter einer Decke zu stecken!«

»Wir wissen, dass Upchurch Ella Reynolds und Lili Davies umgebracht hat. Er hat vorgehabt, Larissa Biel und Kati Quigley umzubringen – und die Eltern vermutlich auch. Er hat diesen Jungen getötet, diesen Wesley. Wenn er jetzt so etwas sagt, wer soll ihm da glauben?«

Noch während sie es sagte, war Clair insgeheim klar, dass es Leute gäbe, die es glauben würden.

»Du denkst jetzt aber nicht darüber nach, es *nicht* zu Protokoll zu nehmen?«, hakte Kloz nach. »Das kann nicht die Lösung sein. Oder ...«

Clair sah zu ihm rüber, sagte aber nichts.

Klozowski klappte die Kinnlade runter. »Warum hast du es mir dann erzählt?«

»Vielleicht sollten wir einfach Stillschweigen bewahren, bis wir wissen, was damit gemeint war.«

Kloz schüttelte den Kopf. »Ich rufe jetzt Nash an.«

»Hab ich schon probiert. Da geht nur die Mailbox ran.«

»Dann Poole«, sagte Kloz. »Wir erzählen es Poole.«

»Auch nur die Mailbox.«

Das Wandtelefon fing an zu klingeln, und beide starrten das aufblinkende Lämpchen an. Erst beim vierten Klingeln stand Kloz auf und nahm den Anruf entgegen.

Clair hörte, was er erwiderte, sah, wie er mehrmals nickte und schließlich den Hörer zurück auf die Gabel hängte. Bevor er auch nur ein Wort gesagt hatte, war ihr klar, was das für ein Anruf gewesen war. Trotzdem sprach er es aus.

»Upchurch ist tot.«

24
Tagebuch

An diesem Abend kam Detective Welderman wieder. Das Haus betrat er nicht, er blieb draußen in der Auffahrt sitzen, ließ den Motor laufen, hatte das Fenster runtergekurbelt. Es dauerte vielleicht fünf Minuten, bis Tegan und Kristina das Haus verließen und sich auf die Rückbank setzten. Ich sah zu, wie sie fortfuhren. Die Rücklichter verwandelten sich in rote Stecknadelköpfe, die schließlich vollends verschwanden. Da war es gerade kurz nach neun.

»Hast du eine Ahnung, wo die hinfahren?«, fragte ich.

Paul saß auf dem oberen Stockbett und arbeitete an seinem Comic, Die Missgeschicke der Maybelle Markel. *Er hatte sich am Vorabend einen von Tegans Pullis aus ihrem Zimmer stibitzt, hielt ihn sich vors Gesicht und schnupperte daran. »Leise jetzt. Ich versuche, mich inspirieren zu lassen.«*

»Von Tegans Pullover?«

»Ein Schlüpfer wär irgendwie gruselig.«

Ich war mir ziemlich sicher, dass Paul inzwischen eine stattliche Sammlung von Tegans Klamotten zusammengetragen und irgendwo versteckt hatte, auch wenn ich noch nicht darauf gestoßen war.

»Er holt sie fast jeden Abend ab. Wo fahren sie hin?«

Paul legte den Pulli beiseite und wandte sich wieder seinen Zeichnungen zu. »Ich finde, wir sollten das Gute darin sehen – immerhin bist es nicht du, der gerade hinten in einem Polizeifahrzeug sitzt. So will man doch nicht seinen Abend verbringen.«

»Weißt du, wo er sie hinbringt?«

Paul durchwühlte seine Filzstifte, nahm den roten zur Hand und fing an, seine Zeichnung auszumalen. »Du, mein Freund, stellst eindeutig die falschen Fragen.«

»Ach, wirklich?«

»Du solltest dich viel eher fragen, wie du es schaffst, dass Kristina ihren heißen Körper noch mal an dir reibt wie vorhin im Wohnzimmer.«

Ich lief erneut rot an. »Die hat doch nur Blödsinn gemacht.«

Paul schnaubte durch die Nase. »Sie hat mit dir Blödsinn gemacht. Und für all diejenigen, die das Verhalten einer Frau deuten können, war klar, dass sie dir damit durch die Blume mitteilen wollte: Du bist inzwischen groß genug, um diese Achterbahnfahrt anzutreten. Du musst jetzt nur noch dein Ticket kaufen und einsteigen.«

»Ich bin mir recht sicher, dass sie mir das eher nicht mitteilen wollte.«

»Sie hat dich quasi an der Schlange vorbeigewinkt. Sie will, dass du an ihrer Blüte schnupperst. Bienchen und Blümchen und Bestäuben und so. Ein bisschen forscheres Betatschen. Deinen Ballermann bearbeiten. Den kleinen Bishop einweihen. Bumsen, Mann! Wenn du auch nur einen Hauch von Hirn hättest, würdest du jetzt in diesem Moment über den Flur laufen, dich in ihr Bett legen und darauf warten, dass deine Lady Marian nach ihrem Mädels-ausflug wieder heimkommt.«

»Mädelsausflug? Mit einem Polizisten?«

»Wo, glaubst du wohl, sind sie hin?« Paul schob die Kappe auf den roten Filzer und nahm sich den grünen. »Was hatten sie denn an, unsere zwei liebreizenden Mitbewohnerinnen?«

Ich hatte ihm zuvor erzählt, dass Tegan ein schwarzes Kleid und hohe Schuhe anhatte, und Kristinas Kleid war wohl dunkelblau, allerdings war das im Dämmerlicht nicht richtig zu erkennen gewesen.

»Für uns ziehen sie sich jedenfalls nicht so an«, stellte Paul fest. »Wir kriegen nur Schlafanzüge und Schlabber-pullis geboten … und heute ein kleines Leckerli.«

Ein Stück den Flur entlang knallte eine Tür, und dann brüllte Wiesel nach jemandem. Wahrscheinlich nach sei-nem Zimmergenossen, Kid. Die beiden waren ein bisschen jünger als wir anderen und blieben in aller Regel für sich. Wiesel war vielleicht zwölf. Keine Ahnung, wie er in Wirk-lichkeit hieß – Wiesel passte aber perfekt. Er hatte Knopf-augen und rümpfte die Nase, wenn er sich über etwas ärgerte, was er so gut wie ständig tat. Warum Kid Kid hieß, wusste ich nicht, aber weil ihn die anderen so nannten, nannte auch ich ihn so.

Paul hielt seine Zeichnung hoch.

Tegan – nackt, auf ihrem Handtuch, Augen geschlossen. Kristina, die sich über sie beugte und eine Flasche Sonnen-creme über ihre Freundin hielt, aus der sich gleich ein Tropfen lösen und auf Tegans Rücken fallen würde. Tegans roter Pulli lag zusammengeknüllt gleich neben ihrem Kopf. Die Zeichnung war ziemlich gut.

»Und Libby?«

Paul betrachtete seine Zeichnung und zeigte dann auf einen Fuß am Bildrand, der kaum als solcher zu erkennen war. »Da.«

»Nein, ich meine, warum ist sie nicht mitgefahren?«

Paul verdrehte die Augen und machte sich wieder an die Arbeit. »Da will eine heiße Braut wie Kristina dich haben, und du machst dir Gedanken um eine wie Libby?« Er schüt-telte den Kopf. »Die ist hinüber, Mann. Vergiss sie. Das Mädchen wird nie wieder okay. Die bleibt ein paar Wochen hier, und dann holt jemand sie ab und bringt sie irgendwohin, wo sie solche Mädchen eben hinbringen. Die ist nicht auf dieser Welt, um zu bleiben. Besser, du entwickelst gar nicht erst Gefühle für sie. Die Finicky hat sich nicht mal die Mühe gemacht, sie für die Wand zu fotografieren.«

Ich hatte sie immer noch nicht zu Gesicht bekommen, nicht so richtig. Hier und da aus den Augenwinkeln. Ein vorbeihuschender blonder Schopf. Ihr Schatten an der Wand. Sogar heute, draußen im Freien, hatte sie es geschafft, unsichtbar zu bleiben – sie war mit der Umgebung verschmolzen, bis sie nur noch das Gespenst eines Mädchens gewesen war, ein flüchtiger Gedanke.

Ich lief zur Tür und presste mein Ohr dagegen. »Was macht Miss Finicky eigentlich gerade, was glaubst du?«

Paul zuckte mit den Schultern. »Ich vermute mal, sie trainiert ihre Hexenkräfte. Kocht kleine Kinder in einem großen Kessel unten im Keller. Dreißig Minuten auf mittlerer Hitze, dann mit Paprikapulver und einer Prise Salz abschmecken.«

Als ich die Tür aufzog und hinaus auf den Flur spähte, war niemand zu sehen. Wiesels Tür war geschlossen, Kristina und Tegan hatten ihre Tür offen stehen lassen. Vinces Tür stand ebenfalls offen. Ihn hatte ich den ganzen Tag noch nicht gesehen. Nicht dass ich deshalb traurig gewesen wäre. Libbys Tür stand weder offen, noch war sie zu – sie war angelehnt. Doch dahinter war es stockfinster.

Paul warf ein Snickers nach mir, traf mich an der Schulter, und das Snickers fiel zu Boden. »Kristina mag Süßigkeiten. Ein kleiner Bestechungsversuch kann ganz sicher nicht schaden.«

Ich klaubte den Schokoriegel vom Boden auf. Aber ich würde ihn nicht in Kristinas Zimmer bringen.

25

Nash

»Los! Los! Los!«

Nash hörte die Stimmen über den Sender in seinem Ohr. Im nächsten Moment stürmten sie bereits das Gebäude. Die Eingangstür splitterte, Stiefel auf der Treppe. Jedes Zimmer, an dem sie vorbeikamen, wurde gesichert, die Lage vermeldet. Sie kamen immer näher.

Er selbst war unterdessen reglos stehen geblieben und ließ Bishop nicht aus den Augen. Es kostete ihn den letzten Rest Willenskraft, nicht abzudrücken und diesem Typen das Licht auszublasen. Auch Bishop bewegte sich nicht. Bis endlich zwei Beamte des SWAT-Teams ins Zimmer stürmten und dann drei weitere hinterher, hatte Bishop sich nicht einen Millimeter gerührt. Sie brüllten Befehle, packten ihn an Händen und Armen und rissen sie ihm hinter den Rücken, um ihm Handschellen anzulegen. Einer setzte Bishop einen Fuß ins Kreuz, fixierte ihn mit seinem vollen Gewicht und dem seiner Ausrüstung am Boden und drückte Bishops Gesicht in den Staub.

Bishop gab keinen Mucks von sich.

Nash stand immer noch da wie versteinert.

Sie fesselten Bishops Beine mithilfe von Kabelbindern.

Sie tasteten ihn ab, zogen sämtliche Taschen auf links. Sie fanden nichts.

Eine Hand legte sich auf Nashs Schulter. Poole. Er sagte nichts. Das war auch nicht nötig.

Irgendwann schob Nash die Waffe zurück ins Holster, ging neben Bishop in die Hocke und räusperte sich. »Sie haben das Recht zu schweigen ...« Er leierte die Standardbelehrung herunter, und die anderen hörten ihm schweigend zu. Eine merkwürdige Stille senkte sich herab. Als Nash fertig war, bedeutete er ihnen, Bishop nach draußen zu bringen.

Zu viert zogen sie ihn – den schlaffen, reglosen Körper – auf die Beine und schleiften ihn aus dem Zimmer.

»Die Presse ist schon vor Ort«, sagte Poole.

»Ich weiß.«

»Gehen Sie raus und geben Sie eine Erklärung ab, bevor mein Chef anruft und sagt, dass ich das tun soll.«

»Das hier ist Sams Verdienst. Er sollte das machen.«

»Sam tritt vor keine Kamera. Jedenfalls nicht im Moment.«

Nash fuhr sich durchs Haar und strich es notdürftig glatt. »Das ist doch alles komplett verquer.«

Statt etwas zu erwidern, starrte Poole bloß die Überreste der Kamera an.

Nash verließ das Zimmer, noch ehe Poole ihn danach fragen konnte. Im Vorbeigehen schnappte er sich Bishops Pappschild. Er lief den Männern, die Bishop hinaustrugen, über den Flur und die Treppe nach. Als er durch die Tür ins Freie trat, blieb er wie angewurzelt stehen.

Der ganze Block, der vor noch nicht einmal zwanzig Minuten komplett verwaist gewesen war, wimmelte inzwischen von Leuten. Draußen stand ein knappes Dutzend Polizeifahrzeuge – Vans, Streifenwagen, SWAT-Transporter –, aber mit denen hatte er gerechnet. Er hatte zuvor mit Poole besprochen, dass sie sich etwa eine halbe Meile hinter Nash halten und sich dann zwei Blocks entfernt positionieren sollten – gerade weit genug weg, um nicht entdeckt zu werden. Auch ein paar Anwohner waren aus ihren Löchern gekrochen und standen auf den Gehwegen. Dazu zwei Ü-Wagen und ein dritter, der soeben versuchte, an der Polizeiabsperrung vorbeizukommen.

Die vier Männer trugen Bishop die Vordertreppe hinunter und verluden ihn sofort in den bereitstehenden schwarzen SWAT-Transporter, wo zwei Kollegen ihnen zur Hand gingen und dann die Türen zuknallten. All das hatte kaum zwei Minuten gedauert – und nichts von alledem kam Nash real vor. Mehrere Reporter riefen ihm die Frage entgegen, die auch ihm selbst durch den Kopf ging – warum hatte Bishop sich selbst ausgeliefert?

Rundherum klickten Kameras, und mit einem Mal dämmerte ihm, dass der Fokus nicht mehr auf Bishop lag, der in den Transporter geschleift worden war, sondern auf ihm selbst. Er stand auf dem Vordertreppchen zur 426 McCormick vor einer eingetretenen grünen Tür, die jetzt schief an nur mehr zweien der drei Scharniere hing. Sein Blick streifte das orangefarbene Pimmel-Graffito, und unwillkürlich schoss ihm durch den Kopf: *Tja, sieht ganz danach aus, als ginge es abwärts mit dir.* Der Gedanke entlockte ihm ein schiefes Grinsen, wenn auch nur für den Bruchteil einer Sekunde. Die ratternden Kameraauslöser rissen ihn zurück in die Wirklichkeit.

»Können Sie das Schild hochhalten?«

Es war einer der Fotografen. Er trug eine dunkelblaue Jacke mit *Chicago-Examiner*-Aufdruck auf der Brust.

Nash drehte eilig das Schild herum, sodass die Schrift nicht mehr erkennbar war. Der Fotograf schoss trotzdem ein Bild nach dem anderen.

Lizeth Loudon, die Reporterin von Channel Seven, stand am Fuß der Treppe und sprach in die sendereigene Kamera. Nash konnte nicht verstehen, was sie vermeldete. Im nächsten Moment drehte sie sich zu ihm um. »Sie sind live auf Sendung, Detective. Stimmt es, dass Anson Bishop sich freiwillig ergeben hat?«

Nash wollte schon antworten, doch dann dämmerte ihm, dass er keinen Schimmer hatte, was er sagen sollte. Er hatte keine Sekunde lang darüber nachgedacht. Bei Sam hatte es immer so leicht ausgesehen – solche Situationen hatte er aus dem Stegreif gemeistert.

Loudon hielt ihm noch vielleicht ein, zwei Sekunden lang das Mikrofon unter die Nase, auch wenn es sich wie Minuten anfühlte. Dann räusperte er sich.

»Heute Morgen hat Anson Bishop die Chicago Metro kontaktiert und ...«

Womit er gedroht hatte, durfte Nash unter keinen Umständen öffentlich machen. Wenn er jetzt erzählte, dass Bishop angekündigt hatte, er werde mehr von dem Virus unter die Leute bringen, sofern Nash nicht allein erscheine, würde augenblicklich Panik ausbrechen. Er musste jetzt etwas Beruhigendes sagen, irgendwas, was die Leute beschwichtigte. Genau so hätte Sam es gemacht.

»Wir wussten, dass er hier wäre, und in einer konzertierten Aktion mit dem FBI ist es der Chicago Metro gelungen, Bishop in Gewahrsam zu nehmen.«

Loudon runzelte die Stirn. Dann sprach sie selbst ins Mikrofon: »Was ist mit den Opfern von heute früh? Haben Sie das Virus lokalisiert? Dürfen die Leute aus dem Stroger Hospital endlich nach Hause gehen?«

Nash beantwortete keine der Fragen. Stattdessen verkündete er: »Chicago kann endlich aufatmen. Das Ungeheuer, das diese Stadt terrorisiert hat, ist hinter Gittern.«

Dann schob er sich an ihr vorbei durch die Menge und steuerte seinen Chevy an.

Beide Vorderreifen waren platt.

Aus dem Augenwinkel erhaschte er einen Blick auf den

Betreiber des Kiosks, der ihn durchs Fenster beobachtete. Als er sich zu ihm umdrehte, ließ der Mann das Rollo runter.

26
Clair

»Verdammt, ist das alles grässlich.«

Clair hätte auf Klozowskis Feststellung verzichten können, aber anscheinend hatte der Mann das Bedürfnis, laut auszusprechen, was ohnehin auf der Hand lag. Sie war drauf und dran, das Büro zu durchqueren, seinen Laptop zuzuklappen und ihm damit eins über den Schädel zu geben. Es war nicht das erste Mal, dass sie diesen Impuls verspürte, aber heute würde sie es vielleicht erstmals wahr machen. Wenn sie nicht dermaßen erschöpft wäre und sich nicht so krank und verschnupft fühlen würde …

Als sie Captain Dalton angerufen und ihn von Upchurchs Ableben in Kenntnis gesetzt hatte, schien er kein bisschen überrascht gewesen zu sein. Natürlich war das zu erwarten gewesen. Doch als sie ihm obendrein erzählte, was Upchurch zu ihr gesagt hatte, war er ebenso wenig verblüfft – und *das* war *verkehrt*. Er kannte Sam gut genug, um genau zu wissen, dass das nicht wahr sein konnte – und doch hatte er die Nachricht entgegengenommen wie die jüngste Wettervorhersage. Am Ende hatte er ihr befohlen, es niemandem zu erzählen – nicht den Medienvertretern, nicht den Kollegen der Bundesbehörden, keiner Menschenseele.

Ihr Handy vibrierte, und sie sah aufs Display.

Bishop festgenommen.

Nash hatte die Nachricht geschickt.

»Nash hat Bishop geschnappt«, sagte Clair so leise, dass sie sich nicht sicher sein konnte, ob Kloz sie gehört hatte.

Er beugte sich näher an seinen Laptop heran. »Ich weiß. Sag ich doch. Alles ganz grässlich. Komm, das musst du dir ansehen.«

Sie hatte mit dem Rücken zur Wand am Boden gesessen, gleich neben der Tür, und als sie aufstand, protestierten ihre Gelenke mit einem lauten Knacksen. Er drehte den Laptop so herum, dass sie den Bildschirm sehen konnte. Ein Standbild von Nash vor einer Tür. Er hielt ein Pappschild mit der Aufschrift *Ich ergebe mich* in der Hand. Darunter lief in einem eingeklinkten Fenster ein Video auf Dauerschleife: Anson Bishop, der auf dem Boden irgendeines Zimmers lag, und Nash, der auf ihn eintrat. Jedes Mal, wenn sein Stiefel Bishop in die Magengrube traf, fing das Video wieder von vorn an. Unter dem Kästchen mit dem Clip stand in riesigen Blockbuchstaben: *So arbeiten Chicagos beste Ermittler.*

»Das da verbreitet sich gerade in den sozialen Netzwerken«, sagte Kloz.

»Oh nein.«

»Und es geht noch schlimmer.«

Kloz klickte einen Link an, und ein weiteres Video öffnete sich – es fing damit an, wie Nash Bishop in den Bauch trat, Bishop sich davon zu erholen schien, ein paarmal hustete und dann sagte: »Ich habe mich ganz eindeutig ergeben und mich einem Angehörigen der Chicago Metro gestellt. Ich habe keinen Widerstand geleistet, habe mich ihm nicht in aggressiver Weise entgegengestellt. Trotzdem ist dieser Detective der Ansicht, er müsste Gewalt gegen mich ausüben und mein Leben bedrohen. Genau deshalb habe ich Sie dazugebeten: Damit Sie es bezeugen, damit Sie dokumentieren, dass er mich genau so behandelt wie befürchtet. So wie ich von Anfang an behandelt wurde. Die Chicago Metro braucht mich als Sündenbock. Und damit versuchen sie nur, Leute aus den eigenen Reihen zu decken. Dieser Mann hier, Detective Brian Nash, ist Sam Porters Partner. Sie sind seit Jahren befreundet. Keine Ahnung, wie tief dieser Detective hier in der Sache mit drinsteckt, aber er hat eindeutig Dreck am Stecken, womöglich genauso viel wie Porter selbst. Was immer diese Männer mir vorwerfen – ich bin unschuldig.«

»Danach hat Nash die Kamera kaputt getreten. Channel Seven hat alles aufgezeichnet und schon mitteilen lassen, dass sie das Material der Konkurrenz zur Verfügung stellen. Es ist auf sämtlichen großen Kanälen«, sagte Kloz, der jetzt hektisch auf die Tastatur einhämmerte. »Sie wollen alle mit Bishop sprechen und verlangen die vollständige Aufklärung. Und sie wollen mit Sam sprechen. Sie wollen wissen, wo er gesteckt hat, als diese vier Morde heute früh verübt worden sind – und die anderen Morde natürlich auch. Das ist alles ganz grässlich.«

Sam Porter ist 4MK.

»Das hat Bishop zusammen mit Upchurch eingefädelt«, stellte Clair tonlos fest. »Irgendwie hat er das alles im Vorfeld so hingedreht.«

Clairs Handy fing an zu klingeln.

»Was ist denn jetzt schon wieder, verdammt?« Sie angelte es aus der Tasche und ging ran.

Es war Stout. »Wir brauchen Sie beide augenblicklich in der Cafeteria. Wir haben hier ein ernsthaftes …«

Dann war die Leitung tot.

Die Meute war schon zu hören, sobald sie durch die Tür auf den Flur hinaustraten – ein gellendes Durcheinander aus wütenden Stimmen, die sich über die anderen hinweg Gehör zu verschaffen suchten. Stout und seine drei Männer standen zwischen dem Mob – anders konnte man ihn nicht mehr beschreiben – und den Glastüren, die die Cafeteria vom Hauptflur und letztlich vom Eingangsbereich trennten. Einer der Männer in der Menge hielt einen Stuhl in die Luft, ein anderer einen Garderobenständer aus Metall. Mit dem holte er wiederholt nach Stout aus. Die beiden Beamten, die Clair an der Tür postiert hatte, waren nirgends zu sehen.

Clair zwängte sich durch die Menge bis an die Stirnseite, wo sie sich mit der Hand am Holster zwischen Stout und den Garderobenmann schob.

»Wollen Sie jetzt auch noch auf uns schießen?«, brüllte der Garderobenmann.

»Hier ist jetzt sofort wieder Ruhe!« Clair hatte versucht zu schreien, so laut sie konnte, aber ihr versagte die Stimme, und sie bekam einen Hustenanfall.

»Die ist auch nicht besser als diese anderen Monster von der Metro!«, kreischte eine Frau in einem blauen Blümchenkleid. Sie hatte ihr Handy gezückt und auf Clair gerichtet. »Ihr lasst uns hier drin verrotten und wartet, bis einer nach dem anderen tot umfällt. Ihr beschützt uns nicht, ihr haltet uns hier *gefangen*! Ich gehe jetzt raus!«

Andere pflichteten ihr lautstark bei, und Clair musste sich zusammenreißen, um nicht vor ihnen zurückzuweichen.

Jetzt holte der Garderobenmann auch nach ihr aus. Die Spitze des Garderobenständers fegte so haarscharf an ihrem Kopf vorbei, dass sie den Luftzug spüren konnte. Die Meute war für einen Augenblick still. Dann ging das Getöse umso lauter weiter.

Clair war drauf und dran, ihre Waffe zu ziehen, als urplötzlich ein gellender Pfiff alles übertönte. Als sie sich umdrehte, stand Klozowski mit zwei Fingern im Mund hinter ihr.

»Es reicht!«, brüllte er.

Diesmal wurde es ruhig, und alle sahen ihn an.

»Wir wollen genauso wenig hier drin sein wie Sie – auch wir sitzen hier fest.«

»Es hieß, wir sollten herkommen, weil der Killer es auf uns abgesehen hätte – aber jetzt haben die ihn doch geschnappt. Warum dürfen wir also nicht gehen?« Das kam von einem älteren Mann auf der linken Seite. Er trug ein Tweedsakko und eine dunkle Hose. Er schien bemerkt zu haben, dass Clair versuchte, ihn irgendwie zuzuordnen, denn er antwortete, noch bevor sie die Frage gestellt hatte: »Dr. Barrington aus der Onkologie. Viele dieser Leute hier sind meine Mitarbeiter, und wir alle wollen einfach nur in unser normales Leben zurück.«

»So einfach ist das nicht«, entgegnete Clair.

»Wegen des Virus?«

Sie antwortete nicht.

Barrington hob die Hand. »Schon in Ordnung, Detective. Die meisten von uns sind medizinisch geschult. Wir verstehen nur zu gut, was es bedeutet, wenn eine Quarantäne verhängt wird. Außerdem wissen wir ziemlich genau, wie sich ein Virus verbreitet. Uns alle zusammenzupferchen ist da leider kontraproduktiv. Wir müssen die Kranken von den Gesunden isolieren. Und wir müssen zur Sicherheit alle einen Mundschutz tragen.«

Clair war gar nicht aufgefallen, dass sie ihre eigene Maske nicht länger trug. Sie hatte sie am Boden ihres Büros liegen lassen. Nur etwa die Hälfte der Leute in der Cafeteria hatte Masken angelegt.

»Das CDC gibt fleißig Medikamente aus«, fuhr Barrington fort. »Dafür sind wir auch sehr dankbar. Aber abgesehen davon, dass Sie eine Handvoll Leute mit offenkundigen SARS-Symptomen von hier entfernt haben, wird der Rest von uns wie eine homogene Gruppe behandelt und in der Cafeteria und in den angrenzenden Räumen zusammengesperrt. Wir befinden uns auf dem Höhepunkt der Erkältungs- und Grippezeit. Viele von uns waren schon krank, bevor sie das Krankenhaus überhaupt betreten haben. Wir wissen nicht, wer von uns sich mit diesem SARS-Virus angesteckt hat, wer einfach nur erkältet ist oder eine Grippe hat... und die Einbildungskraft bringt obendrein gewisse Symptome hervor. Ich würde die Hand dafür ins Feuer legen, dass sich in diesem Raum Leute befinden, die glauben, sie wären krank, die aber in Wahrheit kerngesund sind. So tickt der Mensch – wenn wir uns nur in der Nähe eines Kranken aufhalten, geht der Körper in die Defensive. Und diese Defensive ruft Symptome hervor, die eine eingebildete Erkrankung imitieren – und unser Gehirn ist darauf trainiert, genau diese Symptome zu fürchten. So wird das Problem nur umso schlimmer.«

»Was schlagen Sie vor?«

»SARS lässt sich anhand von Symptomen kaum diagnostizieren, bis die Krankheit voll ausgebrochen ist. Zu diesem frühen Zeitpunkt fühlt sich ein infizierter Patient lediglich ›grippeähnlich‹; einige haben leichte Schmerzen, sind vielleicht verschnupft. Bei solchen Symptomen gibt es keine Methode, die belastbar verifizieren könnte, ob wir es mit einer Erkältung, mit einer Grippe oder – Gott bewahre! – mit SARS zu tun haben. Nun ist aber das Problem, dass die Krankheit im frühen Stadium am infektiösesten ist. Wir sollten dringend darüber nachdenken, uns hier in der Cafeteria gruppenweise zu isolieren: diejenigen mit Gliederschmerzen und Kopfweh in die eine Gruppe, die mit Halsschmerzen in die andere. Schnupfen und andere Atemwegserkrankungen in die dritte. Wer Fieber hat, muss ausgesondert und von den anderen entfernt werden. Das meiste davon ist Standardprozedere – das CDC weiß das, trotzdem wird nichts unternommen. Sie glauben, wenn wir alle hier zusammenbleiben, ist das Vorsichtsmaßnahme genug. Es reicht in der Tat, um die Öffentlichkeit draußen vor einer Epidemie zu bewahren. Aber es nützt rein gar nichts, um diejenigen von uns hier drin zu beschützen, die nicht – *noch* nicht – infiziert sind. Wenn nicht ganz bald etwas passiert, sind wir am Ende tatsächlich alle infiziert.«

Clair spürte, wie sich ein Niesanfall anbahnte, doch mit schierer Willenskraft rang sie ihn nieder. Wenn sie jetzt nieste, würden diese Leute sie höchstwahrscheinlich lynchen.

Barrington kam einen Schritt auf sie zu und sprach jetzt so leise, dass nur sie ihn hören konnte: »Ich habe mitbekommen, dass eine weitere Leiche aufgetaucht ist – Stanford Pentz aus der Kardiologie. Das allein hat hier ein bisschen für Panik gesorgt. Aber jetzt, da Bishop in Gewahrsam ist, hat sich die Panik gelegt. Ich sage Ihnen, wenn Sie diese Leute nicht unter Kontrolle bringen, dann wird das hier möglicherweise hässlich werden, und zwar von jetzt auf gleich. Hier köchelt eine Art ›Wir gegen die‹-Stimmung. Ich biete an, Ihnen zu helfen, solange wir noch die Möglichkeit haben. Lassen Sie zu, dass ich Sie unterstütze.«

Clair war klar, dass der Mann recht hatte, und sie hatte so eine Ahnung, dass die Leute ihm vertrauen würden – aufgrund der Art und Weise, wie sie ihn ansahen, und weil sie den Mund gehalten hatten, während er gesprochen hatte. »Sagen Sie Ihrem Freund dort, er soll den Garderobenständer hinstellen, und dann tue ich so, als hätte es den Angriff auf eine Beamtin nie gegeben. Fangen wir doch damit an.«

Barrington drehte sich nach links, behielt Clair aber im Blick. »Stell das Ding weg, Harry. Niemand hier würde dir nachweinen, wenn sie dich erschießen müsste. Gib ihr lieber nicht auch noch einen Grund dazu.«

Der Garderobenmann funkelte ihn für einen Augenblick

finster an, schnaubte dann aber und stellte den Ständer neben sich ab. Stout lief hinüber und holte ihn sich. »Soll ich den Mann festnehmen?«

Clair schüttelte den Kopf. »Jetzt beruhigen wir uns alle erst einmal wieder.«

»Wenn Sie mich mit dem Verantwortlichen aus dem CDC in Kontakt bringen, kann ich von hier aus helfen«, fuhr Barrington fort. Dann sprach er leise weiter: »Geben Sie diesen Leuten eine Aufgabe, damit sie nicht einfach nur herumstehen, und ich wette, sie werden schlagartig gefügiger.«

Clair ahnte, dass der Mann mit seiner Einschätzung richtiglag, und sie musste sich eingestehen, dass sie auch gar keine Zeit hatte, jetzt die Massendompteurin zu geben. »Sprechen Sie mit Jarred Maltby. Er hat sich oben eine Art Schaltzentrale eingerichtet. Geben Sie mir Ihr Handy.«

Er angelte sein Handy aus der Gesäßtasche und wollte es ihr schon geben, zog dann aber die Hand zurück, nachdem er ihr erneut misstrauisch in die Augen gesehen hatte, die unter Garantie genauso rot, juckend und verquollen waren, wie sie sich anfühlten.

»Vielleicht diktieren Sie mir die Nummer …«

Im nächsten Augenblick war der Schrei einer Frau quer durch die Cafeteria zu hören.

27
Tagebuch

Auf dem Flur legte ich das Ohr an Libbys angelehnte Zimmertür. Durch den Spalt konnte ich nichts sehen; aber hören konnte ich sie ebenso wenig. Ehe ich michs versah, kam mir ihr Name über die Lippen.

»Libby?«

Sie reagierte nicht. Kein Mucks.

Ich überlegte schon hineinzugehen, stellte mir dann aber vor, wie sie aufwachen und laut loskreischen würde – dieser merkwürdige Junge von der anderen Seite des Flurs, der sich mit einem Snickers in der Hand über sie beugte ... Nicht gerade die beste Art und Weise, um sich miteinander bekannt zu machen.

Stattdessen lief ich nach unten. Das Erdgeschoss war genauso still und verwaist wie der erste Stock. Irgendwer hatte in der Ecke Licht angelassen, trotzdem waren die Schatten in der Schlacht um die Vorherrschaft im Finicky-Land in der Übermacht.

In der Küche steuerte ich die Besteckschublade an. Kein einziges Messer, nur Gabeln und Löffel. Miss Finicky verstaute potenziell gefährliche Gegenstände woanders und holte sie immer nur dann hervor, wenn sie gebraucht wurden, sammelte sie anschließend aber sofort wieder ein. Sie gehörte der misstrauischen Fraktion an.

Ich vermisste mein Messer. Ich nahm mir vor, es bei meiner nächsten Begegnung mit Dr. Oglesby an mich zu neh-

men. Er hatte zwar gesagt, er hätte es nicht mehr, aber ich wusste genau, dass er es noch hatte. Ich mochte es nicht, wenn man mich belog. Nicht im Geringsten.

Ich durchsuchte sämtliche Schubladen sowie die Küchenanrichte, war mir nicht sicher, wonach, fand nicht allzu viel. Küchenutensilien überwiegend. Nichts, was ich nicht schon zuvor zu Gesicht bekommen hätte. Nichts Nützliches.

Der Kühlschrank brummte.

Wie sich herausgestellt hatte, schloss Miss Finicky ihren Kühlschrank nicht ab. Mutter hatte, außer zu den Mahlzeiten, immer ein Vorhängeschloss vor die Kühlschranktür gehängt – mein ganzes Leben lang, sodass ich angenommen hatte, das sei bei Kühlschränken eine absolut reguläre Maßnahme. Ich zog die Kühlschranktür auf und schaute hinein. Nichts, was so lecker wie das Snickers gewesen wäre, das ich bereits in der Hand hielt. Also schob ich die Tür wieder zu. Die Liste mit unseren täglichen Haushaltsaufgaben – ein Kalenderblatt mit aufgedruckten Kätzchen – flatterte unter dem starken Kühlschrankmagneten auf. Das heutige Datum war mit einem roten Sternchen markiert, die vorangegangenen Tage waren ausgestrichen worden. Auch neben anderen Tagen prangten Sternchen; irgendwelche Erklärungen gab es nicht. Allerdings war der 29. August überdies rot umkringelt.

Durchs Küchenfenster konnte ich draußen auf dem Feld die Scheune aufragen sehen, ein tiefschwarzer Fleck vor dem Nachthimmel. Der Mond blickte durch einen Schleier aus schwarzen Wolken darauf herab.

Einen Moment später war ich aus der Tür geschlüpft und ging auf die Scheune zu – ohne jegliche Erinnerung daran, wie ich die Küche verlassen hatte.

28

Nash

»Was zum Teufel haben Sie sich dabei gedacht?« Captain Daltons Gesicht war dunkelrot. Das hier konnte er nicht gebrauchen, nicht ausgerechnet jetzt.

Angesichts der zwei platten Reifen hatte Nash seinen Wagen an der McCormick stehen lassen müssen. Sofern er inzwischen nicht ohnehin leer geräumt und auf Betonziegel aufgebockt worden war, wäre es nur noch eine Frage der Zeit. Poole hatte ihn in seinem Jeep zurück zur Metro gefahren – hinter dem SWAT-Transporter her, in dem Bishop saß. In ihrem Kielwasser folgten die Reporter. Weitere Medienvertreter warteten bereits vor der Zufahrt zur Metro. Nash funkte den Transporter an und empfahl den Kollegen, den Hintereingang zu nehmen, doch auch dort lauerten schon Reporter; nicht so viele wie vorne, aber genügend, dass die Spur blockiert war. Überall Kameras. Sie warfen Bishop eine schwarze Decke über, als sie ihn durch die Menge in das Gebäude führten. Dort war Dalton auf Nash zugestürzt, kaum dass sich die Tür hinter ihnen geschlossen hatte.

»Sie haben den Verdächtigen zusammengetreten!«

»Hätten Sie nicht das Gleiche getan?«

Okay, das hier war nicht hilfreich.

Daltons Gesichtsfarbe wurde noch dunkler. »In derselben

Sekunde, in der Bishop eingecheckt hat, will ich Sie oben in meinem Büro sehen!«

Dann stampfte er davon, bevor Nash auch nur antworten konnte. Ihm schoss alles Mögliche durch den Kopf – *er hat Widerstand geleistet. Er hat mich provoziert. Er hat eine Drohung gegen die gesamte Stadt ausgesprochen. Er hat nicht verraten wollen, wo das Virus ist. Er ist Anson Gottverdammtnochmal Bishop – wenn Sie den draußen auf den Gehweg stellten, würde die halbe Stadt Schlange stehen, um ihn zusammenzutreten. Er …*

In Wahrheit hatte er nicht einen einzigen legitimen Grund, warum er Bishop misshandelt hatte, und das wusste er nur zu gut. Er wünschte sich, er könnte es ungeschehen machen, aber das funktionierte nun mal nicht. Kamera oder nicht – es hätte nicht passieren dürfen. Er würde dafür geradestehen müssen, nichts anderes hatte er verdient – aber doch nicht ausgerechnet jetzt.

»Wo wollen Sie ihn hinhaben?«, fragte der SWAT-Kollege zu Bishops Rechten. Espinosa.

Nash drehte sich zu Poole um. »Und Sie sind sich ganz sicher?«

Poole nickte.

Nash sah ihn noch einen Moment lang an, dann wandte er sich an Espinosa. »Vernehmungsraum zwei, gegenüber von Porter.«

Poole wartete noch, bis der Trupp über den Flur verschwunden war, zog dann sein Handy heraus und drückte es Nash in die Hand. »Ich erwarte jeden Moment einen Anruf meines Vorgesetzten, warum wir hier sind und nicht an der Roosevelt. Er wird darauf bestehen, dass wir Bishop dorthin bringen. Führen Sie irgendeine Art Störung herbei, damit wir ein bisschen Zeit gewinnen.«

Nash nahm das Handy entgegen. »Sie sind doch eigentlich gar nicht der Typ, der Befehlen zuwiderhandelt …«

»Solange er mir keine direkte Order gibt, kann von Zuwiderhandlung keine Rede sein«, stellte Poole nüchtern fest. »Wir haben nur diese eine Chance, die beiden auf diese Weise zu vernehmen. Wenn Porter erst offiziell inhaftiert und Bishop den Bundesbehörden überstellt wird, ist die Sache gelaufen. Jenseits dieser Wände warten schon jetzt zig Leute darauf, diesen Fall in verschiedenste Richtungen zu drehen. Wenn wir die Wahrheit wollen, dann jetzt oder nie.«

Nash wusste, dass der Mann recht hatte. Sie hatten im Wagen alles besprochen, allerdings änderte das nichts an seinem Gefühl, über ein Minenfeld zu laufen.

Im Eingangsbereich standen mittlerweile zahlreiche Leute in Grüppchen zusammen – Polizeikräfte, Zivilangestellte –, und alle versuchten, einen Blick auf Bishop zu erhaschen. Nash und Poole zwängten sich durch die Menge. Als sie vor dem Vernehmungsraum angekommen waren, kam Espinosa gerade heraus. Er zog die Tür hinter sich zu und wandte sich an Nash: »Er ist gefesselt und gesichert. Der geht nirgends mehr hin. Ich kann trotzdem gern ein, zwei Männer hier vor der Tür postieren.«

»Wir nehmen zwei«, erwiderte Nash. »Und vielleicht könnten Sie den Rest draußen vom Flur verscheuchen?«

»Verstanden.«

»Sie wissen, dass Sie nicht mit reindürfen?«, sagte Poole an Nash gewandt.

»Hab ich mir schon gedacht. Ich bleibe im Überwachungsraum. Sollte ich abberufen werden, lasse ich Ihr Handy bei den SWAT-Leuten.«

»Behalten Sie es bei sich«, murmelte Poole. »Wenn ich mein Handy innerhalb der nächsten Stunden einfach nicht finden kann – umso besser.«

Mit diesen Worten schob Poole die Tür auf, betrat den Vernehmungsraum und schloss die Tür hinter sich.

Nash ging nach nebenan in den Überwachungsraum.

Dort beugte sich Anthony Warnick, der Handlanger des Bürgermeisters, über die Schulter des Officers, der das Aufnahmepult bediente und genervt dreinblickte. Dann schlüpfte auch Espinosa vom SWAT-Team herein und beugte sich so nah an Nash heran, dass Warnick ihn nicht hören konnte. »Hey, wie fühlen Sie sich?«

»Wie vor den Kopf geschlagen ... Hab das alles immer noch nicht begriffen.«

»Das meinte ich nicht. Brogan hat sich gerade krankgemeldet – mit neununddreißig Fieber. Seine Frau sagt, wenn das Fieber weiter steigt, bringt sie ihn ins Krankenhaus. Er ist mit den beiden Mädchen aus Upchurchs Haus in Berührung gekommen, bevor wir wussten, womit wir es zu tun hatten. Tibideaux kann ich nicht erreichen – und das sieht ihm nicht ähnlich. Er war der Erste, der dort durch die Tür gestürmt ist. Fühlen Sie sich irgendwie krank?«

Nash schüttelte den Kopf. Allein die Bewegung erinnerte ihn wieder daran, dass ihm sämtliche Gliedmaßen wehtaten und ihm die ganze Zeit kalt war.

Im Vernehmungsraum setzte sich Poole Bishop direkt gegenüber. In den darauffolgenden zwei Stunden würde sich keiner von ihnen vom Fleck bewegen.

29
Clair

Der Schrei war vom hinteren Ende der Cafeteria gekommen, und Clair war sofort losgerannt – mit Stout, Klozowski und Dr. Barrington und die wiederum mit diversen anderen im Schlepptau. Auf dem Flur stand eine Frau Mitte zwanzig und hielt sich die Hände vor den Mund. Ihr Blick war unverwandt auf die Tür zur Toilette gerichtet. Neben ihr stand ein Rollwagen mit Reinigungsutensilien. Als sie Clair bemerkte, zeigte sie auf die Tür. »Da drin ...«

Clair zog ihre Waffe. »Sie alle warten hier!« Dann machte sie einen Schritt an der Frau vorbei, stieß die Tür auf und trat – Waffe voran – in den Toilettenvorraum. »Polizei! Keine Bewegung!«

Sie drehte sich einmal um die eigene Achse und suchte den Raum ab. Sie hörte ihr eigenes Echo, das von den Wänden widerhallte, aber hier war niemand. Clair ging in die Hocke und spähte unter die Kabinentüren. In der vorletzten Kabine entdeckte sie ein Paar Füße – und die Tür war nur angelehnt. »Kommen Sie raus! Sofort!«

Die Füße bewegten sich nicht. Sie stemmte sich hoch und machte einen Schritt auf die Toilettentür zu. Noch ehe sie sie aufgestoßen hatte, wusste sie, dass hier etwas faul war. Weißes Puder bedeckte den Boden rund um Füße und Kloschüssel. Es glitzerte im Neonlicht.

Salz.

Ein halber Fußabdruck zeichnete sich darin ab. Groß, vermutlich ein Männerschuh.

Die Frau saß vollständig bekleidet auf der Toilette. Ihr Kopf war nach links gekippt. Sie hatte die Augen weit aufgerissen, aber nur das rechte starrte blind geradeaus; vom linken war nur ein schwarzes Loch übrig – und ein winziges Rinnsal Blut, das ihr über die Wange lief. Und auch wo das linke Ohr hätte sein müssen, war Blut zu sehen. Clair musste der Frau gar nicht erst in den Mund gucken, um zu wissen, dass die Zunge fehlte. Die Hände der Frau waren wie zum Gebet im Schoß verschränkt. Womöglich zusammengeklebt – Clair wusste nicht, wie sie sonst in dieser Pose geblieben wären. Drei weiße Schachteln mit schwarzer Kordel lagen auf dem Toilettenpapierspender. An der Wand stand mit schwarzem Marker geschrieben: *Vater, vergib mir.*

Clair hatte die Frau schon einmal in der Cafeteria gesehen, zuletzt vor ein paar Stunden, als sie sich einen Kaffee holen gegangen war; allerdings wusste sie nicht, wie die Frau hieß.

»Das ist Christie Albee. Sie arbeitet in der Verwaltung.«

Dr. Barrington war hinter ihr eingetreten. Inzwischen trug er eine Brille.

»Ich hab doch gesagt, Sie warten draußen!«

Er machte ein paar Schritte vorwärts und legte zwei Finger an den Hals der Frau. »Kein Puls. Und die Haut ist kühl. Ich schätze mal, sie ist seit mindestens einer Stunde tot.«

»Hauen Sie ab, verdammt!« Clair packte ihn am Gürtel und zerrte ihn aus der Kabine. Jetzt waren da zwei neue Fußabdrücke – und der erste war verwischt. »Scheiße – das waren wichtige Spuren! Sie verschwinden jetzt sofort von hier! Sie verunreinigen einen Tatort!«

Barrington sah sie stirnrunzelnd an. »Ich wollte doch nur ...«

»Bitte, gehen Sie. Und erzählen Sie niemandem, was Sie gesehen haben.«

Klozowski und Stout erschienen in der Tür.

»Bitte«, wandte Clair sich an Stout, »sorgen Sie dafür, dass hier niemand mehr reinkommt.«

Stout blickte über ihre Schulter, erblasste, als er die Frau sah, wandte sich eilig ab und schob Barrington mit aus der Tür.

Mit einem verwirrten Gesichtsausdruck schloss Klozowski zu Clair auf. »Bishop ist festgenommen worden. Wie ...«

»Ihr Name war Christie Albee. Sie steht auf deiner Liste, oder?«

Er nickte. »Verwaltung. Sie hat einige von Upchurchs Anträgen bearbeitet. Sie war das Verbindungsstück zwischen Krankenhaus und Versicherungsgesellschaft. Clair – wenn Bishop in Gewahrsam ist und Sam ebenfalls weggesperrt ... Wer ist dann hierfür verantwortlich?«

»Wenn du noch einmal Sams Namen in einem Atemzug mit diesem Mann aussprichst ...«

»Du weißt, was ich meine.« Er zeigte auf die Schachteln. »Die hab ich inzwischen in so vielen Albträumen gesehen, dass ich ohne den geringsten Zweifel sagen kann, dass es die gleichen sind, die auch Bishop benutzt hat.«

Clair schwirrte der Kopf. »Wir müssen irgendwie zusehen, dass wir nicht länger hinterherhinken. Ich fotografiere und dokumentiere den Fundort, und dann müssen wir die Toilette versiegeln. Ich will, dass die Leiche hier im Haus in die Pathologie gebracht wird – zu derselben Pathologin, die auch Stanford Pentz untersucht, unsere erste Leiche ... Und dann müssen wir die Pathologin mit Eisley aus der Rechtsmedizin zusammenbringen. Wir müssen diese Leiche mit denen aus Chicago und South Carolina vergleichen.

Ich fasse es nicht, dass ich das jetzt sage – aber Bishop kann das hier nicht gewesen sein. Und Sam verdammt noch mal genauso wenig! Hier ist noch jemand unterwegs – vielleicht sogar mehrere Jemands.«

30
Tagebuch

Das Scheunentor war unverschlossen: eine breite Tür – breit genug für einen Traktor –, die in eine Schiene eingehängt war. Allerdings stand sie nicht weit genug offen, dass ein Traktor hindurchgepasst hätte; sie war bloß einen guten halben Meter aufgeschoben worden. Bestimmt eine Minute lang starrte ich die offene Tür an und versuchte einzuschätzen, ob die Person, die hier nicht hinter sich zugemacht hatte, rein- oder rausgegangen war.

Über die vergangenen Monate war es häufiger vorgekommen, dass meine Hand komplett unwillkürlich in meine Hosentasche gewandert war und nach dem tröstlich kühlen Stahl meines Messers getastet hatte; doch jedes Mal waren meine Finger enttäuscht worden. Jetzt war wieder so ein Moment. Ohne zu wissen, was – oder wer – mich erwartete, die Scheune zu betreten war überaus leichtsinnig; Vater hätte mir eindringlich davon abgeraten und wäre mitnichten begeistert gewesen, wenn er im Nachhinein erfahren hätte, dass ich es trotzdem getan hatte. Aber Vater war nun mal nicht hier, und irgendetwas nötigte mich, die Scheune zu betreten. Ich will gar nicht behaupten, es sei eine höhere Macht gewesen – an solche Sachen glaube ich nicht. Aber trotzdem fühlte es sich genau so an: als wäre ein Teil von mir in dieser Scheune, als hätte ich gar keine Wahl und müsste mir diesen Teil zurückholen.

Lautlos schlüpfte ich in den schwarzen Schlund. Wohl

wissend, dass meine Körperkontur für einen Augenblick in der Türöffnung zu sehen wäre, huschte ich sofort nach links – und zwar weit genug weg von der Tür, sodass mich die Schwärze wie eine Decke in ihren Falten verbarg. Dunkelheit machte mir nichts aus, im Gegenteil, auch wenn das noch nicht immer so gewesen war. Als kleiner Junge hatte ich im Dunkeln Angst gehabt. Ich hatte die Dunkelheit so sehr gefürchtet, dass Mutter in meinem Zimmer immer eine Lampe angelassen und sie mit einem alten Tuch bedeckt hatte, um das Licht zu dämpfen. Vater hatte mich ausgelacht, aber das war mir egal gewesen. Ich hatte das Licht genauso sehr gebraucht wie die Luft zum Atmen. Ich glaube, deshalb hat er mir das Licht eines Tages auch weggenommen.

Als ich an jenem Abend in mein Zimmer kam, war die Glühbirne herausgedreht worden. Ich fragte Mutter, ob sie etwas wisse, aber sie hob nur den Finger an die Lippen und nickte in Richtung Wohnzimmer. Also fragte ich, warum Vater mir das Licht weggenommen habe – und allein bei der simplen Frage wurde sie leichenblass. Es war nicht so sehr, dass ich die Frage überhaupt gestellt hatte – es war die Lautstärke, in der ich gesprochen hatte. Ich war laut genug gewesen, dass Vater sich zu uns gesellte.

»Komm mal mit«, sagte er.

Auch wenn ich Mutter ansehen konnte, dass sie gern Einspruch eingelegt hätte, hielt sie den Mund, als Vater mich zur Kellertür und die Treppe hinunterführte. Dann drehte er auf dem Rückweg nach oben jede einzelne Birne heraus – die letzte am oberen Treppenabsatz, unmittelbar bevor er die Kellertür zuzog. Durch die geschlossene Tür teilte er mir mit: »Vergiss deine Augen – ein Anblick kann täuschen. Erst wenn du lernst, deinen anderen Sinnen genauso sehr zu trauen, kannst du wirklich und wahrhaft sehen.«

Eine Decke gab er mir erst in der zweiten Nacht, und es vergingen drei weitere, bevor ich ein Kissen bekam. Ich verbrachte mehr als eine Woche dort unten, fast zwei. Erst als ich gelernt hatte, die Dunkelheit zu akzeptieren, ließ Vater mich wieder nach oben. Und natürlich hatte er recht gehabt: Man konnte auf vielfältige Weise sehen, auch ganz ohne Augen. Der menschliche Geist gewöhnte sich sogar recht schnell daran, fand andere Mittel und Wege.

Im Keller hatte ich Geräusche gehört.

Geräusche, die ich auch hier und jetzt in der Scheune hören konnte.

Das Tippeln winziger Füßchen, die hierhin und dorthin rannten. Das Flüstern der Spinnen, die ihre Netze querten. In einer derart schwarzen Welt, in einer Welt, in der ich blind war, befanden sich um mich herum immer noch eine Million Augen, die mich sehen konnten.

Die Luft war kühl in der Scheune, stand still, trotzdem wusste ich augenblicklich, dass ich dort nicht alleine war.

»Ich weiß, dass du da bist.«

Meine Stimme klang lauter als beabsichtigt, dabei hatte ich sie nicht erschrecken wollen. Ich wusste genau, dass es Libby war. Ich bin mir nicht sicher, warum; ich glaube, ich hatte einfach in der Sekunde Bescheid gewusst, als ich im Haus mein Ohr an ihre Zimmertür gelegt hatte. Dass sie hier war, wusste ich ebenso sicher, wie ich damals im Camden Treatment Center gewusst hatte, dass sie plötzlich verschwunden war. Es fühlte sich an, als wäre es ewig her, dabei war seitdem noch gar nicht viel Zeit vergangen.

»Libby, ich bin's, Anson.«

Wieder nur Stille. Dann ...

»Ist noch jemand bei dir?«

Ihre Stimme kam von oben links. Eine liebliche, engelsgleiche Stimme, schön wie Musik. Klar wie ein Bergbach. Diese Stimme hätte das Telefonbuch vortragen können, und *es hätte geklungen, als wäre es die beste Geschichte, die je erzählt worden war.*

»Nein, nur ich«, antwortete ich. »Wo bist du?«

Erst sagte sie nichts, aber ich konnte sie rumoren hören. Irgendwas regnete von oben herab und fiel auf mich drauf, fühlte sich weich an. Puder, Staub.

»Links von dir steht eine Leiter. Ich bin auf dem Heuboden.«

Dann ging oben ein Licht an. Ein geisterhaftes Flattern breitete sich in der Scheune aus.

»Mach schnell, bevor jemand das Licht sieht!«

Mein Blick blieb an der Leiter hängen. Sie war vielleicht zehn, zwölf Schritte entfernt und sah nicht sonderlich stabil aus, hielt aber mein Gewicht. Ich kletterte die gut drei Meter hinauf und kroch auf die Bohlen. Trockenes Heu knisterte unter meinen Händen und Knien. Von hier aus sah die Erde unendlich weit entfernt aus.

Auf einer alten Holzkiste in der Ecke stand eine kleine fleckige Öllampe. Libby kauerte direkt davor an der Außenwand und hatte den Kopf gerade so weit gedreht, dass sie mich beobachten konnte. Ich selbst konnte sie nicht allzu gut erkennen; Schatten hatten sich über sie gelegt, und die Lampe stand fast genau in ihrem Rücken. Dabei hätte ich sie so gern gesehen. Meine Haut kribbelte, so sehr wünschte ich mir, sie endlich ansehen zu können.

»Beeil dich! Ich mache die Lampe wieder aus.«

Ich kam auf die Füße und lief auf sie zu. Etwa auf halbem Weg löschte sie das Licht. In der neu entstandenen Finsternis konnte ich sie atmen hören und folgte dem Geräusch. Dann setzte ich mich so nah neben sie, dass ich ihre Wärme spüren konnte.

Zu nah, schoss es mir durch den Kopf. Gleich rückt sie von mir ab.

Aber das tat sie nicht.

154

Ich musste mich zusammenreißen, um nicht noch näher an sie heranzurutschen.

»Du warst im Camden«, sagte sie leise. »Ich hab dich dort gesehen.«

»Du warst auch da.« Was für eine bescheuerte Antwort, aber sie war mir einfach so herausgerutscht. Ich war nervös – und bescheuert, gerade weil ich sonst niemals nervös war. Nicht mit Mutter, nicht mit Vater, nicht mit Mrs. Carter oder mit sonst jemandem. Aber jetzt in diesem Augenblick war ich eindeutig nervös. Und ein Teil von mir war froh, dass Vater es nicht mit ansehen konnte. Ich bin mir nicht sicher, was er mit jemandem getan hätte, der mich nervös machte; mir kam da so einiges in den Sinn, und bei der Vorstellung erschauderte ich.

»Ist dir kalt?«

»Ein bisschen«, antwortete ich, auch wenn mir kein bisschen kalt war.

Sie hatte sich eine Decke über die Beine gelegt und zog das Ende jetzt in meine Richtung. Die Decke war muffig, alt, und wahrscheinlich strotzte sie vor Dreck aus all den Jahren, die sie hier auf dem Heuboden gelegen hatte, aber das war mir egal.

Allmählich gewöhnten sich meine Augen an die Dunkelheit. Draußen schien überdies der Mond, und so langsam verwandelte sich die Schwärze neben mir in Libbys Silhouette. Die zunächst unscharfe Kontur war immer klarer erkennbar. Sie hatte ein blaues Auge. Einen weiteren blauen Fleck an der Schläfe. Einen dritten am Hals, als hätte jemand sie gewürgt. Diverse am rechten Arm, noch einen …

Sie sah weg, neigte den Kopf.

»Tut mir leid! Ich wollte nicht starren.«

»Schon okay. Ich hätte wahrscheinlich auch gestarrt.«

»Tut es sehr weh?«

»Anfangs ja, da hat es fürchterlich wehgetan. Aber es wird langsam besser.«

An einer Goldkette trug Libby ein Medaillon um den Hals, das im schwachen Licht schimmerte.

»Hattest du ... eine Art Unfall? Oder hat dir das jemand angetan?« Tatsächlich ging es mich nichts an, und ich hätte nicht fragen dürfen, aber ich wollte es wissen. Ich wollte, dass sie mir erzählte, dass es ein Unfall gewesen sei, weil die Vorstellung, dass ihr das jemand angetan hatte, einfach nur grässlich gewesen wäre. Über so etwas wollte ich gar nicht nachdenken.

»Können wir das Thema wechseln? Es ist Geschichte. Ich konzentriere mich jetzt lieber darauf, wo es mit mir hingeht, nicht, wo ich herkomme.«

»Okay.« Klar, den Gefallen konnte ich ihr tun. Wollte ich auch. Im selben Moment fiel mir das Snickers ein. Ich fischte es aus der Tasche und hielt es ihr hin. »Hunger?«

Sie nickte, nahm es entgegen und zog die Verpackung ab. »Wollen wir teilen?«

Bevor ich antworten konnte, hatte sie den Schokoriegel in der Mitte durchgebrochen, schob sich eine Hälfte in den Mund und hielt mir die andere Hälfte an die Lippen. Binnen eines Wimpernschlags hatte ich mein Stück verputzt. Womöglich das Beste, was ich jemals gegessen hatte. Sie leckte sich einen Rest Schokolade von den Fingerspitzen und lächelte. Bei diesem Lächeln war der Schokoriegel augenblicklich vergessen.

Sie lehnte sich zurück an die Wand. »Die Schwestern im Camden hatten Angst vor dir, weißt du das?«

»Warum das denn?«

»Dr. Oglesby hat gesagt, dass du gefährlich bist. Er meinte, du hättest vielleicht deine Eltern umgebracht. Da wären Leichen in eurem Haus gewesen, als sie dich mitgenommen haben. Drei Leichen.«

Ich fragte mich, wann er ihnen das erzählt hatte. Ich nehme an, es war am selben Tag, als Schwester Gilman aufgehört hatte, mich anzulächeln.

»Ich habe meine Eltern nicht umgebracht.«

»Und was ist mit den anderen, die sie in eurem Haus gefunden haben? Hast du die umgebracht?«

Sie fragte ganz nüchtern, ganz ohne Angst, als hätte sie mich gefragt, was ich zum Abendbrot gegessen hatte oder was meine Lieblingsfarbe war. Was sagte das über sie aus? Über dieses Mädchen, das ich kaum kannte, auch wenn es mir so vertraut vorkam? Wie konnte es sein, dass ein Mädchen keine Angst vor einem Jungen mit dunkler Vergangenheit hatte?

»Die Männer hatten bei uns nichts zu suchen«, sagte ich. »Jede Handlung hat Konsequenzen.«

Unter der Decke tastete sie nach meiner Hand. Ihre Finger passten perfekt zwischen meine. »Das stimmt.«

31
Poole

Poole trank so gut wie nie Alkohol. Er konnte sich nicht mal mehr daran erinnern, wann er zuletzt ein Bier, geschweige denn etwas Stärkeres getrunken hatte. Als er jetzt, Stunden nachdem er den Vernehmungsraum mit Bishop betreten hatte, wieder dort rauskam, hatte er trotzdem das dringende Bedürfnis nach einem Drink. Nach einem Doppelten, wenn nicht nach einer Flasche. Die Vorstellung, einen Fall einfach zu vergessen, und wenn es nur für eine Weile wäre, war noch nie in seinem ganzen Leben so verlockend gewesen.

Nash kam ihm auf dem Flur entgegen und flüsterte ihm sofort ins Ohr: »Passen Sie auf, was Sie in Gegenwart dieses Kerls, dieses *Warnick* sagen. Der war nonstop am Telefon und hat für jemanden den Liveberichterstatter gespielt. Keine Ahnung, für wen – er hat gut aufgepasst, dass er keinen Namen erwähnt. Er hat den Kollegen am Aufnahmepult schon um eine Kopie des Mitschnitts gebeten. Ich hab ihm sofort gesagt, das müsse er sich erst von Ihnen genehmigen lassen, es seien jetzt die Bundesbehörden zuständig und so weiter. Ich bin mir allerdings nicht sicher, wie viel Zeit uns das verschafft.«

»Hat Hurless angerufen?«

Nash verdrehte die Augen. »Nur so was wie ein Dutzend

Mal. Ich hab ihm gesagt, Sie sind gerade mit Bishop in Klausur. Er will, dass Sie ihn sofort anrufen, sobald Sie raus sind.«

Nash wollte ihm schon das Handy zurückgeben, aber Poole nahm es nicht an. »Noch nicht«, sagte er, »und Sie haben mir auch nichts ausgerichtet.«

Als er an Nash vorbei den Überwachungsraum ansteuerte, hielt der Detective ihn mit der Hand vor der Brust auf. »Sie wissen, dass das alles Bullshit war, was der Typ erzählt hat?«

Poole wusste nicht, was er noch glauben sollte; nicht mehr nach alledem, was er gehört hatte.

Sowie er den Überwachungsraum betrat, fiel Warnick über ihn her. »Rufen Sie sofort Ihren Vorgesetzten an, SAIC Hurless. Sie haben die Anweisung, mir eine Kopie des Vernehmungsmitschnitts auszuhändigen.«

»Und wer hat die Anweisung erteilt?«

»Das muss Sie nicht interessieren«, entgegnete Warnick. »Auf dem Schreibtisch Ihres Chefs liegt der Haftbefehl, und den sollen Sie auf der Stelle umsetzen.«

Nash funkelte den Mann finster an. »Seit wann hat das Bürgermeisteramt die Befugnis, einen Haftbefehl im Rahmen einer Bundesermittlung auszustellen?«

»Kein Mensch hat behauptet, dass der Haftbefehl aus dem Bürgermeisteramt stammt. Und wenn man bedenkt, dass Sie kurz vor Ihrer Suspendierung stehen, Detective, bin ich mir nicht sicher, ob Sie sich hier einmischen sollten«, blaffte Warnick ihn an.

Nash nieste.

Er machte keine Anstalten, sich Mund und Nase zuzuhalten, vielmehr hatte Poole das untrügliche Gefühl, als sei Nash auch noch einen Schritt auf Warnick zugegangen, ehe er seine Salve verschossen hatte. Dann nieste er ein zweites Mal.

Warnick wich bis an die Wand zurück. »Detective, was zur ...«

»Sorry.« Nash wischte sich mit dem Jackenärmel über die Nase. »Hab mir irgendein echt fieses Virus eingefangen. Wahrscheinlich in Upchurchs Haus ...«

Warnick riss die Augen weit auf. »Sie gehören in Quarantäne!«

»Wenn wir hier fertig sind, lass ich mich durchchecken«, erwiderte Nash. »Hm, vielleicht sollten Sie sich das auch überlegen. Vorsicht ist besser als Nachsicht, Sie wissen schon.«

Mit hochrotem Kopf wirbelte Warnick zu Poole herum. »Kopie des Mitschnitts! Sofort!«

Poole stieß einen Seufzer aus und wandte sich an den Officer am Aufnahmepult, der sich das Ganze wortlos mit angesehen hatte. »Könnten Sie mir eine Kopie ziehen, bitte?«

Der Officer drückte die Eject-Taste am CD-ROM-Fach, nahm den Datenträger heraus und überreichte ihn Poole. »Schon passiert.«

»Den können Sie ihm doch nicht einfach so überlassen!«, rief Nash.

»Wenn ich die Anweisung habe, schon«, erwiderte Poole. »Aber zum jetzigen Zeitpunkt habe ich eine solche Anweisung noch nicht erhalten.« Mit der CD-ROM in der Hand wandte er sich zur Tür. »Außerdem muss ich das hier zuallererst mit Detective Porter besprechen.«

Warnick versuchte, ihm den Weg zu versperren. »Sind Sie wahnsinnig? Das dürfen Sie Porter nicht zeigen! Nicht bis wir es den entscheidenden Behörden vorgelegt haben. Zumindest müssen wir den Mitschnitt analysieren – auf alles, was die Anklage bekräftigen könnte. Wir müssen Porter befragen und ...«

»Sie und ich«, fiel Poole ihm ins Wort, tippte erst sich

auf die Brust und zeigte dann auf Warnick, »Sie und ich sind kein Wir. Ich bin ehrlich gesagt immer noch unschlüssig, was Sie hier überhaupt machen. Gehen Sie mir jetzt sofort aus dem Weg, oder Sie haben eine Klage wegen Behinderung einer bundesbehördlichen Ermittlung am Hals.«

Für einen Moment rührte Warnick sich nicht. Dann schüttelte er den Kopf, wich nach links aus und wählte im selben Moment erneut eine Nummer.

Draußen auf dem Flur packte Nash Poole an der Schulter. »Ich muss da mit rein. Mit mir redet er.«

»Unter gar keinen Umständen.« Poole schüttelte den Kopf. »Was ich vorhin gesagt habe, gilt immer noch. Solange Ihr Team als befangen gilt, müssen wir Sie auf Abstand halten. Besonders jetzt, da dieses Video kursiert.«

»Sie haben mich an einen Leichenfundort geschickt«, wandte Nash ein.

»In Begleitung mehrerer FBI-Agents und mit mir selbst in der Telefonleitung. Das war etwas anderes. Mein Team – und nicht die Metro – hat sämtliche Spuren gesichert und dokumentiert. Sie waren nur dort, damit Sie als Experte auf Ähnlichkeiten mit vorangegangenen Fällen hinweisen konnten. Ein klein bisschen Spielraum habe ich, aber nicht viel – und um ehrlich zu sein, sind Sie mir gerade eine bessere Hilfe, wenn Sie einfach nur stiller Beobachter sind, und zwar so lange, bis wir wissen, was für ein Spiel hier gespielt wird. Vielleicht rufe ich Sie ab einem gewissen Punkt herein, aber nicht gleich von Anfang an.«

Widerwillig nickte Nash und betrat den Überwachungsraum auf der gegenüberliegenden Flurseite.

Poole atmete tief durch, dann öffnete er die Tür zum Vernehmungsraum.

Porter hatte die Nase in eines der Tagebücher gesteckt und blickte nicht einmal auf. Zumindest nicht gleich. Unter dem Tisch wippte er mit den Knien. Das Whiteboard, das sie ihm zuvor gebracht hatten, war inzwischen mit Stichwörtern übersät, sogar mit einigen Skizzen, dem Grundriss eines Hauses. Die Kaffeekanne war leer, der Becher ebenfalls.

Poole setzte sich ihm gegenüber auf denselben Platz, auf dem er zuvor schon gesessen hatte. »Brauchen Sie mehr Kaffee, Sam?«

Ohne den Blick vom Tagebuch abzuwenden, antwortete Porter: »Er kannte Libby McInley, Barbara McInleys Schwester. Wussten Sie das? Und nach den Ereignissen rund um sein Elternhaus ist er in einer Art Pflegeheim gelandet.«

»Im Finicky-Heim«, sagte Poole.

Diesmal blickte Porter auf. »Das wissen Sie?«

»Steht da auf dem Whiteboard.«

Porter nickte. »Vincent Weidner war auch da. Paul Upchurch …« Er stand auf und trat an das Whiteboard. »… und diese Mädchen hier, Kristina Niven und Tegan Savala. Sie müssen die Namen überprüfen, vielleicht haben die auch mit der Sache zu tun. Es waren noch mehr Jungen dort, die versuche ich immer noch zu identifizieren. Und bevor Bishop in diesem Heim landete, war er in einer Einrichtung namens Camden Treatment Center. Suchen Sie alles zusammen, was die dort über ihn aufgezeichnet haben. Das wird unter ärztliche Schweigepflicht fallen, insofern müssten Sie sich wahrscheinlich eine richterliche Verfügung besorgen. Aber ich kann mir nicht vorstellen, dass irgendein Richter Bedenken hätte.«

»Sam, was sagt Ihnen der Name Montehugh Labs?«

Porter runzelte für einen Moment die Stirn, dann sah er zum Whiteboard. »Sie haben recht, das muss auch da stehen.« In das unbeschriebene Eckchen oben rechts schrieb er es unter die Überschrift *andere Orte von Interesse*.

»Was wissen Sie darüber?«

»Dort hat sich Bishop angeblich das Virus besorgt. Haben Sie das bestätigen können? Wenn nicht, müssen wir das schleunigst machen. Vielleicht kann man uns dort zumindest sagen, wie viel er davon erbeutet hat.«

»Bishop ist in Gewahrsam.«

Es dauerte einen Augenblick, ehe die Nachricht bei Porter angekommen war. Als es so weit war, kehrte er an den Tisch zurück und ließ sich auf seinen Stuhl fallen. »Seit wann?«

»Seit etwa halb zehn. Er hat sich downtown in irgend so einem verfallenen Haus der Polizei – beziehungsweise Nash – gestellt.«

»Er hat sich *gestellt*? War seine Mutter bei ihm? Welches Haus war das?«

»Ist das denn wichtig?«

»War es das Guyon Hotel?«

Poole schüttelte den Kopf. »Nein, nicht das Guyon. 426 McCormick. Und von der Frau, die sich als Sarah Werner ausgegeben hat, nirgends eine Spur.«

Porter stand wieder auf und notierte die Adresse unter Montehugh. »Ich weiß nicht, ob dieser Ort etwas zu bedeuten hat, aber wir behalten ihn besser im Hinterkopf. Und wir müssen sie finden – sie kann nicht weit sein.« Dann riss er die Augen auf und stellte die nächste Frage, als würde sein Gehirn gerade leicht zeitverzögert arbeiten. »Hat er Ihnen die restlichen Viren übergeben? Oder gestanden, wo er sie deponiert hat?«

Poole antwortete nicht, zumindest nicht sofort, weil er sich nicht sicher war, wie er darauf reagieren sollte. Dann entschied er sich für die Wahrheit. »Bishop sagt, *Sie* hätten das Virus.«

Sofern diese Aussage Porter überraschte, ließ er sich nichts anmerken. »Bitte?«

»Er meinte, *Sie* wären ins Montehugh eingebrochen und hätten das Virus entwendet, nicht er.«

Porter schmunzelte. Er sah aus, als würde er gleich in Gelächter ausbrechen. »Das ist echt verrückt! Warum sollte ich ein Virus entwenden?« Dann verblasste das Lächeln. »Ist er hier? In diesem Gebäude? Wo haben Sie ihn hingebracht?«

»Setzen Sie sich wieder, Sam. Ich muss Ihnen etwas zeigen.« Diesmal war es an Poole aufzustehen. Er trat an den Rechner in der Ecke und legte die CD-ROM ein.

Sam hatte sich keinen Millimeter bewegt.

»Setzen Sie sich, Sam!«

Bishop tauchte auf dem Bildschirm auf, und Porter setzte sich.

32
Clair

»Wir haben zwei Leichen außerhalb des Krankenhauses und zwei hier drin. Das heißt, er geht hier unbemerkt ein und aus. Er muss über die Tunnel kommen.« Clair sah Stout misstrauisch an.

Sie standen in Stouts vollgestelltem Büro – dazu zwei seiner Sicherheitsleute, Klozowski und einer der Metro-Kollegen. Einen zweiten hatte sie in Larissa Biels und Kati Quigleys Flur postiert. Die zwei übrigen waren immer noch nicht wieder aufgetaucht.

»Meine Leute haben im Keller jeden Zentimeter abgesucht. Da ist kein Tunnel«, gab Stout zurück.

»Es *muss* aber einen Tunnel geben.«

»Das war ein Nachahmungstäter, der hier im Krankenhaus mit uns eingesperrt ist.«

»Das würde dann aber nicht die Leichen von *außerhalb* erklären.«

»Haben Sie denn schon einen Todeszeitpunkt? Vielleicht sind sie ja umgebracht und hier deponiert worden, bevor das Stroger abgeriegelt wurde«, wandte Stout ein. »Oder vielleicht sind es ja auch zwei Täter – Bishop hat die von draußen gekillt, bevor er sich der Polizei gestellt hat, und jemand anders hat die Morde hier drinnen verübt.«

Clairs Frust wuchs ins Unermessliche. »Und wer hat

dann den Mann in South Carolina umgebracht? Den dürfen wir nicht außer Acht lassen. Wir haben dort unten ebenfalls eine Leiche.«

Stout fuhr sich mit der flachen Hand über den Schädel und schien sich über die nachwachsenden Stoppeln zu ärgern. »Ich bin früher bei der Metro Streife gefahren, hab nie bei den Kapitalverbrechen gearbeitet, aber uns wurde schon damals immer erzählt, wir müssten für sämtliche Möglichkeiten offenbleiben und dürften nie voreilige Schlüsse ziehen. Was, wenn die Morde hier in der Klinik gar nichts mit Bishop oder den 4MK-Verbrechen zu tun haben? Was, wenn irgendwer hier aus dem Krankenhaus, irgendein Angestellter, die derzeitige Lage ausnutzt, um sein eigenes Ding zu machen? Wenn er zwei Menschen umgebracht hat, um sich für etwas zu rächen oder eine Rechnung zu begleichen, und es einfach nur so aussehen lässt, als wären es 4MK-Taten? Ihr Captain hat doch das Gleiche gesagt – was, wenn er recht hat?«

Clair presste sich die Handballen an die Schläfen und schlug den Blick nieder. »Kloz, du konntest beide Opfer mit Bishop in Verbindung bringen, war es nicht so?«

Klozowski hatte seinen Laptop mitgebracht und war mit Gott weiß was beschäftigt. Er blickte auf. »Hä?«

»Schön, dass du endlich auch mit an Bord bist.« Dann wiederholte sie ihre Frage.

Doch Kloz schüttelte den Kopf. »Christie Albee hat sich um Upchurchs Versicherungsunterlagen gekümmert, aber was Stanford Pentz aus der Kardiologie angeht, habe ich keine Verbindung finden können. Ich bin noch auf der Suche.«

An Stouts Bürowand hing eine altmodische Tafel, auf der ein Schichtplan aufgemalt war. Clair wischte die Tafel sauber und schrieb die Namen der Opfer auf, die sie heute aufgefunden hatten.

nicht identifiziertes weibliches Opfer - Friedhof Rose Hill

nicht identifiziertes weibliches Opfer - Red-Line-Gleise/U-Bahnhof
    Clark

Tom Langlin - Treppe Gericht Simpsonville

Stanford Pentz - Stroger Hospital

Christie Albee - Stroger Hospital

Darüber schrieb sie *Vater, vergib mir* und kreiste es ein. Sie
starrte einen Moment lang auf ihre Liste und drehte sich
wieder zu Stout um. »Irgendeine Verbindung zwischen
Pentz und Christie Albee?«

»Was – eine Affäre oder so was in der Art?«

Clair zuckte mit den Schultern.

Stout dachte kurz nach. »Nicht dass ich wüsste. Aber so
etwas passiert hier alle naselang. Ich nehme an, es liegt an
den endlosen Schichten, dass man die ganze Zeit zusam-
mengluckt und die eigene Familie kaum noch sieht. Der
stressige Job ... Also, es wäre schon möglich.«

»Könnten Sie sich ein bisschen umhören? Rauskriegen,
was die Leute so reden?«

Er antwortete nicht. Stattdessen stieß er einen Seufzer
aus.

Clair kniff die Augen zusammen. »Was ist – sind Sie
kein Freund von Hausaufgaben?«

»Das ist es nicht«, sagte er. »Wir sind nur jetzt schon
ziemlich schlecht aufgestellt, und mein Fokus sollte darauf
liegen, in der Cafeteria für Ruhe zu sorgen. Diese Leute
sind kurz davor, in die Luft zu gehen. Es geht nicht mehr
darum, *ob* es passiert, sondern nur noch darum, *wann*. Sie
haben es doch selbst gesehen: Die sind bereit, sich gegenseitig zu zerfleischen – oder uns oder wen auch immer.
Wenn es so weit kommt, haben wir keine Leute, um sie
aufzuhalten.«

Sie ahnte, dass er recht hatte, und ja, auch sie müsste

sich darüber Gedanken machen. Sie müsste sich über eine ganze Menge Gedanken machen. »Was können Sie mir über den Arzt erzählen, der seine Hilfe angeboten hat? Der durch meinen Tatort getrampelt ist? Barrington?«

»An sich ein ganz netter Kerl«, sagte Stout, »beliebt bei den Kollegen. Ist seit etwa zehn Jahren am Stroger beschäftigt. Ich glaube, er kam irgendwo aus New Hampshire.«

»Hat in Stanford studiert«, mischte sich Kloz ein, »dann praktisches Jahr in einem kleinen Krankenhaus außerhalb von Dartmouth, New Hampshire. Sieht ganz danach aus, als käme er von da. Hat auch lange dort gearbeitet. 2007 hat er hier am Stroger angeheuert. Hatte sich von Anfang an auf Onkologie spezialisiert. Im Fall Upchurch ist er mehrmals zurate gezogen worden. Das hat Barrington letztlich auf die Liste gebracht, deshalb ist er jetzt hier mit uns eingesperrt. Ich versuche immer noch herauszufinden, ob er Leichen im Keller hat, aber bis jetzt sieht er sauber aus.«

Clair ließ die Informationen sacken und wandte sich wieder an Stout. »Ich vertraue hier niemandem mehr. Trotzdem brauchen wir seine Hilfe. Ich würde vorschlagen, wir lassen ihn mitmachen, behalten ihn aber im Blick. Vielleicht kann er für uns Augen und Ohren aufhalten. Er hat das CDC schon kontaktiert. Hab vor einer Stunde eine entsprechende Nachricht von Maltby gekriegt.« Sie nickte in Richtung des Computers auf Stouts Schreibtisch. »Wir brauchen die Überwachungsvideos aus den Fluren zu Pentz' Büro und was immer Sie aus der Umgebung der Toilette finden, in der wir Christie Albee gefunden haben.«

Stout wechselte einen Blick mit einem seiner Sicherheitsleute, dem jüngeren der beiden.

Wieder kniff Clair die Augen zusammen. »Das Material speichern Sie doch, oder nicht? Ich habe in der Klinik überall Kameras gesehen.«

»Wir haben Kameras, ja«, sagte Stout zögerlich, »aber die zeichnen nicht verlässlich auf.«

»Was soll das heißen?«

»Unser IT-Mann meint, wir hätten ein Computervirus oder irgendeine Malware im System. Es wird alles aufgezeichnet, aber anscheinend ist das Zeitstempelprotokoll im Eimer. Daran sitzt er jetzt schon seit über einer Woche. Er hat die Festplatten neu formatiert, das Betriebssystem neu aufgespielt, er hat sogar die Speicher-Hardware ausgetauscht. Ein paar Stunden läuft immer alles, aber dann ist das alte Problem wieder da. Und je mehr Zeit vergeht, umso schlimmer wird es. Er meint, was immer das ist, überschreibt nicht nur ein Mal Datum und Uhrzeit, sondern gleich mehrmals und wird dabei immer schneller.«

»Progressive Verschiebung«, warf Klozowski ein. »Das Schadprogramm überschreibt die ursprünglichen Zeitstempel erst mal durch die Bank mit falschen, geht dann zurück und legt wieder von vorn los. Das hab ich schon mal erlebt, ist ein wiederkehrendes Muster. Die richtig schlauen Programme behalten einen Teil der Aufzeichnungen sogar in der richtigen Reihenfolge bei, damit es auf den ersten Blick so aussieht, als wäre immer noch alles in Ordnung. Die superschlauen Programme bedienen sich der Gesichtserkennung und können Aufzeichnungen derselben Personen miteinander in Verbindung bringen.«

Die anderen starrten ihn bloß an.

Kloz verdrehte die Augen. »Also. Zwei Leute laufen einen Flur entlang. Sagen wir, dieselben zwei Leute sind auch schon zwei Wochen zuvor denselben Flur entlanggelaufen. Ein schlaues Virus kann die beiden Aufnahmen austauschen, behält aber die restlichen Aufzeichnungen in chronologischer Reihenfolge bei.«

Clair ächzte. »Und was bringt uns das?«

Kloz zuckte mit den Schultern. »Hacker mögen es einfach, neue, spannende Wege zu finden, wie sie den Leuten auf den Zeiger gehen können. Ich bin mir sicher, das hier hat irgendwann mal wer geschrieben, der bloß schauen wollte, ob es funktioniert. Und wenn so ein Virus erst mal geschrieben ist, landet es im Darknet, wird kopiert, und ein anderer Hacker macht es sich zunutze. Lebenszyklus zwei Punkt null.«

»Und kann man das reparieren?«, wollte Clair wissen.

»Bestimmt. Vielleicht. Keine Ahnung. Müsste ich mir ansehen. Wenn Ihr IT-Kollege all diese Maßnahmen ergriffen hat und das Ding immer noch sein Unwesen treibt, heißt das meines Erachtens, das Virus liegt irgendwo anders und nicht innerhalb Ihres Systems. Es kontrolliert die Hardware, und wenn da was ausgetauscht oder bereinigt wird, installiert sich das Virus auf der bereinigten Hardware einfach neu. Das ist nicht besonders schwer – und so etwas kann man überall verstecken. Es könnte der Router sein, eine der Kameras, ein Schalter, irgendein Computer, der mit dem Netzwerk verbunden ist.«

»Kümmere dich darum, sofort«, sagte Clair.

Klozowski sah einen Moment geistesabwesend ins Leere. Dann klappte sein Mund auf.

»Kloz?«

Seine Hände tasteten hektisch die Umgebung ab. Er griff nach seiner Maske, fummelte sie sich vors Gesicht und nieste hinein. Nicht ein, sondern gleich viermal. Als es vorbei war, nahm er die Maske herunter und musterte die Innenseite. »Bäh, wie eklig!«

»Ich will, dass du dich sofort darum kümmerst«, wiederholte Clair ungerührt.

Er nickte. »Natürlich. In meinem zusehends geschwächten Zustand und gezeichnet von Krankheit werde ich bis ans bittere Ende in deinem Dienste den Korridor entlang auf das Tor zum Jenseits zukriechen.«

»Die Einwohner von Chicago sind dir für deinen Einsatz zu allerhöchstem Dank verpflichtet.« Sie drehte sich wieder zu Stout um. »Wie viele Leute suchen derzeit unten nach den Tunneln?«

»Zwei.«

»Okay, die bleiben, wo sie sind.« Ehe er Einspruch einlegen konnte, hatte sie sich auch schon zu Stouts anderen beiden Securitymännern umgedreht. »Sie beide gehen in die Cafeteria. Sorgen Sie dafür, dass die Leute Sie sehen – aber stellen Sie keine Bedrohung dar. Ich meine damit: Stellen Sie sich nicht mit verschränkten Armen und grimmigem Gesichtsausdruck vor die Ausgangstür. Schlendern Sie herum, spüren Sie die Leute auf, die nicht hier arbeiten, und unterhalten Sie sich mit denjenigen, die hier angestellt sind. Versuchen Sie bestmöglich abzukühlen, was immer dort unten köchelt. Wenn Ihnen etwas zu Ohren kommt, was mit unseren zwei Leichen zu tun haben könnte – was immer das sein mag –, dann will ich es hören, verstanden?«

Die beiden nickten.

Ihren letzten verbleibenden Metro-Kollegen – einen schlaksigen Jungen mit kurz geschorenem braunem Haar, der immer noch nach Polizeischule müffelte, fragte sie: »Können Sie sich um die Befragungen kümmern?«

»Ja, Ma'am.«

»Machen Sie es genau wie bei einer Haustürbefragung. Rufen Sie jeden Einzelnen zu sich. Finden Sie heraus, ob jemand zu einem der beiden Opfer irgendeine Verbindung hatte und ob sie Upchurch kannten. Ob sie irgendetwas mitbekommen haben. Versuchen Sie, die Wege von Pentz und Albee nachzuvollziehen – wer sie wann zuletzt gesehen hat ... Was immer Sie herausfinden können.«

»Ja, Ma'am.«

»Wie heißen Sie?«

»Officer Dale Sutter, Ma'am.«

»Wann haben Sie Henricks und Childs zuletzt gesehen?« Die beiden Officers, die verschwunden waren.

»Etwa eine Stunde bevor wir Albee auf der Toilette entdeckt haben. Henricks hatte das Gefühl, er hätte sich eine Erkältung eingefangen. Er war ziemlich blass, und seine Augen waren stark gerötet. Er sah aus wie …« Er sprach den Satz nicht zu Ende.

»Wie wir anderen auch?«, ergänzte Clair.

Er nickte. »Und Childs sah auch nicht besser aus.« Sutter zögerte kurz, dann fuhr er fort: »Henricks wollte sich irgendein freies Bett suchen und sich für einen Augenblick hinlegen. Vielleicht hat Childs sich das Gleiche gedacht.«

Für ein freies Bett hätte Clair gerade einen Mord begehen können. Wenn sie einen der Officers beim Mittagsschläfchen erwischte, wüsste sie auch, wen genau sie ermorden würde.

Sie nahm ihr Handy zur Hand und versuchte erneut, die beiden zu erreichen. Beide Anrufe landeten auf der Mailbox. »Immer noch keine Reaktion.«

Stout griff zum Telefon auf seinem Schreibtisch. »Ich rufe sie aus. In diesem Gebäude ist der Handyempfang miserabel.«

Sie hörten Stouts Durchsage gleichzeitig aus dem Lautsprecher in der Büroecke und als Echo draußen auf dem Flur. Einen Augenblick später klingelte das Telefon. Er nahm den Hörer ab und lauschte dem Anrufer, ohne Clair aus den Augen zu lassen. Dann legte er wieder auf. »Das war Dr. Webber aus der Pathologie. Sie weiß jetzt, woran Pentz gestorben ist, und will sich mit Ihnen unterhalten.«

33

Poole

Sobald Bishops Gesicht auf dem Bildschirm erschien, hielt Poole die Fernbedienung in Richtung des DVD-Spielers und drückte auf Play. Porter starrte gebannt hin.

»Warum haben Sie sich der Polizei gestellt?«, hörte Poole seine eigene Frage aus dem scheppernden Lautsprecher. Nur ein Teil seines Kopfes und seiner Schulter war am äußersten Bildrand zu sehen. Er hatte der Überwachungskamera den Rücken zugekehrt. Die Linse war über seine Schulter hinweg auf Bishop gerichtet.

Bishop blickte kurz auf seine Hände hinab, dann geradeaus. »Ich hatte zig Monate lang Kontakt zu Detective Porter … Ich hätte mich gern schon viel früher gestellt, aber er hat mir immer wieder geraten, es nicht zu tun. Er hat behauptet, es könnte die Suche nach dem wahren 4MK gefährden. Die Öffentlichkeit sollte weiter glauben, dass ich 4MK wäre, während er selbst nach der Person fahndete, die wirklich dahintersteckte.«

»Das ist kompletter Bullshit«, kommentierte Porter. »Warum hätte ich so etwas sagen sollen? Sie haben meine Wohnung doch selbst gesehen. Seit er uns durch die Lappen gegangen ist, hab ich versucht, ihn zu finden.«

Poole hob die Hand, um ihn zum Schweigen zu bringen, und zeigte dann auf den Bildschirm.

»Ich war dumm«, fuhr Bishop fort. »Naiv. Ich hätte ihm kein Wort glauben dürfen. Ich hätte mich an jemand anders wenden müssen, aber er war wahnsinnig überzeugend. Er erzählte mir immer wieder, dass er ganz nah dran wäre, dass es nicht mehr lange dauern würde – das sagte er immer wieder. So hat er mich hingehalten. Aus einem Tag wurde eine Woche, aus einer Woche wurde ein Monat, dann mehrere Monate. Als ich ihn schließlich damit konfrontiert habe, hat er diese Frau erschossen und versucht, auch mich zu erschießen. Wieder musste ich die Flucht ergreifen. Ich hatte gar keine Wahl.«

»Das war im Guyon Hotel, ja?«

»Ja, im Guyon.«

»Warum sollte er die Frau erschossen haben?«

»Er meinte, sie kannte ihn – aus seiner Zeit als Polizeineuling in Charleston. Sie war einer der letzten noch lebenden Zeugen, die die Wahrheit über ihn kannten.« Bishop starrte kurz auf die Tischplatte hinab, rieb den Daumen über die Zeigefingerkuppe und wandte sich wieder an Poole: »Er hat gesagt: ›Sie war dabei, sie hat gesehen, was ich getan habe, also muss sie weg.‹ Das waren exakt seine Worte. Dann hat er für einen Moment nach oben geguckt – irgendwie ins Leere –, hat geflüstert: ›Vater, vergib mir‹, und den Abzug durchgedrückt.«

Bishop hatte Tränen in den Augen. Er versuchte, sie sich mit dem Handrücken aus dem Gesicht zu wischen, und musste sich aufgrund der Fesseln nach unten beugen.

»Er hat sie eiskalt abgeknallt – einfach so in den Kopf, direkt vor meinen Augen! Ich stand unter Schock, aber irgendwie kam ich dann doch wieder zu mir, als er plötzlich die Waffe auf mich richtete und wieder abdrückte. Die Kugel ist haarscharf an mir vorbei ... Aber ich hab es geschafft zu entkommen.«

Auf dem Bildschirm nahm sich Poole am Tisch gegenüber

von Bishop einen Moment lang Zeit, über all das nachzudenken. Dann beugte er sich leicht vor, sodass Bishops
Gesicht für einen Augenblick verdeckt war, ehe er sich wieder zurücklehnte. »Was ist mit der Frau, die bei ihm war?
Sarah Werner?«

Bishop sah ihn verdattert an. »Da war niemand bei ihm.
Außer sie hat draußen oder woanders im Hotel gewartet.
Ich hab zumindest niemanden gesehen.«

»Porter behauptet, das sei Ihre Mutter gewesen.«

Bishop schloss die Augen und seufzte tief. »Meine Mutter ist vor Jahren gestorben, als mein Elternhaus abgebrannt
ist. Mein Vater ebenfalls. Ich bin mir sicher, das steht
irgendwo in Ihren Akten. Da war ein See auf unserem
Grundstück, dort war ich öfter, um Steine übers Wasser zu
schnicken. Wenn ich an jenem Tag nicht am See gewesen
wäre, gäbe es mich wahrscheinlich nicht mehr. Ich war ein
paar Stunden weg, und als ich wiederkam, war das Feuer
schon außer Kontrolle. Die Feuerwehr war angerückt, aber
ich konnte ihnen ansehen, dass sie aufgegeben hatten.
Einer der Feuerwehrleute hat mich entdeckt und gefragt,
ob ich hier wohne, und ich bejahte. Dann fragte er, wo
meine Eltern seien. Ich wusste, dass sie im Haus gewesen
waren, ich wusste es einfach, aber ich brachte es nicht
übers Herz, es laut auszusprechen. Danach weiß ich nicht
mehr allzu viel, aber ich war damals ja noch ein Kind. Sie
haben mich in eine Einrichtung namens Camden Treatment Center gebracht, wo ich mich ein paar Wochen lang
erholen sollte, während sie versucht haben, einen Verwand-
ten ausfindig zu machen, der mich bei sich würde aufnehmen können. Als sie niemanden finden konnten, wurde
ich Pflegekind.«

»Sie kamen ins Finicky-Heim, richtig?«

Bishop sah ihn verwirrt an. »Ich … Keine Ahnung, wovon Sie reden. Vom Camden aus bin ich zu den Watsons

gezogen, die etwa anderthalb Stunden außerhalb der Stadt – also außerhalb von Woodstock, Illinois –, gewohnt haben. David und Cindy Watson.«

»Watson? War das nicht Ihr Künstlername, damals als Sie sich als Metro-Techniker ausgegeben haben?«

Bishop seufzte erneut und versuchte, in einer beschwichtigenden Geste die Hände zu heben. Die Ketten rasselten durch den Metallsicherungsring am Tisch. »Das war dumm von mir, ich weiß. Aber ich hatte befürchtet, wenn ich bei der Metro meinen richtigen Namen benutzen würde, bekäme jemand von alledem Wind – von der Art und Weise, wie meine Eltern gestorben waren ... Ich wollte nicht, dass die Leute Mitleid mit mir hätten oder mich irgendwie anders behandelten, also dachte ich mir, es wäre am besten, wenn ich da unter anderem Namen arbeitete. Als ich noch ein Kind war und die Watsons mich gerade erst frisch bei sich aufgenommen hatten, waren dort draußen immer wieder Reporter unterwegs und wollten über das Feuer schreiben. Sie haben mich an der Schule unter ›Paul Watson‹ angemeldet, um diese Schmierfinken loszuwerden.« Er wedelte mit der Hand durch die Luft. »Paul war Davids zweiter Vorname. Ich würde sagen, es hat funktioniert. Man hat mich in Ruhe gelassen. Und irgendwie ist der Name dann hängen geblieben. Soweit ich weiß, haben sie nie offiziell die Änderung beantragt, und ich nehme an, ich hätte mich irgendwann selbst darum kümmern müssen. Aber ich bin einfach nie dazu gekommen, und mit der Zeit fühlte es sich auch nicht mehr so wichtig an.«

»Sie waren also nie in einer Einrichtung namens Finicky-Heim?«

Bishop schüttelte den Kopf.

»So steht es aber in Ihren Tagebüchern.«

Bishop beugte sich so weit vor, dass die Ketten sich spannten und ihn zurückhielten. »Sorry, ich ... Ich weiß nicht, wie viel Zeit uns bleibt. Ist ... Bitte sagen Sie mir, dass Paul Upchurch noch am Leben ist. Er dürfte der Einzige sein, der außer mir die Wahrheit kennt.«

»Warum? Woher kennen Sie ihn?«

Bishop lehnte sich zurück. »Ich kenne ihn gar nicht, also, nicht wirklich. Aber er ist der Typ, den Porter damit beauftragt hat, diese Sachen aufzuschreiben.«

34
Tagebuch

Dr. Oglesby hatte meinen angestammten Stuhl durch einen neuen ersetzt – eine orangefarbene Monstrosität, die rundum so weich gepolstert war, dass ich viel zu tief einsank. Wenn ich mich zurückgelehnt hätte, wäre ich womöglich komplett darin verschwunden. Also fühlte ich mich genötigt, vorn auf der Kante zu sitzen. Ich war im vergangenen Jahr ordentlich gewachsen, aber meine Beine waren immer noch ein Stück zu kurz, sodass meine Füße knapp über dem Boden schwebten.

»Wie ich sehe, neigst du nach wie vor dazu, mit den Gedanken abzuschweifen, Anson. Wie wär's, du guckst mich wieder an und versuchst, im Hier und Jetzt zu bleiben?«

Ich sah Dr. Oglesby an. Könnte ein Burlington-Pullover Menschen fressen, dann wäre dieser gerade dabei gewesen. Grün-gelb-weiß – eins der hässlichsten Kleidungsstücke, die ich je zu Gesicht bekommen hatte, dazu mindestens zwei Nummern zu groß für den guten Herrn Doktor.

Ich lächelte ihn an. »Ich würde nicht im Traum daran denken, eine Sekunde unserer gemeinsamen Zeit zu verpassen.«

»Da bin ich froh. Ich freue mich auch immer auf unsere Sitzungen.«

Ich rechnete schon damit, dass er gleich danach greifen würde, noch drei, zwei, eins …

Und siehe da: Er nahm die Brille, die ihm um den Hals

baumelte, setzte sie auf und blickte dann auf den Notizblock in seinem Schoß. »Wir gefällt es dir bei Miss Finicky?«

»Wie gefällt Ihnen mein Messer?« Bei früheren Sitzungen hatte mein Messer immer an der Schreibtischkante gelegen, direkt vor meiner Nase und doch außer Reichweite – ein nicht gerade subtiles Machtspielchen und eine Methode, die er sich bestimmt von irgendwem abgeguckt hatte, weil er mir nicht kreativ genug zu sein schien, um sich selbst so was auszudenken. Heute lag mein Messer nicht da. Als ich Dr. Oglesby zuletzt gesehen hatte, an dem Tag, als die Detectives Welderman und Stocks mich in ihren Wagen verladen und ins Finicky-Heim gebracht hatten, hatte ich ihn gefragt, ob er mein Messer bei sich habe, und dieser eingebildete Widerling hatte geantwortet: »Welches Messer?« Als hätte es überhaupt nie existiert.

»Wir sind nicht hier, um über ein Messer zu sprechen, Anson. Wir sind hier, um über deinen Zustand zu sprechen – und wir haben nicht allzu viel Zeit. Insofern schlage ich vor, wir bleiben bei der Sache.«

»Warum bin ich hier? Worüber reden wir überhaupt? Ich bin nicht mehr in eins Ihrer Zimmer gesperrt.«

Dr. Oglesby lächelte. »Du hast Camden vielleicht verlassen, aber solange das Gericht es nicht anders entscheidet, bist du immer noch mein Patient. Ich habe ein persönliches Interesse daran sicherzustellen, dass dir die richtige Behandlung zuteilwird, damit es dir wieder gut geht.«

»Es geht mir gut, Doktor. Es ging mir nie besser.«

»Traumatische Erlebnisse hinterlassen Narben. Spuren, die mitunter eine Zeit lang überlagert werden, jedoch zum Vorschein kommen können, wenn wir am wenigsten damit rechnen. Es kann dir heute also durchaus gut gehen, aber morgen und übermorgen nicht – und es ist meine Aufgabe, dir über diese Phase hinwegzuhelfen.«

Vater hatte mir mal erzählt, dass die Gesundheitsindustrie besonders gut darin war, Mittel und Wege zu finden, die Taschen von anderen aus der Gesundheitsindustrie zu befüllen – ein Allgemeinarzt, der seinen Patienten an einen Spezialisten überwies, der wiederum einen Therapeuten empfahl, und dieser Therapeut brauchte einem bloß den Blutdruck zu messen, um dann mitsamt der verordneten Therapie einen kompletten Gesundheitscheck abzurechnen ... Dann verschrieb er einem ein, zwei Medikamente, die eine regelmäßige Überprüfung der Wirksamkeit erforderlich machten ... und so weiter und so fort. Selbst wenn das Problem eigentlich vom ursprünglichen Allgemeinmediziner hätte gelöst werden können, waren auf diese Weise noch zwei weitere hinzugezogen worden – dieser Zeitaufwand! Und die Arztrechnungen! Samstags gingen die drei dann zusammen Golf spielen und verjubelten einen Teil ihres ach so hart verdienten Versicherungsgeldes. Sofern Dr. Oglesby in irgendeiner Form persönlich an mir interessiert war, dann hatte ich so meine Zweifel, ob dieses Interesse über Geld hinausging. Die Medizinindustrie war die reinste Betrugsmaschinerie, und ich brauchte nun wirklich niemanden, der in meinem Kopf herumstocherte.

»Gegen dein ständiges Abschweifen während einer Unterhaltung müssen wir auch etwas unternehmen«, sagte der gute Herr Doktor.

»Ich schweife nicht ab. Ich denke nach.«

»Worüber denn?«

»Über den Stellenwert, den Sie auf dieser Erde haben.«

Das schien ihn zu amüsieren. »Und du glaubst, du wärst hinreichend ausgebildet, um dir darüber ein Urteil zu erlauben?«

»Selbst der Obdachlose, der hinter dem hiesigen College den Müll durchwühlt, ist nah genug an einem Studium dran, um sehen zu können, dass Ihr Intellekt nur vordergründig ist. Ich nehme an, Sie arbeiten nicht aus freien Stücken für eine Institution wie das Camden – Sie wären gar nicht imstande, eine freie Praxis zu führen. Sie sind kein bisschen besser als jeder Shoppingmall-Securitytyp, der durch die Aufnahmeprüfung bei der Polizei gerauscht ist. Sie stellen hier Ihre Diplome zur Schau, weil das so sein muss – dabei wette ich, dass Sie insgeheim hoffen, dass niemand genauer hinsieht. Wie oft hat jemand den Namen Ihrer Universität ausgesprochen, und Sie haben gesagt: ›Hä, was soll das sein?‹«

Das hatte gesessen. Er nahm die Brille ab und lehnte sich in seinem Sessel zurück. Nur das Lächeln war immer noch nicht verblasst. »Könnte es sein, dass nicht ich derjenige bin, der hier etwas vorgibt zu sein? Was ist aus dem ruhigen, höflichen Jungen geworden, der früher hier gesessen hat?«

»Der wartet darauf, sein Messer zurückzubekommen. Und das Foto auch.«

Der Arzt runzelte die Stirn. »Das Foto?«

»Sie wissen genau, welches Foto ich meine.«

Das Foto von Mutter und Mrs. Carter, das ich in der Tasche gehabt hatte, als sie mir das Messer abgenommen hatten. Ich wusste, dass er auch im Besitz des Fotos war. Nur hatte er es bis heute nicht zur Sprache gebracht.

Er sah mich unverwandt an. »Ich weiß nicht, von welchem Foto du redest. Aber wenn du dich wieder normal benimmst, dann könnte ich für dich noch einmal die Sachen durchsehen, die du bei deiner Ankunft dabeihattest. Vielleicht ist da etwas durcheinandergeraten, falsch benannt oder verkehrt abgelegt worden. So etwas kann schon mal passieren.«

Diesmal war ich an der Reihe, ein falsches Lächeln aufzusetzen. »Das wüsste ich wirklich zu schätzen.«

Er setzte die Brille wieder auf. Warf einen Blick in seinen Block. »Erzähl mir von Libby McInley. Als du noch hier warst, schienst du dir Sorgen um sie gemacht zu haben.

Wenn du schon nicht darüber reden willst, wie du dich im Finicky-Heim eingelebt hast, warum sprechen wir nicht darüber, wie es ihr dort ergangen ist?«

Ich hatte mich ganz offensichtlich verplappert. Ich hatte allein in dieser Sitzung schon mehr gesagt als in sämtlichen vorigen zusammengenommen, und das musste ein Ende haben. Meine Gefühle hatten sich an meinem Gehirn vorbeimanövriert und waren auf meiner Zunge gelandet – und ich wusste, das konnte nicht gut für mich ausgehen. Vater hatte mir beigebracht, dass ich über jedes Wort nachdenken musste, ehe ich es laut aussprach und andere es zu hören bekamen, und in den vergangenen zwanzig Minuten hatte ich ausgerechnet diese Lektion komplett außer Acht gelassen. Jetzt hatte Oglesby einen Köder gelegt, und ich wusste genau, ich durfte nicht zuschnappen – trotzdem konnte ich gar nicht anders. »Was ist mit ihr passiert?«

Ich rechnete nicht damit, dass er mir antwortete. Ich hatte ihm die gleiche Frage schon früher gestellt, und jedes Mal hatte er sich auf das Vertrauensverhältnis zwischen Arzt und Patient berufen und behauptet, er dürfe über ihren Fall nicht an Dritte berichten. Doch diesmal überraschte er mich.

»Ihr letzter Pflegevater hat sie mehrfach vergewaltigt, und als sie Widerstand geleistet hat, hat er sie windelweich geprügelt. Erst nahm er ein Telefonbuch, damit sie keine Striemen bekäme, aber nach mehreren Stunden hat er es beiseitegelegt und war wohl der Ansicht, dass er lieber seine Fäuste spüren wollte. Die Pflegemutter, die keine drei Meter entfernt im Wohnzimmer saß, hörte sich das fast das komplette Wochenende lang an, bis sie irgendwann die Nase voll hatte. Nur statt die Behörden zu informieren, kramte sie eine .38er hervor und feuerte damit zweimal auf ihn. Dann versuchte sie, die Leiche im Kriechkeller zu verstecken. Libby hätte dringend medizinisch versorgt werden müssen, aber die Pflegemutter war nicht bereit, die 512 Dollar im Monat aufs Spiel zu setzen, die sie für Libbys Unterbringung bekam. Also ließ sie sie gefesselt auf dem Bett liegen und tat so, als wäre nichts weiter passiert. Zum Glück hatte ein Nachbar die Schüsse gehört und rief die Polizei. Libby hat zwei Tage lang im Roper Hospital in Charleston gelegen, bevor sie in unsere Obhut kam.« Er beugte sich vor. »Sie braucht einen Freund, Anson. Vielleicht kannst du dieser Freund für sie sein.«

Erst wusste ich nicht, was ich sagen sollte. Ich konnte mir einfach nicht vorstellen, dass ein Arzt bei so etwas lügen könnte – trotzdem hörte ich in meinem Hinterkopf Vaters Stimme flüstern, dass so etwas durchaus möglich sei. »Er will, dass du ihm vertraust, Champ. Der würde das Blaue vom Himmel runterreden. Aber sobald du Vertrauen fasst, hat er dich am Schlafittchen.«

Statt etwas zu erwidern, ließ ich den Blick durch den Raum schweifen – bis zu dem Wandkalender hinter dem Schreibtisch. Dort fiel mir etwas Merkwürdiges auf, es sprang mir förmlich ins Auge: Der 29. August war umkringelt. Dasselbe Datum, das auch im Kalender in Miss Finickys Küche markiert gewesen war.

35

Clair

Clair lief hinter Stout her zum Aufzug, dann ging es hinunter in den ersten Stock und mehrere Flure und Korridore entlang. Binnen wenigen Minuten hatte sie die Orientierung verloren; wenn jemand die Schilder an den Wänden entfernt hätte, wäre sie, was den Rückweg in die Cafeteria anging, vollkommen aufgeschmissen gewesen. Die Maske vor ihrem Gesicht juckte, und ihr warmer Atem unter dem Stoff war als heiseres Quietschen zu hören. Immer wenn sie schlucken musste, erinnerte ihre Kehle sie daran, dass es ihr zunehmend schlecht ging. Bei dem Tempo, in dem sie derzeit unterwegs waren, kam sie komplett außer Atem. Und obwohl sie schweißgebadet war, war ihr zugleich eisig kalt. Clair wusste genau, dass sie Fieber hatte, aber sie brachte es nicht fertig, ihre Temperatur zu messen. Sie war sich nicht sicher, wie lange sie noch durchhalten würde. Dieses Virus hatte sie im Klammergriff. Sie ahnte, dass sie von derselben Sekunde an, da sie innehielte, sich hinsetzte und versuchte, sich zu erholen, nicht mehr würde aufstehen können.

Der Flur endete vor zwei breiten Stahltüren. Stout zog seine Codekarte durch das Lesegerät an der Wand, und die Türen glitten auf. Kalte Luft schlug ihnen entgegen, und Clair erschauderte erneut. Eine Schwarze in einem Blümchenkleid unter einem weißen Cardigan blickte von ihrem Schreibtisch auf und deutete auf eine grüne Tür am rückwärtigen Ende. »Sie wartet im Kühlraum auf Sie.«

»Danke, Bev«, sagte Stout und marschierte weiter.

Für einen kurzen Moment bildete Clair sich ein, sie hätte *Kühlraum* verstanden. Sie konnte sich gar nicht vorstellen, dass es dort, wo sie hingingen, noch kälter sein sollte als hier. Dann folgte sie Stout durch die grüne Tür und fand sich in der arktischen Tundra wieder.

»Oh verdammt«, brachte sie zwischen klappernden Zähnen hervor.

Der Arbeitsbereich der Pathologin war wesentlich größer, als Clair gedacht hatte: fast so groß wie die Räumlichkeiten der Rechtsmediziner downtown und eindeutig größer als die pathologische Abteilung jedes anderen Chicagoer Krankenhauses – gut und gern zweihundert Quadratmeter. Sie wurden von grellen Leuchtstoffröhren ausgeleuchtet, die in regelmäßigen Abständen an der Decke montiert waren. Wände und Fußboden waren weiß gekachelt, und Clair zählte mindestens ein Dutzend Edelstahl-Arbeitsbänke, unter denen jeweils ein Abflussgitter in den Boden eingelassen war. Außerdem zählte sie fünf Leichen – drei unter Tüchern, zwei unbedeckt. Riesige Klima- und Lüftungsanlagen sirrten über ihnen und spuckten eisige Luft aus. Der Raum roch nach Bleiche, allerdings nicht so stark, wie sie befürchtet hatte. Sie war überrascht, dass sie angesichts ihrer verstopften Nase überhaupt etwas riechen konnte.

Direkt hinter der Tür stand ein Garderobenständer. Stout nahm eine rote Jacke vom Haken und drückte sie Clair in die Hand. »Hier, ziehen Sie die an.« Er selbst warf sich eine grüne Jacke über.

Clair schlüpfte in die Jacke. »Warum muss das hier so verdammt kalt sein?«

Eine Frau Ende fünfzig kam mit einem Klemmbrett in

der Hand um die Ecke. Sie hatte sich das ergrauende Haar nach hinten gebunden, trug eine Schutzbrille und einen grünen OP-Kittel. »Wir kühlen den Raum auf zwei Grad herunter – dieselbe Temperatur wie in den Kammern nebenan. So wird der Zersetzungsprozess aufgehalten, wenn wir es mit längeren Untersuchungen zu tun haben. Wir führen hier die eher außergewöhnlichen Autopsien durch; Routinegeschichten wie Herzinfarkte, Krebs und so weiter werden den Flur runter in einem wärmeren Raum unter normaleren Bedingungen abgehandelt.« Sie streckte die behandschuhte Hand aus. »Sie müssen Detective Norton sein. Ich bin Dr. Amelia Webber.«

Clair streckte ihrerseits die Hand aus; sie selbst trug keine Handschuhe. Dr. Webber musste ihr angesehen haben, was ihr durch den Kopf schoss, weil sie sofort die Hand zurückzog. »Keiner will einer Pathologin die Hand geben. Sogar mein Ehemann sieht mich angewidert an, dabei sind wir jetzt schon seit achtundzwanzig Jahren verheiratet.« Sie kam ein Stück näher. »Himmel, Sie sehen echt beschissen aus ... Hat man Ihnen was gegeben?«

»Irgendwas Antivirales und Steroide«, antwortete Clair. »Es geht mir gut.«

»Es geht Ihnen nicht gut. Sie sollten sich hinlegen und Ihrem Körper Zeit geben, das Virus zu bekämpfen. Außerdem kann ich die ersten Schwellungen sehen. Das sind die Nebenwirkungen.« Sie betrachtete Clairs Hände. »Nehmen Sie die Ringe besser ab, solange Sie noch können.«

Clair erschauderte von Neuem und zog den Reißverschluss der Jacke zu. »Ich hab gehört, Sie hätten die Todesursache?«

Die Medizinerin sah sie weiterhin besorgt an. »Das stimmt ... Eine Sekunde, ich hole Eisley dazu.«

Clair runzelte die Stirn. »Eisley ist hier?«

»Nicht so richtig ...« Webber lief zurück durch den Raum

und um ein paar hohe Vitrinen herum. Als sie wiederkam, schob sie einen Rollwagen mit einem riesigen Monitor vor sich her. Darunter stand etwas, was aussah wie der Korpus eines Desktop-PCs. Sie drückte ein paar Knöpfe, und der Bildschirm erwachte zum Leben.

Vor ihnen tauchte Tom Eisley auf. »Hallo, Detective, ich hab ... Wow. Sie sehen echt ... grässlich aus.«

Eine kleine Kamera war auf dem Monitor montiert. Clair sah in die Kamera, dann auf den Bildschirm und war sich nicht sicher, wo sie hingucken sollte. »Mir geht's ganz wunderbar, Tom.«

»Sie sehen nicht ...«

»Es ist alles bestens«, fiel sie ihm ins Wort. »Können wir bitte direkt zur Sache kommen? Ich hab's ein bisschen eilig.«

Sie hatte ihn nicht anblaffen wollen, aber selbst wenn er es persönlich genommen hatte, ließ er sich nichts anmerken. »Natürlich. Amelia, wollen Sie anfangen?«

Dr. Webber nickte und rollte den virtuellen Eisley auf zwei der Sektionstische zu. Stanford Pentz lag zur Linken, Christie Albee zur Rechten. Beide waren nackt. Während Pentz' Brustkorb per Y-Schnitt geöffnet und wieder verschlossen worden war, schien Albee immer noch auf ihre Obduktion zu warten. Webber wandte sich Pentz zu; sein Kopf war kahl rasiert und zur Seite gedreht worden, es sah aus, als starrte er nach links. Rund um das Schädeldach verlief ein Schnitt – sie hatte den Schädel geöffnet, um an sein Gehirn heranzukommen. »Auf den ersten Blick sah es nach Herzstillstand aus, aber als ich sein Herz untersucht habe, konnte ich nichts finden, was auf eine Erkrankung oder ererbte Schwäche hingedeutet hätte. Er war ein fitter Mann und das Herz sogar in besserem Zustand, als ich erwartet hätte. Als ich das Blut rund um das entfernte Ohr abgewaschen habe, bin ich dann darauf gestoßen ...« Sie deutete auf einen winzigen dunklen Punkt in seinem Nacken – direkt unter dem fehlenden Ohr.

»Ist ihm etwas gespritzt worden?«, fragte Clair und beugte sich näher heran.

Webber nickte. »Der Tox-Screen hat nichts ergeben, dabei hatten wir die ganze Palette abgefragt. Ich hab einen zweiten Durchlauf machen lassen – wieder nichts. Dann hat Eisley empfohlen, eine Probe aus der Gehirnsubstanz zu nehmen.«

Im Monitor meldete er sich zu Wort. »Genauer gesagt habe ich sie gebeten, nach Succinyl- oder Bernsteinsäure zu suchen.«

»Und da wurde ich mehr als fündig«, sagte Webber.

»Was ist das für eine Säure?«, wollte Clair wissen.

»Das Nebenprodukt eines Stoffs namens Succinylcholin, das zu vorübergehender Muskellähmung führt und üblicherweise in der Anästhesie eingesetzt wird«, erklärte Eisley. »Es wird injiziert, um sämtliche Muskeln im Körper lahmzulegen, unter anderem die Atemmuskulatur. Ohne die Beatmungsmaschinen, die während einer OP eingesetzt werden, erstickt der Patient. Es ist eine schnelle, aber auch eine furchtbare Art zu sterben – die Substanz hat keinen sedativen Effekt, sie lähmt bloß die Muskeln, sprich: Der Empfänger ist weiter hellwach, während er qualvoll erstickt.«

»Danach hätte ich niemals gesucht«, gab Webber unumwunden zu. »Ich hatte mich auf das Herz konzentriert. Es gab keine äußerlichen Anzeichen eines Erstickungstods. Normalerweise verfärbt sich die Haut, wird bläulich, es kommt zu petechialer Hämorrhagie in bestimmten Arealen des Gesichts. Nichts dergleichen können wir feststellen.«

»Der lähmende Effekt der Substanz sorgt dafür, dass kein Blut in das umliegende Gewebe austritt«, erklärte Eisley. »Ich habe es bloß ins Spiel gebracht, weil ich mal von einem Arzt aus Sarasota, Florida, gehört hatte, der seine Frau damit umgebracht hatte – ein Anästhesist, der fremdgegangen war. Anscheinend ist Succinylcholin ziemlich beliebt bei Medizinern mit Mordabsichten, weil es derart schwer nachzuweisen ist. Nun befinden Sie sich aber in einem Krankenhaus, wo Sie potenziell darauf Zugriff haben – deshalb ist es mir wohl eingefallen.«

Clair drehte sich zu Webber um. »Sie sagten, es ging schnell. Wie schnell?«

»Von der Injektion bis zum Tod?«

Clair nickte.

»Blut fließt mit vier bis fünf Stundenkilometern durch unseren Körper«, antwortete Webber. »Das wären somit ein paar Sekunden, bis die Lähmung eintritt, und dann mehrere Minuten bis zum Tod.«

»Keine Zeit zu reagieren oder um Hilfe zu rufen«, mischte sich Stout ein. Er warf einen Blick auf Christie Albees Leiche. Auch ihr Kopf war zur Seite gedreht worden. »Haben Sie das Gleiche bei ihr auch gemacht?«

Webber ging zu ihr hinüber und zeigte auf einen ähnlichen Punkt unter dem Ohr der Frau. »Annähernd die gleiche Injektionsstelle – direkt in die Vena auricularis posterior. In beiden Fällen deutet der Winkel der Nadel darauf hin, dass der Täter von hinten kam. Der Einstich weist eindeutig nach vorn. Wenn ich dann auch noch die Größe beider Opfer in Betracht ziehe, dann würde ich sagen, Sie suchen nach einer Person, die etwa eins achtzig groß ist.«

»Jemand, der eins achtzig groß ist und in der Anästhesie Zugang zu sämtlichen Substanzen hatte«, warf Stout ein. »Ich kann die Aufnahmen durchgehen, vielleicht finden wir jemanden, der in der Abteilung nichts zu suchen hatte.«

Eisley seufzte frustriert. »Könnten Sie machen – hätte ich nicht die gleiche Todesursache bei meinen zwei anonymen Damen nachweisen können. Und auch Tom Langlin aus Simpsonville ist mit Succinylcholin ermordet worden. Das hat der dortige Pathologe soeben bestätigt.«

»Was ist mit dem Salz?«

»Richtig, das Salz«, sagte Eisley. »Ich habe versucht, auch das auszutüfteln, wie Bishop sagen würde. Allerdings bin ich noch nicht sehr weit gekommen. Bislang kann ich nur sagen, dass das Salz bei meinen beiden Opfern und bei dem Mann aus South Carolina die Sorte ist, die man in loser Schüttung im Heimwerkermarkt kaufen kann – etwa als Wasserenthärter. Das Salz auf der Haut Ihrer beiden Krankenhausopfer ist normales Tafelsalz. Meine zwei Damen wurden nackt ausgezogen und haben dann für einige Zeit in dem Salz gelegen – und zwar mehrere Stunden lang. Erst dachte ich, sie hätten damit konserviert werden sollen, oder vielleicht sollte so verhindert werden, dass der Todeszeitpunkt allzu leicht feststellbar wäre. Aber inzwischen bin ich mir nicht mehr so sicher. Sowohl Pentz als auch Albee wurden binnen vierundzwanzig Stunden vor ihrer Entdeckung getötet. Wenn die Absicht gewesen wäre, Beweise zu vernichten, wäre Lauge besser geeignet und genauso leicht zugänglich gewesen. Tafelsalz erfüllt überhaupt keinen Zweck, was mich zu der Annahme verleitet, dass der Einsatz symbolischer Natur war – eine Art Nachricht. Ich bin mit dem FBI in Kontakt getreten, und die haben dort irgend so eine fixe Bibelidee. Ich muss zugeben, es ist einige Zeit her, seit ich die Bibel aufgeschlagen habe. Diese Geschichte von Lots Frau sagt mir etwas – aber das war es auch schon. Am besten melde ich mich bei Ihnen, wenn ich mehr herausgefunden habe.«

»Sind all diese Leute von ein und demselben Täter umgebracht worden?«, hakte Clair nach.

Eisley zuckte mit den Schultern. »Zumindest sind sie nach ein und demselben Muster umgebracht worden. Aber ich wüsste nicht, wie ein Einzeltäter diese Entfernungen hätte zurücklegen können.« Ihm schien etwas in den Sinn zu kommen. »Da gäbe es noch etwas, was nützlich sein könnte.«

»Raus damit. Ich nehme, was ich kriegen kann.«

Dr. Webber beugte sich über Christie Albee und zog deren Mund auf. Im grellen Deckenlicht war nicht zu übersehen, dass anstelle der Zunge nur mehr ein roter Fleischfetzen übrig war. »Wir gehen davon aus, dass die Zunge mithilfe eines Skalpells entfernt wurde. Entlang des Sulcus terminalis – also entlang der Furche im Bereich der Zungenwurzel – verläuft ein annähernd perfekter Schnitt.«

»Aha«, brachte Clair gerade noch hervor. Dann musste sie schlucken, um sich nicht zu übergeben.

»Sehen Sie diese Kante dort? Unter der auf dieser Seite hier ein winziges bisschen mehr Zungenmandel übrig ist als gegenüber?«

»Ähm«, sagte Clair, auch wenn sie gar nicht mehr hinsehen konnte. Sie kniff die Augen leicht zusammen. Gewisse Bilder wollte sie einfach nicht in ihrem Kopf haben.

Dr. Webber hatte aufgehört zu reden und lächelte sie an.

»Und das soll ... was bedeuten?«, hakte Clair nach.

Wieder antwortete Eisley. »Es bedeutet, dass unser Täter Linkshänder ist.«

»Und was ist Bishop?«

»Ich habe Bishops frühere Opfer obduziert, zumindest diejenigen, die uns bekannt sind. Er ist Rechtshänder. Oder tötet zumindest mit der rechten Hand.«

»Und was ist Sam?«, fragte sich Clair eine Nuance lauter als beabsichtigt.

36

Poole

»Das ist doch lächerlich!«, schimpfte Porter, und Poole drückte auf Pause. Bishops Gesicht auf dem Bildschirm erstarrte, und Porter rutschte auf seinem Stuhl herum. »Ich bin Paul Upchurch nie begegnet! Abgesehen von dem, was in den Tagebüchern steht und dem bisschen, was Bishop erzählt hat, hab ich nicht die geringste Ahnung, wer er ist!«

Mit hochrotem Gesicht und tiefen Falten um die Augen starrte Porter ihn an. Poole blickte auf die Tischplatte. Er wollte Porter glauben, aber er durchschaute den Mann einfach nicht, und das machte ihn nervös. In Quantico hatte Poole diverse Kinetikkurse belegt; er hatte gelernt, die nonverbalen Signale seines Gegenübers zu interpretieren, die Körpersprache zu deuten. Er hatte unzählige Verdächtige befragt, und sobald er mittels Standardfragen den Boden bereitet hatte, war er bei den meisten imstande gewesen zu beurteilen, ob die Person die Wahrheit sagte oder ihn belog. Letztlich konnte man all das auf einen einzigen Umstand zurückführen: Wenn jemand die Wahrheit sagte, dann ohne zu zögern, ohne über eine Antwort nachdenken zu müssen; der Lügner musste erst sein Kreativpotenzial anzapfen, um seine Lüge zu konstruieren, und obwohl dies mitunter im Bruchteil einer Sekunde geschah, gab es dafür äußerliche Anzeichen – sei es ein flüchtiger Seitenblick, ein Zucken der Hand, eine kaum wahrnehmbare Geste. Porter legte eine Menge solcher Anzeichen an den Tag, und zwar seit er diesen Raum betreten hatte: Nervosität, Anspannung, Wut, Frustration. Jedes einzelne davon hatte in der Kinetik Bedeutung. Unter anderen Umständen hätte Poole all das durchschaut, aber bei Porter fiel es ihm unendlich schwer. Außerdem musste er in Betracht ziehen, dass Porter ein Detective war und insofern höchstwahrscheinlich ebenfalls Kinetikkenntnisse hatte. Auch er hatte im Lauf seiner Karriere eine Reihe von Leuten befragt. Er wüsste genau, worauf Poole lauerte, und es war durchaus möglich, dass er bewusst gewisse Ablenkungsmanöver fuhr. Mit dem richtigen Training konnte jeder den Lügendetektortest bestehen.

»Was ist in Charleston passiert?«, fragte Poole jetzt.

»In Charleston?«

»Warum sollte er Sie beschuldigen, diese Frau umgebracht zu haben? Er meinte, Sie hätten es getan, um etwas zu vertuschen, was in Charleston passiert ist.«

Diesmal sah Porter auf. Nicht hoch und nach rechts – das wäre ein Hinweis auf eine Lüge gewesen. Er sah auch nicht nach links – ein Indiz für Wahrheit. Er sah starr geradeaus, legte den Kopf in den Nacken, fuhr sich durchs Haar und seufzte frustriert. »Ich hab meine ersten Dienstjahre in Charleston verbracht, aber das ist auch schon alles. Strafzettel, Ladendiebstähle.« Er tippte sich auf einen Punkt am Hinterkopf. »Bei der Festnahme eines Dealers hab ich eine .22er Kugel hier reingekriegt. Danach fand ich, ich war der Stadt nichts mehr schuldig. Heather und ich zogen um nach Chicago und haben noch mal ganz von vorn angefangen.«

»Sie wurden angeschossen?«

Porters Hand wanderte zurück in seinen Schoß. »Das hat mit dieser Geschichte rein gar nichts zu tun. Mein Partner und ich wollten damals einen Kleindealer fassen – Heroin, ein bisschen Crack. Einen jungen Kerl namens Wiesel. Wir hatten ihn in eine Gasse getrieben, ich von hinten, mein Partner lief einmal um den Block und kam von der Queen... Der Typ hat meinen Partner zuerst entdeckt, hat auf dem Absatz kehrtgemacht und Panik gekriegt, als ich plötzlich hinter ihm stand. Der hatte irgendwas eingeworfen und war hochgradig nervös. Hatte eine Knarre in der Hand und hat wohl versehentlich den Abzug durchgedrückt. Er wollte nicht auf mich schießen, die Waffe war nicht mal auf mich gerichtet, das Ganze war eher ein Reflex. Die Kugel hat einen Müllcontainer gestreift und ist von dort abgeprallt, und ich hab sie abgefangen.« Er rieb sich erneut über die Stelle am Hinterkopf. »Die Kugel ist stecken geblieben – im Schädelknochen. Der Hirndruck ist sofort angestiegen. Sie haben die Kugel entfernt, den Druck abgelassen, und irgendwann war ich wieder gesund. Das war's.«

»Wie hieß Ihr Partner?«

Porter wollte schon etwas sagen, blickte dann aber verwirrt drein. »Äh...«

»Was?«

Er spitzte die Lippen. »Es ist bloß... Manchmal hab ich Probleme, mich an gewisse Ereignisse von damals zu erinnern.«

»Sie können sich nicht an den Namen Ihres Partners erinnern?«

Er schloss die Augen. »Das ist so lange her... Derrick irgendwas. Hill, Hillman... *Hillburn*, das war's. Derrick Hillburn. An den hab ich jahrelang nicht mehr gedacht.« Er schlug die Augen wieder auf und kratzte sich am Hals. »Ich hab gehört, er ist aus dem Dienst ausgeschieden. Ich hab seit einer Ewigkeit nicht mehr mit ihm gesprochen.«

»Die Frau, die Sie aus dem Gefängnis in New Orleans befreit haben – hatten Sie die davor schon mal gesehen?«

»Nein.«

»»Sie war dabei‹«, zitierte Poole, »»sie hat gesehen, was ich getan habe, also muss sie weg.‹ Haben Sie das je gesagt?«

»Natürlich nicht!«

»Sie haben sie nicht erschossen? Die Techniker haben an Ihrer Hand und an Ihrer Kleidung Schmauchspuren gesichert.«

»Ich hab einen Warnschuss abgegeben. Bishop hat sie erschossen. Das hab ich doch schon mal gesagt! Himmel, brauche ich hier demnächst meinen Gewerkschaftsanwalt?«

Poole verstummte für einen Moment. Dann nahm er die Fernbedienung hoch und drückte erneut auf Play.

Auf dem Bildschirm fragte Poole: »Porter hat Upchurch damit beauftragt, die Tagebücher zu schreiben?«, und Bishop nickte.

»An dem Tag, als der Mörder von Porters Frau verhaftet wurde, bin ich mit Porter aufs Revier an der 51st gefahren. Irgendwer hat ihm dort Kaffee übergekippt, also haben wir auf dem Rückweg bei ihm daheim einen Zwischenstopp eingelegt, weil er sich umziehen wollte. Während wir bei ihm in der Wohnung waren, hat jemand aus der Taskforce angerufen – Klozowski, der Typ aus der IT. Als Porter auflegte, hielt er mir vor, mein echter Name sei Anson Bishop und nicht Paul Watson. Ich dachte schon, er würde mich anzeigen oder so, aber stattdessen erzählte er mir, dass sie mitten in einer Undercoveroperation gegen 4MK steckten. Irgendwas, was nicht ins Protokoll käme. Wir könnten uns das mit meinem Namen zunutze machen, wenn ich bereit wäre zu helfen.« Bishop schüttelte den Kopf. »Ich hab ihm geglaubt. Hab gefragt, was ich tun kann. Daraufhin bat er mich abzutauchen – ein paar Tage vom Radar zu verschwinden. Dann waren draußen plötzlich Sirenen zu hören, und er meinte, wir müssten augenblicklich los. Er drückte mir eintausend Dollar in die Hand und die Adresse eines Hauses an der 41st Place. Dort sollte ich auf ihn warten. Und er sagte noch, er hätte jetzt keine Zeit, mir alles zu erklären. Aber er würde dorthin kommen, so schnell er könnte.«

»Das grüne Haus an der 41st Place?«, hakte Poole nach. »Wo Sie mich attackiert haben?«

Bishop zögerte kurz, nickte dann aber. »Ich wollte Sie nicht verletzen. Aber bis zu dem Zeitpunkt waren bereits Monate vergangen. Porter hatte mir eingebläut, dass auch Sie damit zu tun hätten. Ich dachte, Sie wären gekommen, um mich aus dem Weg zu räumen.«

»Mein Partner ist in dem Haus gegenüber gestorben.«

Bishop beugte sich nach vorn und sprach leise weiter: »Porter ist direkt nach Ihnen dort aufgetaucht. Ich habe ihn gesehen, wie er ums Haus herumlief, als ich abgehauen bin. Möglicherweise hat Ihr Partner ihn ebenfalls gesehen. Wenn Sie mich fragen, hat Porter ihn auf dem Gewissen.«

»Warum sollte Porter einen FBI-Kollegen umbringen?«

Bishop wollte schon die Hände hochnehmen, aber die Ketten hinderten ihn daran. »Nachdem ich seine Wohnung verlassen hatte, hat er sich selbst ins Bein gestochen. Ich glaube außerdem, dass er es war, der Talbot im 314 Tower umgebracht hat. Womöglich steckt er sogar hinter der Entführung dieses Mädchens, Emory Connors. Er hat versucht, mir alles in die Schuhe zu schieben – er hat mir erklärt, er müsste mich der Presse zum Fraß vorwerfen, um den echten 4MK aus der Reserve zu locken. Er hat mir weisgemacht, dass er einen Plan verfolgte. Aber ich glaube inzwischen, er ist 4MK. Was, wenn er es war, der all diese Leute umgebracht hat? Er hat uns allen etwas vorgemacht.« Bishop ließ sich gegen die Stuhllehne sinken. »Hören Sie, ich weiß, das klingt komplett verrückt. Deshalb müssen Sie unbedingt mit Paul Upchurch sprechen. Der kann Ihnen alles bestätigen.«

»Inwiefern?«

»Nach den Ereignissen im 314 Tower hat Porter mich für alles verantwortlich gemacht. Also bin ich auf Tauchstation gegangen, genau wie er es zuvor von mir verlangt hatte. Ich wusste nicht, was ich sonst hätte tun sollen. Nach einer Woche, als immer noch kein Ende in Sicht war, habe ich angefangen, ihn zu beschatten. Soweit ich es mitbekommen habe, war er dreimal in Upchurchs Haus. Nach dem dritten Besuch habe ich abgewartet, bis er weg war, und dann selbst dort angeklopft. Ich hatte ohnehin nichts mehr zu verlieren. Als Upchurch die Tür aufmachte, habe ich ihm meinen Behelfsausweis gezeigt – nur flüchtig, damit er nichts entziffern konnte –, und ihm erzählt, ich sei für die interne Ermittlung unterwegs und müsse in Erfahrung bringen, in welcher Verbindung er zu dem Detective stehe, der soeben sein Haus verlassen habe. Er hat nicht mal gewusst, dass Porter bei der Polizei war. Er hat mir erzählt, dass Porter ihn etwa ein Jahr zuvor über eine Craigslist-Annonce gefunden habe; Upchurch hat damals wohl als Illustrator gearbeitet, während er gleichzeitig irgendein Comicbuch fertigstellen wollte. Porter überließ ihm ein paar Schriftproben und fragte, ob Upchurch die imitieren könne. Nach ein paar Tagen – nachdem Upchurch den Beweis erbracht hatte, dass er es konnte –, kam Porter mit stapelweise Ausdrucken wieder und beauftragte ihn damit, alles in schwarz-weiße Notizbücher zu übertragen. Hat ihm dafür zehn Riesen in Aussicht gestellt. Upchurch hatte kurz zuvor eine Krebsdiagnose erhalten und brauchte das Geld. Also schlug er ein, stellte auch keine Fragen, hat sich einfach an die Arbeit gemacht. Holen Sie ihn zum Verhör, er wird Ihnen all das bestätigen.«

»Upchurch ist vor etwa drei Stunden gestorben«, sagte Poole nüchtern.

Bishop wurde blass und sackte auf seinem Stuhl zusammen. »Dann steht Porters Aussage gegen meine. Gott, steh mir bei!«

Poole hielt das Video an.

Porter hatte seit gut zehn Minuten keinen Mucks mehr gesagt. Als er irgendwann das Wort ergriff, klang er viel ruhiger, als Poole vermutet hätte. »Nichts davon entspricht der Wahrheit. Das wissen Sie genau. Ich war nicht mal in Chicago, als Ihr Partner ermordet wurde.«

Poole hielt unverwandt Porters Blick. Falls Porter ihn belog, dann gab es in seiner Körpersprache nicht das geringste Anzeichen dafür. Aber auch zuvor, während der Bishop-Befragung, hatte er keinerlei Hinweise erkennen können ... Er stand auf und wandte sich zum Gehen. Ohne noch einmal zurückzublicken, sagte er: »Sie entschuldigen mich, Sam«, und verließ den Vernehmungsraum. Bishop starrte sie beide immer noch selbstgefällig vom Bildschirm aus an.

37

Poole

Als Poole den Überwachungsraum betrat, drückte Nash ihm ein Blatt Papier in die Hand. »Hier, der Vollzugsbefehl in Sachen Mitschnitt von Bishops Vernehmung. Dalton hat ihn persönlich vorbeigebracht. Außerdem sagt er, SAIC Hurless sei inzwischen hierher unterwegs und stinksauer auf Sie.«

Poole sah sich in dem Zimmerchen um. Abgesehen von dem Officer, der am Aufnahmepult saß, waren sie unter sich. »Wo ist der Typ aus dem Bürgermeisteramt? Warnick?«

Nash zuckte mit den Schultern. »Er ist gegangen, als er seinen Mitschnitt bekommen hat. Vielleicht vor zwanzig Minuten?« Die Haut um Nashs Augen war gerötet und geschwollen. Ein dünner Schweißfilm schimmerte auf seiner Stirn.

»Sie sind krank, stimmt's?«

»Ist bloß eine Erkältung. Vielleicht auch die Grippe. Ich hatte das schon kommen sehen, noch bevor wir Upchurchs Haus gestürmt haben. Das stammt nicht von dort.« Er griff in seine Hosentasche, angelte einen Blisterstreifen DayQuil heraus und warf sich eine Kapsel in den Mund. »Außerdem geht es mir schon wieder besser.« Dann drehte er sich weg und hustete in die Armbeuge. Als er sich wieder zu Poole herumdrehte, sah er aus, als hätte er eine Maus verschluckt.

»Was?«

»Während Sie da drin waren«, sagte Nash, »habe ich mit Clair telefoniert. Sie hat die vorläufigen Obduktionsergebnisse der Opfer aus dem Krankenhaus. Allen beiden wurde eine Substanz namens Succinylcholin injiziert.«

»Das ist ein Muskelrelaxans. In einem Krankenhaus vermutlich leicht zur Hand.«

Nash nickte. »Aber wir haben auch Ausschlussindizien.«

»Was soll das heißen?«

»Bishop ist Rechtshänder. Die früheren Opfer wurden von einem Rechtshänder umgebracht. Die jüngsten – die beiden, die wir gefunden haben, sowie die zwei aus dem Krankenhaus – wurden von einem Linkshänder ermordet, genau wie Tom Langlin in Simpsonville. Das hat der dortige Pathologe bestätigt.«

Poole dachte kurz darüber nach und unterdrückte den Impuls, sofort in den Vernehmungsraum zurückzukehren. »Porter ist Linkshänder.«

Nash schlug den Blick nieder. »Ich hab geschworen, Ihnen nichts zu verschweigen, also habe ich es Ihnen erzählt – aber er kann es nicht gewesen sein. Das muss Ihnen klar sein.«

»Ich habe Porter nie gesagt, dass mein Partner gestorben ist, trotzdem wusste er darüber Bescheid«, sagte Poole. »Wie erklären Sie mir das?«

Nash sah ihm ins Gesicht. »Vielleicht hat Clair es ihm erzählt – oder Kloz. Er kann es irgendwo aufgeschnappt haben. Es kam sogar in den Nachrichten. Das hat nichts zu bedeuten. Bishop versucht, Sie kirre zu machen – wir wissen, dass Porter in New Orleans war, als Diener gestorben ist.«

Poole streckte die Hand aus. »Geben Sie mir mein Telefon.«

Nash durchwühlte seine Taschen, zog das iPhone heraus

und gab es Poole zurück. »Das Ding bimmelt öfter als eine Nutte am Marinestützpunkt.«

»Ich bin mir nicht sicher, was Sie mir damit sagen wollen«, murmelte Poole und scrollte durch seine Anrufliste.

Dutzende Anrufe von SAIC Hurless. Diverse Anrufe von einer Nummer, die er nicht kannte – allerdings mit Ortsvorwahl 504.

»Ich will damit nur sagen ...«, hob Nash an.

Bevor er weitersprechen konnte, kehrte Poole ihm den Rücken zu und wählte die 504er-Nummer an.

Jemand Ruppiges meldete sich. »Ja? Vina.«

»Direktor Vina? Hier spricht Special Agent Frank Poole. Ich wollte Sie ohnehin anrufen ...«

»Hier ist was passiert«, fiel Vina ihm ins Wort. »Ich versuche gerade, die Umstände zu klären ... Es geht um Vincent Weidner. Er ist verschwunden.«

Poole warf Nash einen Blick zu und schaltete das Handy auf Lautsprecher. »Weidner ist verschwunden? Wie konnte das passieren?«

»Wir hatten gestern eine Sicherheitspanne – wohl irgendein Computerhack. Gestern Morgen um kurz nach neun haben sich sämtliche Schlösser von allein entriegelt – in den Zellentüren, Eingängen, in sämtlichen Zugangstoren ... Es ist alles einfach aufgegangen. Erst schien es ein willkürliches Ereignis zu sein, eine Art Aussetzer im Betriebssystem. In den Zellenblöcken ging es los, und als die Insassen in die Gemeinschaftsräume strömten, gingen auf einmal auch die Türen nach außen auf. Die Wärter wurden überwältigt – wir haben mit Ach und Krach gerade noch den Kriseneinschluss betätigen können. Ich hab hier zwei Tote, sechs im Lazarett mit Mehrfachverletzungen, vierzehn Gefangene, die abgetaucht sind – und Weidner ist einer davon. Eigentlich haben wir hier ein geschlossenes System mit ständigen Back-ups, so was hätte nie passieren dürfen.« Vina legte für einen Moment die Hand auf den Hörer, sprach mit jemandem und war dann zurück in der Leitung. »Wir gehen gerade das Überwachungsmaterial durch, aber es sieht ganz danach aus, als wäre das auch gehackt worden. Das Zeitstempelprotokoll ist komplett durcheinander – die Chronologie stimmt nicht. Wie kann so etwas passieren?«

Mit einem Seufzer schloss Poole die Augen. »Wenn wir Sie jetzt also um die Überwachungsbänder bäten, auf denen zu sehen ist, dass Porter vor zwei Tagen bei Ihnen war, wären Sie imstande, uns dieses Material – beweiskräftiges Material – zu liefern? Oder vielleicht auch nur ein Standbild der Frau, die sich als Sarah Werner ausgegeben hat?«

Vina lachte bitter. »Ich habe gerade erst Bilder von mir selbst gesehen, wie ich von meinem Wagen zu Tor sieben gehe – Material, von dem ich *weiß*, das es von heute Morgen stammt. Dem Zeitstempel zufolge stammen die Bilder von vor drei Wochen. Meine Techniker versuchen, die Daten zu reparieren und anhand der Back-ups wiederherzustellen, doch sie sind nicht sonderlich optimistisch. Bei der Hälfte dessen, was sie erzählen, verstehe ich nur Bahnhof, aber offenbar könnte die Ursache schon eine ganze Weile in unserem System geschlummert haben, sodass der Schaden irreversibel ist. Ob ich Ihnen bestätigen kann, dass Porter hier war? Selbstverständlich. Er saß mir gegenüber. Er war hier in meinem Büro. Ob ich es beweisen kann? Nein. Im Moment nicht. Womöglich nie. Ich habe in zwanzig Minuten ein Meeting, da werde ich gegenüber meinen Vorgesetzten Rechenschaft ablegen müssen. Ich habe keinen Schimmer, was ich denen erzählen soll. Wenn ich danach noch einen Job habe, dann darf ich als Nächstes vor die Kameras treten und den braven Bürgern von New Orleans erklären, dass vierzehn unserer besten Gäste vermutlich gerade die Bourbon Street aufmischen, in Häuser einbrechen, Autos knacken und weiß der Geier. Und das unter meiner Aufsicht! In meinem Verantwortungsbereich! Was Weidner im Besonderen angeht, sagt mir mein Bauch, dass er auf dem Weg zu Ihnen ist. Als wir ihn gestern aus seiner Wohnung geholt haben, hatte er seine Tasche gepackt, inklusive zweitausend Dollar Bargeld plus Busticket nach Chicago. Der Typ hatte etwas vor – wir haben ihn lediglich ausbremsen können. Er ist landesweit zur Fahndung ausgeschrieben, und wir bereiten gerade Unterlagen für die Presse vor. Zu ihm und den anderen. Wir kriegen die.«

»Wissen Sie, ob Weidner Rechts- oder Linkshänder ist?«

Vina musste kurz überlegen. »Ich bin mir fast sicher, dass er Rechtshänder ist. Warum fragen Sie?«

»Das kann ich Ihnen leider nicht sagen, aber ich müsste es bitte verbindlich wissen. Könnten Sie es für mich herausfinden?«

»Klar, das schreib ich mir gleich ganz zuoberst auf meine To-do-Liste. Ich müsste jetzt allerdings weitermachen.« Er hatte aufgelegt, bevor Poole etwas erwidern konnte.

Noch während Poole das Handy vom Ohr nahm, sagte Nash: »Wenn Weidner hier ist, steckt er vielleicht hinter den zwei Frauenmorden und womöglich sogar hinter den Toten aus dem Krankenhaus. Und wenn er es irgendwie in ein Flugzeug geschafft hätte, hätte er sogar genug Zeit gehabt, um nach Simpsonville zu kommen.«

»Sie gehen davon aus, dass Porter die Wahrheit sagt.«

»Ich gehe so was von verdammt sicher davon aus, dass Bishop lügt«, entgegnete Nash. »Ich war dabei, als wir das erste Tagebuch gefunden haben.«

»Ich habe Ihren Bericht gelesen«, sagte Poole. »Porter hat das Tagebuch gefunden, nachdem Sie die Leiche schon abgesucht hatten. Könnte er es dort platziert haben?«

Nash runzelte die Stirn. »Während wir alle direkt daneben standen? Nie im Leben. Er ist doch nicht Copperfield.«

Poole rief eine andere Nummer auf. Sprach mit dem Ermittler, der sich um das Montehugh Lab kümmerte, aus dem die Viren stammten. Auch dort war die Videoüberwachung manipuliert worden. Wer immer dort eingebrochen war, hatte keinerlei Schwierigkeiten gehabt, sich an den Sicherheitssystemen vorbeizumogeln. Er war hinein- und wieder hinausgelangt, ohne die geringste beweiskräftige Spur zu hinterlassen. Sie konzentrierten sich zurzeit auf die Mitarbeiter, aber es konnte genauso gut Bishop gewesen sein, Porter ... oder jeder andere.

Auf der anderen Seite des Spionspiegels widmete Porter sich wieder seiner Lektüre – einem weiteren Notizbuch, Bishops *Tagebuch* –, und Poole fragte sich, ob dieser Mann wirklich derart gebannt war ... oder ob dies alles nur eine ausgeklügelte Scharade war.

Er schüttelte den Kopf. Dann drehte er sich zu den beiden Wachen auf dem Flur um. »Abgesehen von Toilettengängen verlässt keiner der beiden sein Zimmer, ist das klar? Bringen Sie ihnen etwas zu essen – irgendwas, womit sie die Zeit totschlagen können.« Er griff in seine Tasche, zückte zwei Visitenkarten und drückte jedem eine in die Hand. »Wenn irgendwer mit Ihnen sprechen will – wer auch immer –, dann rufen Sie zuallererst mich an und holen meine Erlaubnis ein. Wir sind in einer Stunde wieder da.«

Die Officers nickten und nahmen die Visitenkarten entgegen.

»Wir?«, fragte Nash. »Wo gehen wir denn hin?«

38

Tagebuch

»Was passiert am 29. August?«

Ich hatte Libby auf dem Heuboden vorgefunden, genau wie an jedem anderen Abend der Woche auch. Sie hatte sich in unserer Ecke unter eine Decke gekuschelt. Ich nannte sie unsere *Ecke*, weil wir an unserem dritten Abend die Holzkiste und die Lampe von ihrem ursprünglichen Platz in die gegenüberliegende Ecke neben eine Fensteröffnung gezogen hatten, durch die man das Haus beobachten konnte. Wir hatten mehrere Bücher dabei – ich las *Von Mäusen und Menschen*, Libby irgend so ein gruseliges Buch von einem gewissen Thad McAlister. Wenn wir zusammen hier waren, lasen wir nicht. Die Bücher waren für die Wartezeit vorgesehen – wenn ich auf sie oder sie auf mich wartete. Wenn wir zusammen waren, unterhielten wir uns. Mit ihr konnte ich mich wirklich leicht unterhalten.

Außerdem fand ich sie wunderschön.

Inzwischen kann ich das zugeben, auch wenn ich glaube, Vater wäre nicht begeistert. Die Schönheit vernebele meine Urteilskraft, würde er sagen. Vor Jahren hatte er mir mal erklärt, dass Schönheit dazu führte, dass das Blut das Gehirn verließ – und den Verstand obendrein. »Warum überquerte der Mann die Straße?«, hatte er mich damals gefragt und selbst geantwortet, noch bevor ich etwas sagen konnte: »Weil er sich die schöne Frau schnappen wollte. Der Mann sah noch, wie sie lächelte, als er vor den Kühler eines

Schwerlasters geriet – von all der Schönheit war er zu abgelenkt gewesen war, um sich die Mühe zu machen, kurz nach links, rechts und noch mal nach links zu gucken und dann erst auf die Straße zu treten. Schönheit hat so manchen Krieg ausgelöst, aber noch nie einen beigelegt. Schönheit hat einen unvergleichlichen Geschmack; sie ist das süßeste aller Gifte. Du willst immer mehr davon, während es dich schleichend umbringt.«

Ich hatte das damals für einen Scherz gehalten, aber sein Gesicht war todernst gewesen. Und ich hatte auch nie verstanden, was genau er mir damit hatte sagen wollen – bis ich Libby in einem kurzen Blümchenkleid auf dem Heuboden stehen sah und der Mond sie von hinten beschien. Der Großteil der blauen Flecken war mittlerweile verschwunden, nur ein paar letzte, sture waren noch vage zu sehen. Wenn ich jetzt behauptete, ich hätte mich von ihr angezogen gefühlt, wäre das kolossal untertrieben. Sie war die Letzte, an die ich dachte, wenn ich abends einschlief, und die Erste, wenn ich wieder aufwachte. Meine Hand fühlte sich leer an, wenn ihre nicht darin lag.

»Am 29. August?«, hakte sie nach. »Ich weiß nicht … Warum? Müsste ich es wissen?«

Ich erzählte ihr, dass ein und dasselbe Datum sowohl in Dr. Oglesbys Kalender als auch in Finickys Küchenkalender markiert war.

»Vielleicht hat jemand Geburtstag?«

Das glaubte ich kaum. Konnten Dr. Oglesby und Miss Finicky gemeinsame Bekannte haben? Mal abgesehen von den Detectives Welderman und Stocks – aber ich konnte mir wirklich nicht vorstellen, dass jemand mit den beiden Geburtstag feiern wollte.

»Oder vielleicht ist da Jahrmarkt?«

Libby hatte sich wieder weggedreht, lehnte am Fensterbrett und sah hinaus. Sie balancierte auf einem Bein, während sie das andere angewinkelt hatte und ihren weißen Tennisschuh von ihren Zehen baumeln ließ. Im Licht des Mondes – bald wäre Vollmond – wirkte ihr Kleid beinahe durchsichtig und umschmiegte sanft ihre Konturen. Ihre Beine leuchteten regelrecht, und ich hätte den Blick nicht mal dann abwenden können, wenn ich es gewollt hätte. Im selben Moment dämmerte mir, dass Vater recht gehabt hatte. Aber ich wusste auch, dass mir das gleichgültig war.

»Kommt der Jahrmarkt überhaupt hierher?«, hörte ich mich selbst murmeln. Die Farm lag meilenweit im Hinterland, so viel hatte ich bei den Fahrten zu Dr. Oglesby mitbekommen. In unserer Umgebung gab es nicht sehr viel mehr als Ackerland und offene Weideflächen.

Sie zuckte mit den Schultern. Ihr Medaillon baumelte an ihrem Hals. »Keine Ahnung, aber ich hab immer schon mal auf einen Jahrmarkt gehen wollen.«

Libby schwenkte den Po leicht hin und her, als sie dort am Fenster lehnte. Es machte mich wahnsinnig. Ich fragte mich, ob sie das absichtlich tat oder ob das bloß etwas war, was vor grauer Vorzeit in der Evolutionsfabrik ins Räderwerk unbewusster Handlungen eingebaut worden war – wie das Atmen, wie der Herzschlag.

»Da sind sie wieder«, flüsterte sie ein wenig zu laut und ging hinter dem Fensterstock in Deckung, obwohl uns vom Haus ohnehin niemand hätte sehen können, solange wir die Lampe nicht anzündeten.

Von meinem Sitzplatz kroch ich zu ihr und blickte durchs Fenster. Libby sah ebenfalls hinaus. Ich hatte ihr noch keinen einzigen Kuss gegeben, aber ich wollte nichts lieber als das. Ihre Wärme fühlte sich so herrlich an, dass ich ihr nicht mehr von der Seite weichen wollte. Hirnverbrannt, ich weiß, alles Gute hat einmal ein Ende, und ich wusste genau, dass auch dieses Gute hier eines Tages vorüber wäre. Trotzdem wollte ich alles tun, was in meiner

Macht stand, um das Ende so lange wie möglich hinauszu-
zögern.

Detective Weldermans Malibu stand mit laufendem Mo-
tor in der Auffahrt.

»Wer sitzt drin?«, fragte sie. »Kannst du was erkennen?«
Ich schüttelte den Kopf.

Meistens war es Kristina oder Tegan, manchmal auch
beide. Mich selbst fuhr Welderman zu Oglesby und zurück,
allerdings immer nur tagsüber. Inzwischen war es fast drei
Uhr nachts, und ich hatte mir mittlerweile zusammenge-
reimt, dass sie mitnichten Ausflüge ins Camden unternah-
men. Libby hatte Tegan einmal gefragt, wo sie hinführen,
aber die hatte nur geantwortet: »Das erfährst du noch früh
genug.« In der vergangenen Woche war Paul dran gewesen,
aber auch der hatte nicht darüber reden wollen. Genauer
gesagt hatte er nach seiner Rückkehr fast zwei volle Tage
gar nicht geredet.

Welderman stieg auf der Fahrerseite aus, und auch
Stocks schob sich mit einer brennenden Zigarette in der
Hand aus dem Wagen. Welderman öffnete den Schlag, re-
dete auf jemanden ein, dann griff er ins Wageninnere.

»Nimm deine dreckigen Finger weg!«, schrie Vincent
Weidner ihn an. »Wag es nicht, mich anzufassen, ver-
dammt!«

Ich konnte sehen, wie Stocks' freie Hand nach hinten
zum Holster an seinem Gürtel wanderte, und auch Libby
musste es gesehen haben, weil sie leise aufkeuchte und ein
Stück näher an mich heranrückte.

Im Wageninnern schlug Vince Weldermans Hand beiseite
und schob sich an ihm vorbei ins Freie. Er war damals
schon ziemlich groß, fast so groß wie Welderman, und als
er ihn mit der Schulter rammte, verlor der Detective bei-
nahe das Gleichgewicht. Stocks verstärkte den Griff um die
Waffe, aber noch hatte er sie nicht gezogen. Ohne ein wei-

teres Wort zu den beiden stürmte Vince die Auffahrt hoch und verschwand im Haus. Die zwei Männer standen noch ein Weilchen herum, bis Stocks fertig geraucht hatte, stiegen dann in den Malibu und fuhren davon.

Libby nahm mich bei der Hand und zog mich vom Fenster weg. »Komm!«

39

Poole

Paul Upchurchs Haus war blau gestrichen mit weißen Zierleisten und stand etwa auf halber Höhe des Blocks. Ein
Transporter der Spurensicherung sowie ein Streifenwagen
parkten direkt davor. Gegenüber stand ein Ü-Wagen von
Channel Ten, der Motor lief, und weiße Wolken kamen aus
dem Auspuff. Als Poole hinter der Streife anhielt und auf
Parken schaltete, wischte in dem Ü-Wagen auf der Beifahrerseite eine Hand die beschlagene Windschutzscheibe frei,
und jemand spähte nach draußen.

»Die sind wie Herpes. Man glaubt, man wär's los, und
dann taucht es plötzlich auf der anderen Arschbacke auf«,
sagte Nash.

»Ich glaube nicht, dass Herpes so funktioniert«, murmelte Poole und nahm das Haus in Augenschein.

»Ich versuche doch nur, die Stimmung aufzulockern«,
erwiderte Nash. »Sie haben keinen Ton gesagt, seit wir von
der Metro losgefahren sind.«

»Sorry, ich neige beim Nachdenken zu Schweigsamkeit.«

»Porter und ich sprechen Probleme normalerweise
durch, das hilft manchmal. Sämtliche Fakten auf den Tisch,
einmal durchmischen, und heraus kommt eine Hypothese.
Das meiste kann man gleich wieder vergessen, aber manchmal tut sich dann doch eine neue Sichtweise auf.«

»Könnte Porter eine Art heimliche Undercoverermittlung durchgeführt haben, ohne dass Sie davon wussten?«

»Niemals.«

»Das kam ja schnell. Wäre es rein logistisch *möglich*, dass er so eine Ermittlung durchgeführt hat, ohne dass Sie es mitbekommen hätten?«

Nash tippte sich mit dem Zeigefinger an die Lippe. »Ich wüsste nicht, wie das hätte funktionieren sollen. Wir arbeiten schon seit Jahren zusammen, und klar, er kann manchmal ein bisschen verschroben sein. Aber ich sehe nicht, wie er so etwas Großes vor mir hätte geheim halten können.«

»Als wir seine Wohnung durchsucht haben, meinten Sie, Sie hätten keine Ahnung gehabt, dass er immer noch hinter Bishop her gewesen war. Sie wirkten genauso überrascht wie wir anderen auch.«

»Ganz ehrlich? Ich hatte so etwas natürlich vermutet. Aber was war denn schon dabei? Sam ist niemand, der einfach das Handtuch wirft. Insofern dachte ich mir schon, dass er immer noch in der Sache herumstocherte. Wenn er etwas Nützliches gefunden hätte, dann hätte er es uns erzählt.«

»Hat er Ihnen Bescheid gegeben, bevor er nach New Orleans abgehauen ist?«

»Nein, aber…«

Poole winkte ab. »Ich will damit nur sagen: Wir glauben, die Leute zu kennen, mit denen wir zusammenarbeiten, besonders wenn wir so viel Zeit mit ihnen verbringen. Aber das bedeutet nicht, dass es wirklich so ist.«

Nash wandte sich zu ihm um. »Er hat uns nur deshalb nichts von New Orleans erzählt, um uns da nicht mit reinzuziehen.«

»Dann hätte er Sie, wenn er undercover unterwegs gewesen wäre, ebenfalls raushalten können – um Sie nicht mit reinzuziehen«, konterte Poole.

»Sam ist ein klasse Cop.«

»Das sagt jeder.« Poole schob die Fahrertür auf, trat hinaus in die eisige Kälte und ging auf den Hauseingang zu. Nash lief ihm nach. An der Betontreppe klopften sie sich, so gut es ging, den Schnee von den Schuhen, ehe sie eintraten.

Ein Kollege in Uniform hielt an der Tür Wache. Er nickte ihnen zu. »Detective Nash …«

Nash zeigte mit dem Daumen auf Poole. »Das ist Special Agent Frank Poole vom FBI. Wer ist noch da?«

»Die meisten machen gerade Mittagspause. Aber Rolfes ist oben.«

»Lindsy Rolfes?«

Er nickte.

»Sie kennen sie?«, erkundigte sich Poole.

»Sie war vor Ort, als wir die kleine Reynolds unter dem Eis im Jackson Park gefunden haben. Machte einen gewitzten Eindruck.«

Pooles Blick blieb an einem Blutfleck direkt hinter der Türschwelle hängen. Dann sah er den Flur entlang.

»Wir haben eines der Mädchen bewusstlos dort auf dem Küchentisch gefunden«, erklärte Nash. »Die andere war im Keller in einen Käfig gesperrt. Dort stand auch der Tank – oder besser: eine alte Gefriertruhe. Upchurch selbst war oben in einem der Zimmer und saß einfach nur da, als wir gestürmt haben.«

»Er hat auf Sie gewartet.«

»Ja.«

»Zeigen Sie es mir.«

Poole folgte Nash an der Küche vorbei, ins Wohnzimmer und von dort die Treppe hinauf in ein kleines Kinderzimmer. Alles rosa und luftig. Kuscheltiere auf der Hello-Kitty-Tagesdecke. Die Wände waren mit Zeichnungen übersät – ein paar davon schienen von dem Kind zu stammen.

Andere musste ein talentierter Erwachsener gemalt haben. In der Ecke stand eine Schaufensterpuppe in Kindergröße. Sie trug Mädchenkleider: einen roten Pullover, blaue Shorts.

Sie sah aus wie das Mädchen von den Bildern. Unter dem einzigen Fenster im Zimmer stand ein Schreibtisch, die Schubladen waren aufgezogen, der Inhalt über den Boden verteilt. Mittendrin kniete eine Frau in den Dreißigern mit kurzem blondem Haar und Brille. Sie blickte auf, als sie hereinkamen. »Detective.«

»Special Agent Frank Poole – das ist CSI Rolfes.«

Sie streckte die behandschuhte Hand aus, um Poole zu begrüßen, und lächelte ihn freundlich an. »Was kann ich für Sie tun?«

»Ich muss Upchurch verstehen«, sagte Poole, ehe ihm klar wurde, wie merkwürdig das aus dem Kontext gerissen klingen musste. »Er hat möglicherweise in mehr als nur einer Hinsicht mit dieser Ermittlung zu tun – oder besser: Es geht mir nicht mehr nur um seine Opfer.«

»Sie meinen die Fälschungen?«

Poole und Nash wechselten einen schnellen Blick. »Fälschungen?«

Rolfes nickte. »Sieht aus, als hätte er da ein florierendes Geschäft am Laufen gehabt. Ein Job als Fahrlehrer bringt nicht viel ein, und mit den Zeichnungen hat er sicherlich auch nicht genug verdient, um davon leben zu können. Also hat er sein Talent kreativ genutzt, um seine Rechnungen zu bezahlen. Führerscheine, Pässe, solche Sachen.« Unter einem Zeichenblock zog sie einen Laptop hervor und stellte ihn auf den Schreibtisch. »Er war ein echter Photoshop-Crack. Nebenan stehen ein 3-D-Hochleistungsscanner, diverses Foto-Equipment, drei unterschiedliche Drucker. Ich würde wetten, der hätte Ihnen in nicht mal einer Stunde einen Führerschein in die Hand drücken können, ohne dafür auch nur aus dem Haus gehen zu müssen.«

Sie tippte die Leertaste an, und der Bildschirm erwachte zum Leben. Darauf waren Designvorlagen und mehrere Fotografien zweier Frauen geöffnet. Nach dem weißen Hintergrund zu urteilen hätten die Fotos für Pässe benutzt werden sollen; bei Führerscheinen wählte man für gewöhnlich einen blauen Hintergrund für Leute über einundzwanzig und einen gelben für Fahranfänger.

»Heilige Scheiße«, murmelte Nash und beugte sich näher an den Bildschirm.

»Ja ...« Auch Poole hatte die beiden sofort wiedererkannt. Die erste Frau war diejenige, die sie in den frühen Morgenstunden auf dem Friedhof entdeckt hatten, die zweite war die von den Gleisen am U-Bahnhof Clark.

40

Tagebuch

Libby und ich waren noch nicht ganz am Haus angelangt, als wir Geschrei hörten. Na ja, so ähnlich – erst knallte es ein Mal laut, dann knallte es mehrmals hintereinander, und dann erst ging das Geschrei los. In ein paar Zimmern ging Licht an, sowohl oben im ersten Stock als auch im Erdgeschoss, und es mag albern klingen, aber meine einzige Sorge war, dass Libby und ich Ärger bekommen könnten, weil wir so spät noch draußen gewesen waren.

Vincent hatte die Eingangstür offen stehen lassen. Der erste Knall musste von dem runden Tisch im Eingangsbereich gekommen sein, denn als wir ins Haus kamen, lag der Tisch umgestürzt an der Flurwand. Die Blumenvase mitsamt Inhalt sowie das Schälchen, in dem sonst Autoschlüssel lagen, waren in eine Million Stücke zerschellt. Der Teppich war vom Blumenwasser klatschnass, und ich wusste intuitiv, dass Miss Finicky bei diesem Anblick einen Wutanfall bekommen würde. Allerdings hatte ich keine Zeit, weiter darüber nachzudenken, weil Libby mich an der Hand auf die Treppe und zu den lauten Stimmen im ersten Stock zerrte.

Wir eilten die Stufen hinauf – inzwischen war es völlig egal, welche davon knarrten –, und oben stand Vincent Weidner mit hochrotem Kopf in der Mitte des Flurs, hielt die Arme vor sich ausgestreckt und hatte Blut auf dem Hemd. In der Wand klafften mehrere Löcher – eins zu sei-

ner Linken, zwei auf der rechten Seite. Nach den Schrammen auf seinen Fäusten zu urteilen hatte er in den Gipskarton geboxt. Allerdings stammte das Blut auf seinem Hemd nicht von ihm selbst. Es war Pauls Blut – denn der lag vor ihm auf dem Boden und hielt sich die Nase zu, um den Blutfluss zu stoppen. Allem Anschein nach hatte auch er einen Schlag abgekriegt. Er versuchte gerade, wieder auf die Füße zu kommen, rutschte aus und fiel auf den Hintern.

»Bleib unten!«, schrie Vincent ihn an. »Bleib verdammt noch mal unten!«

Tegan stand in T-Shirt und Slip in ihrer Zimmertür. Wiesel und Kid spähten aus ihrem Zimmer, trauten sich aber nicht heraus. Kristina stand auf dem Flur und streckte die Arme nach Vincent aus. Als sie ihn am Unterarm berührte, schlug er ihre Hand weg und hätte ihr fast einen Ellbogenstoß verpasst. Sie sah aus, als würde sie jeden Moment in Tränen ausbrechen. »Vince, es ist alles okay. Komm mit in mein Zimmer, dann reden wir darüber. Es wird alles gut.«

»Ich wollte nur helfen«, stammelte Paul. Erst in diesem Moment sah ich, dass er auch aus der Lippe blutete. Vince musste ihn gleich mehrmals erwischt haben.

Ich wollte schon zu ihm gehen und ihm hochhelfen, aber Libby hielt meine Hand fest und ließ sie nicht los. Tegan schien es bemerkt zu haben, weil sie uns beide inzwischen unverwandt anstarrte.

»Was zur Hölle ist hier los?«

Die Stimme war von hinten gekommen. Als ich mich umdrehte, stand dort Miss Finicky in einem langen gelben Nachthemd und mit einer Schrotflinte in der Hand. Ihr Blick huschte von Libby und mir über Paul am Boden und den Löchern in der Wand bis zu Vincent. Auf ihn richtete sie jetzt den Lauf ihrer Flinte. »Was soll das?«

Auch wenn es kaum möglich schien, lief Vincent noch dunkler an. »Ihr lasst mich jetzt alle verdammt noch mal in

Ruhe!« Ich dachte schon, er würde Paul einen Tritt versetzen; stattdessen stieg er über ihn drüber, lief den Flur entlang zu seinem Zimmer und donnerte die Tür hinter sich zu.

Wir anderen standen einen Augenblick wie versteinert da. Anscheinend wusste niemand so recht, was er als Nächstes tun sollte.

Tegan starrte jetzt nicht mehr nur, sie funkelte uns wütend an, und Libby ließ meine Hand los. Ich spürte, wie sie ganz langsam in Richtung ihres Zimmers zurückwich.

»Hoch mit dir«, blaffte Miss Finicky Paul an und senkte den Lauf der Flinte. »Oh, dein Gesicht ... Was hat er mit dir gemacht?«

Paul hielt sich immer noch die Nase zu. Mit der freien Hand fasste er sich an die Lippe, wimmerte, dann kam er wacklig auf die Beine.

Miss Finicky machte ein paar Schritte auf ihn zu. »Himmel, ihr bringt mich noch ins Grab ... Kopf in den Nacken – du blutest sonst den ganzen Boden voll!« Dann sah sie Kristina an. »Hol einen Lappen aus dem Bad. Und die anderen – verschwindet in eure Zimmer, sofort!«

Wiesel und Kid huschten davon wie zwei Mäuse, wenn in der Küche unversehens das Licht anging. Tegan blieb noch für einen Moment in ihrer Tür stehen, allerdings starrte sie nicht Paul an, sondern mich. Als ich mich nach hinten umdrehte, war Libby verschwunden. Ihre Zimmertür war so leise zugegangen, dass ich es nicht mal gehört hatte.

»In dein Zimmer, Anson!« Miss Finicky nickte in Richtung der offenen Tür. Dann kniff sie die Augen zusammen. »Warum bist du überhaupt noch angezogen?«

Ich antwortete nicht. Stattdessen schlüpfte ich in mein Zimmer und schloss die Tür.

Als Paul fast eine geschlagene Stunde später endlich

kam, war ich immer noch wach. Ich hatte das Licht ausge-
macht, trotzdem konnte ich ihn einigermaßen erkennen. Er
hielt sich einen in ein grünes Geschirrtuch gewickelten Eis-
beutel auf die Nase. Als er das Zimmer durchquerte und
die Leiter zu seinem Bett hinaufkletterte, machte er keinen
Mucks. Er lag fast zehn Minuten lang da, bevor er überhaupt etwas sagte. »Dich nehmen sie als Nächstes mit. Das
ist dir klar, oder?« Er näselte.

»Wohin denn?«

Er antwortete nicht. Und ich war mir nicht sicher, ob ich
die Antwort hätte hören wollen.

»Jeder muss mit. Nach dir ist Libby dran. Dann womöglich Wiesel und Kid ...« Er verstummte. Ich hörte die Eis-
würfel in dem Beutel klimpern. »Bei Tegan und Kristina ist
es was anderes, sogar bei mir und Vince ... Wir haben immerhin auf der Straße gelebt. Aber das sind noch Kinder!«

Am liebsten hätte ich ihn darauf hingewiesen, dass wir
alle Kinder waren.

Es verstrich wieder eine Minute, womöglich zwei, bis er
mich fragte: »Du warst in der Scheune, oder? Mit Libby?«

»Ja.«

»Hast du den Truck gesehen? Ich hab gehört, da soll ein
Truck stehen«, flüsterte er. »Wir müssen herausfinden, ob
der noch läuft.«

41

Poole

»Die Fotos sind jedenfalls noch nicht sehr alt. Die Frisuren waren die gleichen.« Nash starrte auf Upchurchs Laptop.

Poole sah zu Rolfes. »Darf ich?«

Sie nickte.

Er setzte sich auf den Schreibtischstuhl und klickte mit der rechten Maustaste eins der Fotos an, rief die Datei-eigenschaften auf, machte das Gleiche mit einem zweiten Bild. »Die sind von letzter Woche.«

Rolfes streckte sich nach der Tastatur aus und drückte mehrere Tasten. »Er hat jeweils zehn, zwölf Bilder von den Frauen gemacht, immer in unterschiedlichen Outfits. Einige mit hochgestecktem, andere mit offenem Haar. Ich könnte nicht sagen, ob das bedeutet, dass er mehr als nur ein Ausweisdokument herstellen wollte, oder ob sie sich einfach nur das beste Bild aussuchen wollten.«

Poole scrollte durch die Bildergalerie. »Wie weit ist er gekommen? Und haben Sie Namen gefunden?«

Sie schüttelte den Kopf. »Für keine der beiden. Sieht ganz danach aus, als wäre er nicht mehr fertig geworden. Allerdings gibt es Hunderte weiterer Bilder, die teils mehr als zehn Jahre alt sind. Und nicht nur Papiere aus Illinois, sondern auch aus Louisiana, North und South Carolina, New York ... Der hat das schon eine Weile gemacht.«

Nash schnalzte mit der Zunge. »Hat Sam nicht zwei Frauennamen erwähnt, aus dem Tagebuch, gleich als Sie zu ihm reingegangen sind? Könnte es nicht sein ...«

»Kristina Niven und Tegan Savala«, rief sich Poole in Erinnerung. »Keine Ahnung. Könnte sein.«

»Würden Sie das alles bitte in Kopie an Kloz schicken?«, fragte Nash an Rolfes gewandt.

»Schon passiert. Ist sogar schon ein paar Stündchen her.«

Poole angelte eine Visitenkarte aus seiner Gesäßtasche. »Rufen Sie SAIC Foster Hurless auf dieser Nummer an – das Chicagoer FBI-Büro braucht ebenfalls Kopien.«

Sie schob die Visitenkarte in ihre Brusttasche. »Natürlich.«

Poole stand wieder auf und sah sich in dem Durcheinander um. Auf dem Tisch neben ihm lag ein Handy in einem Asservatenbeutel. »War da was Nützliches drauf?«

Rolfes zuckte mit den Schultern. »Kommt darauf an, was Sie für nützlich erachten. Es ist ein Billigmodell mit einer Prepaidkarte. Upchurch hat nach jedem Anruf die Liste gelöscht, aber die Technik hat die Verbindungsdaten beim Netzbetreiber angefordert. In ein paar Stunden sollten wir mehr wissen.«

»Rufen Sie mich an, sobald Sie die Daten haben. Meine Handynummer steht auf der Rückseite der Visitenkarte«, teilte Poole ihr mit. »Haben Sie zufällig etwas gefunden, was wie ein Tagebuch aussieht, ein Notizbuch – diese schwarz-weißen Blankobücher ...«

Rolfes nickte hinüber zur rückwärtigen Zimmerwand. »Unter dem Bett.«

Nash stand am nächsten dran. Er drehte sich um, ging auf alle viere und hob die Hello-Kitty-Decke an.

Er stieß einen tiefen Seufzer aus. Dann zog er einen noch eingeschweißten Fünferpack hervor, zwei lose Notizbücher sowie mehrere mit Foldback-Klammern zusammengeheftete Stapel Papier.

Poole ging zu ihm und nahm ihm eins der Bücher aus der Hand. Am Deckel klemmte ein schwarzer Stift, und mehrere lose Blätter lagen zusammengefaltet zwischen den Seiten. Er faltete die Blätter auseinander und fing an zu lesen.

Hallo, Sam,

ich kann mir vorstellen, dass Sie jetzt verwirrt sind.

Ich kann mir vorstellen, dass Sie jetzt Fragen haben.

Ich weiß, ich hatte Fragen. Ich habe noch immer Fragen. Wirklich.

Fragen sind die Basis aller Erkenntnis, allen erlernten Wissens, der Entdeckung und Wiederentdeckung. Jemand, der Fragen stellt, blickt über seinen Tellerrand. Jemand, der Fragen stellt, ist wie ein unendlich großes Warenhaus, wie ein Erinnerungspalast mit unendlich vielen Stockwerken und Zimmern und glitzernden, schönen Dingen. Manchmal jedoch nimmt jemand Schaden; dann bröckelt eine Wand, Zimmer verfallen, der Palast der Erinnerungen muss renoviert werden. Ich fürchte, Sie gehören genau dieser Kategorie an. Die Fotos, die Sie vor sich sehen, die Tagebücher – all das sind Hinweise, die Sie durch den Verfall führen sollen, während Sie Ihren Palast neu errichten.

Ich bin für Sie da, Sam. So wie ich es immer war.

Ich habe Ihnen vergeben, Sam. Andere werden es mir vielleicht gleichtun. Sie sind nicht mehr jener Mann. Sie sind jetzt so viel mehr.

Anson

Genau diesen Text hatten sie auf dem Computerbildschirm im Guyon Hotel gefunden, nur dass er hier nicht bloß auf dem Ausdruck stand, sondern auch auf der ersten Seite des

Blankobuchs. Poole hatte sich hinreichend mit den Tagebüchern beschäftigt, um zu wissen, dass die Handschrift derjenigen entsprach, die sie Anson Bishop zugeordnet hatten.

Nash saß ans Bett gelehnt auf dem Boden und sah zu ihm hoch. »Bishop könnte es hier deponiert haben. Das hier bedeutet noch lange nicht, dass er die Wahrheit gesagt hat.«

Natürlich hatte er damit recht; es sah trotzdem nicht gut aus für Porter.

Im nächsten Moment klingelte Pooles Telefon.

Nash sah immer noch zu ihm hoch. »Hurless?«

Poole starrte auf das Display und nickte.

»Als jemand, der mit Versteck-dich-vor-deinem-Chef einige Erfahrung hat, kann ich nur sagen: Irgendwann erwischt er Sie«, sagte Nash. »Und je länger Sie es hinauszögern, umso wütender wird er sein.«

Widerwillig nahm Poole den Anruf entgegen. »Agent Poole.«

»Warum sind Sie in Upchurchs Haus?«

Hurless hatte Zugriff auf die GPS-Daten der Telefone seiner Leute. Wann immer der Mann ihn in der Vergangenheit darauf hingewiesen hatte, hatte Poole ein mulmiges Gefühl gehabt.

Er erzählte Hurless, worauf sie gestoßen waren.

Hurless dachte kurz darüber nach. »Lassen Sie die Seiten in unsere Niederlassung bringen. Wir haben immer noch Laptop und Drucker aus Porters Wohnung – sehen wir doch mal, ob wir die Sachen miteinander in Verbindung bringen können.«

»Ja, Sir.«

Hurless legte die Hand auf die Sprechmuschel, wandte sich an jemand anders, war dann aber sofort wieder in der Leitung. »Draußen wartet ein SUV auf Sie, ein schwarzer

Escalade. Sie und dieser Detective stehen in fünf Minuten Gewehr bei Fuß vor mir.«

»Ich muss zurück zur Metro und die Befragung ...«

»In fünf Minuten«, unterbrach Hurless ihn und legte auf.

Poole neigte sonst nicht dazu, ungehalten zu fluchen, aber diesmal schossen ihm gleich mehrere Beschimpfungen durch den Kopf.

42

Clair

Keine Spur.

Nichts.

Nada.

Zumindest bis jetzt.

Clair hatte soeben erst mit Officer Sutter gesprochen, und auch wenn der es tatsächlich geschafft hatte, mit fast einem Drittel der Leute aus der Cafeteria zu reden, hatte keiner von ihnen irgendetwas Hilfreiches zu sagen gewusst. Wenn zwischen ihren zwei Opfern eine Verbindung bestanden hatte, dann war ihnen diese bislang verborgen geblieben. Ihre beiden vermissten Officers, Henricks und Childs, waren immer noch nicht wieder aufgetaucht; sie fehlten jetzt schon seit über vier Stunden. Ein kleines Nickerchen hätte sie ihnen nachgesehen, besonders weil keiner der beiden seit Tagen eine nennenswerte Pause hatte einlegen dürfen. Aber das hier war etwas anderes. Das leise Stimmchen in ihrem Hinterkopf klang mittlerweile alarmiert. Allmählich musste sie darauf reagieren. Wenn herauskäme, dass zusätzlich zu den beiden Morden zwei Officers verschwunden waren, wäre kaum mehr abzusehen, was die verbleibenden Leute im Krankenhaus anrichten könnten – und das galt für Polizeibedienstete, Krankenhauspersonal und Zivilisten gleichermaßen. Es würde übel ausgehen. Sie konnte es ihnen vom Gesicht ablesen – die Angst, die Niedergeschlagenheit, die Müdigkeit, die Wut. Ordnung und Zivilisiertheit waren eine Illusion, die von einer Mehrheit aufrechterhalten wurde, nur dass ihr kleiner Trupp aus Polizisten und Securitymitarbeitern längst nicht die Mehrheit war.

Und jetzt auch noch das.

Klozowski hatte die Information sofort weitergegeben, als sie eingegangen war, und der Kloß in ihrem Hals war auf die Größe einer Bowlingkugel angeschwollen. Sie starrte Kloz über den Tisch in ihrem Behelfsbüro hinweg an und versuchte verzweifelt zu schlucken. »Das darf doch nicht wahr sein!«

»Ist es aber«, erwiderte Nash, der den Blick auf den Bildschirm gerichtet hatte. »Es ist einfach nur noch komplett verquer … Aber es ist wahr.«

»Porter kann Bishop nie im Leben in eine Undercoveraktion eingespannt haben, ohne dass wir das mitbekommen hätten, nie im Leben!«

»Selbst wenn es keine Undercoveraktion gab, hieße das trotzdem, Porter hätte Bishop für sich eingespannt – und das würde bedeuten, dass Bishop nicht 4MK sein kann. Es würde bedeuten …«

Clair griff nach einer der Mappen, beugte sich über den Tisch und verpasste Kloz damit eine Backpfeife. »Wag es nicht, so etwas laut auszusprechen! Jetzt nicht und nie wieder! Ich glaub kein Wort von diesem Bullshit!«

»Ich versuche doch nur, das Ganze objektiv zu überdenken. Vergiss alles, was wir von ihm wissen, und betrachte ihn einen Moment lang, als wäre er ein Verdächtiger: Dann hätte er …«

Sie schlug erneut nach ihm. »Sam ist kein Verdächtiger! Nimm dieses Wort nicht in den Mund!«

Kloz rieb sich den Kopf. »Könntest du mal für fünf

Minuten aufhören, mich zu schlagen, und mir einfach nur zuhören?«

»Sam ist kein Verdächtiger!«

»Okay, Person von Interesse.«

»Interessante Person.«

Kloz runzelte die Stirn. »Unter diesen Umständen glaube ich kaum, dass die Formulierung korrekt ist.«

»Ist mir egal.«

Er verdrehte die Augen. »Okay, meinetwegen. Ich will damit bloß sagen, dass wir es mit einer Reihe von Alarmsignalen zu tun haben. Hast du Emorys Zeugenaussage gelesen? Sie hat Bishop nie als denjenigen benannt, der sie verschleppt hat. Sie hat sein Gesicht nie gesehen. Sie hat bloß von oben eine Stimme durch den Fahrstuhlschacht gehört, aber mit dem Echo und angesichts ihres damaligen Zustands bezweifle ich doch sehr, dass sie die Stimme wiedererkennen würde, wenn wir ihr jetzt Stimmproben vorspielten. Ganz ehrlich? Ich glaube, die Staatsanwaltschaft würde dem auch nicht zustimmen, weil sie nicht riskieren will, dass sie die falsche Person auswählt und den kompletten Fall gefährdet. Wahrscheinlich ist es nur deshalb nie auch nur erwogen worden.«

Diesmal war Clair an der Reihe, die Augen zu verdrehen. »Warum hätte Sam sie entführen sollen? Warum hätte er all diese Leute umbringen sollen? Wir haben Bishops Motiv. Sam hätte keins gehabt.«

»Nur weil wir sein Motiv nicht kennen, heißt das nicht, dass er keins gehabt hat«, dozierte Kloz. »Wir haben nur nie danach gesucht. Und mal ernsthaft – wie wasserdicht ist unsere Hypothese zu Bishop? Die kam ursprünglich von Sam – es war *seine* Analyse des Tagebuchs und der Infos, die er von Bishop hatte. Wir haben niemanden, der ihre Unterhaltung bezeugen könnte – es kam alles nur von Sam.«

»Du hast mit ihm telefoniert, als Bishop ihn niedergestochen hat.«

Kloz zuckte mit den Schultern. »Ich hab nur die eine Seite ihres Gesprächs gehört. Nur das, was Sam gesagt hat. Ich weiß kein bisschen mehr, was in der Wohnung passiert ist, als du. Wir haben Sams Wort für bare Münze genommen.« Er klickte mehrere Schaltflächen auf seinem Laptop an und rief den Videomitschnitt von Bishops Vernehmung durch Poole wieder auf. »Es könnte durchaus so gewesen sein, wie Bishop behauptet. Es steht sein Wort gegen das von Sam. Woher wissen wir, wer die Wahrheit sagt? Können wir es wirklich *mit Sicherheit sagen*?«

Clair wollte davon nichts hören. »Bishop hat Sam gegenüber ein Geständnis abgelegt, bevor er Talbot umgebracht hat.«

»*Sam gegenüber* hat er ein Geständnis abgelegt«, wiederholte Kloz. »Und zwar *nur* Sam gegenüber.«

»Und was ist mit den Fingerabdrücken?«, fragte Clair verächtlich. »Sie haben Bishops Teilabdruck auf dem Förderwagen bei Gunther Herberts Leiche gefunden. Im Multifax-Gebäude. Wenn Bishop Herbert nicht umgebracht hätte, was hätten die Abdrücke dann dort verloren?«

»Tja, den Bericht habe ich auch gelesen.« Er rief das Dokument auf und scrollte vor bis zu den hinteren Absätzen. »Mark Thomas aus Brogans SWAT-Team hat den Abdruck vom Förderwagen genommen und Sam den Beweismittelbeutel in die Hand gedrückt – laut Bericht um Punkt 18.18 Uhr. Sam hat das Material mit sich herumgetragen, bis er es *drei Stunden später* an Nash übergab und ihn bat, es ins Labor zu schicken. *Drei Stunden später*. Findest du nicht, da hätte er Zeit gehabt, die Folie mit dem Abdruck durch eine andere zu ersetzen?«

»Das würde Sam niemals tun!«

»Vergiss endlich, dass wir von Sam reden. Wir reden

jetzt über die ›interessante Person‹. Wenn diese Person Bishop hätte hinhängen wollen, hätte sie die Möglichkeit gehabt. Wir haben keinen einzigen Zeugen, der Bishop zweifelsfrei identifizieren könnte.«

Clair schnipste mit den Fingern. »Was ist mit Tyler Mathers, Emorys Freund? Er und sein Onkel – die haben die Versicherungssumme kassiert, Talbots Schuhe geklaut…«

Klozowski rief Mathers' Zeugenaussage auf, fuhr mit dem Finger über die Zeilen und las dann laut vor: »›Ich hab ihn selbst nie zu Gesicht bekommen. Und ich glaub auch nicht, dass Onkel Jake ihn je gesehen hat. Sie haben immer nur telefoniert.‹« Kloz sah zu ihr rüber. »Das ist dein Bericht – du hast den Jungen persönlich befragt.«

»Okay. Die Leute aus dem Park, aus dem Emory entführt wurde – da gab es Augenzeugenberichte…«

Doch Kloz schüttelte bereits den Kopf. »Die Berichte stammen ebenfalls von dir, und die Beschreibungen dieser Zeugen widersprechen sich von A bis Z. Es hat ihn keiner genau gesehen. Es ist wie bei der Stimmprobe für Emory – die Staatsanwaltschaft wird mit solchen Zeugen keine Gegenüberstellung riskieren wollen, nachdem die Beschreibungen in den Protokollen derart auseinanderklaffen. Wenn du solche Leute einbestellst und jeder von ihnen auf jemand anders zeigt, bricht der komplette Fall in sich zusammen.« Er ließ sich schwer gegen die Stuhllehne zurücksinken und atmete tief durch. »Hör mal, ich sag ja gar nicht, dass Bishop es nicht war. Ich will bloß zu bedenken geben: Falls jemand den Fall durchlöchern wollte, dann wäre das nicht allzu schwierig.«

»Bishop ist ein so dermaßen krankes, wahnsinniges Hirn, ein Stück Scheiße, ein selbstherrlicher Killer… Er war's – er hat all diese Taten verübt. Er ist der Grund, warum wir hier sitzen und in diesem gottverdammten Krankenhaus eingesperrt sind.«

»Fällt es dir wirklich so schwer, dir vorzustellen, dass ein Cop Selbstjustiz üben könnte? Sam wäre nicht der Erste.« Kloz wich zurück und wappnete sich für den Gegenschlag.

Doch diesmal schlug Clair nicht zu. Stattdessen erschauderte sie und nickte in Richtung des schweren Mantels am Boden neben Kloz' Stuhl. »Gib mir den, mir ist kalt.«

»Du schwitzt. Wahrscheinlich hast du Fieber.«

»Es geht mir gut.«

Kloz hielt ihr den Mantel hin. »Ich glaube, die Medikamente, die sie uns geben, helfen kein bisschen.«

Sie zog sich den Mantel über die Schultern und versuchte zu verhindern, dass ihre Zähne klapperten.

Der Laptop vermeldete eine eingehende Nachricht, und Kloz beugte sich wieder vor. »E-Mail von CSI Rolfes.«

»Was steht drin?«

Erst antwortete er nicht. Stattdessen klickte er das Attachment an und öffnete eine Zipdatei. Ein gutes Dutzend Fotos erschien auf dem Bildschirm – Fotos von Sam mit Bishop in unterschiedlichen Altersstufen.

»Sind das die Bilder, die wir im Guyon Hotel bei Sam gefunden haben?«

Kloz nickte. »Ich glaube schon.«

Clair drehte den Laptop so herum, dass sie Rolfes' Anschreiben lesen konnte.

Das stammt alles von Upchurchs Computer. Alles Fake.
Lindsy

»Bin mir nicht sicher, was das heißen soll«, flüsterte Clair.

»Das heißt, entweder hat Sam Upchurch bezahlt, um diese Fotos zu erstellen, genau wie die Tagebücher. Oder Bishop steckt dahinter.«

»Okay, und aus welchem Grund?«

Auch diesmal antwortete Kloz nicht.

Dann ging eine Nachricht von Officer Sutter auf Clairs Handy ein.

Brauche Sie in der Cafeteria. Sofort.

43

Tagebuch

Tags darauf kurz vor Sonnenuntergang fanden wir den Truck: einen 1998er Ford F150, einen Pick-up, den nur noch der Rost und ein letzter Rest gelben Lacks zusammenhielten. Irgendjemand hatte den Wagen bis in die hinterste Ecke geschoben und dann eine Plane in Tarnfarben darübergeworfen. Die Rostlaube stand direkt an der Bretterwand, und man kam nur auf die andere Seite, indem man auf den Stoßfänger stieg und dann rüberkletterte. Anscheinend war die Ladefläche früher als Zwischenlager für Sachen benutzt worden, die aufbewahrt werden sollten, dann aber in Vergessenheit geraten waren. Libby und ich fanden alles Mögliche – von einem alten Vogelbauer über Schuhe bis hin zu Büchern. Dazwischen lag sogar ein alter Fernseher. Der Bildschirm hatte einen Sprung, durch den man die Innereien sehen konnte, das elektronische Gedärm, die Arterien, das Herz eines seit Langem toten Geräts.

Alle vier Reifen waren platt. Der Schlüssel steckte zwar, aber der Wagen machte keinen Mucks, als wir den Zündschlüssel herumdrehten. Die Fahrerkabine roch schimmlig und muffig, wie eine ägyptische Grabkammer, die nach Jahrtausenden geöffnet wurde.

»Bäh!« Libby hielt sich die Nase zu.

Da war etwas, was zum Himmel stank – als wäre es unter das Armaturenbrett gekrochen, um es sich dort gemütlich zu machen, und wäre dann gestorben. Vielleicht ein Wasch-

bär oder eine Ratte oder eine ganze Mäusesippe. Ich beugte mich nach unten, aber ohne Taschenlampe konnte ich nicht viel erkennen. Die Kunstledersitze waren von einem Spinnennetz aus Rissen durchzogen. Hier und da quoll die gelbliche Polsterung hervor. Als Libby auf den Beifahrersitz kletterte und sich darauffallen ließ, stob eine Staubwolke auf, die uns beiden einen Niesanfall bescherte. Als sie wieder imstande war, normal zu sprechen, strich sie mit dem Finger durch den Staub auf dem Armaturenbrett und verkündete: »Der ist perfekt!«

»Der ist Schrott.« Ich drehte erneut den Schlüssel herum. »Irgendwer hat den hier zum Sterben zurückgelassen.«

Mit einem Lächeln im Gesicht drehte sie sich zu mir um. »Wir könnten ihn wieder in Gang setzen und nach Kalifornien oder Kanada fahren oder sogar nach Mexiko. Wir lassen alles hinter uns und fangen woanders neu an.«

»Dazu bräuchten wir Werkzeug und Ersatzteile. Verflixt, wo kriegen wir jetzt Werkzeug und Ersatzteile her? Der nächste Laden ist mindestens zehn Meilen entfernt – aber selbst wenn wir dort hin- und wieder zurückkämen, bräuchten wir immer noch jemanden, der wüsste, wie man so ein Ding repariert. Vater hat mir beigebracht, wie man einen Ölwechsel macht und ein Auto pflegt, aber von Motoren hab ich keine Ahnung... also, wie man so was wieder zum Laufen bringt...«

Libbys Lächeln verblasste. Sie sah mich nachdenklich an. »Du sagst immer ›Vater‹. Nie sagst du ›mein Vater‹ oder ›Dad‹. Immer nur ›Vater‹. Warum?«

Darauf wusste ich keine Antwort. Er war für mich immer nur Vater gewesen – genau wie Mutter immer nur Mutter gewesen war. Irgendwie hatte sich die Frage auch nie gestellt, es war einfach bloß die Bezeichnung dessen, was es nun mal war. Wie Luft Luft war oder Dreck Dreck. Ich war...

»Anson«, sagte sie, »entschuldige bitte. Ich hätte es nicht ansprechen dürfen. Das war unsensibel von mir. Du hast sie verloren, und das tut mir sehr leid.«

Sie verschränkte ihre Finger mit meinen. Inzwischen hielten wir uns öfter an der Hand, und ich mochte das. Meine Hand fühlte sich ohne ihre Hand unvollständig an. Genau wie Dr. Oglesby hatte auch sie mal erwähnt, dass ich während eines Gesprächs manchmal in Gedanken abzuschweifen schien, aber anders als bei Dr. Oglesby wollte ich das bei ihr nicht.

Ich zwang mich zu einem Lächeln. »Das ist es nicht … Ich hab wohl einfach nie darüber nachgedacht. Meine Eltern haben mir nie erlaubt, sie ›Mom‹ und ›Dad‹ zu nennen, immer nur ›Mutter‹ und ›Vater‹. Und wenn man es nicht besser weiß, dann kommt einem das so normal vor wie alles andere auch.« Mit der Anrede war es im Grunde das Gleiche wie mit dem Vorhängeschloss am Kühlschrank, nur dass ich ihr das lieber nicht erzählte. Es war wie mit so vielen Dingen, die bei uns zu Hause passiert waren – aber auch die erwähnte ich besser nicht. Inzwischen war es schon Monate her, seit ich zuletzt daheim gewesen war, und ich wäre nur zu gern dorthin zurückgekehrt – um unser Haus zu sehen und meinen See … Als ich zuletzt dort gewesen war, war meine Welt bis auf die Grundmauern niedergebrannt. Ich hätte zu gern gewusst, was davon übrig war. Was selbst das Feuer verschmäht hatte.

»Komm, wir erzählen es Paul.«

Paul war, wo er immer war: mitsamt Zeichenblock auf seinem Bett. Als wir ihm berichteten, was wir gefunden hatten, blickte er nicht ein einziges Mal auf, sondern zeichnete weiter. »Vincent hat in einer Werkstatt gearbeitet. Der wüsste, wie man ihn repariert. Aber ich frage ihn nicht. Für mich ist Mr. Vincent Weidner gestorben.«

Vincent hatte Paul übel zugerichtet. Sein linkes Auge

war immer noch blau, und obwohl er ihm die Nase nicht gebrochen hatte, war sie geschwollen und die Haut drumherum seltsam grünlich-blau verfärbt. Seit jener Nacht hatte keiner von uns Vincent noch einmal gesehen, er war nicht aus seinem Zimmer gekommen, nicht mal aufs Klo gehuscht. Sein Zimmer lag genau über dem von Miss Finicky, und Paul mutmaßte, dass er wahrscheinlich einfach aus dem Fenster auf das darunterliegende Vordach pinkelte. »Da wird sie sich aber freuen, wenn die Sonne erst rauskommt«, hatte Paul geunkt. Ich nahm an, er ging einfach immer dann aufs Klo, wenn sonst niemand da war.

»Wir reden mit ihm«, beschloss Libby. »Oder, Anson?«

Ich wollte nicht mit ihm reden. Ich wollte ihm nicht gegenübertreten. Vincent Weidner machte mir Angst. Vater hätte es nicht gutgeheißen, dass ich diese Angst offen zeigte – zumal in Anwesenheit eines Mädchens. Also nickte ich nur, und bevor ich etwas entgegnen konnte, hatte sie mich auch schon auf den Flur gezogen, steuerte Vincents Tür an und klopfte.

»Vincent, hier sind Libby und Anson.«

Keine Reaktion.

»Vielleicht ist er draußen?« Dabei wusste ich genau, dass er da drin war.

Libby klopfte erneut.

»Nein!«, rief Vincent aus seinem Zimmer.

Libby sah erst mich an und dann die Tür. »Nein? Was ... nein?«

»Du: Nein. Anson: Nein. Jeder andere: Nein. Niemand, okay. Einfach: Nein.«

»Wir wollen bloß reden.«

»Schön für dich. Und jetzt verschwinde!«

Doch Libby blieb stehen, und ich wusste nicht, was ich sonst hätte tun sollen, also blieb ich ebenfalls stehen. Dann klopfte sie wieder an.

»Ich werf euch Schmeißfliegen gleich aus dem Fenster, wenn ihr mich nicht sofort in Ruhe lasst!«

Ich atmete tief durch. Insgeheim war ich mir sicher, dass es mein letzter Atemzug wäre. »Vincent, wir haben in der Scheune einen Pick-up entdeckt.«

Wieder keine Reaktion.

Als nach einer Weile die Tür aufging, stand da nicht Vincent, sondern Kristina. Sie hatte sich die Haare zusammengebunden und trug ein Bangles-T-Shirt und pinkfarbene Sportshorts – sonst nichts, auch nicht an den Füßen. Ich glaube, sie hatte nicht mal einen BH an. »Was für einen Pick-up?«

44

Poole

Wie von Hurless angekündigt, stand am Straßenrand vor Upchurchs Haus ein schwarzer Cadillac Escalade mit getönten Scheiben für sie bereit. Der einzige Insasse war der Fahrer, ein Mann Ende fünfzig in einem makellosen schwarzen Anzug. Er stieg aus, ging um den Wagen herum, zog für sie die Türen auf und winkte sie hinein – Poole auf den Beifahrersitz, Nash auf die Rückbank.

Wohin sie unterwegs waren, wollte er ihnen nicht verraten.

Poole hatte nie zuvor in einem derart sauberen Wagen gesessen. Das schwarze Leder schimmerte wie frisch vom Werk, und auf den Scheiben war nicht der geringste Fleck oder Schmierer zu sehen. Abgesehen vom Schneematsch, den er selbst an den Schuhen hereingetragen hatte, war selbst die Fußmatte mikroskopisch rein, als hätte jemand sie seit der letzten Fahrt ausgetauscht.

»Hier hinten ist eine Bar«, stellte Nash fest, »eine voll ausgestattete Bar – sogar mit Snacks! Wenn Sie sich in meinem Auto zur Rückbank umdrehen, können Sie froh sein, wenn Sie ein Fleckchen getrocknete Burgersoße auf McDonald's-Papier finden … und vielleicht gerade noch eine halb volle Flasche Wasser.« Er hielt ein Twix nach vorn. »Wollen Sie?«

Poole ignorierte ihn und wandte sich zu dem Fahrer um. »Wem gehört dieser Wagen?«

»Ich fürchte, das darf ich nicht sagen«, erwiderte der Mann.

»Ihnen ist aber schon klar, dass ich FBI-Agent bin?«

»Tut mir sehr leid, Sir, aber ich habe Anweisungen.« Er bog mehrmals ab und folgte dann der Beschilderung in Richtung 290 East und Seeufer.

Als Poole den Schokoriegel nicht entgegennahm, ließ Nash sich zurücksinken und riss die Verpackung auf. Er hatte das Twix schon halb aufgegessen, als er nach vorn fragte: »Warum ist das FBI überhaupt an der Sache dran?«

»Das wissen Sie ganz genau.«

Nash nahm noch einen Bissen. Als er weitersprach, spuckte er Schokobrösel. »Ehrlich gesagt weiß ich es *nicht*. Es hieß, Sie hätten übernommen, weil Bishop entkommen war und wir nicht schnell genug Fortschritte machten. Aber so läuft das doch nicht. Das FBI kann so einen Fall doch nicht einfach so an sich reißen – es sei denn, es handelt sich um bundesstaatenübergreifende Verbrechen. Oder die örtliche Polizeibehörde beantragt Amtshilfe. Die ursprünglichen Verbrechen sind alle in Chicago verübt worden – jedes einzelne von Bishops Opfern ist hier vor Ort aufgefunden worden, und ich weiß sicher, dass die Metro keinen Hilfsantrag gestellt hat.«

»Wir haben auch Morde in South Carolina und Louisiana, die mit den hiesigen in Verbindung stehen«, gab Poole zurück, unschlüssig, ob er diese Unterhaltung überhaupt fortführen wollte.

»Die erst ans Licht kamen, *nachdem* das FBI eingeschritten war«, rief Nash ihm in Erinnerung. »Vorher nicht.«

»Ich habe die Order von meinem direkten Vorgesetzten erhalten, von SAIC Hurless.«

»Und wer hat zum Hörer gegriffen und *ihn* zu der Party

eingeladen? Wo kam *seine* Order her?« Nash schluckte den letzten Bissen hinunter und warf die Verpackung in den Fußraum. »Wenn wir das rausfinden, wissen wir auch, wem der Wagen gehört.«

Der Fahrer bog auf Höhe der LaSalle von der 290 ab und links auf die State Street ein.

»Das geht auch anders.« Poole beugte sich vor und machte das Handschuhfach auf.

»Sir, bitte tun Sie das nicht.« Der Fahrer riskierte einen Seitenblick und konzentrierte sich dann sofort wieder auf die Straße. Der Verkehr auf der State Street war für diese Uhrzeit überraschend dicht.

Poole durchwühlte das Handschuhfach und angelte die Fahrzeugpapiere hervor – nur stand dort bloß *Elite Rentals and Transportation Services, LLC*. Dann fand er einen abgelaufenen Parkschein, das Service-Handbuch – und eine .38er in einem Holster. »Dürfen Sie eine versteckte Waffe führen?«

»Ja, Sir. Hab meinen Schein gerade erst vergangenen Monat erneuert. Und ich bin mindestens ein Mal pro Woche auf dem Schießstand.«

»Sind Sie dann Fahrer oder Sicherheitspersonal?«

Der Mann antwortete nicht. Stattdessen setzte er den Blinker und fuhr auf die Wabash.

»Gehören Sie einer Strafverfolgungsbehörde an?«

Der Fahrer bog erneut links ab und hielt am rechten Straßenrand. »Wir sind da, Sir.«

Nash sah aus dem Fenster und pfiff durch die Zähne. »Das Langham Hotel? Hier war ich mal auf einer Hochzeit. Bin im Pool gelandet. Die haben diese kleinen Blinklichter oben auf dem Dach. Das war vielleicht eine Party!«

»Ich glaube kaum, dass wir auf eine Hochzeit gehen«, murmelte Poole.

Der Fahrer stieg aus, umrundete den Escalade, machte

erst Poole, dann Nash die Tür auf. »Gehen Sie jetzt bitte umgehend in Zimmer 1218.«

Dann ließ er sie auf dem Gehweg im eisigen Wind stehen.

Poole starrte die Eingangstür an und legte beide Hände vor den Mund, als wollte er sie mit seiner Atemluft wärmen. »Ich bin mir nicht sicher, ob mir das gefällt. Wer weiß sonst noch, dass wir hier sind?«

»Ich hab Clair gerade eine Nachricht geschrieben und ihr die Zimmernummer durchgegeben. Wenn ich mich nicht innerhalb der nächsten Viertelstunde bei ihr zurückmelde, schickt sie Verstärkung.«

Poole schob die schwere Glastür auf, und Nash lief hinter ihm her in die Lobby. Wie angewiesen ließen sie den Trubel an der Rezeption, Concierges und Hotelpagen links liegen und marschierten direkt auf die Aufzüge zu. Als der mittlere aufging, traten sie ein und fuhren hinauf in den zwölften Stock, wo ein groß gewachsener Mann in einem dunkelblauen Anzug, mit rasiertem Schädel und Ziegenbärtchen sowie einem Klemmbrett in der Hand sie willkommen hieß.

Pooles Blick huschte von der Wölbung unter dessen linker Schulter zu einer weiteren über dem rechten Fußknöchel. Zwei Schusswaffen, womöglich mehr. Der Mann schien Poole gleichermaßen zu mustern, nahm erst Pooles Dienstwaffen, dann die von Nash zur Kenntnis. Sofern er nicht damit gerechnet hatte, ließ er es sich zumindest nicht anmerken. »Namen?«

Poole stellte sich und Nash vor.

Er überflog eine Liste, blätterte um und dann wieder zurück zur ersten Seite. »Einen kleinen Moment, bitte.« Ohne auf eine Reaktion zu warten, verschwand er den Gang entlang um eine Ecke.

»Secret Service?«, murmelte Nash.

Poole schüttelte den Kopf. »Die erlauben keine Gesichtsbehaarung.«

»Ernsthaft?«

Einen Augenblick später tauchte der Mann wieder auf – in Begleitung von Anthony Warnick aus dem Bürgermeisteramt. Warnick hielt sich nicht mit Höflichkeitsfloskeln auf. »Da lang!«

Poole und Nash wechselten einen Blick und folgten ihm. Der Mann mit dem Klemmbrett kehrte auf seinen Posten am Fahrstuhl zurück.

Ein weiterer Posten stand vor der Flügeltür zu Zimmer 1218. Als sie näher kamen, zog er seine Codekarte durch den Kartenleser und schob die Tür für sie auf.

Das war kein Zimmer.

Das war eine Suite.

Quasi eine ganze Wohnung. Oder ein kleines Haus.

Gut und gern drei Meter hohe Kassettendecken. Gegenüber eine einzige Glasfront mit Blick über den See. Zwei Sofas flankierten einen großen Couchtisch in der Mitte des Raums. Zur Linken befand sich der Essbereich, zur Rechten führten mehrere Türen in angrenzende Zimmer – eins war das Bad und zwei weitere waren verschlossen, vermutlich die Schlafzimmer. Gemusterte Teppiche lagen auf dem Parkettboden, und an den Wänden hingen geschmackvolle Drucke. Alles in allem war die Einrichtung modern in Naturtönen gehalten, dazu der eine oder andere farbige Akzent.

Etwa ein halbes Dutzend Leute – Männer wie Frauen – lief auf und ab, telefonierte oder beriet sich. Ein paar drehten sich um, als Nash und Poole den Raum betraten, wandten sich dann aber wieder ab und machten weiter, womit auch immer sie gerade beschäftigt waren.

An einem Schreibtisch an der Fensterfront saß eine Frau, die sich aus dem Trubel ausgeklinkt hatte. Sie trug Kopfhörer, hatte einen beigefarbenen Pullover und Jeans an, und ihr Blick war starr auf den Bildschirm eines riesigen MacBook Pro gerichtet. Darauf liefen zwei Videoclips – einer mit Anson Bishop, der zweite mit Sam Porter. Die Vernehmungen, die Poole früher am Tag durchgeführt hatte. Die Frau hatte Porter auf Pause gedrückt; Bishop lief nach wie vor.

»Was ist das hier?« Poole zog die Stirn kraus.

»Madeline Abel«, erklärte Warnick, »unsere führende Expertin auf dem Gebiet der Kinetik – das ist die Wissenschaft der …«

»Ich weiß, was Kinetik ist«, blaffte Poole ihn an. »Warum darf sie die Videos sehen? Haben Sie überhaupt eine Verfügung für Porter? Wer hat die ausgestellt?«

Warnick ignorierte die Fragen. »Dafür hab ich jetzt keine Zeit. Ich will wissen, wer von den beiden die Wahrheit sagt. Sie haben nicht annähernd schnell genug Ergebnisse geliefert.« Er sah Nash missbilligend an. »Keiner von Ihnen beiden.«

Nash schnaubte, sagte aber nichts.

Warnick legte der Frau eine Hand auf die Schulter. Sie drückte auf Pause, setzte die Kopfhörer ab und sah zu ihnen hoch. Als ihr Blick an Poole hängen blieb, riss sie die Augen auf. »Frank?«

Warnick runzelte die Stirn. »Sie sind miteinander bekannt?«

»Agent Abel hat mich ausgebildet.«

Sie lächelte. »Inzwischen nur noch Maddie Abel. Sagen Sie Maddie. Ich hab vor drei Jahren den Dienst quittiert, arbeite jetzt in der Privatwirtschaft.«

»Ich muss wissen, wer von den beiden lügt«, wiederholte Warnick und sah sie finster an. »Sie beide können später über alte Zeiten plaudern.«

Ihr Lächeln verblasste, und sie wandte sich wieder dem

Bildschirm zu. »Beide lügen. Und beide sagen die Wahrheit. Ich brauche mehr Zeit, um mir das anzusehen. Die zwei haben beide Talent, sie sind eindeutig mit der Kinetik vertraut und treffen sowohl bewusst als auch unbewusst Entscheidungen, um über jede Lüge hinwegzutäuschen. Agent Poole hat einen erstklassigen Job gemacht, als er erst gewisse Fragen gestellt hat, um den Boden zu bereiten, und dann Folgefragen, die auf die Lücken in den jeweiligen Schilderungen abgezielt haben. Leider kontern beide auf seine Taktik mit geeigneten Gegenmaßnahmen.«

Warnick lief dunkelrot an. »Ich habe Sie einbestellt, weil Sie angeblich die Beste auf Ihrem Gebiet sein sollen. Ich brauche Antworten, nicht diesen gedrechselten Bullshit! Einer der beiden ist dafür verantwortlich, und ich muss wissen, wer.«

Sie seufzte und rieb die Hand über die Tischkante. »Womöglich mit zusätzlichem Material ... Gibt es mehr Aufzeichnungen von Bishop? Und von Porter auch? Vielleicht Vernehmungen, die er in der Vergangenheit durchgeführt hat? Das wäre wirklich sehr hilfreich. Sobald ich seine kinetischen Kenntnisse eruiert habe, könnte ich das entsprechende Verhalten aus dieser vorliegenden Aufzeichnung aussondern und mich auf Aspekte konzentrieren, die ich bislang vielleicht übersehen habe. Es ist rein physisch unmöglich, *jeden* Hinweis auf eine Lüge zu verschleiern.«

Warnick schnipste mit den Fingern, und ein jüngerer Kerl, der hinter ihnen gestanden und zugehört hatte, eilte auf ein Telefon zu.

»Von Porter bekommen wir mehr«, sagte Warnick, »aber von Bishop gibt es nichts. Das da ist alles.«

Maddie biss sich in die Wange und drückte wieder auf Play. Dann zoomte sie Bishops Schläfe heran. Sie drückte wieder auf Pause. »Funktioniert so nicht ...«

»Was?«

»Manchmal kann man in den Aufzeichnungen den Puls des Verdächtigen erkennen, aber das Material ist nicht hoch genug aufgelöst. Zumindest bei Bishop wird es wohl nicht funktionieren. Er scheint seine unwillkürlichen Handlungen – die Atmung, alles andere – ungemein gut unter Kontrolle zu haben, und ich wette, sein Puls war die komplette Vernehmung hindurch stabil.«

»Verantwortlich wofür, Warnick?« Die Frage kam von Nash. Seit sie die Suite betreten hatten, war es das Erste, was er laut geäußert hatte. »Sie sagten gerade, Sie müssten wissen, wer von den beiden *dafür verantwortlich* ist – was genau meinten Sie damit?«

Für einen kurzen Augenblick sah Warnick aus, als wollte er ernsthaft antworten, aber das tat er natürlich nicht. Stattdessen drehte er sich in Richtung der geschlossenen Türen. »Da lang!«

Sie folgten ihm zu der Tür links neben dem Bad. Er drehte den Knauf und stieß sie auf.

Das komplette Schlafzimmer war hell erleuchtet: die Einbau-Spots an der Decke, die Nachttischlampen, eine weitere Lampe auf einem Beistelltisch. Selbst im Ensuite-Bad brannten sämtliche Lichter. In der Mitte des Zimmers stand ein Kingsize-Himmelbett. Laken und Decke lagen unordentlich zusammengeschoben über dem Fußende. Eine Videokamera auf einem Stativ stand keinen Meter entfernt, die Linse war auf das Bett gerichtet. Überall am Boden lagen Kleidungsstücke – die eines Mannes: Anzughose und Jackett, Hemd, Krawatte, Socken, Boxershorts. Auf dem Bett breitete sich über knapp zwei Drittel der Matratze ein bräunlich roter Fleck aus.

Poole und Nash traten über die Schwelle.

Warnick stellte sich hinter sie. »Der Bürgermeister ist seit gestern Abend neun Uhr dreißig verschwunden. Und ja, das da ist Blut.«

45

Poole

»Das Blut des Bürgermeisters?« Nash machte einen Schritt auf das Bett zu.

»Ich weiß es nicht«, gab Warnick zurück. »Wir haben das Zimmer so vorgefunden.«

Anders als die beiden anderen hatte Poole sich seit dem Betreten des Zimmers nicht mehr von der Stelle gerührt. »Das hier ist ein Tatort. Er sollte versiegelt werden. Wie viele sind hier schon durchmarschiert?«

»Zu viele.« Warnick trat auf den Nachttisch zu. »Die Personenschützer haben die Oberflächen sauber gewischt und versucht, das Schlimmste zu beseitigen, bevor sie mich gerufen haben. Die haben eine gute Stunde lang jeden Zentimeter kontaminiert. Verdammte Vollidioten!«

»Wenn jemand den Bürgermeister verletzt hat, warum sollten seine Sicherheitsleute dann hinter dem Täter aufräumen wollen?«, fragte Nash.

»Weil das hier nicht das erste Mal war«, mutmaßte Poole, »dass der Bürgermeister eine blutige Spur hinterlassen hat. Sie dachten, sie würden ihm damit helfen.«

Warnick kniff die Augen zusammen und schien über seine Antwort erst nachdenken zu müssen. »Die … Seine … *Eskapaden* … fallen manchmal ein bisschen heftiger aus … Nichts wahnsinnig Besonderes – die Frauen werden immer angemessen entschädigt. Sie wissen, worauf sie sich einlassen. In der Vergangenheit waren es mal blaue Flecken. Ein Mal ein gebrochener Finger. Aber nie so etwas wie das hier – nie Blut.«

»Aber weil er früher schon Schaden angerichtet hatte, haben seine Leute gedacht...«

»Ein Haufen Vollidioten«, wiederholte Warnick.

Nash durchmaß das Zimmer, sah unters Bett, ins Bad, in den Schrank. »Wo ist die Frau?«

Warnick zuckte mit den Schultern. »Ist wahrscheinlich abgehauen. Nirgends eine Spur von ihr. Ich hab das Überwachungsmaterial des Hotels kommen lassen, aber das ist komplett durcheinander – eine einzige Katastrophe. Hier hängen überall in den öffentlichen Bereichen Kameras, sogar in den Aufzügen, aber es lässt sich offenbar nicht ein einziges Bild von gestern Nacht finden, auf dem jemand die Suite betritt oder verlässt.«

Poole warf Nash einen vielsagenden Blick zu.

Nash war vor dem Toilettentisch stehen geblieben. Warnick stellte sich neben ihn. Beide starrten in den Spiegel.

Als Poole sich zu ihnen gesellte, verstand er, warum. Auf den Spiegel hatte jemand allem Anschein nach mit Seife geschrieben: *Vater, vergib mir.*

Genau wie bei den Frauen vom frühen Morgen. Genau wie bei den Opfern aus dem Krankenhaus und dem Mann aus Simpsonville. Poole sah sich um, suchte den Boden ab. »Haben Sie irgendwo Salz gefunden?«

»Salz?« Warnick schüttelte den Kopf. »Nein. Warum sollte hier Salz herumliegen?«

Nash musste den gleichen Gedanken gehabt haben. Auch er ließ den Blick schweifen und schien dann an der Badezimmertür etwas entdeckt zu haben. Er lief darauf zu und ging in die Hocke. »Hier ist welches. Nicht viel, nur ein bisschen, auf dem Teppich.«

Poole nickte in Richtung des Papierkorbs in der Ecke. Eine aufgerissene Schachtel Kochsalz. Nash zog einen Asservatenbeutel aus der Tasche, schob die Hand hinein, nahm die Schachtel mit plastikbewehrten Fingern hoch und zog dann die Tüte auf links darüber. Er steckte sie sich in die Tasche.

Poole untersuchte die Kamera. Es hätte eine Camcorderkassette darin stecken müssen. »Haben Sie die gesichert?«, wollte er von Warnick wissen.

»Nein, auch die Kamera haben wir genau so vorgefunden.«

Poole war sich nicht sicher, ob er ihm glauben konnte. Ob die Aufnahmen nun Beweismaterial oder bloß kompromittierende Bilder des Bürgermeisters enthalten hätten – seine Leute hätten ganz gewiss nicht gewollt, dass sie in die falschen Hände gerieten, und Poole hatte so eine Ahnung, dass sämtliche Hände, die nicht die von Warnick waren, die falschen gewesen wären. »Wenn Sie mir die Kassette nicht aushändigen, liefe das unter Verdunkelung.«

Warnick kam näher. »Da war keine Kassette.«

Er sah Poole direkt in die Augen. Keiner von beiden wandte den Blick ab.

»Was wissen wir über sie?«, mischte sich Nash wieder ein und beugte sich über das Bett.

Warnick hielt den Blick noch kurz auf Poole gerichtet. Dann drehte er sich zu Nash um. »Über die Frau?«

»Korrekt.«

»Da wird es leider ein bisschen nebulös.«

Nash schnaubte. »Ach was.«

Warnick drehte den Kopf in Richtung des angrenzenden Zimmers und rief durch die offene Tür: »Beddington!«

Einen Augenblick später tauchte ein Mann auf – breit gebaut, muskelbepackt, in den Vierzigern, sich lichtendes Haupthaar. Nach den Stoppeln auf seinem Gesicht und dem Zustand des Anzugs zu urteilen war er seit der vergangenen Nacht hier im Einsatz.

Warnick stellte ihn vor. »David gehört seit der Wahl zum Sicherheitsteam des Bürgermeisters.«

»Schon davor«, korrigierte Beddington ihn. »Er hat mich während des Wahlkampfs eingestellt, als er noch im Stadtrat saß.«

Warnick winkte ungeduldig ab. »Erzählen Sie den Herren bitte, was Sie mir erzählt haben. Über die Frau.«

Beddington sah Warnick nervös an.

»Ist schon in Ordnung. Sie sind gebrieft. Nichts verlässt dieses Zimmer.«

Poole konnte sich an ein solches Briefing gar nicht erinnern; Nash ebenso wenig.

Beddington trat von einem Fuß auf den anderen und hatte den Blick niedergeschlagen. »Der Bürgermeister benutzt für solche Treffen gern eine spezielle Agentur … schon seit einiger Zeit.« Er griff in die Brusttasche seiner Jacke und zückte ein billiges Handy. »Wir rufen dort immer von dem hier an – nie mit der richtigen Nummer, weil …«

»Schon klar«, unterbrach Warnick. »Kommen Sie zum Wesentlichen.«

Beddington nickte und ließ das Handy wieder in die Tasche gleiten. »Ich war spät dran, also hab ich vom Auto aus angerufen. Als ich hier ankam, war sie schon im Schlafzimmer. Ich hab einen kurzen Blick auf sie erhaschen können, wie sie hier drin auf und ab lief – der Bürgermeister im Übrigen auch. Dann hat er die Tür zugemacht, als er mich gesehen hat. Keine Ahnung, wie sie bei dem Wetter schneller als ich hier sein konnte, aber so war es nun mal. Ich hab mir nicht viel dabei gedacht, hatte gar nicht die Zeit – weil dann dieses andere Problem auftauchte …«

»Welches Problem?«

»Seine Frau … Sie weiß, was läuft. Also ruft sie mich an.

Jedes Mal, wie auf Kommando. Er behauptet, sie hätten so etwas wie eine offene Beziehung, aber ich spreche jetzt schon seit Jahren mit ihr, und anscheinend ist diese Beziehung alles andere als offen. Jedenfalls bin ich raus auf den Flur, um mit ihr zu sprechen, um sie zu beruhigen, bin mit dem Aufzug runter ins Erdgeschoss, weil da der Empfang deutlich besser ist, und wir haben vielleicht eine Stunde geplaudert. Sie ist nett, man kann sich echt gut mit ihr unterhalten. Als ich wieder hochfuhr, hab ich auf dem Flur die Frau von der Agentur angetroffen, *die ich gebucht hatte.* Und die erzählt mir, es macht keiner auf – und das ist im Übrigen auch nicht dieselbe Frau, die ich eine Stunde zuvor gesehen habe. Die hier sieht komplett anders aus, viel jünger, blond. Im selben Moment ist mir klar, dass da etwas nicht stimmt. Ich hab sie bezahlt und weggeschickt, und anschließend bin ich mit meiner Codekarte zurück in die Suite und hab dieses Chaos hier vorgefunden ...« Er zeigte auf das blutbesudelte Bett. »Ich hab meine Kollegen gerufen, und die haben sofort angefangen, alles sauber zu machen. Dann hab ich das Prepaidhandy des Bürgermeisters dort auf dem Toilettentisch entdeckt. Ich hab angenommen, er hätte die Agentur angerufen – noch vor mir, weil ich ja spät dran war –, aber als ich die Anrufliste gecheckt hab, war da kein Anruf. Also, andere natürlich schon. Aber kein Anruf bei der Agentur. Diese erste Frau hatte keiner von uns bestellt. Da hab ich dann Mr. Warnick angerufen.«

Poole drehte sich zu Warnick um. »Und Sie sind – was? Derjenige, der die Scherben aufkehrt?«

»Ich bin derjenige, der Ihre Chefs informiert und ihnen gesagt hat, dass wir ein verdammtes Problem haben, das gelöst werden muss, ohne dass jemand Wind davon kriegt – und zwar zum Wohle aller, die hier in Chicago leben. Das hier darf unter gar keinen Umständen an die Öffentlichkeit gelangen. Nicht eine Silbe.« Mit zwei Fingern zeigte er in Maddie Abels Richtung; sie hatte ihnen den Rücken zugekehrt und sich wieder den Videos zugewandt. »Einer der beiden ist dafür verantwortlich. Wir müssen herausfinden, wer, und den Bürgermeister aus seiner Gewalt befreien, bevor das hier durchsickert.«

Nash nickte auf das Bett hinab. »Nach der Menge an Blut zu urteilen befreien wir ihn eher nicht mehr ...«

»Der Bürgermeister wiegt an die hundertdreißig Kilo. Dass eine Frau ihn hier rausgeschleppt hat, ist schlichtweg unmöglich. Sie hatte eine Pistole – vielleicht auch ein Messer oder so was in der Art. Auf jeden Fall muss er hier auf eigenen Beinen rausspaziert sein.«

»Sie könnte den Wäschewagen benutzt haben«, warf Nash ein, »oder die Karre vom Zimmerservice – da gibt's zig Möglichkeiten, eine Leiche aus so einem großen Hotel rauszuschaffen.«

»Vielleicht Vincent Weidner?«, warf Poole ein.

Warnick runzelte die Stirn. »Der Gefängniswärter aus New Orleans?«

»Er ist ausgebrochen. Porter zufolge kommt er in den Tagebüchern vor. Er könnte mit der Sache zu tun haben.«

Warnick winkte ab. »Vergessen Sie die Tagebücher. Wenn Porter diesen Typen, diesen Upchurch, bezahlt hat, sie abzuschreiben, dann sind die doch keinen Pfifferling wert.«

Poole wandte sich wieder an Beddington. »Was können Sie uns über die Frau erzählen, die Sie hier drin gesehen haben?«

Beddington kratzte sich an der Nase und schüttelte den Kopf. »Ich hab sie vielleicht für eine halbe Sekunde gesehen, da ist sie an der offenen Tür vorbeigehuscht. Hab nicht richtig was erkennen können ...«

»Schließen Sie die Augen. Manchmal hilft das.«

Er tat wie geheißen. Kaute auf der Innenseite seiner Wange. »Ziemlich klein, vielleicht eins sechzig. Braune schulterlange Haare. Sie hatte ein aufreizendes schwarzes Kleid an. Tolle Beine.«

»Und ihr Gesicht?«

»Ihr Gesicht hab ich nicht gesehen.«

»Ich brauche die Nummer der Agentur, die Sie sonst immer anrufen«, forderte Poole ihn auf.

Beddington verzog das Gesicht. »Haben Sie gerade nicht zugehört? Sie kam nicht von der Agentur, sie war schon vorher da.«

»Und wie ist sie hergekommen? Wenn die Agentur sie nicht geschickt hat – wie konnte sie wissen, dass sie in dieses Hotel und in dieses spezielle Zimmer gehen sollte?«

»Das ist nicht allzu schwer«, mischte Warnick sich ein. »Der Bürgermeister ist jeden Montag hier – immer zur selben Zeit, in derselben Suite. Nach seinem Schwanz könnte man die Uhr stellen. Deshalb weiß seine Frau auch so gut Bescheid. Deshalb weiß auch sein Personal Bescheid. Und die Leute vom Hotel. Mit der Agentur hab ich schon gesprochen – das ist eine Sackgasse. Ich will nicht, dass Sie Ihre Zeit darauf verschwenden. Diese Frau hat irgendwie von den Arrangements des Bürgermeisters Wind gekriegt. Sie wusste, dass er hier sein würde, und hat dann das alles arrangiert. Vielleicht war sie ja wirklich nicht allein – aber sie war garantiert nicht von dieser Agentur.«

»Ist es Pizza Carmine?«, fragte Nash.

Warnick wirbelte zu ihm herum. »Woher wissen Sie das?«

»Carmine stand auf der Liste von Arthur Talbots Geschäftszweigen, die wir vor ein paar Monaten durchleuchtet haben. Damals, als wir seine Finanzen gecheckt haben. Die Sitte hat Carmine schon seit Längerem auf dem Radar – als Tarnung für einen exklusiven Escort-Service. Der Laden steht seit einem knappen Jahr unter Dauerbeobachtung.« Er wandte sich an Poole. »Wenn wir zurück bei der Metro sind, holen wir die alten Akten raus, aber ich glaube tatsächlich, Warnick hat recht: Sie kam nicht über die Agentur. Da wäre sie zu leicht aufzuspüren.« Nash drehte sich wieder zu Beddington um. »Sarah Werner – sagt Ihnen der Name was?«

Beddington schüttelte den Kopf.

»Die Frau, von der Porter behauptet, sie seien in New Orleans zusammen unterwegs gewesen?« Warnick runzelte die Stirn. »Sie glauben, sie war das?«

Nash zuckte mit den Schultern. »Die Beschreibung würde passen. Braune schulterlange Haare.«

»Aber warum sollte sie dem Bürgermeister etwas antun?«

Niemand antwortete. Frustriert warf Poole einen Blick zurück zum Bett. »Die Spurensicherung muss kommen. Weiß einer von Ihnen, welche Blutgruppe der Bürgermeister hat?«

»Oh nein«, widersprach Warnick vehement, »nicht das CSI – und keine Fotos! Niemand kriegt diesen Raum zu Gesicht. Niemand weiß, dass der Bürgermeister verschwunden ist, und das muss exakt so bleiben.«

»Was genau sollen wir dann bitte Ihrer Ansicht nach tun?«

»Ich erwarte von Ihnen, dass Sie herausfinden, wer ihn verschleppt hat, und dass Sie ihn wiederfinden, ohne dass überall die Alarmglocken losschrillen. Ich will, dass der Bürgermeister bis Mitternacht in seinem heimischen Bett liegt, als wäre all das nie passiert. Und Porter oder Bishop – wer immer hierfür verantwortlich ist, soll in seiner Gefängniszelle verrotten. Ich will, dass die Bürger von Chicago endlich wieder glauben können, dass alles in bester Ordnung und dass es auf unseren Straßen sicher ist. Ich will, dass Sie beide Ihren gottverdammten Job machen!« Warnick zückte ein Messer, trat ans Bett und schnitt ein kleines Stück Stoff aus dem Laken. »Hier, Ihre Blutprobe. Der Bürgermeister ist A positiv.«

»Das ist nicht Ihr Ernst...«

»Nicht?« Mit der freien Hand zog er sein Handy heraus, wählte eine Nummer und stellte auf Lautsprecher.

Poole erkannte die Stimme sofort.

»Hurless?«, sagte Warnick. »Sagen Sie Ihrem Jungen hier, dass er seinen Job machen soll!«

»Sir?«, fragte Poole.

Am anderen Ende der Leitung räusperte sich SAIC Hurless. »Tun Sie, was er sagt, Frank.«

»Dieser Mann hat einen Tatort verunreinigt und versucht, ein Verbrechen zu vertuschen.«

»Hier vertuscht keiner was«, blaffte Warnick ihn an. »Dieser Raum wird versiegelt. Die Spuren verschwinden schon nirgendshin. Aber zum jetzigen Zeitpunkt muss unsere oberste Priorität sein, den Bürgermeister zu finden, ohne dass Panik ausbricht. Fahren Sie zurück zur Metro und befragen Sie Bishop und Porter. Einer von beiden weiß, was hier vor sich geht. Das ist die beste Spur, die wir derzeit haben.«

»Das gefällt mir nicht«, entgegnete Poole. »Ganz und gar nicht.«

»Wir verriegeln den Raum für drei Stunden. Wenn Sie den Bürgermeister bis dahin nicht gefunden haben, soll ein Sondereinsatztrupp das Zimmer auf links drehen. Wir ziehen die Presse zurate, wenn es nötig ist – aber fürs Erste riskieren wir nicht, dass etwas durchsickert. Hat Warnick Ihnen die Kiste gezeigt?«

Poole sah Warnick von der Seite an. »Welche Kiste?«

»Machen Sie klar Schiff und kommen Sie zurück zur Metro«, sagte Hurless durchs Telefon. »Uns läuft die Zeit davon.«

Damit legte er auf.

»Welche Kiste?«, wiederholte Poole.

»Das hat mit dem Bürgermeister rein gar nichts zu tun«, erklärte Warnick. »So viel sei schon mal gesagt.«

»Er hat recht«, pflichtete Beddington ihm bei. »Damit hat er nichts am Hut. Ich kenne ihn lange genug, da bin ich mir absolut sicher.«

Pooles Frust stieg ins Unermessliche. »*Welche Kiste?*«

Warnick lief zum Toilettentisch und zog das oberste Schubfach auf. Dann trat er zur Seite.

Poole und Nash wechselten einen Blick, gingen hinüber und blickten in die Schublade.

Die Schachtel war weiß und hatte die Grundfläche eines Standard-Briefbogens. Der Deckel und die schwarze Kordel waren achtlos zur Seite geschoben worden. In der Schachtel lagen mindestens einhundert Polaroids von Kindern – Jungen und Mädchen in unterschiedlichsten Stadien der Entkleidung. Einige lächelten in die Kamera, andere blickten eher nervös drein, hatten den Blick auf etwas – oder auf jemanden – gerichtet, der sich abseits der Kamera, neben oder hinter dem Fotografen befand.

Poole sah erneut zu Nash, zog dann ein Paar Latexhandschuhe aus der Tasche und streifte sie über. Er griff nach dem nächstbesten Bild und drehte es um. Auf der Rückseite stand in säuberlicher Handschrift notiert: *203. WF15. 3k. LM.*

Derlei Bilder hatten sie beide schon einmal zu Gesicht bekommen. In einer wesentlich größeren Kiste – in Anson Bishops Wohnung.

»Der Bürgermeister steht nicht auf kleine Kinder«, beteuerte Beddington.

Poole hörte nicht mehr hin. Er starrte auf etwas anderes hinab, was in ausgebleichter schwarzer Tinte auf der Vorderseite eines der Fotos geschrieben stand.

Hey, Sam. Kennst du mich noch?

Seltsamerweise hatte nicht die Handschrift seine Aufmerksamkeit erregt. Es war das Sweatshirt des Jungen, auf dem das Logo einer Baseballmannschaft prangte – das Logo der Charleston Riverdogs.

46
Tagebuch

Während ich an dem Griff zog, der die Kühlerhaube entriegelte, und Kristina an irgendeinem Hebel in der Mitte der Klappe zerrte, setzte Vincent das Brecheisen an. Mit einem widerborstigen Quietschen ging die Kühlerhaube des Pickups auf, als wäre sie von den Schaufeln mehrerer Grabräuber in ihrer ewigen Ruhe gestört worden.

Vincent klemmte das Brecheisen unter die Haube und studierte den Motorraum. »Die Batterie ist im Eimer. Da brauchen wir eine neue. Die Hälfte der Kabel ist verrottet oder von Viechern zerbissen worden.« Er griff nach unten und zog eine Handvoll Gräser und Dreck heraus. »Irgendwas hat sich hier ein Nest gebaut.«

»Aber kann man das reparieren?«

Die Frage war von Libby gekommen. Sie stand neben mir in der offenen Fahrertür.

»Klar, ich bräuchte nur etwa fünfhundert Dollar für Ersatzteile, einen zweiten Wagen, den man dafür ausschlachten könnte, tonnenweise Werkzeug, das wir nicht haben ...« Er senkte den Blick. »Habt ihr vielleicht irgendwo ein Sparschwein versteckt? Ich glaube nämlich kaum, dass die Finicky uns sponsort. Die will nicht, dass wir irgendwo anders hinkommen.« Er drehte sich wieder zu Kristina um. »Ich pack meine Sachen und hau heute Nacht ab. Wie ich schon gesagt habe. Wenn du mitwillst, sei um Mitternacht fertig. Hier bleib ich keine weitere Nacht.«

Ich hatte immer noch keine Ahnung, was mit ihm in der vergangenen Nacht bei Welderman und Stocks passiert war. Libby ebenso wenig. Ich nahm an, dass Tegan und Kristina Bescheid wussten, aber keine von ihnen machte gegenüber uns anderen auch nur eine Andeutung. Nach dem Blick zu urteilen, den Kristina und Vincent gewechselt hatten, sah es zumindest ganz danach aus, als wüsste sie Bescheid.

»Was haben sie mit dir gemacht?«, fragte ich noch einmal.

Er schnaubte nur und schüttelte den Kopf. »Das erfährst du noch früh genug. Wie man hört, ist deine Freundin die Nächste – und zwar noch heute Nacht. Wahrscheinlich bist du gleich anschließend dran. Ich sitz das hier nicht aus – ich bin endgültig bedient. Ich hau lieber ab und versuche, allein klarzukommen.«

»Ich komme mit.« Kristina streckte sich nach seinem Arm aus. »Hab ich ja schon gesagt.«

Er sah sie von der Seite an. »Wie du willst. Aber halt mich nicht auf, verstanden?«

»Und den Rest von uns lasst ihr einfach zurück?«

Die Stimme war aus dem offenen Scheunentor gekommen. Als wir uns umdrehten, stand dort Tegan mit der untergehenden Sonne im Rücken. Sie machte einen Schritt in die Scheune hinein. »Was ist mit Wiesel und Kid? Die kommen nicht alleine klar. Die lässt du einfach hier sitzen?«

Vincent wandte sich wieder dem Motor zu. »Der Rest von euch ist mir egal. Meine Mutter war eine Koksnutte, meinen Vater hab ich nie kennengelernt. Solange ich denken kann, hab ich auf mich selbst aufgepasst. Ich bin hier nicht der Babysitter – und je früher sie lernen, dass sie in der Welt auf sich allein gestellt sind, umso besser. Sie haben ein Dach über dem Kopf und kriegen zu essen, genau wie ihr anderen auch. Es hat eben alles seinen Preis. Ich weiß, was *ihr jetzt denkt – ihr denkt, wir kriegen diese Karre in Gang, quetschen uns alle da rein und fahren irgendwohin, wo es besser ist. Tja, aber die Wahrheit ist leider: Es ist nirgends besser, allerhöchstens anders. Die Welt ist ein Drecksloch – da kann man sich maximal noch das sauberste Eckchen suchen und sich irgendwie mit dem Gestank arrangieren, solange es eben geht, und dann weiterziehen. Ich hab seit gestern Nacht so eine Ahnung, was der Preis fürs Hierblei-ben wäre, und ich sage euch, für mich ist der verdammt noch mal zu hoch.«*

»Du glaubst wirklich, die Finicky lässt dich einfach zie-hen?«, entgegnete Tegan. »Selbst wenn du es schaffen wür-dest, von hier abzuhauen – wie weit kämst du denn, bis sie die Cops in der Leitung hat, die wiederum ihre Kumpels anrufen und dich wieder einfangen und die weiß Gott was tun, um an dir ein Exempel zu statuieren? Wie viele Fotos hängen in diesem Haus? Was glaubst du wohl, wo diese Kinder alle sind? Die wohnen ganz sicher nicht bei einer netten Familie in einem schön großen Haus und schmie-den Pläne für eine Zukunft am College. Die sind spurlos verschwunden – und ich bin inzwischen lange genug hier, um zu wissen, was passiert, wenn man von hier abhaut. Sie sammeln dich wieder ein, noch bevor du auch nur in die Nähe des nächsten Dorfes kommst. Dann prügeln sie dir die Seele aus dem Leib. Und wenn das alles nichts nützt – dreimal darfst du raten: Dann verschwindest du auf Nim-merwiedersehen. Hier im Finicky-Heim wird ein Bett frei, und tags darauf rückt irgendein neues Kind nach. Du selbst bist dann nur noch ein Foto an der Wand, auf dem sich Staub absetzt.« Sie nickte in Richtung des Pick-ups. »Da-mit hätten wir alle eine Chance. Wir könnten alle von hier verschwinden.«

Vincent griff in den Motorraum, zog ein Rattennest aus kaputten Kabeln heraus und warf es neben sich auf den

Boden. »Und wie sollen wir an diesem Ding arbeiten, ohne dass die Finicky es mitbekommt?«

»Die Finicky schluckt doch Pillen wie Bonbons! Sobald die Detectives uns zurückbringen und sie weiß, dass wir in ihrem Haus wieder hinter Schloss und Riegel sitzen, wirft sie sich weiß der Geier was ein, und eine Viertelstunde später ist sie außer Gefecht. Ich bin bei ihr drin gewesen – ich hab ihre Schränke durchsucht, die Schubladen, den Mist, den sie unter ihrem Bett aufbewahrt. Die zuckt nicht mit der Wimper, schnarcht und sabbert einfach seelenruhig weiter. Tagsüber ist sie doch auch nicht viel fitter. Selbst jetzt in diesem Moment ist sie komplett weggetreten.«

Ich rutschte vom Fahrersitz und stellte mich neben Libby. »Hat sie irgendwo Geld deponiert?« Mir war das Einmachglas aus dem Oberschrank über dem Herd eingefallen, in dem Mutter immer Geld aufbewahrt hatte – Notgroschen, hatte sie es genannt und erklärt, dass jeder so einen Notgroschen bräuchte.

Tegan schüttelte den Kopf. »Zumindest hab ich nie welches gefunden. Dabei hab ich echt überall gesucht.« Sie warf Kristina einen Blick zu. »Aber wir könnten an Geld kommen, Kristina, oder etwa nicht?«

Die musste sofort verstanden haben, was damit gemeint war, weil sie zwar ein bisschen blass wurde, aber zu guter Letzt nickte. »Wenn es sein müsste …«

Tegan drehte sich zu Libby um. »Und du auch, wenn du heute Abend dran bist.«

»Und was müsste sie dafür tun?« Die Frage war aus mir herausgeplatzt, noch bevor ich darüber nachgedacht hatte. Ich rückte ein Stück näher an Libby heran und spürte, wie sie nach meiner Hand tastete. Sie beugte sich kaum merklich zu mir herüber und flüsterte: »Ist schon okay.«

Aber es war nicht okay.

47

Porter

Sam Porter hörte einen Knall.

Auf den Knall folgte ein schweres Rumpeln irgendwo aus dem Gebäude, keine Explosion, eher als wäre ein paar Zimmer weiter etwas aus dem Regal gekracht. Als wäre jemand auf dem Flur gestolpert und ungebremst gegen die Wand oder zu Boden gestürzt.

Er ließ das Tagebuch sinken. Horchte.

Schritte vor der Tür.

Aus der hinteren rechten Ecke des Vernehmungsraums nahm er eine Bewegung wahr. Erst als er hochsah, dämmerte ihm, dass sich dort nichts *bewegt* hatte; das Kontrolllämpchen an der Überwachungskamera, das die ganze Zeit über rot geleuchtet hatte, war nach einem kurzen Aufflackern ausgegangen.

Laut der Zeitanzeige unter der Kamera war es Viertel nach zwei.

Im nächsten Moment hörte er einen Schrei – eine Männerstimme. Er konnte zwar nichts verstehen, aber die Stimme klang wütend und gleichzeitig irgendwie verstört.

Als er sich von dem Metalltisch hochstemmte, ächzte sein Körper unter Protest. Er hatte sich stundenlang nicht bewegt und musste sich erst strecken, damit das Blut wieder durch seine Beine zirkulierte.

Wieder ein Knall – dann zwei weitere.

Keine Schüsse, redete er sich ein, nicht innerhalb des Metro-Gebäudes. Dabei hatte es nach Schüssen geklungen. Der Cop in Porter griff sofort nach der Leerstelle an seiner Schulter, wo sonst seine Dienstwaffe in einem Lederholster steckte.

Porter ging näher an die Tür heran.

Auf Augenhöhe befand sich ein Fensterchen. Porter konnte einen Hinterkopf sehen – natürlich, der Officer, der dort postiert worden war. Der Kopf drehte sich – erst in die eine, dann in die andere Richtung. So bewegte sich niemand, der seit Stunden gemütlich Wache schob; dafür war die Bewegung zu hektisch, zu panisch.

Porter klopfte an die Tür.

Der Kopf schnellte herum, und als Porter dem Mann in die Augen blickte, wusste er intuitiv, dass sich dort draußen irgendetwas anbahnte. Der Officer bedachte ihn bloß mit einem flüchtigen Blick und konzentrierte sich wieder auf das, was auf dem Flur vor sich ging.

Porter streckte die Hand nach dem Türknauf aus.

Verschlossen.

Er klopfte erneut. Schlug mit der Faust gegen den Stahl. »Was ist da los?«

Diesmal drehte der Officer sich nicht mal mehr um, weil irgendwas anderes wichtiger war.

Es knallte erneut, dreimal in schneller Folge.

Porter hämmerte an die Tür. »Schießt da draußen jemand um sich? Was ist da los?«

Mit einem flüchtigen Blick zurück durch das Fensterchen rannte der Officer los nach links. Links lagen die Arrestzellen – nur eine Handvoll, weil die Leute dort allenfalls für die Dauer der erkennungsdienstlichen Maßnahmen einsaßen, bevor sie ans County oder eine andere Behörde überführt wurden. Es gab ein paar größere Zellen für

Gruppen und ein halbes Dutzend kleinere für eine oder zwei Inhaftierte. Zwei massive Stahltüren und ein Wachposten trennten jenes Ende des Flurs von diesem hier.

Im nächsten Moment schrillte ein Alarm los.

Neben der Wanduhr fing die Lampe an, rot-weiß zu blinken. Jemand hatte den Feueralarm ausgelöst.

Wieder hämmerte Porter an die Tür. »Ich muss hier raus!«

Drei Leute rannten an seiner Tür vorbei – zwei in Richtung der Arrestzellen, der dritte in die Gegenrichtung, ein Mann in Handschellen mit langem, strähnig schwarzem Haar und Tattoos im Gesicht.

Von der Decke gurgelte es kurz, dann ging der Sprinkler an – und es regnete eiskalt auf Porter nieder.

Er drehte sich zum Vernehmungstisch um, zu den Tagebüchern. Eilig schob er sie zusammen, stapelte sie in die Kiste und drückte den Deckel darauf. Dann kehrte er mit der Kiste unter dem Arm zur Tür zurück und hämmerte erneut dagegen. »Macht die verdammte Tür auf!«

Ein Klicken.

Er legte die Hand an den Knauf, und diesmal ließ er sich bewegen. Im selben Moment, als er die Tür aufzog, rannten drei weitere Leute an ihm vorbei – alle in voller SWAT-Einsatzmontur. Die Wucht, die von ihnen ausstrahlte, nötigte ihn regelrecht zurückzuweichen. Er folgte ihnen mit dem Blick. Die Stahltüren, hinter denen der Zellentrakt lag, standen offen, und als die drei Kollegen vom SWAT sie hinter sich gelassen hatten, konnte er einen Blick auf das Durcheinander dahinter erhaschen. Sämtliche Arrestzellen standen offen. Der Flur wimmelte nur so von Cops und Leuten, die eben noch eingesessen hatten. Einer schlug mit einem Rohr nach einem der SWAT-Männer, erwischte ihn am Arm und …

Die Tür schlug wieder zu, und auf seiner Seite blieb Porter allein zurück.

Um ihn herum goss es in Strömen. Der Fliesenboden stand bereits unter Wasser.

Auch wenn an dem Flur mehrere Vernehmungsräume lagen, wusste Porter aus dem Video, das Poole ihm gezeigt hatte, in welchem Zimmer sich Bishop befand. Als er sich dorthin umdrehte, stand auch dessen Tür offen. Er hielt sich die freie Hand an die Stirn, damit ihm das Wasser aus dem Sprinkler nicht in die Augen lief, und sah den Flur entlang.

Und entdeckte ihn. Keine zwanzig Meter entfernt. Er rannte zwar nicht, marschierte aber zügig vom Vernehmungsraum weg.

»Bishop!«

Anson Bishop drehte sich gerade lange genug um, dass Porter ihn erkennen konnte, und verschwand um die nächste Ecke.

Porter setzte ihm sofort nach. Als ein weiterer SWAT-Kollege ihm entgegengerannt kam, packte er ihn am Arm. »Anson Bishop ist auf dem Weg nach draußen!«

Wenn der Mann ihn über das Getöse hinweg überhaupt gehört hatte, dann legte er keinerlei Reaktion an den Tag. Er befreite sich bloß aus Porters Griff und lief weiter in Richtung der Zellen.

Als Porter das Ende des Flurs erreichte, konnte er Bishop erneut vor sich sehen. Er hatte inzwischen ein gutes Stück Vorsprung und schlüpfte im nächsten Moment ins Treppenhaus. Überall standen Türen offen, als hätte irgendwer sämtliche Türen im gesamten Gebäude per Fernsteuerung entriegelt und entsichert – selbst die Brandschutztüren. Die hätten sich mit Einsetzen des Alarms sofort automatisch schließen müssen.

Als er das Treppenhaus erreichte, stand auch dort alles sperrangelweit offen. Bishop war weder über ihm noch in Richtung Erdgeschoss zu sehen. Leute rannten hinauf und hinunter – die meisten hinunter, dorthin, wo die Notausgänge lagen.

Porter schloss sich ihnen an. Mehrmals wäre ihm fast die Kiste aus den Händen gerutscht, weil Leute ihn anrempelten, von hinten schoben und schubsten. Hier herrschte Panik, auch wenn alle ihr Bestes gaben, sich ruhig zu verhalten.

Im Eingangsbereich im Erdgeschoss drängten sich gut hundert Leute, die alle versuchten, durch die Ausgänge zu fliehen. Es ging im Schneckentempo voran. Porter versuchte, sich vorzudrängeln, schneller voranzukommen, aber es war schlicht unmöglich. Fast zwei volle Minuten verstrichen, ehe er es aus dem Gebäude geschafft hatte.

Bis auf die Knochen nass stürzte er sich hinaus in die arktische Kälte, und es fühlte sich an, als würde er frontal gegen eine Mauer aus Eis rennen. Es schneite. Flocken legten sich auf seine Schultern. Immer noch hielt er die Kiste im Arm.

Im nächsten Moment entdeckte er Bishop, der soeben auf der Beifahrerseite in einen silberfarbenen Lexus stieg. Die Fahrerin drehte sich in Porters Richtung, runzelte kurz die Stirn, dann lächelte sie. Winkte ihm mit ihren geraden, schlanken Fingern zum Abschied zu. Die Frau, die sich ihm als Sarah Werner vorgestellt hatte – Bishops Mutter. Bis Porter am Rinnstein angekommen war, waren sie längst in den Verkehr eingetaucht.

48

Clair

Clair hörte das Brüllen, Schreien, Keifen und das auch sonst in jeder Hinsicht wahnsinnige Getöse schon auf dem Flur, bevor sie es überhaupt bis zur Cafeteria geschafft hatte: wütende Stimmen, die sich gegenseitig zu übertönen versuchten. Männer ebenso wie Frauen und sogar Kinder.

Officer Sutter lief ihr über den Flur entgegen. Die Türen zur Cafeteria, die eben noch offen gestanden hatten, waren derzeit beide geschlossen. »Dieser Barrington – der hat die Leute komplett aufgehetzt!«

Clair spähte durch die Scheibe, hätte aber beim besten Willen nicht sagen können, was dahinter vor sich ging – Arme wurden hierhin und dorthin geschwenkt und von lauten Rufen begleitet. »Was hat er gemacht?«

»Nicht er allein – er hat auch ein paar andere auf seine Seite gezogen. Die zwingen alle, die krank sind, gelbe Kittel anzuziehen und sich in den hinteren Bereich in die Aufenthaltsräume des Personals zu verziehen, damit sie nicht mit dem Rest der Insassen in Berührung kommen.«

»Insassen?« Clair runzelte die Stirn. »Im Sinne von Gefängnisinsassen?«

»So nennt er die Leute, die in der Cafeteria eingesperrt sind. Insassen.«

Clair schlug den Blick nieder. »Wenn Gelb für krank

steht, wofür stehen dann Blau und Grün? Ich sehe da drin drei Arten Kittel.«

»Blau heißt erste Symptome – Gliederschmerzen, Kopfweh … Also allgemeines Unwohlsein, ohne dass die Symptome spezifisch wären. Anscheinend fühlen sich diese Leute nur deshalb krank, weil sie mit anderen Kranken zusammengepfercht sind. Sie bilden es sich bloß ein. Grün bedeutet: keine Symptome.«

»Na, großartig …« Clair versuchte, einen Niesanfall zu unterdrücken. Grün war nicht gerade zahlreich vertreten. Auf der rückwärtigen Seite entdeckte sie Barrington an einem Tisch, auf dem sich Kittel stapelten. Er schien mit einem anderen Mann zu streiten. »Wenn ich in fünf Minuten nicht zurück bin, holen Sie mich raus.«

Sie betrat die Cafeteria, und sowie die Leute sie entdeckten, stürzten sie auf sie zu, schrien sie an, und zwar alle auf einmal, sodass sie kein einziges Wort verstehen konnte. Als sie sich zu Barrington durchgearbeitet hatte, gebot er ihr mit erhobener Hand Einhalt und fuhr fort, auf sein Gegenüber einzureden.

Clair schossen ein gutes Dutzend Methoden durch den Kopf, wie sie den Mann umbringen könnte, ohne auch nur ihre Waffe zu ziehen – vielleicht sogar mit der bloßen Hand. Oder doch zur Waffe greifen? »Haben Sie auch nur eine Ahnung, was für ein Risiko Sie gerade eingehen, indem Sie einer wütenden schwarzen Frau den Mund verbieten?«

Barrington sah sie leicht irritiert an und drehte sich zu dem anderen um. »Moment bitte, Walter.«

Walter – dem Namensschild zufolge Dr. Shanahan – schüttelte den Kopf und marschierte davon.

Als Barrington sich wieder zu Clair umwandte, ergriff sie das Wort, ehe er es tun konnte. »Was zur Hölle machen Sie hier? Sie sollten die Leute beruhigen und nicht irgend so einen ›Wir gegen die anderen‹-*Herr-der-Fliegen*-Bullshit einführen!«

Barrington riss beide Hände hoch. »Ich mache nur, was Maltby mir gesagt hat.«

»Der Typ vom CDC?«

Barrington nickte. »Er hat mich gebeten, die Kranken auszusondern. Sie, wenn irgend möglich, zu isolieren.«

»War nicht geplant, einen Stock höher Zimmer freizuräumen und die Kranken dort unterzubringen? Damit sie aus der Cafeteria rauskommen?«

»Schon passiert, aber die Betten reichen nicht. Sie haben Rollbahren, Decken und so weiter angeschleppt – aber der Platz reicht nicht mehr.«

»Wie viele sind inzwischen krank?«

»Ich habe den Überblick verloren«, gab er unumwunden zu. »Auf jeden Fall viel zu viele.« Er griff hinter sich nach einem in Plastik verpackten gelben Kittel und hielt ihn Clair hin. »Sie müssten den bitte anziehen.«

»Nur über meine Leiche.«

»Sie tragen nicht mal Ihre Maske, dabei haben Sie deutlich sichtbare Symptome! Und damit sind Sie akut Teil des Problems.«

»Ich habe hier das Kommando. Wenn die Leute mich in so einem Kittel sehen, dann geht alles vor die Hunde.«

Barrington schnaubte. »Ja, und Sie machen einen hervorragenden Job. Sehen Sie sich doch um! Sogar Ihre eigenen Leute sind desertiert!«

»Vorsicht, Freundchen!«

»Tut mir leid. Ich bin einfach nur frustriert!« Er machte einen Schritt auf sie zu. »Die Leute wissen, dass Sie krank sind. Haben Sie mal in den Spiegel geguckt? Sie können es nicht mehr verheimlichen – nicht vor einem Raum voller Mediziner! Die sehen Sie hier die Flure auf und ab laufen, wenn Sie nicht gerade in Ihrem kleinen Büro am Ende des

Gangs verschwinden, während alle anderen hier festsitzen und einander ins Gesicht husten. Was glauben Sie denn, was die Leute denken? Ich erzähle Ihnen mal was: Wir sind womöglich keine Stunde mehr davon entfernt, dass diese Leute die Ausgänge oder andere Teile des Krankenhauses stürmen. Je mehr von ihnen Symptome bekommen, umso verzweifelter wird der Rest.«

»Und Sie führen das Ganze an, sehe ich das richtig?«

Er schüttelte den Kopf. »Nein, das meinte ich nicht. Ich bin auf Ihrer Seite – aber wir sind hier inzwischen in der Minderheit. Und diese Minderheit wird minütlich kleiner. Mir gehen so langsam die Mittel aus, um Ruhe und Ordnung aufrechtzuerhalten.« Er drückte ihr das Päckchen in die Hand. »Bitte, ziehen Sie das an. Gehen Sie mit gutem Beispiel voran.«

Clair nahm das Päckchen entgegen. »Gleich. Was unternimmt das CDC in Sachen Behandlung?«

Barrington verzog den Mund. »Es gibt keine Behandlung, nicht so richtig. Kein Medikament, kein Gegenmittel. Sie können im Grunde nur das Immunsystem derer stärken, die infiziert wurden, und das Beste hoffen. Sauerstoff, Nährflüssigkeit, so was hilft natürlich auch. Aber SARS ist ein hoch aggressives Virus. Die Kräftigeren können sich dagegen wehren, die Schwächeren nicht. Letztlich läuft es nur darauf hinaus. Und wenn ich mich hier umsehe, dann hab ich die Wahrheit direkt vor Augen. Noch eine Woche, und ein Gutteil dieser Leute wird nicht mehr unter uns sein.«

»Sie sind ja ein Sonnenschein.«

»Ich bin Realist.«

Clairs Handy klingelte. Es war Jerome Stout, der Chef der Krankenhaus-Security. Sie nahm den Anruf entgegen. »Ja, Norton?«

»Detective, könnten Sie in mein Büro kommen?«

»Bin schon unterwegs.« Sie legte auf und drehte sich

wieder zu Barrington um. »Geben Sie diesen Leuten etwas, woran sie sich festhalten können – machen Sie ihnen Hoffnung.«

Er sah nur auf das Päckchen in ihrer Hand hinab. »Bitte, ziehen Sie das an.«

Sie winkte ab, schob sich das Päckchen unter die Achsel und machte sich auf den Weg zu den Aufzügen. Die finsteren Blicke in ihrem Rücken ignorierte sie.

Als sie den Aufzugknopf drückte, passierte nichts.

Sie drückte noch einmal. Nichts.

Sie drückte noch ein Dutzend Mal, hieb auf den Knopf ein. Dann trat sie gegen die Tür – aber das brachte natürlich nichts.

Sie rief Stout zurück. »Irgendwas stimmt mit den Aufzügen nicht.«

»Wir haben sie im ganzen Erdgeschoss abgestellt. Sie müssten die Treppe nehmen.«

»Und warum, wenn ich fragen darf?«

»Befehl von Maltby vom CDC. Er versucht, so gut es geht, zu verhindern, dass noch mehr Leute auf den Fluren herumirren. Laufen Sie hoch in den ersten Stock. Von dort aus können Sie den Aufzug nehmen.«

»Ganz großartig.«

Clair legte auf, sah sich nach der Tür zum Treppenhaus um und drückte sie mit aller Kraft auf. Dann nahm sie immer zwei Stufen auf einmal. Als sie im ersten Stock angekommen war, war die Tür dort verschlossen.

Für so einen Mist hatte sie jetzt keine Zeit.

Fast eine geschlagene Minute lang hämmerte sie an die Tür; niemand reagierte.

Sie machte sich auf den Weg hinauf zum zweiten Stock. Auch dort war die Tür verschlossen.

Hektisch zückte sie ihr Telefon, sodass es ihr fast aus der Hand fiel.

Kein Netz.

Das durfte doch verdammt noch mal nicht ...

Im nächsten Moment ging das Licht aus.

Der Arm, der von hinten vorschnellte, war behände, kräftig – und kam aus dem Nichts. Sie hatte nicht einmal bemerkt, dass jemand hinter ihr gestanden hatte, ehe sich auch schon eine Nadel in ihren Nacken drillte.

49
Tagebuch

Aus meinem Fenster sah ich, wie Tegan, Kristina und Libby davonfuhren. Welderman und Stocks waren um kurz nach elf da gewesen und wie immer draußen stehen geblieben. Welderman hatte zweimal auf die Hupe gedrückt, und Stocks war ausgestiegen, um zu rauchen. Die beiden hatten vielleicht fünf Minuten gewartet, bis die Mädchen nach draußen gekommen waren und sich auf die Rückbank gesetzt hatten. Libby hatte noch hoch zu meinem Fenster geguckt, und als sie mich dort hatte stehen sehen, hatte sie gelächelt, allerdings sah ich die Angst und Unsicherheit in ihrem Blick.

Sie sah hinreißend aus. Tegan und Kristina hatten sich gleich nach dem Abendessen an ihr zu schaffen gemacht und hinter verschlossenen Türen ein Schönheits- und Verwöhnprogramm für sie veranstaltet. Ich hatte Gekicher und nervöses Lachen gehört, geflüsterte Fragen und Antworten, die noch leiser gewispert wurden. Sie hatten sie in ein eng anliegendes, glänzend schwarzes Etwas gekleidet, das ihr an dünnen Trägerchen von den Schultern hing und vielleicht bis zur Mitte des Oberschenkels reichte. Außerdem trug sie hohe Schuhe, und an der Art und Weise, wie sie aus dem Haus zum Auto stakste, konnte ich ihr ansehen, dass das neu für sie war. Sie hielt sich fast den kompletten Weg an Kristinas Schulter fest, und jedes Mal, wenn sie ins Straucheln geriet, kicherte sie nervös. Sie hatten sie sogar

geschminkt, und nicht nur im Gesicht: Sämtliche verblas-
senden blauen Flecken waren überschminkt worden – mit
einer dünnen Schicht Puder, Creme oder was auch immer.
Sie hatten ihr das Haar an einer Seite festgesteckt, wäh-
rend es ihr auf der anderen Seite locker über die Schulter
fiel.

Tegan und Kristina hatten ebenfalls echt schöne Kleider
an, die ich zuvor nie an ihnen gesehen hatte. Doch wäh-
rend Kristina neben Libby herlief, um sie zu stützen, ließ
Tegan sich ein Stück zurückfallen, behielt die anderen bei-
den im Blick, und unwillkürlich fiel mir wieder ein, wie sie
Libby und mich am Vorabend angestarrt hatte, als wir uns
an den Händen gehalten hatten.

Einen Moment später war der Wagen mit den drei Mäd-
chen verschwunden. Der Kloß in meinem Hals schwoll
schlagartig an, sobald die Rückleuchten nicht mehr zu
sehen waren.

»Die Lämmer werden zur Schlachtbank geführt«, sagte
Paul leise. Er saß auf seinem Bett. In den vergangenen
Tagen hatte er kaum den Mund aufgemacht. Ich wollte den
alten Paul zurück. Als wir aus der Scheune zurückgekehrt
waren, hatte ich ihm von dem Pick-up erzählt und dass
Vincent vorhatte, ihn zu reparieren. Dass die Mädchen ver-
sprochen hatten, Geld zu beschaffen. Nichts von alledem
hatte seine Laune aufgehellt.

»Ich glaub, Tegan steht auf dich«, sagte ich, weil ich
nicht wusste, was ich sonst hätte sagen sollen.

Paul schnaubte. »Sie steht nicht auf mich. Sie steht auf
dich. Und Libby auch. Kristina ist mit Vincent zusammen.
Verdammt, sogar Wiesel und Kid hätten einander, wenn die
sich später mal in so eine Richtung entwickeln sollten. Und
wie immer stehe ich allein da. Der kleine Paul, mal wieder
mutterseelenallein. Vielleicht versuch ich's mal bei der
Finicky. Die ist doch gar nicht übel. Ich hätte gegen eine

Mrs.-Robinson-Nummer nichts einzuwenden. Zumindest hat sie ein Haus – alles da, um eine ordentliche Sugar Mommy zu sein. Everyone needs a little lovin' ...«

»Darf ich deine Zeichnung sehen?«

Er schien kurz darüber nachzudenken und drehte dann seinen Zeichenblock so herum, dass ich einen Blick darauf werfen konnte. Es war Tegan. Sie war nackt und lächelte mir verführerisch entgegen. Er hatte sie an ein Seil gehängt, das von der Decke baumelte, und ihre Fußspitzen tänzelten gefährlich nahe über einem Abgrund, der aussah wie ein großer Fleischwolf. Um ein Haar hätte ich zu ihm gesagt, dass die Brüste verkehrt aussähen, dass echte Nippel kleiner seien, als er sie gemalt hatte, aber ich war mir dann doch ziemlich sicher, dass ihn das auch nicht aufheitern würde.

»Ich hab's Menschenfresserfresser genannt.«

»Das ist ... ah.« Mir schoss das Blut ins Gesicht.

Er schien es als Kompliment aufzufassen. »Soll ich Libby für dich zeichnen?«

»Äh ... So?«

Er schlug ein frisches Blatt Zeichenpapier auf. »Nein, nicht so. Netter. Geschmackvoll. Aber nackt. Muss nackt sein.«

Ich dachte kurz darüber nach und schüttelte den Kopf. »Nein danke.«

»Nein danke«, wiederholte er gekünstelt. Dann legte er los, und keine Minute später konnte ich die ersten Andeutungen von Libby erkennen: nackt auf einem Bett in zerwühlten Laken, einen Finger an die Lippen gelegt, die andere Hand ...

Ich streckte mich nach dem Block aus, riss die Seite heraus und zerknüllte sie. »Ich hab Nein gesagt!«

Paul hob abwehrend die Hände. »Sorry, Kumpel. Hab doch nur Spaß gemacht. War ein Scherz, tut doch keinem weh!« Er blätterte zurück zu seiner Zeichnung von Tegan, nahm den Bleistift wieder zur Hand, und ich wandte mich zur Tür.

»Wenn du damit jetzt deinen kleinen Bishop bearbeiten willst, Bishop, dann könnte ich es für dich erst noch bunt ausmalen.«

»Ich bringe das raus und verbrenne es.«

»Die Unterdrückung von künstlerischer Freiheit ist in mehreren europäischen Ländern ein Verbrechen, auf das die Todesstrafe steht.«

Anschließend sagte er noch etwas anders, aber das hörte ich schon nicht mehr, weil ich da bereits auf halber Treppe stand. Ich hätte längst unten sein können, hätte ich nicht mein Foto zwischen den Bildern der anderen entdeckt. Das hatte zuvor noch nicht dort gehangen. Es war eins der Bilder, die Paul geschossen hatte, unten im Gemeinschaftszimmer. Ich hatte ein schiefes Lächeln im Gesicht und lehnte mit dem Rücken an der Zimmerwand. Ich wollte mir einreden, dass ich selbstbewusst aussähe, aber insgeheim war mir klar, dass ich ungelenk und unsicher wirkte. Nicht gerade das beste Bild, das von mir existierte. Allerdings womöglich auch nicht das schlechteste.

Das Bild hing leicht schief, und als ich versuchte, es gerade zu rücken, fiel es von der Wand. Zum Glück war das Glas nicht gesplittert. Ich wollte es schon wieder zurückhängen, als mir ein dünner Papierstreifen auffiel, der auf der Rückseite aufgeklebt worden war und auf dem stand: 124. WM15. 1,4k.

Ich nahm ein paar andere Bilder von der Wand und fand auf der jeweiligen Rückseite ähnliche Notizen.

»Was treibst du da?«

Ich hatte sie gar nicht kommen hören. Mit einem Drink in der einen und einem zerlesenen Taschenbuch in der anderen Hand war Miss Finicky hinter mir aufgetaucht.

»Ich hab nur...«

»Häng die wieder hin. Alle! Du bist Gast in meinem Haus, und ich erwarte von dir, dass du meinen Besitz respektierst.«

»Ja, Ma'am.«

»Außerdem ist es schon spät. Du solltest längst im Bett liegen. Du brauchst deinen Schlaf.« Sie nahm einen Schluck von ihrem Drink. Der schien nicht von schlechten Eltern zu sein. Was immer es war – ich konnte ihn riechen. »Morgen gehst du mit den Detectives mit, und da will ich keine Klagen zu deinem Benehmen hören.«

Mir rutschte das Herz in die Hose. Aber ich sagte nichts.

50

Poole

»Das Sweatshirt haben Sie gesehen, oder? Auf diesem Foto?«

»Charleston Riverdogs«, murmelte Nash. »In Charleston hat Porter seine ersten Dienstjahre verbracht.«

Sie saßen wieder in dem schwarzen Escalade. Bis zur Metro waren es nur noch ein paar Minuten.

Poole rieb sich übers Kinn. »Diese Kiste, die Sie und Clair in Bishops Wohnung gefunden haben … Mein erster Gedanke war damals, dass es da um Trafficking, also um Menschenhandel, gegangen sein könnte. Einzelne Inventarposten, Fotos – es war alles da.«

»Das Gleiche dachten wir auch. Allerdings hat Kloz jedes einzelne Dokument aus der Kiste eingescannt und die Fotos mit Einträgen aus der Vermisstendatei abgeglichen. Nicht eine einzige Übereinstimmung. Und mit der Inventarliste sind wir auch nicht weitergekommen. Das war einfach zu undurchsichtig.«

»Wir dürften es hier mit einem von zwei möglichen Szenarien zu tun haben …« Poole schien jetzt laut nachzudenken. »Zum einen stehen die Opfer – und damit meine ich auch den Bürgermeister – miteinander in Verbindung. Wenn man Bishop glauben …«

»Dem glaub ich kein Wort!«

Poole brachte ihn mit einem einzigen Blick zum Schweigen. »*Wenn man Bishop glauben will*, dann steckt Porter hinter der ganzen Sache und versucht, etwas zu vertuschen, was in grauer Vorzeit in Charleston passiert ist. ›Sie war dabei, sie hat gesehen, was ich getan habe, also muss sie weg.‹ Laut Bishop hat Porter das gesagt, unmittelbar bevor er im Guyon diese Frau erschossen hat.« Noch ehe Nash Einspruch einlegen konnte, fuhr er fort: »Ich weiß, schon kapiert. *Sofern* Porter diese Frau erschossen hat. Ich bin selbst auch noch nicht an dem Punkt angelangt, an dem ich das für voll nehme. Ich versuche einfach, offen zu bleiben.«

»Okay, spielen wir das Ganze doch einmal durch«, sagte Nash. »Sofern *Sam* die Wahrheit sagt und Bishop hinter alledem steckt, hieße das, Bishop versucht, uns auf etwas hinzuweisen, was in Charleston passiert ist – und was mit den Kindern von den Fotos zusammenhängt. Ich bezweifle doch stark, dass er all diese Leute umgebracht hat, um etwas zu vertuschen – eher doch, um Rache zu üben. Wir wissen, dass Talbot gut mit dem Bürgermeister befreundet war. Auch da könnte ein Zusammenhang bestehen.«

»Und keiner der beiden kann ein Einzeltäter sein«, warf Poole ein. »Darauf können wir uns einigen, oder?«

Nash nickte. »Es wäre für einen allein schlichtweg zu viel – und es ging ja auch immer weiter, selbst als beide hinter Schloss und Riegel saßen. Ich persönlich tippe auf Weidner. Oder vielleicht diese Frau, die laut Sam bei Bishop im Guyon war – Werner. Oder sogar alle beide ... Keine Ahnung.«

Nachdenklich starrte Poole aus dem Fenster. »Dieses Virus ...«

»Ja?«

»Die Sache fühlt sich verkehrt an. 4MK ist bislang immer ganz nah an den Opfern dran gewesen, seine Taten waren persönlich – Augen, Ohren, Zunge … Dass er das Virus gestohlen haben soll und jetzt so einsetzt, wie er es angeblich tut – das ist doch das Gegenteil von persönlich? Er wüsste doch gar nicht, wen er damit treffen würde? Willkürliche Opfer …«

»Eine Sache hat es ihm eingebracht«, ging Nash dazwischen. »Es hat Upchurch genau die Behandlung verschafft, die er haben wollte. Dieser Spezialist wurde eingeflogen.«

»Schon richtig … Trotzdem fühlt es sich … schräg an. Wissen Sie noch, was ich in der Einsatzzentrale gesagt habe – das Hintergrundrauschen?«

»Sie meinten, wir müssten das Hintergrundrauschen herausfiltern. Dass das zum Ablenkungsmanöver dazugehört.«

»Wenn Sie mich fragen, ist das Virus Hintergrundrauschen.«

»Könnte natürlich sein.«

Beide schwiegen für einen Moment. Dann fragte Poole: »Sofern Bishop die Wahrheit sagt und Porter hinter allem steckt – inwieweit würde das Virus Porter nützen?«

»Ich weigere mich, darüber auch nur nachzudenken.«

»Sie sagten gerade, Sie würden es mit mir durchspielen.«

Nash nieste dreimal und wischte sich mit dem Ärmel über die Nase. »Sorry. Bloß eine Erkältung, Ehrenwort.« Dann nieste er wieder, beugte sich vor und hielt die Hand zur Warnung hoch. Er sah aus, als hielte er die Luft an, um die Attacke niederzuringen. Als der Reiz schließlich nachließ, richtete er sich wieder auf. Seine Augen waren rot und geschwollen. »Sam hat null Komma gar keinen Grund, ein Virus in die Welt zu setzen oder den Ersthelfern Schaden zufügen zu wollen. Erst recht nachdem er wusste, dass die Ersten am Tatort Clair und ich sein würden.«

Poole ging nicht darauf ein. Zumindest nicht gleich. Was er jetzt sagen wollte, musste er äußerst umsichtig formulieren. »Da ist etwas, was ich Ihnen noch nicht gesagt habe. Ich musste erst darüber nachdenken, wie ich es rüberbringen soll. Aber Sie müssen es erfahren, weil es wichtig ist. Nachdem ich heute Morgen mit Porter gesprochen hatte, habe ich Infos zu seinem früheren Partner aus Charleston angefordert. Ich bin davon ausgegangen, dass Bishop gelogen hatte, aber ich wollte zumindest nichts unversucht lassen. Wenn damals in Charleston irgendetwas mit Porter passiert war, dann wollte ich wissen, worum es sich handelte.« Er hielt für einen Moment inne, sah aus dem Fenster und wandte sich dann wieder zu Nash um. »Ich habe erfahren, dass Derrick Hillburn sich vor sechs Jahren in seinem Keller erhängt hat. Ich habe noch nicht alle Details, aber obwohl es nach Selbstmord aussah, haben die dortigen Behörden es erst mal wie einen verdächtigen Todesfall behandelt. Anscheinend gab es einen Abschiedsbrief, einen ziemlich kurzen – nur soll die Handschrift nicht die von Hillburn gewesen sein. Und das hat natürlich Verdacht erregt.«

»Was stand denn drin?«

Poole leckte sich über die Lippen. »*Vater, vergib mir.*«

Nash sackte leicht nach hinten, als wollte er in seinem Sitzpolster verschwinden.

Poole hätte lieber nicht weitergesprochen, aber er hatte das Gefühl, er durfte es Nash nicht verschweigen. »Wenn Porter Sie, Clair oder einen der anderen am Tatort hätte umbringen wollen, wäre das Virus die perfekte Waffe. Und dies alles Bishop in die Schuhe zu schieben, wäre doch das Schleifchen, mit dem er alles verschnürt hätte. Wenn er etwas vertuschen will, irgendwas Großes, dann kann er womöglich auch nicht riskieren, dass irgendein potenzieller Zeuge übrig bleibt.«

»Und was sollte das sein – irgendwas Großes?«

»Um ihn herum sind eine Menge Leute gestorben.«

Nash schnaubte. »Er ist Mordermittler. Das ist doch, als würden Sie sagen, dass um einen Gebrauchtwagenhändler eine Menge alter Autos herumstehen.«

»Hillburn ist vor sechs Jahren unter mehr oder weniger ungeklärten Umständen ums Leben gekommen. Das war, unmittelbar bevor das erste 4MK-Opfer aufgetaucht ist.«

»Reiner Zuf...«

»Sie wissen, dass ich nicht an Zufälle glaube.«

»Sam ebenso wenig. Und er würde Clair und mir niemals absichtlich etwas zuleide tun. Nie im Leben.«

»Ich hab vor etwa acht Jahren einen Fall bearbeitet«, sagte Poole. »Ein Cop in Cincinnati, ein gewisser Ben Preece. Der Typ war fast fünfzehn Jahre im Dienst gewesen, hatte mehr Auszeichnungen als der Rest seiner Abteilung zusammen. Er hätte es locker zum Captain schaffen können, blieb aber lieber bei der Sitte – dort sei er besser aufgehoben, wie er selbst sagte. Irgendwann ging bei der Internen eine Meldung aus der Drogenfahndung ein: Preece sei um drei Uhr morgens an irgendeiner dubiosen Ecke in der Stadt beobachtet worden. Dort habe er auf denselben Dealer gewartet, auf den es auch die Drogenfahndung abgesehen hatte. Nun gab es keinerlei Grund für jemanden aus der Sitte, sich dort herumzutreiben, erst recht nicht zu dieser Uhrzeit. Sie blieben auf Abstand, schossen allerdings ein paar Fotos, die sie an die Interne Ermittlung weitergaben. Eine Woche später tauchte die Leiche des Dealers auf – Überdosis Heroin. Die Interne – weil sie nun mal ist, wie sie ist –, verwanzte Preeces Wagen, Preeces Privatfahrzeug. Bekam die Erlaubnis, das Handy zu überwachen. Und stellte etwas Erstaunliches fest: An drei, vier Abenden in der Woche verließ Preece seine Wohnung, ließ aber sein Handy zu Hause – die GPS-Daten des Handys stimmten zumindest nicht mit denen seines Wagens überein. Sie fingen an, ihn zu verfolgen, beobachteten ihn dabei, wie er

Leute beschattete – die nichts mit seiner Arbeit zu tun hatten. Leute wie diesen Dealer. Die Interne zog das Netz enger, klinkte sich auf seinen Arbeitscomputer und auf den Rechner zu Hause ein. Wie sich herausstellte, hatte sein Bürocomputer ein paar Jahre zuvor einem Kollegen aus der Drogenfahndung gehört, und als Preece den Rechner übernehmen sollte, hatte die IT die Festplatte nicht bereinigt, wie es laut Protokoll hätte geschehen müssen. Sie hatte einfach einen zweiten Account eingerichtet. So etwas merkt man nicht gleich, es sei denn, man sucht ganz gezielt danach. Aber anscheinend wusste Preece genau, wonach er suchen musste. Der vorige User hatte ein Programm namens PassVault benutzt, um Passwörter zu archivieren, und als Preece sich unter dessen Usernamen auf dem Computer einloggte, bekam er Zugang zu sämtlichen Daten – unter anderem zu einer speziellen Datenbank, die bei der Drogenfahndung benutzt wird. Sie checkten die Logs – und siehe da: Preeces Informationen stammten genau dorther. Auf diese Weise konnten sie ihn mit sechs weiteren Todesfällen in Verbindung bringen, die bis zu drei Jahre zurücklagen. Seine Privatmission dauerte also schon eine ganze Weile. Die Interne ließ ihn gewähren, blieb ihm aber dicht auf den Fersen, während sie gleichzeitig Beweise zusammentrug. Sie stieß auf zwei weitere Todesfälle – einen in Indiana, einen anderen in West Virginia –, und an diesem Punkt zog sie mich zu der Sache hinzu. Ich habe ihm drei weitere Morde nachweisen können – allesamt Cops. *Korrupte* Cops, wie sich herausstellte. Aber korrupt oder nicht korrupt – er hatte sie *ermordet*, und wir konnten es nachweisen. Er hatte versucht, seine Spuren zu verwischen, aber man hinterlässt immer irgendeine Spur. Als wir ihn zu guter Letzt konfrontiert haben, konnten wir ihn mit vierzehn unnatürlichen Toden in Verbindung bringen – bei drei weiteren fehlten die letzten Beweise. Er hat alles zugegeben, fragte nicht mal nach einem Rechtsbeistand. Alles ohne Daumenschrauben – einfach so. Er war regelrecht erleichtert. Preece behauptete, er habe aufhören wollen, es aber nicht geschafft. Er meinte, jetzt könne er endlich wieder schlafen. Dann erzählte er uns von seinem Partner.«

»Was war mit seinem Partner?«

»Sein Partner hatte es wohl schon ein Jahr zuvor herausgefunden, er war zuckerkrank gewesen, und Preece gestand, dass er eine der Insulinampullen gegen Kochsalzlösung ausgetauscht hatte. Jetzt da die Wahrheit ohnehin ans Licht gekommen sei, hätte sein Partner nicht sterben müssen.«

Ohne ihn anzusehen, erwiderte Nash: »Sam würde mir nie etwas antun, Clair auch nicht und auch sonst niemandem! Sie sind auf dem Holzweg.«

»Preeces Partner war sein Cousin gewesen – sie waren sogar miteinander verwandt«, gab Poole zurück. »Wer wir in der Öffentlichkeit sind, entspricht nicht immer dem, was wir hinter verschlossenen Türen sind. Leute, die auf diese Weise Selbstjustiz üben, sind oftmals frustriert vom System. Jedes einzelne 4MK-Opfer konnte mit kriminellen Machenschaften in Verbindung gebracht werden. Das dürfen wir nicht außer Acht lassen. Also, wer hätte das stärkere Motiv gehabt? Ein Junge, der in die Mühlen des Pflegesystems geraten war – oder ein Detective, der im Lauf seiner Karriere so und so viele Täter als freie Menschen aus dem Gericht hat spazieren sehen?«

Nash schloss die Augen und lehnte sich zurück. »Charleston ...«

»Was?«

»Ob Sie nun Bishop oder Sam glauben wollen – beide verweisen nach Charleston«, erklärte Nash. »Sie haben mich gebeten, objektiv zu bleiben. Also bin ich jetzt objektiv. Bishop verweist uns nach Charleston, und bei Sam könnte etwas dort vergraben sein, was er uns nicht erzählen will. Ich wäre bereit, dort nachzuforschen.«

Er nahm sein Handy heraus und wählte Clairs Nummer. Der Anruf landete direkt auf der Mailbox. Er legte auf und begann, eine Nachricht zu tippen.

»Was machen Sie denn?«

Ohne aufzublicken, antwortete Nash: »Ich sag Clair und Kloz Bescheid, dass sie die Opfer aus dem Krankenhaus auf Verbindungen nach Charleston überprüfen sollen.«

»Nichts über den Bürgermeister«, trug Poole ihm auf. »Nicht bevor wir das Ganze durchschaut haben.«

Nash antwortete nicht. Er schrieb seine Nachricht fertig, klickte auf Senden und schob das Handy zurück in die Tasche.

Der Fahrer trat ein bisschen zu heftig auf die Bremse, und das Heck des Escalade brach leicht nach links aus, schlitterte dann aber zurück nach rechts, als er die Kontrolle über sein Fahrzeug wiedererlangte. Sowohl Nash als auch Poole starrten hinaus. Es war kein Fahrfehler gewesen. Vor ihnen war der Verkehr abrupt zum Stillstand gekommen, überall flammten Bremslichter auf, die Fahrer versuchten, auf der verschneiten Straße Auffahrunfälle zu verhindern.

»Sorry«, murmelte ihr Fahrer. »Bei den Temperaturen greift das Salz nicht mehr. Ab minus fünfzehn taut es das Eis nicht mehr auf.«

Nash musste erneut niesen. »Wie kalt ist es genau?«

»Minus sechzehn. Wenn man den Wind mit einkalkuliert, minus dreiundzwanzig.«

Poole starrte durch die Windschutzscheibe. Auf der Michigan Avenue ging nichts mehr voran. »Können Sie sehen, was da vorne los ist?«

Ohne die Hände vom Steuer zu nehmen, wies der Fahrer mit dem Zeigefinger nach vorn. »Menschenansammlung direkt vor der Metro. Vielleicht eine Brandschutzübung?«

Nashs Handy vermeldete eine Nachricht. Er angelte es aus seiner Tasche und starrte aufs Display.

»Was?«

Keine Antwort.

»Nash?«

»Ich hab gerade eine Nachricht von einer unterdrückten Nummer bekommen.«

»Und was steht drin?«

»›Sie können mich nicht beschützen. Keiner von Ihnen. Er wird nicht aufhören, ehe wir alle tot sind.‹« Nash hielt kurz inne. »Die Nachricht ist mit AB unterzeichnet.«

51

Porter

Porters Zähne klapperten, und er konnte nichts dagegen tun. Er machte ein paar Hampelmänner, lief im Kreis, setzte sich auf die Parkbank und schob die Hände unter die Oberschenkel. Nichts davon half.

Vor dem Metro-Gebäude hatte er tatsächlich ein Taxi anhalten können; trotzdem hatten sie den Lexus im dichten Verkehr aus den Augen verloren. In Filmen, wenn jemand dem Taxifahrer zuschrie: »Verfolgen Sie diesen Wagen!«, klappte das immer – aber im echten Leben hatte es sich nicht bloß vollkommen albern angehört, als er es gesagt hatte. Der Fahrer hatte überdies auf die zig hundert Fahrzeuge vor ihnen auf der Michigan geglotzt und gefragt: »Welchen Wagen?« Bis Porter den silberfarbenen Lexus beschrieben hatte, war er bereits verschwunden – und mit ihm Bishop und dessen Mutter.

Er hatte dem Fahrer zweihundert Dollar in triefnassen Scheinen für dessen Mantel und noch mal einhundert für dessen Handy bezahlt und sich kurzerhand zum A. Montgomery Ward Park in River North fahren lassen – die teuerste Taxifahrt in seinem Leben. Als Porter sich den Mantel über seine nassen Klamotten streifte und dem Fahrer mitteilte, er könne ihn dort am Spielplatz rauslassen, hatte der ihn angesehen, als wäre Porter nicht ganz bei Trost.

Das war jetzt zwanzig Minuten her, und allmählich war Porter so weit, es ganz ähnlich zu sehen. Bei Temperaturen im zweistelligen Minusbereich begannen seine nassen Klamotten zu vereisen. Unter dem Mantel kämpfte sein Körper wacker, aber letztlich vergebens gegen die Feuchtigkeit an. Für einen Hut hätte er alles gegeben, weil das Einzige, was noch schlimmer war, als mitten im Winter in nassen Sachen draußen herumzustehen, war: mitten im Winter in nassen Sachen und mit nassen Haaren herumzustehen.

Porter kam wieder auf die Füße, drehte eine weitere Runde um die Parkbank und blies seinen Atem in die gefalteten Hände. Jede Faser an seinem Leib zitterte, bibberte und revoltierte.

Als hinter ihm auf der Straße ein Wagen hupte, brauchte sein Gehirn einen kurzen Moment, bis es verstanden hatte, was für ein Geräusch das gewesen war. Er schob es auf die Unterkühlung. Er wandte sich um, lief auf den SUV zu, ehe ihm dämmerte, dass er die Kiste mit Bishops Tagebüchern auf der Bank hatte stehen lassen, machte kehrt, um die Kiste zu holen, so schnell es auf dem rutschigen Boden ging, und wankte dann erneut durch den eisigen Wind auf das wartende Fahrzeug zu.

Auf dem Beifahrersitz saß niemand, trotzdem schob er sich auf die Rückbank und war erleichtert darüber, dass der Wagen getönte Scheiben hatte. Wärme umhüllte ihn wie eine schwere Decke. Als er etwas sagen wollte, gehorchte ihm seine Zunge nicht. »Alo, Mree.«

Emory Connors drehte sich auf dem Fahrersitz nach hinten um und starrte ihn mit offenem Mund an. »Oh Gott, Sam! Wussten Sie nicht, wie kalt es ist? Sie sind ja klatschnass! Sie hätten da draußen sterben können!« Aus dem Fußraum vor dem Beifahrersitz zog sie einen schwarzen Rucksack und reichte ihn nach hinten durch. »Sie müssen aus den nassen Klamotten raus! Ich hab ein paar von Arthurs alten Sachen eingepackt – Socken, Unterwäsche, ein paar Hosen und Hemden. Die hätte ich eigentlich zu Goodwill oder so bringen wollen, aber … Egal, nehmen Sie einfach … Ziehen Sie sich dahinten um. Ich guck auch weg. Nicht dass Sie sich noch den Tod holen!«

Sittsamkeit war nun wirklich das Letzte, was Porter Kopfzerbrechen bereitete. Er streifte seine nassen Sachen ab, warf sie in den Fußraum und zog die Kleidung über, die Emory aus dem Schrank ihres ermordeten Vaters in ihrer Wohnung geklaubt hatte. Er riskierte einen Blick in den Rückspiegel. Emory hielt Wort und hatte die Augen zugekniffen. Die Knöchel beider Hände am Steuer waren weiß, weil sie sich derart verkrampft daran festhielt.

»Du hast dir die Haare abgeschnitten«, sagte er und knöpfte sich das Hemd zu. »Sieht gut aus.« Seine Kehle fühlte sich immer noch wund an, aber seine Stimme war wieder da.

Mit geschlossenen Augen fasste sie sich an die Spitzen ihres braunen Haares, das sich ein Stück über den Schultern lockte. »Ich brauchte eine Veränderung. Kann ich die Augen wieder aufmachen?«

Porter fädelte einen schwarzen Ledergürtel durch die Schlaufen der geliehenen Hose. »Klar.« Dann nickte er in Richtung Radio. »Was sagen sie in den Nachrichten?«

Emory legte den Gang ein und manövrierte den SUV auf die Kingsbury in Richtung I-90. »Nichts über die Metro, zumindest noch nicht. Aber sie schalten allesamt ständig zwischen dem Stroger Hospital und Ihrem Partner hin und her, der Bishop zusammengetreten hat.«

»Nash hat Bishop zusammengetreten?« Das hatte er noch gar nicht mitbekommen.

Sie erzählte ihm, dass Bishop verhaftet worden sei und live auf Sendung noch während der Festnahme behauptet habe, Porter und Nash stünden – als Cops! – beide auf der falschen Seite des Gesetzes.

Während Emory souverän von der I-90 auf die I-55 wechselte, ging es endlich ein bisschen schneller voran.

»Ich wusste gar nicht, dass du schon den Führerschein hast.«

Emory errötete. »Bloß den Lernführerschein … Arthur hat vergangenes Jahr darauf bestanden, dass ich Fahrstunden nehme. Ein paar Stunden hatte ich auch. Dann haben mich die Bodyguards mit auf die Rennstrecke in Woodstock genommen. Das hat echt Spaß gemacht. Sie haben mir alle möglichen Sachen beigebracht – Überholen und Ausbremsen oder Rammen eines anderen Wagens, Risikoanalyse, Lastwechselreaktion …«

»Alles, was ein Teenager beherrschen sollte.«

»Ganz genau.«

»Ich hoffe, irgendwer hat auch Rückwärts-Einparken in deinen Stundenplan mit aufgenommen – damit hatte zumindest ich immer die meisten Probleme.« Porter zog ein Paar schwarzer Lederschuhe aus dem Rucksack – John Lobbs, Talbots Lieblingsmarke. Schuhgröße 45. Er selbst trug 44 oder 44,5, insofern würde es irgendwie gehen. Als er fertig war, blickte er erneut zu ihr auf. »Hast du den Rest auch organisieren können?«

Sie sah ihn im Rückspiegel besorgt an. »Und Sie sind sich ganz sicher?«

Er nickte.

Sie beugte sich hinüber zum Handschuhfach, zog es auf und holte zwei Papiertüten heraus, die sie Porter nach hinten reichte.

In der ersten Tüte steckte ein Bündel Zwanzig-Dollar-Scheine. Insgesamt viertausend Dollar.

In der zweiten steckten eine .38er, ein ledernes Gürtelholster und eine Schachtel Munition.

»Nichts davon ist registriert«, erklärte sie. »Arthur hat die Waffe im Safe aufbewahrt. Die hat nicht mal eine Seriennummer.«

Er drehte den Revolver hin und her und studierte die Unterseite. Emory hatte recht. Sofern die Nummer abgefeilt worden war, hatte jemand einen Topjob gemacht – es waren keinerlei Werkzeugspuren zu sehen. Es sah ganz danach aus, als wäre der Revolver vollends ohne Seriennummer vom Band gelaufen.

Porter schob die Waffe ins Holster und befestigte es an seinem Gürtel. Patronen und Geld warf er in den Rucksack und packte anschließend auch Bishops Tagebücher aus der nassen Kiste hinein.

Von der I-55 South nahm Emory die Ausfahrt 286 und folgte den Schildern in Richtung Midway Airport. Als die ersten Schilder mit 30er-Tempolimit vor ihnen auftauchten, hielt sie sich links und bog in eine schmale Ausfahrt zu den Privathangars ab. Am Wachhäuschen hielt sie nicht einmal an. Der Sicherheitsmann lehnte sich bloß aus dem Fenster und winkte sie durch. An mehreren Gebäudekomplexen vorbei steuerte sie zu guter Letzt Hangar 289 an, fuhr durch das offene Tor und parkte neben einem schimmernd weißen Jet, auf dessen Leitwerk *Talbot Enterprises* geschrieben stand.

»Das war Arthurs Lieblingsflieger«, erklärte Emory. »Eine Bombardier Global 5000, protzig und schnell. Er hat noch ein paar andere hier in Chicago stehen, aber ich persönlich nehme am liebsten diesen hier.«

Porter versuchte, sich in eine Welt hineinzuversetzen, in der ein einzelner Mensch gleich mehrere Privatjets zu seiner Verfügung hatte – sei es als Erwachsener oder als Teenager. Doch diese Welt war so weit von seiner Kleine-Wohnung-plus-Pkw-Welt entfernt, dass es ihm nicht gelingen wollte. Wie dieses Mädchen überhaupt noch mit beiden

Beinen auf dem Boden der Tatsachen stehen konnte, war ihm ein Rätsel.

»Ich lasse Ihnen das Auto hier«, fuhr Emory fort. »Der GPS-Tracker ist abgeschaltet. Die Kennzeichen laufen auf eine von Arthurs Briefkastenfirmen. Da schaut keiner nach – und selbst wenn, wird dort niemand fündig.«

»Und wie kommst du wieder heim?«

Sie nickte in Richtung des Hangartors. »Meine Security ist uns nachgefahren.«

Als Porter durchs Heckfenster schaute, war hinter ihnen ein zweiter SUV stehen geblieben. Aus dem Auspuff stieg eine Abgaswolke auf. Drinnen saßen mindestens zwei Personen.

»Die haben Sie nicht gesehen und wissen nicht, wen ich am Park abgeholt habe. Ich hab ihnen gesagt, sie sollen zwei Minuten später kommen.« Emory drehte sich wieder zu dem Jet um. »Der Flieger ist betankt. Das Personal hat die Anweisung, Sie dorthinzubringen, wo immer Sie hinmöchten. Ihr Name taucht nicht in den Papieren auf, und der Flugplan wird erst unmittelbar vor Take-off rausgegeben. Ich hab mir gedacht, besser sagen Sie ihnen selbst, wo Sie hinwollen, statt dass ich das mache. Wenn mich jemand befragen sollte, kann ich entsprechend ehrlich antworten, dass ich keine Ahnung habe. Sobald die Besatzung den Zielort hat, organisiert man dort einen weiteren Wagen, der auf Sie wartet und genau wie dieser hier nicht getrackt werden kann.« Sie biss sich spielerisch auf die Lippe. »Anscheinend gibt es für so etwas einen Extraservice – wer hätte das gedacht?«

»Den hat sicher Arthur ins Leben gerufen.«

»Glaub ich auch, ja«, pflichtete sie ihm bei. »Wo immer Sie runterkommen, wartet schon jemand auf Sie. Und wenn Sie noch irgendwo anders hinmüssen, bringen die Sie dorthin.« Sie hielt inne und rang um die richtigen

Worte. »Ich ... Ich hab meinen Anwalt angerufen, gleich nachdem Sie mich angerufen hatten, nur um sicherzustellen, was ich für Sie tun darf und was nicht. Ich hoffe, das ist für Sie okay.«

Porter hatte dafür Verständnis. »Ich bin dir sehr dankbar.«

»Nachdem Ihnen derzeit nichts vorgeworfen wird«, fuhr Emory fort, »breche ich hiermit wohl kein Gesetz – aber sobald Anklage erhoben würde, meinte er, könnte ich bis zu vier Stunden abwarten, ehe ich die Behörden informieren und ihnen alles erzählen müsste. Vier Stunden wären dem Anwalt zufolge ein ›akzeptables Zeitfenster‹.« Sie malte mit den Fingern Anführungszeichen in die Luft. »Insofern ... Wenn gegen Sie Anklage erhoben würde, müsste ich preisgeben, dass Sie einen meiner Jets genommen haben. Und dann sag ich die Wahrheit – dass ich nicht weiß, wo Sie hin sind. Ab da läuft die Uhr. Ich weiß nicht, ob die Fahrzeuge in dem Fall noch sicher sind. Vielleicht sollten Sie dann überlegen, was immer meine Leute Ihnen hinstellen, zu übergehen und sich ein anderes Fahrzeug zu nehmen, um Zeit zu gewinnen ... Sie wissen schon. *Sollte* es so weit kommen.«

Bei dem letzten Satz schien sie fast beschämt zu sein. Sie drehte sich weg.

Porter ließ sich auf dem Rücksitz zurücksinken und erlaubte sich noch einen kurzen Moment, um tief durchzuatmen und dieses fantastische Mädchen auf dem Fahrersitz anzusehen. »Ich stehe für all das tief in deiner Schuld, Emory. Du bist wahrscheinlich die stärkste Person, die ich je kennengelernt habe.«

Sie lächelte zurück. »Sie könnten gar nie in meiner Schuld stehen. Heute nicht und auch in Zukunft nicht.«

Er verstand besser als jeder andere, was sie für Opfer hatte erbringen und was sie hatte erleiden müssen.

Er sah ihr nach, als sie aus dem SUV stieg und hinüber zu dem am Tor wartenden Wagen lief. Sobald der abgefahren war, schnappte er sich den Rucksack, marschierte auf die Gangway zu und stieg in die Maschine.

52
Tagebuch

Als sie wiederkam, weigerte sich Libby, mit mir zu reden. Ich war irgendwann auf dem Flur an ihre Tür gelehnt eingeschlafen und wachte erst auf, als ich die Mädchen die Treppe heraufschlurfen hörte. Ich blinzelte. Die drei standen vor mir und starrten mich an.

»Weg da«, sagte Tegan.

Ich sah zu Libby hoch. »Alles in Ordnung?«

Sie drehte sich weg, und einen Augenblick später marschierte sie auch schon den Flur entlang in Richtung Bad und knallte die Tür hinter sich zu.

Ich stemmte mich hoch, wollte ihr nachlaufen, doch Tegan stellte sich mir in den Weg. »Lass sie einfach in Ruhe. Ihr seht euch morgen früh. Aber frag sie nicht. Frag sie niemals nach heute Nacht, verstanden?«

Ich nickte, obwohl ich kein Wort kapierte. Ich wollte wissen, was passiert war, ich wollte ihr helfen.

Tegan lief hinter Libby her, und nachdem sie leise angeklopft hatte, schlüpfte auch sie durch die Tür. Kristina und ich blieben allein auf dem Flur zurück. Sie schob die Hand in ihre Handtasche und zog eine Faustvoll Banknoten heraus. »Hier, dreihundertfünfzig Dollar. Für Vince. Sag ihm, den Rest kriegt er beim nächsten Mal.«

Bevor ich etwas erwidern konnte, drückte sie mir das Geld in die Hand und verschwand ebenfalls ins Bad. Sofern die drei sich unterhielten, konnte ich es nicht hören, und so gern ich an der Tür hätte lauschen wollen – ich ließ es lieber bleiben. Ich redete mir ein, Libby würde mir schon alles erzählen, wenn sie so weit wäre.

Vincents Tür war verschlossen, und als ich klopfte, reagierte er nicht.

53

Poole

Poole und Nash sprangen aus dem Wagen und rannten das letzte Stück zur Metro. Der Großteil des Personals stand draußen auf dem Gehweg. Ein paar waren in die Cafés und Restaurants in der Nachbarschaft geflüchtet, wo es wärmer war. Das SWAT bewachte die Tür, und es dauerte fast vierzig Minuten, ehe sie das Gebäude wieder betreten durften.

Beide Vernehmungsräume waren verwaist.

Bishop und Porter waren verschwunden.

Die Wände, Böden, Möbel – alles war nass. Was Porter auf das Whiteboard geschrieben hatte, war nicht mehr zu entziffern, und Poole musste sich zusammenreißen, um nicht mit der Faust auf die Wand einzudreschen, während Nash draußen auf dem Flur mit seinem Vorgesetzten telefonierte.

Er betrat den Vernehmungsraum. Die Ausrüstung hatte nicht überlebt. Er ächzte. Also würde er sich auch nicht die letzten Minuten vor der Flucht der beiden ansehen können. Die Elektronik in den Vernehmungsräumen war nicht mit dem Rest der Gebäudetechnik verbunden – die sich aber ohnehin als wertlos erwiesen hatte. Nach allem, was er bis hierher aufgeschnappt hatte, hatte jemand sich in ihr System gehackt. Genau wie bei den Überwachungskameras von Montehugh Labs, im Gefängnis in New Orleans und im

Langham Hotel hatte auch hier ein Computervirus alles durcheinandergebracht – Zeitstempel, Bilder, alles. Nichts war mehr zu gebrauchen. Alles komplett im Eimer. Überdies hatte der Hacker jedes einzelne elektronische Schloss im Gebäude entriegelt und die Feuerlöschanlage manipuliert, um sich Deckung zu verschaffen. Poole hatte wenig Zweifel: Wer immer dahintersteckte, hatte entweder Bishop oder Porter befreien wollen – oder womöglich beide. Die Überwachungsbilder aus dem Stroger waren ebenfalls unbrauchbar gemacht worden. Vom selben Täter. Es musste einfach so sein.

Hier war es nicht einfach nur um Flucht gegangen; hier ging es auch darum, Chaos zu verbreiten. Noch mehr Hintergrundrauschen.

Er musste sich wieder aufs Wesentliche konzentrieren. All diese Todesfälle – sie mussten zusammenhängen.

Bishop. Porter. Beide.

Keiner von ihnen?

Der Gedanke war aus dem Nichts gekommen. Allenfalls als leises Wispern.

Konzentrier dich …

Er zog eine Schublade nach der anderen auf und fand schließlich einen Schreibblock. Machte die Augen zu, atmete tief durch und zwang sich zur Ruhe. Dann rief er sich Porters Whiteboard in Erinnerung, so wie er es zuletzt gesehen hatte, ein Schnappschuss seines Gedächtnisses. Poole zoomte das Board näher heran, konzentrierte sich einzig und allein darauf. Als er es endlich klar vor sich sehen konnte, schrieb er alles auf, und zwar in derselben Ordnung, die Porter gewählt hatte. Binnen weniger Minuten war er damit fertig.

BISHERIGER STAND

See/Zuhause/Simpsonville, SC

12 Jenkins Crawl Road
Simpsonville, SC

- Anson Bishops Elternhaus, in dem er die Kindheit verbracht hat
- niedergebrannt (Verdacht auf Brandstiftung - verdächtig: Bishops Mutter)
- drei männliche Tote im Haus/Identifizierung unmöglich wg. Verbrennungsgrad/einer davon ggf. Bishops Vater?
- Mutter nie wieder aufgetaucht
- einziger Überlebender = Anson Bishop, 12 Jahre/wurde ins Camden Treatment Center gebracht (inzwischen geschlossen)
- benachbarter Trailer an Simon und Lisa Carter vermietet/beide vermisst
- fünf Leichen im See (nicht identifiziert)
- eine zerstückelte Leiche im See (vermutlich Simon Carter)

Chicago/ursprüngliche Opfer

1. Calli Tremell, 20, 15.3.2009
2. Elle Borton, 23, 2.4.2010
3. Missy Lumax, 18, 24.6.2011
4. Susan Devoro, 26, 3.5.2012
5. *Barbara McInley, 17, 18.4.2013 (einzige Blondine)
6. Allison Crammer, 22, 13.5.2014
7. Jodi Blumington, 22, 13.5.2014
8. Emory Connors, 15, 3.11.2014 (hat überlebt)

*Gunther Herbert/Talbots CEO
Arthur Talbot

Chicago/nächste Welle/zus. m. Paul Upchurch

Floyd Reynolds
Ella Reynolds
Randal Davies
Lili Davies
Darlene Biel
Larissa Biel (hat überlebt)
*Libby McInley
Kati Quigley (hat überlebt)
Wesley Hartzler

Dritte Welle (Chicago & Simpsonville, SC)

unbekannte Frau/Friedhof Rose Hill
unbekannte Frau/Red Line/U-Bahnhof Clark
Tom Langlin - Treppe Gericht Simpsonville
Stanford Pentz - Stroger Hospital
Christie Albee - Stroger Hospital

*nicht Bishops Opfer?

Tagebücher

Finicky-Heim
Camden Treatment Center
3 Mädchen, 5 Jungs, alle zwischen 7 und 16
Anson Bishop

Paul Upchurch
Vincent Weidner
Wiesel!
Kid
Libby McInley
Kristina Niven
Tegan Savala
Detective Freddy Welderman
Detective Ezra Stocks

andere Orte von Interesse

Montehugh Labs
426 McCormick

54

Poole

Poole starrte immer noch auf den Schreibblock, als Nash endlich ebenfalls in den Vernehmungsraum kam und die Tür hinter sich zumachte. Leise ergriff er das Wort: »Wer immer Ihren Chef herumscheucht, der scheucht auch meinen herum. Ich hätte längst suspendiert sein müssen – die Presse spielt dieses verdammte Video von mir und Bishop auf Dauerschleife. Sogar *ich* bin von mir angewidert. Trotzdem hat er mir gerade das Gleiche gesagt, was Hurless zu Ihnen gesagt hat: Bis der Bürgermeister wieder aufgetaucht ist und wir alles unter Kontrolle gebracht haben, bleib ich an Bord.«

»Was ist mit Bishop und Porter?«

»Jeder draußen hat sie auf dem Schirm – Bundesbehörden ebenso wie die Metro. Flughäfen, Busse, Bahn – es ist alles gesperrt. Offiziell heißt es, 4MK habe einen Mann verschleppt. Dass man noch nicht wisse, um wen es sich handelt, dass der Mann aber noch am Leben sei. Dem Captain zufolge darf ich außer mit Ihnen mit niemandem darüber reden, nicht einmal mit Klozowski und Clair – was Bullshit ist. Ich bespreche alles mit den beiden.«

Er hielt einen Zettel in die Höhe.

»Aber ich hab die Adresse von Pizza Carmine. Womöglich sollten wir dort gleich mal vorbeigucken. Ich traue

Warnick nicht über den Weg. Kann sein, dass er recht hat, aber ...«

Poole sah nicht mal von seinem Schreibblock auf. »Ich fliege nach Charleston.«

»Jetzt? Haben wir dafür Zeit?«

»Wir hinken von Anfang an hinterher und verlieren allmählich den Anschluss. Ich will endlich wissen, womit wir es zu tun haben. Wir müssen die Zügel wieder selbst in die Hand nehmen. Sie haben es draußen im Wagen doch selber gesagt: Alles weist in Richtung Charleston. Ich glaube, wenn wir herausfinden, was dort passiert ist, dann wissen wir auch, wer all diese Leute umbringt und warum.« Er tippte auf einen Namen auf seinem Block. »Außerdem ist da noch das hier.«

Nash folgte Pooles Fingerzeig. »Wiesel?«

»So hieß der Dealer, der Porter angeschossen hat. Und Porters Aufzeichnungen zufolge kam er in Bishops Tagebüchern vor.«

»Ich dachte, Sie geben nichts auf die Tagebücher?«

Nash sah sich im Raum um und dann zu dem Spionspiegel, hinter dem er vor Kurzem erst gestanden und Porter beobachtet hatte. Im selben Moment dämmerte es ihm.

»Porter hat die Tagebücher mitgenommen«, stellte er leise fest, während sein Gehirn noch immer auf Hochtouren lief. »Wenn er Upchurch beauftragt hätte, sie zu fälschen, hätte er sie hier liegen lassen.«

»Vielleicht wollte er auch einfach nicht, dass das Sprinklerwasser sie zerstört. Vielleicht hat er sie einfach nur woanders hingebracht«, gab Poole zu bedenken, obwohl er selbst hörte, wie wenig überzeugend das klang.

»Er hat sie mitgenommen, weil er damit noch nicht fertig war«, entgegnete Nash. »Er weiß genauso wenig wie wir, was da noch alles drinsteht.«

»Keine voreiligen Schlüsse«, sagte Poole und hielt sein

Handy in die Höhe. »Hier drin hab ich die Scans. Ich lese ebenfalls. Vielleicht kann ich mich so besser in ihn hineinversetzen.«

»Oder in Bishop.«

Poole sah wieder auf den Block hinab. »Ob sie nun echt oder gefälscht waren ... Diese Bücher sind die Brotkrumen, an denen sich einer der beiden gerade orientiert – oder vielleicht sogar beide. Irgendetwas aus der Vergangenheit drängt da ans Licht. Was immer wir bislang ausgegraben haben, verweist nach Charleston. Wir müssen endlich herausfinden, was dort vorgefallen ist. Wenn wir das wissen, wenn wir endlich wieder vorne mit dabei sind, dann lösen wir diesen Fall und finden auch den Bürgermeister.«

Nash sah durch das Fensterchen hinaus auf den Flur, ehe er umso leiser erwiderte: »Sie werden uns nicht dorthin fahren lassen. Nicht im Moment. Die brauchen uns hier.«

»Und genau deshalb sagen wir ihnen nichts davon.«

55
Tagebuch

Ich kann mich nicht mehr daran erinnern, wie ich in mein Zimmer zurückgekehrt war, aber ich wachte auf meiner Matratze auf, und die Sonne schien mir ins Gesicht. Nebenan in ihrem Zimmer spielten Wiesel und Kid, ansonsten waren alle weg. Auch Paul. Die Zimmertüren der Mädchen standen offen.

Vincent spürte ich in der Scheune auf. Er hatte die Motorhaube aufgestemmt, und überall lagen Teile herum. Als ich ihm das Geld in die Hand drückte, stopfte er es sich achtlos in die Tasche. »Und wie sollen wir zu dem Laden kommen, um die Ersatzteile zu kaufen?« Mit dem Griff eines Phillips-Schraubendrehers zeigte er auf diverse Motorteile, die auf dem Boden verstreut herumlagen. »Zündkerzen, Kolbenringe, Filter, Riemen, einen Leitungssatz für die Kerzen ... Je tiefer ich grabe, umso schlimmer wird es. Wenigstens sind die Reifen nicht komplett verschlissen. Sieht aus, als bräuchten die bloß Luft – aber dafür brauchen wir wiederum eine Pumpe oder einen Kompressor ...« Er tauchte wieder unter der Haube ab, und den Rest seiner Aufzählung konnte ich nicht mehr hören.

»Wir sollten das Zeug irgendwo verstecken – was, wenn die Finicky darüberstolpert? Die wüsste doch auf der Stelle, was wir hier treiben.«

Ohne aufzublicken, winkte er ab. »Die Finicky kommt hier nicht her. Die bleibt im Haus. Und diese Detectives hab

ich hier auch noch nie gesehen. Die sind doch bloß ...
Scheiße!«

Er machte einen Satz nach hinten und starrte seinen Finger an, an dem Blut hinablief. Er steckte ihn sich in den Mund. Dass seine Hand von Schmiere und Öl komplett schwarz war, schien ihm wenig auszumachen.

»*Verdammtes Drecksding!*«

Mein Blick blieb an einem Lappen auf einer uralten Werkbank hängen. Den warf ich Vincent zu. Er wickelte ihn um den Zeigefinger. Der Schnitt war nicht so tief gegangen, dass er hätte genäht werden müssen, aber tat unter Garantie höllisch weh. Vincent ließ sich auf der Stoßstange nieder. Das Metall ächzte unter seinem Gewicht.

»*Also – wie kommen wir an die Teile?*«

Ich hatte keinen blassen Schimmer.

»*Könntest du alles aufschreiben? Vielleicht könnten die Mädchen, wenn sie wieder ...*«

»*Die lassen uns nicht aus den Augen*«, fiel Vincent mir ins Wort. »*Die Finicky fährt mit den Mädels in die Stadt, um Essen und Klamotten zu kaufen, aber da hält sie sie an der kurzen Leine. Und selbst wenn eine von ihnen es schaffen sollte, sich abzusetzen und zu diesem Ersatzteileladen zu laufen, könnte sie nie im Leben unbemerkt sämtliche Teile hierherschaffen. Dafür sind es einfach zu viele. Und man kann die nicht mal eben in einem Handtäschchen verstecken.*«

Wenn Vater da gewesen wäre, hätte er mir aufgetragen, irgendwas auszutüfteln. Er hatte immer behauptet, dass es für jedes Problem mindestens drei potenzielle Lösungen gebe und man, selbst wenn man der Ansicht sei, die perfekte Lösung gefunden zu haben, immer noch ein bisschen über die anderen beiden Lösungen nachdenken und Vor- und Nachteile abwägen solle. Denn manchmal war die nächstliegende, einfachste Lösung nicht die beste; und manchmal war die beste weder naheliegend noch einfach. »Ich tüftel das aus ...«

»Du machst was?«

Dass ich es laut ausgesprochen hatte, war mir gar nicht klar gewesen. »Ich überlege mir etwas.«

»Du bist echt so verdammt merkwürdig ...«, murmelte Vincent noch, ehe er sich hochstemmte und wieder dem Motor widmete.

»Immerhin hast du Werkzeug gefunden«, sagte ich, um das Thema zu wechseln. Zu seinen Füßen lagen mehrere Schraubenzieher und -schlüssel herum.

»Unter der Küchenspüle«, erwiderte er, ohne aufzublicken. »Nicht alles, was nötig wäre, aber zumindest ein Anfang.«

Obwohl wir uns nicht allzu viel mehr zu sagen hatten, blieb ich fast für den kompletten Rest des Tages bei Vincent in der Scheune, reichte ihm Werkzeug und ging ihm, so gut ich konnte, zur Hand. Eine willkommene Ablenkung.

Gegen sechs Uhr abends kehrte Miss Finicky mit den Mädchen zurück. Sie kletterten aus Finickys Toyota Camry, jede mit Einkaufstüten in der Hand. Libby trug ein gelbes Sommerkleid und weiße Tennisschuhe. Sie hatte sich das Haar zu einem Pferdeschwanz hochgebunden. Dass ich sie über das Feld hinweg beobachtete, schien sie nicht zu bemerken.

Als ich in mein Zimmer zurückkehrte, fand ich auf meinem Bett ein nagelneues Paar schwarzer Schuhe, eine dunkle Hose und ein hellblaues Hemd mit Knopfleiste vor. Eine Nachricht in Miss Finickys Handschrift lag obenauf.

Nach dem Essen duschen und umziehen und öffentlichkeitstauglich aussehen. Abmarsch um acht.

Paul lag oben auf seinem Bett, wechselte aber kein Wort

mit mir. Einmal streifte er mit dem Blick kurz die Klamotten auf meinem Bett, doch dann drehte er sich wortlos um und starrte wieder die Wand an.

56

Clair

Als Clair die Augen aufmachte, herrschte um sie herum tiefe Dunkelheit. Nicht der Hauch von Licht – und ihr erster Gedanke galt Emory Connors, die am Boden eines Aufzugschachts mit Handschellen an eine Rollbahre gefesselt gewesen war.

Ihr zweiter Gedanke galt 4MK, und ihre Hand schnellte nach oben, sie griff sich an beide Ohren (beide vorhanden) und rieb sich über die Augen (ebenfalls beide noch da). Sie lag auf dem Fußboden, mit dem Rücken zur Wand, und auch wenn ihre Nase verstopft war, konnte sie Schimmel, Muffigkeit, Fäulnis riechen.

Sie war nicht mit Handschellen gefesselt.

Sie war nicht verletzt.

Nirgends eine Rollbahre.

Clair schrie – und obwohl ihre Kehle sich wund anfühlte, zwang sie sich zum lautesten, durchdringendsten, markerschütterndsten Schrei, den sie zustande brachte. Diesen Urschrei, in dem Wut, Angst und Frustration lagen, würde niemand in Hörweite überhören. Ihre Stimme hallte von den Wänden wider, sie konnte das Echo von oben hören, von dem klammen Fußboden unter ihr. Dann war es wieder still, als wäre nie etwas gewesen. Es war nichts mehr zu hören als ihre Atmung.

Sie tastete sich über den Nacken, fand die schmerzende Stelle, wo sich die Nadel in die Haut gebohrt hatte. Jemand hatte die Einstichstelle verpflastert und wieder alles fein säuberlich in Ordnung gebracht. Sie riss das Pflaster ab und schleuderte es beiseite.

Ihre Waffe war verschwunden, nur das Holster klemmte noch an ihrem Gürtel.

Als sie sich hochstemmte, fühlte es sich an, als würde Wasser in ihrem Schädel von einer Seite zur anderen schwappen. Hinter ihren Augen und der Nasenwurzel kündigten sich kapitale Kopfschmerzen an. Sie musste sich zwingen, die abgestandene Luft einzuatmen. »Hallo?«

Wieder das Echo. Nur das Echo.

Clair fing an, sich an der Wand entlangzutasten. Langsame, vorsichtige Schritte. Erneut musste sie an Emory denken. Die hatte erzählt, wie sie genau das Gleiche gemacht hatte, nachdem sie das Bewusstsein gerade erst wiedererlangt hatte: Sie war die Wände ihres Gefängnisses gleich mehrmals abgelaufen, ehe ihr klar geworden war, dass es dort tatsächlich keine Tür gegeben hatte.

Clair hatte gerade mal acht Schritte getan, als sie auf eine Tür stieß.

Stahl, sowohl die Tür selbst als auch der Rahmen. Der Knauf ließ sich drehen, und es klickte sogar – nur der Riegel darüber gab keinen Mucks von sich und ließ sich nicht verschieben. Die Tür selbst bewegte sich ebenso wenig, nicht mal als Clair sich mit der Schulter dagegenwarf.

Etwa eine Minute lang hämmerte sie mit der Faust darauf ein, einfach weil es sich richtig anfühlte. Allerdings ahnte sie bereits, dass ihr niemand zu Hilfe eilen würde.

Sie tastete erneut über die Wände. Das war weder Beton noch Betonstein, das war richtiger Stein – rau und uneben. Steinblöcke, die übereinandergeschichtet und vermörtelt worden waren.

Clair streckte sich nach oben aus. Nichts. Sie ging in die Knie und sprang – immer noch nichts. Sie war trainiert und wusste, wie hoch sie springen konnte – die Decke musste mindestens zwei fünfundsiebzig hoch sein.

Der Boden bestand aus feuchtem Beton. Und war schmutzig.

Sie wischte sich die Finger an ihrer Jeans sauber.

Wer immer sie betäubt hatte, hatte dies im Treppenhaus der Klinik getan – und hätte sie vermutlich unentdeckt ins Kellergeschoss tragen können. Doch inzwischen war sie dort schon mehrmals gewesen, und dieser Raum hier fühlte sich anders an. Irgendwie... älter? Konnte sie aus dem Krankenhaus hinausgebracht worden sein? Aber nach Wohnhaus fühlte es sich auch nicht an. Irgendetwas stimmte nicht.

Sie nahm die Hand hoch, um auf ihre Armbanduhr zu schauen, konnte aber nicht einmal die Umrisse der Uhr erkennen, geschweige denn die Zeiger.

Klozowski würde inzwischen nach ihr suchen. Stout ebenso. Sogar Barrington würde womöglich bald feststellen, dass es wieder an der Zeit wäre, sie aufzusuchen und sich über dies und das zu beklagen. Die Sicherheitsleute, die Officers, Sutter, irgendjemand...

Ihre verschwundenen Officers, Henricks und Childs. Nach denen hatte auch niemand gesucht, zumindest nicht ernsthaft.

Das hätte sie tun müssen. Wer sonst hätte es denn tun sollen?

Es war einfach viel zu viel los. Niemand würde nach ihr suchen.

Clair erschauderte, schlang sich die Arme um den Leib. Sie wusste, dass sie mittlerweile Fieber hatte, was in diesem klammen, modrigen Raum mitnichten besser würde; sie hatte eigentlich etwas dagegen nehmen wollen. Aspirin oder Ibuprofen.

*Aber du hast es nicht gemacht. Oder? Und jetzt gehst du
hier unten zugrunde, wo immer* hier unten *ist.*

Sie setzte zu einem neuerlichen Schrei an. Nicht weil sie
hätte schreien wollen, sondern weil sie schreien *musste.*
Und noch während sie schrie, hörte sie ein Klicken.

Über ihr gingen gleißende Leuchtstoffröhren an. Als sich
ihre Augen an das Licht gewöhnt hatten, sah sie, dass in
die Stahltür ein Fensterchen eingelassen war – Sicherheitsglas mit Drahtnetzeinlage. Die würde sich nicht so leicht
einschlagen lassen.

Durch das Fenster sah jemand herein und hatte dabei
den Kopf leicht schräg geneigt.

Clair erstarrte. »Sam?«

57

Nash

Die Geschäftsräume von Pizza Carmine befanden sich im Erdgeschoss eines alten dreistöckigen Gebäudes in der West 26th, in einem Viertel namens Little Village. Nash ließ seinen Chevy Nova in die Parklücke halb schlittern, halb holpern und hörte, während er bereits die rot-grün-weiße Fassade musterte, noch kurz zu, wie der Motor röchelte. Mehrere Mitarbeiter verließen mit Pizza-Thermokisten beladen den Laden; einige liefen die Straße entlang, andere hielten auf Autos zu, die zwei Gebäude entfernt in einer Nebenstraße geparkt waren. Noch während Nash in seinem Wagen saß, trat ein Mann in den Sechzigern an die Tür, hielt sie für einen Angestellten auf und schlüpfte dann selbst hinein. Fünf Minuten später kam er mit einem Pizzakarton in der Hand wieder heraus. Ein Teenie-Mädchen in einem gefütterten pinkfarbenen Mantel mit Schal, Mütze und Handschuhen war die Nächste. Sie kam mit zwei Kartons und einer Plastiktüte heraus und eilte zurück zu einem Fahrzeug, in dem eine Frau am Steuer saß und wartete, allem Anschein nach die Mutter.

Von außen betrachtet wies nichts darauf hin, dass dort ein Escort-Service betrieben wurde, im Gegenteil, je länger Nash hinsah, umso hungriger wurde er. Sein Magen hatte bereits fünf Minuten zuvor angefangen zu knurren. Trotzdem betrieben sie hier laut Sitte seit annähernd zehn Jahren ein Escort-Business.

Im selben Bericht hatte allerdings auch gestanden, dass die Pizzeria auf Yelp einen Viereinhalb-Sterne-Durchschnitt hatte.

Nun war es nichts Neues, dass man unter dem Deckmäntelchen legaler Geschäfte insgeheim auch illegalen Aktivitäten nachgehen konnte. Nash fand jedoch allein den Standort von Carmine höchst irritierend. Die Strafvollzugsbehörde des Cook County war beispielsweise nicht einmal einen Straßenzug entfernt: knapp vierhunderttausend Quadratmeter Knast, mindestens sechseinhalbtausend Insassen, dreitausendneunhundert Beamte, dazu siebentausend Zivilangestellte. Eine Ecke des riesigen Gebäudes konnte er sogar von seinem Parkplatz aus sehen. Unwillkürlich fragte er sich, wie viele Pizzas wohl täglich an diese erlauchtesten Mitbürger Chicagos geliefert wurden, und er hätte darauf gewettet, dass die Pizzas jedes Mal von einem verstohlenen Händedruck oder einem Zwinkern begleitet würden, weil kein Sex-auf-Bestellung-Lieferdienst der Welt *so* weit unter dem Radar operieren konnte. Die Sitte wusste Bescheid. Auch im Gefängnis mussten sie Bescheid wissen. Aber es scherte sich anscheinend niemand darum. Da musste die Pizza aber wirklich erstklassig sein.

Nash würgte den Motor ab, stieg aus und überquerte die Straße. Fast wäre er auf dem vereisten Gehweg ausgerutscht, fing sich wieder, zog die Tür zu Carmine auf und trat ein.

Der Geruch war betörend.

Ein Teenager von vielleicht sechzehn Jahren, in einem soßenbekleckerten Carmine-T-Shirt und mit Papierhütchen auf dem Kopf, blickte vom Tresen auf. »Stück oder ganze Pizza?«

Hinter dem Tresen lag der offen einsehbare Küchenbereich: mindestens ein halbes Dutzend Pizzaöfen, fünf Angestellte, die hin und her wuselten – Tomatensoße anrührten, Geschirr spülten, Teig kneteten. Verdammt, war Nash hungrig. Er versuchte, nicht hinzusehen.

»Ich würde gern mit dem Geschäftsführer sprechen.«

Der Junge verdrehte die Augen und rief über die Schulter: »Addie, wieder mal ein Cop für dich!«

»Wieder mal ein Cop? Kommen die Kollegen häufiger?«

Statt zu antworten, trollte der Junge sich und verschwand ohne ein weiteres Wort in die Küche.

Einen Augenblick später kam eine Mittfünfzigerin durch die Seitentür neben der Spüle. Sie trug einen weißen Pullover, schwarze Yoga-Pants und brachte mit Sicherheit einhundertfünfzig Kilo auf die Waage. Nash kam nicht umhin zu glotzen, als sie sich seitwärts drehen musste, um sich zwischen den Arbeitstischen und Öfen hindurchzuquetschen. Als sie den Tresen erreichte, sah sie Nash erst von oben bis unten an und verzog dann das Gesicht. »Was?«

»Ich bin nicht wegen der Pizza hier.«

»Totaler Quatsch. Sogar die Cops, die uns filzen kommen, nehmen eine Pizza. Kommen Sie mit.«

Sie drehte sich um und ging denselben Weg zurück.

Nash folgte ihr.

Sie führte ihn in ein kleines Arbeitszimmer, das mit Kisten und Schachteln vollgestellt war, und hieß ihn die Tür zumachen. Sowie diese ins Schloss gefallen war, ließ sie sich auf ihren Bürodrehstuhl sinken und lehnte sich zurück. »Ich hab diesem Warnick alles gesagt, was ich weiß. Er meinte schon, Sie würden trotzdem vorbeikommen. Womöglich sogar mitsamt FBI, um hier alles auf den Kopf zu stellen. Reine Zeitverschwendung – aber tun Sie, was Sie nicht lassen können. Nur räumen Sie hinter sich auf, bevor das Abendgeschäft losgeht.«

»Sie scheinen sich ja kein bisschen Sorgen zu machen.«

Sie schnaubte. »Was sollten Sie mir schon antun? Hier ist alles legal – ich bringe Leute zusammen. Das ist auch schon alles. Was diese *Erwachsenen* in ihrer gemeinsamen Zeit anstellen, ist ihre Sache, nicht meine. Ich hab inzwischen öfter vor Gericht gestanden, als ich zählen könnte, und nie hat man mir etwas nachweisen können.« Sie beugte sich über den Tisch und senkte die Stimme. »Und ganz ehrlich? Wenn Sie wüssten, wer alles auf meiner Kontaktliste steht, wüssten Sie auch, dass ich im Leben keinen Ärger bekommen werde. Ich hab Kopien meiner Kontaktliste bei Freunden im ganzen Land deponiert. Wenn mir irgendwas zustößt, dann kommen die Namen an die Öffentlichkeit, schön einer nach dem anderen. Da sehen Sie auf meinem Instagram-Account plötzlich auch keine süßen Katzenbabys mehr, sondern Politiker im Babydoll mit Gagball im Mund. Ich könnte Sie draußen mitten auf der 26th erschießen, wenn ich wollte – niemand würde mir ein Haar krümmen. Insofern … Es ist schon nach fünf. Wir müssten jetzt bitte ein bisschen Gas geben. Wonach suchen Sie?«

Vor ihrem Schreibtisch stand ein zweiter Stuhl. Nash nahm den Stapel ungeöffneter Post von der Sitzfläche und legte ihn auf der Schreibtischplatte ab. Dann setzte er sich und machte es sich bequem.

Sie runzelte die Stirn. »So sieht Gasgeben aber nicht aus.«

»Nein.«

Sie seufzte. »Hören Sie. Ich hab Warnick gesagt, dass ich Latrice geschickt hatte: blond, blaue Augen, zweiundzwanzig und nur zu gern bereit, die kleinen Spielchen des Bürgermeisters mitzuspielen. Die war schon zweimal bei ihm und wusste, worauf sie sich einließ. Für mich arbeitet sie jetzt seit drei Jahren, und ich hab ihr damals schon mit auf den Weg gegeben, womit sie rechnen soll, wenn er mal was ausprobieren will, weil diese Männer sich irgendwann weiterentwickeln – oder zurückentwickeln, je nachdem, wie man's sieht. Ich hab von der Sorte schon einige gesehen – und er ist weder eine Ausnahme noch eine Überraschung. Einfach bloß ein anderes Kästchen auf der Checkliste des modernen Mannes. Sie war also vorbereitet – das sind meine Mädchen immer. Sie war drei Minuten vor der vereinbarten Zeit vor Ort und ist achtunddreißig Minuten vor der Zeit wieder gefahren. Von meiner Seite aus lief alles wie geplant. Ich lasse ungern Spielraum für Überraschungen. Keine Ahnung, wer Ihr brünettes Mädchen war – von uns war es jedenfalls keine.«

»Haben Sie entsprechende Aufzeichnungen?«

»Glauben Sie ernsthaft, die würde ich Ihnen zeigen?«

Nash zuckte mit den Schultern.

Sie warf einen Blick auf einen zerkratzten Laptop, der an der Schreibtischkante lag. »Ich *könnte* Ihnen nicht mal etwas zeigen. Nicht mal wenn ich wollte. Hab mir irgend so ein Computervirus eingefangen. Meine kompletten Daten sind weg. Ich warte gerade auf einen Techniker, der das wieder in Ordnung bringen soll.«

Auf seinem Handy rief Nash die Bilder der zwei Frauen auf, die Upchurch am Rechner bearbeitet hatte, und schob das Handy über den Schreibtisch. »Haben Sie eine der beiden schon mal gesehen?«

Erst sah sie nicht einmal hin. Als würde er die Frage zurücknehmen, wenn sie ihn nur lange genug anstarrte. Als sie schließlich doch einen Blick darauf warf, schüttelte sie den Kopf. »Nicht meine Mädchen.«

Als Nächstes zeigte er ihr ein Foto von Porter. »Und der hier?«

Bei Sams Anblick hielt sie kurz inne, und erst hatte Nash das Gefühl, sie könnte ihn wiedererkannt haben. Doch dann dämmerte ihm, dass sie in ihrem Leben so viele Männergesichter vor sich gehabt hatte, dass es schlicht ein wenig länger dauerte, bis sie ihren mentalen Rolodex durchgesehen hatte.

»Keiner meiner Kunden«, sagte sie schließlich und lehnte sich wieder zurück.

Erst spülte Erleichterung über ihn hinweg, ehe ihm dämmerte, dass er befürchtet hatte, sie könnte Sam tatsächlich wiedererkennen. Und das machte ihm Sorgen: dieser kurze Moment des Zweifels. Manche Leute nannten es Bauchgefühl, andere Intuition, und Porter hatte ihm mal gesagt, er müsse dieser Stimme des Unterbewusstseins vertrauen. Es habe die Fähigkeit, Dinge schneller als das Bewusstsein in einen Zusammenhang zu bringen, und wenn er erst lerne, der Stimme wirklich zuzuhören, werde aus ihm ein guter Cop. Nash hatte erwidert, er müsse zuallererst aufhören, auf *all die anderen Stimmen* in seinem Kopf zu hören. Womöglich sollte er allmählich seinen eigenen Rat befolgen.

Er wechselte das Thema. »Wann haben Sie sich das Virus eingefangen?«

Mit einem Blick auf den Laptop runzelte sie die Stirn. »Vielleicht vor einer Woche? Da schien er irgendwie dement zu werden, hat Sachen nicht mehr gespeichert. Dann sind sämtliche Dateien durcheinandergeraten, und das ist das Schlimmste – was immer ich aufrufe, selbst innerhalb bestimmter Dateien, seien es Tabellen oder Word-Dokumente: Die Daten sind komplett willkürlich durcheinandergeraten. Ich bin mir immer noch nicht sicher, wie das passieren konnte. Ich bin keine von diesen Leuten, die auf irgendeinen Link in einer E-Mail klicken oder auf nichtsnutzige Webseiten gehen. Mein EDVler sagt, das wäre bei der Software, die er mir aufgespielt hat, auch gar nicht möglich. Verdammter Stümper.«

»Ich hätte da jemanden, der sich das für Sie ansehen könnte. Soll ich den Rechner mitnehmen?«

Zum ersten Mal, seit er ihr gegenübersaß, bedachte sie

ihn mit einem Schmunzeln. »Das dürfte das Lustigste sein, was ich die ganze Woche über gehört habe.« Sie grinste breit. »Klar, Mister Cop! Nehmen Sie meinen Laptop nur mit. Machen Sie ihn wieder heile. Nur klicken Sie bitte nichts an. Da kann ich Ihnen doch vertrauen? Verpissen Sie sich, Mann!« Der Stuhl ächzte unter ihrem Gewicht. »Ich nehme an, wir sind fertig.«

»Eine Sache noch.« Nash scrollte durch die Bilder auf seinem Handy und wurde fündig. Es war eins der Polaroids aus der Schachtel aus der Suite des Bürgermeisters im Langham Hotel. Mit zwei Fingern vergrößerte er die Notiz – *203. WF15. 3k. LM*. Dann schob er das Handy erneut auf sie zu. »Sagt Ihnen das etwas?«

Sie beugte sich vor und drehte das Handy zu sich herum. Gab kein Wort von sich – zunächst. Musste sie aber auch gar nicht. Sie war schlagartig blass geworden, und für den Bruchteil einer Sekunde war ihr die Kinnlade runtergeklappt, ehe sie sich am Riemen riss und das Handy zurückschob. »Nein.«

»Jetzt gerade ist nicht der Zeitpunkt, um mich anzulügen.«

»Gehen Sie damit zu Warnick. Da mische ich mich nicht ein.«

»Weiß Warnick, was das zu bedeuten hat?«

»Sie sollten jetzt gehen.« Sie stand auf und marschierte auf die Bürotür zu. Streckte sich nach der Klinke.

»Hat Charleston etwas damit zu tun?«

Sie hielt inne. »Charleston? Nein… Ich bin mir nicht sicher, was Sie… Reden Sie mit Warnick.«

»Und das Guyon?«

Es sah aus, als wollte sie etwas abschütteln, als wäre sie verwirrt, als versuchte sie, ihre Gedanken neu zu sortieren.

Dann klopfte jemand, und Addie riss die Tür auf. Eine junge Frau, vielleicht neunzehn Jahre alt, stand in einem grauen Cocktailkleid und roten Highheels vor der Tür. Bei Nashs Anblick runzelte sie die Stirn. »Tut mir leid, ich wusste nicht, dass Sie in einer Besprechung sind.« Dann sah sie wieder Addie an. »Ich bräuchte eine Mitfahrgelegenheit.«

Jetzt war es an Addie, die Stirn zu runzeln. »Michael soll dich fahren. Es sei denn, Detective Nash hier möchte das übernehmen. Er wollte ohnehin gerade gehen.«

Bei der Erwähnung des *Detective* riss das Mädchen die Augen auf.

Nash stand auf. »Wie wär's, ich bringe Sie in ein Frauenhaus?« Er lächelte das Mädchen aufmunternd an. Das Mädchen wich einen Schritt zurück, und wortlos stapfte er an den beiden vorbei.

Er hörte noch, wie die Frau ihm nachrief: »Das alles ist doch nicht neu, Detective, nichts von alledem. Das gibt's seit Adam und Eva. ›Wenn ich dies und das für dich tun soll, dann lass mich von deinem Apfel abbeißen.‹ Ich selbst kümmere mich nur um die Organisation und Sicherheit. Sie sollten dankbar sein – besser, die Mädchen arbeiten für mich als auf eigene Faust draußen auf der Straße. Wir wissen beide, wie solche Geschichten ausgehen.«

Allerdings, das wusste Nash nur zu gut.

Im Vorbeigehen nahm er sich zwei Pizzastücke von einem Blech und verließ den Laden. Nicht weil er es so gewollt hätte, sondern weil er sich hierum nicht kümmern konnte. Zumindest noch nicht.

58
Tagebuch

Irgendwann hatte ich mich daran gewöhnt, von den Detectives in die Stadt gefahren zu werden. Sie brachten mich zu meinen Sitzungen mit Dr. Oglesby und holten mich wieder ab, und ich hatte sie inzwischen unzählige Male die anderen mitnehmen sehen. Ich wusste genau, dass es ungewöhnlich für Polizisten war, all das zu tun, trotzdem fragte ich nicht nach. Für seine Handlungen hatte man stets seine Gründe, und ich war mir sicher, dass ihre Gründe sich mir mit der Zeit offenbaren würden.

Meistens nahmen wir, sobald wir im Wagen saßen, die immer selben Rollen ein: Welderman am Steuer; auf dem Beifahrersitz Stocks, der sein Bestes tat, um den Wagen mit seinem Zigarettenrauch zu verpesten, der dauerhaft in seiner Kleidung zu hängen schien; ich auf der Rückbank. Ich starrte ihre Hinterköpfe an und fragte mich, ob der Gurt halten würde, wenn ich Welderman einen Eispickel in den Nacken rammen und er die Kontrolle über den Wagen verlieren würde. Nur fürs Protokoll: Ich besaß keinen Eispickel. Ich hätte nicht einmal gewusst, wo ich einen hätte hernehmen sollen. Aber das hielt einen Jungen nicht davon ab, sich über so etwas Gedanken zu machen.

Normalerweise verlief die Fahrt wortlos. Doch diesmal schien alles anders zu sein. »Ist dein Vater bei dem Brand ums Leben gekommen, Anson?«, wollte Welderman von mir wissen.

»Ja«, antwortete ich – vielleicht ein bisschen zu schnell.

Welderman hielt den Blick auf die Straße gerichtet. »Von den drei Leichen aus dem Haus sind zwei identifiziert worden: Das waren Mitarbeiter eines gewissen Arthur Talbot. Sagt dir der Name etwas?«

Ich sah die Transporter in unserer Auffahrt vor mir, auf denen seitlich Talbot Enterprises gestanden hatte, aber das würde ich ihnen nicht erzählen. Lieber sagte ich gar nichts.

»Bliebe eine Leiche, die wir noch nicht identifizieren konnten. Nur ist es folgendermaßen: Wir haben aus deinem Elternhaus ein paar Kleidungsstücke sichern können. Nicht dass viel übrig geblieben wäre. Das Feuer hat ordentlich gewütet – aber eine Hose hat überlebt. Eine Anzughose mit vierunddreißiger Bund. Sie lag in den Überresten des Kleiderschranks im Schlafzimmer deiner Eltern, daher nehmen wir an, dass die Hose deinem Vater gehört. Wer sonst hätte seine Hose dort deponieren sollen? Vierunddreißiger Bund – das würde in etwa zu einem Mann von eins fünfundachtzig bis eins neunzig passen. Also zu einem recht groß gewachsenen Mann. War dein Vater recht groß gewachsen, Anson?«

Auch diesmal sagte ich lieber nichts. Durchs Fenster ließ ich den Blick über die Feldwege schweifen, die das Farmland durchzogen, das wir allmählich hinter uns ließen. Wir steuerten breitere Straßen und schließlich den Highway an. Diesen Weg hatten wir noch nie genommen. Diesmal waren wir nicht unterwegs zum Camden Treatment Center. Wir waren unterwegs nach Charleston.

»Wir gehen unter anderem auch davon aus, weil der Fahrersitz seines Wagens bis ganz nach hinten geschoben war.« Er trommelte mit den Fingern aufs Lenkrad. »Egal – diese letzte, noch nicht identifizierte Leiche aus eurem Haus war jedenfalls bloß eins achtzig groß. Und von seiner Hose war nach dem Feuer nicht mehr allzu viel übrig. Aber

weißt du was? Seine Bundweite war definitiv keine Vier-
unddreißig. So ein Typ versucht vielleicht, eine vierund-
dreißiger Hose zu tragen, aber dann muss er gleichzeitig
die Hosenbeine umschlagen. Und das bezweifle ich sehr.
Wir überlegen deshalb, ob es nicht doch sein könnte, dass
deine beiden Eltern das Feuer überlebt haben, nicht bloß
deine Mutter. Was würdest du dazu sagen?«

»Natürlich wünschte ich mir, Vater wäre noch am Leben.
Aber mein Wunsch macht es trotzdem nicht wahr, ganz
gleich wie sehr ich es mir wünschte.«

Welderman sah hinüber zu seinem Sitznachbarn. »Hey,
weißt du, was ich nicht verstehe?«

Stocks räusperte sich. »Was?«

»Wenn die Eltern von diesem Jungen immer noch am
Leben sein sollten, wie zur Hölle können sie da zulassen,
was ihm heute Abend bevorsteht? Ohne auch nur irgend-
etwas dagegen zu unternehmen? Kannst du dir vorstellen,
dass sie einfach nur dastehen und zusehen, während ihrem
Sohn so etwas zustößt? Ihrem einzigen Sohn?«

Stocks zuckte mit den Schultern, und Zigarettendunst
stieg auf. »Wenn sie noch am Leben sind, dann machen sie
es sich schön fein gemütlich mit dem Geld, das sie ihren
Nachbarn geklaut haben ... Vielleicht ist ihnen das ja wich-
tiger als der Junge.«

»Ja, vielleicht.«

Ich wusste, dass sie mich nur provozieren wollten, damit
ich irgendwas sagte, was ich unter normalen Umständen
niemals sagen würde. Aber diesen Gefallen würde ich
ihnen nicht tun. Vater hatte mir all diese Tricks erläutert,
und er hatte mir erklärt, wie ich sie als solche erkannte.
Diese Typen waren keine guten Cops, sie waren nicht ein-
mal schlechte Cops – sie waren korrupte, dreckige Cops.
Stattdessen warf ich ihnen etwas anderes hin. »Mein Vater
war ein sehr geduldiger Mensch. Wenn er überlebt hätte,

würde er warten, bis er alles über Sie beide in Erfahrung gebracht hätte, er würde Sie beobachten, vielleicht eine Zeit lang beschatten – er wäre womöglich just in diesem Moment direkt hinter uns. Und wenn er dann alles beisammenhätte, was er bräuchte, und Sie für ihn nicht mehr nützlich wären, würde er sich bei Ihnen zu Hause ein schönes stilles Eckchen suchen, vielleicht in Ihrem Schlafzimmer, und dort in seinem dunklen Versteck warten, bis Sie sich hingelegt hätten. Sie würden nicht mal bemerken, dass er da wäre, bis Sie im Halbschlaf etwas Warmes am Hals spüren würden. Und wenn Sie dann aufwachen und feststellen würden, dass die Wärme von Ihren eigenen Eingeweiden stammt, wären Sie längst von der Kehle bis runter zum Schwanz aufgeschlitzt. Er würde Sie angrinsen und Ihnen sagen, dass Sie zu seinem Jungen eindeutig netter hätten sein müssen. Aber nun hat er nicht überlebt, insofern müssen Sie sich darüber wohl keine Gedanken machen.« Einen Moment schwieg ich, fügte dann aber noch hinzu: »Ich kann mir allerdings nicht vorstellen, wozu Mutter imstande wäre. Sie war nie sehr geduldig. Nicht wie Vater.«

Welderman sah mich im Rückspiegel an, sagte aber nichts. Stocks ebenso wenig. Sie konzentrierten sich einfach wieder auf die Straße.

Ich hatte mir unterdessen jedes Straßenschild, jede Abfahrt, jede Kurve gemerkt und war dankbar, dass sie endlich still waren, weil ich mich so besser konzentrieren konnte. Als wir den Highway verließen, bog Welderman auf einen Parkplatz ab, der zu einem heruntergekommenen Motel gehörte. Es war gelb gestrichen, mit limettengrünen Zierleisten. Er stellte den Wagen direkt neben einem weißen Transporter ab. Dort stieg ein Mann in einem dunkelblauen Trenchcoat aus.

59

Clair

Nicht Sam. Das konnte nicht Sam sein.

Zumindest konnte sie sich da nicht sicher sein.

Die Person hinter dem Sicherheitsglas hatte sich eine schwarze Skimaske über den Kopf gezogen und trug darunter zusätzlich eine Sonnenbrille, damit man die Augen nicht sehen konnte. Für einen kurzen Moment war Clair sogar dankbar dafür. Hätte sie die Augen wiedererkannt, wäre das garantiert zu viel für sie gewesen.

Das war nicht Sam. Weil Sam so etwas nie tun würde.

Sie fühlte sich miserabel.

Sie hatte Fieber. Und ihre Gedanken waren nicht mehr ihre eigenen.

Das Gesicht hinter dem Sicherheitsglas zuckte kurz zur Seite, wandte sich dann aber erneut zu ihr um.

Clair konnte den Mund nicht sehen. Die Maske hatte keine Öffnung über dem Mund.

Glatt.

Leer.

Ausdruckslos.

Sie redete sich ein, sie dürfe nicht mal davon ausgehen, dass es sich bei der Person um einen Mann handelte. Sie stellte sich auf die Zehenspitzen, um besser zu sehen – Schultern, Brust, irgendwas –, aber das Gesicht kam bloß näher an die Scheibe heran, sodass sie umso weniger erkennen konnte.

»Was zur Hölle willst du von mir, du durchgeknalltes Arschloch?«

Der Kopf zuckte wieder zur Seite, und sie konnte das Grinsen hinter der Glasscheibe förmlich erahnen. Braune Zähne, Mundgeruch – unter Garantie wäre sie genau damit konfrontiert, wenn sie nur den Arm ausstrecken und dieser Person die Maske vom Kopf reißen könnte. Vielleicht sogar spitze Zähne, kein bisschen menschlich …

Reiß dich zusammen, Clair. Zwei Tote. Vielleicht bist du dem Typen nicht zufällig vor die Füße gefallen. Vielleicht bist du die Nächste auf seiner Liste.

»Wie wär's, du lässt dir mal Eier wachsen und machst diese Tür auf?« Sie trat einen Schritt zurück. »Ich zähle sogar bis drei und gebe dir ein bisschen Vorsprung, bevor ich rauskomme und dir die Seele aus dem Leib prügele!«

Er starrte sie lediglich an.

Glänzend schwarze Insektenaugen hinter Brille und Maske.

Sie griff nach dem Türknauf und zerrte daran. »Ich bin krank, du kannst mich nicht einfach hier drin lassen! Ich brauche Medikamente! Verdammt, ich hab hier ja noch nicht mal Wasser!«

Ein Klicken, und die Lichter gingen wieder aus.

Die Tür war nicht mehr zu sehen.

Das Fenster nicht.

Der Typ nicht.

Nichts als Dunkelheit.

Clair verfluchte sich selbst dafür, dass sie sich in ihrem Verlies nicht genauer umgesehen hatte, als noch Zeit dafür gewesen wäre. Sie hatte keinen Schimmer, wo sie war. Keine Ahnung, ob es außer der Tür irgendeine andere Möglichkeit gegeben hätte, hier rauszukommen.

Sie zitterte am ganzen Leib.

Die Kälte kroch ihr über die Haut, tastete sich unter ihrer Kleidung entlang, strich ihr über den Nacken. Sie fühlte sich durch und durch ausgekühlt. So kalt, wie ihr war, hätte sie ebenso gut in einem Kühlhaus stehen können.

Es konnte einfach nicht noch schlimmer kommen. Das war gar nicht möglich.

Dann hörte sie einen Schrei. Eine Männerstimme. Unerträgliche Schmerzen. Es klang, als wäre der Mann keine zwei Meter von ihr entfernt.

60
Nash

Vor Porters Wohnungstür zauderte Nash minutenlang, ehe er sich einen Ruck gab und eintrat. Als er vor ein paar Tagen mit Clair hier gewesen war, hatten sie sich um Sam Sorgen gemacht. Sie hatten ihm beistehen und ihrem Freund helfen wollen. Diesmal fühlte es sich an, als würde er Sam hintergehen und herumschnüffeln wollen. Das hier war Verrat, ganz gleich wie er es vor sich selbst zu rechtfertigen versuchte.

Die Wohnungstür war nicht versiegelt. Genau genommen hatte hier aber auch niemand ein Verbrechen verübt. Insofern – warum hätte die Wohnung versiegelt sein sollen? Trotzdem fühlte sich Nash wie immer, wenn er sich einem Tatort näherte. Es zwackte und rumorte in ihm, als wollte sein Bauch ihm sagen, er solle besser die Finger davon lassen.

Er hatte geklopft. Mehrmals sogar.

Ein winziger Teil von ihm hatte gehofft, Sam würde die Tür aufmachen und ihn mit einem Lächeln nach drinnen winken, ihm vielleicht ein Bier anbieten und dann erzählen, an welcher Stelle alles aus dem Ruder gelaufen war. Doch es war niemand an die Tür gekommen, und allmählich fragte sich Nash, was sie nicht kapiert hatten.

Bishop oder Sam.

Sam oder Bishop.

Beide.

Die Nachricht von Kloz hatte ihn vollends aus der Bahn geworfen. Vor der Nachricht hatten die Indizien, die sich rund um Sam angehäuft hatten, lediglich wie Nebelkerzen gewirkt, die Bishop gezündet hatte – wie zurechtfabulierte Märchen, die den Fokus von ihm auf Porter lenken sollten. Als Kloz' Nachricht eingegangen war, war Nash gerade auf halbem Weg zurück zur Metro gewesen.

Habe auf Sams Konto vier Abhebungsvorgänge gefunden – je 2500 letzten September. Entsprechende Eingänge bei Upchurch – die gleichen Summen, binnen 48 Std. nachdem Sam das Geld bei sich abgehoben hatte. Alles über 3000 wird gem. Patriot Act an die Bundessteuerbehörde gemeldet – das hat Sam unter Garantie gewusst und versucht, unter dem Radar zu bleiben.

Und eine zweite Nachricht war bloß Sekunden später eingegangen.

Gesichtserkennungsprogramm hat zwei Fotos von Upchurchs Rechner mit den zwei weiblichen Leichen von heute Morgen gematcht. Noch nicht bestätigt, ob es sich um Kristina Niven und Tegan Savala handelt – weiß nicht mal, ob die Namen echt sind. Keine Treffer bei Sozialversicherung und Meldeamt. Forsche weiter …

PS: Fühle mich beschissen. Du?

»Mir geht's super.« Nash rieb sich über die Nase und versuchte, Kloz zurückzurufen. Aber er erreichte nur die Mailbox. Das Gleiche bei Clair. Dieses verdammte Krankenhaus war ein einziges Schwarzes Funkloch. Immer schon so gewesen.

Noch vor Sams Wohnungstür überflog er erneut die beiden Nachrichten, ehe er schließlich seinen Schlüsselbund rausholte und aufschloss.

Die Luft war merkwürdig stickig, als würde Nash eine Gruft betreten. Er war mal zum Essen eingeladen gewesen, so lange war das noch gar nicht her, und Sam und Heather hatten sich wahnsinnig Mühe gegeben, damit er sich wie zu Hause fühlte. Im Fernsehen hatten die Bears gespielt und im zweiten Viertel mit sieben Punkten zurückgelegen. Der Ton war abgestellt gewesen. Im Radio war irgendein Classic-Rock-Programm gelaufen – »Hotel California« von den Eagles. Lustig, wie man Musik mit bestimmten Situationen in Verbindung brachte.

Derzeit war es still.

Die zugezogenen Gardinen filterten das Licht. Staub schwebte in der Luft.

»Sam, wenn du da bist – ich komme jetzt rein!«

Er wusste genau, dass Sam nicht da war. Trotzdem fühlte es sich richtig an, es zumindest zu sagen. Wenn nicht Kloz' Nachricht gewesen wäre, wäre er womöglich gar nicht hier.

Er ließ den Blick durch den Flur schweifen. War sich nicht sicher, wo er anfangen sollte, nicht mal, wonach er überhaupt suchte. Das FBI hatte ein gewaltiges Durcheinander hinterlassen: Sams und Heathers Bücher waren nicht zurückgestellt worden, sondern lagen immer noch in kleinen Stapeln vor den Bücherregalen. Sie hatten jede verdammte Seite umgeblättert. Und rein gar nichts gefunden. Nur die Hälfte der Küchenschränke war geschlossen, die restlichen standen sperrangelweit offen, der Inhalt lag kreuz und quer herum, bei den Schubladen genau das Gleiche. Nash ging zum Kühlschrank. Nichts außer saurer Milch, hartem Brot und ein paar schmierigen Scheiben Aufschnitt. Nichts im Kühlfach. Auf der Arbeitsfläche zerknüllte Folie, die mit »Rinderhack« etikettiert worden war. Er wusste, dass Sam in dem Päckchen Bargeld versteckt hatte, aber das war schon weg gewesen, noch bevor er nach New Orleans aufgebrochen war. Damals, als er noch das Tagebuch aus ...

Nash kehrte ins Wohnzimmer zurück. Als er die Wohnung betreten hatte, war es ihm nicht gleich aufgefallen, dabei hätte er es sofort bemerken müssen: Der La-Z-Boy-Sessel, den Sam umgekippt hatte, um das darin versteckte Tagebuch herauszuholen, hatte bei Nashs und Clairs letztem Besuch drei Tage zuvor immer noch umgekippt am Boden gelegen. Jetzt stand er aufrecht da.

Sam war seit seiner Flucht aus dem Metro-Gebäude noch mal hier gewesen.

Mit einer Hand an der Unterkante und der anderen an der Lehne kippte Nash den schweren Sessel um und kniete sich vor die Unterseite. Der Stoff war zurechtgezogen und befestigt worden, sodass die Innereien nicht zu sehen waren – genau wie es sein sollte. Aber nicht, wie der Sessel zurückgelassen worden war.

Er griff sich eine Ecke und zog den schwarzen Stoff entlang des Klettverschlusses herunter. Dann richtete er das Taschenlampenlicht seines Handys ins Innere des Sessels. Ein mit weißer Plastikfolie umwickeltes Päckchen war am Metallskelett des Sessels festgeklebt worden. Nash legte die Finger darum, riss das Päckchen heraus und legte es vor sich auf den Boden.

Ein weißer Müllsack mit quaderförmigem Inhalt. Drum herum schwarze Kordel.

Kein Tagebuch.

Etwas Größeres.

Nash riss das Klebeband von den Kanten ab, schnürte die Kordel auf und hatte bereits halb die Plastikfolie abgezogen, als ihm dämmerte, dass er keine Handschuhe trug. Er zog ein Paar aus seiner Tasche und streifte es über, dann leerte er den Inhalt des Päckchens auf dem Boden aus.

Und musste niesen.

Das war bloß der Staub gewesen. Nicht die Erkältung, nicht die Grippe oder weiß der Geier, was. Eine riesige Staubwolke, die aufstob, nachdem vier Stücke Gipskarton vor ihm zu Boden gefallen waren. Auf den ersten drei standen Gedichte, auf dem vierten ein vereinzelter Satz.

Man kann nicht Gott spielen, ohne mit dem Teufel zu paktieren.

61

Tagebuch

Welderman und Stocks stiegen aus und sprachen ein paar Minuten lang mit dem Mann im blauen Trenchcoat. Dann zog Welderman meine Tür auf. »Komm jetzt, Anson.«

Ich sah sie alle bloß an, ohne Anstalten zu machen auszusteigen. Dass ich Weldermans Wagen nicht ausstehen konnte, war eine Sache; aber ich war nicht so dumm, dass ich nicht geahnt hätte, es wäre nicht gerade zu meinem Besten, wenn ich ihnen einfach so nachliefe. Umbringen oder so würden sie mich schon nicht, das war mir klar – sie hätten mich draußen auf den Feldern umbringen können, wenn sie das gewollt hätten –, aber Weldermans nervöse Blicke und die Art und Weise, wie Stocks auf seine Schuhe hinabstarrte, waren für mich Beweis genug, dass ich durchaus etwas zu befürchten hatte. Vincents Gesichtsausdruck an jenem Abend, als er von einem dieser Ausflüge nach Hause gekommen war, hatte ich nicht vergessen.

Der Mann im Trenchcoat überreichte Welderman einen Motel-Schlüssel, sagte leise: »Vierzehn«, kletterte dann in seinen weißen Transporter und zog die Tür wieder hinter sich zu. Fuhr allerdings nicht ab. Stattdessen saß er bloß da, ließ den Blick über den Parkplatz schweifen – über die Leute auf der anderen Straßenseite, die zu dem Fast-Food-Laden gingen, einen älteren Mann, der nebenan bei Phillips 66 seinen Pick-up betankte ... Ich wusste, was ein Beobachtungsposten war. Ich hatte die Rolle für Mutter und Vater zigmal gespielt. Dieser Typ stand hier Schmiere.

Stocks' nikotingelbe Hand griff ins Wageninnere, schloss sich um meinen Kragen, und er zerrte mich raus. Ich machte die Beine ganz locker und ließ mich zu Boden fallen.

Welderman seufzte. Dann zog er übertrieben demonstrativ seine Jackenschöße zurück, damit ich die Waffe in seinem Gürtelholster sehen konnte. »Soll ich dich jetzt erschießen, Junge? Wenn du meinst, das würde ich nicht tun, dann irrst du dich. Ich habe kein Problem damit, dir eine Kugel zu verpassen und dann über die Straße zu schlendern und mir einen Burger zu holen, während Stocks hier sauber macht. Du wärst nicht der Erste. Wir könnten dich auch ein klein wenig zusammenschlagen – das haben wir mit Weidner machen müssen. Auch deine kleine Freundin Libby hat erst solche Zicken gemacht, dass wir ihr den einen oder anderen zusätzlichen blauen Fleck verpassen mussten.« Er ging neben mir in die Hocke und sah mir direkt ins Gesicht. »Es ist folgendermaßen: Das hier geht auf eine von zwei Arten zu Ende. Entweder du stirbst, oder du gehst jetzt freiwillig in dieses Zimmer. Es gibt keine dritte Option. Wenn du dich dafür entscheiden solltest, diesen Abend zu überleben: Je schneller du in diesem Zimmer verschwindest, umso schneller bist du wieder zu Hause in deinem Bettchen und kannst versuchen, dir einzureden, dass all das nie passiert wäre. Das erste Mal ist immer hart, für jeden von euch. Aber mit der Zeit wird es leichter. Ehrenwort.«

Er stand wieder auf und warf einen Blick zum Fast-Food-Laden auf der anderen Straßenseite. »Ich hab Hunger. Beeil dich mit deiner Entscheidung, verdammt.«

Der Mann im Transporter sah zu uns her. Sonderlich besorgt wirkte er nicht; das hier war einfach nur ein weiterer Abend, wie er sie schon dutzendfach erlebt hatte.

Ich stand ebenfalls auf und klopfte mir den Staub von der Hose. Mit zwei bewaffneten Männern konnte ich es nicht aufnehmen, erst recht nicht mit dreien. Ich warf einen Blick auf das Motel. »Zimmer vierzehn?«

Welderman nickte. »Genau.«

Dann machte ich mich auf den Weg über den Parkplatz. Stocks schlurfte hinter mir her, Welderman war die Nachhut.

Zimmer vierzehn lag im ersten Stock ganz hinten rechts. Drinnen brannte Licht. Die meisten anderen Zimmer waren dunkel. Als wir die Tür erreichten, schob Welderman den Schlüssel ins Schloss, drehte ihn herum und stieß die Tür auf.

Zwei Betten, beide mit identischen geblümten Tagesdecken. Ein kleiner runder Tisch zur Rechten. Eine Küchenanrichte mit Spülbecken auf der Stirnseite, links ein Bad. Auf einem zerkratzten Beistelltisch gegenüber den Betten stand ein Fernseher. Einen Motelgast konnte ich nirgends sehen – zumindest nicht gleich. Im nächsten Moment ging die Klospülung, und ein Mann kam aus dem Bad, sah uns an und drehte sich wortlos zum Spülbecken um, wo er sich die Hände wusch.

Entweder Welderman oder Stocks schubste mich in das Zimmer hinein. Welderman sagte: »Sie haben fünfzehn Minuten.«

Hinter mir fiel die Tür ins Schloss. Der Mann griff sich ein Handtuch und trocknete sich die Hände ab. Ich stand einfach nur da.

62

Nash

Tag 5, 17.12 Uhr

Schwarze Schrift, Blockbuchstaben, die quer über ausgebleichte, gesprayte Fragmente verliefen. Nash sah sie zum
ersten Mal, trotzdem wusste er genau, was er vor sich hatte.
Irgendjemand hatte die Stücke aus der Wand eines Ab-
bruchhauses an der 41st geschnitten – wo Special Agent
Diener ermordet worden war. Anson Bishop war unterdessen im Haus gegenüber untergetaucht.

Poole hatte die Texte aus dem Gedächtnis zitiert und auf
eins der Whiteboards in ihrer Einsatzzentrale geschrieben.
Sie waren davon ausgegangen, dass Bishop aus unerfind-
lichen Gründen nicht gewollt hatte, dass sie die Texte fän-
den, und deshalb die Stücke aus der Wand geschnitten
hatte, nachdem er Diener die Kehle durchgeschnitten hatte.
In den Aufzeichnungen vom Morgen hatte Bishop behauptet, es sei Porter, der Diener auf dem Gewissen hatte –
was gleichzeitig bedeutete, dass er auch die Trockenwand …
rausgeschnitten … und die Stücke später hier versteckt
hatte?

Aber selbst wenn Sam der Täter wäre – warum sollte er
Beweisstücke in seiner eigenen Wohnung verstecken?

Die mussten hier absichtlich deponiert worden sein.
Alles andere war undenkbar.

Wofür hatte Sam Upchurch bezahlt?

Nash legte die Gipskartonstücke vor sich nebeneinander. Auf dem ersten stand:

Der Tod, da ich nicht halten konnt,
hielt an, war gern bereit.
Im Fuhrwerk saß nun er und ich
und die Unendlichkeit.

Das zweite Gedicht lautete:

Willst du ein Sinnbild wissen für Leben und Tod
So nimm zum Beispiel Wasser und Eis
Wasser erstarrt und wird zu Eis
Eis schmilzt und wandelt sich zurück zu Wasser
Was einmal starb muß sicher wieder leben
Und was geboren ward das kehrt zurück zum Tod
Wasser und Eis die tuen sich nicht weh
Ins Leben wie zum Tod zu kehren ist beides gut!

Das dritte war noch ein wenig länger:

Lasst uns heimkehren, lasst uns zurückgehen,
Alles Suchen und Streben wird nutzlos sein,
Freude durchdringt das Hier und das Jetzt.
Aus dem blauen Ozean des Todes
Fließt das Leben wie Nektar.
Im Leben ist Tod; im Tod ist Leben.
Wo soll die Angst sein, wo ist Angst?
Die Vögel am Himmel singen: »Kein Tod, kein Tod!«
Tag und Nacht spült die Welle der Unsterblichkeit
auf diese Erde herab.

Genau wie Poole gesagt hatte, waren mehrere Wörter unterstrichen worden.

Wasser
Eis
Leben
Tod
heim
Angst
Tod

Irgendwann waren sie zu dem Schluss gekommen, dass sie die Bedeutung dieser Wörter erkannt hätten: Upchurch hatte seine toten Opfer im Eis deponiert; ihre erste Leiche hatten sie am Seeufer im Wasser gefunden, nachdem Upchurch das Mädchen mehrfach in einem Salzwassertank in seinem Keller ertränkt hatte. Nach allem, was sie von den beiden Überlebenden erfahren hatten, hatte er herausfinden wollen, ob sie nach dem Ertrinken irgendetwas sehen würden – oder sobald er sie wiederbelebt hatte. Poole war der Ansicht gewesen, dass nur deshalb das Wort »Tod« gleich zwei Mal unterstrichen gewesen war. Und auch die restlichen Wörter passten in ihre Theorie … außer »heim«. Das hatten sie nie zuordnen können.

Nichts von alledem erklärte indes, warum jemand (ob nun Bishop oder Porter) sich die Zeit hätte nehmen sollen, um diese Stücke aus einer graffitibeschmierten Wand zu schneiden und sie irgendwo anders zu verstecken – erst recht binnen Sekunden nachdem erst ein FBI-Agent aus dem Weg hatte geräumt werden müssen und ein zweiter bloß einen Katzensprung entfernt auf der anderen Straßenseite unterwegs gewesen war.

Irgendwas stimmte da doch nicht. Irgendwas hatten sie übersehen.

Nash machte Fotos von den Gipskartonstücken und schickte sie an Clair, Klozowski und Poole. *Die hab ich bei Sam zu Hause gefunden.* Er wusste natürlich, dass sie Fragen stellen würden, aber inzwischen fiel ihm kein Grund mehr ein, warum er den Fund vor den anderen verheimlichen sollte. Sie würden es schon richtig einordnen.

Wieder juckte ihn die Nase, er drehte den Kopf und nieste – drei Mal. Schnellfeuer. Als es vorbei war, richtete er sich auf und sah sich im Zimmer nach Taschentüchern um. Wenn Heather noch da gewesen wäre, hätte ganz sicher in jedem Raum eine Schachtel gelegen. Sam hatte sich langsam zurück in einen Junggesellen verwandelt; Taschentücher waren nirgends zu sehen. Auch in der Küche fand Nash nur eine leere Papprolle, wo Küchenpapier hätte sein müssen.

Doch selbst der nachlässigste Junggeselle kaufte Klopapier. Kurz entschlossen marschierte Nash ins Bad und knipste das Licht an.

Zunächst sah er die Leiche gar nicht. Wenn sich jemand nicht die Mühe gemacht hätte, sie erst in Plastik einzuwickeln, ehe er sie in die Wanne gelegt hatte, hätte er sie wahrscheinlich schon aus den anderen Zimmern riechen können. Das Salz verhinderte womöglich zusätzlich, dass sich Fäulnisgeruch ausbreitete – oder vielleicht war es auch nur Nashs verstopfte Nase.

63

Porter

Genau wie Emory versprochen hatte, stand, als der Talbot-Enterprises-Jet auf dem Charleston Executive Airport aufsetzte, ein SUV für Porter auf der Piste bereit. Sie rollten bis auf fünfzehn Meter an das Fahrzeug heran, und ein Mann in einem Overall mit Aufschrift »Talbot Enterprises Air Service« begrüßte Porter am Fuß der Gangway und drückte ihm die Autoschlüssel in die Hand. »Der Tank ist voll, und in der Mittelkonsole liegt ein Prepaidhandy, sollten Sie telefonieren müssen. Werfen Sie es einfach weg, wenn Sie es nicht mehr brauchen.« Dann überreichte er Porter auch noch eine Visitenkarte. »Meine Nummer steht auf der Rückseite. Rufen Sie mich an, wenn Sie etwas brauchen. Wir haben die Order, den Jet hier auf Abruf zu halten, damit Sie ihn jederzeit exklusiv benutzen können. Ihr Pilot bleibt vor Ort. Wir brauchen im Schnitt gut dreißig Minuten, um den Vogel für den Abflug fertig zu machen. Wenn Sie also in Eile sein sollten, versuchen Sie, mir vorab Bescheid zu geben, dann müssen Sie hier nicht warten.«

»Danke.« Porter nahm die Schlüssel entgegen, schob sich die Visitenkarte in die Tasche und ging mit seinem Rucksack zu dem SUV.

Zwischen all den übrigen Vorzügen an Bord hatte der Jet auch mit mehreren Laptops und Highspeed-Internet aufgewartet. Sowie er online gewesen war, hatte er fast im Handumdrehen gefunden, wonach er gesucht hatte. Als er sich nun auf den Fahrersitz schob, warf er noch einen Blick auf die Wegbeschreibung, die er sich notiert hatte, ließ dann den Motor an und folgte der Beschilderung in Richtung I-26. Keine dreißig Minuten später stellte er den Wagen auf dem Parkplatz des Camden Treatment Center ab.

Ein einstöckiger Flachbau mit weißer Fassade. Das Gelände machte einen überaus gepflegten Eindruck – akkurat beschnittene Bäume und Sträucher, die selbst im Winter für Farbkleckse sorgten. Nicht dass South Carolina einen ernst zu nehmenden Winter hätte wie Chicago. Er war sich ziemlich sicher, dass Schnee hier nur in Märchen vorkam. Nachdem es bereits nach fünf war und somit nach Feierabend, standen nur mehr ein paar wenige Fahrzeuge auf dem Parkplatz.

Kurz dachte er darüber nach, den Rucksack mitzunehmen, schob ihn dann aber unter den Beifahrersitz. Wenn er die Tagebücher bräuchte, würde er immer noch herkommen und sie sich holen können. Genau wie in New Orleans musste er zumindest einigermaßen aussehen wie ein Cop, und Cops hatten nun mal keinen Rucksack geschultert. Allerdings trugen sie Waffen und hatten entsprechende Ausweise. Der Revolver im Holster konnte also bleiben. Dass er keine Dienstmarke mehr besaß, war nicht zu ändern. Emory hatte sich alle Mühe gegeben, die richtige Kleidung für ihn auszuwählen, trotzdem musste er sich eingestehen, dass wirklich alles, was er am Leib trug, die finanziellen Möglichkeiten eines Staatsbediensteten seines Ranges bei Weitem überstieg. Er warf sich im Rückspiegel einen letzten Blick zu, vergewisserte sich, dass er keine Speisereste im Gesicht hatte, stieg aus und marschierte auf den Eingang zu.

Als er die Tür aufstieß, fand er sich in einer Art Lobby

mit Teppichboden wieder. An den cremeweißen Wänden hingen geschmackvolle Landschaftsgemälde. Eine Frau Anfang zwanzig blickte vom Empfangscomputer auf und lächelte ihn an. »Wie kann ich Ihnen helfen?«

Porter schob eine seiner Metro-Visitenkarten zu ihr rüber. »Ich müsste bitte mit jemandem über einen ehemaligen Patienten von Ihnen sprechen ... ist rund zwanzig Jahre her.«

»Zwanzig Jahre?«

Er nickte.

»Und der ehemalige Patient hieß ...?«

»Anson Bishop.«

Der Blick der Frau verharrte kurz auf seinem Gesicht, dann griff sie zum Hörer und sprach leise hinein. Porter konnte kein Wort verstehen. Als sie auflegte, nickte sie in Richtung der Stühle im Wartebereich gegenüber. »Setzen Sie sich bitte noch ganz kurz hin, der Direktor ist in ein paar Minuten da.«

Das Letzte, was Porter wollte, war, sich irgendwohin zu setzen und zu warten. Aber er hatte keine andere Wahl. Er durchquerte den Eingangsbereich, ließ sich auf einem der schwarz-silbernen Lederstühle nieder und starrte den Stapel uralter Zeitschriften auf dem Beistelltischchen an. Was kümmerte es ihn, was die Royal Family trieb oder mit wem Jennifer Aniston liiert war. Johnny Depps Geldsorgen waren da schon ein bisschen verlockender. Aber noch ehe er sich dem Thema zuwenden konnte, hörte er eine Männerstimme durch eine Tür hinter dem Empfang. Dann ging die Tür mit einem elektronischen Surren auf, und ein Mann Ende fünfzig, Anfang sechzig schaute sich um. Sein Blick blieb an Porter hängen.

Er schien ihn kurz anzustarren. Hatte einen leicht verwirrten Ausdruck im Gesicht. Kniff die Augen hinter der Brille zusammen. Porter hatte sich vorgenommen, wann immer ihn jemand aus dem Fernsehen wiedererkannte, auf der Stelle zu verschwinden. Bevor irgendwer irgendwen alarmiert hätte, wäre er längst über alle Berge – und bis jemand vor Ort einträfe, erst recht. Er musste jetzt in Bewegung bleiben. Der Vernehmungsraum bei der Metro hatte ihn wertvolle Zeit gekostet.

Der Mann sah zurück zu der Frau am Empfang. »Wenn jemand anruft – ich bin in einer Besprechung, okay?«

Sie nickte.

Er drehte sich wieder zu Porter um. »Folgen Sie mir, Detective?«

Eine Aufforderung, verkleidet als Frage. Porter hatte über die Jahre mit einigen Seelenklempnern zu tun gehabt – wie jeder Cop im aktiven Dienst –, und dieses Talent schienen sie alle zu haben. Diese Pseudofragerei verärgerte ihn – wie sie ihn immer schon verärgert hatte. Trotzdem bedachte er den Mediziner mit einem Lächeln und folgte ihm durch eine Tür. Als er über die Schwelle auf den Flur trat, hatte er kurz nur einen einzigen Gedanken. Déjà-vu.

Das Schwesternzimmer auf der einen, das Kabuff des Sicherheitsmanns auf der anderen Seite. Dieser Flur, vielleicht fünfzehn Meter lang – Bishop hatte ihn in sämtlichen Einzelheiten beschrieben. Das Schwesternzimmer war verwaist, trotzdem sah Porter regelrecht vor sich, wie Schwester Gilman ihnen von dort aus hinterherblickte. Der Wachmann sah nur halb hoch, als sie an ihm vorbeiliefen, und wandte sich wieder den Monitoren auf seinem Schreibtisch zu – Dutzende Kameras, die von der Lobby über die Gemeinschaftsräume bis hin zu den Zimmern, die nur Patienten- oder Sprechzimmer sein konnten, jede Bewegung überwachten.

An beiden Enden des Flurs hingen Kameras – dunkle, schwarze Augen, die aus kleinen Halbkugeln unter der Decke herabstarrten. In Dr. Oglesbys Sprechzimmer hatte

ich keine Kamera entdecken können, trotzdem war ich mir
sicher, dass dort ebenfalls eine lauerte. Die Kamera in mei-
nem Zimmer befand sich hinter dem Lüftungsgitter neben
den Neonröhren und blickte auf mich herab. Sie gab keiner-
lei Geräusche von sich, aber ich konnte ihr Blinzeln spüren.

Porters Blick blieb an den Kugeln unter der Decke hängen, und er versuchte, nicht hinzustarren.

Der Arzt winkte ihn in das zweite Sprechzimmer zur
Linken, bat ihn, Platz zu nehmen, und schloss die Tür, ehe
er selbst sich in einem ausladenden Ledersessel Porter gegenüber niederließ. Er nahm die Brille ab, ließ sie sich auf
die Brust fallen – sie baumelte an einem Silberkettchen von
seinem Hals. Er trug einen Burlington-Pullover in gruseli-
gen Rot- und Grüntönen. Missglücktes Weihnachtsmuster.
Sein Haar war früher vermutlich mal kohlrabenschwarz
gewesen; inzwischen war es grau meliert. »Lange nicht gesehen, Detective.«

Porter war wie vor den Kopf gestoßen. Er hatte sich
Namen und Gesichter immer gut merken können, doch an
diesen Mann konnte er sich beim besten Willen nicht erinnern. Auf dem Namensschild auf dem Schreibtisch stand
Victor Whittenberg, Ph. D. Auch das sagte ihm nichts.

»Kennen wir uns?«

Was immer dem Arzt durch den Kopf schoss – er ließ
sich nichts anmerken. Er lehnte sich bloß in seinem Sessel
zurück und musterte Porters Gesicht. Womöglich überlegte
er, ob er sich getäuscht hatte.

Seit Porter vor fünf Jahren die Jagd auf 4MK eröffnet hatte, hatte er mit Dutzenden Experten gesprochen. Schon
möglich, dass Whittenberg einer davon gewesen war, vielleicht waren sie sich einmal bei einer Pressekonferenz begegnet. Bei derlei Ereignissen wurde er so vielen Leuten
vorgestellt, dass er sie im Nachhinein kaum noch zuordnen
konnte. Nachdem er selbst in der Regel auf dem Podium

saß, hatten es die anderen da viel leichter. So war das nun mal. Oder aber es war das Gleiche wie schon so oft zuvor – der Arzt hatte Porter im Fernsehen gesehen und nur deshalb das Gefühl, ihn wiederzuerkennen.

Whittenberg ergriff als Erster das Wort. Er klang reserviert. »Vielleicht habe ich Sie auch verwechselt.«

»Gar nicht selten, bei meinem Gesicht.«

»Mag sein.« Auf seinem Schreibtisch stand ein silberfarbenes Micro-Aufnahmegerät. Er legte den Daumen auf einen roten Knopf an der Seite. »Sie haben doch nichts dagegen, wenn ich unser Gespräch aufzeichne?«

Doch, Porter hatte etwas dagegen. »Wozu sollte das gut sein?«

Whittenberg nahm seine Brille zur Hand und setzte sie wieder auf. »Sie sind Polizeiermittler, und ich nehme stark an, dass Sie von mir vertrauliche Informationen zu einem oder mehreren Patienten benötigen. Womöglich hätte ich dieser Unterhaltung gar nicht zustimmen dürfen. Aber nun habe ich es getan oder habe es zumindest vor – und in diesem Fall fühle ich mich schlichtweg sicherer, wenn wir das hier dokumentieren könnten.«

Porter wusste genau, dass er an diesem Punkt nicht auf irgendein Recht würde pochen können, wenn er nicht augenblicklich rausfliegen wollte. Er hatte im Grunde keine Wahl. »Bedenken Sie nur bitte, dass dies Teil einer laufenden Ermittlung ist und Sie unsere Unterhaltung niemandem gegenüber erwähnen dürfen, weil das möglicherweise als Behinderung polizeilicher Maßnahmen ausgelegt und geahndet werden könnte. Behalten Sie das bitte im Hinterkopf.«

»Verstanden.« Whittenberg drückte den roten Knopf und rückte das Gerät zwischen sie beide.

Porter versuchte, darüber hinwegzusehen. »Ist Dr. Oglesby immer noch Teil des Teams?«

»Oglesby?«

»Ja.«

Er nahm die Brille wieder ab, ließ sie sich vom Hals baumeln. »Den Namen habe ich noch nie gehört.«

»Wie lange arbeiten Sie schon hier?«

Whittenberg musste kurz nachdenken. »Bald dreiundzwanzig Jahre.«

Porter ertappte sich dabei, wie er den Pullover des Mannes regelrecht studierte – das Burlington-Muster, das sich vor seinen Augen in ein völlig chaotisches Durcheinander aufzulösen schien. »Er müsste in den späten Neunzigern hier gearbeitet haben, also vor gerade mal zehn, fünfzehn Jahren.«

»Ich … Ich bin mir sicher, da wären wir uns begegnet. Diese Einrichtung ist nicht sehr groß. Trotzdem sagt mir der Name rein gar nichts. Sicher, dass er hier im Camden gearbeitet hat?«

»Zu einhundert Prozent. Er war der behandelnde Arzt von Anson Bishop.«

»Verstehe.«

Porter war frustriert. Diese formelhaften, nichtssagenden Antworten. »Hätten Sie Bishops Akte noch hier? Vielleicht fangen wir damit an.«

»Detective, ich finde Ihr Verhalten irritierend.«

Porter fragte sich, wie der gute Mann es wohl finden würde, wenn er jetzt über den Schreibtisch griffe, ihn bei diesem abscheulichen Pulli packte und beiseitestieße, um sich dann durch die Aktenschränke zu wühlen. Er atmete tief durch, um wieder zur Ruhe zu kommen. »Tut mir leid. Ich bin übernächtigt. Solche Ermittlungen zehren einem an den Nerven. Wollen wir vielleicht mal schauen, was in Bishops Akte steht, und sehen dann weiter?«

Eine Aussage in Form einer Frage.

Nimm das, du Lump.

Der Mediziner warf einen Blick auf sein Diktiergerät, vergewisserte sich, dass es noch lief, und stand auf. »Eine Sekunde bitte.«

Dann ließ er Porter mehrere Minuten lang im Sprechzimmer allein. Als er wiederkam, hielt er zwei Akten in der Hand – eine dicke und eine dünne. Er setzte sich auf seinen Schreibtischsessel und schob beide Mappen auf Porter zu.

Porter zog sie zu sich heran und starrte auf die Namen hinab, die ordentlich getippt auf dem Reiter standen. Die dünnere Mappe war mit *Bishop, Anson* beschriftet. Die Beschriftung der zweiten, der dickeren Akte, sorgte dafür, dass sich sein Herz so heftig zusammenkrampfte, dass man es ihm ansehen musste. Er blickte sein Gegenüber an. »Was soll das?«

»Erklären Sie es mir.«

Auf der dicken Akte stand *Porter, Samuel.*

64
Tagebuch

Ohne sich umzudrehen, fragte der Mann: »Wie heißt du?«
»Anson.«

»Anson«, wiederholte er leise. Er faltete das Handtuch und schob es zurück auf den Handtuchhalter.

Ich konnte sein Gesicht im Spiegel sehen. Er war vielleicht Mitte dreißig, hatte kurzes, dunkles, sich lichtendes Haar und ein rundes Brillengestell aus Metall auf der Nase. Schnurrbart, kein Vollbart. Er war im Anzug gekommen, allerdings hing das Anzugsakko über der Stuhllehne neben der Tür, die Krawatte hatte er bereits gelockert und den obersten Hemdenknopf aufgeknöpft. Die Ärmel hatte er auch hochgekrempelt. Besonders groß war er nicht, vielleicht eins siebzig.

Er kontrollierte noch kurz sein Spiegelbild, dann drehte er sich zu mir um. Als er mich anlächelte, bleckte er schiefe Zähne, und am liebsten hätte ich weggesehen, hielt aber weiter Blickkontakt.

»Du siehst genau so aus wie auf dem Foto. Das ist gut.«

Um ein Haar hätte ich ihn gefragt, was er denn erwartet hatte – dass ich komplett anders aussah? –, aber das kam mir als Erwiderung doch zu albern vor.

»Ich heiße Bernie. Ist das hier dein erstes Mal?«

Ich antwortete nicht, starrte ihn bloß wortlos an.

Nach einer gefühlten Ewigkeit sagte er: »Ich hab extra bezahlt, du müsstest mir also bitte bestätigen, dass es das erste Mal für dich ist. Ich traue diesen Kerlen nicht über den Weg. In dieser Hinsicht haben sie schon immer gelogen.«

Ich fragte mich, wie viele Male Bernie das hier schon gemacht hatte. Er sah kein bisschen nervös aus, und das machte mir noch mehr Angst als alles andere, weil ich mir ziemlich sicher war, dass ich ahnte, welche Hinsicht er meinte. Ich wollte lieber nicht zu genau wissen, wer sich in so einer Lage je wohlfühlte.

Ich nickte und war erleichtert, als er sich wegdrehte und die Brieftasche aus seiner Gesäßtasche angelte. Er nahm mehrere Scheine heraus und legte sie auf den Waschbeckenrand.

»Ich hab eigentlich schon bezahlt. Aber das hier ist für dich.«

Dann steckte er die Brieftasche wieder ein, machte ein paar Schritte auf mich zu und wies zu einer braunen Flasche auf dem Nachttisch zwischen den Betten.

»Willst du einen Drink, um lockerer zu werden?«

Ich hatte sage und schreibe zweimal im Leben Alkohol getrunken: das erste Mal mit Mrs. Carter – und das war nicht gut für mich ausgegangen. Das zweite Mal war am darauffolgenden Morgen mit Vater gewesen. Reparaturschnäpschen hatte er es genannt; damit vertreibe man den Kater. Ich hatte wirklich nicht vor, jetzt wieder zu trinken, und schüttelte den Kopf. »Aber trinken Sie nur. Ich meine, wenn Sie mögen.«

Er mochte. Mit einem Nicken griff er zu einem der Motelgläser, goss sich zwei Fingerbreit ein und trank es in einem Zug leer. Dann schüttelte er sich, setzte das Glas wieder ab und ließ sich auf der Bettkante nieder. Er klopfte neben sich auf die Tagesdecke; er hatte sich die Fingernägel abgekaut, die Fingerkuppen waren gelblich verfärbt, und ich konnte mir nur zu gut vorstellen, wie er in einer Stunde in *ihrem kleinen Raucher-Geheimclub draußen mit Stocks zusammenstünde und Feuerzeug und widerwärtige Geschichten austauschte.*

»Setz dich«, sagte Bernie. »Ich will es nicht noch einmal sagen müssen.«

Ich setzte mich neben ihn. Nicht weil ich gewollt, sondern weil alles andere die Situation verschärft hätte, und das wäre sicher nicht das Allerklügste gewesen.

Jetzt war Bernie doch nervös, und nervöse Menschen handelten nicht rational.

Als ich noch jünger gewesen war, hatte ich immer Schach gegen mich selbst gespielt, sowohl die weißen Figuren als auch die schwarzen, und zwar nicht, weil ich niemanden zum Spielen gehabt hätte, sondern weil Vater mir hatte beibringen wollen, wie man den nächsten Zug seines Gegners voraussehen lernte. Wenn man Schach mit sich selbst spielt, muss man immer auch eine Zeit lang sein eigener Gegner sein und jede Option überdenken, die man als Gegner wählen könnte, jeden potenziellen Zug. Wenn man mit diesem Wissen dann zurück auf die eigene Seite wechselt, ist man gezwungen, die eigene Reaktion wieder neu zu überdenken, weil man inzwischen ja weiß, welche Möglichkeiten dem Gegner offenstehen.

Meine Handflächen wurden feucht, und ich wischte sie an der Tagesdecke ab. Gleichzeitig dachte ich darüber nach, was Bernie wohl als Nächstes tun könnte. Ich dachte auch an Welderman und Stocks – die sich bestimmt gerade auf der anderen Straßenseite Burger bestellten – und an den Mann im Transporter, der ganz in der Nähe stand, wenn auch in einigem Abstand.

Bernie rutschte ein Stück näher an mich heran und knöpfte mir die obersten zwei Hemdenknöpfe auf.

Ich ließ es geschehen.

Dann beugte er sich näher – und sein Atem stank nach

Salami, Kaffee und Zigarettenrauch. Seine schiefen, fleckigen Zähne passten zu den gelben Fingern. Er schloss die Augen. Anscheinend wollte Bernie nicht einmal selbst sehen, was er gerade tat, doch dann spähte er mich durch die zusammengekniffenen Augen wie eine Schlange an, ein sich windendes, glitschiges Ding, das eigentlich auf den Boden gehörte ...

»Noch nicht«, sagte ich leise und drehte den Kopf von ihm weg.

Ich wusste genau, was hier vor sich ging. Es wäre gelogen, wenn ich das Gegenteil behauptet hätte. Mein Kumpel Bo Ridley hatte mir mal einen Artikel über einen Mann gezeigt, der bei uns in der Stadt gewohnt und in dunklen Gassen kleinen Jungs aufgelauert und mit ihnen Sachen gemacht hatte, die nicht hätten passieren dürfen. Die Polizei hatte ihn nie erwischt – aber ein anderer Bewohner der Stadt. Und der hatte dem Typen den Schwanz abgeschnitten und ihm ins Maul gestopft, ehe er ihm die Kehle aufgeschlitzt und die Leiche dann in einer Gasse hinter einem Supermarkt liegen gelassen hatte. Um den Hals baumelte ein GESCHLOSSEN-Schild. Ich stellte mir vor, wie Bernie sich ein GESCHLOSSEN-Schild unters Kinn hielt, unter diese schiefen Zähne.

»Vielleicht ziehen wir uns erst aus«, sagte ich noch leiser als zuvor, weil ich wusste, dass er genau das wollte. Er riss die zusammengekniffenen Schlitzaugen auf, die plötzlich fast schon zu leuchten schienen, rückte ein Stück von mir ab und lächelte scheu. Er hatte Herzrasen. Ich konnte die dünne Ader an seiner Schläfe pochen sehen – ein aufgeregt hektisches Klopfen.

Er nahm die Krawatte ab, faltete sie ordentlich zusammen und legte sie auf den Nachttisch. Dann räusperte er sich und zog die Schuhe aus. Anschließend knöpfte er sein Hemd ganz auf, streifte es sich von den Schultern und legte *es auf das leere zweite Bett. Als er sich an seinem Gürtel zu schaffen machen wollte, hielt er inne. »Du auch.«*

Ich nickte und beugte mich hinunter zu meinen Schuhen. Sie waren brandneu, schwarze Lederschuhe. Ich zog die Schnürsenkel auf.

Vincent hatte erwähnt, dass er in Sachen Werkzeug unter der Küchenspüle fündig geworden sei, und ich fragte mich, ob er bemerkt hatte, dass der Schraubenzieher vom Boden verschwunden war, nachdem ich mich zurückgezogen hatte. Wahrscheinlich hatte er rund um den Pick-up gesucht, vielleicht sogar im Motorraum, und hatte versucht, sich zu erinnern, wo er das Ding zuletzt in der Hand gehabt hatte. Es war nur etwa fünfzehn Zentimeter lang und hatte perfekt in meine neuen Socken gepasst. Die Spitze war angerostet, aber scharfkantig.

Bernie fummelte immer noch an seiner Hose herum, als ich hochschnellte. Er konnte noch schreien – allerdings nicht lange.

65

Poole

Poole hatte im letzten Moment den Direktflug von O'Hare nach Charleston gekriegt, aber dass er Linie geflogen war, hatte ihn mächtig ausgebremst. Noch vom Terminal in Chicago aus hatte er sich einen Leihwagen organisiert, allerdings hatte auch das Zeit gekostet. Nachdem der Flieger in Charleston International gelandet war, hatte er fast zwanzig Minuten lang auf der Rollbahn in irgendeiner Schlange gestanden, bevor sie auch nur das Gate angesteuert hatten. Sobald Poole draußen gewesen war, war er quer durch den Flughafen gerannt, hatte sich zwischen Familien, Geschäftsreisenden und Flughafenpersonal in Golfwägelchen hindurchgezwängt, nur um am Leihwagenschalter von Neuem Schlange zu stehen. Er musste sich zusammenreißen, um nicht seine Dienstmarke rauszuholen und sich vorzudrängeln; im selben Augenblick, da er sich irgendwo identifizierte und die falsche Datenbank gefüttert würde, wüsste SAIC Hurless Bescheid.

Achtundzwanzig Minuten nachdem er den Schalter erreicht hatte, verließ er das Flughafengelände in einem Toyota RAV4, der nach abgestandenem Zigarettenrauch und Bleiche roch. Einundvierzig Minuten bis zum Charleston Police Department am Lockwood Drive. Vier Minuten, um dem diensthabenden Kollegen dort sein Anliegen zu erklären. Zwölf Minuten in einem unordentlichen Besprechungsraum … in dem er lediglich wartete.

Poole studierte gerade die fleckige Kaffeekanne auf der Anrichte an der gegenüberliegenden Wand, als es zweimal kurz an der Tür klopfte und ein Mann eintrat, der sich ihm als Byron Locke vorstellte – der stellvertretende Revierchef. Das Erste, was Poole durch den Kopf schoss, war: bullig. Eins achtzig groß, sicher einhundert Kilo. Kein Hals, dafür schulterabwärts reine Muskelmasse. Er hatte eine blaue Uniformhose an, ein weißes Hemd, das er bis über die Ellbogen hochgekrempelt hatte, und eine locker sitzende blaue Krawatte. Waffe und Ausweis klemmten an seinem Gürtel. Er legte zwei Mappen vor Poole auf den Tisch und setzte sich ihm gegenüber. »Also dann. Officer Samuel Porter.«

»Officer Samuel Porter«, echote Poole.

»Aus der Zeit sind nur noch wenige hier«, erklärte Locke. »Wahnsinn, wie die Zeit vergeht. Fühlt sich an, als wäre es gerade erst eine Woche her.«

»Dann waren Sie schon hier, als Porter hier angefangen hat?«

Locke nickte. »Ich hatte zwei Jahre vor ihm den Dienst angetreten. Wir waren nie Partner, aber ich kannte ihn natürlich – und Hillburn auch. Beides gute Jungs, soweit ich mich entsinne. Hab mir die Akten rausgesucht, um meinem Gedächtnis auf die Sprünge zu helfen. Irre viel ist leider nicht mehr da. Suchen Sie nach etwas Bestimmtem?«

Poole hatte lange darüber nachgedacht, aber um der Wahrheit die Ehre zu geben: Er hatte keine Ahnung. Grob gesagt hatte Bishop behauptet, Porter versuche, etwas zu vertuschen, was in Charleston passiert war. Poole versuchte, sich den genauen Wortlaut in Erinnerung zu rufen.

Er meinte, sie kannte ihn – aus seiner Zeit als Polizeineuling in Charleston. Sie war eine der letzten noch lebenden

Zeugen, die die Wahrheit über ihn kannten. Sie war dabei, sie hat gesehen, was ich getan habe, also muss sie weg.

Poole zückte sein Handy und zeigte Locke das Bild der Frau, die im Guyon erschossen worden war. »Haben Sie diese Frau schon mal gesehen?«

Locke sah sich das Foto genau an. Sofern das Loch in ihrer Stirn ihn überraschte, ließ er es sich nicht anmerken. Nach mehr als zwei Jahrzehnten bei der Polizei hatte er aller Wahrscheinlichkeit nach Schlimmeres gesehen. »Sollte ich sie schon mal gesehen haben?«

»Wir glauben, dass sie mit einem Fall zu tun hatte, an dem Porter hier in Charleston gearbeitet hat. Sie hieß Rose Finicky.«

Locke griff zum Telefon auf der Mitte des Besprechungstischs und wählte eine Durchwahl. Als am anderen Ende jemand ranging, wiederholte er den Namen. Einen Augenblick später legte er die Hand über die Sprechmuschel und sah Poole an. »Ist nicht in unserer Datenbank. Wissen Sie, was sie hier in der Gegend gemacht haben könnte? Wohnadresse? Steuernummer?«

Poole war sich nicht sicher, wie viel er verraten durfte. »Sie könnte eine Art Kinderheim geleitet haben oder Pflegemutter gewesen sein.«

Locke sprach erneut ins Telefon, reckte den Zeigefinger in die Höhe – schüttelte dann aber den Kopf. »Nichts im Register des Jugendamts. Da müsste sie auftauchen, wenn sie Kinder betreut hätte. Fingerabdrücke haben Sie nicht?«

Poole schüttelte den Kopf. »Die Gesichtssoftware hat auch nichts ergeben. Ich hab das Bild durch sämtliche Bundesdatenbanken gejagt.«

Locke legte auf und wandte sich wieder Pooles Handy zu. »Sie haben ohnehin die besseren Möglichkeiten. Wenn Sie sie nicht finden konnten, bin ich mir wirklich nicht sicher, wie ich da helfen könnte.«

»Was ist mit Porters Fallakten? Könnte ich da einen Blick reinwerfen?«

»Porter ist Streife gefahren. Da gibt's keine Fallakten. Er hat Raser angehalten, ist zu häuslichen Auseinandersetzungen gefahren, solche Sachen.«

»Er hat mir erzählt, er sei angeschossen worden, während sie einen örtlichen Kleindealer verhaften wollten. Klang für mich so, als wären da Ermittlungen vorausgegangen.«

Locke dachte kurz darüber nach und blätterte durch die Akte. »Dazu steht hier nichts drin … Hier, die Schussverletzung … und wie lange er ausgefallen ist … Nichts zu dem Einsatz im Speziellen. Ich nehme an, er und sein Partner waren an etwas dran – wenn man immer dieselbe Route fährt, weiß man als Streife irgendwann, mit wem man es zu tun hat, im Guten wie im Schlechten. Da schreibt man seine eigene Weihnachtsliste – wer artig war und wer nicht. Irgendwann verengt sich der Blick. Trotzdem: Wenn die beiden einen bestimmten Dealer im Visier gehabt hätten, wäre das nicht offiziell ihr Auftrag gewesen – erst recht nicht als Anfänger. Wenn, dann hätte die Drogenfahndung sich darum gekümmert.«

»Der Name des Dealers war Wiesel.«

Locke hielt erneut den Zeigefinger hoch, wählte diesmal eine andere Durchwahl und nannte jemandem den Namen. Dann runzelte er die Stirn. Und legte auf. »Kein Wiesel, nicht damals, nicht heute. Tut mir leid.«

Poole starrte auf die Mappen hinab. »Darf ich?«

Locke schob sie zu ihm hinüber.

Viel stand nicht drin. Poole fand das Foto eines deutlich jüngeren Sam Porter und ein Foto von Hillburn. Fahrtenschreiber-Protokolle. Personaldaten. Nirgends Notizen, nirgends Kommentare. Nichts, was Poole nicht auch von Chicago aus hätte einsehen können. Ganz zuhinterst und nicht abgeheftet lag die Kopie von Hillburns Totenschein.

»War mir nicht sicher, ob Sie das auch sehen wollten«, warf Locke ein. »Daran war ich selbst beteiligt. Selbstmord, hieß es am Ende. Seine Witwe hatte angegeben, er sei zuvor knapp zwei Jahre lang depressiv gewesen, das zweite Jahr hatte er sogar Medikamente genommen. Sie hatte ihn schon mal mit der Dienstwaffe im Mund erwischt. Ich selbst hab das alles erst erfahren, als es bereits zu spät war. Sonst hätten wir ihn beurlaubt und ihm Hilfe besorgt. Er hat gewartet, bis sie beim Einkaufen war, und sich dann im eigenen Keller erhängt.« Locke lehnte sich schwer zurück. »Dieser Job geht nicht spurlos an einem vorbei. Aber das muss ich Ihnen wohl nicht erzählen. Einige von uns schaffen es, darüber zu reden, und sehen zu, dass sie die Scheußlichkeiten, die wir tagtäglich zu Gesicht bekommen, loswerden. Andere fressen es in sich hinein. Ich hätte Hillburn nie für einen Reinfresser gehalten. Aber man sieht es den Leuten nicht immer an.«

Poole machte ein Foto vom Totenschein. »Was können Sie mir noch darüber erzählen?«

Locke zuckte mit den Schultern. »Hat mich ziemlich beschäftigt. Die anderen auch, nehm ich an. Die Handschrift war nicht ganz lupenrein … wahrscheinlich seine, aber wenn, dann unter enormem Stress verfasst. Was nicht verwunderlich gewesen wäre, wenn man bedenkt, was er als Nächstes vorhatte. Hillburn war getauft; nicht dass er je als besonders gläubiger Mensch rübergekommen wäre. Insofern war *Vater, vergib mir* schon irgendwie komisch. Aber letztlich konnten wir es uns erklären. Sein eigener Vater war fünfzehn Jahre zuvor gestorben. Komische Formulierung, nichts, was man so eben aus dem Ärmel schütteln würde. Wirkt eher wie etwas, worüber man schon eine Weile nachgedacht hat. Andererseits bin ich selbst auch nicht gläubig, was weiß denn ich.«

»Hatten Sie je den Verdacht, es könnte kein Selbstmord gewesen sein?«

Locke musste fast lachen. »Nach so vielen Jahren bei der Polizei sagt jemand Happy Birthday, und ich hab den Verdacht, dass da was nicht stimmt. Ich habe damals jeden Stein umgedreht, aber abgesehen von dem merkwürdigen Abschiedsbrief schien nichts dagegenzusprechen.« Er zog einen Stift aus der Brusttasche und umkreiste eine Adresse. »Das ist die Witwe. Sprechen Sie mit ihr. Sie hatte inzwischen genug Zeit, sich alles noch mal durch den Kopf gehen zu lassen. Vielleicht kann sie Ihnen weiterhelfen.«

66

Nash

Nash stand in Porters Wohnzimmer, als Eisley endlich aus dem Bad kam. Er hätte sich am liebsten hingesetzt, aber zwischen all den FBI-Leuten und den örtlichen Technikern, die jeden Quadratzentimeter absuchten, hatte er keine Chance. Als das FBI eingetroffen war, hatte er ihnen von den Gipskartonstücken im La-Z-Boy-Sessel erzählt. Dass zuvor dort das Tagebuch gesteckt hatte, hatte er wohlweislich verschwiegen. Das brauchte nun wirklich niemand zu wissen. Aber den Gipskarton hatte er nicht verheimlichen können. Er steckte ohnehin schon viel zu tief in der Sache drin. Die vier Stücke lagen immer noch auf dem Wohnzimmerboden, daneben jeweils ein Schildchen mit der Beweismittelnummer. Sie waren mindestens drei Mal von unterschiedlichen Personen abfotografiert worden, und irgendein Agent, den Nash nicht kannte, beugte sich gerade darüber und starrte darauf hinab, als könnte sich ihm gleich auf wundersame Weise die Bedeutung der Verse eröffnen.

Nash hatte sich hinsetzen wollen, weil er das Gefühl hatte, ansonsten umzukippen. Sein Magen rebellierte. Er hatte versucht, ein Glas Wasser zu trinken, aber sowie die Flüssigkeit seine Kehle auch nur berührt hatte, hatte er würgen müssen, und er hatte in Porters Küchenspüle gekotzt. Die Spurensicherung war nicht begeistert. Er hatte ihnen weisgemacht, die Leiche in der Badewanne sei schuld gewesen, aber ihm war selbst klar, dass er allmählich niemandem mehr etwas vormachen konnte. Ein Blick in den Spiegel, und er sah selbst, dass er aussah wie ein Zombie. Als Eisley gekommen war, hatte er Nash eine OP-Maske in die Hand gedrückt und ihm befohlen, sie aufzusetzen. Er hatte Eisley versichert, es sei bloß eine Erkältung oder die Grippe, doch Eisley war das egal gewesen: Die Maske werde eine Tröpfchenübertragung verhindern. Dann hatte er ihm befohlen, nach Hause zu fahren und sich auszuruhen. Doch das konnte Nash nicht. Er musste sehen, was hier passierte; er musste auf den Beinen bleiben.

Was immer die FBI-Leute nicht ohnehin auf links gedreht hatten, untersuchten die Spurentechniker der Metro. Nichts würde mehr übersehen werden. Ein Agent hatte sogar sämtliche Nähte in Porters Matratze aufgeschnitten und untersuchte derzeit die Innereien zwischen den Federn. Ein anderer kroch über den Boden und zog an jedem Dielenbrett, das auch nur den Anschein erweckte, locker zu sitzen oder herausgenommen worden zu sein. Nash wusste noch genau, wie Porter und Heather hier frisch eingezogen waren. Sie hatte den Holzboden geliebt, ihn hatte das Knarzen wahnsinnig gemacht. Er hatte fast das komplette erste Jahr in dieser Wohnung damit zugebracht, Dielenbretter wieder festzunageln, Babypuder und Öl aufzutragen – alles, um des Knarzens Herr zu werden. Irgendwann hatte er aufgegeben. Und jetzt wurde jedes einzelne Dielenbrett angehoben, und es wurde druntergeleuchtet.

»Vielleicht sollten Sie ins Stroger fahren.«

Nash zuckte zusammen. Eisley stand auf Armeslänge von ihm entfernt. Er hatte ihn nicht einmal kommen sehen.

»Sie haben Schweißausbrüche. Fieber?«

»Nein«, log Nash.

Eisley griff in seine Tasche und zog ein elektronisches

Fieberthermometer heraus. Noch ehe Nash Einspruch erheben konnte, hielt Eisley es ihm an die Stirn. Nash versuchte, nicht darüber nachzudenken, wo dieses Thermometer zuvor überall gesteckt haben mochte.

»Achtunddreißig drei«, stellte Eisley nüchtern fest. »Dachte ich es mir doch.« Er kniff die Augen zusammen. »Sind Sie mit den Mädchen aus Upchurchs Haus in Berührung gekommen?«

»Nein«, log Nash erneut.

»Dann ist es wahrscheinlich die Grippe«, schlussfolgerte Eisley. »Wenn Sie so weitermachen, schlagen Sie demnächst lang hin. Sie brauchen Ruhe.« Aus einer anderen Tasche zauberte er eine Tablettenschachtel und drückte sie ihm in die Hand. »Die habe ich für Sie kommen lassen. Tamiflu. Sollte helfen. Jetzt eine und in vier Stunden noch mal zwei.«

Nash nahm drei auf einmal und steckte die Schachtel ein. »Danke.«

»Porter hat Ibuprofen im Bad. Nehmen Sie auch ein paar davon – die sind gut gegen das Fieber.«

Nash nickte. »Wie kommen Sie voran?«

»Ich zeige es Ihnen, das ist einfacher.«

Bevor Nash etwas einwenden konnte, hatte sich Eisley umgedreht, schob sich zwischen den Leuten hindurch und stieg über fehlende Bodendielen und Gegenstände mit Beweismittelschildchen hinweg. Er hatte den Kollegen befohlen, niemanden sonst ins Bad zu lassen.

Wie in den meisten älteren Gebäuden war Porters Bad verhältnismäßig klein. Klo, Handspülbecken, ein Schränkchen für Handtücher und Hygieneartikel, Duschwanne. Der Duschvorhang war entfernt und in einen großen Asservatenbeutel gesteckt worden, zusammen mit allem, was auf dem Rand des Waschbeckens gestanden hatte. Vor die Tür hatte Eisley ein Tischchen gerückt, auf dem lauter Glasgefäße mit unterschiedlich gefärbten Flüssigkeiten standen. Unter dem Tischchen lag ein weiteres Dutzend Asservatenbeutel, die mit Salz gefüllt zu sein schienen. »Allein das da hab ich sichern können, ohne die Leiche auch nur zu bewegen«, erklärte Eisley. »Den Rest holen wir uns, sobald wir ihn abtransportiert haben.«

Von der Tür aus konnte Nash den nackten Mann in der Wanne liegen sehen. Eisley hatte den Plastikfolienkokon mittig aufgeschnitten und die Schnittkanten zur Seite geschlagen.

»Was hat er ...« Nash verlor den Faden; was er dort vor sich sah, schien keinen Sinn zu ergeben.

»Er ist gefoltert worden«, erklärte Eisley. »Annähernd jeder Zentimeter Haut ... Jemand hat mit einer Rasierklinge oder einem Skalpell Wörter in seine Haut geritzt. *Nichts Böses hören, nichts Böses sehen, nichts Böses sagen, nichts Böses tun* ... Immer und immer wieder. Ich hab auch das eine oder andere *Du bist böse* gefunden – und *Ich bin böse* auf der Stirn.«

»Wie bei Libby McInley?«

Eisley nickte. »Genau wie bei Libby McInley.«

»Ist das hier der Tatort?«

»Nein. Wer immer das getan hat, hat sich dafür Zeit genommen. Und es dürfte eine Menge Blut geflossen sein. Der Mann war die meiste Zeit bei Bewusstsein. Da hätten die Nachbarn Schreie gehört. Der Tatort muss irgendwo anders liegen. Der Mann ist erst später hier abgelegt worden.«

»Brauchte er deshalb das Salz? Als eine Art Konservierungsmittel?«

»Ich habe heute schon ein bisschen was über Salz gelernt.« Eisley drehte sich zu seinem Tischchen um. »Als Konservierungsmittel verhindert Salz das Wachstum von Mikroorganismen, indem es ihnen qua Osmose Wasser entzieht und somit verhindert, dass gewisse Fäulnisprozesse

einsetzen – was es uns leider erschwert, den genauen Todeszeitpunkt festzustellen. Ich überlege gerade, wie ich mithilfe
anderer Werte den Todeszeitpunkt festzurren könnte, aber
so weit bin ich noch nicht. Im Augenblick könnte ich nicht
einmal sagen, ob dieser Mann innerhalb der letzten achtundvierzig Stunden oder vor einer Woche gestorben ist.
Ich glaube kaum, dass es länger her ist. Und ganz sicher
war es nicht heute. Aber eine Sache ist wirklich spannend:
Ich habe zwei Arten von Salz gefunden. Keins davon ist
normales Speisesalz. Das erste enthält hohe Anteile von
Natrium- und Eisencyanid. Diesem Salz war er die meiste
Zeit ausgesetzt. Das zweite ist überwiegend Kaliumchlorid,
das unter anderem in Wasserenthärtern verwendet wird.«
Er zeigte auf die Asservatenbeutel. »Der Großteil davon ist
Typ zwei.«

Nash versuchte, daraus schlau zu werden, konnte jedoch
keinen klaren Gedanken fassen.

»Die zwei Frauen, die wir heute Morgen gefunden haben«, fuhr Eisley fort, »hatten ebenfalls beide Salzsorten
auf der Haut. Das erste Salz ist das gleiche, mit dem draußen die Straßen gestreut werden. Das zweite ist der Wasserenthärter.«

»Okay«, sagte Nash. »Dann sind all diese Leute umgebracht und in Streusalz zwischengelagert worden?«

Eisley nickte. »Als diese Leiche hier abgelegt wurde, hat
jemand das Wasserenthärtersalz – das man in Großpackun-
gen überall kaufen kann – über ihn gekippt und dann Wasser darüberlaufen lassen. Das Wasser führte dazu, dass das
Salz in die Plastikfolie gespült wurde und Salz Nummer
eins sozusagen verunreinigt hat. Vielleicht sollte es Salz
Nummer eins aber auch überdecken.«

»Damit wir nicht herausfinden, wo er die Leichen aufbewahrt?«

»Wo er die *Chicagoer* Leichen aufbewahrt. Die Leiche

aus Simpsonville ist nur mit dem Wasserenthärtersalz in Berührung gekommen. Hab ich vor gerade einer Stunde vom dortigen Pathologen bestätigt bekommen. Ich glaube allerdings, das sollte uns bloß verwirren – weil es äußerlich aussah, als hätten wir es mit derselben Sache zu tun.«

»In South Carolina werden die Straßen nicht gestreut«, überlegte Nash laut. »Da hatte der Täter möglicherweise keinen Zugang zu Streusalz.«

Eisley nickte. »Wenn ich richtigliege, sollten Sie sämtliche Depots in dieser Stadt und in der Umgebung absuchen, in denen dieses Salz gelagert wird. Ihr Täter hat diese Leute umgebracht und sie für eine gewisse Zeit in einem davon zwischengelagert, bevor er die Leichen an den Orten abgelegt hat, wo sie schließlich gefunden wurden.« Eisley kam näher und senkte die Stimme. »Bei dieser Leiche sollten wir uns überdies fragen, ob der Täter sie hier deponiert hat, um es Sam in die Schuhe zu schieben, oder ...«

»Oder ob Sam die Leiche hier selbst eingeweicht hat«, fiel Nash ihm ins Wort, »um sie dann andernorts abzulegen? Wollen Sie das damit andeuten? Warum sollte er so etwas in seiner eigenen Wohnung tun?«

Eisley zuckte mit den Schultern. »Sam ist nicht dumm. Er kennt unsere Verfahren und Vorgehensweisen. Er könnte sie hier aufbewahrt haben, gerade *weil* es so offensichtlich ein ungeeigneter Ort ist.«

Nash ging darauf gar nicht erst ein. Stattdessen betrat er das Badezimmer, zog Porters Medizinschränkchen auf und nahm sich die Ibuprofen-Schachtel. Während er gleich vier Tabletten auf einmal schluckte, musterte er die Leiche. »Irgendwelche Hinweise darauf, wer das sein könnte?«

Bevor Eisley antwortete, warf er einen vielsagenden Blick auf die Worte, die mit Seife auf den Badezimmerspiegel geschrieben worden waren. *Vater, vergib mir.* »Die Fingerabdrücke sind die von Vincent Weidner«, sagte er schließlich.

67
Tagebuch

Der Mann aus dem Transporter war der Erste an der Tür. Entweder hatte Welderman ihm seinen Schlüssel überlassen, oder er hatte einen Zweitschlüssel gehabt, jedenfalls war er im Nu da, sodass ich mich fragte, ob das Zimmer verwanzt war. Ja, Bernie hatte geschrien, aber nicht so laut, als dass man ihn sogar von gegenüber auf dem Parkplatz hätte hören müssen. Vielleicht aber auch doch. Sicher konnte ich mir nicht sein, und nun überschlugen sich die Ereignisse.

Die Spitze des Schraubenziehers hatte zunächst Bernies Kinn durchstoßen. Ich nehme an, sie hatte auch die Zunge erwischt, bevor sie in den Gaumen eingedrungen war. Ich hatte eigentlich gehofft, direkt bis ins Hirn zu stoßen, aber dafür war das Werkzeug nicht lang genug. Sein Schrei war eher ein Japsen gewesen, sicher aufgrund der aufgespießten Zunge, aber man wundert sich, wie laut ein Mensch im Bruchteil einer Sekunde werden kann. Ohne die Zunge war sein Schrei zu einem gutturalen Stöhnen verkommen – immer noch laut, aber eben anders. Ich hatte noch versucht, den Schraubenzieher herauszuziehen, aber er steckte fest. Stattdessen schnappte ich mir das Handy vom Nachttisch und hieb es ihm gegen den Kopf. Das brachte ihn endgültig zum Schweigen.

Als Transportermann durch die Tür gestürzt kam, wehte sein Trenchcoat hinter ihm her. Er donnerte die Tür hinter sich zu, starrte kurz Bernie an, der versuchte, vom Boden aufzustehen (und es nicht schaffte), dann drehte er sich zu mir um. Ich hatte noch nie ein so dunkelrot angelaufenes Gesicht gesehen. Ich wich vor ihm zurück in Richtung Bad. Er setzte mir nach und rammte mir seine Schulter in die Brust. Ich taumelte rückwärts, und als ich zu Boden krachte, stürzte er sich mit seinem vollen Gewicht auf mich. Mein rechter Arm knickte in einem seltsamen Winkel nach hinten weg, und ich hörte ein lautes Knacken – wie ein Ast unter einem Autoreifen. Der Schmerz folgte einen Augenblick später und schoss mir den Arm hoch bis in die Brust. Diesmal schrie auch ich. Allerdings war Bernie immer noch lauter. Irgendwie hatte er es geschafft, die Stimme wiederzufinden, trotz Schraubenzieher, der ihm die halbe Visage durchbohrte.

Transportermann ließ von mir ab, stürzte hinüber zu Bernie und tat etwas, was ich nie erwartet hätte. Er schnappte sich ein Kissen vom Bett und presste es mit der Linken auf Bernies Gesicht, während er mit rechts eine Pistole zückte. Das Kissen erstickte den Schuss zu einem dumpfen Puff.

68

Poole

»Ich hätte von hier wegziehen sollen, aber ich habe es nicht übers Herz gebracht. Meine Eltern haben mir das Haus vererbt. Ich bin hier aufgewachsen.« Derrick Hillburns Witwe, Robin Hillburn, blickte von ihrem Teebecher auf und nickte in Richtung der Markierungen im Türstock. »Das da war ich, als ich noch ein kleines Mädchen war. Jeden Monat ein Strich an der Tür, seit ich imstande war, ohne Hilfe zu stehen, bis ich ungefähr vierzehn war – und zu cool für solche Sachen, sodass ich es meinen Eltern verboten hab.«

Poole saß ihr gegenüber am Küchentisch. Er hatte die Hände um seinen Becher gelegt, den Tee aber nicht angerührt. Als er das Charleston PD verlassen hatte, war es schon nach acht Uhr abends gewesen. Er hatte kurz überlegt, sich ein Hotelzimmer zu nehmen und erst tags darauf weiterzumachen, aber er hatte gewusst, er wäre nicht in der Lage, sich zu entspannen, besonders nicht nachdem Nash angerufen und berichtet hatte, dass sie Vincent Weidners Leiche in Porters Wohnung gefunden hatten.

Robin Hillburn war Mitte fünfzig, hatte gut und gern zwanzig Kilo Übergewicht und trug einen grauen Jogginganzug. Ihr strähniges Haar hatte sie zu einem lockeren Pferdeschwanz zusammengebunden, und sie war ungeschminkt. Als er um kurz nach neun bei ihr geklopft hatte,

hatte sie erst die Sicherheitskette vorgelegt und ausgiebig seinen Dienstausweis studiert. Er hatte ihr gesagt, weshalb er gekommen war, und rechnete fast damit, dass sie ihm die Tür vor der Nase zuschlagen würde, aber da täuschte er sich. Stattdessen seufzte sie nur und ließ ihn ein. »Alle paar Jahre kommt jemand von euch vorbei. Der heutige Abend ist genauso gut wie jeder andere auch.«

Sie führte ihn durch ein vollgestelltes Wohnzimmer in die Küche dahinter. Die Zeit schien im gesamten Haus stehen geblieben zu sein: Flauschteppich, Mustertapete, staubiges Mobiliar. Im Fernsehen polterte irgendein Prediger über das Versagen der Gemeinschaft und dass das Internet inzwischen die Kinder erziehe.

Robin nahm einen Schluck Tee und wischte sich mit dem Handrücken über den Mundwinkel. »Als Derrick ... Als er gestorben ist ... Ich hätte am liebsten alles hinter mir gelassen und wäre so weit weg wie nur möglich gerannt. Ein paar Wochen lang hab ich bei meiner Schwester in St. Louis gewohnt, aber irgendwann hab ich dann Heimweh bekommen. Als ich wieder hier war, war Derrick quasi nicht mehr sichtbar – all sein Zeug war verpackt und weggebracht worden. Der ganze Rest jedoch, der für mich Zuhause bedeutete, die Sachen, die ich vermisst hatte, die waren noch da. Nach ein paar Tagen hab ich mich wieder halbwegs zurechtgefunden. Ich hätte mir einfach nicht vorstellen können, irgendwo anders zu sein. Natürlich hatte ich die ganze Zeit Erinnerungen an Derrick vor mir – andererseits war dieses Haus mein Zuhause gewesen, lange bevor ich ihn kennengelernt hatte, und ich wusste, das würde auch immer so bleiben.«

Weil es keine schonende Art gegeben hätte, stellte Poole die Frage rundheraus: »Haben Sie ihn gefunden?«

Robin nickte. »Ich war einkaufen, und als ich heimkam, hab ich gerufen. Er sollte mir beim Ausladen helfen. Sein

Wagen stand in der Einfahrt, daher wusste ich, dass er zu Hause war. Allerdings wusste ich auch in derselben Sekunde, als ich durch die Eingangstür kam, dass etwas nicht stimmte. Erst hab ich oben nachgesehen, dann in den Bädern, hinten im Garten. An den Keller hab ich erst gar nicht gedacht. Da ist nur die Waschküche, und die hat er gemieden wie die Pest. Erst als ich alles abgesucht und ihn nirgends gefunden hatte, bin ich dort runter.« Sie pustete über den Tee. »War komplett irreal, als ich ihn gefunden hab. Hat sich angefühlt wie eine Filmszene. Hing einfach da an den Sparren, komplett reglos, nichts hat sich bewegt. Keine Ahnung, warum, aber das Erste, was mir durch den Kopf schoss, war: Wo hatte er das Seil her? Das hatte ich noch nie gesehen. Aber der Kassenzettel steckte in seiner Hosentasche. Er hatte das Seil am selben Morgen gekauft.« Sie machte eine vage Geste. »Dieses ganze Gerede – er hätte sich nicht umgebracht, das wäre jemand anders gewesen, erst recht nach dem Abschiedsbrief... Ich wusste sofort, dass es Selbstmord war. Dieser verdammte Kassenzettel – das war mein Beweis.«

»Den hätte ihm nicht irgendwer in die Tasche schieben können?«

»Nein. Nie im Leben.«

»Wie können Sie sich da so sicher sein?«

Robin seufzte. »Derrick hatte so einen Tick mit Kassenzetteln. Er hat sie immer aufgerollt. Sie waren immer aufgerollt, wenn ich sie aus seinen Hosentaschen geholt hab, ohne Ausnahme. Und dieser war auf dieselbe Art aufgerollt wie all die anderen.«

Ein Partner hätte das gewusst. Wenn man derart eng zusammenarbeitete, kannte man einander besser, als sich Eheleute kannten.

Poole schob den Gedanken beiseite. »Hat er Ihnen gegenüber jemals den Namen Rose Finicky erwähnt?«

Sie schüttelte den Kopf.

»Vincent Weidner?«

»Auch nicht.«

»Einen gewissen Detective Freddy Welderman? Oder Ezra Stocks?«

»Ezra hätte ich mir gemerkt, glaube ich. Aber nein, und einen Freddy hat er auch nie erwähnt.«

»Anson Bishop?«

Sie nahm noch einen Schluck Tee. »Den kenne ich aus den Nachrichten. Aber da war Derrick schon tot, als diese Sache bekannt wurde.«

»Was ist mit einem Drogendealer namens Wiesel?«

Wieder schüttelte sie den Kopf.

»Hat er mit Ihnen überhaupt je über die Arbeit gesprochen?«

»Nur dass er sich nicht mehr sehr wohlfühlte und darüber nachdachte, etwas anderes zu machen. Darüber hat er oft gesprochen – aber das war bloß Gerede. Ursprünglich war er Polizist geworden, weil er Menschen helfen wollte. Derrick war eine gute Seele. Als kleiner Junge hat er zu den Cops aufgeschaut, wie alle Jungs, aber als er dann selbst einer war, hat ihm wohl gedämmert, dass es doch nicht ganz so wie im Fernsehen war. Sie wissen wahrscheinlich, was ich meine. Eine Schicht nach der anderen hat er das Schlimmste mit ansehen müssen, wozu Menschen imstande sind. Das hat ihn fertiggemacht. Wir sind beide nach der Bibel erzogen worden, und er hat immer geglaubt, er könnte jedem helfen. Nach ein paar Jahren im Dienst war ihm klar, dass er sich getäuscht hatte. Statt dass er sie auf den rechten Weg geführt hätte und ein Lichtblick für sie gewesen wäre, waren sie für ihn der Blick in die Finsternis. Und diese Finsternis hat ihn verschlungen. Derrick wurde depressiv – und zwar offenbar schlimmer, als ich angenommen hatte.«

»Ist er mit seinem Partner gut zurechtgekommen?«

»Mit welchem? Er hatte mehrere.«

»Sam Porter.«

»Ist das der, der angeschossen wurde?«

Poole nickte.

»Die beiden waren eine Zeit lang wie siamesische Zwillinge. Wie Brüder. Als Sam angeschossen wurde, ist Derrick in Panik geraten. Im Nachhinein glaub ich sogar, dass es ab diesem Zeitpunkt bergab ging mit ihm. Er hat sich die Schuld gegeben. Ich nehme an, das würde jeder Partner so machen. Hat nach Sams Versetzung eine Zeit lang etwas zu viel getrunken. Zum Glück ging das nicht ewig. Wenn er weiter gesoffen hätte, wäre er wahrscheinlich nicht annähernd so lange bei der Polizei geblieben. Aber ich sage Ihnen eins: Sam war der einzige Partner, den er je nach Hause zum Essen eingeladen hat. Ich glaube, danach hat er sich geschworen, nie wieder jemanden so nah an sich heranzulassen. Nach Sam hat er mehr Zeit zu Hause verbracht, so viel ist mal sicher.«

»War Derrick zuvor oft unterwegs?«

Robin nickte. »Er und Sam sind immer mal wieder beruflich weg gewesen – nicht dass ich je erfahren hätte, worum genau es da ging. Ich hab nie gefragt. Ich nehme an, er hätte es mir erzählt.«

»Wissen Sie, wo die zwei hingefahren sind?«

Sie schüttelte den Kopf. »Waren mit dem Wagen unterwegs, also, weit kann es nicht gewesen sein.«

Poole sah sich in der Küche um, betrachtete die vollgestellten Regale. »Sie haben erwähnt, als Derrick gestorben war, haben Sie eine Weile bei Ihrer Schwester gewohnt. In der Zeit hat jemand seine Sachen weggebracht?«

Sie nickte. »Kollegen. Sie haben alles in Kisten verpackt und raus in die Garage geräumt. Ist alles noch da. Gehen Sie es gerne durch, wenn Sie wollen. Tun Sie mir nur einen

Gefallen: Schmeißen Sie alles, was Sie nicht brauchen, raus auf den Gehweg. Es wird allmählich Zeit, dass ich das ganze Zeug loswerde.«

69

Porter

Porter nahm die Akten mit.

Dafür würde er sich nicht rechtfertigen.

Auf Höhe der Mount Cleary Road, kurz vor der Zufahrt auf die I-26, vielleicht drei Meilen vom Camden Treatment Center entfernt, fuhr er rechts ran und starrte die zwei Mappen auf dem Beifahrersitz an.

Bishops Akte war so gut wie leer. Unmittelbar nachdem sein Elternhaus abgebrannt war, war er ins Camden gebracht worden und ein paar Wochen dort geblieben. Er hatte Medikamente bekommen, hauptsächlich gegen Panikattacken, und genau wie er es bei der Vernehmung zu Poole gesagt hatte, war er anschließend zu Pflegeeltern in Woodstock, Illinois, gekommen: zu David und Cindy Watson. Nicht ein einziges Dokument war von Dr. Oglesby unterzeichnet worden. Der Name tauchte nirgends auf. Überall bloß Dr. Whittenberg. Genau wie *der* es gesagt hatte. Porter hatte ihn fast drei Stunden lang in die Mangel genommen, aber der Mann war bei seiner Version geblieben. Er war nicht im Geringsten von seiner Sicht der Dinge abgewichen. Porter hatte ihn vorwärts und rückwärts befragt – und seitwärts. Nicht ein einziges Mal war der Mann ins Wanken geraten. Whittenberg glaubte an jedes Wort, das er sagte.

Sein Gesichtsausdruck hatte alles noch schlimmer gemacht. Mitleid, unangebrachtes Mitgefühl – was immer es gewesen war: Es hatte Porter schier wahnsinnig gemacht. Und alles war umso unerträglicher geworden, als sie sich dem Inhalt der Akte *mit seinem Namen* zugewandt hatten.

Porter hatte das untrügliche Gefühl, dass die Unterscheidung wichtig war.

Die Akte trug seinen Namen – aber es war nicht *seine Akte*. Er hatte diesen Lügenstapel sage und schreibe dreimal durchgearbeitet, während der Arzt ihn dabei angestarrt hatte, als wäre er ein Zootier im Gehege. Nur hin und wieder war der Blick hinter dieser lachhaften Brille zu dem Diktiergerät auf dem Schreibtisch gehuscht. Alle paar Minuten hatte er sich vergewissert, dass das Ding noch lief.

Das Gerät hatte Porter ebenfalls mitgenommen. Zusammen mit den Akten. Scheiß drauf. Er war nicht gekommen, um sich Freunde zu machen. Er war hier, um Antworten zu bekommen.

Nichts in der Mappe mit seinem Namen ergab Sinn. Porter wusste, dass er Lücken hatte – Zeiten, an die er sich nicht mehr erinnerte. Dafür hatte die Kugel in seinem Hinterkopf gesorgt. Retrograde Amnesie, so hieß das im Fachjargon. Als er aus dem Koma aufgewacht war – als er seine zukünftige Frau, Heather, erstmals vor sich gesehen hatte –, hatten sie das bei ihm diagnostiziert. Die meisten Erinnerungen waren intakt – Kindheit, Teenagerjahre, sogar jüngere Ereignisse. Alles da. Allerdings gab es auch größere Schwarze Löcher, ganze Monate und Jahre, die fehlten. Er konnte sich noch gut an die Tests im Krankenhaus in Charleston erinnern – mit Heather an seiner Seite. Er war ewig dort geblieben, weil die Behandlung und die Therapie sich in die Länge gezogen hatten. Er wusste noch gut, wie er all die notwendigen Schritte unternommen und Tests bestanden hatte, um wieder gesundgeschrieben zu werden, um den Dienst wieder aufnehmen zu können – und bei jedem einzelnen Schritt war Heather an seiner Seite gewesen.

Er war nie im Camden Treatment Center gewesen.

Er hatte diesen Dr. Victor Whittenberg nie zuvor getroffen.

Whittenberg hatte ihn nie behandelt.

Ja, in der Akte stand etwas anderes. Fast vier Monate waren darin minutiös dokumentiert. Von seiner Entlassung aus dem Krankenhaus in Charleston bis zu seinem verlängerten Aufenthalt im Camden ... Papierkram, Versicherungsunterlagen, Protokolle, Arztberichte.

Porter trat das Gaspedal durch und fuhr zurück auf die Straße.

Fünfzig.

Sechzig.

Siebzig Meilen in der Stunde.

Nichts davon entsprach der Wahrheit. Denn wenn es der Wahrheit entspräche, hieße das, alles andere wären Lügen gewesen, sogar die ersten Erinnerungen an Heather, und das würde er nicht akzeptieren.

Porter spulte die Kassette zurück und drückte auf Play. Statisches Rauschen aus dem Lautsprecher. Nach vielleicht dreißig Sekunden spulte er vorwärts. Wieder Play. Wieder nur Rauschen. Während er versuchte, die Straße im Blick zu behalten, nestelte er erneut an den Knöpfen des Geräts herum, spulte vor – wieder nur Rauschen. Er versuchte es drei weitere Male, ehe er zu guter Letzt aufgab und das Diktiergerät in den Fußraum des Beifahrersitzes schleuderte.

Bishop verarscht dich.

Das hier war alles Bishop. Es musste so sein. Die Akte, das Diktiergerät – alles Fake. Genau wie der Grundbucheintrag aus Simpsonville.

Porter sagte es sich mehrmals vor, weil es keine andere Erklärung geben konnte.

Konzentrier dich, Sam. Bleib fokussiert.

Es kostete ihn das letzte Quäntchen Willenskraft, den ganzen Mist nicht aus dem Fenster zu werfen und zuzusehen, wie der Wind die Unterlagen in alle Himmelsrichtungen wehte.

Sam holte tief Luft, versuchte, wieder klar zu denken, und warf einen flüchtigen Blick auf die Notizen, die er sich im Flugzeug gemacht hatte. Ihm stand eine lange Nacht bevor.

Keine Minute später war er wieder auf der I-26 und raste mit seinem geliehenen SUV deutlich über dem Tempolimit weiter in Richtung Süden.

70
Tagebuch

Sie wollten mich nicht ins Krankenhaus bringen, Transpor-
termann und Stocks. Es war Welderman, der nicht locker-
ließ. Nicht weil er sich auch nur eine Sekunde darum
geschert hätte, dass ich Schmerzen hatte, nein, er war ge-
nauso aufgebracht wie die beiden anderen. Ich konnte
hören, wie er sagte, wenn mein Arm verkrüppelt bliebe,
würde sie das auf lange Sicht ziemlich was kosten.

»Dann schreiben wir ihn doch einfach ab«, erwiderte
Transportermann. »Kein Krankenhaus. Wenn ich den Boss
anrufen soll, mach ich das. Aber der wird nicht begeistert
sein. Nicht zu dieser Uhrzeit.«

Anscheinend war die Sache damit klar.

Kein Krankenhaus.

Ein stinkwütender Welderman zerrte mich zurück in den
Malibu, während Transportermann und Stocks Bernie in
eine Steppdecke wickelten und hinten in den Transporter
verluden. Stocks fragte noch, was ich in dem Zimmer ange-
fasst hätte, und ich sagte es ihm. Dann war er weg. Ich
wusste, dass dort überall Blut war – anscheinend war
Bernie Bluter gewesen. Es war nur so aus ihm heraus-
geströmt. Selbst ich hatte Spritzer abbekommen, aber an-
scheinend waren sie eher besorgt wegen der Fingerabdrücke.
Ich hoffte insgeheim darauf, dass irgendwer aus dem Motel
den Tumult gehört hatte und gleich herauskommen würde,
um zu sehen, was da vor sich ging, oder um endlich die

Polizei zu rufen. Aber es tauchte niemand auf. In weniger als einer Viertelstunde waren wir wieder unterwegs.

Ich presste mir den gebrochenen Arm vor die Brust. Mit jedem Schlagloch spürte ich, wie die Knochenenden übereinanderschmirgelten. Der Knochen war direkt unter dem Ellbogen gebrochen – und zwar die Elle, wie ich später erfahren sollte –, und mein Arm schwoll rasend schnell an. Die Haut loderte und war brandrot.

Mehr als ein Mal schrie Welderman mich an, ich solle die Klappe halten, aber ich hätte das Winseln nicht einmal dann unterdrücken können, wenn mein Leben davon abgehangen hätte (wobei ein kleiner Teil von mir genau das glaubte). Die Fahrt zurück zum Finicky-Heim dürfte die längste in meinem Leben gewesen sein.

Der weiße Transporter bog etwa auf halber Strecke auf einen Feldweg ab, während wir im Malibu weiter bis vor Finickys Haustür fuhren.

Sie mussten sie angerufen haben, weil Finicky bereits mit einer Decke über den Schultern unter dem Vorderlicht am Eingang stand. »Bringt ihn in die Küche.« Dann drehte sie sich um und stampfte wieder hinein.

Wenn ich gedacht hatte, die Fahrt wäre schmerzhaft gewesen, dann war der Gang vom Wagen bis in die Küche noch zehnmal schlimmer. Zwischendurch versuchten Welderman und Stocks, mich vorwärtszuziehen, weil ich angeblich zu langsam war, aber irgendetwas in meinem Blick musste sie dann doch abgehalten haben, weil sie die Finger von mir ließen. Die beiden schlurften einfach nur links und rechts neben mir her – in nicht mal einer Armlänge Abstand, um mich zur Not in die richtige Richtung zu bugsieren.

In der Küche saß Dr. Oglesby. Er blickte von seiner Zeitung auf und nickte auf den Tisch hinab. »Dann bringen Sie ihn mal her.«

Was als Nächstes kam, blendete ich größtenteils aus.

Welderman und Stocks sollten mich festhalten, während Finicky einen Ledergürtel aufrollte und mir in den Mund stopfte. Auf den Gürtel sollte ich beißen. Dann schnitt Oglesby mir den Hemdsärmel ab und tastete über den Bruch. Seine Finger hielten kurz inne, dann verstärkte er den Griff zu beiden Seiten der Bruchstelle, sah mir für einen Moment in die Augen, und...

Ich wurde ohnmächtig. Ich hätte nicht gedacht, dass die Schmerzen noch schlimmer werden konnten, aber genau so war es. Sie kamen mitsamt eines gleißenden Lichts – und dann tiefste Schwärze. Als ich wieder zu mir kam, war Oglesby gerade dabei, meinen Arm mit Stoffstreifen zu umwickeln, von denen flüssiger Gips triefte. Irgendwo anders im Haus brüllten Welderman und Transportermann sich an.

Finicky bemerkte als Erste, dass ich wieder bei Bewusstsein war, und kam ganz nah an mich heran. »Wenn du so etwas noch ein Mal machst, dann lass ich zu, dass einer dieser werten Gentlemen nach dem anderen deine kleine Freundin vergewaltigt, und du siehst dabei zu. Die sollen dem kleinen Flittchen jedes verdammte Loch stopfen. Und wenn sie die Lust verlieren, dann schlitz ich ihr die verdammte Kehle auf und werfe sie raus auf den Acker, damit die Krähen auch noch was von ihr haben. Solange du hier unter meinem Dach lebst, gelten meine Regeln, und du arbeitest dafür, dir dieses Dach zu verdienen.« Sie leckte sich über die spröden Lippen. »Du glaubst vielleicht, Bernie war schlimm. Aber da warte mal ab. Warte nur! Der Nächste darf mit dir machen, was er verdammt noch mal will. Du lernst deine Lektion noch, wirst schon sehen. Oder ich hebe eigenhändig ein Loch für dich auf dem Acker aus. Welderman hat den Schraubenzieher behalten. Er hat also deine Fingerabdrücke. Erzähl du nur irgendeiner Menschenseele, was da passiert ist, und er sorgt dafür, dass du für den Mord an Bernie dran bist.« Sie kam noch näher heran. »Du gehörst mir, du kleiner Scheißer.«

Oglesby ließ ein paar Tabletten gegen die Schmerzen für mich da, aber Finicky steckte sie ein, um sie selbst einzuwerfen.

»Ich will, dass du Schmerzen hast«, sagte sie noch. Dann durfte ich auf mein Zimmer verschwinden.

Paul war wach, als ich mich ganz vorsichtig auf die Matratze legte.

»Grober Fehler«, lautete sein einziger Kommentar.

71

Poole

Die Doppelgarage hinter Robin Hillburns Haus stand am Ende einer rissigen asphaltierten Zufahrt unter den zerrupften Zweigen einer großen Weide, die aussah, als könnte die nächste kleine Windböe sie entwurzeln. Robin Hillburn hatte Poole den Schlüssel in die Hand gedrückt, dabei war die Seitentür unverschlossen. Was allerdings nicht bedeutete, dass sie aufging. Ob vor Nässe oder alter Farbe – die Tür saß fest, und das allem Anschein nach schon eine ganze Weile. Poole rammte die Schulter dagegen, und nach mehreren Versuchen knackte die Tür, gab schließlich nach und schrappte über den Betonboden.

Rechts am Türrahmen ertastete er einen Lichtschalter, doch als er ihn umlegte, flackerte die Glühbirne in der Mitte der Decke bloß kurz auf und erlosch mit einem trockenen Knacken. Er schaltete die Taschenlampenfunktion seines Handys an und ließ den Lichtkegel durch die Garage schweifen.

Von der Decke hingen Spinnweben – weiß, ineinander verwickelt, dicke Bündel. Die Braune Einsiedlerspinne war hier in South Carolina heimisch, hatte er mal gelesen – aber hier waren auch noch zig andere Arten zugange. Wer diese speziellen Netze gesponnen hatte, hätte er nicht sagen können, und es war auch nirgends eine Spinne zu sehen, aber er spürte regelrecht die Blicke, die auf ihn, den Eindringling, gerichtet waren.

Die Parkfläche direkt hinter dem Seiteneingang war vollgestellt mit Kisten in sämtlichen Größen und Formaten.

Auf der zweiten Parkfläche stand ein alter weißer Transporter.

Platte Reifen und staubverkrustete Fenster. Der Lack war von Rost und Dreck zersetzt. Poole hatte es immer schon eigenartig gefunden, wenn jemand ein Fahrzeug einfach in einer dunklen Ecke verrotten ließ, aber über die Jahre hatte er so etwas immer wieder zu Gesicht bekommen. Höchstwahrscheinlich hatte nur Derrick Hillburn den Wagen gefahren, und entweder hatte seine Witwe keine Verwendung dafür, oder sie wollte nicht an etwas erinnert werden, was mit dem Transporter zusammenhing. Leichter, ihn zu vergessen, als auch nur zu versuchen, ihn zu verkaufen.

Poole stieg über ein paar Kisten hinweg, quetschte sich an anderen vorbei, wischte sich Spinnweben vom Unterarm und nieste die ganze Zeit von all dem aufgewirbelten Staub. Als er das vordere Garagentor erreichte, suchte er nach dem Griff und zerrte das Tor auf, das auch nicht widerstandslos nachgab, die Räder protestierten mit jedem Zentimeter, den sie sich über die Laufschienen vorarbeiten mussten. Am Ende stand das Tor offen. Von draußen wehte ein willkommener kühler Wind herein.

Mehrere Mäuse huschten aus dem schattigen Durcheinander hinaus ins Freie und verschwanden im vernachlässigten Rasen. Eine blieb noch kurz stehen, um Poole einen Blick zuzuwerfen – womöglich die größte Maus, die er je gesehen hatte. Mit zuckender Schnauze und glühenden Augen stand das Tier auf den Hinterläufen und glotzte ihn an, ehe es sich umdrehte und den anderen hinterherlief.

Unter dem Dachvorsprung am Haus sprang eine Lampe

an, die auf die Front der Garage gerichtet war. Als Poole sich die Hand über die Augen hielt, entdeckte er Robin Hillburn, die ihn durch das Fensterchen in der Hintertür beobachtete. Robin Hillburn hob kurz die Hand, winkte zögerlich und verschwand wieder im Haus.

Der hintere Teil der Garage lag nach wie vor im Dunkeln, doch es würde schon irgendwie gehen. Eine bessere Vorgehensweise fiel ihm nicht ein, also machte Poole es wie immer und nahm sich eine Kiste nach der anderen vor. Er griff sich die nächstbeste, trug sie hinaus auf die Auffahrt, zog die Klappen auf und durchwühlte den Inhalt. Jeans und andere Hosen – zwei, drei Dutzend vielleicht, allesamt klamm und mottenzerfressen. Auch die nächsten fünf Kisten enthielten Klamotten – T-Shirts, Pullover, Socken. Er brachte es nicht übers Herz, diese Dinge hinaus auf den Gehweg zu stellen, so wie es Robin Hillburn sich gewünscht hatte. Stattdessen sortierte er die Sachen: auf die rechte Seite der Auffahrt kamen Dinge, die man noch spenden konnte. Links landete der ganze Rest. Derrick Hillburn hatte jede Menge unnützes Zeug angehäuft.

Vierzig Minuten später war Poole schweißgebadet, hatte aber immer noch nichts von Interesse gefunden.

Er war schon drauf und dran, ans Küchenfenster zu klopfen und um ein Glas Wasser zu bitten, als sein Blick an dem Transporter hängen blieb.

Derrick Hillburn – oder wer immer der letzte Fahrer gewesen war – hatte ihn mit der Fahrertür zur Wand rückwärts in die Garage gesetzt, und zwar so weit, dass auch zwischen die hinteren Türen und die Rückwand kaum ein Blatt Papier passte. Poole hatte zuvor keinen Gedanken daran verschwendet, aber wer immer den Transporter so abgestellt hatte, hatte anschließend über den Beifahrersitz klettern müssen, um aussteigen zu können. Das ergab keinen Sinn. Wenn jemand so viel Lagerfläche wie nur möglich hätte freilassen wollen, warum hatte er dann nicht einfach vorwärts eingeparkt?

Mit den Jahren waren mehrere Kistenstapel gegen die Beifahrertür gekippt, sodass man auch dort nicht ohne Weiteres herankam. Auf diese Kisten konzentrierte er sich jetzt, trug sie hinaus auf die Auffahrt zu den anderen und kontrollierte eine nach der anderen, bis er sich einen Pfad zur Beifahrertür gebahnt hatte. Verschlossen.

Er versuchte, mit dem Handylicht in den Wagen zu leuchten, konnte aber kaum etwas erkennen. Zwischen Fahrerkabine und Ladefläche war eine Trennwand eingesetzt worden. Zwischen den Vordersitzen gelangte man durch ein schmales Türchen nach hinten.

Poole tastete den vorderen Radkasten auf ein Magnet-Schlüsselversteck ab, fand aber nichts. Auch nicht unter der Stoßstange – zumindest so weit er sich vortasten konnte. Als er einen Blick zurück zum Haus warf, brannte dort nirgends mehr Licht. Allem Anschein nach hatte sich Robin Hillburn schlafen gelegt.

Poole dachte kurz darüber nach, das Seitenfenster einzuschlagen, ahnte aber, dass der Lärm nur unwillkommene Aufmerksamkeit erregen würde. Stattdessen angelte er aus einer der Kisten einen Drahtkleiderbügel, bog ihn auseinander und drehte das Ende zu einer Schlaufe. Den Draht schob er zwischen Beifahrerfenster und Dichtungsgummi hindurch und ruckelte ein bisschen hin und her, sodass die Schlaufe den verchromten Türschließer streifte. Er brauchte fünf Versuche, bis er ihn endlich erwischt hatte – er zog an der Schlinge, und die Tür war entriegelt.

Sobald Poole die Tür aufzog, schlug ihm abgestandene Luft entgegen, die sich irgendwie kühler anfühlte als die Luft in der Garage – uralte, eingesperrte Luft, die hinauswollte. Es lag so dick Staub auf den rissigen Ledersitzen, dass er erst annahm, sie wären grau, bis er mit dem Finger darüberwischte und feststellte, dass das Leder ursprünglich schwarz gewesen war.

Er machte das Handschuhfach auf. Eine .38er, zwei Schachteln Munition plus Lederholster. Fahrzeugpapiere. Betriebsanleitung. Ein halbes Päckchen Rolaids. Sonst nichts.

Im Becherhalter neben dem Schaltknüppel steckte eine alte Pepsi-Dose. Die Flüssigkeit rund um die Öffnung hatte sich schon vor langer Zeit verflüchtigt und einen teerschwarzen Ring hinterlassen. Ein alter dunkelblauer Trenchcoat lag achtlos hingeworfen im Fußraum.

Poole kletterte in den Wagen und beugte sich zu dem Metalltürchen, das zum Transporterraum führte, legte die Hand an die Klinke – unverschlossen. Die Tür quietschte in ihren müden Angeln, als er sie vorsichtig aufdrückte.

Er richtete das Handylicht nach hinten und schaute hinein.

Eine Art grüner Seesack lag neben dem Radkasten. Mit schwarzem Edding, der mit der Zeit ausgebleicht war, stand seitlich darauf ein Name geschrieben.

Porter.

Vielleicht seine Sporttasche. Vielleicht irgendein Sack, in dem Porter seine Schmutzwäsche aus dem Umkleideraum im Charleston PD nach Hause transportiert hatte. An sich nichts Besonderes im Transporter seines Partners. Aber auch nichts, was Poole ignorieren durfte. Aber darum würde er sich später kümmern, denn sein Blick war an etwas anderem hängen geblieben.

Ein Bündel am hinteren Ende – eingeschlagen in schwarze Müllsäcke oder Plastikfolie, die wiederum fest mit Panzerband umwickelt war.

Weil er nicht gewusst hatte, was er in Hillburns Hinterlassenschaften finden würde, hatte er Latexhandschuhe übergestreift. Inzwischen jedoch waren sie an mehreren

Stellen gerissen und schmutzig. Er zog sie ab und streifte sich ein frisches Paar über, ehe er sich in den Transporterraum quetschte. Er spähte noch kurz auf die Tasche, doch das Bündel war spannender. Etwa eins fünfzig lang. Er ertappte sich dabei, wie er nach seinem Messer tastete, bis ihm wieder einfiel, dass er Linie geflogen war und sämtliche Waffen in Chicago gelassen hatte, um nicht auf irgendeiner Sicherheitsliste zu landen, die SAIC Hurless auf den Tisch geflattert wäre. Selbst wenn die Dienstwaffe im aufgegebenen Gepäck steckte, waren Bundesbeamte verpflichtet, Waffen am Schalter zu melden, und diese Info landete im Handumdrehen in einer Datenbank, die mit den laufenden Tätigkeiten abgeglichen wurde. Wann immer etwas nicht übereinstimmte, ging irgendwo ein rotes Lämpchen an. Poole hatte nicht die Absicht gehabt, dieses rote Lämpchen zu aktivieren.

Er zog ein Stück Plastikfolie stramm und bohrte den Finger hindurch.

Augenblicklich schlug ihm ein ekelerregend süßlicher Geruch entgegen, den er nur allzu gut kannte.

Er setzte sich zurück auf die Fersen und hielt sich die Nase zu.

72
Tagebuch

»Junge, Junge, du hast echt Nerven!«

Vincent lehnte am Stoßfänger des Pick-ups, Kristina direkt neben ihm. Libby saß neben mir am Boden, während Paul in der Scheunentür stand und den Weg zum Haus im Blick behielt. Wiesel und Kid spielten oben auf dem Heuboden. Tegan war mit Finicky in die Stadt gefahren.

Sie alle wussten in weiten Teilen, was tags zuvor passiert war. Ich füllte die Lücken.

»Sie haben ihn draußen auf dem Feld verscharrt.« Paul zeigte in die Ferne. »Ich hab die Stelle auf dem Weg hierher sofort gefunden – fünf, sechs Meter vom Feldweg zurückversetzt im Unkraut.«

»Wir sollten die Polizei rufen«, sagte Kristina. »Die holen die Finicky ab. Die holen sie alle ab.«

Wir wussten nur zu gut, dass das unmöglich war.

Vincent nahm ihre Hand. Womöglich erlebte ich gerade zum allerersten Mal mit, dass er jemandem auch nur den Hauch von Zuneigung entgegenbrachte. Er ließ Kristinas Hand wieder los, sowie er sah, dass Libby und ich ihn anstarrten. »Welderman und Stocks sind die Polizei. Die werden Anson alles anhängen – genau wie die Finicky gesagt hat. Und dann wird für den Rest von uns alles nur noch viel schlimmer, weil wir dann nämlich immer noch hier festsitzen. Wir bleiben bei unserem Plan.« Er schlug mit der flachen Hand auf das Blech. »Wir bringen das Ding auf

Vordermann und hauen alle zusammen ab. Nach Charleston oder in eine größere Stadt, in der wir untertauchen können.«

Kristina verzog das Gesicht. »Die spüren uns auf.«

»Welderman und Stocks sind hier bei der Polizei«, dozierte Vincent. »Wenn wir erst mal weg sind, können die uns nichts mehr anhaben. Die riskieren doch nicht, dass die Behörden außerhalb ihres kleinen Einzugsgebiets auf sie aufmerksam werden.«

»Aber wie groß dieses ›kleine Einzugsgebiet‹ in Wahrheit ist, wissen wir nicht«, wandte ich ein.

Vincent sah mir ins Gesicht. »Und wir werden es auch nie erfahren, wenn wir nicht abhauen und austesten, wie weit ihr Einfluss reicht.«

»Die bringen uns um«, sagte Paul. »Denkt mal an die ganzen Bilder im Haus. Was glaubt ihr denn, wo diese Kinder hin sind?« Er trat aus der Tür und ließ den Blick über die Felder schweifen. Hohes Gras, Unkraut, hier und da letzte Getreidestängel, die im Wind hin und her schaukelten. »Ich verrate es euch: Die sind alle dort draußen und gucken genau wie Ansons Kumpel Bernie den Radieschen beim Wachsen zu. Das ist hier doch ein einziges Kommen und Gehen – und wie viele haben wir schon verschwinden sehen? Die fahren eines schönen Abends weg und kommen einfach nicht wieder. Dort an der Wand hängen Hunderte von ihnen!«

Ich blickte zu ihm hoch. »Die haben gestern überlegt, ob sie mich ins Krankenhaus fahren sollen. Da hab ich gehört, wie Welderman gesagt hat: Wenn der Arm nicht mehr gerade wird, wird sie das auf lange Sicht ziemlich was kosten. Die hätten mich auf der Stelle erschießen können, genau wie du sagst, aber das haben sie nicht gemacht. Die haben sich eher Gedanken gemacht, dass bloß kein dauerhafter Schaden entsteht.«

Paul kniff die Augen zusammen. »Wie bitte – nach dem Motto: Ein Auto mit Delle verkauft sich nicht mehr so leicht?«

So hatte ich es noch gar nicht betrachtet, und das wollte ich auch eher nicht.

Kristina war blass geworden. »Die wollen uns verkaufen? Also – was sie dort im Motel mit uns machen … Reicht das vielleicht noch nicht? Vergiss es. Verkaufen – an wen denn? Ihr seid ja verrückt.« Sie war vom Stoßfänger gerutscht und tigerte in der Scheune auf und ab. Auch wenn sie weiter vor sich hin brabbelte, verstand ich kein Wort mehr. Sie sprach einfach zu leise.

»Der neunundzwanzigste August«, flüsterte ich.

Vincent, der Kristina nicht aus den Augen gelassen hatte, drehte sich zu mir herum. »Was?«

»Der neunundzwanzigste August ist in Finickys Küchenkalender umkringelt. Und in Dr. Oglesbys Sprechzimmerkalender auch. Was immer sie vorhaben – es findet am neunundzwanzigsten August statt.«

»Welcher Tag ist heute?«

Die Frage war von Libby gekommen. Sie hatte bislang kaum etwas gesagt.

»Der elfte«, antwortete Kristina.

Libby strich behutsam über meinen Gipsarm. »Das sind nur noch achtzehn Tage. So schnell heilt das nicht.«

»Sie hat recht«, sagte Vincent. »Ich habe mir vor ein paar Jahren mal den Arm gebrochen, und der Gips war sechs Wochen lang dran. Niemals kommt der in weniger als drei Wochen ab.«

Paul schnaubte. »Das kümmert die nicht, ob er bis dahin wieder komplett verheilt ist. Klingt, als wären sie eher daran interessiert, dass er halbwegs normal aussieht. Das letzte Mal, als ich mir den Arm gebrochen habe, war der Gips nach zwei Wochen ab. Ich musste nur weitere zwei Wochen *eine Schlinge tragen.« Er hob den linken Arm über den Kopf und drehte ihn in alle Richtungen. »Ist wunderbar abgeheilt. Ich musste einfach nur ein bisschen vorsichtig sein.«*

»Wie viele von euch haben sich denn bitte schon mal den Arm gebrochen?«, wollte ich wissen.

Sie reckten alle die Hand in die Höhe. Sogar Kid lehnte sich aus dem Durchlass zum Heuboden und hob die Hand.

»Willkommen in der Jugendpflege, Mister Bishop«, murmelte Paul.

Ich hatte mir nie zuvor im Leben etwas gebrochen, und ich hatte nicht vor, es noch einmal zu tun. Mein Arm tat immer noch höllisch weh. Nicht so heftig wie in der vergangenen Nacht, aber es war immer noch schlimm.

»Ich hatte insgesamt sechs Brüche«, sagte Libby. »Wenn so etwas passiert, bringen sie dich einfach in eine andere Pflegefamilie – als würde das irgendwas bringen! Man füllt ein paar Formulare aus, die dann ganz hinten in deiner Akte verschwinden. Vielleicht noch ein, zwei Therapiesitzungen, damit die Einzelheiten auf den Tisch kommen. Ich bin mir sicher, es gibt dort draußen auch gute Pflegefamilien – aber eben auch eine Menge schlechte.«

Paul warf eine imaginäre Roulettekugel. »Mal landet man auf Schwarz, mal landet man auf Rot, und manchmal bleibt deine Kugel – bämm! – genau in der Mitte zwischen Grün und Blau liegen.«

Vincent kratzte ein Stück getrocknete Erde von der Pickup-Stoßstange und warf damit nach Paul. »Vollidiot!«

Paul wich dem Geschoss aus, das draußen vor der Tür landete. »Pass auf – ich muss doch unversehrt bleiben für das große Schaulaufen!« Er strich sich mit den flachen Händen über Taille und Hüfte. »Dieser Luxuskörper soll doch nicht bei irgend so einem Schnäppchenjäger landen!«

»Du bist echt so ein verdammter Trottel«, sagte Vincent kopfschüttelnd.

»Der neunundzwanzigste August«, wiederholte ich. »Kriegen wir den Pick-up bis dahin startklar?«

Vincent hielt den Blick gesenkt. »Keine Ahnung. Der Motor ist größtenteils sauber. Der Vergaser ist noch nicht ganz lupenrein, aber ich glaube, ich hab's im Griff. Die Reifen sind auch okay, glaube ich, aber das weiß ich erst sicher, wenn wir sie vollgepumpt haben, und das geht nun mal nicht ohne Pumpe. Ein paar Schläuche und Riemen müssten noch ersetzt werden, die Zündkerzen ...«

»Wir haben dir Geld besorgt«, unterbrach ihn Kristina.

Er bedachte sie mit einem Seitenblick. »Ich weiß. Aber wie sich herausgestellt hat, ist Geld gar nicht das Problem. Ich hab da nämlich etwas gefunden.« Er rutschte vom Stoßfänger, durchquerte die Scheune und zog auf der Rückseite ein paar Truhen zur Seite, um an die darunterliegenden Bretter zu kommen, die sich ohne Weiteres hochziehen ließen. Wir schlenderten ebenfalls hinüber.

Paul war der Erste, der durch die Zähne pfiff. »Heilige Scheiße.«

Dort lagen Dutzende Geldbündel mit Banderole, teils einzeln, andere steckten in einer Tasche.

»Sind diese Taschen alle voll mit Geld?«, fragte Kristina so leise, dass wir sie kaum verstehen konnten.

Vincent atmete angestrengt aus. »Wenn's nur so wäre.«

Er griff nach einem roten Rucksack und zog den Reißverschluss auf. Der Rucksack enthielt Mädchenkleidung, die in der Feuchtigkeit angefangen hatte zu schimmeln.

»Die Hälfte davon sind Klamotten, sowohl Jungs- als auch Mädchensachen. Aber der Rest enthält Geld. Schätze, ein paar Hunderttausend Dollar. Ich bin alles durchgegangen, ohne zu viel durcheinanderzubringen. Wir wollen ja nicht, dass sie auf einen Blick sehen, dass wir darauf gestoßen sind.«

»Die sind von den anderen Kindern«, stellte Paul fest.

»Ja, zumindest teilweise.« Vincent zog den roten Rucksack wieder zu und legte ihn zurück an Ort und Stelle. »Spielt aber auch keine Rolle – und wenn wir alles Geld der Welt hätten. Weil wir uns davon nämlich nicht kaufen können, was wir bräuchten.«

»Da ist so ein Auto-Ersatzteil-Discounter gegenüber von dem Motel – keinen halben Block von der Tankstelle entfernt. Hab ich gestern entdeckt«, sagte ich.

Vincent sah wieder zu Boden. »Ja, den hab ich auch schon gesehen. Aber da komme ich nicht hin. Nicht mit diesen Typen, die aufpassen wie die Schießhunde. Da könnte der Laden genauso gut eintausend Meilen entfernt sein.«

Vater hätte mich dazu aufgefordert, irgendwas auszutüfteln. Auch wenn sie noch so abseitig wirkten oder schwer zu greifen – Lösungen waren letztendlich immer nur einen Gedanken entfernt.

»Wer muss als Nächster mit?«, wollte Libby neben mir wissen. »Zum Motel?«

Kristina zeigte zum Heuboden. »Die beiden. Heute Abend. Tegan meinte, die Finicky war sauer, weil ihr niemand Bescheid gesagt hat, dass sie auch für die beiden Sachen kaufen müsste. Sonst hätte sie gleich etwas mitgebracht, als sie für Anson einkaufen war. So musste sie heute noch mal los.«

Wie sich herausstellen sollte, war es letztendlich nicht ich, der es austüftelte, sondern Libby.

73

Poole

Poole wusste, er würde telefonieren müssen. Unter dem Radar jemandes entsorgtes Leben zu durchwühlen war eine Sache; etwas anderes war, dass in dem Plastikkokon eine Leiche steckte, da war er sich sicher – und das war nichts, was er allein würde lösen können. Bei der Größe von etwa eins fünfzig handelte es sich entweder um ein Kind, eine kleine Frau – oder um jemanden, der verstümmelt worden war. Er war sich fast sicher, dass die Leiche hier lag, seit der Transporter in der Garage abgestellt worden war. Wenn der Transporter hier gestanden hätte und die Leiche erst später abgelegt worden wäre, wäre der Staub nicht so gleichmäßig verteilt gewesen. Aber abgesehen von seinen eigenen Spuren war nichts zu erkennen.

Nicht unwahrscheinlich, dass hier der Grund für Hillburns Selbstmord lag.

Poole zog sich vorsichtig aus dem Transporterraum zurück und versuchte, Füße und Knie genau auf die Stellen zu setzen, die er bereits aufgewühlt hatte, um nicht noch mehr Unheil anzurichten. Als der Staub ihn in der Nase kitzelte, kam er nicht umhin, daran zu denken, wie krank Nash zuletzt ausgesehen und wie er behauptet hatte, es sei bloß eine Erkältung oder die Grippe.

Als er auf Höhe der grünen Tasche war, kauerte Poole

sich auf die Knie und richtete den Lichtkegel auf den Stoff. Genau wie alles andere in diesem Transporter hatte der Staub sich auch dort abgelegt und bildete eine lückenlose Schicht – dicker und grau obenauf, während an den Seiten mehr von dem ursprünglichen Grün zum Vorschein kam. Er machte mehrere Fotos aus unterschiedlichen Winkeln, tastete dann nach dem Reißverschluss und zog ihn auf.

In der Tasche lagen ein hellblaues Hemd, eine schwarze Hose, ein Paar Loafers, eine dunkle Krawatte, Socken und Unterwäsche. Die Kleidungsstücke sahen verschlissen aus, einige sogar zerrissen, andere zerschnitten – alte Lumpen. Aber fast alles war mit eingetrocknetem, krustigem Blut verklebt. Unter den Sachen fand er eine alte Canon mit Teleobjektiv, außerdem ein schwarz-weißes Notizbuch, das genau wie Bishops Tagebücher von einem Gummiband zusammengehalten wurde. Das Gummiband riss, als Poole versuchte, es abzuziehen.

Er ging mit dem Handy näher heran und starrte auf die ersten Seiten.

Daten, Uhrzeiten. Unerklärliche Stichworte, Beobachtungen. Irgendeine Art Logbuch, womöglich das einer Observation. Die Handschrift kam Poole nicht bekannt vor. Das müsste genauer unter die Lupe genommen werden – aber soweit er sich erinnerte, war es nicht Bishops Handschrift und auch nicht die von Porter. Vielleicht die von Hillburn? Oder die eines anderen. Solche Sachen waren aus der Rückschau betrachtet immer schwer zu sagen. Die Handschrift eines Menschen entwickelte sich stetig weiter. Doch ein Experte könnte womöglich Gemeinsamkeiten erkennen.

In der Tasche lagen überdies drei Bündel Geldscheine. Hundert-Dollar-Noten. Wenn die Zahl auf der Banderole stimmte, dann enthielt jedes Bündel zehntausend Dollar.

Einen Augenblick lang starrte Poole noch darauf hinab.

Dann warf er alles zurück in die Tasche, zog den Reißverschluss zu und warf die Tasche auf den Vordersitz, bevor er selbst hinterherkletterte. Mit der Tasche in der Hand stieg er aus dem Wagen. Draußen auf der Auffahrt holte er ein paarmal tief Luft, ehe er eine Nummer aufrief.

»Granger«, meldete sich eine ruppige Stimme.

»Hey, Frank Poole hier. Sind Sie immer noch an diesem See in Simpsonville?«

»Dort haben wir vor ein paar Stunden zusammengepackt. Ich bin jetzt im Hotel, warum?«

Poole wusste, sowie er SAIC Granger erzählte, wo er sich befand, würde auch Hurless Wind davon kriegen, aber er hatte keine Wahl. Er drehte sich nach hinten um, starrte in die Garage, fuhr sich mit der freien Hand durchs Haar. »Ich hab einen Leichenfundort. Keinen Tatort. Aber es könnte mit Simpsonville zusammenhängen.«

»Wo sind Sie?«

»Charleston. Bei Sam Porters ehemaligem Partner.« Dann schilderte er Granger, was er gefunden hatte.

Granger hörte sich alles an, ohne ihn zu unterbrechen. Als Poole fertig war, fragte er: »Gibt es irgendetwas, was Porter mit der Leiche aus Simpsonville verbindet? Mit der von der Treppe vor dem Gericht?«

Noch nicht.

»Nein«, antwortete Poole.

»Wir müssen alles noch mal neu und aus diesem Blickwinkel abklopfen. Wenn Porter verdächtig ist, müssen wir *alles* neu aufrollen.«

Poole reagierte nicht. Sein Handy vibrierte – ein zweiter Anruf. Er warf einen Blick aufs Display. *South Carolina State Police.*

»Da muss ich rangehen ...«

»Sichern Sie den Fundort – ich gebe den örtlichen Kollegen Bescheid und schicke Ihnen ein Team. Ich selbst fahre auch sofort los, werde aber ein paar Stündchen brauchen«, sagte Granger noch, ehe er auflegte.

Poole nahm den zweiten Anruf entgegen. »Special Agent Poole?«

»Hier ist Lieutenant Miggins von der SCSP. Wir haben soeben einen Alarm aus dieser psychiatrischen Klinik reingekriegt – Camden. Möglicherweise ein Einbruch. Die Beschreibung des Mannes, der von dort abfährt, stimmt mit der aus dem Sam-Porter-Fahndungsbriefing überein. Ich hab eine Streife rausgeschickt – und mein Mitarbeiter hat gemeldet, dass er in einem der Büros Blutspuren gefunden hat. Und in der Lobby. Keine Leiche, keine gemeldeten Verletzungen ... zumindest *noch* nicht. Doch irgendwas ist da passiert. Ich fahre jetzt selbst hin, aber ich dachte, ich gebe Ihnen erst noch Bescheid. Sie sind auf dem Fahndungsaufruf als Kontaktperson genannt.«

»Wie sicher sind Sie, dass es Sam Porter war?«

»Ein Securitymitarbeiter hat angerufen – meinte, er hätte ihn aus dem Fernsehen wiedererkannt. Einhundert Prozent. Er sagt, Porter ist in einem dunklen SUV weggefahren. Einen Teil des Kennzeichens haben wir. Ich schicke es Ihnen per SMS.«

Poole starrte erst den Kleidersack neben sich an, dann die Garage.

Im Augenwinkel nahm er eine Bewegung wahr – am oberen Ende der Auffahrt. Er drehte sich wieder um. »Lieutenant? Ich rufe Sie in ein paar Minuten zurück.«

Der Lieutenant sagte noch etwas, aber da hatte Poole bereits aufgelegt.

Der Mann stand genau im Lichtkegel, sodass sein Gesicht im Schatten lag. Trotzdem wusste Poole, wen er vor sich hatte, wer da einfach reglos in der Auffahrt stand.

»Was machen Sie hier, Sam?«

Porter kam einen Schritt näher. »Ich dachte mir, Robin

wüsste vielleicht etwas über die Nacht, in der ich angeschossen wurde. Vielleicht hat Derrick ihr etwas erzählt.«

»Sie weiß nichts.«

»Das würde ich sie gern selbst fragen.«

Poole versuchte, ruhig zu klingen. »Vielleicht sollten Sie
erst mal die Waffe wegpacken.«

Porter hatte die linke Hand ausgestreckt und einen kleinen Revolver auf Poole gerichtet. Eine .38er oder .22er –
aus der Entfernung schwer zu erkennen. Poole bereute
mehr denn je, seine eigene Waffe in Chicago gelassen zu
haben.

Porter machte erneut einen Schritt auf ihn zu. »Sie wühlen mitten in der Nacht in wildfremder Leute Sachen herum. An einem Ort, an dem Sie doch eigentlich nichts zu
suchen haben dürften. Das hier hat mit dem Fall nichts zu
tun.«

»Ich hab den richterlichen Beschluss …«

»Haben Sie nicht. Sonst wären Sie nicht allein.« Porter
streifte das Haus mit einem flüchtigen Blick. »Wo ist Robin?
Was haben Sie mit ihr gemacht?«

»Sie hat mir den Schlüssel selbst gegeben. Nehmen Sie
jetzt die Waffe runter, und wir unterhalten uns wie normale
Leute.«

Porter schüttelte den Kopf. »Nehmen erst Sie Ihre Waffe
ganz langsam am Griff und werfen Sie sie ins Gras.«

»Ich hab sie nicht bei mir, bin per Linienflug gekommen.«

»Ziehen Sie die Jacke aus und drehen Sie sich langsam
um die eigene Achse. Einmal komplett herum.«

Poole ließ seine Jacke zu Boden fallen und drehte sich
einmal herum, bis er Porter wieder in die Augen sah.

Der wies mit dem Revolver auf Pooles Knöchel. »Ziehen
Sie die Hosenbeine hoch, alle beide.«

Poole tat wie geheißen.

»Das da sind Handschellen, oder? An Ihrem Gürtel?«

»Sam, tun Sie das nicht. Sie haben eine Waffe auf einen Bundesbeamten gerichtet ...«

»Ich richte meine Waffe auf einen Ermittler auf Abwegen, der eine trauernde Witwe ausgenutzt hat, um mitten in der Nacht eine unrechtmäßige Durchsuchung der Hinterlassenschaften ihres toten Ehemanns durchzuführen.«

»Es ist ein Team hierher unterwegs, ich hab's gerade gemeldet.«

»Hab ich gehört.«

»Dann wissen Sie auch, dass dort drin eine Leiche liegt.« Poole nickte in Richtung Transporter.

»Damit habe ich nichts zu tun.« Porter spähte hinunter zu der grünen Tasche und kniff die Augen zusammen, als er seinen Namen entdeckte. »Die gehört mir nicht. Ich hasse Grün. Was ist da drin?«

Poole sagte es ihm.

»Haben Sie die Tasche mitgebracht? Um sie in dem Transporter zu deponieren? So sieht das nämlich für mich aus. Sie deponieren Beweismittel.«

Poole zwang sich, Blickkontakt zu halten. »Weshalb sollte ich das tun? Ich hab die Tasche gefunden – in dem Transporter.«

»Irgendwer versucht, mir all das in die Schuhe zu schieben. Bishop – oder jemand, der mit Bishop zusammenarbeitet. Vielleicht sogar mehrere Leute, die mit Bishop zusammenarbeiten.«

»Ich hab überhaupt keinen Grund, Ihnen irgendwas in die Schuhe zu schieben, Sam.«

»Ich bin doch nicht blöd und lasse eine Tasche mit meinem Namen neben einer Leiche liegen, die in dieser Rostlaube von einem Transporter meines früheren Partners liegt. Wie soll sie also sonst dahingekommen sein? Wer hat sie dort deponiert, wenn Sie es nicht waren?«

»Die lag da schon lange – genauso lange, wie der Transporter in der Garage steht.«

»Dann war es Bishop. Ich habe niemanden umgebracht.«

Poole ließ die Arme sinken, hielt aber inne, als Porters Finger sich um den Abzug krümmte. Er starrte die Trommel an. »Wenn Sie unschuldig sind, dann legen Sie jetzt die Waffe weg und reden mit mir.«

»Die Waffe bleibt, wo sie ist, damit Sie mir auch garantiert zuhören. Ich kann jetzt nicht riskieren, eingesperrt zu werden.«

»Sie machen einen Riesenfehler, Sam.«

Porter fuchtelte mit dem Revolver herum. »Nehmen Sie die Handschellen und legen Sie sie sich an. Vor dem Körper, damit ich es sehen kann.«

Kurz dachte Poole darüber nach, die Flucht zu ergreifen. Wenn er jetzt zur Seite spränge, raus aus dem Licht, hätte er eine Chance, sich abzurollen und in Deckung zu bringen, ehe Porter einen gezielten Schuss abgeben könnte. Revolver waren nur auf eine Distanz von drei Metern präzise, und Porter stand mindestens doppelt so weit von ihm entfernt. Allerdings dürfte er ein geübter Schütze sein – nicht der durchschnittliche Freizeitschütze –, und er wirkte bedenklich ruhig.

»Sie haben vor sieben Minuten Meldung gemacht. Die nächste Wache liegt gute zwanzig Minuten von hier entfernt. Wenn die Agents direkt von zu Hause kommen, könnten sie ein bisschen schneller da sein. Sie haben eine Minute, um sich die Handschellen anzulegen. Wenn Sie sich weigern, kriegen Sie eine Kugel ins Bein und sind aus dem Rennen. Ich kann nicht riskieren, jetzt festgesetzt zu werden«, wiederholte Porter und spähte die verwaiste Straße entlang.

Poole sah ihn misstrauisch an. »Wenn ich es mache – was dann?«

»Dann nehm ich Sie mit. Wir gehen dem Ganzen gemeinsam auf den Grund.«

Poole antwortete nicht.

»Wenn ich Sie töten wollte, könnte ich das jetzt auf der Stelle tun. Das wissen Sie. Es gibt keine Zeugen. Ihr Team würde hier auftauchen und keinerlei verwertbare Spuren finden. Nicht mal auf den Patronen. Ich wäre längst über alle Berge, während Sie immer noch ausbluten.«

»Sie würden mich nicht erschießen.« Poole griff nach hinten.

Porter verkrampfte sich sichtlich. »Langsam!«

Pooles Handschellen steckten in einem Lederetui an der Rückseite seines Gürtels. Er klippte es los und nahm die Handschellen heraus. Vorsichtig, um Porter nicht zu provozieren, schloss er erst die linke Handschelle um sein Handgelenk, dann die rechte.

»Fester.«

Poole tat wie geheißen. Sofern Sam das Licht im ersten Stock des Hillburn-Hauses bemerkte, reagierte er nicht darauf. Poole indes konnte im Fenster einen Schatten sehen, als der Vorhang zurückglitt.

»Und was jetzt?«, fragte er.

»Jetzt nehmen Sie die Tasche und kommen mit.«

Poole nickte.

74

Nash

Nash wachte in seinem Wagen auf und hatte keine Ahnung, wie er dorthin gekommen war. Er konnte sich nicht einmal mehr daran erinnern, Porters Wohnung verlassen zu haben. Allerdings parkte er vor dessen Tür. Zum Glück hatte er nicht versucht, irgendwo hinzufahren. Durch die feine Schneeschicht auf der Windschutzscheibe konnte er immer noch diverse Metro-Einsatzwagen und die Fahrzeuge des FBI erkennen. Die Transporter der Spurensicherung standen etwa einen halben Block entfernt.

Nashs Motor lief und hustete sporadisch warme Luft aus den Lüftungsschlitzen. Er war froh, dass er zumindest so weit gedacht und den Wagen irgendwann angelassen hatte, auch wenn er daran keinerlei Erinnerung mehr hatte. Ihm tat jeder Knochen weh. Durch die Nase konnte er nicht mehr atmen, und sein Rachen fühlte sich an, als hätte eine Wildkatze dort ihre Krallen gewetzt. Sein Handy hatte ihn geweckt, ein eingehender Anruf. Das iPhone klapperte mit jedem Klingeln im Becherhalter.

Klozowski.

Nash fummelte das Gerät heraus und nahm den Anruf per Lautsprecher entgegen. »Ja?«

»Verdammt noch ... Ich versuche seit einer Stunde, dich zu erreichen!«

Das Handy fühlte sich wie ein Eisklumpen an. Nash drehte die Heizung voll auf; irgendwas unter dem Armaturenbrett protestierte mit einem lauten Krächzen. Das Zittern hörte gar nicht mehr auf. »Ich fühl mich beschissen, Kloz.«

»Ach, du auch? Mann, Mann, Mann. Hast es dir wahrscheinlich bei Upchurch zu Hause eingefangen. Hat dir niemand gesagt, dass du herkommen sollst? Du darfst jetzt doch nicht dort draußen herumlaufen, du steckst alle anderen an!«

»Ich muss Sam finden. Und Bishop. Und ...« Ihm fiel wieder ein, dass er den Bürgermeister nicht erwähnen durfte, und hielt sich gerade noch rechtzeitig zurück.

»Der Bürgermeister ist verschwunden.«

Es dauerte einen Moment, ehe die Information bei ihm ankam. Nash konnte einfach nicht mehr klar denken. »Woher weißt du denn vom Bürgermeister?«

»Was? Doch nicht der Bürgermeister. *Clair* ist verschwunden.« Dann hielt er für eine Sekunde inne. »Moment mal – der Bürgermeister ist auch verschwunden?«

Nash stemmte sich hoch, zwang sein Gehirn zu arbeiten. »Hast du gerade gesagt, Clair ist verschwunden?«

Kloz seufzte. »Du hast Fieber oder so. Ja, *Clair ist verschwunden*. Unsere Clair. Sie ist runter in die Cafeteria, um dort irgendetwas zu klären, und seitdem hat sie niemand mehr gesehen. Das war ... Oh, wow. Das war vor acht Stunden. Der Security-Typ hat seine Leute ausschwärmen lassen, aber durch die CDC-Maßnahmen kommen sie im Krankenhaus nicht mehr überallhin – die Aufzüge sind abgeschaltet und die Treppenhäuser verrammelt. Diese Leute haben zwar Schlüssel, aber das CDC will nicht, dass hier irgendwer das Stockwerk wechselt. Zwei Einsatzkollegen sind auch spurlos verschwunden, und das fast schon den ganzen Tag. Wir haben hier zwei Tote im Krankenhaus, irgendwer schnappt sich einen Cop nach dem anderen – und jetzt ist auch noch Clair weg. Ich halte in unserem Büro die Stellung, aber ich bin inzwischen allein. Und ich weiß ehrlich gesagt nicht mehr, wem ich noch trauen kann. Wenn du mich fragst, hat Stout sie sich geschnappt.«

»Stout?«

»Himmel, hörst du mir überhaupt zu? Der leitet hier die Security. Wer immer dahintersteckt, befindet sich hier in der Klinik. Sie könnten mittlerweile tot sein. Wenn das Bishop war ... Kannst du dir vorstellen, was der mit Clair macht? Er hatte inzwischen acht Stunden Zeit. Aber wenn es Sam gewesen sein sollte ... Wenn Clair ihn erkannt hat ... Ich weiß nicht mehr, was ich tun soll, Mann. Ich brauche Hilfe.«

Nash sah nach vorn, betrachtete all die aufblinkenden Blaulichter vor Porters Wohnhaus. Gerade kamen zwei Leute mit einer Trage. »Ich hab Vincent Weidners Leiche in Sams Wohnung gefunden. Er lag in der Badewanne.«

»Ich weiß«, sagte Klozowski leise. »Ich hab mich in den Funk eingeklinkt, Nachrichten, E-Mails ... Das FBI geht davon aus, dass Sam hinter alledem steckt. Ich will mir das nicht mal ... Ich rede mir ein, dass das nicht stimmen kann. Aber da sind all diese Beweise. Poole hat gerade eben eine weitere Leiche in Charleston gefunden – eine ältere, die in der Garage von Sams früherem Partner abgelegt wurde. Ein paar von Sams Sachen waren auch da ... und jede Menge Geld.«

Nash kniff die Augen zu und rieb sich die Stirn, zwang sich, durch den Nebel in seinem Hirn halbwegs klar zu denken. »Und das konntest du alles mitverfolgen?«

»Ernsthaft? Ich könnte dir die Titel der letzten drei Pornos nennen, die du auf deinem iPhone geguckt hast. Aber jetzt ist nicht der geeignete Moment, meine Fähigkeiten infrage zu stellen. Wir müssen Clair finden.«

Nash griff nach dem Schalthebel – und griff daneben. Er griff allen Ernstes daneben. Er versuchte es noch zweimal, bis er zu guter Letzt imstande war, die Finger um den Knüppel zu legen. »Ich komme. Bin gleich da.«

»Die werden dich nicht reinlassen. Schon vergessen? Das gesamte Gebäude steht unter Quarantäne.«

»Ich bin krank. Sie müssen mich reinlassen.« Als Nash sich nach dem von hinten vorbeifahrenden Verkehr umsehen wollte, krachte er mit der Stirn gegen das Fahrerfenster. Er fühlte sich, als würde er jeden Moment ohnmächtig werden. Er tastete nach Eisleys Tabletten und schluckte weitere drei.

Dann zog er den Zündschlüssel heraus und nahm einen Streifenbeamten ins Visier, der gerade vor Porters Haus in seinen Wagen stieg. »Ich glaube, ich brauche eine Mitfahrgelegenheit ...«

Nur mit Mühe schaffte er es, sich aus dem Wagen zu stemmen, und winkte den Kollegen heran. Zu irgendeinem Zeitpunkt hatte er wohl auch Kloz aus der Leitung geworfen.

75
Tagebuch

Libby und ich spähten dicht aneinandergedrängt aus meinem Fenster, als Welderman und Stocks draußen vorfuhren. Es war kurz nach neun Uhr, die Sonne war längst untergegangen, und der Mond war auch nicht wirklich zu sehen; der Himmel war schwarz wie Öl.

»Siehst du ihn?«

Ich reckte den Hals, und sie zog mich wieder nach unten. »Nicht ...«

In meinem Zimmer brannte kein Licht, deshalb konnte mich von draußen niemand erkennen, trotzdem ging ich wieder in Deckung. Dann hob ich den Kopf gerade so weit, dass ich Finickys Camry links hinter Weldermans Auto erspähen konnte. Erst sah ich ihn nicht – doch dann schob sich die lange schwarze Gestalt unter dem einen Wagen hervor und kauerte sich vor die Beifahrertür.

»Da ist er!« Ich zeigte in die entsprechende Richtung.

Libby hatte ihn ebenfalls gesehen, das war an ihrer verkrampften Haltung deutlich zu spüren. »Gott, ich hoffe, er kriegt das hin ...«

»Wird er«, sagte ich mit aller Überzeugungskraft, die ich aufbringen konnte, auch wenn ich mir nicht annähernd sicher war. Libby hatte einen Spitzenplan ausgeheckt, allerdings bestand die Gleichung aus so vielen Unbekannten, dass der Ausgang vollkommen ungewiss war.

Finicky brüllte etwas herauf, und einen Augenblick spä-

ter hörte ich die Schritte von Wiesel und Kid auf der Treppe. Ich versuchte, nicht darüber nachzudenken, wohin sie gleich unterwegs wären und was ihnen bevorstehen könnte. Es gab einfach viel zu viele Bernies auf dieser Welt, und nicht annähernd genügend lagen draußen auf dem Feld begraben. Tegan hatte erwähnt, dass es diesmal wohl nur um Fotos gehen sollte, und auch wenn das allein schon übel war – es wäre noch sehr viel schlimmer gegangen.

Draußen robbte Vincent zwischen den beiden Wagen auf Weldermans Kofferraum zu: quälend langsam und so dicht am Boden, wie er nur konnte. Welderman selbst saß nach wie vor am Steuer. Stocks stand wie immer an der offenen Beifahrertür und rauchte eine Zigarette. Inzwischen hatte Vincent den hinteren linken Reifen erreicht, schraubte die Ventilkappe ab und ließ Luft raus.

»Das hat er doch bestimmt schon mal gemacht«, stellte ich tonlos fest.

»Vincent hat schon eine Menge Sachen gemacht«, pflichtete Libby mir bei. »Der soll sich beeilen!«

Ich hoffte inständig, dass er nicht zu viel Luft rausließe. Es sollte gerade so viel sein, dass sie immer noch fahren konnten, aber der Wagen nicht mehr stabil auf der Straße lag. In unserer Vorstellung würden sie vielleicht die halbe Strecke in die Stadt schaffen, bis der Asphalt den Reifen zerfressen hätte. Libby hatte gesagt, dass alles gut gehen würde – solange die nur aus der Auffahrt hinauskämen. Und da die Auffahrt geschottert und uneben war, würden sie den Platten wahrscheinlich nicht einmal bemerken, bis sie auf einer ordentlichen Straße wären – aber selbst da dürfte Welderman munter ein ganzes Stück fahren, ehe ihm dämmerte, dass etwas nicht stimmte, wenn überhaupt.

Ich hörte, wie Kristina im Erdgeschoss irgendetwas zu Finicky sagte. Die zwei Jungs keiften einander in einer inszenierten Streiterei an.

»Kristina wird sie nicht ewig hinhalten können«, murmelte Libby. »Vincent soll sich beeilen!«

Nun war dies leider nichts, was man hätte beschleunigen können. Wenn sie nach draußen ginge, bevor Vincent fertig wäre, würde Finicky ihn zwischen den Fahrzeugen entdecken – mit der Ventilkappe in der Hand und einem dämlichen Ausdruck im Gesicht. Finickys Camry war vom Hauseingang her kein hinreichender Sichtschutz.

Libby und ich hörten beide, wie erst die Haustür aufging, dann die Fliegengittertür.

»Oh nein ...«

Der Griff um meine Hand wurde fester.

Allerdings schien auch Vincent es gehört zu haben. Binnen einer Sekunde hatte er die Ventilkappe draufgedreht und schlüpfte wieder unter den Camry. Stocks hob den Kopf, und die Zigarette glühte gerade so hell, dass sein Gesicht kurz zu erkennen war. Vincent schob sich ein Stückchen tiefer unter den Wagen, während Stocks ein paar Schritte in seine Richtung machte, dann aber stehen blieb.

Vor der Haustür ging das Verandalicht an, und Wiesel und Kid liefen auf den Wagen zu. Tegans Kamera baumelte um Wiesels Hals. Welderman stieg gerade lange genug aus, um die hintere Tür für die beiden aufzuhalten und ein paar Worte mit Finicky zu wechseln. Dann setzte er sich auch schon wieder ans Steuer. Stocks ließ die Zigarette fallen, trat sie aus und stieg ebenfalls ein. Einen Augenblick später waren sie unterwegs die Auffahrt hinunter – mit leichter Schlagseite.

»Wer hat den Umschlag?«

»Kid«, flüsterte Libby.

Der Umschlag enthielt eine Liste der Ersatzteile, die wir noch brauchten, fünfhundert Dollar sowie ein Briefchen, das Kid jemandem in dem Ersatzteileladen zustecken sollte und in dem stand, dass diese und jene Teile bitte geliefert werden sollten – und dass für die Extramühe weitere fünfhundert Dollar in Aussicht stünden. Darunter stand Finickys Adresse und die Anweisung, die Sachen direkt in der Scheune abzuladen. Außerdem steckte ein halbwegs provokantes Bild von Tegan in dem Umschlag. Das war Pauls Idee gewesen: »Jeder Mann, der noch einen Puls hat, wird glauben, dass Tegan dort in der einsamen Scheune sitzt und nur auf ihn wartet – da kann keiner mehr widerstehen.«

Libby seufzte. »Wenn sie die Tankstelle ansteuern statt den Ersatzteileladen, sind wir geliefert.«

»Die Werkstatt hat um diese Uhrzeit geschlossen, und ich hab Wiesel erklärt, wie er die Luft aus dem Vorderreifen rauslassen kann. Sie werden zum Ersatzteileladen fahren müssen, sie haben gar keine andere Wahl.«

»Vielleicht haben sie ja einen Ersatzreifen dabei, oder der Typ im Transporter hilft ihnen … Eine Million Sachen können schiefgehen …«

Sie hatte recht. Es konnten wirklich eine Million Sachen schiefgehen. »Der Typ im Transporter hat eine andere Aufgabe, der wird nicht helfen können. Und ich glaube auch nicht, dass Welderman jemand ist, der freiwillig um Hilfe bittet. Aber selbst wenn – wen sollte er anrufen? Da müsste er erklären, warum zwei Kinder auf seinem Rücksitz sitzen. Vincent meint, das Ersatzrad in einem Malibu ist wahrscheinlich so ein kleiner Gummireifen, und ich bezweifle, dass er damit lange herumfahren will. Die werden das noch heute Abend reparieren wollen.«

»Und was, wenn sie Wiesel und Kid erst ins Motel fahren und dann erst zum Laden?«

»Wenn es nicht funktioniert, probieren wir eben was anderes aus.«

»Wir sollten einfach Miss Finickys Auto klauen, wie Tegan es vorgeschlagen hat.«

Darüber hatten wir diskutiert. Eine ganze Weile, zugegebenermaßen. Aber es hätte nicht funktioniert. »Das ist zu klein, da passen wir nicht alle rein. Außerdem würden sie es als gestohlen melden und uns wieder einfangen. Wir müssen alle auf einmal verschwinden – oder wir kommen hier niemals weg. So lautet der Plan. Den Pick-up kennen sie nicht. Wir haben genau diese eine Möglichkeit, weil sie da nicht wissen, wonach sie suchen müssen.«

»Vielleicht sollten wir einfach abhauen, nur wir beide. Mich würde nicht wundern, wenn Vincent und Kristina das Gleiche vorhätten.«

Wie gern ich genau das getan hätte. Und rückschauend wünschte ich mir umso mehr, ich hätte in diesem Augenblick Ja gesagt. Wie sehr wünschte ich mir, ich hätte sie einfach an der Hand genommen – genau in diesem Moment – und einen Fluchtweg aus dem Haus gefunden. Wir wären mit einer Tasche voller Geld aus der Scheune in die Nacht verschwunden, nur sie und ich. Ich weiß auch nicht, warum ich gezögert habe. Vielleicht aus den gleichen Gründen, warum auch sie zögerte. Wir hatten uns geschworen, dass wir alle zusammen abhauen würden. Kid und Wiesel waren noch zu klein, um es allein zu schaffen. Das waren wir alle. Wir brauchten einander. »Weißt du noch, als ich dir erzählt habe, wo ich aufgewachsen bin?«

Libby nickte. »In dem Haus am See in Simpsonville.«

»Wenn wir uns verlieren sollten, will ich, dass wir uns dort treffen.« Ich bläute ihr die Adresse ein und ließ sie sie mehrmals wiederholen. »Irgendwie komme ich dorthin, und dann warte ich auf dich.«

Statt zu antworten, lächelte sie.

Dieses Lächeln mochte ich von Tag zu Tag mehr.

Mein Bein drohte einzuschlafen, und als ich mein Gewicht verlagerte, schossen mir Schmerzen den Arm hinauf. Dafür war allerdings nicht wirklich viel nötig, obwohl ich

Schmerztabletten gefuttert hatte wie Bonbons. Finicky weigerte sich, mir etwas Stärkeres zu geben. Libby musste es bemerkt haben, weil sie mir übers Haar strich.

»Geht's wieder?«

»So halbwegs«, flunkerte ich. Mein Herz pochte wie wild, wann immer sie mich berührte. Auch das musste sie bemerkt haben. Mädchen haben dafür einen angeborenen Instinkt – oder bringt ihnen das irgendein älteres, erfahreneres Mädchen bei? Jedenfalls hatte sie ein Baumwollkleid an, das wohl ein, zwei Nummern zu klein für sie war; der Saum lag ein Stück zu weit oben auf ihrem Oberschenkel auf. Trotzdem machte sie keine Anstalten, ihn runterzuziehen, auch nicht, als sie mich dabei ertappte, wie ich darauf hinabstarrte. Ich bin mir nicht einmal sicher, wessen Gesicht röter anlief: ihres oder meines.

»Wenn ich dir etwas zeige, versprichst du mir, dass du niemandem davon erzählst?«

Ich nickte.

Sie zog mich den Flur entlang zu ihrem Zimmer und schob behutsam die Tür hinter uns zu.

76
Poole

Mit gefesselten Händen saß Poole am Steuer. Porter hielt immer noch den Revolver in der Hand, während er mit der anderen die grüne Tasche durchwühlte. Sein wilder Blick huschte vom Inhalt der Tasche zu Poole und zur Straße, wann immer er ihn anwies, wo er als Nächstes abbiegen sollte. Er zog ein blutfleckiges Oberhemd aus der Tasche und hielt es ins schwache Licht. »Dieses Hemd hatte ich in der Nacht an, als ich angeschossen wurde. Das sind die Sachen aus dieser Nacht.«

»Sie sollten sich Handschuhe überstreifen – Sie verunreinigen Beweisstücke. Ich hab welche in meiner rechten Jackentasche.«

Porter ignorierte den Einwand und wühlte weiter. Als Nächstes angelte er eine Kamera hervor. »Die hier gehört mir nicht. So eine Kamera hab ich nie besessen. Sehen Sie sich das Objektiv an – das kostet ein Vermögen. Oder hat damals ein Vermögen gekostet. Was glauben Sie – wie alt könnte das sein?«

Poole zuckte mit den Schultern. »Sie sollten die Sachen wirklich nicht anfassen …«

»Da liegt noch ein Film drin. Den müssen wir irgendwo entwickeln lassen.« Er wies auf ein Straßenschild. »Fahren Sie links auf die East Bay, dann weiter in Richtung Norden.«

»Wo fahren wir hin?«

Stirnrunzelnd wandte Porter sich zu Poole um. »Wo ist Ihr Handy?«

»In meiner Tasche.«

»Geben Sie es mir.«

»Warum?«

»Sie wissen genau, warum.«

»Sie müssen es sich schon selbst holen. Mit Handschellen käme ich da nicht dran, muss auch das Lenkrad festhalten.«

Porter dachte kurz nach. »Welche Tasche?«

»Hosentasche rechts vorne.«

Porter nahm den Revolver in die rechte Hand und hielt ihn auf Poole gerichtet, während er mit links in dessen Tasche griff. Als er auf das Display schaute, verzog er das Gesicht. »Granger hat angerufen. Warum haben Sie denn nichts gesagt?«

Poole hielt den Blick starr nach vorn gerichtet. »Sie werden nach mir suchen, wenn sie nicht schon unterwegs sind. Wenn Sie das Handy kaputt schlagen, lösen Sie in derselben Sekunde Alarm aus, in der mein Handy vom Netz geht.«

Porter scrollte durch die Nachrichten, dann hämmerte er das Gerät dreimal aufs Armaturenbrett. Sobald das Glas abgesplittert war, nahm er das Handy in beide Hände und verbog es in der Mitte, ließ dann das Fenster runter und warf es hinaus in die Nacht.

»Das war brandneu …«

Porter ließ das Fenster hoch und widmete sich wieder der Tasche. Er zog das Notizbuch heraus und fing an, darin zu blättern. »Was sagt Ihnen das hier?«

»Waren Sie im Camden Treatment Center?«

Ruckartig blickte Porter auf. »Links auf die Queen …«

»Geben Sie mir eine Antwort.«

»Warum sollte ich?«

»Ich habe einen Anruf von der South Carolina State Police bekommen. Ein Lieutenant hat erzählt, im Camden sei etwas passiert. Sie hätten dort Blut gefunden.«

Porter sah wieder nach vorn. »Ich habe niemanden verletzt.«

»Aber Sie waren vor Ort.«

Porter beugte sich nach vorn. »Fahren Sie dort links rein. Parken Sie vor der Kirche.«

Poole sah hinauf zu der riesigen Kirche und fuhr dann geradeaus weiter. »Ups.«

»Verdammt noch mal, Frank, wir haben keine Zeit für solche Spielchen! Jetzt einmal um den Block.«

»Sie scheinen die Gegend ganz gut zu kennen.«

Poole fuhr rechts in die Church Street, an zwei kleineren Parks vorbei und wieder rechts auf die Cumberland.

»Halten Sie dort vor der Bank. Gleich da rechts.« Porter griff erneut in die Tasche, zog drei Bündel mit Geldscheinen heraus und legte sie auf die Mittelkonsole. »Ich glaube, ich habe noch nie so viel Geld auf einmal gesehen. Die Scheine waren in Umlauf, zumindest sind es keine aufsteigenden Seriennummern. Die Banderolen sind auch nicht gestempelt. Die hat irgendwer privat zusammengepackt. Bei der Bank hätten sie so was abstempeln müssen.«

»Wem gehört der SUV? Haben Sie den geklaut?«

»Hier – halten Sie gleich hier.« Mit dem Lauf des Revolvers deutete er auf den hintersten Parkplatz der Reihe. »Unter der Straßenlaterne.«

»Bombenidee. Nicht dass jemand Ihren geklauten Wagen klaut.«

»Der ist nicht geklaut.«

»Woher haben Sie ihn dann? Das ist kein Leihwagen, den hätten wir sofort auf dem Radar gehabt.«

»Hier parken. Motor aus.«

Poole steuerte die Lücke an, stellte den Hebel auf Parken und schaltete den Motor aus. »Und jetzt?«

»Jetzt machen wir einen Spaziergang.« Er griff nach hinten zum Rücksitz, zog eine schwarze Lederjacke vor und schlüpfte hinein. Erst ein Ärmel, Waffe in die andere Hand, dann der andere Ärmel. Den Revolver schob er in die linke Jackentasche. »Glauben Sie ja nicht, er wäre nicht weiter auf Sie gerichtet. Ich bin jederzeit bereit zu schießen.«

»Ich lauf schon nicht weg.«

»Wär mir völlig egal.« Porter stieg aus dem SUV, lief einmal um den Wagen herum und zog die Tür für Poole auf.

Der hielt die gefesselten Hände in die Höhe. »Das hier könnte jemand sehen.«

»Das wäre nicht gut. Ich schlage vor, Sie verstecken sie unter der Jacke.«

Als Poole ausgestiegen war, nickte Porter in Richtung der Bank. »Dort um das Gebäude herum und dann an der Ecke links. Ich bin direkt hinter Ihnen, also keine Dummheiten.«

Auch wenn die Bank geschlossen hatte, brannte drinnen Licht. Durch eines der Fenster konnte Poole einen Wachmann auf seinem Posten sehen. Der Wachmann sah sie ebenfalls. Auf dem Gehweg waren Passanten in beide Richtungen unterwegs – genug Bewegung, sodass Porter und Poole keine Aufmerksamkeit bei dem Wachmann erregten. Nach einem flüchtigen Blick widmete der sich wieder dem Buch auf seinem Schoß.

»Hier links«, sagte Porter, als sie an dem Gebäude vorbei waren.

Poole nahm die Gasse in Augenschein. Nicht allzu viel Licht. Kopfsteinpflaster, Hecken und Blumenkästen zu beiden Seiten. Das hintere Ende war kaum zu erkennen, unter den tief hängenden Zweigen einiger Bäume herrschte Zwielicht. »Sind Sie hier niedergeschossen worden?«

Porter schubste ihn vorwärts. »Weiter, raus aus dem Straßenlicht.«

Sie gingen den Gehweg entlang bis etwa auf halbe Höhe. Porter sah sich um, betrachtete die Nachbargebäude, dann den eingezäunten Garten zur Linken.

»Das war damals ein Restaurant.« Er zeigte in die entsprechende Richtung. »Hier standen die Müllcontainer, direkt an der Mauer. Damals war es noch nicht so zugewuchert. Da waren Blumenkästen verboten, und die Bäume wurden zurückgeschnitten, damit die Lieferwagen hier durchkamen.«

»Woran erinnern Sie sich noch?«

Mit geschürzten Lippen ging Porter in die Hocke und fuhr mit der freien Hand über das Pflaster. »Hier bin ich gestürzt.«

»Erzählen Sie mir, woran Sie sich erinnern.«

Für einen Moment herrschte Stille. Dann sah Porter zurück in die Richtung, aus der sie gekommen waren. »Ich bin dem Jungen nachgerannt, Wiesel. Kam von der Cumberland ... Ich glaube, er hat gar nicht mitgekriegt, dass ich ihm so dicht auf den Fersen war. Hier hat er sich versteckt. Hillburn ist um den Block gelaufen und kam von der Queen – und als Wiesel Derrick auf sich zukommen sah, hat er Panik gekriegt und kehrtgemacht. Damals war ich noch ziemlich schnell, er ist fast in mich reingerannt und hat den Schreck seines Lebens gekriegt, als ich vor ihm stand. Er hatte eine Waffe in der Hand, und die ist dann losgegangen. Die Kugel hat den Container getroffen, ist abgeprallt und hat mich am Hinterkopf erwischt. Genau hier bin ich dann umgekippt.«

»Und daran können Sie sich noch erinnern? Es ist genau so gewesen?«

»Ja, ich weiß noch jede Sekunde. Wenn ich die Augen zumache, sehe ich es wie einen Film vor mir. Er wollte mich nicht erschießen. Die Waffe war nicht mal auf mich gerichtet, es war eher eine Art Reflex oder so. Ich weiß noch, wie die Kugel mich getroffen hat – fühlte sich an wie ein Hammerschlag auf den Hinterkopf. Ich hab einfach nur dagestanden wie der letzte Idiot. Dachte, ich würde ins Auto einsteigen und besser mal kurz ins Krankenhaus fahren. Ich hab die Wunde mit den Fingern berührt, das Blut gesehen, bin noch zwei Schritte gegangen und umgekippt. Genau hier.«

»Komisch, dass jemand sich an so etwas erinnern kann«, sagte Poole. »Normalerweise blendet das Gehirn derlei Erinnerungen aus, wenn wir so etwas Traumatisches erleben.«

»Ich kann mich an jede Sekunde erinnern …«

»… als wäre es ein Film.«

»Genau.«

»Was passiert, wenn Sie den Film rückwärts abspielen?«

Porter runzelte die Stirn. »Bitte?«

Poole kam einen Schritt näher heran und stellte sich an die Wand, wo früher der Container gestanden hatte. »Spielen Sie die Ereignisse in umgekehrter Reihenfolge ab. Fangen Sie damit an, wie Sie am Boden liegen, kurz bevor Sie bewusstlos wurden, und dann machen Sie die einzelnen Schritte rückwärts – es hilft, wenn Sie dabei die Augen zumachen.«

»Ich mache jetzt nicht die Augen zu.«

»Ich laufe nicht weg.«

»Haben Sie schon erwähnt.«

»Ich finde, Sie sollten es probieren. Schließen Sie die Augen. Ich führe Sie durch die Ereignisse.«

»Ich mache die Augen nicht zu.« Porters Hand wanderte in die Tasche, Finger an die Waffe.

Poole sah über die Schulter, dann wieder zurück zu Porter. »Okay, versuchen wir es anders. Wann haben Sie Hillburn auf sich zulaufen sehen?«

»Hillburn ist um den Block gelaufen und kam von der Queen...«

»Das haben Sie gesagt. Schon drei Mal, und jedes Mal fast im selben Wortlaut. Gerade eben und als wir uns bei der Metro unterhalten haben.«

»Weil es genau so passiert ist.«

»In dem Film in Ihrem Kopf – hatte Hillburn da seine Waffe gezogen, als er die Gasse entlangkam? Wann haben Sie die Waffe in Wiesels Hand entdeckt? Hatten Sie selbst Ihre Waffe gezogen? Sie haben erzählt, Wiesel sei Dealer gewesen. In welchem Moment hat er den Stoff weggeworfen? Diese Leute werfen die Drogen immer weg, wenn sie abhauen.«

»Ich weiß nicht ... Ich bin mir nicht sicher ...«

»Hat Hillburn etwas gerufen, als er in die Gasse einbog?«, fuhr Poole fort. »Hat er ›Polizei‹ gerufen und den Typen aufgefordert, die Waffe fallen zu lassen?«

»Ja ...«, erwiderte Porter, klang aber leicht verunsichert.

»Sagen Sie das jetzt, weil Sie sich daran erinnern können oder weil ich es gerade so geschildert habe und es so hätte ablaufen müssen? Habe ich Ihrem Film gerade eine neue Szene hinzugefügt? Haben Sie ›Polizei‹ gerufen? Haben Sie dem Jungen zugerufen, er soll die Waffe fallen lassen?«

»Ja«, sagte Porter erneut. Diesmal fast schüchtern.

»Ihr Film hat sich gerade schon wieder verändert, hab ich recht? Weil ich es Ihnen so vorgeschlagen habe.«

Porter stand mit halb offenem Mund da. Er starrte die Wand an, ließ den Blick über den eingezäunten Garten schweifen.

Poole kam noch einen Schritt näher. »Schließen Sie die Augen. Versuchen Sie, sich von der Mitte her an alles zu erinnern. Sie sind die Gasse entlanggerannt bis hierher, bis zu diesem Container, und ...«

»Schnell, sie kommen...«, sagte Porter so leise, dass Poole ihn kaum verstehen konnte.

»Wie bitte?«

Porter *hatte* die Augen zugemacht. Nur für einen kurzen Moment. Als er sie wieder aufschlug, sah er vom Kopfsteinpflaster auf und Poole direkt ins Gesicht. »Das hat der Junge gesagt, Wiesel. ›Schnell, sie kommen.‹«

77

Nash

Nash war kurz eingenickt.

Nicht dass er die Absicht gehabt hätte. Die Vorstellung, Clair könnte in dem Krankenhaus verschwunden sein (oder Schlimmeres), reichte aus, um ihn wieder unter die Lebenden zu katapultieren.

Als er blinzelnd die Augen aufschlug, lehnte er mit der Schläfe am Beifahrerfenster eines Streifenwagens. Ein Speicheltröpfchen hatte sich in seinem Mundwinkel gebildet und war zu seinen Kumpels in die Pfütze auf Nashs Hemd getropft. Er richtete sich auf, war dankbar für den Sicherheitsgurt, der ihn zumindest halbwegs aufrecht gehalten hatte, und sah durch die Windschutzscheibe. Beim Gedanken an sein Hemd murmelte er: »Das würde Mutter nicht gefallen.«

Es war aus ihm herausgeplatzt, ohne dass er gewusst hätte, wie er draufgekommen war. Er konnte noch immer nicht klar denken, aber irgendwas ... Nash schlief wieder ein.

Nicht für lange, vielleicht für eine Minute. Als er die Augen wieder aufschlug, hatte der Wagen gehalten, und der Streifenkollege, der am Steuer gesessen hatte, tauchte draußen vor Nashs Tür auf. Irgendein Harry-Potter-Dreckszauber. In seinem Kopf unterhielt er sich mit zwei Stimmen, die beide durcheinanderschrillten ...

»... könnte mit dem SARS-Virus in Kontakt ... Erster am Tatort bei Upchurch ... direkter Kontakt mit Larissa Biel *und* Kati Quigley ...«

Eine Frauenstimme. »Warum haben Sie ihn nicht schon früher hergebracht? Haben Sie eine Ahnung, wie hochinfektiös das Virus ist? Sind da noch mehr Leute wie er? Leute, die draußen rumrennen? Was für ein Wahnsinn ... unverantwortlich ... brauche eine Rollbahre!«

Noch ein Nickerchen.

Das nächste Mal wachte Nash in einem Bett auf. In einem herrlich weichen Bett. Die Wände des kleinen Zimmers bestanden aus weißen Stoffbahnen, und überall blitzte und blinkte es, Lichter, die von Pieps- und Zwitscher- und Pfeif- und Pochgeräuschen begleitet wurden. Fünf, sechs Gesichter um ihn herum, womöglich mehr. Es fiel ihm schwer, sie einzusortieren, weil keins davon lange genug stillhielt, dass er hätte durchzählen können ... Alle in Weiß, was irgendwie komisch war, Labor Day war schließlich fünf Monate her ... Und sie redeten in einem fort, miteinander, mit ihm. Er sah sich das alles an, als säße er inmitten seiner Lieblingssendung, und um ihn herum gingen Dinge vor sich ... aufregend. Er wünschte sich bloß, er könnte all dem leichter folgen ...

»... gegen das Fieber. Die Temperatur muss runter«, sagte jemand. Eine Frau. »Und Flüssigkeit – er ist schwer dehydriert.«

»Er scheint die hier genommen zu haben.« Eine Hand hielt die Tablettenschachtel hoch, die er von Eisley bekommen hatte. Vom Bett aus konnte er nicht sehen, zu wem die Hand gehörte.

Lange blonde Haare huschten durch sein Blickfeld. Eine Frau, die erst die Pillen und dann ihn ansah. »Gut. Das ist gut.« Dann war sie wieder weg.

Nash hob die Hand und versuchte, sich die Schachtel

zurückzuholen, aber seine Finger erwischten nur Luft. Seine Hand und der ganze Arm waren so schwer, dass sie zurück auf seine Brust fielen und sich erst mal eine Pause gönnten.

»Er verliert wieder das Bewusstsein!«

Finger, die vor seinem Gesicht schnipsten. Hübsche Nägel. Rot. »Detective? Hören Sie mich? Versuchen Sie, wach zu bleiben.«

Nash nahm es sich fest vor – gleich nach dem nächsten Nickerchen. Er war ganz schrecklich müde, und ihm war so verdammt kalt.

78
Tagebuch

Als ich gerade erst im Finicky-Heim eingezogen war, war mir eingebläut worden, dass hier strikte Regeln herrschten. Keine Jungs in Mädchenzimmern, keine Mädchen in Jungszimmern – und noch zig andere Regeln, die alle auf einmal runtergerattert worden waren. Trotzdem verbrachte Kristina immer wieder die Nacht in Vincents Zimmer, und Paul hätte wer weiß was geopfert, wenn er sich auch nur für fünf Minuten mit Tegan allein hinter verschlossenen Türen hätte aufhalten dürfen. (Ich hatte keinen Schimmer, wo Paul sich in diesem Augenblick aufhielt, war mir aber ziemlich sicher, dass er nicht in Tegans Zimmer war.) Nicht ein einziges Mal war Finicky hochgekommen und hatte nachgesehen, ob wir auch brav in unseren Zimmern waren. Allerdings hielt mich das nicht davon ab, nervös zu werden oder immer wieder einen Blick auf Libbys Zimmertür zu werfen. Wenn man den Gerüchten glauben wollte, war Finicky derzeit in ihrem Zimmer und hatte irgendeine Pille oder auch mehrere geschluckt, um wegzudämmern. Ich hoffte inständig, dass es so wäre.

Libby hängte eine Bluse über die Ecklampe, um das Licht zu dimmen, und bedeutete mir mit einer Geste, mich vor ihrem Bett auf den Boden zu setzen. Sie selbst trat an ihren Schrank und wühlte im obersten Schrankfach.

Niemand von uns war mit sehr viel Gepäck hier gelandet, die meisten mit nur einer Tasche. Trotzdem hatte ich *mitbekommen, dass sie alle sich Zeit genommen hatten, um ihre Sachen auszupacken und damit einen winzigen Privatbereich zu beanspruchen. Alle außer mir. Ich hatte einfach aus der grünen Sporttasche gelebt, die sie im Camden für mich gepackt hatten, bis die Tasche leer gewesen war. Erst als die Wäsche aus der Waschküche zurückgekommen war, hatte ich sie, statt sie wieder in die grüne Tasche zu werfen, in die beiden Schubfächer und in das Schrankfach gelegt, die mir zugewiesen worden waren.*

Libby fand, wonach sie gesucht hatte, und setzte sich neben mich. Ein Buch.

»Emily Dickinson: Sämtliche Gedichte«, las ich vor und fuhr mit dem Finger über die geprägten Buchstaben auf dem Buchdeckel.

»Magst du Gedichte?«

Gedichte hatte ich nie gelesen. Grundsätzlich war ich ein eifriger Leser (hauptsächlich von Comics), aber Gedichte hatten nie auf meiner Liste gestanden. »Klar«, sagte ich trotzdem, einfach weil sie so schön war, und wenn sie gefragt hätte, ob ich rohe Kröten möge, hätte ich auch da nachdrücklich genickt und gesagt, was sie von mir hätte hören wollen.

»Dickinson ist fantastisch. Ihre Wörter fließen nur so – wie Wasser. Es ist irgendwie, ich weiß auch nicht, als wüsste sie ganz genau, welche zwei Wörter zusammengehören. Als würdest du eine Handvoll Wörter nehmen und sie durcheinandermischen, und sie wüsste genau, wie man sie zusammenfügen muss.«

»Wie bei einem Puzzle?«

Sie nickte. »Ganz genau, wie bei einem großen Wörterpuzzle.«

»Darf ich mal?«

Sie überließ mir das Buch, und ich blätterte ein wenig hin und her. An vielen Seiten war eine Ecke umgeknickt, und jede markierte Seite enthielt einige markierte Verse. Ich schlug wahllos eine Seite in der Mitte auf und fing leise an zu lesen: »›Der Tod, da ich nicht halten konnt, hielt an, war gern bereit. Im Fuhrwerk saß nun er und ich und die Unendlichkeit.‹« Für einen Moment schwieg ich. »Wie kann der Tod anhalten?«

»Dickinson will damit zwei Sachen sagen: Zum einen ist bei ihr der Tod eine Person oder ein Wesen, das für sie stehen bleibt und auf sie wartet. Zum anderen hat sie, so wie sie es schreibt, selbst keinen Einfluss darauf, wann der Tod sie holt. Sie könnte versuchen, ihm zu entkommen, trotzdem holt er sie in seinem Fuhrwerk ein und nimmt sie mit – genau wie jeden anderen von uns auch. Der Tod kommt uns holen, ob wir nun wollen oder nicht. Wir können uns nicht vor ihm verstecken.«

»Ich glaube, wenn er mit seinem Fuhrwerk käme, dann würde ich zumindest versuchen zu entwischen«, erwiderte ich. Dann fuhr ich mit dem Finger über die Seite – und bei dem Schmerz, der mir durch den Arm schoss, winselte ich leicht.

Libby strich mir hauchzart über Handrücken und Gips. »Als ich mir den Arm gebrochen hatte, konnte ich ihn fast einen Monat lang kein bisschen benutzen. Ich musste alles mit der anderen Hand machen. Vielleicht versuchst du das auch – ich weiß, es ist schwer, aber der Bruch heilt schneller, wenn du den Arm nicht ständig belastest.«

»Was ist denn eine Stola?« Das Wort stand ein paar Zeilen weiter im selben Gedicht – Hauchzart mein Kleid, die Stola darüber aus Spitze … »Stola aus Spitze?«

Libby gluckste.

»Was ist denn so lustig?«

»Du. Das ist so ein tiefsinniges Gedicht, und du machst dir Gedanken, was aus welchem Stoff ist.«

»Sag schon.«

Libby dachte kurz darüber nach. »Wenn ich es dir vorführe, versprichst du mir, dass du dich benimmst?«

Ich nickte ernst.

Libby stand auf und tat etwas, was aus dem ohnehin schon aufgeregten Pochen meines Herzens Hammerschläge machte: Sie knöpfte ihr Kleid auf und ließ es zu Boden fallen, stieg aus dem Häuflein Stoff und machte einen Schritt auf mich zu. »Das hier an meinem BH und am Höschen ... Das ist Spitze.«

Mir stockte der Atem, und bevor ich mich am Riemen reißen konnte, stieß ich ein ersticktes Keuchen aus.

Ihr BH und das Höschen bestanden aus hauchdünnem gerüschtem Gewebe, das beinahe durchsichtig war. Mir war klar, dass ich nicht so hätte glotzen dürfen, aber ich konnte einfach nicht anders. Mein Blick strich über die Rundung ihrer Schulter bis zu ihren Brüsten, zu den Brustwarzen, die sich unter dem BH abzeichneten und fast sichtbar waren – und irgendwie doch wieder nicht. Dann wanderte mein Blick weiter über ihren flachen Bauch. An der linken Hüfte hatte sie einen blassen blauen Fleck, und sie musste bemerkt haben, dass ich ihn bemerkt hatte, weil sie sofort beschämt die Hand an ihrer Taille hinabgleiten und über dem blauen Fleck ruhen ließ. Dabei krümmte sich der Zeigefinger über dem Saum ihres Höschens und hatte es kaum merklich ein Stückchen hinuntergeschoben – und das reichte, um mich vollends von dem blauen Fleck abzulenken.

Auch wenn Libby rot geworden war, hatte sie ein freches Grinsen im Gesicht. »Das hat Tegan für mich ausgesucht. Sie sagt, mein Hintern sieht darin gut aus. Das ist ein Tanga – so was hatte ich noch nie getragen. Am Anfang war es ein bisschen unbequem, aber man gewöhnt sich daran. Sie sagt, die sind am allerbesten, wenn sich der Slip nicht unter dem Kleid abzeichnen soll.«

Langsam drehte sie sich um die eigene Achse, und genau so drehte sich alles bei mir – und unwillkürlich sah ich Mrs. Carter am See vor mir, die nackt ins kalte Wasser gewatet war, um sich abzukühlen. Mrs. Carter, die mit Mutter im Bett gelegen hatte. Mutter, die sie vor dem Spiegel ausgezogen hatte. Das Foto der beiden, wie sie mit ineinander verschlungenen Gliedmaßen im zerwühlten Bett lagen. Das Foto, das ich mir immer noch von Dr. Oglesby zurückholen musste – oder wer immer es mittlerweile in seinem Besitz hatte. Ich musste an Tegan denken, die quasi nackt von der Toilette gekommen war – all diese Gedanken strömten auf einmal auf mich ein, und dann war ich wieder bei Libby, der süßen Libby, die mich anlächelte, während sie ihre langsame Pirouette beendete und spielerisch die Finger unter den Saum ihres Höschens schob. Dann kniete sie sich vor mich hin, rückte näher, streckte die Hände aus und griff nach den Fingern meiner linken Hand. Sie presste ihre Fingerkuppen auf meine und zog mich näher an sich heran. »Spitze fühlt sich ganz wunderbar an.« Sie legte sich meine Hand an die Brust und schob meine Finger auf dem Stoff leicht hin und her. Ihre Wärme raubte mir den Verstand. Ich hatte am ganzen Leib Gänsehaut. Ihre Brustwarze drückte sich mir in die Handfläche, und dann schloss sie die Augen. Wir atmeten beide schwer. Ich bekam nicht einmal mehr mit, wie sie mit der freien Hand nach hinten griff und den BH aufhakte. In einem Moment war er noch da gewesen, hatte mich von ihr getrennt, doch im nächsten Moment war er verschwunden, und es fühlte sich an, als würden wir miteinander verschmelzen. Das Bedürfnis, jeden Zentimeter ihrer Haut zu berühren, sie zu schmecken – Gefühle, die ich nie zuvor im Leben gehabt hatte, brandeten mit Wucht über mich hinweg. Sie legte mir für einen kurzen Moment die Hände an die Wangen, dann näherten sich ihre Lippen, und sie küsste mich. Ihr Haar streifte meine

Wangen, den Hals, und ehe ich michs versah, erwiderte ich ihren Kuss. Fünf Minuten lang. Zehn. Keine Ahnung. Ich verlor jedes Gefühl für die Zeit.

»Ich sollte mich benehmen«, keuchte ich irgendwann, obwohl ich kaum noch Luft bekam.

»Ich hab's mir anders überlegt. Das machen Mädchen manchmal.«

Libby griff nach unten und nestelte an meinem Gürtel, knöpfte meine Hose auf, und dann strich ihr Mund, ihr warmer Atem über mein Ohr. »Hast du schon mal ...?«

Ich schüttelte den Kopf.

»Okay.«

79

Poole

»Was geht hier vor?« Porter sah sich verwirrt um. Er war komplett weg gewesen.

Poole trat näher an ihn heran. »Ich möchte, dass Sie erst genau nachdenken, bevor Sie mir antworten, und was ich Ihnen jetzt sage, erst einmal sacken lassen. Sie haben mir inzwischen mehrmals erzählt, was hier in dieser Gasse passiert sein soll. Sie sagen: Sie erinnern sich an jedes Detail. Sie sagen auch: Sie haben infolge des Schusses, infolge des ansteigenden Hirndrucks andere Erinnerungen verloren. Diese Symptomatik ist für so eine Verletzung ganz typisch. Allerdings sagen Sie auch: Sie können sich an den Schuss selbst noch erinnern, an jede einzelne Sekunde.« Poole hielt kurz inne, um sich genau zu überlegen, wie er es formulieren sollte. »Ich weiß, Sie wurden nach dem Zwischenfall für eine Woche in ein künstliches Koma versetzt. Wer war anwesend, als Sie aufgewacht sind?«

»Heather«, antwortete Porter wie aus der Pistole geschossen.

Poole nickte. »Heather war da. Gut. Noch jemand? War noch jemand da, als Sie aus dem Koma aufgewacht sind?«

Porter nickte. »Mein Partner. Hillburn. Er saß auf dem Stuhl in der Ecke direkt neben dem Fenster. Sah aus, als hätte er dort schon eine Weile gesessen. Als hätte er dort geschlafen.«

»Was genau hat er gemacht, als Sie ihn entdeckt haben?«

»Er hat in einer Zeitschrift geblättert. Ich glaube, dann hat Heather etwas gesagt. Er legte die Zeitschrift weg, kam zu mir und beugte sich über mich. Lächelte. Er sah unendlich erleichtert aus. Ich weiß noch, dass ich ihn gefragt habe, wie lange ich weg gewesen bin und was überhaupt passiert ist.«

»Und?«

»Er hat es mir erzählt. Hat erzählt, Wiesel sei schnell gewesen. Er sei vor mir in diese Gasse gerannt. Er selbst sei um den Block gelaufen, um von vorn zu kommen. Wiesel hat ihn gesehen, hat auf dem Absatz kehrtgemacht und Panik gekriegt, als ich plötzlich hinter ihm stand. Er meinte, der Typ sei hochgradig zittrig gewesen. Dann kam der Schuss. Die Kugel hat den Müllcontainer gestreift und ist von dort abgeprallt, und ich hab sie mit dem Hinterkopf abgefangen ...« Für einen Moment verlor Porter den Faden.

»Was noch? Sie erinnern sich doch noch an etwas anderes.«

»In dem Moment hat sich Heather eingemischt. Sie hat mich gefragt, wer gerade Präsident sei, und ich hab geantwortet. Dann fragte sie mich nach dem Namen des vorigen Präsidenten, und ich war komplett ahnungslos. Als Nächstes kam ein Arzt und hat Hillburn gebeten, draußen auf dem Flur zu warten. Sie haben noch einige Tests gemacht. Retrograde Amnesie, so haben sie es genannt. Sie meinten, der Druck hätte zu einem partiellen Gedächtnisverlust geführt, aber irgendwann würden die Erinnerungen wahrscheinlich wiederkommen.«

»Okay.« Poole nickte. »Ich möchte, dass Sie noch einmal in die Gasse zurückkehren – in Gedanken, in Ihrer Erinnerung. Versuchen Sie, nicht an das zu denken, was Hillburn

Ihnen erzählt hat, als Sie gerade frisch aus dem Koma erwacht waren. Versuchen Sie, Ihre eigenen Erinnerungen anzuzapfen. Konzentrieren Sie sich dabei auf Bilder, auf Geräusche, die Sie gehört haben, auf den Geruch in der Gasse. Sie haben erwähnt, dass da ein Restaurant war. Wie hat der Müllcontainer gerochen? War es warm in der Nacht – all solche Sachen, die Sie in den damaligen Moment zurücktransportieren. Woran erinnern Sie sich noch – was war passiert, *kurz bevor* Sie angeschossen wurden?«

Porter dachte angestrengt nach. »Ich weiß noch, dass ich Wiesel nachgerannt bin, aus der Cumberland um diese Ecke, dann hier rein … Wiesel ist stehen geblieben, gleich hier vor dem Container, und …« Wieder schien er den Faden zu verlieren.

»Was?«

Porter hob die Hand und schloss die Augen. Für einen Moment blieb er reglos stehen. Als er die Augen aufriss, sah er zutiefst verängstigt aus. Er starrte in Richtung des entlegenen Endes der Gasse.

»Was?«

»Ich weiß noch, dass Wiesel hier stehen blieb, direkt vor dem Container, sich nach mir umdrehte, herumwirbelte, aber … Ich kann Hillburn nirgends sehen. Dann der Schuss …«

Poole ging neben Porter auf dem Kopfsteinpflaster in die Hocke. »Da ist noch etwas, stimmt's? Lassen Sie nicht zu, dass es wieder verschwindet. Erzählen Sie es mir, bevor Sie es wieder vergessen haben.«

Porter drehte sich zu ihm herum. Schweiß stand ihm auf der Stirn. »Ich kann mich nicht erinnern, dass Wiesel eine Waffe in der Hand gehabt hätte. Ich glaube, es war eine Kamera …«

»Wiesel hat gar nicht auf Sie geschossen?«

»Ich … bin mir nicht sicher. Ich glaube nicht. Er hat ge-

rufen: ›Schnell, sie kommen‹, und dann ... kam der Schuss.«
Erneut ließ Porter den Blick über die Gasse schweifen, hing seinen Gedanken nach. Dann gab er sich einen Ruck und marschierte den Weg zurück, den sie gekommen waren. »Wir müssen den Film entwickeln lassen.«

Poole lief ihm nach. Die Handschellen scheuerten an seinen Handgelenken.

80

Clair

Clair war eingeschlafen. Darüber war sie nicht glücklich. Dieses verdammte Virus, dieser Fremdling, dieser Eindringling, der sich in ihr breitmachte und das Kommando über ihre Kräfte und ihre Energie übernahm und sie dem Hungertod preisgab. Sie hatte es aufgegeben, sich weiter einzureden, dass am Ende alles gut würde. Sie wusste genau, dass das Fieber inzwischen Rekordwerte erreicht hatte – sie fühlte sich, als stünde sie nackt in der Arktis unter einem Ventilator, dabei schwitzte sie aus allen Poren. Wie ihr Körper noch imstande war, Schweiß zu produzieren, konnte sie sich nicht erklären. Sie war unerträglich durstig, höchstwahrscheinlich dehydriert, und ihr Körper beging Hochverrat, indem er Wasser ausschwitzte, das sie doch so dringend brauchte. Ihr Rachen war eine einzige Wunde – nicht nur weil sie krank war, sondern auch vom Schreien. Durch das Schreien fühlte sie sich ein wenig besser, als unternähme sie etwas gegen ihre Lage, auch wenn sie sich sicher war, dass die einzige Person, die sie hören konnte, der stöhnende Mann nebenan war.

Er war irgendwann verstummt, kurz bevor sie eingeschlafen war (oder vielmehr ohnmächtig geworden war, aber sich das einzugestehen hätte geheißen zu kapitulieren, und das wollte sie nicht, nicht mal sich selbst gegenüber).

Zuvor hatten seine Schreie sich zu einem grässlichen Crescendo gesteigert, waren dann leise geworden, nur mehr ein Schluchzen, dann war das Stöhnen gekommen und letztlich Stille.

Irgendwann hatte Clair sich gefragt, ob der Mann mit der schwarzen Maske draußen auf dem Flur ihrem Chor lauschte.

Im selben Moment hatte sie beschlossen, den Mund zu halten. Sie wollte ihm nicht die Genugtuung verschaffen, sich an ihrem Leid zu ergötzen.

Stattdessen hatte Clair in ihrer Zelle eine Lüftungsklappe entdeckt, und der Schacht dahinter schien direkt zu der Zelle des stöhnenden Mannes nebenan zu führen. Der Schacht war bei Weitem zu schmal, als dass sie hätte hindurchkriechen können, aber als sie sich darüber beugte, konnte sie den Mann und die erstickten Schluchzer wesentlich besser hören.

»Hey? Hören Sie mich?«

Die Schluchzer verstummten für einen Moment, und dann antwortete eine schwache Stimme: »Wer sind Sie?«

Clair war wie vom Donner gerührt. Sie hatte den Mann jetzt schon zigmal angesprochen, aber nie eine Antwort erhalten. Sie versuchte, sich zu räuspern – und bereute es auf der Stelle. Es fühlte sich an, als hätte ihr jemand einen Topfreiniger in den Hals gestopft und wieder herausgerissen. »Clair Norton von der Chicago Metro. Wer sind Sie?«

»Sie hat mir das Ohr abgeschnitten. Diese verdammte Hure hat mir das Ohr abgeschnitten! Ich brauche einen Arzt!«

Sie?

»Wer? Wollen Sie damit sagen, dass wir hier von einer Frau gefangen gehalten werden?«

»Die Nutte vom Escort-Service! Sie muss es gewesen sein. Sie hat mich gefesselt, alles schön und gut, aber dann hat sie mir etwas gespritzt, und ich war weggetreten. Und jetzt ist mein Ohr ab. Himmel, das tut so weh!«

Escort-Service? Wovon redete dieser Kerl?

»Weiß jemand, dass Sie hier sind?«, hakte Clair nach, obwohl sie sich nicht sicher war, ob sie die Antwort hören wollte.

»Nicht dass … Wissen Sie, wo wir sind? Ich war im Langham. Keine Ahnung, wo wir hier sind. Ich bin erst hier wieder zu mir gekommen.«

»Im Langham Hotel?«

»Ja. Meine Leute müssten doch nach mir suchen, oder? Sie behaupten, Sie sind von der Metro – sucht die Metro nach mir? Moment! Sie sind ja auch eingesperrt! Haben Sie nach mir gesucht, als diese durchgeknallte Hure Sie sich geschnappt hat?«

»Sicher, dass es eine Frau war?«

»Wollen Sie andeuten, ich wäre irgendwie schwul? Klar war das eine Frau! Ich hab nichts mit Männern! Und den Unterschied kann ich eindeutig erkennen.«

Arschloch.

Schrill. Selbstverliebt. Sie kannte die Stimme. Wegen des Fiebers brauchte sie einen Moment, um die Verbindung herzustellen, aber sie hatte ihn öfter im Fernsehen gehört, als ihr lieb gewesen war. Chicagoer Oberschichtakzent.

»Bürgermeister Milton?«

Diesmal klang er lauter. Er war an den Schacht herangekrochen. »Sie meinte, ihr Name sei Sarah. Dachte mir schon, dass das komisch war. Normalerweise heißen sie Brandy oder Hope oder Tiffany. Sarah war anders, sie war anders … ein bisschen älter als die anderen, eine gestandene Frau. Trotzdem hab ich sie nicht weggeschickt. Ich dachte noch, die hat eine Menge Erfahrung. Wäre vielleicht ja lustiger als mit den anderen. Ein bisschen freizügiger. Dann hat sie mir diese Spritze verpasst.«

»Wie sah sie aus?«

Der Bürgermeister schnaubte. »Keine Ahnung... Klein. Dunkle Haare.«

»Sarah – und weiter? Hat sie Ihnen den Nachnamen auch genannt?«

»Haha, sehr lustig. Klar hat sie mir den Nachnamen genannt, und Fotos der Kinder hat sie mir auch gleich gezeigt. Dann haben wir uns über ihre Zukunfts- und Karrierepläne und über den Klimawandel unterhalten. So eine Party war das nicht, Detective!« Er schwieg für einen Moment. »Das hier ist übrigens vertraulich. Jedes einzelne Wort. Das erzählen Sie niemandem, verstanden? Wenn doch, dann kostet Sie das Ihre Dienstmarke. Ich erzähl das nur für den Fall, dass es Ihnen hilft, mich hier rauszuholen.«

Clair zeigte ihm den Mittelfinger. Ihr war natürlich klar, dass er es nicht sehen konnte, trotzdem fühlte es sich richtig an. »Erzählen Sie mir, wie es bei Ihnen aussieht.«

»Steinwände. Betonboden. Metalltür mit Fenster. Dann diese kleine Lüftungsklappe, durch die wir uns unterhalten. Ansonsten keinerlei Belüftung.«

Genau wie hier.

»Blutet Ihr Ohr noch?«

»Ich glaube nicht. Sie hat's verbunden.«

»Lassen Sie den Verband dran. Sie wollen nicht, dass die Wunde sich entzündet.«

»Alles klar, Schwester Nightingale. Ich schlage vor, Sie konzentrierten sich mal darauf, uns hier rauszuholen, und ich mache mir meine eigenen Gedanken um meine Gesundheit. Ich nehme nicht an, dass Sie eine Waffe bei sich haben?«

»Nein.«

»Natürlich nicht.«

»Was soll das heißen?«

»Vergessen Sie's.«

»Raus mit der Sprache!«

»Ist doch egal. Sie haben zugelassen, dass man Ihnen die Waffe abnimmt und Sie in eine Zelle wirft. Sie sind kein bisschen besser dran als ich. Mich haben die sich in einem verwundbaren Moment geschnappt, das haben die ausgenutzt – aber Sie, Sie sind auf so was trainiert. Sie sind ein Cop. Nur anscheinend kein guter, sonst wär das hier nicht passiert.«

»Sie machen mir wirklich Lust, Ihnen hier rauszuhelfen«, fauchte Clair.

»Tja. Und trotzdem werden Sie es tun. Sie tun Ihren Job, denn wenn nicht, dürfen Sie in Zukunft kellnern gehen – sofern Sie jemals hier rauskommen.«

Allmählich wünschte sich Clair, sie hätte ihn gar nicht erst angesprochen. Sie hatte ihn besser leiden können, als er noch gejault hatte. »Sie sagten, *die* hätten Sie geschnappt. Waren es mehrere?«

Im selben Moment gingen die Lichter aus.

Alle.

In ihrer Zelle. Draußen auf dem Flur. Am anderen Ende des Lüftungsschachts.

Dann hörte sie, wie eine Tür aufging. Und zwar nicht ihre Tür.

»Nein!«, kreischte der Bürgermeister. »Nicht – fassen Sie mich nicht an, verdammt!«

Dann kreischte er wieder, diesmal noch lauter. Doch nicht das machte Clair Angst. Was ihr Angst machte, war, dass er binnen einem Wimpernschlag aufhörte zu kreischen.

81

Tagebuch

Wir wachten von einem Scheppern auf. Unten im Erdgeschoss passierte etwas. Als ich den ersten Schrei hörte, dachte ich noch, ich hätte ihn mir nur eingebildet. Ich riss die Augen auf, und erst wusste ich nicht, wo ich war. Libby rekelte sich neben mir. Sie hatte sich nackt an mich geschmiegt und ihr Bein über meine Hüfte gelegt.

Der Schrei war von Welderman gekommen. Und jemand heulte. Erst war mir gar nicht klar, dass es sich dabei um Kid handelte; ich hatte ihn kaum je sprechen hören. Nie lachen. Und ganz sicher nie weinen.

»Oh nein«, flüsterte Libby. Dann setzte sie sich auf und zog sich die Decke bis unter das Kinn.

Wir stolperten aus dem Bett und zogen uns eilig an. Als wir die Tür aufmachten, stand Paul auf der anderen Seite des Flurs und spähte aus unserem Zimmer. Er hatte ursprünglich in Richtung Treppe gestarrt, doch als er sich zu uns umdrehte, war er gespenstisch blass und bekam den Mund nicht mehr zu. Sein Blick huschte zwischen mir und Libby hin und her, und ich war mir nicht sicher, ob er unseretwegen so entgeistert war oder weil unten irgendwas vor sich ging. Vielleicht war es beides.

»Was ist da los?«, fragte ich so leise wie nur möglich.

Noch bevor er antworten konnte, brüllte Finicky die Treppe herauf: »Runter, sofort! Und zwar jeder Einzelne von euch!«

»Oh nein, nein, nein«, stammelte Paul.

Libby krallte sich in meine Schulter. »Die haben den Brief gefunden. Das Geld. Die bringen uns um!«

»Die tun uns nichts«, gab ich zurück. »Die brauchen uns, schon vergessen?«

Es schien sie kein bisschen zu beruhigen.

Auch Tegan und Kristina kamen aus ihrem Zimmer. Beide gähnten. Tegan hatte ein weißes Nachthemd an, Kristina ein weites T-Shirt und pinkfarbene Shorts.

»Wie spät ist es?«, wollte Tegan wissen.

Paul warf einen Blick über die Schulter. »Viertel nach vier in der Früh.«

»Sofort! Verdammt noch mal!«

Das war Welderman.

Vincents Tür ging auf. Er hielt einen Schraubenschlüssel in der Hand.

Kristina kniff die Augen zusammen. »Was hast du vor?«

»Was immer nötig ist.« Er schob sich den Schraubenschlüssel im Rücken unter den Jeansbund und zog sein T-Shirt darüber. Dann marschierte er auf die Treppe zu.

Der Rest von uns lief hinterher. Vielleicht auf halber Treppe beugte sich Tegan zu mir herüber. »Na, zum Zuge gekommen?«

Libby warf ihr einen finsteren Blick zu.

Sie standen alle im Eingangsbereich. Also … fast alle.

»Setzt euch hin«, befahl Welderman. »Und ich will keinen Mucks von euch hören.« Sein Mantel war offen, ich konnte die Waffe in seinem Schulterholster sehen. Irgendeine Art Revolver.

Wir verteilten uns im Zimmer. Libby und ich setzten uns auf das Sofa zu Paul. Kristina und Tegan saßen zusammen auf einem Lehnstuhl und hielten Händchen. Vincent war noch kurz stehen geblieben, aber als Welderman ihn finster ansah, zog er sich den Stuhl vor dem Sekretär heran und *ließ sich langsam darauf nieder. Ich erwartete fast, dass der Schraubenschlüssel ihm aus dem Jeansbund fallen und zu Boden scheppern würde, aber nichts dergleichen passierte.*

Welderman und Finicky waren in der Küchentür stehen geblieben. Mit der freien Hand hielt Welderman Wiesel an der Schulter fest. Stocks war nirgends zu sehen. Kid ebenso wenig.

82

Poole

Der Parkplatz vor der CVS Pharmacy war verwaist. Nirgends brannte Licht. Es war schon die dritte Adresse, die sie angesteuert hatten, um den Film irgendwo entwickeln zu lassen.

Porter saß am Steuer.

Als Poole ihm im Laufschritt aus der Gasse gefolgt war, hatte es einen Moment gegeben, in dem er kurz darüber nachgedacht hatte zu fliehen, doch im selben Moment, als Porter hinters Lenkrad gerutscht war und hinüber zur Beifahrertür gegriffen hatte, um von innen die Tür für ihn zu öffnen, war der Moment verflogen. Poole war felsenfest davon überzeugt, dass Porter ihm nichts antun würde, musste die Möglichkeit aber nichtsdestoweniger im Hinterkopf behalten. Irgendetwas stimmte nicht mit den Bewegungen, mit diesem wilden Blick aus den weit aufgerissenen Augen... Es mochte natürlich geschauspielert sein. Wenn Porter in welcher Weise auch immer für die Leiche in dem Transporter verantwortlich war, dann hatte er jahrelang Zeit gehabt, sich die entsprechende Tarnstory zurechtzulegen. Wenn es wirklich so war, wenn wirklich Porter all diese Menschen auf dem Gewissen hatte, dann konnte er sich jederzeit auch auf Poole stürzen. Poole wusste außerdem, dass der Mann augenblicklich vom Radar verschwinden würde, sowie er ihn aus den Augen ließe. Indem er bei ihm blieb und ihn begleitete, hatte er zumindest den Hauch einer Chance, Porter zurück nach Chicago zu bringen. Und nichts anderes hatte er vor.

Poole war in den SUV gestiegen und hatte mit gefesselten Händen die Tür zugezogen. Ihm war klar, dass ab diesem Moment zwischen ihnen eine unausgesprochene Übereinkunft herrschte, ein Vertrauen, das er würde nutzen können.

Auch bei Walgreens war der Parkplatz leer und alles geschlossen.

»Verdammt«, murmelte Porter mit Blick auf den dunklen Schriftzug über dem Laden.

»Ich bin mir nicht sicher, ob die hier überhaupt noch Filme entwickeln. Vielleicht schicken sie sie auch an ein Labor.«

Porter legte den Rückwärtsgang ein, fuhr mit quietschenden Reifen vom Parkplatz und streifte fast einen weißen Toyota, als er sich wieder in den Verkehr einreihte. »Der Laden bei mir um die Ecke entwickelt noch selbst. Heather hat Digitalkameras grundsätzlich abgelehnt. Sie hat immer gesagt, eine Handykamera käme nie und nimmer an ein Fünfunddreißig-Millimeter heran. Ich glaub, ich hab immer noch einen Gutschein von denen am Kühlschrank hängen.«

»Sie sollten ein bisschen langsamer fahren ...«

Porter wechselte auf die rechte Spur. Erst eine halbe Sekunde, nachdem er schon hinübergewechselt hatte, schaltete er geistesabwesend den Blinker an. Hinter ihnen hielt jemand für geschlagene dreißig Sekunden die Hupe gedrückt. »Was wollten Sie mir vorhin eigentlich sagen? Wollen Sie behaupten, Hillburn hätte mir diese Erinnerung irgendwie eingepflanzt?«

Poole rieb sich die Handgelenke unter den Handschellen. »So etwas nennt sich suggerierte Kognition. Für einen winzigen Augenblick, wenn das Gehirn aus dem Schlafzustand erwacht, steht das Türchen zwischen Bewusstsein und Unterbewusstsein weit offen. Sie kennen das vielleicht – wenn Sie aus einem Traum aufwachen und sich für den Bruchteil einer Sekunde alles komplett real anfühlt? Dann dämmert Ihnen, dass Sie geschlafen haben, und der Traum wird als Fiktion einsortiert oder schlichtweg vergessen. Ihr Gehirn weiß, dass die Informationen falsch oder fiktiv waren, weil sie im Traum produziert worden sind. Wenn Sie jedoch gewissen Informationen von außerhalb ausgesetzt sind, während besagtes Türchen weit offen steht, speichert Ihr Gehirn diese Informationen ab – und zwar unter Umständen als *Erinnerung.* Deshalb erweisen sich Missbrauchserfahrungen, die unter Hypnose vermeintlich aufgedeckt werden, mitunter als nicht real: Der Therapeut legt sie dem Patienten unwissentlich – als falsche Erinnerungen – nahe, während das Gehirn für derlei Suggestionen besonders empfänglich ist. Ob nun absichtlich oder nicht – dass Hillburn Ihnen erzählt hat, was passiert war, während Sie noch nicht ganz bei Sinnen waren, kann möglicherweise dazu geführt haben, dass er Ihnen genau diese Version suggeriert hat.«

»Oder es ist alles Zufall, und ich bringe einfach nur etwas durcheinander.«

»Mag sein.«

»Oder ich lüge Sie an, und die Geschichte war erstunken und erlogen, weil ich auf diese Weise meinen Arsch retten will.«

Die Unverblümtheit überraschte Poole. »Ja, auch das kann sein.«

Ein Handy klingelte. Porter nahm das Prepaidhandy aus der Mittelkonsole, ehe ihm dämmerte, dass das Klingeln nicht von dort stammte. Er drehte sich zu Poole um, und sein Blick verfinsterte sich. »Sie haben ein zweites Handy?«

Poole wusste nicht, warum er noch lügen sollte. »Ich hab immer mein privates und mein Diensttelefon dabei. Das Handy, das Sie kaputt geschlagen haben, war das vom FBI.«

»Herrgott, hätte ich Sie auch noch filzen sollen? Her damit, sofort! Und Sie gehen nicht ran! Nehmen Sie es mit spitzen Fingern heraus und geben Sie es mir.«

Poole angelte das Samsung aus seiner Jackentasche und ließ es in Porters offene Hand fallen, als es gerade zum dritten Mal klingelte.

Porter schaltete den Lautsprecher ein und meldete sich mit verstellter Stimme: »Poole.«

»Granger hier. Ist er bei Ihnen?«

»Mhm.«

»Okay, sagen Sie nichts. Hillburns Witwe hat Porter gesehen und wiedererkannt. Die Nachricht von Weidners Leiche in Porters Wohnung ist durchgesickert, sein Foto wird auf sämtlichen Kanälen gezeigt. Als Ihr Handy vom Netz ging, ist hier der Alarm losgegangen. Wir orten Sie gerade unter dieser Nummer. An der Cumberland haben wir Sie nur ganz knapp verpasst. Meine Leute bleiben derzeit außer Sicht, aber ich habe schon einen Heli losgeschickt. Wir sind nicht sicher, in welchem Fahrzeug Sie ...«

Porter ließ das Fenster runter und warf das Handy hinaus ins gelbe Licht an der Kreuzung Klondike und Mortin Avenue. Dann riss er das Lenkrad hart herum, fuhr ein Stück in die Gegenrichtung und nahm die Ausfahrt auf die I-526.

Das Prepaidhandy wurde während des abrupten U-Turns in den Fußraum geschleudert. Porter beugte sich vor, nahm es hoch, warf Poole noch einen finsteren Blick zu und wählte dann eine Nummer. Als jemand ranging, kam die Stimme Poole gänzlich unbekannt vor.

»Wir sind *jetzt* im Anmarsch«, sagte Porter bloß.

»Verstanden. Fahren Sie so nah ran wie möglich.«

Porter legte auf, tippte noch eine Nachricht und ließ das Handy zurück in die Mittelkonsole fallen, ehe er sich zu Poole umwandte. »Das war verdammt dumm von Ihnen.«

»Sie hätten das Gleiche getan.«

»Ihren Ausweis.« Er schob die Hand in die Jackentasche – in dieselbe, in der auch der Revolver steckte.

»Warum das denn?«

»Dienstmarke, Ausweis, Führerschein – alles. Und zwar pronto.«

»Sam, ich glaube nicht …«

»*Alles. Und zwar verfickt noch mal jetzt!*«

Poole holte seine Marke und den FBI-Ausweis hervor und übergab beides an Porter. Dann nahm er den Führerschein aus seiner Brieftasche und drückte Porter auch den in die Hand. Porter warf alles aus dem Fenster.

»Wieder ein Fehler«, kommentierte Poole.

»Scheint fast, als würden mir in letzter Zeit eine Menge Fehler unterlaufen. Was haben Sie in meiner Wohnung gefunden?«

Poole berichtete von Weidners Leiche und den Gipskartonstücken. Er ließ nichts aus.

Porter hörte zu, ohne etwas zu sagen. Immer wieder spähte er in den Rückspiegel. Als Poole in den Außenspiegel blickte, entdeckte er es ebenfalls – einen Wagen der South Carolina State Trooper in drei Fahrzeugen Abstand. Keine Ahnung, wie lange der ihnen schon hinterherfuhr.

83

Poole

»Fahren Sie rechts ran, Sam. Stellen Sie sich, bevor noch jemand verletzt wird.«

Porter warf einen Blick in den Rückspiegel. Der State Trooper hatte die Spur gewechselt und war inzwischen vier Wagen hinter ihnen, aber immer noch da. »Sie wissen genau, dass ich das nicht machen kann.«

»Wenn Sie unschuldig sind, bringen wir das hier zu einem anständigen Ende.«

Porter hatte den Revolver losgelassen und wieder beide Hände am Steuer. Er nickte knapp nach hinten. »Da liegen zwei Akten auf dem Boden vor der Rückbank. Stecken Sie die in die grüne Tasche und machen Sie sich aufbruch-bereit.«

Der SUV beschleunigte erneut. Poole war unsicher, ob er wirklich den Sicherheitsgurt ablegen sollte.

»Machen Sie schon!«

»Versuchen Sie, uns nicht umzubringen, bis ich wieder sitze.« Er schnallte sich los, drehte sich mühsam um und quetschte sich zwischen die Vordersitze. Er entdeckte die Akten hinter Porters Sitz, griff beidhändig danach, kippte nach vorn, konnte sich noch kurz mit beiden Händen hal-ten, ehe er vollends das Gleichgewicht verlor. »Das hier wäre eindeutig einfacher ohne Handschellen.«

»Halten Sie sich fest.« Porter riss das Steuer jäh nach rechts und schoss im letzten Moment quer über drei Spuren auf eine Abfahrt zu.

Poole stemmte sich gerade weit genug hoch, um zu sehen, dass der State Trooper das gleiche Manöver versuchte, aber zu spät reagiert hatte. Er raste an der Abfahrt vorbei, bremste noch, ehe er wieder Fahrt aufnahm und außer Sicht verschwand. »Wenn die Ihnen bis gerade eben nicht gefolgt sind, dann tun sie es jetzt unter Garantie.« Er ließ sich zurück auf seinen Sitz fallen. Rechter Hand schoss ein Schild mit der Aufschrift Charleston Airport an ihnen vorbei. »Wo fahren wir hin?«

»Scheiße, Scheiße, Scheiße ...« Porter starrte erneut in den Rückspiegel. Diesmal kein State Trooper, dafür zwei Charleston-PD-Fahrzeuge. Ohne Sirene, aber das konnte sich jederzeit ändern. Sie waren inzwischen auf dem Flughafenzubringer unterwegs. Zwanzig Meilen pro Stunde Tempolimit. Porter fuhr einen Hauch schneller. Das eine oder andere Auto bog ab in Richtung der Lang- und Kurzzeitparkplätze, doch mit jedem Wagen, der abbog, schienen drei weitere sich in den laufenden Verkehr zu quetschen. Je näher sie den Terminals kamen, umso dichter wurde der Verkehr, und die Einsatzfahrzeuge fielen hinter ihnen zurück. Keine hundert Meter vor ihnen bog ein weiteres Charleston-PD-Fahrzeug auf ihre Spur ein – und dann entdeckte Porter einen vierten Wagen ein paar Hundert Meter vor ihnen auf ihrer Spur. »Die versuchen, uns in die Zange zu nehmen.«

»Nehmen Sie mir die Handschellen ab und geben Sie mir Ihre Waffe«, sagte Poole. »Ich sage denen, dass Sie sich ergeben haben.«

Porter beugte sich über das Lenkrad und versuchte, die Schilder zu lesen, die über ihnen vorbeihuschten. Ihm lief der Schweiß von den Schläfen. Er kniff die Lippen zusammen und hielt das Lenkrad so fest umklammert, dass die Knöchel weiß hervortraten. »Halten Sie sich fest.«

Er stieg auf die Bremse, und der SUV kreischte protestierend auf. Der Sicherheitsgurt schnitt Poole unangenehm in die Brust. Ihr Hintermann krachte ihnen mit einem widerlichen Knirschen in die Stoßstange. Poole konnte hören, wie mindestens zwei weitere Fahrzeuge auffuhren; als er einen Blick in den Außenspiegel riskierte, zählte er ein halbes Dutzend. Diverse Airbags waren aufgegangen. Überall dröhnten Hupen.

Hinter ihnen der Verkehrskollaps – vor ihnen freie Bahn, weil der fließende Verkehr sich entfernt hatte.

Porter trat das Gaspedal durch. Plastik knirschte, als ihre Stoßstange sich von der ihres Hintermanns löste. Er schoss quer über die zwei Spuren zu ihrer Rechten und nahm die Ausfahrt in Richtung der Privathangars, des kleineren, exklusiven Teils des Flughafens, auf den er jetzt immer schneller zuschoss.

»Hubschrauber«, stellte Poole als Erster fest. Er näherte sich von Osten.

Porter schien sich nichts daraus zu machen. Sie fuhren auf ein kleines Wachhäuschen zu. Der Schlagbaum war geschlossen.

Poole verzog das Gesicht.

Sekunden ehe sie in den Schlagbaum gekracht wären, wurde der Weg frei gemacht. Porter hatte nicht mal die Bremse antippen müssen.

Der Hubschrauber ging in den Sinkflug, versuchte, ihnen den Weg zu versperren, wurde dann aber nach oben gerissen, als dem Piloten dämmerte, dass Porter nicht vorhatte abzubremsen, im Gegenteil, er gab Gas. Irgendwer brüllte etwas über Lautsprecher. Poole konnte kein Wort verstehen.

Porter riss das Steuer nach links. Die Vorderreifen

quietschten lautstark, fanden dann aber erneut Halt auf dem Asphalt. Knapp dreißig Meter hinter ihnen fegte der Hubschrauber knapp über den Boden.

In einiger Entfernung vor ihnen entdeckte Poole ein paar Fahrzeuge, die mit Blaulicht über die Rollbahn rasten. »Halten Sie an, Sam! Stopp!«

Doch Sam gab weiter Gas. Der SUV hielt auf das offene Tor eines Hangars zu und wurde noch schneller. Erst als Poole bereits die ersten Leute im Hangar aus dem Weg springen sah, trat Porter auf die Bremse – und zwar heftig. Gleichzeitig schnellte die rechte Hand zum Notbremsassistenten, und die Hinterräder blockierten. Poole rechnete bereits mit dem Schlimmsten. Sie schossen auf einen riesigen Jet zu, der den Hangar größtenteils ausfüllte. Beton löste den Asphalt ab, und Porter riss das Steuer von Neuem herum, diesmal nach rechts. Sie schlitterten direkt in den Hangar hinein, und der SUV drohte, sich zu überschlagen. Der Hubschrauber donnerte über sie hinweg und stieg wieder in die Höhe.

Kaum eine Minute später fuhr die Bombardier Global 5000 mit dem *Talbot-Enterprises*-Schriftzug auf dem Leitwerk aus dem Hangar und auf die Rollbahn, während der Hubschrauber immer noch mit einem Wendemanöver beschäftigt war. Einsatzfahrzeuge schossen auf sie zu, waren aber immer noch eine Viertelmeile entfernt, als die Turbinen aufdröhnten und der Privatjet über die Startbahn donnerte. Sie waren längst in der Luft, ehe auch nur irgendwer die Gelegenheit hatte herauszufinden, wem der Jet gehörte, geschweige denn ihn wieder zurück auf den Boden zwingen konnte.

84
Tagebuch

»Wo ist Kid?«, fragte ich, weil sich sonst niemand traute oder fragen wollte.

Welderman verstärkte den Griff um Wiesels Schulter, und Wiesel jaulte auf, versuchte, ihn abzuschütteln, was Welderman nur umso mehr zu provozieren schien, weil er jetzt Wiesel den Daumen unters Schulterblatt schob, während er mich gleichzeitig böse anfunkelte. Mit der freien Hand griff er in seine Hosentasche und zog das Briefchen heraus, das wir Kid mitgegeben hatten.

»War das deine Idee? Macht ihr verdammt noch mal Witze?« Er ließ Wiesel los und machte einen langen Schritt auf mich zu. »Weißt du überhaupt, dass du mit deinem gebrochenen Arm für uns quasi nichts mehr wert bist? Ganz ehrlich? Ich hack dich lieber in Stücke und verscharr dich auf dem Acker, als mich mit so einem Scheißdreck zu beschäftigen!«

Ich spürte, wie sich Libbys Hand in meine schob, zog meine Hand aber weg. Ich wollte nicht riskieren, dass Welderman es sah. Er hatte es wirklich nicht gesehen – im Gegensatz zu Miss Finicky, die uns beobachtete, was mir aber entgangen war. Ich wollte, ich hätte sie gesehen. Wie sehr wünschte ich mir, dass ich auf sie geachtet hätte.

»Ja«, antwortete ich. »Das war meine Idee.«

Weldermans Augen sahen aus, als würden sie jeden Moment aus den Höhlen platzen. »Erst diese Szene im Motel, und jetzt das? Nenn mir einen Grund, warum ich dir nicht eine Kugel in den Kopf jagen sollte.«

Ich gab keine Antwort, weil ich keine hatte. Ich hätte mich erschossen. Vater hätte mich erschossen. Mutter hätte mich ganz sicher erschossen. Ich stellte ein Problem dar, und Welderman wusste das. Keine Ahnung, was ihn noch daran hinderte.

»Bring den kleinen Scheißer rein«, brüllte er über die Schulter.

Ich hatte Stocks erwartet. Aber es war der Mann aus dem Transporter vor dem Motel. Halb trug, halb schleifte er Kid am Hemdkragen herein. Der Stoff war zerrissen und mit Blutflecken übersät. Kids Gesicht wies ein Dutzend Schattierungen von Rot, Lila und Schwarz auf, dicke Blutkrusten waren auf der Haut erstarrt. Sein linkes Auge war zugeschwollen, und seine Nase saß nicht mehr mittig über dem Mund, sondern wies zur Seite.

Wir alle schnappten nach Luft – am lautesten Tegan.

Wiesel stürzte auf seinen Freund zu, während Transportermann Kid zu Boden fallen ließ wie einen Müllsack.

Kid sackte regelrecht in sich zusammen. Seine Beine hatten ihn nicht mehr halten können. Er versuchte noch, den Sturz mit der rechten Hand abzufedern, aber es war eher ein schlaffes Wischen: Der Arm, die Hand, die Finger – sie fielen wie totes Fleisch nach unten, und für einen Moment glaubte ich wirklich, Kid wäre tot. Aber er röchelte, immerhin. Ein unfokussierter Blick in die Runde aus seinem unverletzten Auge; dann schlossen sich die Lider.

Dann kam Stocks, schleifte eine grüne Tasche hinter sich her, sah sich kurz um und wandte sich an Welderman und Transportermann. »Der Pick-up steht in der Scheune. Sieht ganz so aus, als hätten die schon eine Weile daran gearbeitet. Er läuft nicht, aber es fehlt nicht viel. Daraus wird jetzt nichts mehr – aber verdammt, das war knapp!« Er hielt die

Tasche hoch. »Das Geld haben sie auch gefunden. Das hier lag auf dem Vordersitz.«

Welderman blickte zu Finicky. »Wie konnte das passieren, verdammt? Sie sollten sie im Blick behalten! Nicht mehr und nicht weniger. Ein einziger, simpler Job – und diese Scheißer haben Zeit genug, unter Ihrer Aufsicht eine alte Rostlaube wieder fitzumachen? Verdammte Junkie-Braut!«

Finicky wollte schon etwas erwidern, doch Welderman hob die Hand. »Die Schlüssel. Niemand verlässt dieses Haus bis zum Guyon, kapiert? Nicht Sie, nicht die Kinder, niemand.«

Sie lief dunkelrot an. »Muss ich Sie daran erinnern, dass Sie schleunigst zurück und die Kunden entschädigen müssen? Die sind immer noch da.«

»Scheiße!« Er stampfte quer durch den Raum und fluchte in sich hinein. »Das kann ich gerade alles nicht brauchen.«

»Was bedeutet Guyon?«

Die Frage war von Wiesel gekommen. Eins der wenigen Male, die ich ihn hatte sprechen hören. Seine Stimme klang, verglichen mit der von Welderman, unendlich dünn.

»Geht dich einen Dreck an, was Guyon bedeutet!«, blaffte Welderman, der inzwischen hochrot im Gesicht war und Spucke in den Mundwinkeln hatte. Er sah aus, als würde er Wiesel gleich einen Tritt verpassen oder Schlimmeres. Stattdessen griff er sich Tegans Kamera vom Beistelltisch und stopfte sie in die grüne Tasche. Dann drückte er sie Transportermann in die Arme und nickte in Wiesels Richtung. »Bring den zurück. Erzähl ihnen, der ist die Gratiszugabe. Drück ihnen Geld in die Hand und beschwichtige sie – und dann kommst du zurück hierher. Ohne Umwege. Kapiert?«

Transportermann nickte, packte Wiesel am Kragen und zerrte ihn ins Freie.

Als sie weg waren, kickte Welderman Kid mit der Stiefelspitze in die Rippen und drehte sich wieder zu Stocks um.

»Schau dir sein Gesicht an. Was zur Hölle ist eigentlich los mit dir? Die Einbußen zieh ich von deinem Anteil ab.«

Stocks wollte schon protestieren, sagte aber nichts.

»Können wir Kid nach oben bringen?«, fragte ich Welderman. »Wir haben verstanden – wir tun wirklich nichts mehr. Wir hätten es gleich wissen müssen. Wir haben es alle kapiert.«

Welderman kehrte Stocks den Rücken und sah uns der Reihe nach wütend an. »Ja, bringt ihn weg. Ich will heute keinen von euch mehr sehen.«

Ich ging in die Hocke und versuchte, Kid hochzuhelfen, aber mit meinem gebrochenen Arm konnte ich ihn nicht richtig packen. Vincent kauerte sich neben mich und schob beide Arme unter Kid. Der gab keinen Mucks von sich, als Vincent ihn aus dem Zimmer in Richtung Treppe trug. Tegan und Kristina sprangen aus ihrem Sessel und eilten ihm nach, wir anderen folgten.

Oben legte Vincent Kid aufs Bett und ließ den Kopf vorsichtig auf das Kissen gleiten. Libby kam mit Waschlappen und einer Wasserschüssel, wischte ihm sacht das Blut aus dem Gesicht und versuchte dabei, die gebrochene Nase nicht zu berühren. Ich zog Kid die Sachen aus und legte sie in der Zimmerecke zusammen. Paul sah uns von der Tür aus zu; hinter ihm standen Tegan und Kristina.

»Die bringen uns alle um«, sagte Tegan leise.

»Die bringen uns nicht um. Die verkaufen uns«, entgegnete Vincent. »Genau das bedeutet Guyon.«

Transportermann musste Wiesel in den Transporter gesperrt haben, weil er allein wieder im Erdgeschoss aufgetaucht war und lautstark mit den anderen diskutierte. Zwei Kinder weniger; das war anscheinend alles, was ihnen Kopfzerbrechen bereitete.

Was als Nächstes passierte, hörten wir alle. Motorenlärm auf der Auffahrt. Reifen, unter denen der Schotter knirschte.

Paul war als Erstes am Fenster. »Das ist ein Cop!«

Er hatte es kaum ausgesprochen, als Stocks auch schon die Treppe hochgerannt kam und ins Zimmer platzte. Er fuchtelte mit seiner Knarre herum. »Weg vom Fester! Sofort!«

Paul wich zurück.

Trotzdem hatte ich etwas gesehen. Einen schwarz-weißen Streifenwagen, der hinter dem weißen Transporter gehalten hatte. Ausgestiegen war allerdings niemand. Noch nicht.

Die Fliegengittertür ging quietschend auf und wurde zugeschmettert. Transportermann tauchte vor der Tür auf. Er marschierte quer über die Auffahrt auf die Streife zu. Als an der Fahrertür das Fenster aufging, beugte er sich vor und sprach mit dem Fahrer.

»Niemand macht auch nur einen Mucks«, sagte Stocks. Er hatte die Waffe auf Libby gerichtet, die wiederum mich nicht aus den Augen ließ.

»Wer ist das?«, fragte ich Stocks.

»Halt's Maul!«

»Sie kennen ihn, oder?«

»Halt's Maul, hab ich gesagt!«

»Stecken Sie von der Polizei da alle mit drin?«

Stocks nahm die Waffe hoch, wollte sie mir wohl über den Schädel schmettern, tat es aber nicht. Zwei Kinder weniger. Ich glaube nicht, dass er gern herausgefunden hätte, was passiert wäre, wenn er mich schwerer verletzt hätte, als ich es ohnehin schon war.

Draußen sprach Transportermann immer noch mit dem Fahrer der Streife. Ich konnte die vage Kontur seines Kopfs hinter dem Lenkrad sehen, allerdings war er zu weit weg, und es war zu dunkel, als dass ich sein Gesicht hätte erkennen können. Transportermann gestikulierte mehrmals in Richtung Haus. Sie unterhielten sich fast volle fünf Minuten lang, ehe Transportermann sich wieder aufrichtete, zweimal kurz auf das Dach der Streife klopfte und zu seinem Transporter zurückschlenderte. Als die Streife anfuhr und rückwärts aus der Auffahrt rollte, fuhr der weiße Transporter hinterher.

»Ist Wiesel immer noch da drin?«, wollte Tegan wissen.

Niemand antwortete. Wir wussten alle, dass er noch drin war.

Stocks wartete, bis die Rückleuchten nicht mehr zu sehen waren, ehe er wieder das Wort ergriff: »Die Mädchen gehen ins Zimmer gegenüber, die Jungs bleiben hier. Ihr bleibt unter meiner Aufsicht.«

Ich hatte gar nicht mitbekommen, dass Vincent den Schraubenschlüssel aus dem Hosenbund gezogen, und auch nicht, wie er ihn nach oben gerissen hatte. Erst als der harte Stahl mit einem widerwärtigen Knirschen in Stocks' Hinterkopf krachte, dämmerte mir, was gerade passierte. Stocks verdrehte die Augen und ging mit einem eindeutig zu lauten dumpfen Schlag zu Boden.

»Stocks? Alles in Ordnung da oben?«

Welderman von unten.

Wir starrten alle den Mann am Boden an, der unverkennbar tot war.

85

Nash

Als Nash das nächste Mal die Augen aufschlug, lag er unter einem gleißenden Licht, das ihm schier die trockenen Pupillen zerkratzte. Er kniff die Augen wieder zu, blinzelte ein paarmal und versuchte es von Neuem. Für ihn fühlte es sich an, als dauerte das Ganze bloß einige Sekunden. Wenn jemand bei ihm gewesen wäre, hätte er Nash korrigieren können: Es vergingen sage und schreibe vier Stunden. Aber es war niemand bei ihm, zumindest nicht die ganze Zeit. Doch als er das nächste Mal den Kopf drehte, entdeckte er Klozowski, der auf einem Stuhl saß, die Beine auf die Bettkante gelegt hatte und tief und fest schlief.

»Kloz?«

Der grunzte, brabbelte etwas vor sich hin und schlief weiter. Nash kickte ihm die Füße von der Bettkante.

Fast wäre Kloz von seinem Stuhl gekippt. Er packte die Lehnen, rang um sein Gleichgewicht und sah sich hektisch um, bevor ihm dämmerte, wo er sich befand. Als er mitbekam, dass Nash aufgewacht war, sprang er auf.

»Schwester! Schwester!«

»Herrgott, Kloz, mach halblang!« Nashs Rachen war ausgedörrt und kratzig. Er konnte kaum sprechen. »Kann ich was zu trinken haben?«

Kloz rief erneut nach einer Krankenschwester, dann goss

er Wasser aus einer pinkfarbenen Karaffe auf dem Nachttisch in einen ebenfalls pinkfarbenen Plastikbecher, den er Nash an die Lippen hielt. Die Hälfte landete in seiner Kehle, die andere Hälfte auf seinem Krankenhaushemd. Nash war so durstig, dass er sich nicht darum scherte. Er nahm Kloz den Becher aus der Hand, trank den letzten Schluck und verlangte nach mehr.

Drei Becher später saß er aufrecht im Bett, als die Krankenschwester hereinkam: rote Fingernägel, blondes Haar. Sie kam ihm vage bekannt vor. »Willkommen zurück im Leben, Detective.«

»War mir gar nicht klar, dass ich den Abgang gemacht hatte.«

»Sie hatten vierzig Fieber, als Sie hier ankamen. In Ihrem Alter ist so etwas lebensgefährlich.«

»Ich häng den entsprechenden Hinweis an meinen Rollator.« Sein Hals tat immer noch weh, wenn auch nicht mehr annähernd so sehr wie vor dem Wasser.

Die Schwester ging über seinen dummen Spruch hinweg. »Wir haben Sie an den Tropf gehängt – Kochsalzlösung, Antibiotika, Virostatika. Nachdem wir endlich wissen, womit wir es zu tun haben, können wir auch den entsprechenden Behandlungsplan aufstellen.«

»Das war kein SARS«, erklärte Kloz. »Das CDC hat es vor gut einer Stunde verifiziert. Wir kriegen jetzt alle entsprechenden Mittel.« Kloz wies auf den Infusionsbeutel, der seitlich über seinem Stuhl baumelte. »Bin mir nicht sicher, was da drin ist, aber ich fühle mich schon wesentlich besser.«

Die Krankenschwester hielt Nash ein Digitalthermometer an die Stirn. Dann hielt sie ihm das Display hin. »Siebenunddreißig sieben. Das ist schon viel, viel besser.«

»Wenn es nicht SARS war«, fragte Nash, »was war es dann?«

»Ein hoch ansteckendes Grippevirus. Nicht annähernd so gefährlich wie SARS, aber immer noch ziemlich übel, wenn man nichts dagegen unternimmt.«

Nash versuchte, die Info einzuordnen, auch wenn sein Hirn immer noch leicht vernebelt war. »Dann hat Bishop gar niemanden mit SARS infiziert?«

Klozowski bedachte die Krankenschwester mit einem nervösen Blick. »Könnten Sie uns kurz allein lassen?«

Sie nickte und zog sich zurück.

Sobald sie das Zimmer verlassen hatte, senkte Kloz die Stimme. »Während deines Schläfchens ist einiges passiert. Sam steckt ernsthaft in Schwierigkeiten.«

»Weidners Leiche …« Nash stemmte sich mühsam hoch und versuchte, den Schwindel auszusitzen. Um ihn herum drehte sich alles.

»Da ist noch mehr«, sagte Kloz. »Ich hab das Überwachungsvideo von Montehugh Labs zerpflückt und bin Bild für Bild durchgegangen. Es ist genauso durcheinander wie all die anderen Überwachungsbänder, die mit diesem Fall zusammenhängen. Da hat irgendein Computervirus, irgendeine Malware, ordentlich gewütet. Ich hab eine Sequenz mit Sam gefunden – aus der Nacht des Einbruchs. Sie ist ziemlich kurz, und ich musste die Bilder erst bearbeiten, weil die Belichtung im Eimer war, aber er ist es, eindeutig.« Er schlug den Blick nieder. »Ich hab's den FBI-Leuten erzählen müssen. Sie gehen inzwischen davon aus, dass er einen Komplizen hat. Eine Leiche in Simpsonville und diverse hier vor Ort – das kann er nicht allein bewerkstelligt haben. Sie glauben, dass er mit den Taten irgendwas noch Größeres vertuscht, irgendetwas, was schon Jahre zurückliegt, und dass diese Virensache bloß eine Nebelkerze war. Und sie gehen davon aus, dass sein Komplize den Bürgermeister verschleppt hat und ihn irgendwo gefangen hält.«

»Dann weißt du über den Bürgermeister Bescheid?«

Kloz war das schlechte Gewissen deutlich anzusehen. »Ich hab mich in die FBI-Kommunikation eingeklinkt. Hab eins und eins zusammengezählt. Als Poole vom Radar verschwunden ist und du sterbenskrank hier aufgetaucht bist, sind die Chefs mit der Sache an die Öffentlichkeit gegangen. Sie konnten es nicht länger für sich behalten. Er ist schon anderthalb Tage verschwunden – und das bedeutet nichts Gutes. Das ist einfach viel zu lang.«

»Himmel ...«

»Aber es wird noch schlimmer«, sagte Kloz. »Sie haben noch eine Leiche gefunden, in einem alten Transporter, der bei Sams früherem Partner in Charleston stand. Sieht ganz danach aus, als hätte die schon seit Jahren da drin gelegen. Wir haben noch keinen Namen, aber es ist ein Kind, ein kleiner Junge.«

Nash rieb sich übers Gesicht; er würde sich dringend rasieren müssen. »Und wie hängt Sam da mit drin?«

Kloz erzählte ihm von der Tasche und ihrem Inhalt. »Sam ist dort aufgetaucht, als Poole gerade den Fundort sichern wollte. Er hat ihn mit vorgehaltener Waffe als Geisel genommen. Es gibt eine Zeugin – Hillburns Witwe. Das FBI hat Sam und Poole per GPS verfolgt.«

»Und wo sind sie jetzt?«

Kloz sah hoch zu dem Fernseher, der in der gegenüberliegenden Zimmerecke an der Decke montiert war. Er hatte einen Vierundzwanzig-Stunden-Nachrichtenkanal eingeschaltet. Auf dem Bildschirm war die wacklige Aufnahme eines Jets zu sehen, der soeben das Fahrwerk ausfuhr. Seitlich am Bildrand stand der Hinweis LIVE, und unten lief eine Tickerzeile auf Dauerschleife: 4MK AN BORD EINES TALBOT-ENTERPRISES-FIRMENJETS?

»Irgendwie hat Sam es geschafft, in Charleston einen Jet zu kapern – mit Poole im Schlepptau. Sie waren in der Luft, bevor irgendwer etwas dagegen unternehmen konnte.

Sie landen gerade in O'Hare. Dort wartet schon eine ganze Armee auf sie. Er kommt nirgends mehr hin – außer hinter Schloss und Riegel.«

Auf dem Fernsehschirm setzte soeben das Flugzeug auf der Landebahn auf, erst die hinteren, dann die vorderen Räder, und bremste ab. Als die Kamera in die Totale ging, konnte Nash Dutzende Einsatzfahrzeuge und eilig errichtete Flutlichter sehen. US- und Bundesstaatsbehörden sowie Rettungsdienste – zwei Feuerwehrzüge, Ambulanz. Kurz war Franks Vorgesetzter im Bild, SAIC Hurless. Dann richtete die Kamera sich erneut auf den Flieger.

Im selben Moment fiel es Nash wieder ein. Sein Herz setzte für einen Schlag aus. »Hast du Clair gefunden?«

Kloz schüttelte den Kopf. »Immer noch nicht. Wir haben mithilfe der Krankenhaus-Security gesucht, so gut wir konnten, aber inzwischen ist hier einfach jeder krank, und wir haben nicht genügend Leute. Zwei Uniformierte werden auch vermisst – keine Spur von den beiden. Captain Dalton hat mir versichert, jetzt, wo wir wissen, dass wir es nicht mit SARS zu tun haben, heben sie die Quarantäne auf, und er schickt Verstärkung für die Suche. Ich soll bleiben, wo ich bin, und auf das Team warten.«

»Die dürfen die Sperre nicht aufheben, sonst entkommt ihr Entführer!« Nash riss sich den Tapeverband vom Handgelenk, um an den Venenzugang und die Blutdruckmanschette zu kommen.

Klozowski reagierte nicht. Sein Blick klebte am Fernseher. Der Jet war zum Stillstand gekommen, die Tür ging auf, und die Gangway wurde ausgefahren. Schwer bewaffnete Sondereinsatzkräfte rannten um mehrere Fahrzeuge herum und richteten die Sturmgewehre auf die dunkle Tür.

Stumm sahen Klozowski und Nash zu, wie die Kollegen geduckt und mit den Waffen im Anschlag den Flieger stürmten.

86

Poole

»Weiter! Los! Los!«

Poole konnte die Rufe aus der Schwärze hören, das Trampeln der Stiefel – erst draußen auf dem Asphalt, dann auf der Treppe, dann im Innern des Flugzeugs. Weil er jeden Moment mit dem Granateneinsatz rechnete, machte er prophylaktisch den Mund auf. Er hatte Horrorgeschichten von zerbrochenen Zähnen und abgebissenen Zungen gehört – da hatten Leute den Mund nicht aufgemacht und den Kiefer nicht entspannt, als die Druckwelle sie erreicht hatte. In Quantico hatte so etwas zur Ausbildung gehört – also die Kinnlade locker lassen.

Dann kam doch keine Explosion, nur das Donnern der Stiefel, das Rasseln von Waffen und Ausrüstungsgegenständen, die die Einsatzkräfte mitführten. Sie hatten mindestens zu viert, wenn nicht zu sechst gestürmt; er hatte es natürlich nicht sehen können.

»Einer – backbord Mitte! Scheint außer Gefecht zu sein!«

»Wir gehen jetzt durch!« Durch die geschlossene Tür.

»Hände vor!« Gerade mal drei Meter von Poole entfernt. »Langsam – Hände vor!«

Dann krachte eine Tür auf. Jemand fiel laut ächzend zu Boden, eine zweite Person nur einen Wimpernschlag später.

Poole sah nichts von alledem.

Stiefel, die an ihm vorbeistürmten. Jemand, der seinen rechten Ellbogen streifte, als er in den hinteren Teil des Flugzeugs stürmte. Wieder aufgebrochene Türen. Die Toiletten?

»Gesichert!«

»Gesichert!«

»Wo ist Sam Porter?«

Niemand antwortete.

»*Wo ist Sam Porter?*«

»War nicht an Bord.«

Poole erkannte die gedämpfte Stimme des Piloten wieder. Er stellte sich vor, wie der Mann mit dem Gesicht nach unten auf dem Mittelgang des Flugzeugs lag.

Jemand riss Poole die Augenbinde vom Gesicht, und er blinzelte angestrengt in das grelle LED-Licht, das an den Lauf eines MP510-Sturmgewehrs aufmontiert war. Der Lichtstrahl wurde gesenkt, und der Einsatzbeamte beugte sich vor und nahm Poole den Knebel aus dem Mund.

»Ich bin Special Agent Frank Poole vom FBI ...« Er hatte Mühe, all das hervorzubringen. Der Knebel hatte fest gesessen, seine Mundwinkel taten höllisch weh. »Machen Sie mich los.« Hände, Arme, Beine und Knöchel waren mit Kabelbindern an den Sitz gefesselt.

»Sergeant?« Der Mann vor Poole sah sich nach seinem Kollegen um, der in der Nähe der Tür auf weitere Instruktionen wartete.

Der Kollege bedachte den Piloten am Boden mit einem flüchtigen Blick. Er hielt ihn mit dem Stiefel am Boden. »Was zur Hölle soll das hier?«

»Lassen Sie mich hoch«, murmelte der Pilot mit dem Gesicht auf dem Teppichboden. Der Beamte nahm den Fuß herunter und ließ den Piloten aufstehen. Der wischte sich Staub von der makellos gebügelten Uniform. »Laut Detective

Porter ist dieser Mann ein Verdächtiger im 4MK-Fall. Porter hat angeordnet, dass wir ihn zurück nach Chicago transportieren sollen. Sie würden auf uns warten und ihn in Empfang nehmen. Dieser ruppige Umgang ist nun wirklich nicht angemessen, und sollte an diesem Flugzeug ein Sachschaden entstanden sein, werden Sie dafür geradestehen müssen.«

Frank sah ihn wutschnaubend an. »Ich hab Ihnen gesagt, ich bin vom FBI!«

»Sie haben sich nicht ausgewiesen. Detective Porter meinte, wir sollten nichts glauben, was Sie uns möglicherweise erzählen.« Der Pilot drehte sich zu dem Sergeant um. »Der Detective hat uns außerdem aufgetragen, den Mann zu fesseln, weil er gefährlich sei. Mein Handy liegt im Cockpit. Da ist die Nachricht noch drauf, wenn Sie sie lesen wollen.«

Der Sergeant ging sich das Handy holen.

Der Mann neben Poole hatte inzwischen ein Messer gezogen und machte sich an den Kabelbindern zu schaffen. Als Poole endlich die Fesseln abgestreift hatte, stürmte er aus der Maschine und die Gangway hinunter auf SAIC Hurless zu, der gemeinsam mit einem halben Dutzend weiterer Agents auf ihn wartete. Sie hatten den Wortwechsel aus dem Jet über Kopfhörer mit angehört.

Hurless' Gesicht wechselte von einem Rotton zum nächsten, doch noch ehe er etwas sagen konnte, zog Poole die zwei Mappen aus dem Camden Treatment Center unter seinem Hemd hervor, wo er sie versteckt hatte, und drückte sie seinem Vorgesetzten in die Hand. »Damit kriegen wir ihn.«

87

Clair

Wieder Stöhnen.

Clair hatte im Halbschlaf dagelegen, als sie den Bürgermeister wieder gehört hatte: erst ganz leise, eher ein Wimmern, aber inzwischen wurde es lauter und dringlicher.

Kam er wieder zu sich?

Dann brüllte er. Ein grausamer, schmerzerfüllter Schrei, der Clair aus dem Dämmerzustand riss. Sie hatte in der Ecke ihrer Zelle gelegen, die Beine angewinkelt und die Arme um den Leib geschlungen, doch mit diesem neuerlichen Schrei war sie schlagartig auf den Beinen und zurück vor der Lüftungsklappe.

»Bürgermeister Milton? Was ist passiert? Ist alles in Ordnung?«

Schluchzen.

Wann immer sie einen erwachsenen Mann weinen hörte – selbst wenn es dieser Mann war –, kam ihr das nackte Grauen. »Barry?«

Sie kannte den Vornamen bloß aus der Zeitung, und es fühlte sich merkwürdig an, den Mann so anzusprechen.

»Sie hat mir ...«

»Was?«

Wieder nur Schluchzer, fast zwei Minuten lang.

»Mein Auge«, brachte er schließlich hervor. »Ich glaube,

sie hat mir das Auge … Ich … kann es nicht sagen. Da ist ein Verband, aber es tut weh … Oh Gott, sie muss mir … Ich muss es wissen!«

»Wenn Sie bandagiert sind, dann rühren Sie den Verband nicht an! Ich kann mir nicht einmal ansatzweise vorstellen, was Sie durchmachen müssen, aber vielleicht hat sie die Wunde gereinigt oder Ihnen etwas Antiseptisches verabreicht. Wenn Sie den Verband jetzt abnehmen, riskieren Sie, dass es sich entzündet!«

»Ich muss es wissen …«

Clair erschauderte. Ihr war immer noch schrecklich kalt, allerdings nicht mehr so schlimm wie zuvor. Entweder war das Fieber vorübergehend gesunken, oder sie hatte es tatsächlich endlich überstanden. Sie hatte schrecklichen Durst. »Fassen Sie die Wunde nicht an! Ihre Hände sind nicht sauber!«

»Ich hab auf der einen Seite das Tape abgemacht, will nur kurz den Finger drunterschieben … Ich nehm den Verband nicht komplett ab.« So wie er gerade sprach – unter Tränen –, klang er nicht wie ein Erwachsener, sondern wie ein kleines Kind. Wie ein kleiner Junge, dem angst und bange war, weil er nicht wusste, was als Nächstes auf ihn zukam.

»Lassen Sie das besser bleiben!«

Was er ertastete, behielt er für sich. Das erneute Aufheulen war Aussage genug.

88

Poole

»Erzählen Sie es noch einmal«, sagte Hurless.

Frank Poole hatte sich bereits wieder in die Akte vertieft, blätterte hektisch durch die Seiten, die er Porter in Charleston abgeluchst hatte, und fuhr einige Zeilen beim Lesen mit dem Finger nach. »Wir haben jetzt keine Zeit, alles noch einmal durchzugehen.«

»Erzählen Sie es mir trotzdem!«

Sie saßen – immer noch am O'Hare Airport – in einem FBI-Übertragungswagen. Jenseits der Kameras und Mikros der Presse. Auch wenn sie die Medien vom Rollfeld hatten fernhalten können, war deren Ausrüstung mindestens ebenso gut wie die vom FBI, wenn nicht besser. Selbst aus einiger Entfernung waren sie zu Bild- und Tonaufnahmen imstande gewesen, und Poole durfte jetzt nicht riskieren, dass falsche Annahmen in Umlauf gerieten. Hurless hatte das durchaus verstanden. Er hatte die anderen aus dem Wagen beordert, damit er sich allein mit Poole unterhalten konnte.

Während Poole immer noch Porters Akte überflog, erstattete er von Neuem Bericht.

Als Poole fertig war, rieb sich Hurless übers Kinn und sah aus der getönten Scheibe hinüber zu dem geparkten Flugzeug. »Bishop ist jetzt alles in allem vier Mal mit unserem Chicagoer Büro in Kontakt getreten. Jedes Mal von einer anderen Nummer aus. Er bleibt nicht lange genug in der Leitung, als dass wir ihn orten können. Er versucht, mit uns auszuhandeln, unter welchen Bedingungen er sich stellen will, aber er hat das Gefühl, wir können seine Sicherheit nicht gewährleisten – nicht nach dem, was in der Metro passiert ist. Er behauptet, Porter hat einen Komplizen, jemanden weiter oben in der Hierarchie, nur wer das sein sollte, weiß er nicht. Solange er sich nicht zu einhundert Prozent sicher fühlt, kommt Bishop nicht aus der Deckung.«

»Glauben Sie ihm?«

Hurless zuckte mit den Schultern. Er sah genauso erschöpft aus, wie Poole sich fühlte. »Wir brauchen sie beide lebend. Müssen sie zur Vernehmung holen und das alles sortieren. Wir müssen den Bürgermeister finden, die verschwundenen Polizisten und diese Detective von der Metro, die hoffentlich alle noch leben ...«

»Welche Detective von der Metro?«

»Clair Norton. Sie ist gestern im Stroger Hospital verschwunden.«

Poole wollte bereits einwenden, dass Sam Clair nie im Leben etwas antun würde, aber inzwischen war er sich da nicht mehr sicher. Seine Finger, die immer noch über den Text gehuscht waren, hielten auf dem Papier inne. »Porter ist wegen schwerwiegender psychologischer Probleme behandelt worden, die über den Gedächtnisverlust durch den Kopfschuss weit hinausgingen. Wir haben es mit einer Psychose und mit halluzinatorischen Phasen zu tun.«

Hurless runzelte die Stirn. »Darüber steht nichts in seiner Metro-Akte.«

»In der Charleston-PD-Akte auch nicht. Mit solchen Problemen hätten sie ihn nie in den Dienst zurückkehren lassen.«

»Möglich, dass sie davon keine Kenntnis hatten. Wenn diese Therapie dort nicht gerichtlich oder vom Charleston PD angeordnet war, wäre es Privatsache gewesen – und da hätte Porter zustimmen müssen, dass die Akte an seinen Arbeitgeber weitergegeben würde.«

»Hier sind mehrere Angestellte aufgeführt, die berichten, Porter habe mit jemandem gesprochen, der gar nicht existent gewesen sei. Es sind mindestens ein halbes Dutzend Aussagen. Als sie ihn darauf ansprachen, hat er erklärt, er habe sich mit einer Frau in etwa in seinem Alter unterhalten, schulterlanges braunes Haar, Südstaatenakzent. Aus South Carolina. Klingt nahezu deckungsgleich mit seiner Beschreibung von Sarah Werner.« Poole blickte von der Akte auf. »Haben wir inzwischen ein Foto von ihr?«

Hurless schüttelte den Kopf. »Eine einzige Aufnahme – vom Gericht, als sie mit Jane Doe aus New Orleans dort war. Allerdings haben wir inzwischen verifizieren können, dass es sich dabei um die echte Sarah Werner handelt, also um diejenige, die Sie in ihren eigenen vier Wänden tot aufgefunden haben. Nichts zu der Frau, die mit Porter unterwegs war.«

Poole dachte kurz darüber nach. »Haben wir denn irgendeinen Beweis dafür, dass es sie wirklich gegeben hat? Über seine eigenen Aussagen hinaus?« Ehe Hurless etwas erwidern konnte, fiel Pooles Blick auf ein weiteres Detail ganz vorn in der dicken Akte. »Wie hat eigentlich Porters Adresse in Charleston gelautet?«

Hurless zückte sein Handy und scrollte durch die Notizen. Als er die Adresse gefunden hatte, las er sie Poole laut vor. Poole tippte auf die entsprechende Stelle im Patientenbogen. »Aber was ist das hier dann für eine Adresse?«

»Sir?« Der Mann am Überwachungstisch blickte zu ihnen her.

»Ja?«

»Das Handy, das Special Agent Poole in dem Haus an der 41st abgenommen wurde, hat sich soeben ins Netz eingewählt. Wir haben den Standort.«

»Wo?«

89

Porter

Fast zwei Stunden bevor der Jet mit Special Agent Frank Poole an Bord in Chicago landete, stand Porter auf dem Parkplatz eines Autoersatzteileladens und starrte mit geballten Fäusten die Mauer an.

In Talbots Hangar waren sie schnell gewesen. Der SUV war kaum zum Stillstand gekommen, als drei von Talbots Angestellten Poole auch schon aus dem Wagen gezerrt und ihn in den Flieger geschleift hatten. Porter selbst war durch eine Hintertür aus dem Hangar zu einem Ford F150 gebracht worden. Ein Mittsechziger mit dünnem weißem Haar unter einer abgegriffenen New-York-Yankees-Baseballkappe saß hinterm Steuer. Porter warf die grüne Tasche auf die Rückbank, und im selben Moment, da der Jet aus dem Hangar rollte, fuhren auch sie im Schritttempo los. Jetzt bloß keine Aufmerksamkeit erregen. Der Fahrer des F150 sagte nicht viel, grunzte Porter zur Begrüßung nur zu. Porter bedankte sich in aller Form, auch wenn er immer wieder zu den blinkenden Blaulichtern der Einsatzfahrzeuge auf der Rollbahn zurückblickte. Doch der Mann nickte nur und nannte nicht mal seinen Namen. Wahrscheinlich besser so. Der F150 ließ Wachhäuschen und Flughafengelände ohne jede Störung hinter sich. Porters Fahrer hatte dem Wachmann noch halbherzig zugewinkt und war einfach weitergefahren. Der Wachmann schien Porter nicht mal bemerkt zu haben. Er hatte die Nase tief in eine Zeitschrift gesteckt. Auf der anderen Seite des Flughafenzubringers bogen sie in die Sheraton-Tiefgarage ab, wo sie neben einem dunkelblauen BMW hielten. Porter bekam die Schlüssel. Er zog ein paar Scheine aus den Geldbündeln in der grünen Tasche und versuchte, den Yankee-Baseballkappen-Mann zu bezahlen, doch der winkte bloß ab.

»Ich bin bereits großzügig honoriert worden.«

Es war das Einzige, was er in der ganzen Zeit überhaupt zu Porter gesagt hatte, bevor er sich wieder auf den Weg machte und in die entgegengesetzte Richtung verschwand.

Per Funkschlüssel öffnete Porter den Kofferraum des BMW und warf die Tasche hinein. Auf dem Beifahrersitz fand er ein neues Prepaidhandy vor, zudem Kontaktdaten eines zweiten Pilotenteams, das sich auf einem kleineren Regionalflugplatz bereithielt. Porter stand tief in Emorys Schuld. Und er hatte ein schlechtes Gewissen, weil er sie in die Sache mit hineingezogen hatte. Sie war ein guter Mensch und hatte Besseres verdient. Als er den Motor anließ, schwor er sich, all das bei ihr wiedergutzumachen.

Kurz darauf war auch er endlich unterwegs – während der Talbot-Jet mit Poole an Bord sich der geplanten Flughöhe näherte.

Zwanzig Minuten später war Porter zurück im Stadtzentrum von Charleston. Weitere acht Minuten später hatte er den Parkplatz erreicht und stieg aus.

Er hatte den Ersatzteileladen etwa im selben Moment entdeckt, als Pooles Handy geklingelt hatte. Er war schon drauf und dran gewesen, dort zu halten; doch als er das Klingeln gehört hatte, war er einfach nur froh gewesen, dass er es nicht getan hatte. Er hatte Poole vertrauen wollen. Wirklich. Doch das klingelnde Handy war der Beweis gewesen, dass er ihm nicht vertrauen durfte.

Auch wenn ihm der Ersatzteileladen zuallererst aufgefallen war, interessierte er sich viel mehr für die Tankstelle auf der anderen Straßenseite – und für das Motel, das auf dem benachbarten Grundstück stand: heruntergekommen, baufällig, gelb gestrichen, mit grünen Zierleisten. Er hatte es sofort wiedererkannt, und Porter versuchte verzweifelt, sich einzureden, dass es die Beschreibung aus dem Tagebuch war. Insgeheim war ihm klar, dass mehr dahintersteckte. Er kannte diesen Ort. Hier war er schon mal gewesen.

Porter hatte nur deshalb gegenüber von dem Motel geparkt, weil sich der Parkplatz richtig angefühlt hatte. Weil er sich *vertraut* angefühlt hatte. Im selben Moment, als er den Wagen abgestellt hatte und ausgestiegen war, hatte er gewusst, dass er genau an dieser Stelle schon einmal gestanden hatte.

Dann der Satz an der Mauer.

Seine Hände waren noch immer zu Fäusten geballt, als er die Seitenfront des Ersatzteileladens anstarrte. Das Graffito, das dort in Rot aufgesprayt worden war.

Ihretwegen mussten wir bluten, Sam.

Er konnte den Satz regelrecht in seinem Kopf hören. Er hätte nicht erklären können, wie oder weshalb – aber es war gerade so, als würde jemand ihm diese fünf Wörter vorlesen. Die Stimme war nicht seine eigene, und es war auch nicht die von Bishop. Er erkannte sie nicht wieder – trotzdem *kannte* er sie.

Porter starrte den Satz an der Wand an.

Ihretwegen mussten wir bluten, Sam.

An das Motel gegenüber konnte er sich nicht erinnern, zumindest nicht richtig; er war daran auf Streife Hunderte Male vorbeigefahren, hätte aber nicht sagen können, ob er je angehalten hatte. Er schloss die Augen für einen Moment und versuchte, sich eins der Zimmer ins Gedächtnis zu rufen, die Lobby oder auch nur eine Eis- oder Sprudelmaschine. Aber da war nichts. Seine einzige Erinnerung an ein Zimmer in dem Etablissement stammte aus dem Tagebuch: Bishops Aufeinandertreffen mit Bernie. Und was danach gekommen war.

Porter war damals nicht deshalb hier gewesen. Oder doch?

Er hätte gern Nein gesagt. Allerdings waren die Erinnerungen an jene Zeit derart vernebelt, dass er sich nicht sicher sein konnte. Bis vor ein paar Stunden war er der festen Überzeugung gewesen, dass er sich klar und deutlich an die Ereignisse erinnern konnte, die letztlich zu der Kugel in seinem Hinterkopf geführt hatten. Dann hatte Poole ihm demonstriert, dass all das eine Lüge gewesen war.

Er konnte den weißen Transporter auf der anderen Straßenseite regelrecht vor sich sehen. Er konnte Stocks sehen, Welderman, die in ihrem Chevy Malibu neben dem weißen Transporter hielten, und den kleinen Anson Bishop, der aus dem Malibu stieg.

Oder war es Wiesel?

Oder Tegan?

Kristina?

Libby?

Selbst Vincent Weidner ...

Er konnte es *vor sich sehen*, sobald er die Augen schloss. Und das machte ihm ein bisschen Angst. Der weiße Transporter könnte Hillburn gehört haben. Wie oft war er selbst in dem Ding mitgefahren? Wie oft hatte er selbst am Steuer gesessen? Verdammt, wie oft hatte er ihn sich ausgeliehen?

Ungefähr genauso oft, wie Hillburn sich deinen Trenchcoat geliehen hat, antwortete sein Gehirn. *Diesen alten dunkelblauen, den du so gern mochtest.*

Er versuchte, nicht daran zu denken. Nein, nicht das ...

Sie stand auf der anderen Straßenseite. Porter hätte beim besten Willen nicht sagen können, wie lange schon. Stand einfach da, beobachtete ihn vom Parkplatz des Motels aus. In der nächtlichen Brise flatterte ihr das dunkle Haar um die Schultern. Auch sie trug einen Trenchcoat – lang, schwarz, Hände in den Taschen. Sie stand komplett reglos da und starrte ihn an, während zwischen ihnen in beide Richtungen Fahrzeuge vorüberfuhren. Sofern sie bei seinem Anblick irgendetwas empfand, dann ließ sie sich nichts anmerken. Sie sah komplett ruhig aus, stoisch, statuenhaft.

Sarah Werner.

Oder zumindest die Frau, die sich als Sarah Werner ausgab.

Bishops Mutter.

Eine Mörderin.

Eine Lügnerin.

In der stillen Brise geisterhaft.

Sie sah ihm noch kurz ins Gesicht, stieg dann in denselben silberfarbenen Lexus ein, den sie schon in Chicago gefahren hatte, und fädelte vom Parkplatz des Motels in den fließenden Verkehr ein.

Sam stolperte zurück zu seinem geliehenen BMW. Irgendwie gelang es ihm, sie nicht aus dem Blick zu verlieren. Drei, vier Wagen fuhren zwischen ihnen. Er hätte nicht sagen können, ob sie allein unterwegs war oder nicht. Näher aufzuschließen traute er sich nicht.

90

Porter

Porter hatte die Fenster runtergelassen. In Chicago wäre das in dieser Jahreszeit undenkbar gewesen, aber in South Carolina waren es immer noch gut fünfzehn Grad. Außerdem hielt ihn die frische Luft wach und half ihm, sich lebendig zu fühlen.

Und er musste sich lebendig fühlen. Denn irgendetwas an dieser ganzen Situation ließ ihn förmlich erstarren. Er hätte nicht sagen können, was genau es war, obwohl er seit zwanzig Minuten über nichts anderes nachdachte. Er fühlte sich präsent – und doch wieder nicht. Als hätte er seinen Körper verlassen und beobachtete sich selbst von außen. Er war der Außenstehende, der zusah, wie der Film seines Lebens unablässig weiterlief.

Sarah Werners silberfarbener Lexus war artig innerhalb des Tempolimits unterwegs – immer ein, zwei Meilen unter der aktuellen Geschwindigkeitsbegrenzung. Sie setzte, wann immer nötig, den Blinker, und die paar Momente, in denen sie sich einer gelben Ampel näherte, blieb sie stehen, statt Gas zu geben und in letzter Sekunde über die Kreuzung zu kommen. Rund zehn Minuten nachdem sie auf den Highway gefahren waren, hatte Porter jede Absicht aufgegeben, ihr heimlich zu folgen. Sarah wusste es offenbar ohnehin – sie ermutigte ihn regelrecht dazu, sie zu verfolgen. Wenn sie in der Stadt geblieben wären, hätte er vielleicht die Chance gehabt, ihr unentdeckt hinterherzufahren, aber inzwischen war er ihr erst auf die I-26, dann auf die 78 gefolgt, dann über eine Reihe von Nebenstraßen, bis er irgendwann aufgegeben hatte, sich den Weg zu merken. Mit jeder Abzweigung war der Verkehr um sie herum lichter geworden, und als sie jetzt an Feldern vorüberfuhren, waren sie komplett allein.

Genau wie auf dem Parkplatz vor dem Ersatzteileladen hatte Porter auch hier das Gefühl, dass ihm der Weg vage bekannt vorkam. Erneut redete er sich ein, es läge an Bishops detaillierter Beschreibung. Als zwei Silos vor ihm auftauchten – beide grün lackiert und rostfleckig –, versuchte Porter, sich weiszumachen, dass er die noch nie gesehen hatte; dabei wusste er tief im Innern, dass das nicht der Wahrheit entsprach, und die leise Stimme in seinem Kopf rief ihm in Erinnerung, dass in Bishops Tagebüchern von Silos nie die Rede gewesen war.

Sarah setzte den Blinker. Von der asphaltierten Straße ging es nach links auf einen Schotterweg, der von mannshohem Unkraut gesäumt war. Irgendwann hatte hier womöglich mal Tabak oder Weizen gestanden. Doch man hatte die Felder sich selbst überlassen, und das allem Anschein nach schon vor langer Zeit. Selbst die Sterne schienen diesen Ort aufgegeben zu haben. Der Himmel war eine einzige schwarze Decke, und Porter wusste, hätte er jetzt den Mut gehabt, die Scheinwerfer auszuschalten, hätte er dichte Schwärze vor sich gesehen.

Auch er bog ab, und als er den Asphalt verließ, knirschte der Schotter unter seinen Reifen. Sie war jetzt vielleicht eine Viertelmeile vor ihm, und immer wieder verschwand sie hinter Biegungen und Kurven außer Sicht, aber das spielte keine Rolle. Er wusste, wohin sie fuhren, auch wenn er der Wahrheit nicht ins Gesicht sehen wollte.

Als nach und nach das große Farmhaus am Ende des Schotterwegs vor ihm auftauchte – wie eine Luftspiegelung, weiß verschindelt, Blechdach –, glich es einem Monster, das aus einem Loch in der Erde kroch. Erst ein Giebel, der Schornstein, das Obergeschoss, dann das Erdgeschoss und die Eingangstreppe. Die Haustür stand sperrangelweit offen wie ein aufgerissenes Maul. Dahinter schimmerte Licht, während die Fenster allesamt dunkel waren. Erst als Porter hinter Sarahs verlassenem Lexus hielt, erkannte er, dass es nicht dunkel war hinter den Fenstern, sondern dass sie zugeklebt worden waren. Sein Scheinwerferlicht fiel auf den Feldrand hinter dem Haus und auf die Scheune oder vielmehr auf das, was von der Scheune noch übrig war. Das Dach war eingestürzt, drei Außenwände standen noch, schienen aber nur mehr mit letzter Kraft aneinanderzulehnen. Ein Windstoß aus der falschen Richtung, und die gesamte Struktur würde einstürzen.

Porter stellte den Motor ab, und die Scheinwerfer erloschen. Blieb nur noch der Schimmer aus der Eingangstür. Im nächsten Moment ging er darauf zu, und die Bretter knarzten unter seinen Füßen, ohne dass er sich hätte erinnern können, wie er aus dem Wagen gestiegen war. Jeder Zentimeter seiner Haut kribbelte. Seine Halsschlagader hämmerte wie verrückt. Er trat ein, und um ihn herum war alles schlagartig still. Nicht einmal das Zirpen von draußen drang bis hier herein.

Der Schimmer stammte von Kerzen, von Dutzenden Kerzen, die auf allen erdenklichen Oberflächen standen und schon eine Weile zu brennen schienen; einige waren halb heruntergebrannt. Sarah selbst war noch nicht lange genug hier, als dass sie sie hätte anzünden können – es sei denn, sie hätte es früher am Abend gemacht. Sämtliches Mobiliar war mit weißen Laken verhüllt, die dick eingestaubt waren.

Porter entdeckte Sarah hinter einer Bogentür, die zum

Wohnzimmer führte, wie er annahm, in dem lediglich eine einzelne Kerze auf dem gemauerten Kaminsims brannte.

Sie hatte ihm den Rücken zugekehrt.

Kauerte auf den Knien. Der schwarze Trenchcoat war verschwunden. Jetzt trug sie nur mehr eine Art weißes Kleid. Sie hatte den Kopf geneigt, und als er sich ihr von hinten näherte, dämmerte ihm, dass sie die Hände gefaltet hatte. Die Augen hatte sie geschlossen.

Auf einem Silbertablett neben ihr am Boden lagen drei kleine weiße Schachteln … und mehrere Stücke schwarzer Kordel.

Und ein Messer.

Die Klinge schien dem Kerzenlicht besonders gut zu gefallen.

91

Clair

Der Bürgermeister war wieder verstummt.

Clair war sich verhältnismäßig sicher, dass er sich immer noch in der Nachbarzelle befand. Allerdings hatte er aufgehört zu heulen und antwortete nicht mehr, wenn sie ihn ansprach. Vermutlich stand er unter Schock.

Als das Gesicht erneut in dem Fensterchen auftauchte – schwarze Maske, Sonnenbrille –, sprang Clair auf, lief auf die Tür zu und starrte ihn, sie, was auch immer an. »Wer zur Hölle sind Sie?«

Der Kopf neigte sich ganz langsam nach links, dann hob eine behandschuhte Hand eine Wasserflasche ans Fenster. Die Flasche ruhte erst nur sekundenlang in der Hand dieser Person; dann kam die zweite Hand zum Vorschein und strich fast schon zärtlich Finger für Finger über die Verschlusskappe, wie ein Handmodel bei einer Werbeaufnahme. Dann zeigte die Person auf Clair und hieß sie mit einer Geste von der Tür weg in den hinteren Teil des Raums gehen.

Clair wollte diesem Arschloch alles andere als gehorchen. Doch die Wasserflasche hätte ebenso gut der Goldbarren sein können, der vor der Nase eines alten Goldschürfers in Arizona baumelte. Allein beim bloßen Anblick tat ihr die ausgedörrte Kehle weh.

Clair machte einen Schritt zurück.

Die Person rührte sich nicht, hielt bloß weiter die Flasche vors Fenster. Dann krümmte sich der Finger erneut und bedeutete Clair, weiter zurückzugehen.

Ein Schritt weg von der Tür.

Noch einer.

Noch einer.

Das Fieber schien sie überstanden zu haben, aber deswegen war sie noch lange nicht gesund. Ihre Knie drohten unter ihr nachzugeben, und sie war am ganzen Leib schweißgebadet. Die geringste Bewegung kostete Kraft, laugte sie aus. Wenn sie die Person anspringen würde, sobald die Tür aufginge, dann wüsste Clair haargenau, wer den zwangsläufig folgenden Kampf für sich entscheiden würde. Das wäre fürs Erste keine Option.

Der Finger zeigte erneut zur Rückseite des Raums.

Clair machte einen weiteren Schritt zurück.

Das Gesicht verschwand für einen Moment.

Dann klickte das Schloss auf.

Die Tür schwang langsam und mit quietschenden Angeln auf.

Als die maskierte Person durch den Türspalt trat, musterte Clair die breiten Schultern. Die flache Brust. Knapp eins achtzig groß. Männlich. Kein Zweifel.

Schwarze Jeans.

Schwarzes Shirt.

Schwarze Handschuhe.

Schwarze Maske.

Darunter die Sonnenbrille.

Er hielt die Flasche mit rechts, streckte sich in den Raum hinein und stellte sie vorsichtig auf dem Boden ab. Vom Korridor jenseits der Tür griff er sich eine braune Papiertüte und legte sie neben die Flasche – ebenfalls mit rechts.

Er hatte keine Schlüssel in der Hand, doch in der Tür

selbst entdeckte sie den Zylinder eines Bolzenschlosses. Der Boden im Flur schien gefliest zu sein, wirkte schon älter, abgetreten. Die Wände waren stumpfgrau gestrichen.

»Ich bin immer noch im Krankenhaus, stimmt's?«

Der Mann sah sie an, und seine Augen hinter den dunklen Plastikgläsern wirkten wie Insektenaugen. Er antwortete nicht. Stattdessen trat er zurück, schloss die Tür und verriegelte das Schloss.

Clair stürzte auf das Wasser zu.

92

Porter

Die Luft entwich aus seiner Lunge, als hätte er den einen entscheidenden Faustschlag kassiert. Noch während er sie so am Boden kauern sah, musste er sich bewusst daran erinnern, wieder neu Luft zu holen und zu atmen. Sein Körper war ein Verräter, er gehorchte ihm nicht mehr, hatte sich in ein eigenständiges Wesen mit eigenen Gedanken und Handlungen verwandelt.

Porter machte einen Schritt tiefer in den Raum hinein. »Wo sind wir hier?«

»Zu Hause, Sam. In seinem *Zuhause* – wo er nach den schrecklichen Ereignissen in Simpsonville hat leben müssen. Nachdem wir beide versagt haben, statt ihn zu beschützen – unseren Jungen.«

»Er ist nicht *unser* Junge.«

»Er hatte solche Hoffnungen in dich gesetzt. Das hätte jedes Kind getan.«

»Ich bin nicht Ansons Vater. Versuch nicht mal, mir das einzureden.«

»Er hat dir vertraut. Er hat zu dir aufgesehen. Du warst der Held für ihn, und statt ihn aus dieser Hölle zu befreien, hast du ihn darin verbrennen lassen. Du hast sie hier alle verrotten lassen.«

Porter schüttelte den Kopf, noch ehe ihm klar war, dass

er sich überhaupt gerührt hatte. Er breitete die Arme aus und machte eine vage Geste. »Ich weiß hiervon nichts. Ich weiß nicht, wovon du redest. Ich erinnere mich an nichts.«

»Versuch es, Sam.«

»Ich habe es versucht. Es ist nichts mehr da.«

»Aber das hier kennst du doch noch? Du weißt, dass du schon einmal hier warst? Du kannst dich doch an dieses Zimmer erinnern?« Sie hatte noch immer die Augen geschlossen und die Hände gefaltet wie zum Gebet. Ihre Stimme hatte fast flehentlich geklungen, und sie verstummte, legte eine kurze Pause ein. »Erinnerungen sind veränderlich. Wie Wasser. Sie sickern durch kleinste Risse in der Wand, ein Tropfen nach dem anderen, trotzdem verschwinden sie nicht komplett, sie arbeiten hinter der Wand weiter, bilden Schimmel, bis der mehr Platz braucht und eine Öffnung findet und heraus ans Licht drängt. Deine Erinnerungen wollen ebenfalls ans Licht. Du musst es nur zulassen.«

Porter ging langsam um sie herum. Mit jedem Schritt wirbelte Staub aus dem Teppich hoch. Vor ihr blieb er stehen und wartete.

Sie schlug die Augen auf und blickte zu ihm hoch. Seine Hand ruhte auf dem Griff der .38er, die an seinem Gürtel hing.

»Willst du mich jetzt umbringen?«

»Warum sollte ich dich umbringen?«

»Ich meine, wie all die anderen?«

Porter konnte sich gar nicht erinnern, zur Waffe gegriffen zu haben. Er ließ die Hand wieder sinken. Versuchte, nicht auf die leeren weißen Schachteln und auf das Messer am Boden hinabzustarren. »Ich habe niemanden umgebracht.«

Sie schmunzelte bloß.

Porter ging in die Hocke. »Dich hab ich in New Orleans kennengelernt. Anson hab ich erstmals in Chicago getroffen, als ich zu einem Unfall hinzugerufen wurde, zu einem

Verkehrsunfall mit einem Bus, als wir noch glaubten, das Opfer wäre 4MK. Was immer das hier für ein Spielchen ist – es ist Schwachsinn. Fake. Du und dein Kind – ihr spielt irgendein verqueres, krankes Spiel, und ich weigere mich mitzuspielen.«

Das Schmunzeln auf ihrem Gesicht wurde breiter. »Sam, du spielst dieses Spiel schon länger als wir anderen zusammen.«

Er lief rot an. »Was ist mit Ansons Vater passiert? Mit seinem richtigen Vater?«

»Er wurde erschossen, Sam. Kopfschuss.«

»So steht es im Tagebuch.«

»So steht es nicht im Tagebuch«, widersprach sie ihm. »So steht es überhaupt nicht da drin.«

Schwer atmend stemmte er sich hoch. »Warum zur Hölle machst du das?«

Endlich nahm Sarah die Hände runter. »Weißt du nicht mehr, wie du das letzte Mal in diesem Zimmer gestanden hast?«

»Ich war nie in diesem Zimmer.«

Sie nickte in Richtung eines Stuhls zu seiner Linken. »Zieh das Laken dort von dem Stuhl, Sam.«

»Warum?«

»Weil deine Erinnerungen rauswollen. Spürst du das nicht?«

Porter schüttelte den Kopf und ächzte frustriert. Dann griff er nach dem staubigen Laken, zog es beiseite und ließ es zu Boden fallen.

Zum Vorschein kam eine Art Lehnsessel, gelb, Samtbezug, niedrige Holzfüße. Mitten auf dem Sitzpolster, über eine Armlehne und über die halbe Rückenlehne zog sich ein dunkelbrauner Fleck. Irgendwer hatte wohl noch versucht, ihn abzuschrubben, aber Porter wusste, dass sich so etwas nicht auswaschen ließ. Wer immer dort an dem Fleck gearbeitet hatte, hatte alles nur noch schlimmer gemacht und den Fleck ausgebreitet und mit einem Wischmuster versehen. Bei so viel Blut konnte man im Grunde nur noch die Polster herausreißen und alles verbrennen.

Oder ein Laken drüberwerfen und alles vergessen, erwiderte sein Gehirn. *Manche Sachen verdrängt man lieber.*

Hier war etwas Grässliches passiert. So viel Blut ...

»Auf dem Sofa auch«, sagte Sarah leise.

Sie hatte kaum ausgesprochen, als Porter auch schon das Laken vom Sofa gerissen hatte. Um ihn herum wirbelte Staub auf und kitzelte ihn in den Augen und in der Nase.

Die Flecken auf dem Sofa waren noch viel schlimmer. Die Polster waren derart durchtränkt, dass er sich die Armlehnen von außen ansehen musste, um die ursprüngliche Farbe zu erkennen, weil sich das Dunkelbraun in jede Falte, in jede Ritze ausgebreitet hatte. Hier war jemand verblutet, überhaupt kein Zweifel. Hier waren gleich mehrere verblutet. Das war viel zu viel Blut für einen allein. Er hatte genügend Tatorte gesehen, um das einschätzen zu können.

Porter griff nach einem weiteren Laken, und als er es herunterriss, kam darunter ein zerbrochener Stuhl zum Vorschein. Ebenfalls fleckig vom Tod. Unter dem nächsten Laken ein alter Rollsekretär, auf dem sich Rechnungen stapelten. Sowohl Papier als auch Möbelstück zeugten von ein und demselben grässlichen Ereignis.

Er nahm die Kerze vom Sims und schritt damit die Wände ab. Bis hierher hatte es gespritzt – überall Blutspuren und Spritzer. Je weiter er suchte, umso schlimmer wurde es. Was er zunächst für ein delikates Tapetenmuster gehalten hatte, entpuppte sich als das reine Grauen. Dieser Raum schrie geradezu nach Tod. Nach Massaker. Auch wenn es schon lange her zu sein schien.

Porter hätte sie gern gefragt, was hier vorgefallen war, doch ihm blieben die Worte im Hals stecken. »Sie haben

Stocks oben erschlagen«, brachte er mit Mühe hervor. »So stand es im Tagebuch. Was ist danach passiert? Was ist hier unten passiert?«

Erst antwortete Sarah nicht. Als er sich zu guter Letzt zu ihr herumdrehte, war sie aufgestanden und ging auf den Bogendurchgang zu. »Vater, vergib mir«, sagte sie leise.

»Was?« Es klang harsch. Der Staub brannte in seiner Kehle.

»Als ich ihn gefragt habe, war das alles, was er gesagt hat: ›Vater, vergib mir‹«, antwortete Sarah. »Dieselben Worte hat er sogar in den Sekretär geritzt. Er meinte, du hättest es vielleicht vergessen, aber er würde nicht zulassen, dass es vergessen würde, ganz gleich wie sehr es wehtäte.«

Porter wandte sich zu dem Sekretär um und zog den Rolldeckel nach unten. Vom kirschroten Mahagoni – möglicherweise die einzige Stelle in diesem Zimmer, die nicht blutbesudelt war –, kreischten ihm dieselben Worte entgegen.

93

Poole

Die Adresse aus Porters Akte gehörte zu einer Farm etwa dreißig Minuten außerhalb von Charleston. Poole saß immer noch im FBI-Übertragungswagen, mittlerweile aber waren sie unterwegs zurück ins Chicagoer Büro, und gemeinsam mit Hurless rief er ein Satellitenbild auf. Nicht dass darauf viel zu sehen gewesen wäre. Aus einiger Höhe wirkte der Ort verwaist. Den Unterlagen des County zufolge war der Besitz gut acht Hektar groß und bestand aus einem Haupthaus und einer Scheune, die ein Stück in ein angrenzendes Feld zurückversetzt war.

Trotzdem war Pooles Handy dort geortet worden.

Hurless las Poole die Infos laut vor, sowie sie auf seinem Bildschirm erschienen: »Das letzte Mal, dass dort draußen jemand Strom verbraucht hat, ist fast zehn Jahre her. Anscheinend gibt es einen Brunnen. Zuletzt haben die da Weizen angebaut, aber das ist annähernd zwanzig Jahre her. Seither nichts Aktuelles.«

Als Grundbesitzer war Sam Porter eingetragen.

»Er hat die Farm vor siebzehn Jahren gekauft und anscheinend leer stehen lassen – es sei denn, er hat dort draußen einen eigenen Stromgenerator.«

»Da war er schon in Chicago«, murmelte Poole. »Das ergibt keinen Sinn.«

»Ich hab ein Häuschen an einem See in Wisconsin, wo ich den Sommer verbringe«, wandte Hurless ein.

»Niemand kauft sich eine Farm als Sommerhaus.«

»Vielleicht wollte er sich dort zur Ruhe setzen.«

»Vielleicht.« Poole seufzte. »Oder vielleicht ist es das Gleiche wie Simpsonville: Porter behauptet, die dortigen Unterlagen seien von Bishop gefälscht worden.«

Eine FBI-Spurentechnikerin, die auf einem am Boden verschraubten Stuhl ihnen gegenübersaß, nahm die Kopfhörer ab und wandte sich an Hurless: »Sir? Ich glaube, das hier wollen Sie sich ansehen.« Sie tippte auf das Standbild einer Videoaufnahme auf ihrem Bildschirm. »Channel Seven, Livesendung.« Sie drehte die Lautstärke hoch, und aus den Lautsprechern unter der Decke kam eine Stimme, die Poole nur zu gut kannte: Lizeth Loudon, die Reporterin und feste Größe in der Chicagoer Medienszene.

»... Informant innerhalb der Behörde, der lieber anonym bleiben möchte, berichtet, dass Bishop auf seiner Unschuld beharrt. Er sei das Bauernopfer bei einem Undercovereinsatz gewesen, den Detective Nashs Partner, Detective Sam Porter, eigenmächtig vorangetrieben habe. Bevor seine Aussage verifiziert werden konnte, hat eine Sicherheitspanne dafür gesorgt, dass sowohl Anson Bishop als auch Detective Porter abtauchen konnten. Während nach Detective Porter immer noch gefahndet wird, haben wir soeben folgende Nachricht von Anson Bishop erhalten.«

Loudon verstummte und hielt den Blick in die Kamera gerichtet. Dann wurde Bishop eingeblendet und ein Filmchen abgespielt, das allem Anschein nach mit einem Handy aufgezeichnet worden war. »Ich weiß nicht, wo ich noch hinsoll. Ich bin mir nicht sicher, wem ich noch vertrauen kann. Als sie mich in die Metro gebracht haben, hab ich dem FBI alles erzählt – *alles*. Ich dachte, die würden für meine Sicherheit sorgen, die würden mich beschützen.

Aber das hier ist größer als Porter allein. Er hat Komplizen. Irgendwie haben diese Leute dafür gesorgt, dass im ganzen Gebäude die Sprinkleranlagen angingen, sämtliche Türen entriegelt wurden – auf einen Schlag.« Bishop fuhr sich frustriert durchs Haar, dann sah er wieder in die Kamera. »Porter hat versucht, mich umzubringen. Ich glaube, dass er dieses Ablenkungsmanöver gefahren hat, er und die Leute, die mit ihm unter einer Decke stecken. Irgendwie hab ich es geschafft, das Gebäude unbeschadet zu verlassen, aber dann musste ich flüchten, ich muss mich verstecken – ich weiß nicht, was ich sonst tun soll, wem ich noch trauen kann. *Ich war in Polizeigewahrsam, und trotzdem hat er es fast geschafft, mich umzubringen.* Porter hört nicht auf, bis er mich umgelegt hat, das weiß ich jetzt.« Er schlug für einen Moment den Blick nieder, dann sah er wieder in die Kameralinse. »Ich will mich stellen – Ihnen, der Presse, den Bewohnern von Chicago. Ich weiß wirklich nicht mehr, was ich sonst tun soll. Ich werde im Guyon Hotel sein, um sechs Uhr morgens – ich glaube kaum, dass Porter mich in aller Öffentlichkeit umbringen wird, nicht vor den Augen einer Menschenmenge. Ich will, dass das FBI dort hinkommt. U.-S.-Marshalls. Wer immer mich beschützen und in Sicherheit bringen kann. Sie alle, jeder Einzelne von Ihnen. Sicher bin ich nur inmitten von Ihnen allen. Wenn Detective Sam Porter mich vorher erwischt, bin ich ein toter Mann. Ich wüsste niemanden von den Ermittlungsbehörden, dem ich noch vertrauen könnte. Ich werde alles geben, um am Leben zu bleiben, aber dafür brauche ich Hilfe, ich brauche *Ihre* Hilfe. Wenn ich dort nicht auftauche, dann wissen Sie, dass er mich abgefangen hat – oder die Leute, mit denen er zusammenarbeitet. Sonst kann mich nichts mehr von dort fernhalten. Nichts.«

Das Bild hielt inne. Bishops Blick, der starr in die Kamera gerichtet war.

Dann wurde zurück zu Lizeth Loudon geschaltet und live über einen Platz geschwenkt, einen Parkplatz, dann über ein großes Gebäude im Hintergrund. Schnee fiel durchs Bild, und das Scheinwerferlicht der Kameracrew fing sich in den Flocken. Lizeth Loudon drehte sich zur Seite und wies über die Schulter. »Das Guyon Hotel wurde 1927 erbaut und liegt an der West Washington in West Garfield, einem Stadtviertel, das in den vergangenen Jahren zusehends verfallen ist. Aus diesem Gebäude hat einst WFMT gesendet, hier hat Benny Goodman gewohnt, aber inzwischen wird es von Tag zu Tag baufälliger. Obwohl es über die Jahre mehrmals den Besitzer gewechselt hat, hat kein Versuch, das Hotel wiederzubeleben, jemals gefruchtet. In den Achtzigern hat das Guyon sogar Präsident Jimmy Carter beherbergt, als er in der Gegend für *Habitat for Humanity* unterwegs gewesen ist. Ein paar Jahre später gab es Versuche, das Hotel in einen Sozialwohnungskomplex zu verwandeln, aber auch diese Pläne sind letztlich gescheitert. Allein seit 2005 hat dieses früher so spektakuläre Chicagoer Hotel ganze viermal den Besitzer gewechselt. Preservation Chicago, die Institution, die die Renovierung der Rosenwald Apartments vorangetrieben hat, glaubt noch immer daran, dass das Ruder herumgerissen werden könnte. Aber auch diese neuerlichen Bemühungen werden womöglich im Sande verlaufen.« Die Kamera zoomte wieder auf Loudons Gesicht. Sie schob sich eine verirrte Haarsträhne hinters Ohr. »Vor zwei Tagen ist der inzwischen suspendierte Detective der Metro, Sam Porter, in diesem Gebäude inhaftiert und in FBI-Gewahrsam genommen worden. Ihm gelang die Flucht, und er ist nach wie vor auf freiem Fuß. Ich persönlich habe vor, hier am Guyon zu bleiben und zu warten, bis Anson Bishop sich in rund dreieinhalb Stunden – um sechs Uhr morgens – den Behörden stellt, und ich lade Sie, unsere Zuschauer, ein, hier mit mir auf ihn zu warten. Dann sehen wir mit eigenen Augen, wie diese Geschichte zu Ende geht. Sollten auch Sie hierherkommen wollen, rate ich Ihnen, sich warm anzuziehen. Bringen Sie vielleicht auch Proviant und Wasser mit – hier im Viertel gibt es nur noch eine Handvoll Läden, und die werden für den Besucheransturm gerade zu dieser frühen Stunde vermutlich nicht gerüstet sein.«

Hurless war blass geworden. »Um Himmels willen ... «

»Da kommt ein Mob zusammen, der sich gegen die Einsatzkräfte richten wird. Der versucht doch, die Öffentlichkeit gegen uns aufzubringen!«

»Planänderung«, rief Hurless dem Fahrer zu. »Bringen Sie uns zum Guyon Hotel in West Garfield.« Dann wandte er sich wieder an Poole. »Ich lasse das Gelände weiträumig absperren und bringe unsere Leute in Stellung. Ich will, dass Sie sich mit Granger in Verbindung setzen – sein Team ist am nächsten an dem Farmhaus dran. Versuchen Sie, ihn zu erreichen. Die sollen sofort dorthin ausrücken.«

Poole nickte.

Während er bereits zum Telefon griff, sagte Hurless noch: »Sie haben einem klaren Befehl zuwidergehandelt, als Sie die Stadt verlassen haben. Wenn das hier vorbei ist, werden Sie sich dafür verantworten müssen. Glauben Sie ja nicht, dass ich das vergesse.« Er drehte Poole den Rücken zu und stützte sich seitlich mit der Hand ab, als der Wagen vorwärtsschoss.

94

Porter

»Fünf, vier, drei ...«

Porter stand immer noch am Sekretär, als die Frau, die für ihn Sarah Werner hieß, anfing, einen Countdown herunterzuzählen. Beide hatten in den Augenblicken zuvor nichts mehr gesagt, Porter hatte bloß den Satz – *Vater, vergib mir* – angestarrt, der in den Rolldeckel eingeritzt worden war. Sarah hatte hinter ihm gestanden. Es waren ein paar Minuten vergangen, vielleicht mehr – Porter nahm solche Sachen nicht mehr zur Kenntnis. Dann hatte sie losgezählt.

»Zwei, eins ...«

Ein Telefon klingelte.

Porter warf einen Blick über die Schulter.

Sie lächelte ihn an. »Geh besser ran.«

Das Klingeln kam aus dem Sekretär. Er schob den Deckel wieder hoch und wühlte zwischen den Rechnungen und Papieren, von denen viele von dem jahrealten Blut zusammenklebten.

Das Handy war kein billiges Prepaidgerät. Auf dem Display stand *Unbekannte Nummer*. Es klingelte zum dritten Mal. Auf der Rückseite klebte eine seiner alten Visitenkarten vom Charleston PD – ausgebleicht und schmutzig, die Buchstaben kaum mehr lesbar. Seine Finger zitterten, als er die Anruftaste drückte. Dann hielt er sich das Handy ans Ohr. »Wer ist da, verdammt?«

»Sam, Sie wissen doch, was ich von Flüchen halte. Ich dachte, das hätten wir hinter uns gelassen.«

»Ich verstehe nicht … was ich hier vor mir sehe.«

»Sie sind zu Hause, Sam. Sie sehen Ihr Haus vor sich. *Sie* haben dieses Chaos hinterlassen.«

»Ich hab nie …«

»Sagen Sie nicht«, fiel Bishop ihm ins Wort, »dass Sie nie dort gewesen wären, Sam. Das ist eine Lüge – auch wenn Sie Probleme haben, sich daran zu erinnern. Sie müssen diese Lügen endlich hinter sich lassen, die Sie sich selbst eingeredet haben, und der Wahrheit ins Gesicht sehen. Es ist alles in Ihrem Kopf, irgendwo ganz weit hinten, unter dicken Staubschichten. Sie können eine Untat verdrängen, aber solche Sachen haben nun mal die Tendenz, sich durch den Dreck wieder nach oben zu wühlen. Ihre Untaten holen Sie ein. Und da ist eine Menge Wut. Sie haben uns alle verraten. Sie haben uns hängen lassen. Sie haben uns ausbluten lassen.«

»Ich war verletzt, ich …«

»Wir sind alle verletzt worden, Sam.«

Sam versuchte, das Blut zu ignorieren, das überall in diesem Zimmer zu sehen war. »Wer ist hier gestorben?«

»In vielfacher Hinsicht wir alle.«

»Woher hast du meine Visitenkarte?«

Darauf antwortete Bishop nicht. »Sie«, sagte er stattdessen, »Hillburn, Welderman, Stocks – und wer weiß, wer sonst noch. Sie steckten tief drin in Korruption und Widerlichkeiten. Zumindest Hillburn war so anständig, sich das Leben zu nehmen und Buße zu tun für die gequälten Kinder. Wie viele waren es? Haben Sie überhaupt eine Ahnung?«

»Ich weiß nicht, wovon du redest!«, schrie Porter. Er hatte nicht schreien wollen, es war einfach passiert.

»Ich hab Sie gesehen, Sam. Wir haben Sie alle gesehen. Spüren Sie unsere Blicke, jetzt in diesem Moment? Sie sind bei Ihnen. Können Sie sie hören? Ich kann sie nämlich hören. Nicht eine Nacht vergeht, ohne dass ich ihre Stimmen um Hilfe winseln höre. Mit den Jahren bin ich immer wieder zu Finickys alter Farm zurückgekehrt und hab in den Zimmern gesessen – häufiger, als ich zählen könnte. Ich hab mit ihnen geweint. Ich hab zu ihnen aufgeschaut. Ich hätte mir gewünscht, nur noch ein einziges Mal Libby in meinen Armen zu halten. Dabei wusste ich, dass das nie wieder passieren würde. Und als dann das Wunder geschah, als ich sie endlich aufgespürt hatte, haben Sie sie mir weggenommen, ein für alle Mal. Sie und Ihre Freunde haben sie gefoltert, haben ihren Körper in aller Unwürdigkeit und in ihren eigenen Ausscheidungen in diesem Haus an der Mckeen Road liegen lassen.« Er legte eine Pause ein, dann fuhr er fort: »Nichts Böses tun, Sam. Jetzt ist der Moment der Vergeltung gekommen. Es ist an der Zeit, dass Sie für Ihre Sünden bezahlen.«

Vom anderen Ende des Zimmers sah Sarah ihn ausdruckslos an. Auch wenn das Handy nicht auf Lautsprecher geschaltet war, hatte sie in dem ansonsten totenstillen Raum höchstwahrscheinlich das meiste von dem verstehen können, was Bishop gesagt hatte, wenn nicht sogar alles. Porters Blick blieb an den drei weißen Schachteln hängen, an der schwarzen Kordel, dem Messer. Im selben Moment fing sie an zu lächeln.

Als hätte er all das beobachtet, ergriff Bishop wieder das Wort: »Die Schachteln sind nicht für Sie, Sam. Der Tod wäre eine Gnade. Eine Gnade, derer Sie nicht würdig sind. Die Kinder bezahlen für die Missetaten ihrer Väter; einzig und allein ihr Tod beschert dem Vater ein vergleichbares oder umso größeres Leid. Genau wie bei all diesen Leuten zuvor sollte auch bei Ihnen ein Kind für Sie sterben. Aber

Sie haben keine Kinder, nicht wahr, Sam? Die einzigen Kinder in Ihrem Leben waren Kinder wie ich – die Sie und Finicky und all die anderen durch Ihre kleine Hölle geschickt haben. Diese Kinder haben genug gelitten. Aber es gibt andere, die Sie über alles lieben, stimmt's? Oder vielmehr *gab* es andere.«

Porters Brust krampfte sich zusammen. »Hast du Heather erschossen?«

»Eine Ehefrau ist kein Kind, aber man liebt sie trotzdem.«

Das Blut rauschte in Porters Ohren, pulsierte laut in seinen Schläfen. »*Hast du Heather erschossen?*«

Bishop seufzte. »Harnell Campbell hatte ohnehin vor, den Supermarkt zu überfallen. Ich hab ihn nur hingefahren. Um ganz ehrlich zu sein, könnte es sein, dass ich die .38er auf dem Beifahrersitz liegen gelassen hatte, die Harnell so gut gefallen hat ... Die Waffe hatte zuvor Ihrem Kumpel Stocks gehört, allerdings hatte der schon seit einer Weile keine Verwendung mehr dafür. Und der gute alte Harnell meinte, er würde ihr ein neues Zuhause geben, insofern wäre es doch albern gewesen, Nein zu sagen.«

»Wenn das wahr ist, warum hast du ihn dann umgebracht?«

»Ich mag keine losen Fäden. Vater hat mich gelehrt, hinter mir aufzuräumen. Er war Abschaum, außerdem hatte er sein Soll erfüllt.«

Porter schüttelte den Kopf. Er war völlig durch den Wind, hätte fast das Handy fallen lassen. »Heather hat niemandem etwas zuleide getan«, stieß er hervor, und seine Augen füllten sich mit Tränen.

»Heather war eine Anzahlung auf Ihre Schuld. In ein paar Stunden werden Sie auch den Rest gutgemacht haben. Wenn wir endlich quitt sind, wenn der Opfergabentisch endlich gedeckt ist, können wir vielleicht ja sogar als

Freunde auseinandergehen. Aber ich könnte verstehen, wenn Sie das nicht wollen. Ich habe Libby verloren, Wiesel, Vincent, Paul, Tegan, Kristina ... Wen werden Sie heute noch verlieren?«

Porter versuchte, etwas zu sagen, doch es kam nichts über seine Lippen.

»Gehen Sie zur Treppe, Sam. Da ist etwas, was Sie sich ansehen sollten.«

Porter wollte nicht, wusste aber, dass ihm nichts anderes übrigblieb.

Wortlos ging Sarah hinter ihm her, als er auf wackligen Beinen den Eingangsbereich durchquerte und über den Flur auf den unteren Treppenabsatz zuging. Genau wie es im Tagebuch gestanden hatte, hingen über der Treppe, die nach oben führte, unzählige gerahmte Fotos von Kindern – von Jungen, von Mädchen jeden Alters. Einige lächelten, andere nicht. Porters Blick blieb an einem Rahmen hängen.

»Sie haben es entdeckt, nicht wahr?«

Er hatte es entdeckt. Porter stieg ein paar Stufen hinauf. Es hing etwa auf halber Treppe, das Foto zur Wand gekehrt. Auf der Rückseite standen in schwarzen Blockbuchstaben zwei Initialen und *WM10. 5k.* Sam ahnte, wer auf dem Foto zu sehen wäre, noch ehe er den Rahmen von der Wand nahm und ihn umdrehte.

Ein viel, viel jüngeres Gesicht, das er nichtsdestoweniger wiedererkannte.

Oh Gott. Nicht er.

»Ihre Freunde haben Kid in jener Nacht schlimm zugerichtet. Aber er hat sich davon erholt«, sagte Bishop. »Mit den Jahren ist mir dann klar geworden, dass er derjenige von uns war, der das größte Potenzial hatte. Er hat die Gräuel unserer Kindheit hinter sich gelassen und einen Weg gefunden, die Waagschalen wieder ins Gleichgewicht zu bringen – sich zurückzuholen, was ihm und was uns allen weggenommen worden war.«

Porters Blick klebte an dem Foto. »Es muss niemand mehr sterben. Das muss aufhören.«

»Ich habe noch etwas von Ihnen, Sam. Etwas Wertvolles«, sagte Bishop. »Ich habe einmal versucht, von der Farm zum Guyon zu kommen, um jemanden zu retten, war jedoch nicht schnell genug. Schauen wir doch mal, ob Sie schnell genug sind. Es ist so schrecklich weit bis dorthin – und ich drücke Ihnen die Daumen. Heather hat immer an Sie geglaubt. Bis zu ihrem letzten Atemzug hat sie gehofft, Sie würden kommen und sie retten.«

Dann war die Leitung tot, und Porter sah sich nach Sarah um, die ihn vom Fuß der Treppe beobachtete. »Hm, wenn du jetzt bloß einen Privatjet zur Verfügung hättest«, sagte sie. »Für Linienflüge ist es inzwischen zu spät.«

»Ich habe Poole in den Jet gesetzt.«

»Talbots Leute haben einen zweiten Jet für dich zum Atlantic Aviation gebracht, das weißt du genau. Lüg mich nicht an, Sam. Nicht nach allem, was wir zusammen durchgemacht haben. Das ist unter deiner Würde.«

Porter schüttelte den Kopf und wählte eine Nummer. »Ich rufe jetzt das FBI an.«

»Anson hat geahnt, dass du das tun würdest.« Sarah kam einen Schritt näher und hielt ihm das Display ihres Handys hin. »Und wenn du das vorhättest, sollte ich dir das hier zeigen.«

Das Video, das sie abspielte, war von überraschend guter Qualität. Auch wenn es von hinten aufgenommen war, konnte Porter Clair deutlich erkennen. Selbst ohne Ton konnte er sie förmlich schreien hören, als sie mit beiden Fäusten auf eine Tür eindrosch.

»Schalt das Handy auf Flugmodus, und zwar bis du in Chicago landest. Dort darfst du anrufen, wen immer du

willst. Wenn du versuchst, vorher jemanden zu kontaktieren, ist sie tot. Verstanden?«

Porter nickte.

»Flugmodus, hopp, hopp!«

Er tat wie geheißen.

95

Poole

Es dauerte achtundzwanzig Minuten, um Grangers Team in Charleston auf den Weg zu bringen, und weitere einunddreißig, bis sie die Farm erreichten. Fast eine volle Stunde nachdem Poole den Anruf getätigt hatte, um kurz nach drei Uhr morgens, brachten sie sich in Stellung, und im FBI-Übertragungswagen vor dem Guyon Hotel hörte er alles mit an.

»Gwendle – in Position.«

»Jordan – in Position.«

»Suarez – in Position.«

»Michaelson hier. Fahrzeug auf der Zufahrt, in meiner Blickachse. Silberfarbener Lexus, Kennzeichen Illinois TW84R3. Scheint leer zu sein.«

»Kein Licht im Haus, nirgends Bewegung.«

»Wir bleiben auf Alarm«, sagte Granger. »Kann sein, Porter ruht sich bloß aus.«

Die Überreste der Scheune hatten sie bereits durchsucht und nichts gefunden.

»Lonestar eins aus Nordwest – in Position.«

»Lonestar zwei aus Südost – in Position.«

Poole wusste, dass die Lonestars die beiden Scharfschützen in Grangers Team waren. Scharfschützen des FBI nannten per Funk nie ihren echten Namen. Nach den Satellitenbildern zu urteilen hatten sie sich in dem Feld postiert, womöglich auf irgendeinem Hügel, von dem sie das weitestmögliche Sichtfeld hatten.

Unter Garantie hatte das gesamte Team Nachtsichtgeräte angelegt und war dankbar dafür, dass die Dunkelheit noch ein paar Stunden lang Deckung versprach.

Dann war Granger erneut in der Leitung. »Gwendle sichert von vorn, Suarez bleibt zurück, Jordan übernimmt die Tür. Auf mein Kommando.«

»Verstanden.«

»Drei, zwei, eins, *los*!«

»*FBI!*«, brüllte jemand.

Poole hörte das vertraute Krachen des Rammbocks und sah vor sich, wie Jordan den schweren Stahlzylinder zurückschwang und die Tür einschlug. Holz splitterte und gab mit einem befriedigenden Knirschen nach. Dann zwei Detonationen – die Blendgranaten, die ohne jeden Zweifel in den Eingangsbereich geworfen worden waren. Dann das schwere Trampeln von Stiefeln. Rufe.

»Diele – sicher!«

»Treppe – sicher!«

»Esszimmer – sicher!«

»Schlafzimmer eins und zwei – sicher!«

»Wohnzimmer – nicht bewegen! *Nicht bewegen!*«

»Suarez«, ging Granger dazwischen. »Was ist da los?«

Keine Antwort.

»Suarez?«

Nichts.

»Gwendle – runter ins Erdgeschoss, zu Suarez ins Wohnzimmer!«

Erst da meldete sich Suarez zu Wort. »Wohnzimmer… sauber. Hab allerdings eine Leiche. Weiblich. Oh Mann…« Er schien zu würgen, das Mikro übertrug das Geräusch mit klarer Schärfe.

»Jordan hier. Suarez ist … unpässlich. Frauenleiche. Mitte dreißig bis vierzig, schwer zu sagen. Kurzes braunes Haar. Weißes Kleid, ziemlich dünn, sieht aus wie ein Nachthemd. Irgendwer hat sie aufgeschlitzt, echt übel. Ohr fehlt, Auge fehlt, vermutlich die Zunge auch. Drei weiße Schachteln mit schwarzer Kordel. Die sollen die Techniker aufmachen. Todesursache vermutlich durchgeschnittene Kehle. Da liegt ein Messer am Boden neben der Leiche. Aber es muss noch was anderes benutzt worden sein, vielleicht ein Skalpell, jedenfalls eine feine Klinge. Sie ist komplett zerschnitten – Gesicht, Hals, Arme … alles, was an Haut zu sehen ist … *nichts Böses sehen, nichts Böses hören, nichts Böses sagen, nichts Böses tun* … wir … Womöglich kann sie nur noch per Fingerabdruck oder Zahnschema identifiziert werden. Und das ist noch nicht alles. Das ganze Zimmer ist … Hier ist überall Blut. Allerdings älter, stammt nicht von ihr. Staub drauf, könnte schon Jahre alt sein. Und dann … Da hat jemand *Vater, vergib mir* in den Sekretär geschnitzt. Keine Holzspäne zu sehen. Schwer zu sagen, ob das auch älter ist.«

»Granger? Gwendle hier. In einem der oberen Schlafzimmer ist ebenfalls Blut. Altes Blut, genau wie unten. Das ist kein jüngerer Tatort. Aber es ist viel … Enormer Blutverlust, garantiert tödlich.«

Poole hatte sein Mikrofon auf stumm gestellt. Jetzt schaltete er sich auf. »Ist da Salz auf der Leiche? Oder um die Blutflecken herum?«

»Salz?«

»Auf ihrer Haut, auf dem Kleid … irgendwo?«

»Bleiben Sie dran.«

Im nächsten Moment meldete sich Jordan zurück. »Kein Salz zu sehen. Ich glaube, sie ist noch nicht lange tot. Ist noch warm, das Blut ist frisch.«

»Irgendeine Spur von Porter?«

»Lonestar eins und zwei«, funkte Granger, »Bewegung vor dem Haus?«

»Negativ.«

»Nein, nichts.«

»Gwendle hier. An den Wänden hängen überall Fotos von Kindern. Ein Rahmen lag auf halber Treppe. Hier ist jede Menge Staub, aber den Rahmen dürfte erst kürzlich jemand angefasst haben. Da sind Abdrücke auf dem Glas.«

»Können Sie es mir abfotografieren?«, bat Poole.

»Moment...«

Einen Augenblick später vermeldete sein Handy den Eingang einer Nachricht. Als er den kleinen Jungen auf dem Display sah, wurde er schlagartig blass.

96

Porter

Porter saß am Steuer, Sarah Werner neben ihm hatte die Hände im Schoß verschränkt und blickte stumm geradeaus. Als er versuchte, etwas zu sagen, brachte er nichts heraus. Er konnte auch nicht die Augen zumachen, nicht für einen Lidschlag – hätte er es getan, hätte er Clair vor sich gesehen, die gegen eine Tür hämmerte. Er sah Heather vor sich, die sich skeptisch nach ihm umdrehte. Porter hätte sie niemals belügen können, nicht einmal in den nichtigsten Angelegenheiten – sie hätte ihn genau so angesehen, und er wäre dahingeschmolzen. Sie hätte ihm die Wahrheit entlockt, ohne auch nur ein einziges Wort sagen zu müssen.

»Ich war nie in diesem Haus, nicht vor heute Nacht«, brachte er schließlich hervor und wandte sich damit nicht nur an das Bild von Heather in seinem Kopf, sondern auch an sich selbst sowie an die Frau, die neben ihm saß.

»Du meinst, du kannst dich *nicht mehr erinnern*, je in diesem Haus gewesen zu sein«, korrigierte ihn Sarah und ließ die gelben Striche auf der Straße, die unter ihrem SUV hindurchrauschten, nicht aus den Augen. »Wir wissen beide, wie unzuverlässig dein Gedächtnis ist, Sam. Du hast ein komplettes Leben verdrängt. Du hast die Akte von Dr. Whittenberg doch gelesen.«

Porter runzelte die Stirn. »Woher weißt du von der Akte? Ich hab sie nicht erwähnt.«

Sarah lächelte. »Ich weiß eine ganze Menge.«

»Whittenbergs Akte ist ein Fake.«

»Ach ja?«

»Der Akte zufolge bist du nicht real. Du bist einfach nur jemand, den mein verkorkstes Gehirn sich ausgedacht hat. Ein Hirngespinst.«

Sarah lächelte immer noch, sagte aber nichts.

Fast zwei Minuten lang herrschte Stille.

»Bist du real?«

Sarah griff nach Porters rechter Hand und zog sie an sich, legte sie sich an die Brust. »Fühle ich mich real an?«

Er zog die Hand zurück. »Hör auf damit.«

»Wenn ich nicht real wäre, hieße das, du hättest die echte Sarah Werner in New Orleans erschossen. Du hast ihr in den Kopf geschossen und sie auf ihrer Couch verrotten lassen. Erinnerst du dich daran, Sam? Vielleicht wolltest du damit ja auch etwas aus der Vergangenheit vertuschen.«

»Ich habe niemanden erschossen.«

»Das sagst du ständig, aber dadurch wird es nicht wahrer.«

»Ich versuche nur…«

»Was?«

»Ich versuche ja, mich zu erinnern. Aber dieser Teil meines Lebens liegt komplett im Nebel«, gestand Porter ein. »Es ist fast so, als wollte ich mir einen alten Film ins Gedächtnis rufen, der im Hintergrund auf einem Fernseher in der Ecke gelaufen ist, während ich gleichzeitig ein Buch gelesen habe. Hintergrundrauschen, das man kaum wahrnimmt. Wenn ich versuche, mich darauf zu konzentrieren, dann weicht die Erinnerung zurück, immer tiefer in den Nebel hinein.«

»In seiner Akte hat Dr. Whittenberg notiert, dass dein

Gehirn versucht, dich zu beschützen. Es schirmt dein Bewusstsein gegen die grässlichen Ereignisse aus der Vergangenheit ab – gegen deine Taten, die du dir nicht eingestehen willst. Vielleicht wäre das ja die Lösung – du müsstest dir bloß eingestehen, was du getan hast, und Frieden mit deinen Taten machen. Dann würde der Nebel sich vielleicht verziehen.« Sie legte eine kurze Pause ein. »Du hast dich wieder an das erinnert, was in der Gasse passiert ist. Der ganze Rest ist auch noch da.«

Porter hatte auch das nicht erzählt, hatte die Gasse mit keiner Silbe erwähnt, da war er sich ganz sicher. »Ich weiß noch …«

Was genau wusste er noch?

»Ich weiß noch, dass ich dem Kind hinterhergelaufen bin. Wiesel. Ich weiß, dass ich an der Cumberland geparkt hatte, dass ich ihm in die Gasse gefolgt bin, dass ich ihm nachgerannt bin, dem Dealer, dem Hillburn seit Monaten aufgelauert hatte, er …«

»Was?«

»Schnell, sie kommen«, murmelte Porter in sich hinein.

»Warum warst du in der Gasse, Sam?«

»Ich hab mir Wiesel schnappen wollen.«

»Wirklich?«

Porter griff nach dem Handy in der Mittelkonsole.

»Du rufst niemanden an«, ermahnte ihn Sarah. »Wenn du das tust, sterben deine Freunde. Behalt das im Hinterkopf. Wir haben dich im Blick, Sam. Glaub ja nicht, nicht für eine Sekunde, dass du heute unbeobachtet wärst.«

Porter hatte gar nicht versucht, jemanden anzurufen. Er hatte das Handy umgedreht und starrte auf seine Visitenkarte hinab, die auf der Rückseite klebte. »Wo hat Anson die her?«

»Da vorn ist der Flughafen, dort links«, sagte Sarah.

97
Clair

Die braune Papiertüte enthielt ein Snickers, eine Orange und ein Päckchen mit Erdnussbutterkeksen. Nicht gerade Sterneküche, aber besser als die Leere, die zuvor in Clairs Magen rumort hatte. Sie schlang alles hinunter – nur nicht zu schnell, nicht dass es wieder hochkam –, hob sich die Orange bis zuletzt auf und spülte alles mit der Hälfte des Wassers hinunter.

Erst nach den ersten Bissen hatte Clair gedämmert, wie hungrig sie tatsächlich gewesen war. Sie ahnte, dass das ein gutes Zeichen war. Ein paar Stunden zuvor hätte sie keinen Bissen hinuntergekriegt. Ihr Bauch hatte gekrampft und geschmerzt und gebrannt. Dass sie jetzt Hunger verspürte, war gut.

Als sie fertig war, trat sie wieder an den Lüftungsschacht. »Sind Sie noch da?«

Erst kam keine Antwort. Aus der Nachbarzelle war kein Mucks zu hören. Als der Bürgermeister nach einer halben Ewigkeit reagierte, war seine Stimme nur mehr ein Wimmern: »Ja.«

»Hat er Ihnen etwas zu essen gegeben?«

»Das war eine Sie, kein Er.«

»Beschreiben Sie sie mir.«

Der Bürgermeister atmete tief durch. »Keine Ahnung …

Jung. Erst dachte ich, in den Zwanzigern, Dreißigern, aber vielleicht war sie in Wahrheit schon älter. Manchmal lässt sich das nicht so leicht sagen. Dunkelbraune Haare, schulterlang ...«

»Wie groß war sie?«

»Einen guten Kopf kleiner als ich.«

Clair verdrehte die Augen. »Und wie groß sind Sie?«

»Eins zweiundachtzig.«

»Dann war sie etwa eins fünfzig groß?«

»Nein, ein bisschen größer. Vielleicht eins sechzig oder etwas darüber.«

»Wie sahen ihre Brüste aus?«

»Ernsthaft? Sind Sie so eine, Detective?«

Clair hatte nicht schlecht Lust, diesem Kerl Schmerzen zuzufügen. »Hatte sie Brüste? Die Frau, die Sie verschleppt hat. Die Ihnen gerade Essen gebracht hat.«

»Natürlich. Schöne Brüste sogar. Sie wusste genau, wie sie die in diesem schwarzen Kleidchen zur Geltung bringen konnte. Ich weiß es zu schätzen, wenn eine Lady ihren Körper einsetzen kann.«

»Hatte sie das schwarze Kleidchen gerade auch an?«

»Was? Nein. Jeans. Schwarzes Oberteil – und diese grässliche Maske.«

»War sie immer noch eins sechzig groß oder größer?«

Diesmal blieb der Bürgermeister kurz still. »Ich weiß, gestern war sie es, obwohl sie da auch die Maske aufhatte. Aber Sie haben recht, diesmal war es womöglich jemand anders. Womöglich ein Mann. Keine Ahnung. Die haben mir das Ohr abgesäbelt, verdammt, und mir das Auge rausgeschnitten – erwarten Sie nicht von mir, dass ich mich an Einzelheiten erinnere.«

Clair sah sich in ihrer Zelle um und beugte sich wieder vor zum Lüftungsschacht. »Ist da irgendwas in Ihrem Raum, das wir als Waffe benutzen könnten? Ganz egal, was.«

»Was ist bei Ihnen? Was könnten Sie benutzen?«

»Hier ist nichts«, antwortete sie.

Er kam näher heran.

Durch den Schacht konnte sie für einen kurzen Moment sehen, wie sein Schatten über die Klappe fiel. Dann hörte sie, wie er sich an der Wand daneben hinhockte. »Da ist ein Nagel«, sagte er leise.

»Geben Sie ihn mir.«

»Niemals.«

»Sie wollen doch auch hier raus, oder nicht? Dann geben Sie ihn mir – schieben Sie ihn durch den Lüftungsschacht.«

»Besorgen Sie sich Ihren eigenen Nagel! Warum sollte ich Ihnen meinen geben?« Als Clair nicht antwortete, fuhr er fort: »Ich knacke damit das Schloss in der Tür.«

»Wenn Ihr Schloss genauso aussieht wie meins, dann ist es ein Bolzenschloss. Da bräuchten Sie schon eine Büroklammer oder so, um das Schlüsselprofil nachzubilden – plus etwas Festes, um das Gewinde zu drehen.«

»Tja, und weil ich nichts dergleichen habe, nehme ich eben den Nagel.«

»Wenn ich den Nagel bekäme«, gab Clair zurück, »dann würde ich ihm den in den Hals rammen. Ihm das verfickte Gesicht zerhacken. Dann würde ich hier rausspazieren, Ihre Tür aufmachen und Sie rausholen. Ihnen Hilfe besorgen. Aber wenn Sie lieber an Ihrem Schloss herumfummeln wollen, bitte sehr. Schließen Sie meins aber dann bitte auch auf, wenn Sie bei sich drüben fertig sind. Und beeilen Sie sich ein bisschen – wenn er Ihnen schon Ohr und Auge rausgeschnitten hat, dann holt er sich als Nächstes die Zunge. Kann mir nicht vorstellen, dass ein Politiker ohne Zunge noch allzu viel zu melden hätte.«

Aus dem Lüftungsschacht hörte Clair ein Klappern. Als sie hinabsah, entdeckte sie die Spitze eines rostigen Nagels.

»Nehmen Sie ihn, bevor er mir aus den Fingern rutscht.«

Clair nahm ihn an sich. Der Nagel war lang, sicher zehn Zentimeter. Das war gut.

Als Nächstes fädelte sie die Schnürsenkel aus ihren Schuhen und schloss die Faust darum.

98

Porter

Atlantic Aviation, der kleine Flugplatz in der Nähe der Charleston Air Force Base, bestand aus einer Handvoll Gebäuden und verfügte über zwei Startbahnen. Zu dieser frühen Stunde war keine davon in Betrieb. Porter wurde durch die Security gewinkt und zu einer bereitstehenden Gulfstream verwiesen. Anders als der vorige Jet hatte dieser hier kein Talbot-Logo am Heck; abgesehen vom Luftfahrzeugkennzeichen wies der Flieger keinerlei Aufschrift auf. Das Fahrlicht brannte, die Turbinen liefen, und ein Mann in Pilotenuniform stand an der Gangway und deutete in Richtung zweier geparkter SUVs.

Es war der Kopilot seines vorherigen Flugs.

Dass er besorgt war, war ihm deutlich anzusehen.

Er zog Porters Tür auf, noch ehe der den Motor abgestellt hatte. Dann rief er in Richtung des wartenden Jets: »Das FBI überwacht Talbots komplette Flotte. Die Maschine gehört einem Bekannten. Ich kann Sie zurück nach Chicago bringen, aber ich kann nicht dafür garantieren, dass dort nicht schon jemand auf Sie wartet.«

»Ich will nicht, dass Emory Probleme kriegt«, erwiderte Porter. Er schob sich das Handy in die Tasche.

Der Pilot packte Porter an der Schulter und schob ihn auf die Treppe zum Flieger zu. »Selbst wenn sie dieses Ablenkungsmanöver durchschauen, können sie Emory damit nicht in Verbindung bringen. Sie ist komplett außen vor.«

»Und Sie selbst?«

»Ich bin nur Charterkraft. Hab über Dutzende Server einen Auftrag per E-Mail bekommen und führe ihn aus. Diesbezüglich mache ich mir keine Sorgen.« Er nickte in Richtung des Jets. »Die Fotos sind entwickelt, liegen drinnen bereit. Steigen Sie ein und schnallen Sie sich an. Wir müssen los.«

»Sie auch, sie gehört zu mir«, sagte Porter und drehte sich noch auf der Gangway herum.

Mit einem verwirrten Ausdruck im Gesicht folgte der Pilot Porters Blick. »Wer?«

Sarah war verschwunden.

99
Nash

»Von hier aus habt ihr gearbeitet?«

Nash stand in dem kleinen Büro im Stroger Hospital, das Klozowski und Clair zu ihrer Einsatzzentrale umfunktioniert hatten. Er war immer noch schwach auf der Brust; die Krankenschwester in der Notaufnahme war nicht begeistert gewesen, als er sich den Katheter aus dem Arm gerupft hatte. Noch weniger begeistert war sie gewesen, als er aufgestanden war und ihr mitgeteilt hatte, dass er jetzt gehen werde. Sie hatte damit gedroht, die Security zu informieren, und Nash hatte erwidert: »Nur zu, dann aber dalli – sagen Sie denen, wir treffen uns unten in der Cafeteria. Und niemand darf raus, niemand.« Auf dem Weg hatte Kloz ihn, so gut er konnte, ins Bild gesetzt und berichtet, was alles passiert war. In dem kleinen Büro hatten sie einen Zwischenstopp eingelegt; insgeheim hatte er gehofft, dass er dort Clair vorfinden würde, die sich ausruhte, erholte – oder einfach nur eingeschlafen war. Aber nirgends eine Spur von ihr.

Nash rief Espinosa vom SWAT-Team nun schon zum dritten Mal an, doch der Anruf ging nicht durch. »Der Empfang ist hier echt miserabel«, brummte er.

»Die stehen direkt vor dem Eingang«, erklärte Kloz und war schon halb aus der Tür. »Geht schneller, wenn wir direkt hingehen.«

Als sie die Cafeteria erreichten, spürte Nash, wie die Wut in ihm hochkochte.

Die Cafeteria war menschenleer.

Er schnappte sich einen Plastikstuhl und schleuderte ihn quer durch den Raum. »Verdammt noch mal!«

Tische waren zur Seite gerückt worden, Müll lag auf dem Boden. Es sah aus, als hätte eine Bombe eingeschlagen.

»Wir hätten sie nicht länger festhalten können – nicht nachdem das CDC die Quarantäne aufgehoben hat.«

Nash wirbelte zu dem Glatzkopf Mitte fünfzig herum, der vor den Aufzügen aufgetaucht war. »Wer sind Sie?«

»Jerome Stout, ich leite die Krankenhaus-Security.« Stout kam auf ihn zu und streckte die Hand aus, die Nash ignorierte.

Er drehte sich wieder in Richtung der leeren Cafeteria um. »Sie haben denjenigen, der sie sich geschnappt hat, einfach hinausspazieren lassen, ist Ihnen das klar? Sie haben den Mörder zweier Angestellter *Ihres* Krankenhauses einfach gehen lassen. Jemand, der unter *Ihrer* Aufsicht Morde verüben konnte, ist hier einfach rausgeschlendert«, schimpfte Nash. »Wenn ihr irgendetwas passiert, wenn ihr jemand auch nur ein Haar krümmt, dann mache ich Sie dafür verantwortlich.«

»Ich hatte doch keine Wahl – ich befolge hier nur Befehle, genau wie Sie! Das ist ein Krankenhaus, kein Gefängnis, und wir standen hier kurz vor einer Revolte, weil wir die Leute so lange hier festgesetzt hatten. Wir haben alle Namen und sämtliche Kontaktinformationen.«

»Oh, fantastisch, dass Sie sich darum gekümmert haben«, sagte Nash wütend.

Von den Aufzügen kam ein Klingeln, und drei Männer von der Security stiegen aus.

Vom anderen Ende des Flurs brüllte jemand in ihre Richtung. Anthony Warnick kam auf sie zu.

Ein gutes Dutzend Officers von der Metro marschierte hinter ihm her – und zwei Männer in SWAT-Ausrüstung, Espinosa und Thomas. Espinosa sah blass aus, aber immerhin besser als bei der letzten Begegnung mit Nash.

»Wir haben die beiden vermissten Officers gefunden – beide liegen seit gestern Abend in der Notaufnahme. Ich hab selbst ein paar Stündchen dort gelegen, bin jetzt aber wieder halbwegs fit.«

»Irgendeine Spur von Clair?«, fragte Nash.

Espinosa schüttelte den Kopf. »Hurless hat befohlen, dass wir Zimmer für Zimmer absuchen sollen. Er koordiniert die FBI-Leute, und es sind sich wohl alle einig, dass der Drahtzieher – wer immer das ist – das Krankenhaus als eine Art Ground Zero benutzt. Sie glauben, der Bürgermeister könnte ebenfalls hier sein. Sofern Sie nicht was anderes sagen, fangen wir jetzt mit der Suche auf dem obersten Stockwerk an und arbeiten uns dann nach unten durch. Ich habe an sämtlichen Ausgängen Leute postiert, die Personalien aufnehmen.«

»Und die Leute, die hier drin waren?«

»Haben wir alle dokumentiert. Da ist keiner durchs Netz geschlüpft, darauf gebe ich Ihnen mein Wort.«

Nash drückte kurz Espinosas Schulter. »Danke, Mann.«

Espinosa nickte und drehte sich zu seinem Trupp um. »In jedem Zimmer wird jeder Schrank aufgemacht und unter jedes Bett geguckt. Jeder Zentimeter in diesem Gebäude wird abgesucht. Wenn irgendwer Ärger machen sollte, kontaktieren Sie mich.«

»Handy funktioniert hier nicht«, gab Nash zu bedenken.

»Das war schon immer ein Problem«, ging Stout dazwischen und zeigte zur Wand zu seiner Linken. »Sehen Sie das rote Telefon? Die gibt's hier im Krankenhaus an jeder Ecke. Direkter Draht ins Securitybüro. Benutzen Sie die, und ich koordiniere das Ganze von dort aus. Kann Sie auch miteinander verbinden oder die Lautsprecheranlage benutzen, was immer nötig sein sollte.«

»Verstanden«, sagte Espinosa. Dann sah er Nash kurz an und sprach zögerlich weiter. »Eine Sache wäre da noch, und die ist … nicht ganz ohne … Wir haben Hinweise reingekriegt, dass die Person, die für die Todesfälle hier im Krankenhaus, für das Verschwinden des Bürgermeisters und für unsere verschwundene Detective verantwortlich ist … dass diese Person direkt mit Detective Sam Porter zusammenarbeitet und auch noch für weitere Morde im Zusammenhang mit dem 4MK-Fall verantwortlich sein dürfte. Bleiben Sie wachsam und seien Sie verdammt vorsichtig.«

Ein Raunen ging durch die Reihen. Jeder hier kannte Sam.

»Dann mal los«, rief Espinosa. »Zügig und effizient. Und sämtliche Antennen auf Empfang!«

Der Boden bebte unter den Stiefeln. Einige hielten auf die Aufzüge zu, andere aufs Treppenhaus. Innerhalb einer halben Minute waren Kloz und Nash mit Warnick allein.

»Ich habe die Order, Sie zu begleiten«, sagte Warnick. »Der Verbleib des Bürgermeisters hat immer noch oberste Priorität.«

Nash ignorierte ihn und wandte sich stattdessen an Kloz. »Zeig mir, wo genau du Clair zuletzt gesehen hast.«

100
Porter

Zum dritten Mal blätterte Porter die letzte Seite in Bishops Tagebuch um und fluchte leise in sich hinein.

Er musste in Erfahrung bringen, was passiert war, nachdem sie Stocks getötet hatten.

Nichts von alledem ergab einen Sinn. Er hatte während des Flugs vor- und zurückgeblättert und diverse Seiten mehrmals gelesen, weil er gehofft hatte, dass irgendetwas seine Erinnerung wieder in Gang setzen könnte – vergebens.

Er sah sich in der leeren Kabine um.

Wir haben dich im Blick, Sam. Glaub ja nicht, nicht für eine Sekunde, dass du heute unbeobachtet wärst.

Scheiß auf dich, Sarah. Auf dich und dein Balg.

Sie war abgehauen. Hatte abhauen müssen. Hatte keine Festnahme riskieren wollen. Zumindest hatte sich Porter das schon vor Stunden eingeredet, als der Jet die Startbahn entlanggerast war und abgehoben hatte. Er hatte aus dem Fenster gestarrt – irgendwo dort unten war sie, duckte sich zwischen die Fahrzeuge. Vielleicht saß sie auch immer noch im BMW. Wartete, dass er endlich weg wäre.

Die Alternative schob er weit von sich.

Darüber würde er nicht einmal nachdenken.

»Ich bin nicht verrückt.«

Indem er es sich laut vorsagte, fühlte es sich kein bisschen wahrer an. Tatsächlich musste er sich im selben Moment, da es ihm über die Lippen gekommen war, in der leeren Kabine umsehen und vergewissern, dass ihn niemand gehört hatte.

Er rieb sich die Schläfen. »Ich brauche Schlaf …«

Das klang laut ausgesprochen genauso verrückt.

Er nahm sich das letzte Stück Bacon vom Tablett auf dem Nachbarsitz. Ein üppiges Frühstück hatte auf ihn gewartet – drei pochierte Eier, zwei Frühstücksmuffins, Bacon, Würstchen, Orangensaft und eine Kanne schwarzen Kaffees.

Er hatte gehofft, dass das Frühstück helfen würde. Trotzdem hatte er immer noch einen stechenden Schmerz hinter seinen Augen, als bohrte sich jemand in seinen Schädel und versuchte, ihm die Erinnerungen aus dem Gehirn zu wringen. Sein Bein zuckte – irgendein unwillkürlicher, nervöser Tick. Mehr als ein Mal hatte er sich ganz bewusst zwingen müssen, es bleiben zu lassen, nur um Minuten später festzustellen, dass sein Knie erneut auf und ab wippte.

Als der Jet in den Landeanflug ging, riss er mehrmals den Mund auf, um den Druck von den Ohren zu nehmen. Gleich wären sie am Boden; spätestens da bräuchte er einen Plan.

Die Fotos lagen auf dem Laborumschlag neben ihm auf dem Klapptisch. Auf den ersten waren mehrere Mädchen in provokanten Posen zu sehen gewesen, hier ein Kussmund für die Kamera, dort ein Kichern oder Lachen. Ein Zupfen an der Kleidung. Wahrscheinlich handelte es sich bei den Mädchen um Tegan und Kristina, aber sicher konnte er sich da nicht sein. Er hatte keine der beiden wiedererkannt. Es war auch ein Foto von Anson dabei, jung, vierzehn, maximal fünfzehn Jahre alt. Er stand neben einem

Mädchen, ihre Fingerspitzen schienen einander zu streifen. Sie blickte in die Kamera, er sah darüber hinweg. Porter hatte den Wohnbereich in der Farm im Hintergrund wiedererkannt – die Möbel, das Sofa, den Sekretär in der Ecke. Durch ein Fenster jenseits des Bildrands fiel Sonnenlicht herein. Nirgends Blut.

Noch nicht.

Aber bald.

Höchstwahrscheinlich war das Mädchen Libby. An ihrem linken Arm rund um den Ellbogen waren verblassende Blutergüsse zu sehen – annähernd verheilt, aber immer noch zu erkennen.

Auf einem Foto schnitt Paul eine Grimasse für die Kamera. Mit dem Mann, den Porter gekannt hatte, hatte dieser Paul rein gar nichts gemeinsam. Der Paul auf dem Foto war jung, strotzte vor Lebendigkeit, vor Leben. Nichts glich der leeren Hülle, die sie in Chicago aufgespürt hatten, der Glatze, der widerlichen Narbe.

Mit dem Foto in der Hand hielt Porter inne.

Er war Paul Upchurch nie persönlich begegnet. Weder dem Kind noch dem Erwachsenen. Wie konnte er da wissen, wie der Mann am Ende ausgesehen hatte?

Er wischte den Gedanken beiseite. Nash hatte es ihm erzählt. Oder Poole. Es war in den letzten Stunden und Tagen schlichtweg viel zu viel passiert. Alles floss ineinander. Moment … Es war Bishop, der es ihm erzählt hatte. In der Lobby des Guyon Hotel. Und von dort hatte Porter Clair angerufen und ihr von Upchurchs Zustand erzählt – er hatte wiederholt, was Bishop ihm zuvor gesagt hatte. Er hatte Upchurch nie wirklich gesehen. Trotzdem musste sein Gehirn anhand der Beschreibungen ein Bild erschaffen haben.

Es gab auch ein Foto von Finicky – die *erkannte* Porter wieder, allerdings war auch sie auf dem Bild wesentlich jünger. Er hatte sie kennengelernt als die Frau, die vorgegeben hatte, Bishops Mutter zu sein. Die Frau, die er mit Sarah zusammen aus dem Gefängnis befreit hatte, nur um dann zuzusehen, wie Bishop sie eiskalt exekutierte.

Jetzt sind wir quitt, hatte Bishop anschließend gesagt.

Auf den nächsten drei Bildern waren wieder die Mädchen zu sehen, Tegan und Kristina. Auf dem ersten waren sie nackt, mit ineinander verschlungenen Gliedmaßen, auf einem Bett mit einer grünen Tagesdecke in einem Zimmer mit blassgelben Wänden. Viel zu jung. Sie sahen beide in die Kamera, und auch wenn sie versuchten, verführerisch dreinzublicken, konnte er die Angst sehen, das Flehen in ihren Augen.

Das nächste war ein Bild von Tegan. Diesmal schmiegte sie sich an die Schulter eines Mannes, der ebenfalls nackt war. Erst erkannte Porter ihn nicht wieder; sein Haar war länger und noch nicht grau. Nicht gerade in Topform, aber doch mindestens zwanzig Kilogramm leichter als der Mann, den Porter kannte. Trotzdem, er war es, kein Zweifel.

Je nachdem von wann das Bild war, war er entweder gerade Stadtrat gewesen oder womöglich noch in seiner Privatkanzlei – Körperschaftsrecht, wenn Porter sich nicht irrte. Er selbst war an Politik nie besonders interessiert gewesen.

Auf den Bildern war kein Datumsstempel; sie waren aufgenommen worden, lange bevor der Mann in das höchste Amt der Stadt Chicago aufgestiegen war. Trotzdem war Porter sich sicher. Es war der derzeitige Bürgermeister. Damals war er schätzungsweise in den Dreißigern gewesen. Und Tegan und Kristina fünfzehn, vielleicht gerade mal sechzehn Jahre alt.

Auf dem nächsten Bild war Bürgermeister Barry Milton mit Kristina zu sehen. Seine Hände waren mit einem Ledergurt gefesselt, und er hatte eine Art Knebel im Mund. Sie stand hinter ihm.

Porter legte das Foto beiseite. Er mochte es sich gar nicht ansehen.

Es gab noch mehr.

Noch Schlimmere.

Jungs und Mädchen – auch die konnte er sich nicht ansehen. Es drehte ihm den Magen um.

Auch den Mann auf dem darauffolgenden Bild erkannte er wieder. Nicht sofort – genau wie der Bürgermeister war auch er auf dem Foto wesentlich jünger, hatte immer noch volles Haar und keine Brille. Aber was in aller Welt hatte er in Charleston gemacht? War er mit dem Bürgermeister unterwegs gewesen? Aus genau diesem Grund? Womöglich. Wie lange hatten die beiden einander gekannt? Wie weit zurück reichte ihre gemeinsame Geschichte? Porter hatte keine Ahnung. Der Mann auf der Bettkante kämmte einem kleinen Jungen in einem schwarzen Anzug das Haar. Porters Magen zog sich erneut zusammen. Er hätte dem Kerl am liebsten eine Kugel in den Kopf gejagt.

Dann fiel ihm etwas ein.

Er griff den Stift vom Nachbartisch. Er nahm die Kappe ab, schrieb etwas auf die Rückseite des Fotos, faltete es in der Mitte und steckte es ein.

Die letzten fünf Fotos waren anders als die vorangegangenen. Sie waren aus einer anderen Perspektive gemacht worden, von unten herauf, und sie waren leicht unscharf. Die Personen waren nicht zentriert und teils nicht mal komplett zu sehen – es fühlte sich an, als hätte der Fotograf aus der Hüfte geschossen, ohne durch den Sucher zu blicken. Heimliche Aufnahmen.

Hillburn.

Er stand neben seinem Transporter und rauchte. Eindeutig Hillburn.

Auf dem nächsten war das Carriage House Inn Motel zu sehen.

Dann der Parkplatz gegenüber. Dort, wo Porter selbst gerade erst vor ein paar Stunden gestanden hatte. McDonald's auf der einen, der Ersatzteileladen auf der anderen Seite. Davor stand – am linken Bildrand – ein Streifenwagen.

Das letzte Bild war womöglich das schlimmste von allen. Noch während Porter es in Händen hielt, hatte er Schwierigkeiten zu atmen, als wollte seine Lunge ihm den Dienst verweigern. Leicht unscharf und verwackelt. Auf diesem letzten Bild war er selbst zu sehen, wie er wütend in die Kamera blickte.

101
Nash

»Stout meint, Clair müsste die Treppe genommen haben. Sie war erst in der Cafeteria, um dort etwas zu regeln, dann hat er sie angerufen und gebeten, zu ihm ins Büro zu kommen. Das CDC hatte da die Aufzüge bereits gesperrt, insofern wird sie ganz sicher die Treppe genommen haben. Das hier ist das nächstliegende Treppenhaus«, erklärte Kloz.

Nash sah nach oben und in Richtung Keller. »Was wollte Stout von ihr?«

Kloz seufzte. »Sorry, hätte ich ihn fragen müssen, daran habe ich gar nicht gedacht.«

Mithilfe der Taschenlampe an seinem Handy studierte Nash Türrahmen und Fußboden und ließ den Lichtkegel systematisch über die Oberflächen wandern.

Warnick lief hinter ihnen auf und ab. »Das ist doch Zeitverschwendung!«

»Und Sie sind ein Vollidiot.«

»Sehr freundlich«, fauchte Warnick. »Mit diesem Video auf Dauerschleife, auf dem Sie Bishop zusammentreten, werden Sie jemanden wie mich noch brauchen. Sie sollten sich nicht mit mir anlegen.«

»Hören Sie auf, mir zu drohen, Arschloch.« Nash blickte erneut nach oben. Dann fragte er Kloz: »Was hältst du von diesem Stout? Könnte er in der Sache mit drinhängen?«

»Was … ob er sie hier ins Treppenhaus gelockt haben könnte, um sie zu verschleppen?«

»Ja.«

Kloz biss sich auf die Lippe. »Er war früher bei der Metro. Anscheinend war er ein anständiger Cop, aber ich nehme an, das bedeutet nicht …« Er beendete den Satz nicht. »Ich hätte ihn überprüfen müssen. Hab einfach nicht daran gedacht. Klar ist mal, dass er sich in diesem Krankenhaus auskennt wie kein Zweiter. Er könnte sie sich geschnappt und irgendwo hingebracht haben, ohne dass er dabei beobachtet worden wäre. Er kannte die beiden Mordopfer, aber das trifft auf das halbe Personal zu. Und was wäre sein Motiv, hm? Ich wüsste wirklich nicht, warum er sie hätte entführen sollen.«

»Vielleicht hat sie ja etwas beobachtet. Ist der Sache zu nahe gekommen.«

Dies schien Kloz aus der Fassung zu bringen. »Zum jetzigen Zeitpunkt weiß ich wesentlich mehr über den Fall als sie. Vielleicht bin ich ja der Nächste?«

»Wollen wir's hoffen.«

»Ich brauche eine Waffe«, sagte Kloz.

»Ich hab dich schon mal schießen sehen. Du hast kein Händchen für Schusswaffen.« Nash hielt kurz inne. Dann drehte er sich zu Warnick um. »Sind Sie bewaffnet?«

Warnick wich ein paar Schritte zurück. »Meine kriegt er nicht!«

»Was ist es für eine?«

»Eine .380er.«

»Haben Sie auch einen Waffenschein? Papiere, los, herzeigen!«

»Natürlich!«

Im selben Moment, als Warnick an seine Gesäßtasche griff, machte Nash einen Satz nach vorn, rammte Warnick den Ellbogen in den Bauch, dass ihm die Luft ausging. Mit der freien Hand griff er unter Warnicks Jacke, nahm die Waffe an sich und drückte ihm den Lauf unters Kinn. Warnick ließ seine Brieftasche fallen und versuchte, mit beiden Händen Nashs Hand wegzuschieben. Nash bohrte den Lauf nur umso fester in Warnicks Haut. »Tun Sie das nicht!«

Warnick ließ die Hände sinken. Er versuchte, etwas zu sagen, aber es kam nichts über seine Lippen.

Klozowski machte große Augen. »Ich brauche keine Knarre, Nash. Schon in Ordnung. Er soll sie behalten.«

Nash beugte sich näher an Warnick heran und drehte die .380er leicht hin und her. »*203. WF15. 3k. LM.* Was sagt Ihnen das?«

Warnick schwieg.

Nash entsicherte die Pistole. »Als ich die Dame bei Pizza Carmine danach gefragt habe, meinte sie bloß, ich soll Sie fragen. Also frage ich Sie: Was hat das zu bedeuten?«

Warnick atmete wieder ruhiger. Sofern er auch nur ansatzweise verängstigt war, ließ er sich nichts anmerken. »Was glauben Sie denn, was es bedeutet?«

»*White female*, 15 Jahre alt, dreitausend Dollar, Initialen LM. Vielleicht Libby McInley?«, schlug Nash vor. »Irgendwer handelt mit Kindern.«

»Woher wissen Sie, was es heißt?«, fragte Warnick ruhig zurück.

»Ich arbeite bei einer Ermittlungsbehörde, und ich habe so etwas schon häufiger gesehen, als mir lieb ist.«

Warnick versuchte zu nicken, doch der Pistolenlauf verhinderte jede Bewegung. »Und ich weiß es, weil ich für das Büro des Bürgermeisters arbeite und wir alles überwachen, was die Ermittlungsbehörden bewegt. Ich bekomme die gleichen Berichte zu sehen wie Sie – und darüber hinaus noch andere. Der Menschenhandel ist in dieser Stadt ein ernst zu nehmendes Problem.«

»Und ich glaube, Sie sind Teil des Problems. Ich glaube, Sie profitieren davon.«

»Tja, da liegen Sie falsch.«

»Und ich glaube, der Bürgermeister profitiert ebenfalls – und genau deshalb hat Bishop sich ihn geschnappt und uns diese Fotos hinterlassen.«

»Nicht Bishop hat die Fotos hinterlassen – das war die Frau, die mit Porter zusammenarbeitet. Wenn der Bürgermeister in so etwas involviert wäre, dann wüsste ich ja wohl darüber Bescheid. Und er ist nicht involviert.«

»Warum sollte eine zweitklassige Puffmutter, die einen Escort-Service betreibt, dann behaupten, dass er es ist?«

Warnick winkte ab und hob das Kinn ein Stück. »*Weil* sie eine zweitklassige Puffmutter ist, die einen Escort-Service betreibt. Sie kennt meinen Namen, wusste, dass Ihnen mein Name etwas sagen würde, also hat sie das Stöckchen für Sie in meine Richtung geworfen, damit Sie *sie* endlich in Ruhe lassen. Die hat schon ihr Leben lang Männer manipuliert – und sie ist gut darin. Sie hat Sie an der Nase herumgeführt, Detective. Sie hat erkannt, dass Sie nicht der Hellste sind und Ihre Urteilskraft zu wünschen übrig lässt. Nur dass Sie selbst das natürlich nicht erkennen können.«

Die beiden starrten einander fast eine Minute lang an. Irgendwann ließ Nash die Waffe sinken. »Die hier kriegt Kloz – weil ich Ihnen nicht traue. Ich finde schon noch heraus, auf welche Weise Sie da mit drinhängen, und dann nehm ich Sie hoch. Eine falsche Bewegung, und ich erschieße Sie höchstpersönlich. Nichts würde mir gerade mehr Spaß machen, also bitte, geben Sie mir einen Grund.«

Warnick beugte sich vor und zog sein Sakko zurecht. »Sind Sie jetzt fertig?«

Nash sicherte die Pistole und drückte sie Kloz in die Hand.

Kloz nahm sie zwischen zwei spitze Finger. »Ernsthaft?«

»Schieb sie dir in die Hose und versuch, dich nicht selbst zu erschießen. Vielleicht brauchst du sie noch.«

Kloz starrte kurz auf die Waffe hinab, dann schob er sie sich erst vorn in den Hosenbund, trat unsicher von einem Bein aufs andere und entschied sich dann doch für den Rücken. Dort schob er sie sich über dem Gesäß in den Gürtel, wo sie nicht würde verrutschen können. »Das ist aber nicht sehr bequem.«

Nash erwiderte nichts, starrte erneut hoch zu den oberen Stockwerken. »Könnte Stout das Krankenhaus unbemerkt verlassen haben und zurückkehrt sein? Hätte irgendwer das gekonnt?«

Kloz ließ endlich von der Waffe ab und versuchte, sich gerade hinzustellen. »Das war auch Clairs erster Gedanke. Sie hat an die alten Schmugglertunnel gedacht und meinte, Bishop hat die schließlich auch über Jahre benutzt, um unerkannt quer durch die Stadt zu kommen. Sie hat den Keller abgesucht, aber nichts gefunden.«

»Sie hat den Keller abgesucht? Allein?«

»Nein, natürlich nicht. Stout war dabei, zwei, drei Securityleute und dann noch eine Art Hausmeister, der dort unten arbeitet. Ernest Skow hieß er, glaube ich. Die haben zusammen alles abgesucht.«

»Wenn Stout oder einer der Securityleute mit der Sache zu tun hätte, dann hätten sie womöglich nur so getan, als würden sie suchen. Vielleicht haben sie Clair sogar von den Tunneln weggelockt, bis sie irgendwann aufgegeben hat.«

»Könnte natürlich sein.«

Nash nickte Warnick zu und zeigte in Richtung Keller. »Sie gehen vor.«

Warnick runzelte die Stirn. »Dann will ich die Waffe zurück.«

»Entweder gehen Sie selbst, oder ich helfe nach. Sie haben die Wahl.«

»Woher soll ich wissen, dass Sie nicht mit Porter zusammenarbeiten und mich da unten umlegen wollen?«

Nash grinste. »Gute Idee. Ich mag die Richtung, in die Sie denken. Oder vielleicht finden wir dort Ihren Bürgermeister. So oder so – Sie gehen zuerst. Dass Sie hinter uns hergehen, kommt nicht infrage.«

»Ihre Karriere ist so was von vorbei«, knurrte Warnick, ehe er sich in Bewegung setzte und die Stufen hinablief.

102
Clair

»Gottverdammt noch mal, Hurensohn, jetzt komm schon!«

Clair war zum vierten Mal gesprungen – und warf zum vierten Mal daneben.

»Was machen Sie denn da?«, fragte der Bürgermeister gedämpft.

Clair sah zum Lüftungsschacht, fluchte in sich hinein, dann konzentrierte sie sich wieder auf die Leuchtstoffröhren an der Decke. Sie sprang erneut hoch, holte aus. Warf daneben.

»Scheiße!«

Mit einem Ende in der Faust versuchte sie, ihre zusammengeknoteten Schnürsenkel über die Lampe zu werfen. Zwischen Halterung und Decke klaffte vielleicht ein Zentimeter, doch ihre Schnürsenkel segelten in schöner Regelmäßigkeit haarscharf an dieser Lücke vorbei, touchierten das Blech – oder nicht einmal das. Die Decke war gute drei Meter hoch.

Sie versuchte es wieder.

Und wieder.

Sie war nicht annähernd so fit wie sonst. Es fehlte nicht mehr viel, und ihr wurde schwarz vor Augen. Sie beugte sich vornüber, stützte sich mit beiden Händen auf die Knie, versuchte, noch einmal tief Luft zu holen.

Dann schloss sie die Augen, visualisierte die Schnürsenkel, wie sie genau im richtigen Bogen auf die Lampe zufliegen und sich über die Kante der Halterung legen würden. Wieder und immer wieder. Als sie es sich perfekt zurechtgelegt hatte, zählte sie von drei runter und versuchte es erneut.

Und warf daneben.

»Verdammt!«, schrie sie.

Der Bürgermeister musste durch den Lüftungsschacht gespäht haben. »Sie schwingen zu früh. Werfen Sie nicht, wenn Sie abspringen, sondern warten Sie noch eine halbe Sekunde.«

»Was?«

»Ich sehe Sie doch – Sie springen und werfen im selben Moment. Das ist zu früh, so kriegen Sie nie genug Höhe. Sie sind nah dran, trotzdem geht es jedes Mal knapp vorbei.«

Clair seufzte, beugte die Knie, wickelte die Schnürsenkel erneut auf …

»Halten Sie das Seil hinter sich, dann schwingen Sie es über Kopf, als würden Sie seilspringen.«

Clair drehte sich zum Lüftungsschacht. »Noch irgendein toller Tipp?«

»Nein, das war alles.«

Immer noch mit gebeugten Knien nahm Clair das Seil in beide Hände und warf es sich über den Kopf.

Als würden Sie seilspringen.

Sie sprang hoch, wartete für den Bruchteil einer Sekunde und riss die Schnürsenkel dann erst nach vorn. Die Schlinge legte sich über die Lampe – genau in den schmalen Spalt zwischen Decke und Halterung. Als Clair wieder auf dem Boden landete, riss sie die Lampe mit sich nach unten. Sie spürte, wie die Schrauben aus dem Gipskarton rissen, wie sich die Halterung durchbog, und irgendwie schaffte sie es, nicht davon getroffen zu werden, als die

Lampe aus der Decke krachte und in Richtung Tür schwang, dagegendonnerte und an viel zu langen Kabeln wieder zurückschaukelte. Eine der Röhren zerbarst mit einem Geräusch, das an einen Schuss erinnerte. Die andere flackerte kurz auf, hielt aber und brannte weiter. Von oben regnete Staub auf sie herab, und sie musste husten.

»Hab ich doch gesagt«, kommentierte der Bürgermeister. »Und was jetzt?«

Clair griff nach oben und hielt die schaukelnde Lampe fest. Dann studierte sie das Kabelwirrwarr. Ihr Vater hatte als Elektriker gearbeitet, und als sie noch jünger gewesen war, hatte er sie abends oder am Wochenende immer mal wieder zu Aufträgen mitgenommen, die er zusätzlich zu seiner Arbeit bei Carmichael Electric annahm, um nebenbei ein bisschen was dazuzuverdienen. Kleinere Jobs bei den Nachbarn: hier fünfzig Dollar, dort ein Hunderter ... Jedes bisschen kam gerade recht. Clair hasste es; lieber hätte sie Zeit mit ihren Freundinnen verbracht. Aber da sie an der South Side aufwuchs, hätte ihr Vater sie nie im Leben mit ihren Freundinnen losziehen lassen. Manchmal spannte er sie sogar bei seiner Arbeit ein, erklärte ihr dies und das, und auch wenn sie damals nichts weniger interessiert hätte, war sie später froh, dass sie solche Arbeiten selbst ausführen konnte, für die ihre Nachbarn Leute wie ihren Vater hatten anheuern müssen.

Als sie sich jetzt die Rückseite der Halterung ansah, fand sie genau das vor, worauf sie gehofft hatte: die beiden eins zwanzig langen Leuchtstoffröhren waren in der Halterung hintereinandergeschaltet worden; stattdessen hätte man auch einen Verteiler dazwischenschalten können, aber so war die Sache sauberer und einfacher. Außerdem hatte der Elektriker, der die Lampe montiert hatte, großzügig Kabel zugegeben – für den Fall, dass die Halterung später an eine andere Stelle versetzt werden sollte. Hinter der Halterung saßen fast zweieinhalb Meter Kabel – das wäre mehr als genug.

Clair riss das weiße Kabel bis zu der verlöteten Befestigung heraus – und das Licht ging aus. Jetzt musste sie mit dem bisschen Licht aus dem Fensterchen in der Tür vorliebnehmen.

An der Tür war ein Metallbügel montiert, an dem man seine Jacke aufhängen konnte. Clair drückte das Ende des Kabels zwischen Tür und Bügel. Dann wickelte sie die verknoteten Schnürsenkel so fest darum, wie sie konnte. Weil die Tür nach innen aufging, hätte das Kabel genug Spiel. Der Bügel befand sich über dem Fensterchen, sodass sie sich halbwegs sicher sein konnte, dass ihre kleine Bastelarbeit von außen nicht sichtbar wäre.

Sie trat zurück an die Lampe, riss auch das schwarze Kabel heraus und zog so lange daran, bis sie genug davon freigelegt hatte, dass es bis auf den Boden herabfiel. Clair streifte sich den Schuh vom Fuß, kniete sich hin und hämmerte den Nagel des Bürgermeisters mithilfe ihres Absatzes vielleicht dreißig Zentimeter hinter der Tür in einen Riss im Fußboden. Nicht komplett, nur ein Stückweit, sodass er ordentlich festsaß. Dann griff sie sich das schwarze Kabel und wickelte den freigelegten Kupferdraht um den Nagelkopf.

Sie kehrte zu der Lampe zurück, die an ein paar letzten Schrauben vom rissigen Gipskarton unter der Decke baumelte. Beidhändig riss sie sie herunter. Dann schob sie sie in die Ecke, die hinter der sich öffnenden Tür außer Sicht liegen würde.

»Was genau treiben Sie da? Ich kann nichts mehr sehen«, sagte der Bürgermeister.

»Ich hab einen Schaltkreis gebaut. Das schwarze Kabel ist der stromführende Leiter, das weiße der Nullleiter. Die Tür ist aus Stahl, insofern dürfte sie leitfähig sein ... Wenn das hier funktioniert, dann schließt sich der Stromkreis, sobald er die Tür aufschiebt und das Türblatt den Nagel mit der stromführenden Ader berührt. Wenn er dabei die Hand am Knauf hat, dann steht er direkt mit unter Strom. Das bringt ihn nicht um, aber es sollte ihn zumindest vorübergehend außer Gefecht setzen.«

Clair tastete nach der Wasserflasche und kippte den Inhalt vor der Tür aus, sodass eine Pfütze entstand, dort, wo der Mann gestanden und ihr das Essen hingestellt hatte. Ein Plan B konnte schließlich nicht schaden.

Der Bürgermeister dachte kurz darüber nach. »Was ist mit den Handschuhen? Ist er damit nicht geschützt?«

Scheiße. Könnte sein. Keine Ahnung.

Die zerborstene Röhre lag direkt neben ihr. Sie nahm sie hoch und musterte die Bruchkante.

Ein Plan C konnte auch nicht schaden.

103

Porter

Porter steckte die Fotos zurück in den Umschlag. Er konnte den Anblick nicht mehr ertragen.

Er griff sich die grüne Tasche vom Sitz auf der anderen Seite des Mittelgangs und warf den Umschlag hinein, vergrub die Bilder unter den schmutzigen, blutbesudelten Klamotten. Er hatte das blaue Hemd, die Hose, die Schuhe, sogar die Krawatte tatsächlich wiedererkannt. All diese Sachen hatte er in der Nacht getragen, als er niedergeschossen worden war. Er konnte sich nicht erklären, wie sie in dieser Tasche gelandet waren – und diese wiederum jahrelang in Hillburns Transporter hatte liegen können. Er war sich auch nicht sicher, warum sie zerschnitten und kaputt gerissen worden waren, vermutete aber, dass sie ihm die Sachen im Krankenhaus heruntergerissen haben mussten.

Auch das Notizbuch war ihm bekannt vorgekommen – allerdings mochte das daran gelegen haben, dass es genau so eins war, wie Bishop sie als Tagebücher verwendet hatte. Über diese Tagebücher hatte Porter in den vergangenen Monaten jede wache Minute nachgedacht. Jetzt blätterte er erneut durch die Seiten, überflog einzelne Absätze – Daten, Uhrzeiten, Beobachtungen, das meiste in einer Art Kurzschrift verfasst. Sein Bauch sagte ihm, dass es sich um eine Art Kassenbuch handelte. *14F, 1k, CH. Bezahlt.*

Vierzehnjähriges Mädchen, tausend Dollar. Carriage House?

Das Wort *bezahlt* war hier und da von einem Häkchen begleitet, an anderen Stellen mit den Buchstaben DB versehen.

Es waren Dutzende Einträge. Alle gleich strukturiert.

DB … Stand das für Debitieren? Ein Konto belasten?

Porter hatte keine Ahnung, warum ihm das eingefallen war.

Einige haben direkt bei Lieferung bezahlt, andere hatten einen Kreditrahmen. Die guten Kunden, die Stammkunden, durften anschreiben.

Er fand den Namen Tegan auf einer Seite.

Porter griff wieder zu dem Stift, zog die Kappe ab und schrieb selbst *Tegan* neben das Original.

Man musste kein Experte sein, um zu sehen, dass seine Handschrift ähnlich, aber nicht identisch war. Er konnte sich auch nicht daran erinnern, dieses Kassenbuch geschrieben zu haben.

Ein Kassenbuch. Ein Bestellregister.

Mein Bestellregister?

Porter schlug das Buch zu und stopfte es ebenfalls in die Tasche, schob es unter die Kleidung zu den Fotos, zum Geld, zu dem ganzen Rest.

Zu den Tagebüchern.

Nur seine Camden-Akte fehlte. Die von Bishop ebenfalls.

Verdammt noch mal, Poole!

Der Jet kam kurz ins Schlingern, als die Reifen den Asphalt berührten. Die Spoiler fuhren aus, und die Reverser kreischten.

Als er den Flugmodus abschaltete, klingelte das Telefon augenblicklich.

Unbekannte Nummer.

»Was?«

»Willkommen in Chicago, Sam. Sorry, dass ich so schnell wegmusste.«

Sarah.

»Warum?«

»Du weißt, warum.«

»Ich bin diese Scheißheimlichtuerei so was von leid!«

»Das ist bloß dein schlechtes Gewissen«, erwiderte sie. »Die Schuld nagt an dir und frisst dich von innen auf. Diese Schmerzen, die Bauchschmerzen, die du ständig hast – deine Taten einzugestehen wäre der erste Schritt in Richtung Heilung, in Richtung Zukunft. Bist du bereit, diesen Schritt zu gehen?«

»Ich habe nichts Unrechtes getan.«

»Dann erinnerst du dich *immer noch nicht*?«

Teilweise …

»Nein.«

»Du hast die Kinder rangeschafft, Sam. Du, dein Partner Hillburn, Stocks, Welderman – ihr wart das. Ihr habt sie für Sex verkauft. Kinder! Habt sie an jeden verkauft, der willens war, dafür zu zahlen. Das Carriage House Inn war eure Nummer-eins-Adresse in Charleston. Das war euer Hauptsitz. Stocks und Welderman haben für den Transport gesorgt, Hillburn hat alles überwacht, damit Geld und Ware reibungslos ausgetauscht werden konnten, und du hast im Hintergrund Schmiere gestanden. Du hast die anderen Cops auf Abstand gehalten, die Handvoll guten, die irgendwann anfingen herumzuschnüffeln. Einmal im Jahr sind die Kinder nach Chicago gebracht worden – die weniger glücklichen sind direkt auf dem Trafficking-Markt gelandet, die Übrigen mussten zurück ins Finicky-Heim. Du hast meinen Jungen in diese Sache mit hineingezogen – *das* ist deine Sünde. Deshalb musste Heather sterben. Und deshalb hast du auch die Kugel abgekriegt.«

Schnell, sie kommen!

»Das ist doch alles Schwachsinn!«

Sarah seufzte. »Hast du in deinem schicken Flieger Fernsehen?«

Porter musste sich zusammenreißen, um nicht einfach aufzulegen. Er sah sich in der Kabine um. Ein Sechsunddreißig-Zoll-Bildschirm hing an der Wand zum Cockpit.

»Stell ihn an«, sagte Sarah, noch ehe er geantwortet hatte.

Die Fernbedienung war mittels eines Klettverschlussstreifens an seinem Sitzplatz befestigt. Porter nahm sie zur Hand und schaltete den Fernseher ein.

»Irgendeinen Nachrichtensender.«

Porter sah sich in der Kabine um. »Kannst du mich sehen? Jetzt in diesem Moment?«

»Irgendeinen Nachrichtensender«, wiederholte sie, ohne auf seine Frage einzugehen.

Porter zappte durch diverse Kanäle. Es dauerte nicht lange, bis er einen gefunden hatte. Er drehte den Ton auf.

Inmitten des von gleißenden Scheinwerfern und der bald aufgehenden Sonne beschienenen Schneetreibens stand ein Reporter auf einem Parkplatz, auf dem sich eine größere Menschenmenge versammelt hatte. Der Wind zerrte an seinem dunklen Haar und presste es ihm an den Kopf. »... seit etwa drei Stunden. Auch wenn es deutlich unter minus zehn Grad kalt ist, scheint der Menschenstrom nicht abzureißen. Einige sind Anson Bishops Aufruf gefolgt und wollen ihn unterstützen, andere warten gespannt, was als Nächstes passiert, und allmählich sind es so viele, dass es hier aus allen Nähten platzt. Die Polizei hat ihre Präsenz stark erhöht, darüber hinaus ist das FBI vor Ort, und staatliche Behörden jeglicher Couleur versuchen, das Gelände rund um das Guyon zu sichern, in dem Bishop sich in weniger als einer Stunde äußern will. Die Leute haben Absperrgitter und Barrikaden der Einsatzkräfte umgerissen, um näher an den Ort des Geschehens zu kommen, aber das Gebäude selbst scheint zur Stunde noch dicht zu sein. Gerüchten zufolge sollte das Gelände zunächst weiträumig abgesperrt werden, aber das ist wohl verworfen worden, weil niemand weiß, wie Bishop selbst plant, zum Guyon zu kommen. Die Behörden wollten sicher nicht riskieren, dass er nicht durchkommt, um sich zu stellen.«

Das Flugzeug kam zum Stehen.

Der Fernseher schaltete sich aus, als die Turbinen abgestellt wurden.

Porter sah aus dem Fenster und erwartete schon, dass dort Dutzende Einsatzfahrzeuge und Hunderte Einsatzkräfte auf ihn warteten. Doch er konnte bloß einen Flughafenangestellten sehen, der Bremsblöcke an die Reifen heranschob.

»Was hast du mit dem Virus gemacht, Sam? Weißt du noch, wo du es hingebracht hast?«

Im selben Moment fiel bei Sam der Groschen. Jetzt wusste er, was Bishop vorhatte.

Er legte auf und wählte Pooles Nummer.

104

Nash

Warnick stieß die Stahltür am unteren Treppenabsatz auf und betrat vorsichtig den weitläufigen Raum dahinter. Die Luft hier unten war feucht und kalt, und alles war staubig.

Außer Kisten, eingelagertem medizinischem Gerät und Mobiliar konnte Nash von seinem Standpunkt aus kaum etwas sehen. Nackte Glühlampen hingen von der Decke und knisterten leise. »Wie hieß der Hausmeister gleich wieder?«, wandte er sich an Kloz.

»Ernest Skow.«

Nash legte die Hände an den Mund. »Ernest Skow, sind Sie hier?«

Angesichts des Gerümpels drang seine Stimme nicht annähernd so weit wie gehofft. Er rief noch einmal – diesmal lauter.

»Es ist mitten in der Nacht. Womöglich ist er zu Hause.«

»Oder auch nicht«, entgegnete Nash und zog den Sicherheitsriemen von seiner Beretta. Die Waffe blieb – vorerst – im Gürtelholster stecken, aber er wollte sicherstellen, dass er sie im Notfall ohne Verzögerung würde ziehen können.

Klozowski zeigte zur Decke. »Sie hat erzählt, dass sie den Kabeln bis zur Außenwand nachgegangen sind – das sind wohl Telefonleitungen und das Internet. Die Telefongesellschaft hat Teile des Tunnelsystems gepachtet, deshalb hat Clair gehofft, die Kabel würden sie bis zu einem Tunneleingang führen. Allerdings war an der Wand alles dicht – alles zubetoniert. Anscheinend haben sie hier in den Achtzigern die Fundamente saniert. Sie meinte, es hat ausgesehen, als hätten sie damals im Zuge der Arbeiten den Tunnelzugang dichtgemacht.«

Links hinter ihnen rutschten ein paar Bettpfannen von einer Alu-Rollbahre und fielen krachend zu Boden. Warnick riss beide Hände hoch und trat einen Schritt zurück. »Sorry!«

Solche Rollbahren hatte Nash schon einmal gesehen. Sie hatten sich damals gefragt, wo Bishop sie sich besorgt hatte. Allein von seinem derzeitigen Standort aus zählte Nash gut zwanzig; wahrscheinlich lagerten hier unten an die Hundert von den Dingern. Da hätte Bishop leicht die eine oder andere unbemerkt entwenden können. Er hätte sie sogar nach getaner Arbeit wieder zurückbringen können – wie in sein eigenes, persönliches Lager für Medizinprodukte.

»Dieser Teil des Krankenhauses ist nicht mit dem alten Tunnelsystem verbunden«, erklärte Warnick. »Und ist es auch nie gewesen.«

Nash machte einen Schritt über die Bettpfannen hinweg an ihm vorbei. »Und ausgerechnet Sie wissen das?«

Auf Warnicks Gesicht machte sich ein selbstgefälliger Ausdruck breit. »Ich will meine Waffe zurück.«

»Kloz, schieß ihm ins Bein oder vielleicht ins Knie. Was immer ihn zum Reden bringt.«

Für einen kurzen Augenblick sah Kloz aus, als wollte er Nashs Befehl befolgen. Dann schüttelte er leicht den Kopf und wandte sich wieder den Kabelsträngen unter der Decke zu.

Nash stieß Warnick an der Schulter an, sodass der fast zwischen die Rollbahren getaumelt wäre. »Jetzt spucken Sie es schon aus!«

Warnick wischte sich ein bisschen Staub von seinem Anzugärmel. »Wir befinden uns hier im Neubau des Stroger Hospitals. Dieser Teil wurde 2002 erbaut. Sollten die Schmugglertunnel irgendwo andocken, dann allerhöchstens im Altbau – also nebenan, dort wo früher das Cook County General lag.«

»Und woher wissen Sie das?«

»Das alte Cook County General haben Bauunternehmer seit Jahren im Visier. Es ist riesig, zentral gelegen, ein erstklassiges Objekt, das aber seit Jahren leer steht. Wir haben aktuell gerade wieder ein Angebot auf dem Tisch. Das ganze Gelände soll umfunktioniert werden: in Eigentumswohnungen, einen Hotelteil mitsamt Parkhaus, Büros, Einkaufsmöglichkeiten, Werkstätten ...« Er seufzte. »Das Angebot sah erst ganz vielversprechend aus. Aber es ist alles auf Eis gelegt worden, als Talbot gestorben ist.«

»Dann steckte Arthur Talbot hinter dem Bauvorhaben?«

Warnick nickte.

Nash und Klozowski wechselten einen Blick.

»Und wie kommen wir von hier aus dorthin?«, fragte Nash.

Warnick runzelte die Stirn, ging ein paar Schritte und nahm das Durcheinander in Augenschein. Nach einem Moment hielt er inne und zeigte auf eine Flügeltür am rückwärtigen Ende des Raums. »Wenn ich die Pläne noch richtig im Kopf habe, gibt es in der Richtung irgendwo einen Korridor, der beide Gebäude verbindet. Als dieser Teil hier 2002 fertiggestellt war, haben sie die Patienten aus dem Cook über den Korridor ins neue Stroger und dann hoch in die entsprechenden Stationen gebracht. Hat fast einen ganzen Tag gedauert. Die kritischeren Fälle sind überirdisch in Rettungswagen transportiert worden, aber die meisten sind hier unten durchgekommen. Seitdem steht das Cook leer.«

Zu dritt marschierten sie auf die Doppeltür zu. Nash

beleuchtete mit dem Taschenlampenlicht seines Handys den Boden. »Hier scheint ja ordentlich was los zu sein ...«

Im Staub waren mehrere Dutzend Fußspuren in beide Richtungen zu erkennen.

»Die Tür ist aufgehebelt worden«, stellte Klozowski fest und wies auf Kratzer rund um das Schloss.

Diesmal zog Nash seine Waffe. »Warnick, Sie bleiben hinter mir. Kloz, du gehst ganz hinten. Wenn er Mist macht, erschieß ihn – und diesmal meine ich es ernst.«

Dann trat er seitlich vor die Tür, riss sie auf und schlüpfte mit der Waffe im Anschlag und der Handy-Taschenlampe am Lauf hindurch. Er fand einen Lichtschalter, drückte darauf, und ein paar Leuchtstoffröhren knisterten sich ins Leben. Annähernd die Hälfte funktionierte.

Vor ihnen erstreckte sich ein sicher über einhundert Meter langer Korridor: erstaunlich sauber, weiß gefliest. Am entlegenen Ende konnten sie eine weitere Doppeltür erkennen.

Er steckte das Handy in die Tasche und lief – immer noch mit der Waffe im Anschlag – auf die zweite Tür zu. Den Spuren im Staub zufolge waren hier erst kürzlich mindestens drei Personen entlanggelaufen, eine davon häufiger als die anderen. Es gab auch Reifenspuren, die aller Wahrscheinlichkeit nach von einer Rollbahre stammten. »Warnick, gibt's da drüben irgendeine Art Security?«

»Keinen Alarm, wenn Sie das meinen. Die äußeren Türen sind verriegelt oder mit Ketten gesichert. Die Krankenhaus-Security checkt das regelmäßig auf ihrer Runde. Allerdings dient das Gebäude seit der Schließung als eine Art Notunterkunft, insofern muss es Mittel und Wege geben, wie man dort rein- und wieder rauskommt.«

»Notunterkunft?«

Warnick winkte frustriert ab. »Leer stehende innerstädtische Gebäude, die von Obdachlosen gekapert werden.

Wir hindern sie nicht daran. So lungern sie zumindest nicht auf den Straßen herum. Ist eine Art ungeschriebenes Gesetz in der Stadtverwaltung. Unsere Wähler wollen, dass wir den Obdachlosen helfen, doch unternommen wird wenig. Laut jüngsten Erhebungen sind es inzwischen fast achtzigtausend im Großraum Chicago. So viele Obdachlosenheime können wir gar nicht finanzieren. Aber irgendwo müssen sie schließlich hin. Niemand will sie draußen auf den Straßen sehen, das erinnert die Leute bloß daran, dass wir ein Problem haben. Also lassen wir die Obdachlosen Gebäude beziehen, damit sie aus dem Stadtbild verschwinden. Sichere Zufluchtsorte. Sie bleiben außer Sicht, und dafür lassen wir sie in Ruhe.«

»Herzallerliebst.«

Sie waren etwa auf der Hälfte des Korridors angekommen, als die Lichter ausgingen.

Dunkelheit verschluckte sie.

Dann löste sich ein Schuss.

Die Kugel krachte nur Zentimeter über Nashs Kopf in die Fliesenwand. Er warf sich auf den Boden und kauerte sich zusammen. Hielt die Waffe weiter ins Dunkel gerichtet und nestelte mit der freien Hand nach seinem Handy. »Kloz, warst du das?«

»Nein. Wo ist Warnick? Kannst du ihn sehen?«

»Einen Scheiß kann ich sehen!«

Er hatte das Handy schon halb herausgezogen, als jemand ihm in den Bauch trat. Er keuchte schwer auf, als ihm die Luft wegblieb, und sein Handy landete mit einem Knacksen irgendwo zu seinen Füßen am Boden.

Erneut hallte ein Schuss durch den gefliesten Gang – und diesmal folgte ein Ächzen.

»Kloz? Alles okay?«

Einen Moment lang sagte niemand etwas. Es war nur das hektische Keuchen dreier Männer zu hören.

»Ja«, antwortete Kloz schließlich.

Im nächsten Augenblick rannte jemand den Korridor entlang in Richtung des alten Krankenhauses. Nash hörte, wie am Ende des Gangs die Tür aufschwang und zuschlug.

Dann sagte Kloz leise: »Tut mir leid, Nash«, und hieb den Kolben seiner Waffe gegen Nashs Schläfe.

Nash krachte mit dem Kopf gegen die Wand, dann zu Boden und verlor das Bewusstsein.

105

Poole

Poole hatte nicht einmal Zeit, seinen Namen zu sagen, als der Mann am anderen Ende auch schon hektisch, aber leise lossprach: »Frank, er arbeitet mit Kloz zusammen! Sie haben sich Clair geschnappt! Ich weiß nicht, wo, aber sie ist irgendwo eingesperrt. Ich hab ein Video gesehen, aber das ist schon Stunden her. Bishop hat angedroht, sie umzubringen, hätte ich Sie früher kontaktiert. Ich weiß jetzt, was er vorhat. Sie müssen die Leute vom Guyon wegschaffen!«

Poole winkte SAIC Hurless zu und hauchte tonlos Porters Namen. Hurless sprach auf der anderen Leitung, tippte aber dem dritten Mann im Transporter auf die Schulter, kreiselte mit dem Finger durch die Luft und zeigte dann auf Poole. Der Mann nickte und startete den Ortungsvorgang.

»Wir suchen bereits nach Klozowski. Nash und Clair ebenfalls«, sagte Poole. »Wo sind Sie, Sam? Sind Sie zurück in Chicago?«

»Die Virenattacke auf das Krankenhaus – das war ein Fake, stimmt's?«, fragte Porter.

»Falscher Alarm. Die Spritze, die Clair gefunden hat, enthielt zwar das Virus, aber die Mädchen waren bloß mit einem normalen Grippevirus infiziert.«

»Ich glaube, Bishop hat das Krankenhaus als eine Art

Testlauf verwendet – er wollte sehen, wie schnell wir reagieren. Sie müssen die Leute vom Guyon wegbringen – sofort!«

Inzwischen hatte SAIC Hurless aufgelegt und kritzelte etwas auf ein Blatt Papier, das er an Poole weiterreichte. Als Poole die Notiz gelesen hatte, runzelte er die Stirn. Dann fragte er Porter: »Sie glauben, Bishop wird das Virus dort unter die Leute bringen?«

Die Tür des Transporters ging auf, und Captain Dalton stieg ein. Hurless teilte ihm tonlos mit, wer in der Leitung war.

»Sind Sie alleine?«, fragte Porter gerade. »Können Sie reden?«

»SAIC Hurless ist hier – und Ihr Captain. Darf ich Sie auf Lautsprecher stellen?«

Porter verstummte.

Poole überflog erneut die Notiz und reichte sie an Dalton weiter.

Bestätigt – Porter hatte im Traveler's Best in New Orleans ein Zimmer für drei Nächte. Gestohlene Virenampulle im Papierkorb leer.

Ohne auf Porters Antwort zu warten, stellte Poole auf Lautsprecher, damit die anderen mithören konnten. »Sind Sie noch dran, Sam?«

»Ja.«

»Wir haben die Frau in der Farm gefunden.«

Porter sagte nichts.

»Sam, sind Sie hier in Chicago?«

»Hat sie Ihnen erzählt, wo sie Clair gefangen halten?«

Poole sah die beiden Männer an, die ihn vom anderen Ende des Transporters anstarrten. »Die Frau, die wir dort gefunden haben … war tot, Sam. Und ich glaube, Sie wissen das. Was ist dort passiert? Wissen Sie etwas über das Blut?«

»Sie ist nicht tot, sie ist bloß ...«

»Sam, Sie sind nicht gesund. Da bin ich mir ziemlich sicher. Ich hab Ihre Akte gelesen, die des Arztes aus dem Camden. Ich ahne, was Sie gerade durchmachen. Lassen Sie zu, dass wir Ihnen helfen. Könnten Sie das tun? Sagen Sie mir, wo Sie sich befinden.«

»Warum warten Sie nicht einfach auf das Ortungsergebnis? Ich weiß, dass Sie mich gerade orten.«

»Es wäre besser für Sie, wenn Sie sich freiwillig stellten.«

»Die stecken alle unter einer Decke«, gab Porter zurück. »Ich kann niemandem mehr trauen.«

»Das fühlt sich vielleicht so an. Die Paranoia ist Teil Ihrer Krankheit. Wenn Sie sich stellen, dann sorge ich dafür, dass Sie die richtige Behandlung bekommen.«

»Sie dürfen nicht zulassen, dass Bishop in die Nähe dieser Menschen kommt. Genau das will er doch! Und finden Sie Clair, bringen Sie sie von dort weg! Und glauben Sie niemandem!«

SAIC Hurless beugte sich näher an das Telefon heran. »Wir wissen, dass Sie im Besitz des Virus sind. Sie müssen sich stellen, und zwar augenblicklich.«

Porter legte auf.

Der Mann am Technikpult tippte auf die Karte auf seinem Monitor. »Er bewegt sich in südwestlicher Richtung.«

»Er kommt hierher«, stellte Hurless mit Blick auf die Karte fest.

Der Techniker nickte.

106

Poole

»Ich hab Scharfschützen auf vier Nachbargebäuden, Einsatzkräfte am Boden und zwei Dutzend Zivilfahnder in der Menge«, teilte Dalton ihnen mit. »Keine Chance, dass er unerkannt hier reinkommt.«

»Wie lange ist Porter schon bei der Metro?«, gab Hurless zurück. »Glauben Sie ernsthaft, dass er seine Kollegen nicht wiedererkennt? Er kennt Ihre Maßnahmen und Einsatzpläne. Ich hab zwölf Agents dort rausgeschickt, zwei Dutzend sind noch unterwegs. Ihre Leute stehen uns nur im Weg.«

»Ich glaube, wir könnten den Umstand nutzen, dass er Metro-Personal und -Strategien kennt«, mischte Poole sich ein. »Setzen Sie Ihre Leute ein, um ihn durchzulotsen, um ihn irgendwohin zu manövrieren, wo wir ihn gefahrlos festnehmen können.«

Hurless schüttelte den Kopf. »Wenn er das Virus bei sich hat, müssen wir ihn im selben Moment ausschalten, in dem er in Sicht kommt. Wir dürfen ihn nicht in die Menge lassen.«

»Und was, wenn er das Virus nicht bei sich hat? Sie bringen ihn um, und damit ist unsere letzte Chance vertan, das Virus zu lokalisieren. Wenn das Krankenhaus bloß ein Ablenkungsmanöver war, woher wissen wir dann, dass es diesmal nicht auch so ist?«

»Ich bin mir nicht einmal sicher, von wem wir gerade reden«, warf Dalton ein. »Auf wen konzentrieren wir uns? Auf Bishop oder Porter?«

»Vielleicht arbeiten die zwei zusammen, und sie wollen nichts weiter, als dass sämtliche Einsatzkräfte sich hier versammeln, während sie das Virus andernorts an einem Bahnhof oder in einer Schule freisetzen?«

»Wir müssen sie beide lebend fassen und isolieren.«

Jemand klopfte an die Tür des Transporters.

Dalton streckte sich nach der Klinke aus und schob die Tür auf. Ein Mann mit Chicago-Metro-Baseballkappe und einer gefütterten schwarzen Jacke balancierte vier Kaffeebecher in den behandschuhten Händen. »Dachte, Sie könnten ein bisschen Koffein brauchen, Sir.« Er nickte auf die Becher hinab. »Der da ist mit viel Zucker, der daneben mit Milch, zwei sind schwarz.«

Hurless griff an Dalton vorbei und nahm sich einen. »Ich nehme Zucker.«

Der Techniker meldete sich: »Ich nehme gern schwarz.«

Dalton reichte einen Becher an den FBI-Techniker weiter, der zweite schwarze Kaffee ging an Poole, er selbst nahm sich den mit Milch.

Sowie sie gesehen hatten, dass die Transportertür aufgegangen war, waren mehrere Reporter auf sie zugerannt.

Dalton dankte dem Kollegen und zog die Tür eilig zu. »Wir müssen außerdem beide von den Kameras fernhalten. Nicht dass das hier auch noch live übertragen wird.«

Poole stellte seinen Kaffee ab und sah aus dem Fenster. Allein in seinem Blickfeld konnte er linker Hand drei ausfahrbare Satellitenschüsseln auf den Dächern von Übertragungswagen sehen. Er wusste, dass auf der gegenüberliegenden Seite des Parkplatzes mindestens zwei weitere bereitstanden.

Aufgrund der Kälte trug jeder dort draußen Winterjacke,

Handschuhe, Mütze, Schal – viele sogar Skimasken. Bei der Hälfte der Leute, die vorbeiliefen, waren lediglich Augenschlitze zu sehen. Wahrscheinlich würde er nicht mal seine eigene Mutter dort draußen erkennen – geschweige denn Porter oder Bishop. »Was macht die Ortung?«

Der Techniker schüttelte den Kopf. »Im selben Moment abgebrochen, als er aufgelegt hat. Hat wahrscheinlich den Akku rausgenommen.«

Hurless schaltete das Mikro der Funkanlage auf dem Technikerpult an. »Carmichael, sind Sie in Position?«

»Positiv. Wir haben den Tunnelzugang im Keller des Guyon lokalisiert, und ich hab zwei Männer dort abgestellt. Die Spurenlage ist eindeutig: Dort war kürzlich erst Bewegung. Allerdings heute keine Spur von Bishop oder dem Detective. Zumindest noch nicht. Sechs Agents gehen gerade Zimmer für Zimmer durch. Aber das Gebäude scheint tatsächlich verwaist zu sein.«

»Halten Sie mich auf dem Laufenden.«

»Verstanden.«

»Ich glaube nicht, dass er die Tunnel benutzt«, sagte Poole. »Bishop will die Öffentlichkeit.«

»Aber Porter vielleicht«, wandte Dalton ein.

»Das glaub ich auch nicht«, erwiderte Hurless. »Er ahnt, dass wir ihm auf den Fersen sind, und er weiß, dass es annähernd unmöglich wäre, aus dem Gebäude wieder herauszukommen. Wenn er das Virus bei sich hat, dann wird er so viele Leute wie nur möglich damit infizieren wollen.«

Ein Knacksen aus dem Lautsprecher. »Sir, Chen hier – wir haben eine Leiche, männlich, Zimmer im zweiten Stock. Ohr, Auge und Zunge fehlen, liegen in weißen Schachteln. Irgendwer hat ihm mit einer Rasierklinge oder so *Ich bin böse* überall in die Haut geritzt. Tot seit etwa … Augenblick bitte …«

Als er sich nicht sofort wieder meldete, hakte Hurless nach: »Chen?«

»Sir, wir haben zwei weitere. Das gleiche Bild. Eine Frau und ein Mann. An der Wand in dem anderen Zimmer steht *Vater, vergib mir*. Ich glaube allerdings nicht, dass das hier der Tatort war, dafür wäre es zu wenig Blut. Auf beiden klebt irgendein weißes Pulver ...«

Hurless drehte sich zu Dalton um. »Ihre Leute hatten das Gebäude komplett durchkämmt, nachdem sie Porter dort gefunden hatten, oder nicht?«

Dalton nickte. »Die können dort erst seit Kurzem liegen.«

»Capshaw hier, vierter Stock. Ich hab ebenfalls eine Leiche. Männlich, Ende sechzig, Anfang siebzig. Gleiche Fundsituation.«

»Sir? Ich hab Porter wieder«, meldete sich der FBI-Techniker.

»Wo?«, wollte Poole wissen.

»Zwischen den Masten 191390B, 191391A und 191392B – das ist ziemlich genau ... hier. Er ist irgendwo dort draußen.«

Hurless drehte sich zurück zu der Funkanlage und bellte Befehle ins Mikrofon. Auch Dalton hatte wieder das Handy am Ohr.

»Ich gehe raus.« Poole stieß die Tür auf und verschwand in der Menge, noch ehe einer der Chefs widersprechen konnte. Er war bereits auf halbem Weg zum Eingang des Guyon, als ein Junge von vielleicht zwölf, dreizehn Jahren an seiner Jacke zupfte.

»Sind Sie Special Agent Frank Poole?«

»Ja.«

Der Junge drückte ihm etwas in die Hand und tauchte in der Menschenmenge unter, bevor Poole etwas erwidern konnte.

Ein zusammengefaltetes Foto.

Auch wenn es Jahre alt sein musste, erkannte Poole den Mann auf dem Bild sofort wieder. Sein Blick wanderte zurück zum FBI-Transporter, blieb dort für einen Moment hängen, dann sah er wieder auf das Foto hinab.

Auf die Rückseite hatte Porter geschrieben: *Nicht nur Kloz. Er auch.*

Poole kämpfte sich weiter durch die Menge auf den Eingang zu.

Er musste Porter finden, bevor sie ihn fanden.

107
Nash

Als Nash zu sich kam, schossen ihm Schmerzen durch den Schädel. Er lag am Boden, hatte auf seinem Arm gelegen; er hielt immer noch die Dienstwaffe in der Hand. Er konnte sie unter seinen Rippen spüren.

Immer noch im Korridor?

Er war sich nicht sicher. Um ihn herum war es stockfinster. Aber es fühlte sich danach an.

Er wusste nicht, wie lange er bewusstlos gewesen war.

Als er versuchte, sich aufzusetzen, drehte sich alles, und sein Magen krampfte.

Sein Handy war nicht mehr da. Er wusste noch, dass er es gerade herausnehmen wollte, als …

Tut mir leid, Nash.

Hatte Kloz ihn niedergeschlagen?

Nein, nein, nein, nein. Das konnte nicht Kloz gewesen sein.

Die manipulierten Überwachungsbänder aus dem Gefängnis in New Orleans, bei Montehugh Labs, im Stroger Hospital … das Durcheinander bei der Metro, in dem Bishop und Porter hatten entkommen können … Für einen normalen Menschen wäre das unmöglich zu bewerkstelligen gewesen – aber genau solche Sachen hätte Klozowski mit ein paar Tastenkombinationen hingekriegt.

Zwei Tote im Krankenhaus.

Clair.

Es konnte nicht Kloz sein. Er würde Clair nie etwas antun ... Oder doch?

Nash tastete über den Boden, suchte nach seinem Handy, konnte es nirgends finden.

Irgendwer stöhnte.

Ein Stöhnen, bei dem noch etwas Feuchtes, Gurgelndes mitschwang.

»Warnick?«

Eindeutig immer noch im Korridor. Wieder ein Stöhnen, diesmal angestrengter – und ein Stück entfernt von der Stelle, wo Nash lag. Er legte die Hände an die Wand, zwang sich aufzustehen und den Schwindel und den Schmerz auszublenden. Als er endlich auf beiden Beinen stand, fuhr er sich über den Kopf. Nässe. Er hatte geahnt, dass er blutete, aber wie schlimm es wirklich war, wusste er nicht.

Er konnte Warnick atmen hören. Flache, hektische Atemzüge.

Mit einer Hand an der Wand und der Waffe in der anderen bewegte er sich auf das Geräusch zu.

Als er bei Warnick ankam, stolperte er fast über ihn. Der Mann kauerte mit dem Rücken zur Wand am Boden. Sein Hemd und das Sakko waren blutdurchtränkt, und als Nash sich zu dessen Händen vortastete, presste der Mann sie sich über eine Schusswunde in der Brust – knapp rechts neben dem Herzen. Nach dem Gurgeln zu urteilen hatte die Kugel die Lunge erwischt.

»Können Sie sprechen?«

Warnick sagte etwas, allerdings war es nicht zu verstehen. Er spuckte Blut. Nash spürte, wie die Tröpfchen auf seiner Wange landeten.

Er ging näher an Warnick heran. »Haben Sie noch Ihr Handy?«

Der Mann nickte – eine kaum merkliche Bewegung, fast nur ein Zucken.

Nash tastete ihn ab und fand das Handy in der Innentasche des Sakkos. Das Display leuchtete auf, allerdings war hier unten kein Empfang. Nash hatte nichts anderes erwartet – aber er hatte es zumindest versuchen wollen.

Im nächsten Moment krampfte Warnick am ganzen Körper, wurde von Kopf bis Fuß steif und sackte dann in sich zusammen.

Auf dem Korridor wurde es totenstill.

Nash nestelte an dem Handy herum, fand die Taste für die Taschenlampenfunktion und schaltete sie ein.

Warnick starrte mit toten Augen zu ihm empor.

Um ihn herum war mehr Blut zu sehen, als Nash erwartet hatte. Außer dem Lungenflügel musste die Kugel auch die Lungenarterie erwischt haben, wenn nicht doch das Herz. Nur das Adrenalin hatte ihn so lange am Leben erhalten. Aber nichts davon spielte jetzt noch eine Rolle. Er war tot.

Etwas quietschte am Ende des Flurs, und Nash hielt das Handy in die Höhe.

In der Tür zu dem alten Klinikgebäude stand ein Mann mit einer schwarzen Maske, unter der er dunkle Brillengläser trug. Er hatte sich irgendeinen Gegenstand in die Stirn geschoben, womöglich ein Nachtsichtgerät, und er war gerade drauf und dran gewesen, eine Rollbahre durch die Schwingtür zu ziehen.

Auch wenn er sich vermummt hatte, erkannte Nash die Kleidung wieder. Er nahm die Waffe in den Anschlag. »Keine verdammte Bewegung, Kloz!«

108

Porter

Einen schweren anthrazitgrauen Wollmantel, einen grauen Schal und die passende Mütze, schwarze Lederhandschuhe – all das hatte Porter in dem Cadillac Escalade vorgefunden, der am Flughafen für ihn bereitgestanden hatte. Die .38er steckte in seiner rechten Manteltasche. Jedes Mal, wenn er die Hand aus der Tasche zog, wanderte sie wie von allein wieder zurück, als wollte sie unbewusst den Stahl spüren. Die Waffe fühlte sich beruhigend und vertraut an.

In der Linken hielt Porter das Handy. Die Menschenmenge rund um das Guyon war riesig – und wuchs weiter an. Er hatte den Wagen drei Blocks entfernt abgestellt und war zu Fuß durch den Schnee weitergeeilt; näher heran hätte er gar nicht fahren können. Die Wahrscheinlichkeit, in diesem Durcheinander auf Bishop zu treffen, war höchst gering – aber irgendwas sagte ihm, dass Bishop ihn mithilfe des Handys würde aufspüren können.

Über ihm kreiste ein Hubschrauber.

Überall Einsatzkräfte sämtlicher Behörden – Metro-Uniformen, Zivilfahnder in der Menge. Für ihn leicht zu erkennen – die meisten anderen unterhielten sich, scherzten, sahen sich neugierig nach jedem sich nähernden Fahrzeug um, während die Officers schweigend und systematisch die Menge absuchten.

Sie suchten nach ihm.

Er wusste, dass sie ihn genauso sehr würden unschädlich machen wollen wie Bishop. Also zog Porter sich die Mütze tief ins Gesicht und den Schal so weit wie nur möglich nach oben, während er selbst den Blick schweifen ließ.

Wenn Bishop wirklich vorhatte, das Virus hier freizusetzen, dann bräuchte er dafür eine Art Verteiler. Porters erster Gedanke war die Sprinkleranlage im Guyon gewesen, gerade angesichts der Ereignisse in der Metro, aber diese Leute hier standen im Freien.

Das Handy vibrierte.

Unbekannte Nummer.

»Was für ein Spektakel, finden Sie nicht?«

Diesmal war es nicht Sarah, sondern Bishop selbst.

Porter blickte kurz auf, musterte die Gesichter um ihn herum. Er wusste, dass Bishop nah an ihm dran war – das sagten ihm sein Instinkt und das Prickeln auf seiner Haut. Allerdings war Bishop nirgends zu sehen. »Sag mir, was mit Libby passiert ist.«

»Sie wissen, was mit Libby passiert ist.«

»Ich weiß, dass sie inzwischen tot ist«, erwiderte Porter nüchtern. »Aber in deinem Tagebuch steht nicht, was nach dem Finicky-Heim mit ihr passierte. Nachdem ihr Stocks totgeschlagen hattet. Du hast sie irgendwann wiedergefunden, stimmt's?«

»Werden wir jetzt sentimental, Sam?«

Porter sah sich erneut um – Bishop musste hier sein. »Ich ziehe nur meine Schlüsse. Poole hat Franklin Kirbys Haar in einer Schublade in dem Haus gefunden, das Libby hier in Chicago gemietet hatte. Sie hatte auch das Foto von deiner Mutter mit Mrs. Carter – und eine Waffe. Einen gefälschten Ausweis. Was ist passiert, nachdem sie das Farmhaus verlassen hatte?«

Bishop seufzte. »Sie und ich, wir haben für Mr. Franklin Kirby einen speziellen Platz in unseren Herzen.«

»Du hast behauptet, Kirby sei mit deiner Mutter durchgebrannt.«

»Und ich war ihm *so* dankbar dafür! Mutter wäre schwer aufzuspüren gewesen, wie Sie sich bestimmt denken können. Aber Franklin Kirby – der hat die eine oder andere Spur hinterlassen. Er war nicht schwer zu finden. Ich hab ihm ein paar Jährchen lang aufgelauert. Sie können sich vielleicht vorstellen, wie überrascht ich war, als Libby so lange danach behauptete, ihn wiederzuerkennen.« Er hielt für ein paar Sekunden inne. »Warum haben Sie meine Freunde getötet, Sam? Warum konnten Sie uns nicht einfach ziehen lassen? Wir hatten ohnehin schon so viel durchgemacht. Waren wir für Sie wirklich nur Dollarscheinchen? Vieh, das man zum Fleischmarkt trieb?«

Im selben Moment entdeckte er ihn – im Profil, nur ganz flüchtig, weil Bishop sich sofort weggedreht hatte und in die Gegenrichtung blickte. Vielleicht fünf, sechs Meter vor ihm in der Menge, mit dem Handy am Ohr. Porter schob sich zwischen den Schaulustigen hindurch und packte ihn am Kragen.

Es war nicht Bishop.

»Wenn Sie sich jetzt auch noch festnehmen lassen, Sam, dann verpassen Sie die Show.«

Porter bedachte den Mann mit einem bedauernden Blick und drehte sich langsam um die eigene Achse. »Wo zur Hölle steckst du?«

»Ganz in der Nähe.«

109

Nash

Kloz bewegte sich – und zwar schnell.

Nash feuerte, und die Kugel aus der Beretta traf die Stahltür genau dort, wo eben noch Kloz' Bein gewesen war. Dann prallte sie zurück in den Korridor, zersplitterte die Fliesen, ehe sie unter einem Staubregen in die Decke einschlug.

Nash kam auf die Beine, auch wenn seine Knie weich wie Pudding waren. Er stürmte auf die Türen zu und schleuderte die Rollbahre aus dem Weg. Einige Zentimeter über seinem Kopf schlug eine Kugel in die offene Tür ein, und er duckte sich weg. Kloz hatte inzwischen ein gutes Stück Vorsprung, stand in der Nähe einer weiteren Tür, zog sich das Nachtsichtgerät über die Augen und nahm Warnicks Waffe in den Anschlag.

Nash richtete das Taschenlampenlicht direkt auf ihn, und Kloz drehte sich weg und stürmte durch die Tür in seinem Rücken. In geduckter Haltung jagte Nash ihm nach.

Er landete in einem weiteren Kellerraum – abgestandene Luft, wie in einer Gruft. Das verwaiste Kellergeschoss des Cook County General. Während er den Lichtkegel schweifen ließ, kam er sich vor wie in einer Zeitkapsel. Im Cook-Keller stapelte sich das gleiche ausgemusterte medizinische Gerät wie drüben im Stroger, nur dass all dies hier eindeutig aus einem anderen Jahrhundert stammte. Gläserne Infusionsflaschen, die an Metallgalgen hingen. Einige Schläuche sahen aus, als bestünden sie aus Stoff oder farblosem Gummi statt aus Plastik. Alles schmutzig und verschlissen. Eine dicke Staubschicht lag auf Apparaturen mit riesigen Bildschirmen und Tastaturen – alles überdimensioniert und tonnenschwer. Tücher waren über das eine oder andere Gerät geworfen, andere waren sich selbst überlassen worden.

Aus den Augenwinkeln nahm Nash eine Bewegung wahr. Am entlegenen Ende des Kellerraums quietschten die Angeln einer Tür, und Kloz rief über die Schulter: »Du glaubst, du würdest Sam kennen, aber das ist nicht wahr. Er ist nicht derjenige, für den du ihn hältst. Er ist keiner von den Guten. Er ist kein bisschen besser als alle anderen – als all diese Wichser, die uns Kinder geopfert haben, nur um sich zu bereichern! Die haben sich die Taschen vollgestopft, und wir mussten bluten. Die haben mich fast totgeprügelt, weil ich einen Brief übergeben wollte – nur weil ich für meine Freiheit kämpfen und meinen Freunden helfen wollte!«

»Wo ist Clair?«, brüllte Nash zurück. »Wenn du ihr auch nur ein Haar krümmst, schwöre ich, dann tue ich Sachen, die noch viel schlimmer sind als …«

»Schlimmer als was? Du kannst mir nichts mehr anhaben«, erwiderte Kloz. »Ich bin bereits tot.«

Nash blieb abrupt stehen, stellte sich breitbeinig hin und feuerte drei Schuss in schneller Folge in die Richtung, aus der Klozowskis Stimme kam. Als zur Antwort eine Kugel an seinem Kopf vorbeizischte, ging er in Deckung.

»Erschieß mich doch, dann findest du sie nie!«

Nash sprang gerade rechtzeitig auf, um Klozowski durch die Tür schlüpfen und sie hinter sich zuwerfen zu sehen.

So schnell er konnte, durchquerte er den Raum, riss die Tür auf – und stand in einem Treppenhaus. Von oben hörte er Klozowskis gedämpfte Schritte.

110

Porter

»Wie viele Jahre hat man in diesem Hotel Kinder verscherbelt, Sam? Haben Sie auch mal welche hergebracht, oder waren das nur Hillburn und die anderen?«

Porter ging gar nicht erst darauf ein. »Wie ist Libby an Kirbys Haare gekommen?«

»Ich hab sie ihr gegeben.«

»Und wo hattest du sie her?«

»Mutter hatte sie ihm in ihrer letzten Nacht mit ihm abgeschnitten. Er hatte geschlafen, und sie hielt ihm die Strähne vors Gesicht, als er aufwachte, und hat ihm gesagt, wenn er auch nur versuchte, sie zu verfolgen, würde sie ihm beim nächsten Mal etwas anderes abschneiden, was nicht nachwachsen würde.«

»Deine Mutter ist wirklich eine hinreißende Person.«

»Ja, nicht wahr?«

»Warst du die ganze Zeit über in Kontakt mit ihr?«

»Ich will jetzt wissen, wie Sie auf Libby kamen, Sam. Ich will verstehen, warum Sie der Ansicht waren, Sie müssten sie foltern und töten. Sie hatte Ihnen nichts getan.«

»All diese Leute warten auf dich, Bishop. Wo bist du?«

»Macht der Hubschrauber Sie nervös, Sam? Sie klingen ein bisschen fahrig. Fragen Sie sich, ob das FBI Sie in einer solchen Menschenmenge aufspüren kann? Und fragen Sie sich, wie nah die schon an Ihnen dran sind? Vielleicht schauen sie uns ja von oben zu. Ob ihre IT-Leute genauso gut sind wie Klozowski? Schon als kleiner Junge war er, was Technik anging, ein echtes Naturtalent.«

111

Nash

Mindestens eine Etage, wenn nicht zwei über sich hörte Nash, wie eine Tür auf- und wieder zuging. Mit dem Handy in der einen und der Beretta in der anderen Hand setzte er Klozowski nach, so schnell er konnte, mit dem Rücken zur Wand und jederzeit gewappnet, in Deckung zu gehen, sollte Kloz irgendwo auf der Lauer liegen und auf ihn schießen.

Der nächste Treppenabsatz war verwaist. Ein Schildchen neben der Stahltür wies die Station als PSYCHIATRI-SCHE ABTEILUNG aus. Vorsichtig zog Nash die Tür auf, rechnete jeden Moment damit, dass ihm Kugeln um die Ohren flogen, doch es kam nichts. Stattdessen hörte er eine Stimme. Die Stimme des Bürgermeisters, die über den Flur zu ihm herüberwehte. Dann eine Frauenstimme. Ein flackerndes Licht.

Der Bürgermeister brüllte.

Die Frau lachte.

Nash schaltete das Taschenlampenlicht aus und schob sich das Handy in die Tasche, ehe er mit der Beretta voran durch die Tür stürmte. Es sah aus, als wäre er in den Über-resten einer Cafeteria gelandet – überall kreuz und quer Tische und Stühle. Einige zerbrochen, andere umgeworfen. Ein paar Einrichtungsgegenstände waren mit schweren weißen Tüchern verhüllt worden. Keins der Oberlichter brannte; nur vom entlegenen Ende her flackerte Licht.

Wieder schrie der Bürgermeister auf – eine Mischung aus Schmerzen und Wut. »Talbot hat das alles finanziert, ich war nur der Mittelsmann – eigentlich nicht einmal das!«

»Sie haben weggesehen, während all das in Ihrer Stadt passiert ist«, entgegnete die Frau mit ruhiger Stimme. Nash meinte, einen leichten Südstaatenakzent zu vernehmen. »Sie haben davon profitiert. Sie hätten ihnen Einhalt gebieten können, jederzeit, aber das haben Sie nicht getan. Sie haben die Augen davor verschlossen. Sie sind kein bisschen besser als der ganze Rest.«

»Ich kann Ihnen Namen nennen«, winselte der Bürgermeister. »Jeden Einzelnen, der damals beteiligt war. Oder Sie kriegen Geld – die werden Sie bezahlen! Sie müssen das nicht tun!«

»Die Namen nehme ich, mein Lieber. Sie werden sie schön artig für mich aufschreiben.«

Die Stimmen kamen aus einem Fernseher, einem alten Röhrenfernseher, der am hinteren Ende der Cafeteria unter die Decke montiert worden war. Dann sprangen weitere Fernseher an – einer nach dem anderen, in sämtlichen Ecken, und mit jedem Fernseher war mehr Licht im Raum.

Mit erhobener Waffe wirbelte Nash herum und erwartete schon, Klozowski unter einem der Fernseher stehen zu sehen, aber er war nicht hier. Auf einem Bildschirm lag der Bürgermeister nackt auf einem Bett, Hände und Füße waren an die vier Bettpfosten gefesselt. Nash erkannte das Zimmer aus dem Langham Hotel wieder – ihr verschwundenes Video!

»Nein! Nein! Nicht! Tun Sie das nicht!«, wimmerte der Bürgermeister.

»Dann erzählen Sie alles noch einmal – noch mal von vorn«, befahl die Frau.

»Schon gut, schon gut ...« Durch die zusammengebissenen Zähne holte er tief Luft. »Ich kenne auch nicht alle Einzelheiten, das hab ich Ihnen doch schon gesagt. Ich hab immerhin bloß die Location bereitgestellt – einen Ort, wo sie ihren Geschäften nachgehen konnten ...«

»Sie haben ihnen das Guyon Hotel überlassen.«

»Ich hab es ihnen nicht *überlassen*. Ich hab nur dafür gesorgt, dass es leer blieb – zusammen mit Talbot. Er hatte einen Antrag gestellt, das Gelände mittels einer umfassenden Baugenehmigung komplett neu zu gestalten. Dann hab ich innerhalb der Administration diverse Strippen gezogen. Wann immer die Baukommission Nein sagte, legten seine Leute ein neues Angebot vor. Und solange er die nötigen Abgaben zahlte, blieb er im Rennen, das Gebäude blieb leer, andere Bauunternehmer kamen nicht ran. Wenn es nicht das Guyon gewesen wäre, dann hätten wir ein anderes Gebäude gefunden.«

»Und die haben Sie geschmiert, damit sie sich dort treffen konnten?«, fragte die Frau. »Um ihre Geschäfte abzuwickeln?«

Der Bürgermeister nickte. »Das war schon vor meiner Zeit so gewesen – das muss Ihnen doch klar sein? Es war nicht meine Idee, ich bin da nur reingerutscht!« Als sie nichts sagte, fuhr er fort: »Sie haben Jahr für Jahr Käufer eingeladen, dann haben sie die Kinder reingebracht ... nicht immer nur Kinder. Manchmal waren auch Erwachsene dabei. Aber hauptsächlich Kinder. Keine aus geordneten Verhältnissen – nur Kinder, die sowieso keiner haben wollte.«

»Wo kamen die Kinder her? Diese Kinder, *die keiner haben wollte*?«, hakte sie verächtlich nach.

Er zuckte die Achseln. »Die meisten waren Ausreißer, zumindest haben sie das gesagt. Und aus Heimen, nehm ich an. Ich weiß es nicht. Ich hab nie gefragt. Da gibt's eine

Webseite, über die Webseite ist alles organisiert worden, da sollten Sie nachforschen, nicht bei mir! BackPage.com – ich wette, wenn Sie die auseinandernehmen, dann finden Sie alles, wonach Sie suchen. Wenn Sie dort nachschauen, dann finden Sie alles. Ich helfe Ihnen, und dann gehen wir zusammen zum FBI. Binden Sie mich einfach los und … Hören Sie auf!«

Ihre Hand war nach vorn geschnellt. Es sah aus, als hielte sie ein Skalpell, aber die Bewegung war so schnell gewesen, dass Nash es nicht richtig hatte erkennen können. Die Klinge erwischte die Wange des Bürgermeisters und hinterließ darauf eine rote Strieme. Als er versuchte, den Kopf wegzudrehen, schnitt sie ihm in die andere Wange.

»Aufhören!«, schrie er.

Aber sie hörte nicht auf. Als Nächstes schnitt sie ihm in die Schulter.

Unter Schmerzen verzog er das Gesicht. »Sie haben gesagt, Ihr Sohn sei auch dort gewesen? Ich kann Ihnen helfen, ihn wiederzufinden. Ich kann Ihnen helfen, ihn zurückzuholen! Das wollen Sie doch? Geben Sie mir seinen Namen und ein Foto. Sie können mir zusehen, ich werde auch nichts anderes tun, Ehrenwort. Ich helfe Ihnen. Ich kenne jemanden beim FBI, dem wir vertrauen können.«

Sie holte erneut mit der Klinge aus und erwischte ihn an der rechten Schulter.

»Hören Sie auf!«

Das Bild blieb stehen. Dann war nur noch weißes Geriesel zu sehen.

Im Dämmerlicht betrat Klozowski die Cafeteria. Er hatte beide Hände erhoben. Die Waffe war weg, doch mit den Fingern seiner rechten Hand schien er etwas anderes festzuhalten.

Nash richtete die Beretta auf ihn. »Fallen lassen!«

Klozowski schüttelte den Kopf. »Das willst du nicht.«

Mit der freien Hand zog er die Jacke zur Seite. Um seine Brust lag ein Sprenggürtel, und das Kabel von der Hüfte führte zum Auslöser in seiner Hand.

112

Porter

»Er ist Kid«, sagte Porter leise.

»Ganz genau«, sagte Bishop und gluckste in sich hinein. »Damals in der Einsatzzentrale, als Sie den Fall für mich noch mal rekapituliert haben, musste ich all meine Kraft zusammennehmen, um ihn nicht anzusehen und laut loszulachen. Wir hatten das geprobt, hatten zigmal durchgesprochen, wie wir es angehen würden, aber dann, in diesem Moment … Das war wahrscheinlich das Schwerste, was ich im ganzen Leben je gemacht habe. Oh, und dann später noch mal, als er Sie in Ihrer Wohnung angerufen hat und Sie ihm erzählt haben, wer ich in Wahrheit war! Sam, wenn Sie mich in diesem Moment in Ihrer Küche hätten sehen können …«

In der Ferne hörte Porter Sirenen, die sich von Westen her näherten. Er drehte sich in die entsprechende Richtung um.

Bishop sprach weiter ins Telefon: »Als ich da in Ihrer Wohnung stand, während Sie mit Kid – Klozowski – redeten, hab ich über all das nachgedacht, was Sie getan hatten: Sie, Welderman, Stocks, Hillburn – Sie alle. Und ich wusste genau, wenn ich Ihnen jetzt die Kehle durchschneiden würde, würden Sie billig davonkommen. Das alles war nötig, Sam, es war nötig, damit Sie für all Ihre Sünden Buße tun konnten.«

Endlich ergab alles einen Sinn. Warum hatte Porter das nicht früher schon begriffen? »Dass du als Paul Watson auftreten konntest. Dass du aus der Metro entkommen konntest. All die Probleme mit den Überwachungssystemen und Videobeweisen. Das war alles Kloz ...«

»Er hat uns gesagt, wie abhängig die Behörden von derlei technischen Spielereien sind. Wie blind Sie jeglicher Spur, jeglichem Hinweis aus der IT folgen, als wäre die IT der Heilige Gral. Ich konnte es kaum glauben, aber er hatte natürlich recht – die komplette Ermittlung hindurch hat er Ihnen immer mal wieder Krumen hingeworfen, und Sie alle haben sich darauf gestürzt wie verhungernde Straßenköter. Sie haben es uns leicht gemacht, Sam. Und heute machen wir reinen Tisch. Heute setzen wir mit dem Virus alles auf null.«

Unwillkürlich musste Porter an den Mann auf dem Foto denken, das er Poole zugespielt hatte. Er spähte in Richtung des FBI-Übertragungswagens inmitten der Menschenmenge.

»Und was dann? Glaub ja nicht, dass du hier anschließend einfach wegspazieren könntest.«

»Sie hätten mir Libby nicht wegnehmen dürfen, Sam. Nicht damals, als wir noch Kinder waren, und auch nicht in ihrem Haus. Niemals. All das Blut, das an Ihren Händen klebt!«

Porter rieb mit dem Daumen über die Visitenkarte, die unter dem Handy befestigt war.

Schnell, sie kommen!

»Warum ist Wiesel in diese Gasse gerannt?«

»Sie wissen genau, warum, Sam. Es ist irgendwo tief in Ihrem Kopf vergraben. Wenn Sie die Antwort wollen, dann graben Sie dort.«

Ein Ruck ging durch die Menge. Alle schienen zum westlichen Ende des Guyon-Parkplatzes zu drängen. Er ließ sich von der Menge mitreißen. »Was hatte es mit diesen Bildern von uns beiden oben im Guyon auf sich? War das bloß eine falsche Fährte, oder wolltest du damit irgendeine Erinnerung bei mir auslösen?«

Bishop antwortete nicht.

»Bist du noch dran?«

»Ich bin noch dran.«

»*Wer bin ich für dich?*«

Statt zu antworten, legte Bishop auf.

Am entlegenen Ende des Parkplatzes wurden Schreie und Gejohle laut – eine ohrenbetäubende Kakofonie.

Porter arbeitete sich quer durch die Menge auf das Geschrei zu.

113

Nash

»Ich hab einen Totmannschalter eingebaut«, teilte Klozowski ihm seelenruhig mit. »Wenn du mich erschießt, sind wir beide hinüber. Ich hab genug Sprengstoff am Leib, um das Gebäude in weiten Teilen einzureißen.«

Nash ließ die Waffe sinken. »Wo ist Clair? Was willst du?«

»Ich will, dass die Wahrheit endlich ans Licht kommt.« Klozowski nickte in Richtung eines schwarz-weißen Notizbuchs, das auf einem der Tische lag. »Da stehen sämtliche Namen drin, um den kompletten Trafficking-Ring hochzunehmen. Ich hab die Webseite gehackt, die der Bürgermeister genannt hat, und sämtliche Mitwirkende ausfindig gemacht – sie sind alle aufgelistet. Die Seite hat mich auf vierzehn weitere Seiten verwiesen, und auch die dortigen Nutznießer habe ich aufgespürt.«

Er warf eine Videokassette in Nashs Richtung. Sie schlitterte über den Fliesenboden und blieb vor Nashs Füßen liegen.

»Das da ist das Geständnis des Bürgermeisters – und noch viel mehr. Sie … Sie ist gründlich gewesen. Ich hab dir gerade nur die Highlights vorgespielt.«

»Kloz, das bist doch nicht du! Du bist einer von uns!«

»Und früher war ich eins dieser Kinder.«

»Du bist kein Mörder!«

»Da würde Warnick widersprechen.«

»Deaktivier diese Weste, und wir reden über alles.«

Klozowski schüttelte den Kopf. »Wir wissen beide, dass wir über den Punkt hinaus sind, an dem wir noch reden könnten. Ich hab diese Linie schon vor langer Zeit überschritten und damit meinen Frieden gemacht.« Er nickte erneut in Richtung des Notizbuchs. »Die Leben, die gerettet werden, wenn diese Infos ans Licht kommen, werden die Mühen wert gewesen sein. Ich bereue nicht einen einzigen Mord, weil ich weiß, dass auf diese Weise umso mehr unschuldigen Menschen geholfen werden kann.«

»Sagst du mir gerade, dass du 4MK bist?«

Klozowski sah zu Boden. Dann kickte er eine alte Pepsi-Dose quer durch den Raum. »Damals haben sie mich bloß Kid genannt. Gott, ist das lange her. Keine Ahnung, wie Porter uns nach so vielen Jahren aufspüren konnte, aber irgendwie hat er es geschafft. Als er Libby ermordet hatte, war ich mir sicher, dass ich der Nächste wäre. Ich hab unsere Spuren sorgfältig verwischt, neue Identitäten und all das – aber du hast selbst gesehen, was er mit ihr gemacht hat. Er hat sie gefoltert. Ich musste davon ausgehen, dass sie ihm von uns anderen erzählt hat. Dass er wusste, wer ich in Wahrheit war. Und wer hätte es ihr auch verübeln können? Sie war ein harter Knochen, aber unter Folter redet jeder. Ich wäre der Nächste gewesen.« Er verstummte, schien über etwas nachzudenken. »Oder vielleicht hat er sich mich auch für zuletzt aufgespart. Wahrscheinlich hat er sich gedacht, ich hätte ihn so lange betrogen, dass ich jetzt erst mal zusehen sollte, wie er die anderen umbringt, wer weiß. Ist schließlich nicht so, als könnte ich nachvollziehen, was in seinem Kopf vor sich geht.« Kloz machte mit der freien Hand eine vage Geste. »Verdammt, er hat Paul Upchurch angeheuert, um die Tagebücher zu schreiben! Da muss er Paul doch wiedererkannt haben! Ist mir echt egal, was diese Kugel mit ihm gemacht hat. Paul meinte, Sam hätte ihn echt nicht erkannt. Paul hat mir von seinen Treffen mit Sam erzählt, und der hatte wirklich nicht die geringste Ahnung, wen er da vor sich hatte.« Kloz kniff die Augen zusammen und sah Nash an. »Da wäre die Meinung eines Psychiaters doch wirklich interessant. Was, wenn sein Unterbewusstsein Paul wiedererkannt hat – und er sich deshalb so sehr in den Fall gestürzt hat? Ich war noch ziemlich jung, als er mich erstmals getroffen hat. Schon klar, dass er mich als Erwachsenen da wohl nicht wiedererkennt. Aber Paul? Oder Anson? Sogar Vincent, als die beiden sich in New Orleans gegenüberstanden. Im Büro des Gefängnisdirektors haben sie sich sogar unterhalten – aber Vincent meinte auch, da wäre nicht der Hauch eines Wiedererkennens gewesen. Sie hätten auf mich hören sollen, aber sie wollten ja nicht – sie wollten alle daran glauben, dass er sich wirklich an nichts mehr erinnerte. Wenn sie mir zugehört hätten, wären sie vielleicht noch am Leben.«

Während Klozowski langsam durch den Raum schlenderte, hielt Nash die Waffe auf ihn gerichtet. Er wusste schlichtweg nicht, was er sonst machen sollte.

»Wenn du mich fragst, wusste er die ganze Zeit, wer wir alle waren, und hat diesen Gedächtnisverlust bloß vorgetäuscht, bis er genügend Infos gesammelt hatte und zum Schlag ausholen konnte. Sam war immer schon sehr geduldig.« Klozowski hielt inne und drehte sich wieder zu Nash um. »Er hat Libby zuerst umgebracht. Hat sie gefoltert, hat gekriegt, was er wollte, und sie dann einfach so umgebracht. Ich nehme an, bei Paul dachte er sich, das würde sich bald von allein erledigen, allerdings hat er Paul benutzt, um Tegan und Kristina aufzuspüren. Paul und ich hatten gerade daran gearbeitet, ihnen neue Papiere zu faken.

Wir wollten gerüstet sein für den Fall, dass wir wieder mal untertauchen müssten. Sam muss irgendetwas bei Paul gefunden haben, was ihn auf die Spur der beiden gebracht hat. Du hast gesehen, was er mit ihnen gemacht hat: Tegan hat er allein auf diesem Friedhof zurückgelassen und Kristina auf den Bahngleisen – wie Abfall! Oh Mann. Diese Wut. Vincent ist abgetaucht, aber irgendwie hat Sam auch ihn aufgespürt. Bestimmt konzentriert er sich gerade auf Anson, aber ich weiß, es ist bloß eine Frage der Zeit, bis ich an der Reihe bin. Er versucht, uns alle für immer zum Schweigen zu bringen. Aber ich bleibe hier nicht sitzen und warte auf ihn, keine Chance. Ich will nicht so enden wie die anderen. Wenn mein Leben zu Ende sein soll, dann geht es so zu Ende, wie ich das will.« Er verstärkte den Griff um den Auslöser.

»Ich glaub dir kein Wort«, sagte Nash. »Sam kann diese Leute rein logistisch nicht umgebracht haben. Er war in Gewahrsam, als Tegan und Kristina gefunden wurden. Und er kann auch nicht bis nach Simpsonville und wieder zurück gekommen sein.«

Kloz sah ihn frustriert an. »Er hat mit diesem Scheißer aus dem Bürgermeisteramt, mit diesem Warnick, zusammengearbeitet. Und mit jemandem vom FBI. Die sind alle korrupt. Außerdem war Sam in Gewahrsam, als die beiden *gefunden* wurden, nicht als sie *umgebracht* wurden.« Er nickte in Richtung Fenster. »Die haben die Leichen gleich da drüben in dem alten Salzdepot gelagert, dort, wo sie das Streusalz für den Parkplatz aufbewahren. Mitten in der Stadt – nur dass dort eben niemand mehr hingeht. Frag Eisley: Salz erschwert es einem, den Todeszeitpunkt zu benennen. Ich bin mir sicher, er hat mit der Leiche aus Simpsonville etwas ganz Ähnliches gemacht, einfach nur um Verwirrung zu stiften. Wenn Anson ihn nicht abgelenkt hätte, läge ich wahrscheinlich auch dort im Depot, da bin ich mir ziemlich sicher. Du solltest mal nachsehen, viel-leicht liegen da sogar noch mehr.«

»Deaktivier die Weste, und wir gehen zusammen nach-sehen.«

»Interessiert mich nicht mehr. Ich hab eine größere Auf-gabe.«

Im selben Moment war kaum wahrnehmbar ein Stöhnen zu hören.

114

Poole

Immer noch mit dem Foto in der Hand wählte Poole Detective Nashs Handynummer. Und landete auf der Mailbox. Er war sich nicht sicher, ob er Porters Informationen noch Glauben schenken durfte, aber für den Fall, dass das Foto echt war und Porter die Wahrheit gesagt hatte, brauchte er Hilfe.

Er scrollte durch seine Kontakte.

»Espinosa? Special Agent Frank Poole hier. Sind Sie im Stroger?«

»Ja, Sir.«

Poole starrte auf das Foto hinab. »Hören Sie mir bitte ganz genau zu. Ich habe Grund zu der Annahme, dass Special Agent in Charge Hurless in der Sache mit drinhängen könnte. Ich bin mir nicht sicher, in welchem Maße – aber er hat derzeit das Kommando über die Leute am Boden rund um das Guyon. Ich kann niemanden sonst kontaktieren, ohne zu riskieren, dass er davon Wind kriegt. Haben Sie jemanden bei sich, dem Sie vertrauen können?«

Espinosa schien für einen Moment weg zu sein. Womöglich musste er die Info erst sacken lassen. »Wie – in der Sache mit drin? Wo ist Captain Dalton?«

»Bei SAIC Hurless. Koordiniert ebenfalls ein Team.«

»Ist er ebenfalls verdächtig?«

Poole bezweifelte es, hätte es aber nicht garantieren können. »Ich weiß es nicht. Sie sitzen zusammen im Übertragungswagen. Ich kann jetzt nicht riskieren, mit ihm zu
sprechen, während Hurless direkt daneben sitzt, und ich
hab keine Möglichkeit, anders an ihn heranzukommen,
ohne die Pferde scheu zu machen.«

»Mein halbes Team ist lahmgelegt, seit wir im Haus von
Upchurch waren. Ich könnte Thomas schicken und noch
zwei weitere – mehr geht nicht, sonst sind wir hier im
Krankenhaus zu schwach aufgestellt.«

Poole hatte die Rückseite des Guyon erreicht, wo zwei
Officers von der Metro Wache standen, als im nächsten
Moment der Mob auf dem Parkplatz anfing zu schreien.

Irgendwas war da los.

»Schicken Sie, wen immer Sie entbehren können. Ich
muss weiter.«

Er legte auf, warf noch einen Blick zur Hintertür des
Guyon und lief dann in Richtung des Tumults.

115
Nash

Nash drehte sich nach rechts zu dem Geräusch um. Ein weißes Tuch hing über einem großen, hohen Gegenstand zwischen zwei verbarrikadierten Fenstern.

Kloz seufzte. »Er will einfach nicht sterben.« Er ging auf die Fenster zu und zog das Tuch beiseite. »Diese Statue heißt *Schutzbefohlene*. Ich dachte mir, das hätte eine gewisse Ironie.«

Eine hoch aufragende Frau, die sich ein kleines Kind an die Brust hielt. Sie stand in einer Art Brunnenbecken – nur dass das Becken kein Wasser enthielt. Stattdessen wehte Benzingeruch durch die Cafeteria.

Zu den Füßen der Statue kauerte der Bürgermeister. Seine Arme lagen rückwärts um den Leib der Frau und waren hinter ihrem Rücken mit Handschellen fixiert. Er war unbekleidet, kaum mehr bei Bewusstsein, und selbst aus einiger Entfernung konnte Nash sehen, dass in jeden Zentimeter nackter Haut Worte eingeritzt worden waren: *Nichts Böses hören, nichts Böses sagen, nichts Böses sehen, nichts Böses tun …* Auf seiner Stirn stand – in größeren Buchstaben als überall sonst – *Ich bin böse*. Sein linkes Ohr fehlte; aus einer Augenhöhle sickerte schwarzes Blut. Drei kleine weiße Schachteln standen am Beckenrand – zwei mit schwarzer Kordel verschnürt, die dritte leer.

»Die Zunge hatte ich ihm noch gelassen, dachte, vielleicht würde er die Beichte ablegen wollen. Ich hätte es besser wissen müssen«, sagte Kloz. »Nash, es wird Zeit für dich abzuhauen.«

Als Nash zu Klozowski sah, hielt der den Zünder auf Brusthöhe.

»Das willst du nicht tun.«

Kloz nickte in Richtung des Notizbuchs, das immer noch auf einem der Tische lag. »Wenn du die Infos aus diesem Buch mit all den Sachen zusammenfügst, die Anson euch schon zugespielt hat, dann habt ihr mehr als genug in der Hand gegen diese Leute und könnt dem Trafficking ein Ende setzen.« Er starrte die Videokassette zu Nashs Füßen an. »Das da auch – lass es nicht liegen. Außerdem steht noch eine Menge in meinem Bürocomputer – gib einfach alles dem FBI. Die sollen direkt unter ›Guyon‹ suchen.«

»Ich kann nicht zulassen, dass du das machst.«

Kloz ignorierte ihn und sah in Richtung des Korridors zu seiner Rechten. »Clair ist in Zimmer B18, gleich dort den Gang runter. Von außen brauchst du keinen Schlüssel. Wenn du sie rausgeholt hast, nimm die Treppe am rückwärtigen Ende zurück in den großen Kellerraum. Dort an der Westseite siehst du den Tunneleingang – du kannst ihn gar nicht verfehlen.« Er hielt kurz inne und fuhr dann fort: »Ich zähle von hundert runter, bevor ich das Ding zünde. Damit hast du gerade genug Zeit, wenn du jetzt sofort losrennst.«

»Mach das nicht, Kloz, nicht …«

»Es war mir ein Vergnügen, mit dir zu arbeiten, Brian. Mit Clair auch. Sag ihr bitte, dass es mir leidtut.«

»Sag ihr das selbst – deaktivier jetzt endlich die Bombe.« Nash hörte selbst, wie weinerlich er klang, aber das war egal. »Komm mit, mach deine Aussage. Erklär ihnen alles.«

»Hundert. Neunundneunzig. Achtundneunzig …«

Nash starrte Kloz noch einen Augenblick lang an, überlegte, wie er ihn zu Boden ringen könnte, ihn erschießen könnte, ihm den Zünder aus der Hand reißen... Aber er wusste, dass nichts davon klappen würde. Kloz war für alle Eventualitäten gewappnet. Kurz entschlossen klaubte Nash das Videoband vom Boden auf und rannte auf den Tisch mit dem Notizbuch zu.

Am Fuß der Statue zwang der Bürgermeister das gesunde Auge auf und sah Nash an. »Machen Sie mich los«, stieß er mit belegter, brüchiger Stimme hervor.

Nash musterte ihn kurz. Er hielt die Videokassette in die Höhe. »Ist das wahr?«

Der Bürgermeister leckte sich die blutverkrusteten Lippen. »Spielt keine Rolle... Sie müssen mir helfen...«

Nash wusste genau, dass er nicht Zeit genug hätte, sowohl den Bürgermeister als auch Clair zu befreien und rechtzeitig in Sicherheit zu bringen. Eines schönen Tages würde er seine Entscheidung genau damit rechtfertigen, nicht nur anderen, sondern auch sich selbst gegenüber. Für den Bürgermeister hatte er lediglich ein »Widerling!« übrig.

Es entlockte Kloz ein Lächeln. »Wir sind alle 4MK, Brian. Behalt das immer im Hinterkopf.«

Ohne sich noch einmal umzudrehen, rannte Nash aus der Cafeteria und über den Flur, während hinter ihm Kloz weiter herunterzählte.

»Vierundneunzig. Dreiundneunzig. Zweiundneunzig...«

116
Porter

Porter hatte ihn entdeckt. Diesmal war er sich sicher.

Bishop. Er hatte entdeckt werden wollen.

Anson Bishop. Trotz der Kälte trug er lediglich eine schwarze Lederjacke. Keine Handschuhe, keine Mütze. Er hatte sich einen Schal locker um den Hals geschlungen, und sein Atem hing vor seinem Gesicht – eine blasse Wolke, die in die eisige Luft emporstieg. Er war in einem weißen Transporter vorgefahren, der dem von Hillburn nicht unähnlich war; Porter war klar, dass das kein Zufall war. Die Menge hatte sich geteilt und den Transporter hindurchgelassen und die Lücke sofort wieder geschlossen. Sie waren zunehmend laut geworden, als ihnen gedämmert hatte, wer in dem Wagen saß. Gute dreißig Meter dahinter versuchte ein Streifenwagen, ebenfalls durch die Menge zu kommen – das war die Sirene gewesen, die Porter gehört hatte –, nur dass die Leute ihn nicht durchließen, zumindest nicht schnell genug, um zu dem Transporter aufzuschließen. An der Ecke Washington und Pulaski Road hatte der Transporter am Bordstein gehalten. Die Seitentür war aufgeglitten, und da war er. Bishop.

Er ließ den Blick über die Menge schweifen und sprang aus dem Wagen, der sofort weiterfuhr. Den Fahrer hatte Porter nicht erkennen können.

Er hatte Bishop noch nie nervös erlebt, doch in diesem Moment sah er nervös aus. Er hatte die Schultern nach oben gezogen und machte einen leichten Buckel. Dann richtete er sich gerade auf, sah sich erneut um, und als sein Blick schräg gegenüber am Übertragungswagen von Channel Seven hängen blieb, wirkte er schlagartig erleichtert. Er hob die Hand und winkte in die Richtung. Porter sah, wie Lizeth Loudon zurückwinkte. Sie musste auf etwas draufgestiegen sein, um über die Menge hinwegsehen zu können.

Bishop ging auf sie zu.

Er hatte eine Wasserflasche in der Hand.

Noch ehe Porter sah, dass Bishop die Finger um den Verschluss legte, wusste er instinktiv, was sich in der Flasche befand – und er wusste, er würde ihn aufhalten müssen, bevor er die Menschenmassen infizierte.

Seine Fingerspitzen berührten die .38er in seiner Tasche, und fast hätte er einen alten Mann umgerempelt, während er sich durch die dichte Menschenmenge auf Bishop zuschob.

117
Clair

Als sie dreißig Minuten zuvor durch die schwere Tür und die dicken Wände kaum wahrnehmbare, gedämpfte Schritte auf dem Flur gehört hatte, war Clair bereit gewesen. Sie hatte direkt hinter der Tür in der Ecke gestanden und die fünfzehn Zentimeter lange Scherbe aus der Leuchtstoffröhre in den Anschlag genommen, während ihre Falle (hoffentlich!) bereit wäre, dem Mann im selben Moment einen Stromschlag zu verpassen, in dem er durch die Tür käme. Allerdings war nichts dergleichen passiert. Er war an ihrer Tür vorbeigelaufen und vor der Nachbartür stehen geblieben. Dort musste ihr Entführer den Bürgermeister betäubt haben, weil außer einem kurzen Aufjaulen keine Hinweise auf ein Handgemenge mehr zu hören gewesen waren.

Durch das Fensterchen hatte sie dem Mann mit der Maske nachgeblickt, wie er den Bürgermeister auf einer Rollbahre fortbrachte und sie im Vorbeigehen nicht mal eines Blickes würdigte.

Mit einem lauten Knacken, das sie auch zuvor schon einmal gehört hatte, gingen draußen auf dem Flur die Lichter aus. Ohne die Lampe in ihrer Zelle stand sie in der totalen Finsternis. In einem dichten, feuchtkalten Dunkel, das aus den Wänden und unter der Tür hindurch zu sickern schien und sich über sie legte. Während sie mutterseelenallein in ihrer Ecke stand, fragte sie sich, ob sie überhaupt noch imstande wäre, sich im entscheidenden Moment zu bewegen, oder ob die Schwärze sie nicht womöglich für die Klinge ihres Entführers im Klammergriff hielt.

Als wollte sie austesten, wie stark dieser Klammergriff war, nahm sie ihre improvisierte Waffe aus der rechten in die linke Hand und wischte sich die schweißnasse Handfläche an ihrer Jeans ab. Dass sie sich noch bewegen konnte, linderte ihre Angst, wenn auch nur ein bisschen. Sie fragte sich, ob Emory Connors sich allein in ihrem Verlies genauso gefühlt hatte, Larissa Biel, Kati Quigley – und all die anderen, die ihnen vorausgegangen waren.

War 4MK irgendwo dort draußen auf dem Flur? Legte er sich für sie kleine weiße Schachteln und schwarze Kordelstücke zurecht? Vielleicht testete er gerade die Schärfe seiner Klinge?

Wieder Schritte.

Schnell.

Lauter als beim letzten Mal. Sie donnerten regelrecht über den Flur.

Ein Lichtkegel huschte auf und ab, war wieder verschwunden.

Clair verstärkte den Griff um die Scherbe.

Sie hatte penibel darauf geachtet, nicht in die Pfütze zu treten.

Wieder der Lichtkegel.

Heller jetzt, näher.

Sie hielt die Scherbe fest umklammert.

Als das Licht auf ihr Fenster traf und in ihre Zelle leuchtete, betete sie, dass er die abgerissene Halterung und die Kabel, die von der Decke baumelten, nicht entdeckte. Sie war wenig zuversichtlich; aber sie hatte eben nur die eine Chance.

Nicht willens, aus ihrer Ecke zu kommen, ehe sie zuschlagen konnte, spürte Clair eher, als dass sie es sah, wie sich ein Gesicht an das Fenster presste.

Sie hielt die Scherbe so fest, wie sie nur konnte, ohne das Glas in der Faust zu zerbrechen.

Dann rüttelte jemand am Türknauf.

Clair starrte die dünnen Drahtfäden im Sicherheitsglas an und fragte sich ...

»Clair?«

Als sie ihren Namen hörte, glaubte sie erst, sie hätte es sich eingebildet. Für einen winzigen Augenblick glaubte sie, sie könnte womöglich ohnmächtig geworden sein und die Stimme geträumt haben. Doch dann hörte sie sie von Neuem. Hörte *ihn* – und diesmal schrie er aus Leibeskräften.

Nash.

Der Riegel im Türschloss schnappte zurück.

Die Tür schwang auf.

»Nein! Nicht! Nicht aufmachen!«

Das Türblatt traf auf den Nagel, und Funken begleiteten ein lautes Krachen.

Clair erwartete schon, dass Nash zurückzucken und womöglich am ganzen Leib zusammenkrampfen würde, während der Strom durch seinen Körper jagte – aber nichts dergleichen passierte. Er stand einfach nur stocksteif da, und unwillkürlich musste sie an ihren Vater denken, der ihr von Leuten erzählt hatte, die einen Stromstoß erlitten hatten und nicht mehr imstande gewesen waren, sich zu bewegen, die komplett steif geworden waren, während der Strom sie von innen heraus versengt hatte. Sie war drauf und dran, auf ihn zuzustürzen und ihn mit aller Kraft von den Füßen zu rammen, als Nash einfach nur einen Schritt zurück machte.

In einer Hand hielt er eine Pistole, in der anderen ein Handy mit Taschenlampe.

Er hatte die Tür mit der Schuhspitze aufgedrückt und die Hand nicht am Knauf gehabt.

Clair riss das weiße Kabel vom Bügel an der Tür und warf es beiseite, stieß die Tür ganz auf und fiel Nash mit solcher Wucht um den Hals, dass sie ihn beinahe doch noch von den Füßen geholt hätte. Sie presste noch immer das Gesicht an seine Schulter, als er sie jäh von sich wegschob und den dunklen Flur entlangschubste.

»Lauf!«

118

Poole

Endlich hatte auch Poole Bishop entdeckt. Er sah, wie Bishop aus dem weißen Transporter sprang, nur um in der Menge zu verschwinden, sobald er mit der Frau von Channel Seven Blickkontakt aufgenommen hatte. Poole lief sofort los, doch es schien, als hätten sich Tausende um ihn herum ebenfalls für diese Richtung entschieden, und die Leute standen so dicht, dass Poole kaum noch Luft bekam.

Keinen Meter links von ihm verlor eine ältere Frau den Boden unter den Füßen und ging in die Knie – Poole arbeitete sich mit den Ellbogen bis zu ihr vor und half ihr hoch. Noch einen Moment, und sie wäre womöglich totgetrampelt worden. Dann sah er ein kleines Mädchen im Arm der Mutter, die es sich fest an die Brust drückte und versuchte, in die Gegenrichtung aus dem Gedränge zu fliehen, doch genau wie die alte Frau musste sie sich der Masse geschlagen geben. Poole kämpfte sich zu ihr vor, schrie ihr zu, sie möge sich hinter ihm halten, und sie tat wie geheißen, doch nur Sekunden später hatten sich andere zwischen sie gedrängt.

Ein Stück weiter vorn, wo Bishop jetzt sein musste, war das Geschrei ohrenbetäubend und wurde immer lauter. Inzwischen jedoch wurde nicht mehr nur nach Bishop geschrien; es waren auch Hilferufe zu hören, Leute, die rauswollten, Leute, die nicht mehr konnten.

Als Poole Porter entdeckte, befand der sich keine zehn Meter vor ihm. Auch er kämpfte sich zu Bishop vor. Für den Bruchteil einer Sekunde trafen sich ihre Blicke, und in diesem Bruchteil einer Sekunde war alles andere wie ausgeblendet. In diesem Bruchteil einer Sekunde sah Poole, wie Porter die Schulter anspannte, den Arm anwinkelte und die Hand in die Manteltasche schob. Im selben Moment war Poole klar, dass Porter bewaffnet war. Dann war der Bruchteil einer Sekunde vorbei, er verlor Porter aus dem Blick, und instinktiv wanderte auch Pooles Hand zur Waffe. Er zog seine Glock aus dem Schulterholster.

119

Porter

Lizeth Loudon stand vielleicht sechs Meter links von ihm.

Anson Bishop war keine zehn Schritte mehr von ihm entfernt.

Detective Sam Porter nahm die .38er aus seiner Tasche, hielt sie über den Kopf und feuerte drei Schüsse ab.

Die Menschenmenge gefror.

Die Schreie verstummten.

Noch während die Schüsse widerhallten, schien die Masse kehrtzumachen und wogte jetzt von Bishop weg statt auf ihn zu. Als sich zwischen ihnen eine Lücke auftat, richtete Porter die Waffe auf ihn. »Wasserflasche hinstellen, sofort!«

Bishop erstarrte und drehte sich zu Porter um. Die Wasserflasche – inzwischen ohne Verschluss – baumelte zwischen seinen Fingerspitzen.

Porter richtete die Waffe neu aus; wenn er jetzt feuerte, würde er Bishop in die Brust treffen. Sein Finger krümmte sich um den Abzug. »Ich sag es nicht noch mal!«

Bishop nickte, ging quälend langsam in die Hocke und setzte die Flasche auf den rissigen Asphalt. »Das ist nur Wasser, Sam.«

»Waffe runter!«

Poole.

Special Agent Poole schob sich durch die Menschenmenge in die Lücke und hielt seine Pistole auf Porter gerichtet. »Runter damit! Sofort!«

Porter schüttelte den Kopf und schrie Bishop an: »Weg von der Flasche!« Und an Poole gerichtet: »Da ist das Virus drin!«

Bishop schüttelte den Kopf. »Es ist nur Wasser. *Sie* haben das Virus hergebracht, Sam, nicht ich. Ich würde so etwas nie tun.«

»Er will hier alle infizieren.«

Bishop machte einen Schritt auf ihn zu. »Wie war Ihr Frühstück, Sam?«

Als Bishop den nächsten Schritt machte, brüllte Porter: »Stehen bleiben!«

Trotzdem kam Bishop näher. »Sie haben das Virus hergebracht, nicht ich. Wenn, dann wollten Sie hier alle infizieren, all diese Leute um Sie herum.«

Wie war Ihr Frühstück, Sam?

Ein Schuss löste sich. Laut, schrill. Porter hörte ihn im selben Moment, da die Kugel von einem der umliegenden Dächer in seine Brust einschlug. Er bemerkte nicht einmal, dass er stürzte. Bis sein Gehirn verarbeitet hatte, was geschehen war, lag er bereits am Boden. Poole kauerte auf ihm und riss ihm die Waffe aus der Hand.

Im nächsten Moment war aus Richtung des Krankenhauses ein tiefes Grollen zu hören. Eine Explosion.

120

Poole

»Schnell, sie kommen!«

Erst glaubte Poole, ihn missverstanden zu haben. Doch einen Moment später wiederholte Porter den Satz, während ihm bereits das Blut über die Lippen sprudelte.

Poole presste ihm beide Hände auf die Wunde in der Brust. Er beugte sich über ihn. »Wer kommt?«

»Wiesel ... Er hatte mich angerufen ... meinte, er hat Beweise ... ihn treffen ...«

Poole runzelte die Stirn. »Beweise wofür? Sie reden wirres Zeug, Sam. Versuchen Sie, nicht zu sprechen – Sie verlieren zu viel Blut!«

Er riss Porters Mantel auf. Die Kugel des Scharfschützen am Washington Boulevard hatte Porter in die obere rechte Brust getroffen. Er rang nach Luft, jeder Atemzug war begleitet von einem flachen Japsen. »Die Kugel hat wohl die Lunge getroffen. Bleiben Sie still liegen! Der Notarzt ist schon unterwegs!«

»Ich hab das Frühstück gegessen«, stieß Porter hervor. »Infiziert ... weg von mir ...«

Porter machte sich steif und versuchte, Poole abzuschütteln, doch Poole hielt ihn fest.

»Vater, vergib mir«, sagte eine Frauenstimme in Pooles Rücken. Dann warf die Frau ein schwarz-weißes Notizbuch auf Porters blutige Brust und verschwand in der Menge, ehe Poole auch nur genauer hinsehen konnte. Wehendes braunes Haar. Er schob das Buch beiseite und übte weiter Druck auf die Wunde aus.

Keine drei Meter entfernt fixierten vier Cops in Uniform Bishop am Boden, während zwei FBI-Agents sich links und rechts von ihm positioniert hatten. Seine Hände waren im Rücken gefesselt. Als sie ihn hochzerrten, hielt er den Blick auf Porter gerichtet, auf die Waffe, die wenige Zentimeter neben dessen schlaffer Hand lag. Dann streifte er Poole mit dem Blick, ehe er herumgedreht, quer durch die Menge abgeführt und in einen Streifenwagen verfrachtet wurde.

Eine riesige schwarze Rauchwolke stand über der Innenstadt in der Nähe des Stroger Hospital, wenn nicht sogar direkt darüber.

Porter röchelte.

Blut spritzte ihm übers Hemd.

Dann verdrehte er die Augen, dass nur noch das Weiße zu sehen war.

Eine Notärztin ging neben ihm in die Hocke, ein zweiter kam von der anderen Seite.

Der Ärztin, Ende zwanzig mit kurzen roten Haaren, teilte Poole mit: »Ich bin vom FBI. Ich nehme an, die Kugel hat die Lunge erwischt. Er war bis gerade eben noch bei Bewusstsein.«

»Der Puls ist schwach. Blutdruck dreiundsiebzig zu fünfundfünfzig.« Sie hatte Porters Hemd aufgerissen und untersuchte die Brust. »Bleiben Sie auf Abstand, bitte. Ich übernehme jetzt.«

Poole tat wie geheißen.

Der zweite Notarzt hielt ihr ein Päckchen QuickClot sowie Bandagen hin. Dann blickte er zu Poole auf. »Ich war eben erst in Ihrem Übertragungswagen. SAIC Hurless ist vergiftet worden. Wohl irgendwas in seinem Kaffee. Vielleicht wollen Sie dort nach dem Rechten sehen.«

Poole drehte sich nach dem Transporter um. Darin hatten Hurless, Dalton und der Techniker gesessen, der Porters Handy geortet hatte. Er drehte sich wieder zu dem Arzt um. »Was ist mit Dalton und dem Techniker?«

Der Arzt setzte Porter eine Spritze. »Nur Hurless. Den anderen geht's gut.«

Ein Sanitäter brachte eine Rollbahre. Er klappte sie runter und schob sie direkt an Porter heran.

»Atmet er noch?«, wollte Poole wissen.

Niemand antwortete.

In einer routinierten Bewegung hatten zwei von ihnen Porter auf die Seite gedreht, während der Dritte die Rollbahre unter ihn schob.

»Ich bleibe bei ihm«, sagte Poole.

»Stehen Sie uns nicht im Weg«, sagte die Ärztin. Sie hielt einen Infusionsbeutel über Porter, während sie die Finger der anderen Hand erst auf sein Handgelenk, dann an die Halsschlagader presste. Als sie Pooles Blick auf sich spürte, ließ sie die Hand sinken und sah betreten weg.

Zu viert liefen sie auf den wartenden Rettungswagen am Rinnstein zu – Poole mit dem blutfleckigen Notizbuch im Hosenbund.

121
Tagebuch

Stocks war tot.

»Nimm seine Knarre«, sagte Vincent und starrte die Leiche an.

»Stocks? Was ist da oben los?«, brüllte Welderman aus dem Erdgeschoss.

Stocks war tot. Aus seinem Hinterkopf sickerte ein wenig Blut, wo Vincent ihn mit dem Schraubenschlüssel getroffen hatte, allerdings konnte ich unter dem verfilzten Haar und dem Riss in der Kopfhaut weißen Knochen sehen. Er hatte ihm den Schädel eingeschlagen.

»Nimm einer die gottverdammte Knarre!«, wiederholte Vincent. Er stellte sich mit dem Rücken zur Wand an die Tür und machte sich bereit, die nächste Person, die die Treppe hochkäme, ebenfalls niederzuschlagen.

Mit zitternden Händen beugte Libby sich hinunter und nahm die Waffe hoch.

Ich nahm sie ihr ab. Ich wusste, was als Nächstes passieren würde, und wollte nicht, dass Libby erfuhr, wie es sich anfühlte, jemanden umzubringen. Ich wollte nicht, dass sie dieses Gefühl je haben müsste.

Kid stöhnte auf seinem Bett.

Tegan war leichenblass. Kristina klammerte sich an sie und starrte immer noch auf Stocks' leblosen Leib hinab.

»Stocks? Ich komm jetzt hoch!«

»Beeilen Sie sich«, rief ich, »ich glaube, er hatte einen

Herzinfarkt!« Dann kniete ich mich zwischen Stocks und die Tür, sodass von dort der zertrümmerte Schädel nicht zu sehen wäre. Die Waffe hielt ich mit dem Finger am Abzug hinter die Leiche. Ich hatte von Schusswaffen nicht sehr viel Ahnung, aber das hier war ein Revolver, insofern glaubte ich nicht, dass er entsichert werden müsste. Ich hoffte, er müsste nicht entsichert werden.

Vincent presste sich so dicht an die Wand, dass ich schon glaubte, er würde durch die Tapete verschwinden. Er nickte mir knapp zu und hob den Schraubenschlüssel über den Kopf.

Welderman nahm immer zwei Stufen auf einmal. Noch ehe er in Sicht kam, konnte ich seinen Schatten an der Wand sehen, der mit jedem Stampfen seiner Stiefel höher aufragte. Und ab dem Moment, da er die Tür erreichte, lief alles in Zeitlupe ab. Ich bin mir nicht sicher, ob es Stocks' Anblick war, die Angst in Tegans Blick, Paul, der sich in die Ecke drückte, oder ich selbst, der am Boden kauerte. Aber irgendwas sorgte dafür, dass er jäh innehielt. Und zwar noch vor der Schwelle.

Vincent hatte damit gerechnet, dass er ins Zimmer stürmen würde, und schwang den Schraubenschlüssel, noch ehe Welderman den nächsten Schritt gemacht hatte. Wenn er weitergegangen wäre, hätte Vincent ihm den Kiefer gebrochen. Doch weil er stehen geblieben war, erwischte Vince ihn bloß am Oberarm, direkt unterhalb der Schulter. Streifte ihn eher. Welderman zuckte zurück und griff nach seiner Waffe.

Ich riss Stocks' Revolver hoch und feuerte dreimal ab. Die erste Kugel schlug ein paar Zentimeter über seinem Kopf in die Wand ein. Ich spürte den Rückstoß, dann den zweiten – und traf wieder die Wand, diesmal höher, und dann die Decke im Flur.

Welderman wich von der Tür zurück, riss Fotos von der

Wand, rollte sich zur Seite ab und verschwand dann die Treppe hinunter, noch während ich ein viertes Mal schoss.

»Gib her!« Vincent riss mir die Waffe aus der Hand und rannte Welderman über den Flur nach.

Dann hörte ich zwei weitere Schüsse. Keiner davon kam von Vincent.

122

Tagebuch

Ich wollte mein Messer, aber ich hatte mein Messer nicht. Oglesby hatte mein Messer. Vater hätte mir geraten, den Schraubenschlüssel zu nehmen, also nahm ich ihn und rannte Vincent hinterher.

Ich sah noch, wie er auf den unteren Treppenabsatz zurannte. Dann war er um die Ecke verschwunden, und ich hörte den nächsten Schuss. Die Kugel schlug in den Putz neben der Eingangstür ein, und eine Staubwolke stob durch den Eingangsbereich.

Irgendwer oben im ersten Stock keuchte auf. Kristina wahrscheinlich.

Vincent war vor der Wohnzimmertür auf alle viere gegangen, als der nächste Schuss kam. Er deutete knapp zur Haustür. Verstanden – es gab nur zwei Wege ins Haus und aus dem Haus hinaus, und Welderman wollte durch die Küche zur Hintertür.

Wieder ein Schuss. Diesmal so nah, dass ich den Luftzug spüren konnte.

Vincent feuerte ins Wohnzimmer.

Ich warf mich auf den Boden und schrie auf, als Schmerzen meinen gebrochenen Arm durchzuckten. Dann robbte ich auf die Vordertür zu, zog sie auf, rollte mich über die Veranda ab und die Stufen hinunter ins Gras. Bis ich endlich liegen blieb, waren die Schmerzen so schlimm, dass es mir die Sicht raubte. Womöglich hatte ich mir den Arm gerade zum zweiten Mal gebrochen – wegen des Gipses schwer zu sagen.

Ich stemmte mich mühsam hoch und rannte um das Haus herum zur Hintertür.

In der Küche hatte Finicky ein Fleischermesser gezückt. »Du kleiner Wichser ...«

Dann sprang sie auf mich zu, und wendig, wie sie in ihrer Panik war, stieß sie mehrmals mit dem Messer nach mir – schnelle Stöße auf Armeslänge, die mich zurückdrängen sollten. Doch stattdessen stürzte ich mich mit meinem vollen Gewicht auf sie. Das Messer schoss auf mich zu, und ich riss den eingegipsten Arm hoch, erwischte die Klinge seitlich, parierte sie, und dann traf ich Finicky mit dem Gips voll unterm Kinn. Ihr Kopf schnellte nach hinten, krachte gegen die Küchenanrichte, und sie ging zu Boden.

Der Schlag war nicht tödlich gewesen, aber sie atmete schwer und flach. Der rechte Arm zuckte.

Ich ließ den Schraubenschlüssel fallen und nahm stattdessen ihr Messer. Nicht mein Messer, aber ein Messer, und das fühlte sich gut an.

Vom Wohnzimmer her war ein weiterer Schuss zu hören – ob aber Vincent oder Welderman geschossen hatte, konnte ich nicht sagen.

Kalter Schweiß lief mir über die Schläfen. Mein Arm pulsierte mit jedem Herzschlag mit solcher Heftigkeit, dass es sich anfühlte, als würde der Gips von innen aufgesprengt. Ich versuchte, die Schmerzen hinunterzuschlucken, sie einfach zu verdrängen, wie Vater es mir beigebracht hatte.

Ich durchquerte die Küche.

Die Tür zwischen Küche und Wohnzimmer war geschlossen. Leichtes Türblatt, zwei Pendeltürscharniere, damit man sie in beide Richtungen aufschieben konnte. Ganz sicher nicht dick genug, um einer Kugel standzuhalten.

Und solange sie geschlossen war, hatte ich keine Ahnung, was auf der anderen Seite vor sich ging.

Noch ein Schuss.

Der Knall klang tiefer als bei den Schüssen, die ich abgegeben hatte. Das musste Welderman gewesen sein. Vincent hatte den Revolver; auch wenn ich vor diesem Abend nie auch nur einen Schuss abgefeuert hatte, hatte ich aus meinen Comics einiges über solche Waffen gelernt. Die meisten hatten sechs Schuss. Ich hatte oben vier abgefeuert und mitgekriegt, wie Vincent ein Mal geschossen hatte. Er hatte bestenfalls noch eine Patrone übrig. Womöglich keine mehr, wenn einer der anderen Schüsse, die ich gehört hatte, von ihm gewesen war. Vater hätte Stocks nach zusätzlicher Munition abgesucht, bevor er die Verfolgung aufgenommen hätte. Aber ich war nicht Vater.

Zwei weitere Schüsse.

Definitiv Welderman. Nicht Vincent. Wenn Welderman immer noch um sich schoss, war Vincent nach wie vor am Leben. Womöglich immer noch direkt vor der Tür zum Wohnzimmer.

Ich trat gegen die Tür, und sie schwang auf. Weil ich nur noch auf Adrenalin lief, schien alles unendlich langsam zu passieren. Ich saugte alles in mich auf: Vincent, gegenüber im Flur und kaum sichtbar. Welderman, der sich seitlich hinter der Couch verschanzt hatte und die Waffe in die Höhe reckte. Als er mich entdeckte, drehte er sich in meine Richtung um und ballerte drauflos. Vincent stürzte herein, warf sich auf den Boden und feuerte unter der Couch hindurch. Er erwischte Weldermans rechten Fuß.

Welderman sackte hinter die Couch zurück und wollte sich im nächsten Moment schon wieder hochstemmen, als ich losrannte und sprang.

Er drückte erneut den Abzug durch, und etwas Heißes biss mich in den Oberschenkel.

Das Fleischermesser drang etwa zwei Fingerbreit über seinem Adamsapfel in den Hals ein. Ich hielt das Messer, genau wie Mutter es mir beigebracht hatte: mit Druck auf den Schaft, damit es mir nicht aus den Fingern glitt –, und ich spürte, wie die Spitze erst durch Haut und Muskeln schnitt. Dann Widerstand, als sie auf die Luftröhre aufsetzte. Die Klinge blieb hinten im Nacken im Knochen stecken. Blut spritzte in alle Richtungen und fühlte sich heiß auf meinem Gesicht an.

Ich ließ mich zur Seite fallen, rollte von der Couch und landete auf dem Boden.

Ich landete auf meinem gebrochenen Arm. Und diesmal war der Schmerz übermächtig. Ich kann mich nicht mehr daran erinnern, ohnmächtig geworden zu sein. Ich weiß nur noch, wie ich zu niemandem Bestimmten sagte: »Wiesel ist immer noch im Transporter!«

123

Tagebuch

Paul gab mir eine Ohrfeige.

Als ich die Augen aufschlug, sah ich, wie seine Hand ein zweites Mal auf mich zuraste, und drehte mich gerade noch rechtzeitig weg, um dem Schlag auszuweichen.

»Er ist wieder wach!«, schrie Paul über die Schulter. Er saß auf meiner Brust und drückte mich zu Boden. »Nicht bewegen – das Arschloch hat auf dich geschossen!«

Ich spürte ein Brennen, irgendwas Grässliches, in meinem Oberschenkel, und als ich den Kopf hob, sah ich, wie Libby Peroxid über den Riss in meiner Hose kippte.

»Die Kugel hat dich nur gestreift. Das hätte echt übel ausgehen können.« Sie tupfte die Wunde mit einem Geschirrtuch ab.

Vom Sofa aus durchwühlte Vincent Weldermans Taschen und warf den Inhalt auf den Couchtisch. Weldermans toter Blick ging ins Leere. Seine Klamotten trieften von Blut, die Couch ebenfalls, die Möbel drum herum. Anscheinend hatte ich die Halsschlagader erwischt – nur das konnte die Blutmenge erklären. Das Fleischermesser lag neben seinem Bein auf dem Boden.

»Finicky in der Küche«, stieß ich hervor und versuchte, den Kopf in die Richtung zu drehen.

»Wir haben sie. Tegan und Kristina fesseln sie«, erklärte Paul. »Sie lebt. Du hättest härter zuschlagen sollen.«

»Kannst du ... von mir runter...? Ich krieg keine Luft.«

»*Tut mir leid.*« *Paul rutschte von mir herunter und kam auf die Beine.*

Als Libby mit meinem Bein fertig war, wischte sie mir Blut aus dem Gesicht. In ihrem Blick wechselten sich Sorge, Angst, Kummer, Panik ab; trotzdem schaffte sie es, mich anzulächeln, und dieses Lächeln war das Schönste, was ich je gesehen hatte. Sie beugte sich kurz über mich, dann kam sie näher und küsste mich. Ihre Lippen waren weich, warm, perfekt.

»*Ich glaube, ich liebe dich, Anson Bishop.*«

Sie hatte so leise gesprochen, dass nur ich es gehört hatte. Für einen winzigen Augenblick waren die Schmerzen in meinem Bein und in meinem gebrochenen Arm vergessen. Es gab nur noch sie und mich, und dann sagte ich ihr, dass ich sie ebenfalls liebte.

Wie sich herausstellte, hatte Paul uns gehört. Er lief rot an und drehte sich weg.

»*Hab seine Schlüssel gefunden*«, *verkündete Vincent von der Couch. Er hatte auch Weldermans Waffe und ein zusätzliches Magazin gesichert.* »*Und jetzt fahr ich Wiesel holen.*«

Ich versuchte, mich hochzustemmen. »*Ich komme mit.*«

»*Du fährst nicht mit.*« *Libby sah mich finster an.*

Ich kam auf die Beine und spürte wieder die Schmerzen in Oberschenkel und Arm. »*Ich muss.*«

»*Lass Vincent und Paul gehen.*«

»*Wir müssen alle hier weg*«, *sagte Paul.* »*Wir wissen nicht, wer wann hierher zurückkommt.*« *Er streifte Welderman und all das Blut mit einem flüchtigen Blick.* »*Er und Stocks waren Cops. Da war vorhin dieser andere, draußen … Die dürfen uns hier nicht finden.*«

»*Verlass mich nicht*«, *wimmerte Libby und strich mir über die Brust.*

Ich ging auf den Sekretär in der Ecke zu und kritzelte

meine Adresse in Simpsonville auf einen Zettel, den ich ihr in die Hand drückte. Dann strich ich ihr das Haar aus der Stirn. »Geh Tegan und Kristina helfen. Wenn sie mit Finicky fertig sind, holt das Geld aus der Scheune und packt Finickys Auto – so viel, wie reinpasst. Wenn wir in zwei Stunden nicht zurück sind oder ihr früher aufbrechen müsst, dann treffen wir uns an dieser Adresse – in dem Trailer, der hinter den Überresten des Hauses steht.« Ich beugte mich näher zu ihr heran und senkte die Stimme. »Und dann hauen wir ab, ganz weit weg, genau wie wir es geplant haben. Versprochen.«

Vincent schob sich Weldermans Waffe in den Hosenbund. Den Revolver gab er an Libby weiter. »Der ist leer, aber vielleicht hat Stocks Ersatzmunition in der Tasche.«

Libby wollte nicht recht zugreifen.

»Kristina weiß, wie man so was benutzt, falls du dich damit nicht wohlfühlst«, sagte er noch. »Vielleicht müsst ihr Kid ins Krankenhaus bringen. Wenn das der Fall sein sollte, benutzt nicht eure echten Namen.«

Paul war bereits an der Eingangstür. »Sie haben inzwischen fast zehn Minuten Vorsprung. Wenn wir fahren wollen, dann sollten wir jetzt los.«

Ich gab Libby noch einen Kuss. »Bis später.«

In ihren Augen glitzerten Tränen. Sie nickte bloß.

Ich nahm das Messer vom Boden hoch und wischte die Klinge an einem der Kissen ab. Ich spürte Libbys Blick in meinem Rücken, konnte mich aber nicht umdrehen. Wenn ich mich umgedreht hätte, hätte ich nicht mehr die nötige Entschlossenheit aufgebracht – und ich musste das hier tun.

Vincent, Paul und ich rannten auf Weldermans Chevy zu.

Mit Vincent am Steuer schossen wir über die Auffahrt, und die Farm verschwand hinter uns in der Nacht.

Wir wussten genau, wohin sie unterwegs waren.

Ich nahm den Messergriff fest in die Hand und wartete, bis die ersten Lichter von Charleston vor uns auftauchten.

124

Tagebuch

»Da!«, schrie Paul. »Da sind sie!«

Vincent hatte nicht sehr viel Fahrererfahrung; das wurde auf einigen der schmalen Sträßchen nur allzu offensichtlich. Er wäre zweimal fast im Straßengraben gelandet, und als er auf der Bulford ein Stoppschild überfuhr, hätte uns beinahe ein Sattelschlepper am Heck erwischt. Bis wir den Highway erreicht hatten, war es besser geworden, wenn auch nur ein bisschen.

Er fuhr viel zu schnell.

Wir waren alle von Kopf bis Fuß mit Blut befleckt. Wir hatten eine Waffe dabei, die einem toten Cop gehörte – und ein Messer. In der Farm lagen mehrere Leichen. Allein einer dieser Umstände hätte uns wesentlich mehr Schwierigkeiten einhandeln können, als ich mir ausmalen wollte.

Auf dem Highway tauchten sie vor uns auf – der weiße Transporter und eine Charleston-PD-Streife, die mit mehreren Fahrzeuglängen Abstand folgte. Vincent ließ sich hinter beide zurückfallen, sodass mehrere andere Autos zwischen uns fuhren. Er meinte, er kenne die Strecke zum Motel ohnehin, insofern müssten wir das Risiko nicht eingehen und zu nah an sie heranfahren.

Zehn Minuten später hatten wir das Motel erreicht, und ab da ging alles schief.

»Park da drüben«, sagte ich zu Vincent und zeigte auf den gegenüberliegenden Parkplatz zwischen McDonald's

und Ersatzteileladen. Ich wusste, dass wir sie von dort beobachten könnten, ohne ihnen selbst allzu nahe zu kommen. Wir hatten uns einen einfachen Plan zurechtgelegt –
wir würden warten, bis sie Wiesel in eins der Zimmer
brächten, dann würden Paul und ich ihn dort rausholen,
während Vincent Transportermann und den Cop in Schach
hielt. Er würde nur im äußersten Notfall in Erscheinung
treten. Die Waffe wäre die Ultima Ratio, aber ja, wir würden sie im Ernstfall einsetzen. Was immer notwendig wäre,
um Wiesel zu befreien.

Doch nichts von alledem passierte.

Der Transporter hielt direkt vor dem Motel. Der Streifenwagen schob sich daneben.

Wir hatten nicht mal gehalten, als die Tür des Transporters aufging und Wiesel heraussprang und mit der grünen
Tasche in der Hand in die entgegengesetzte Richtung rannte.
Tegans Kamera hing am Kameragurt um seinen Hals und
schlug ihm in den Rücken, während er den Parkplatz überquerte und zwischen zwei Nebengebäuden hinter dem
Motel verschwand.

»Scheiße!«, brüllte Vincent und hämmerte den Schaltknüppel wieder auf Drive.

Er fuhr über den Bordstein, und um uns herum quietschten Reifen. Irgendwie schaffte er es, über die Crescent zu
kommen, als der Streifenwagen vom Motel im nächsten
Moment in Richtung Klondike losraste und der Transporter
in Richtung Boise – eindeutig wollten sie Wiesel aus zwei
Richtungen in die Zange nehmen.

Auf dem Fahrersitz drehte Vincent sich hektisch nach
beiden um. »Wem fahr ich nach?«

Ich entdeckte Wiesel vielleicht einen Block entfernt, wie
er zwischen geparkten Wagen hindurchlief und dann an
einer Brownstone-Fassade entlangrannte. »Er läuft da vorn
zwischen die Häuser – lass uns raus!«

»Zu Fuß schafft ihr das nicht, er …«

Ich hörte nicht mehr, was er als Nächstes sagte. Ich war aus dem Wagen gesprungen, noch ehe er gehalten hatte. Paul rannte keuchend hinter mir her. Wir hielten auf die Rückseite des Motels zu – dieselbe Richtung, in die Wiesel gerannt war. Hinter uns quietschten Reifen, als Vincent bei dem Versuch zu wenden ein bisschen zu viel Gas gab. Fast hätte er einen parkenden Pick-up gerammt, schaffte es dann aber, den Chevy wieder auf Spur zu bringen, und nahm über die Church die Verfolgung des Transporters auf.

Paul war eindeutig schneller als ich. Ich versuchte, mit ihm Schritt zu halten, aber mit jedem Meter tat mein verwundetes Bein mehr weh denn je, und das war noch gar nichts im Vergleich zu meinem gebrochenen Arm, der im Gips hin und her zu rattern schien. In der letzten Stunde waren meine Finger dick angeschwollen und brandrot geworden. Sie fühlten sich heiß an, und obwohl ich natürlich nicht unter den Gips schauen konnte, ahnte ich schon, dass es darunter übel aussehen würde. Vor meinem inneren Auge sah ich, wie die beiden Knochenenden aufeinanderrieben und Muskelfasern und wer weiß was zerrissen. Ich stellte mir vor, wie der Arm weiter anschwellen würde, und versuchte, nicht darüber nachzudenken, was passieren könnte, wenn im Gips nicht mehr genug Platz dafür wäre.

All das schob ich beiseite. Ich zwang mich, die Schmerzen zu ignorieren, und rannte hinter Paul her, der hinter Wiesel herrannte – und hintereinander tauchten wir in ein Durcheinander aus Nebenstraßen und Gassen ein.

Mehr als ein Mal verlor ich Wiesel aus dem Blick, einmal sogar Paul. Paul sah immer wieder über die Schulter und wurde langsamer, auch wenn ich ihn jedes Mal vorwärtswinkte und ihm bedeutete, er möge weiterrennen. Ich war schweißgebadet, und mir war schwindlig. Ich bekam kaum *noch Luft und musste für einen Moment stehen bleiben und mich auf die Knie stützen, um zu Atem zu kommen.*

Als ich mich wieder aufrichtete, sah ich Paul, der mittlerweile ordentlich Vorsprung hatte und fast am Ende der Gasse angelangt war, als der Streifenwagen von zuvor mit quietschenden Reifen an der Cumberland hielt. Ein Cop in Uniform sprang heraus, umrundete den Wagen und verschwand in einer kopfsteingepflasterten Gasse auf der gegenüberliegenden Straßenseite.

Paul war so schnell unterwegs, dass er vor dem abgestellten Wagen nicht mehr bremsen konnte und fast über die Motorhaube gesegelt wäre. Als er das Gleichgewicht wiedererlangt hatte, taumelte auch er um den Wagen herum in die Gasse.

Ich hatte die Cumberland noch nicht erreicht, als ich den ersten von drei Schüssen durch die Nacht krachen hörte. Bäm. Bäm. Bäm.

125
Tagebuch

Bis ich den Streifenwagen erreicht hatte, kam Paul bereits aus der Gasse herausgerannt und fuchtelte mit beiden Händen in meine Richtung. »Hau sofort ab!«

»Was ist passiert?«

Ich stand am Kofferraum des Streifenwagens. Die Fahrertür war offen, der Motor lief. Aus dem Innern waren über den Funk knisternde Stimmen zu hören.

Paul antwortete nicht. Er sprintete an mir vorbei und die Cumberland entlang. Er wurde nicht langsamer.

Ich versuchte, in der Gasse etwas zu erkennen, aber von meinem Standpunkt aus war nichts zu sehen.

Ich hielt immer noch das Fleischermesser in der Hand. Kurzerhand beugte ich mich in die offene Tür des Streifenwagens und schnitt das Funkkabel durch. Anschließend stach ich den vorderen linken Reifen auf, ehe ich Paul so schnell wie nur möglich hinterherrannte.

Aus der Gasse hörte ich jemanden schreien. Es klang wie Transportermann, allerdings drehte ich mich nicht um.

Vor uns kam Vincent aus Richtung Church um die Ecke und bremste mitten auf der Kreuzung ab. Paul riss die hintere Tür auf und sprang hinein. Um uns herum plärrten Hupen. Ich kämpfte mich bis an den Wagen heran, fiel auf den Rücksitz und bekam gerade noch rechtzeitig die Tür hinter mir zu, als Vincent auch schon das Gaspedal durchtrat und wir über die Cumberland zurückkrasten. Als wir an der Gasse vorbeischossen, war von Transportermann keine Spur mehr zu sehen. Ich versuchte noch, irgendwas zu erkennen, aber es war zu dunkel.

»Wo ist Wiesel?«, fragte Vincent und beugte sich über das Lenkrad. Dann riss er es abrupt nach rechts, und Paul krachte in mich hinein.

Er zitterte am ganzen Leib, und er war leichenblass. Er stammelte etwas vor sich hin, aber ich konnte kein Wort verstehen.

Ich packte ihn an der Schulter und schüttelte ihn. »Was ist passiert? Wo ist Wiesel?«

Paul sah mir in die Augen. Er machte den Mund auf, aber es kam nichts heraus.

»Paul!«

»Er ist … oh Gott«, stieß er hervor und japste nach Luft. »Er hat ihn erschossen … Er ist tot. Wiesel ist tot.«

Ich versuchte, mehr aus ihm herauszukriegen, aber er schlug die Hände vors Gesicht und schluchzte nur noch.

Ein anderer Streifenwagen mit Blaulicht kam uns in voller Fahrt entgegen.

»Wir müssen von hier verschwinden«, sagte Vincent und bog in eine Nebenstraße ein.

Zwei weitere Streifen schossen an uns vorbei – überall Sirenen.

Ich ließ mich in den Sitz zurückfallen, während Paul neben mir schrie: »Zurück zur Farm?«

Vincent warf einen Blick auf die Uhr am Armaturenbrett. »Wir waren vierzig Minuten weg, und bis dorthin dauert es eine halbe Stunde …«

»Zwei Stunden, hab ich zu Libby gesagt. Fahr dorthin zurück!«

In Rekordzeit hatten wir die Einfahrt erreicht.

Finickys Auto war weg.

126
Tagebuch

Den Weg nach Simpsonville legten wir schweigend zurück. Vincent und ich hielten den Blick auf die Straße gerichtet, auf dem Rücksitz hatte sich Paul an die Tür gekauert – aus den Schreien waren Schluchzer geworden, daraus ein Wimmern, und irgendwann war auch er still gewesen.

In Weldermans Handschuhfach hatte Vincent eine Schachtel Ibuprofen gefunden. Ich würgte vier Tabletten hinunter, dann zwei weitere etwa eine halbe Stunde später. Die Schmerzen in meinem Arm und im Bein waren nach einer Weile nur noch als dumpfes Pochen zu spüren; auch wenn die Schwellung nicht komplett zurückging, wurde es doch ein wenig besser, und dafür war ich unendlich dankbar.

Ich sah die Lichter mehrerer Städtchen und Dörfer hinter uns verschwinden, bis wir nur mehr durch finstere Nacht fuhren. Alle drei hätten wir dringend schlafen müssen, aber wir konnten unter gar keinen Umständen eine Pause einlegen.

»Wir haben fast kein Benzin mehr«, stellte Vincent fest.

»Es ist nicht mehr weit«, erwiderte ich.

Und es war nicht mehr weit.

Meine Straße, mein Wald, mein Haus – genau wie ich alles zurückgelassen hatte. All das hatte nur auf meine Rückkehr gewartet.

»Da vorn abbiegen«, sagte ich.

Vincent beugte sich über das Lenkrad. »Wo?«

»Bei dem Briefkasten, da vorn, gleich rechts.«

Vincent pfiff durch die Zähne, als das Scheinwerferlicht die Überreste meines Elternhauses streifte. Die ausgebrannte Ruine meiner Kindheit.

»Da steht Finickys Auto«, stellte Paul fest und zeigte in Richtung des Trailers. »Sie haben es geschafft.« Es war das Erste, was er seit Charleston gesagt hatte.

Wir hielten neben den Überresten von Vaters Auto an. Es war unkrautüberwuchert, und dafür war ich dankbar. Ich wollte es nicht sehen. Vincent stellte den Motor ab. Das Dröhnen wich einem Knacken, als der Motor sofort anfing runterzukühlen.

Die Eingangstür der Carters stand offen. Mehrere Rucksäcke und Taschen standen vor Finickys Auto.

Vincent war der Erste, der raussprang. Mit Weldermans Waffe im Anschlag rannte er die Treppe hoch. »Kristina! Tegan!«, rief er. »Libby!« Sowie er drinnen war, klang seine Stimme gedämpft.

Irgendwas stimmte da nicht. Ich glaube, Paul hatte das gleiche Gefühl. Als wir beide ausstiegen, hing es schier greifbar in der Luft.

Mit einem verwirrten Ausdruck im Gesicht kam Vincent wieder raus. »Sie sind nicht hier.«

Ich hörte nur mit halbem Ohr hin. Ich meinte, auf der Rückbank von Finickys Wagen eine Bewegung gesehen zu haben, jemanden, der sich weggeduckt hatte.

Ich wollte glauben, dass es die Mädchen wären, die sich schlafen gelegt hätten – klar würden sie im Auto schlafen, redete ich mir ein, während sie auf uns warteten … Ich wollte so sehr, dass es wahr wäre. Doch als ich näher an den Wagen heranging, war mir klar, dass es nicht stimmte. Auf der Rückbank lag eine Männerleiche.

»Welderman«, flüsterte Paul.

Stocks' Leiche saß auf dem Beifahrersitz. Irgendwer hatte ihm sogar den Gurt angelegt.

Vincent legte die Hände zu einem Trichter an den Mund. »Kristina!«

Sie antwortete nicht.

Niemand antwortete.

Vincent riss die Fahrertür auf – und da war Blut am Lenkrad. Keine Ahnung, ob von Welderman, Stocks oder von jemand anders.

»Das ist gruselig«, sagte Paul, drehte sich um und suchte die Umgebung ab.

»Mach den Kofferraum auf«, sagte ich und umrundete den Wagen.

Weder Paul noch Vincent rührte sich.

»Irgendwer muss den Kofferraum aufmachen …«

Vincent tastete nach dem Riegel und zog daran.

Es klickte laut. Dann ging die Klappe auf.

Ich wollte gar nicht hinsehen, riss mich dann aber zusammen. Mir stockte der Atem, als ich mich vorbeugte.

Leer.

Für einen winzigen Moment war ich erleichtert. Dann entdeckte ich Libbys Medaillon im Schotter zu meinen Füßen.

»An Stocks' Hemd ist ein Zettel befestigt«, rief Vincent gleich darauf aus dem Wageninneren.

»Was steht drauf?«

»›Ihr habt eine Stunde, um den Müll zu entsorgen, bevor ich die Polizei rufe. Vergesst die Mädchen. Und verfolgt mich nicht.‹ Es ist mit ›Sam Porter‹ unterschrieben.«

Sechs Monate später

127

Porter

Porter verlagerte das Gewicht, was ihm für geschätzte dreißig Sekunden Erleichterung verschaffte, ehe der harte Holzsitz anfing, die andere Gesäßseite zu malträtieren – hurra, was Neues, das einen fertigmachte. Nach geschlagenen drei Monaten bei Gericht hätte er es besser wissen und sich ein Kissen mitbringen können.

Saal 209 im George N. Leighton Criminal Court an der 2600 South California Avenue in Chicago war der größte im ganzen Gerichtsgebäude. Auf der Empore war Platz für fast zweihundert Zuschauer, und auch heute war kein einziger Stuhl frei geblieben, genauso wenig wie auch schon an sämtlichen früheren Verhandlungstagen.

Es hatte zunächst Überlegungen gegeben, den Prozess in eine andere Stadt zu verlegen – Bishops Hauptverteidiger, ein gewisser Curtis Ruhland, hatte ins Feld geführt, Bishop werde ausgerechnet in Chicago nie und nimmer unvoreingenommen behandelt. Doch obwohl er damit höchstwahrscheinlich recht gehabt hatte, waren Verteidiger, Ankläger und Richter nicht imstande gewesen, einen Ort zu finden, an dem er nicht ebenso vorverurteilt worden wäre. Bishop und die 4MK-Morde waren lange vor dem 17. Februar 2015 bekannt gewesen, aber die Ereignisse jenes Tages hatten schließlich weltweit für Schlagzeilen gesorgt. Ob Zeitung,

Fernsehen oder Internet – dass 4MK geschnappt worden war, war überall Thema Nummer eins gewesen.

Am 17. Februar war im Guyon Hotel fast ein Dutzend Leichen in unterschiedlichen Stadien der Verwesung entdeckt worden. Allen waren ein Auge, ein Ohr und die Zunge entfernt und *Ich bin böse* in die Stirn geritzt worden, und in der Nähe des jeweiligen Fundorts hatte irgendwo *Vater, vergib mir* gestanden. Jeder Einzelne hatte namentlich in 4MKs letztem Tagebuch gestanden – in demjenigen, das Klozowski Nash überreicht hatte. Jeder Einzelne war in irgendeiner Form in den Menschenhandel verwickelt gewesen, der in dem Tagebuch detailliert dargelegt wurde. Drei weitere Leichen hatte das FBI im Salzdepot hinter dem Krankenhaus gefunden – genau an der Stelle, die Klozowski Nash genannt hatte.

Per Videobotschaft auf seinem Metro-Rechner hatte Edwin Klozowski diese jüngsten Taten gestanden. Er hatte Beweise für die Verbrechen der Opfer hinterlegt, genau geschildert, wie er sie jeweils aufgespürt hatte. Klozowski hatte auch die Morde an Stanford Pentz und Christie Albee gestanden. Nachdem er – damals noch »Kid« – durch Welderman und Stocks schwerste Verletzungen davongetragen hatte, war er in die dubiose Arztpraxis eines gewissen Stanford Pentz gebracht worden; dieser und Christie Albee hatten ihn dort notdürftig zusammengeflickt, ehe sie ihn in Pentz' Wagen verladen und vor der nächstbesten Notaufnahme abgelegt hatten.

Klozowski war niemand, der je ein Gesicht vergessen hätte.

Bürgermeister Milton war tot.

FBI Special Agent in Charge Foster Hurless war tot. Vergiftet. Auch wenn Poole eine detaillierte Täterbeschreibung hatte liefern können, war weder das FBI noch die Metro (die schließlich und zu guter Letzt kooperiert hatten) imstande gewesen, den Mann aufzuspüren, der an jenem Tag Kaffee gebracht hatte. Dieser Mann war gut genug informiert gewesen, um Hurless Kaffee mit Zucker anzubieten. Er hatte lediglich das Risiko eingehen müssen, dass jemand anders zuerst nach dem entsprechenden Becher greifen könnte.

Sowohl Bürgermeister Milton als auch SAIC Hurless waren so tief in die Trafficking-Geschäfte verwickelt gewesen, dass allein die beiden in dem Tagebuch annähernd zwanzig Seiten beansprucht hatten. Sie hatten ihre jeweilige Position missbraucht, um einerseits ihre Machenschaften voranzutreiben und sie andererseits nach außen hin abzuschirmen. Unmittelbar nach dem Tod seines Vorgesetzten stieß Special Agent Frank Poole auf ein Schwarzgeldkonto unter Hurless' Namen, auf dem fast drei Millionen Dollar lagen; dieses Geld wurde ebenso wie das Vermögen des Bürgermeisters beschlagnahmt.

Edwin Klozowski war tot.

Der Sprenggürtel, den er sich umgeschnallt hatte, hatte das einstige Cook County General mehr oder weniger in Schutt und Asche gelegt; die Flammen hatten ihr Übriges getan. Zumindest Leichenteile des Bürgermeisters waren geborgen worden. Er war immer noch an die *Schutzbefohlenen*-Statue gefesselt gewesen.

Klozowskis letzte Minuten, sein Geständnis und die von ihm erhobenen Vorwürfe hatten sie anhand von Nashs Aussage rekonstruieren und dokumentieren können. Nash hatte überdies berichtet, dass Anthony Warnick in dem Tunnel, der das Stroger mit dem Cook County General verbunden hatte, einem tödlichen Schuss erlegen war; tags darauf wurden bei der Durchsuchung von Warnicks Wohnung durch FBI und Metro hinreichend Beweise gefunden, die seine Täterschaft belegten – auf Anweisung des Bürgermeisters hatte er Kristina Niven und Tegan Savala aufgespürt und ermordet und ihre Leichen auf dem Friedhof und am Bahnhof abgelegt. Auch wenn es keine belastbaren Beweise dafür gab, lag der Schluss nahe, dass Warnick auch Weidner ermordet und in Porters Wohnung abgelegt hatte. Warnick war von den Drahtziehern hinter BackPage beauftragt worden, sämtliche überlebenden Kinder aus dem Finicky-Heim aus dem Weg zu räumen und es so aussehen zu lassen, als wären es 4MKs Taten.

Als Porter im Krankenhaus aus dem künstlichen Koma aufgewacht war – eine geschlagene Woche, nachdem er angeschossen worden war, und drei Operationen später –, war Nash bei ihm gewesen und hatte berichtet, dass Klozowski darauf beharrt habe, Porter habe mit Warnick zusammengearbeitet und versucht, die Kinder aus dem Finicky-Heim aufzuspüren und ein für alle Mal zum Schweigen zu bringen. Nash hatte Porter überdies erzählt, dass er nicht vorhabe, dies in seinen Bericht zu schreiben. Doch Porter hatte darauf bestanden.

»Keine Geheimnisse mehr«, hatte er tonlos zu seinem Partner gesagt. »Lass kein Detail aus.«

Widerwillig hatte Nash zugestimmt.

Es lag also alles schwarz auf weiß vor.

Obwohl Porter sämtliche Berichte gelesen hatte, fühlte er sich nicht imstande, auch nur einen der Vorwürfe anzuerkennen oder aber abzustreiten – er konnte sich schlicht an nichts erinnern. Das eine oder andere blitzte bei ihm auf, aber nichts davon ergab ein komplettes Bild. Er konnte sich nicht erinnern, Warnick jemals begegnet zu sein.

Schnell, sie kommen.

Poole hatte ihm erzählt, was er gesagt hatte, ehe er einen Augenblick später bewusstlos geworden war; aber selbst das war verschwunden. Ein flüchtiges Aufblitzen der Vergangenheit, die sich erneut hinter den Nebel zurückgezogen hatte.

Poole hatte überdies berichtet, dass sie in Porters Hotelzimmer in New Orleans eine leere Ampulle gefunden hatten, die zuvor SARS-Viren enthalten hatte. Zwei weitere Ampullen fehlten noch immer. Porter sagte aus, er habe diesbezüglich nicht die geringste Ahnung.

Porter war nicht mit SARS infiziert.

Er war bei der Ankunft im Krankenhaus sofort auf die Quarantänestation gebracht worden. Während der OPs und der darauffolgenden Nachbehandlung hatten sie zusätzliche Sicherheitsvorkehrungen getroffen, bis Tests ergaben, dass er das Virus nicht in seinem Kreislauf hatte. Als er zu guter Letzt stabil genug war, um befragt zu werden, erzählte Porter dem FBI, was Bishop zu ihm gesagt hatte – dass das Virus in dem Frühstück enthalten gewesen sei, das er im Flugzeug gegessen hatte. Als der Jet sichergestellt wurde, war dort jedoch keine Spur des Virus zu finden, ebenso wenig wie Beweise dafür, dass Bishop den Flieger je betreten hatte. Poole war bei der Befragung nicht anwesend; der Agent, der die Aussage aufnahm, protokollierte sie lediglich und verschwand wieder. Porter hätte nicht sagen können, ob er ihm geglaubt hatte oder nicht.

Aus einer Seitentür zur Linken trat der Gerichtsdiener ein und wandte sich dem Publikum zu. »Bitte erheben Sie sich für Richter Henry Schmitt.«

Zusammen mit Special Agent Frank Poole, der links von ihm saß, und allen anderen im Raum stand Porter auf – mit Fesseln an Händen und Füßen, sodass er leicht gebückt stehen musste.

128

Porter

Gemeinsam mit seinem Verteidiger stand Anson Bishop an einem Tisch ganz vorn im Gerichtssaal. Er hatte sich für die Urteilsverkündung die Haare schneiden lassen und trug einen dunkelblauen Anzug. Von seinem Platz in der dritten Reihe starrte Porter Bishops Hinterkopf an und beschwor ihn in Gedanken, sich umzudrehen. Doch Bishop rührte sich nicht.

»Setzen Sie sich«, sagte der Gerichtsdiener.

Porter musste eine Sekunde zu lange stehen geblieben sein. Er spürte Pooles Hand an seinem Arm, der ihn zurück auf die Sitzbank zog. Die Wunde in seiner Brust war immer noch empfindlich, und auch wenn sie nicht mehr dauerhaft wehtat, erinnerte ihn ein Stechen hin und wieder daran, wie nah er dem Tod gewesen war – tagtäglich seltener, aber unterschwellig immer da, als eine Art Souvenir vom 17. Februar.

Seit dem ersten Verhandlungstag hatte Bishop alle Schuld an den Verbrechen von sich gewiesen. Im Zeugenstand war er unerschütterlich bei seiner Version geblieben – ja, ich habe einen anderen Namen angenommen, aber nein, ich habe niemanden umgebracht. Detective Porter hat mir gesagt, ich sei Teil einer Undercoverermittlung, bei der der wahre 4MK gefasst werden solle. Bei ihrem Schlussplädoyer hatten Bishops Verteidiger sich auf Klozowskis Geständnis berufen und einen banalen Schluss gezogen – er habe all diese Morde gestanden; ob da nicht naheliegend sei, dass er auch Calli Tremell und die anderen umgebracht habe? All diejenigen, die man Anson Bishop zur Last lege? Sei es wirklich so schwer zu glauben, dass in Wahrheit Edwin Klozowski – und nicht ihr Mandant – für all das verantwortlich sei?

Durch eine Tür hinten rechts traten die Geschworenen ein. Sieben Männer, fünf Frauen, von Anfang zwanzig bis dreiundsiebzig. Vier Schwarze, fünf Weiße, zwei Latinos, eine Asiatin. In den vergangenen drei Monaten waren sie in einem nahe gelegenen Hotel untergebracht gewesen und hatten dort weder Zugang zum Internet noch zu einem Fernseher gehabt. Angehörige waren bei Besuchen durchsucht worden, damit auch garantiert keine Informationen von außen an sie herangetragen würden. Tag für Tag hatte Richter Schmitt sie ermahnt, lediglich jene Beweise in Betracht zu ziehen, die bei Gericht vorgelegt und zugelassen worden waren. Allerdings hatte sich schon früh während des Prozesses gezeigt, dass die Beweismenge wesentlich geringer ausfiel, als der Oberstaatsanwalt es sich erhofft hatte.

Porter nahm sein Notizbuch hoch, das er neben sich auf den Sitz gelegt hatte. Er hatte noch im Krankenhaus angefangen, Dinge aufzuschreiben, und hätte es eigentlich der Anklagebank überreichen wollen, doch die Staatsanwaltschaft hatte es rundheraus abgelehnt.

Auf dem schwarz-weißen Notizbuch stand vorn auf dem Umschlag *Beweise*.

Auf die erste Seite hatte er in großen Blockbuchstaben geschrieben: *Geständnis im 314 West Belmont.*

Als Porter Bishop im zehnten Stock in Talbots Bürogebäude gestellt hatte – damals noch Baustelle, der sterbende

Arthur Talbot an einen Bürostuhl gefesselt –, hatte Anson Bishop sämtliche Morde zugegeben. Emory Connors hatte damals am Grund des Fahrstuhlschachts gelegen. Unmittelbar bevor Talbot in den Tod gestürzt war, hatte Bishop Porter erzählt, dass er den Immobilienmogul für den Verlust seiner Eltern verantwortlich mache und dass der Mann in zig kriminelle Machenschaften verwickelt sei. Porter hatte noch versucht, ihn aufzuhalten, als Bishop Talbot auch schon in den offenen Schacht gestoßen hatte.

Einen Monat nach Prozesseröffnung hatte der *Chicago Examiner* in einer Titelstory über Porters Gedächtnislücken berichtet. Auch wenn sie ihre Quellen nicht offengelegt hatten, war in dem Artikel aus einem Bericht zitiert worden, der auf vertraulichen Gesprächen zwischen Porter und den behandelnden Ärzten beruhte – in denen es ausgerechnet um die fehlenden Zeitspannen gegangen war. Bishops Verteidigerteam hatte sich Zugang zu Porters Arztberichten verschafft, woraufhin der dazu verpflichtet wurde, sich von einem richterlich bestellten Psychologen auf seinen derzeitigen und früheren Geisteszustand testen zu lassen.

Am Ende war er als nicht belastbarer Zeuge vom Prozess gegen Bishop ausgeschlossen worden. Und weil nur er Bishops Geständnis aus Talbots Büroturm hätte bezeugen können, war auch sein schriftliches Protokoll des Gesprächs aus der Beweismittelliste gestrichen worden.

In seinem Notizbuch strich er *Geständnis im 314 West Belmont* durch.

Obwohl Porter darüber hinaus ausführlich berichtet hatte, wie Bishop ihn in seiner eigenen Wohnung niedergestochen hatte, war auch dies aus der Beweismittelliste getilgt worden.

Anrufe.

Gespräche.

Alles nicht belastbar.

Sofern es keine dritten Beteiligten gegeben hatte, waren sämtliche Interaktionen zwischen Bishop und Porter für null und nichtig erklärt worden.

Porter strich sie alle in seinem Notizbuch aus.

Geständnis im Guyon.

Mord an Jane Doe/Rose Finicky.

Jedes einzelne Telefonat.

Das Gericht konzentrierte sich zusehends auf rein physische Indizien, hauptsächlich Bishops Fingerabdrücke, die an dem Förderwagen gesichert worden waren, in dem Gunther Herberts Leiche durch die Schmugglertunnel ins Mulifax-Publications-Gebäude transportiert worden war. Im Zeugenstand sagte Bishop indes aus, er sei nie im Leben dort unten gewesen. Allein ein Teilfingerabdruck brachte ihn mit dem Tatort in Verbindung; und den wischte die Verteidigung im Handumdrehen vom Tisch: Der Fingerabdruck sei von Mark Thomas aus dem SWAT-Team gesichert und an Detective Porter übergeben worden. Erst nach Stunden habe dieser den Asservatenbeutel an Detective Nash weitergegeben, der ihn ins Labor hätte bringen sollen – *ausgerechnet Detective Nash, der meinen Mandanten vor laufender Kamera krankenhausreif getreten hat?*

Porter hatte wenig Hoffnung, dass der Fingerabdruck ihnen bleiben würde, und strich ihn ebenfalls von seiner Liste.

Mehrere Leute im A. Montgomery Ward Park hatten Bishop gesehen, als er Emory Connors entführt hatte. Keiner von ihnen war sich indes sicher genug, um ihn bei einer Gegenüberstellung wiedererkennen zu können.

Emorys damaliger Freund, Tyler Mathers, hatte Bishop ebenso wenig identifizieren können.

Emory selbst, die auf dem Grund des Aufzugschachts gefangen gehalten worden war, hatte nie das Gesicht ihres Entführers gesehen.

Dann die Urheberschaft von 4MKs Tagebüchern: Obwohl Porter darauf beharrte, sie nicht bei Paul Upchurch in Auftrag gegeben zu haben, *Paul Upchurch überhaupt nie begegnet zu sein*, schlugen ihm bei dieser Aussage Bedenken und Zweifel entgegen – und zwar tatsächlich vonseiten der Ankläger der Staatsanwaltschaft. Weil man diesbezüglich kein Risiko eingehen wollte, wurden auch die Tagebücher nicht zu den Beweisen genommen.

Blieben Hörensagen.

Spekulation.

Der reine Zufall.

Stück für Stück zerpflückte die Verteidigung den Fall. Porter ging seine Notizen durch, strich hier etwas, dort etwas, klappte das Buch letztlich zu und legte es weg.

Die Geschworenen hatten sich gut sechs Stunden lang beraten.

Richter Henry Schmitt schlug mit dem Hammer aufs Richterpult. »Ruhe im Saal!«

Larissa Biel und Kati Quigley saßen nebeneinander in Porters Reihe.

Ebenfalls in seiner Reihe saßen Clair und Nash auf Poles anderer Seite. Als Porter zu ihnen hinübersah, hielten sich die beiden an der Hand.

Der Richter wandte sich der Sprecherin der Geschworenen zu. »Sind Sie zu einer Entscheidung gekommen?«

Die Asiatin stand auf. »Ja, Euer Ehren.«

»Stehen Sie auf«, sagte er an Bishop gewandt, »und sehen Sie die Geschworenen an.«

Anson Bishop stand auf, knöpfte sein Sakko zu und drehte sich zu den zwölf um.

Der Richter bedachte die Zuschauerempore mit einem ernsten Blick. »Wenn das Urteil verlesen ist, erwarte ich, dass Sie ruhig bleiben und dem Umstand Rechnung tragen, dass wir uns hier bei Gericht befinden. Ich werde keinen

Tumult dulden.« Dann drehte er sich wieder zu der Frau in der Geschworenenbank um. »Wie lautet Ihr Beschluss?«

Sie ließ den Blick durch das Publikum schweifen, sah vage in Bishops Richtung, schlug aber sofort den Blick nieder, war nicht imstande, ihn direkt anzusehen. Dann räusperte sie sich und las von der Karte in ihrer Hand ab: »Die Geschworenen erachten den Angeklagten Anson Bishop im Fall 15-85201008, Cook County gegen Anson Bishop, für nicht schuldig, im Fall des Mordes an Calli Tremell gegen Strafgesetzbuch Paragraf 187(a) verstoßen zu haben. Nicht schuldig im Sinne von Strafgesetzbuch Paragraf 187(a) im Fall des Mordes an Elle Borton. Nicht schuldig im Sinne von Strafgesetzbuch Paragraf 187(a) im Fall des Mordes an Missy Lumax. Nicht schuldig im Sinne von Strafgesetzbuch Paragraf 187(a) im Fall des Mordes an Barbara ...«

Porter schoss das Blut in den Kopf, und über das Rauschen in seinen Ohren hinweg konnte er die Stimme nicht mehr hören. Von der Empore kamen lautes Aufkeuchen und Rufe – einige jubelten, während andere in Tränen ausbrachen.

Poole tippte Porter auf die Schulter und nickte in Richtung Hinterausgang. »Wir sollten jetzt gehen.«

PORTERS NOTIZEN

Anson Bishops Opfer

Calli Tremell
Elle Borton
Missy Lumax
Susan Devoro
Barbara McInley
Allison Crammer
Jodi Blumington
Emory Connors (hat überlebt)
Gunther Herbert
Arthur Talbot
Rose Finicky
Detective Freddy Welderman
Detective Ezra Stocks
Dr. Joseph Oglesby

Paul Upchurchs Opfer

Floyd Reynolds
Ella Reynolds
Randal Davies
Lili Davies
Darlene Biel (hat überlebt)
Larissa Biel (hat überlebt)
Kati Quigley (hat überlebt)
Wesley Hartzler

Edwin Klozowskis Opfer

Mayor Barry Milton
Anthony Warnick
Stanford Pentz – Stroger Hospital
Christie Albee – Stroger Hospital
Weitere im Guyon Hotel

Anthony Warnicks Opfer (i. A. von BackPage)

Libby McInley
Tegan Savala – Friedhof Rose Hill
Kristina Niven – Gleise der Red Line/Clark Station
Vincent Weidner – meine Wohnung
(ehem. Finicky-Heimkinder)

Weldermans/Stocks'/Hillburns Opfer

Wiesel

Unbekannter Täter

Tom Langlin – Gerichtsgebäude Simpsonville
Jane Doe – Finickys Farm

129

Porter

»Ich will von den gottverdammten Tagebüchern nichts mehr hören!« Captain Henry Dalton schlug mit der flachen Hand auf den Tisch. Er sah Porter finster an. »Sie und diese Bücher! Ich bin mir wirklich nicht sicher, was schlimmer ist: dass es so aussieht, als hätten Sie sie verfasst, oder die Möglichkeit, dass Sie es nicht waren und diese Ermittlung aufgrund von Hirngespinsten eines Wahnsinnigen vor die Wand gefahren haben.«

»Ich hab nicht ...«

Dalton zeigte mit dem zittrigen Zeigefinger in seine Richtung. »Es reicht!«

»Muss ich Sie daran erinnern, dass mein Mandant dieser Besprechung freiwillig zugestimmt hat und nicht verpflichtet ist, hier zu sein?«

Bob Hessling – Ende vierzig, schlecht gefärbtes, sich lichtendes Haar, der Porter von der Gewerkschaft zugewiesene Rechtsbeistand – saß zu seiner Linken und wandte sich jetzt an den Oberstaatsanwalt.

»Die Staatsanwaltschaft hat die Anklage übers Knie gebrochen, weil sie sich von den Medien hat unter Druck setzen lassen. Sie haben versucht, Bishop für sämtliche Morde auf einmal dranzukriegen, statt schön einen nach dem anderen abzuarbeiten. Er ist nur deshalb auf freiem Fuß, weil Sie die Abkürzung nehmen wollten, nicht weil mein Mandant etwas falsch gemacht hätte.«

Der Staatsanwalt kniff die Augen zusammen. »Die Ermittler haben kaum Beweise geliefert – und was da war, war nicht zu gebrauchen. Wir mussten die Morde zusammenfassen – einzeln hätte die Klage nicht einen Tag standgehalten.«

»Aber jetzt, wo Bishop raus ist und für dieselben Taten nicht noch mal belangt werden kann, ist er für uns verloren. Ganz toll gemacht.«

»Wenn Ihr Mandant lieber in seine Zelle zurückkehren will, dann bitte. Er hat hier genug angerichtet.«

»Ich kann Ihnen helfen«, sagte Porter leise.

»Seien Sie still!«, fuhr Dalton ihn an.

Auf der anderen Seite des Tischs stieß Special Agent Frank Poole einen Seufzer aus. »Sie müssen uns sagen, wer diese Frau war, Sam. Die Frau in der Farm.«

»In *Ihrer* Farm im Übrigen«, warf der Staatsanwalt ein.

»Es ist nicht *meine* Farm. Sie gehört mir genauso wenig wie das Grundstück in Simpsonville.«

»Aber Sie streiten nicht ab, mit dieser Frau dort gewesen zu sein?«

Hessling legte seine Hand auf Porters Unterarm. »Darauf antworten Sie jetzt nicht.«

Porter schüttelte ihn ab. »Ich war mit Bishops Mutter dort, mit der Frau, die sich mir als Sarah Werner vorgestellt hat. Dann sind wir zusammen weggefahren. Ich weiß nicht, wen Sie dort gefunden haben!«

Der Staatsanwalt warf mehrere Fotos vor Porter auf den Tisch. »Die hier haben wir gefunden.«

Porter hatte die Fotos schon einmal gesehen, trotzdem zog sich ihm bei dem Anblick erneut der Magen zusammen. Mit einer Rasierklinge oder einem anderen scharfen Gegenstand hatte jemand auf jeden Zentimeter entblößter Haut

Ich bin böse geschrieben. Auge, Ohr und Zunge fehlten und hatten in weißen Schachteln gelegen – genau wie bei den anderen 4MK-Opfern. Ihre Fingerabdrücke waren nicht in der Datenbank gewesen, und ihr Gesicht war derart entstellt, dass die Gesichtserkennung sie nicht hatte identifizieren können. Auch auf einen DNA-Treffer hatten sie wenig Hoffnung.

Porter sah von den Fotos auf. »*Ich bin mit Sarah Werner zusammen von dort weggefahren.* Ich weiß nicht, wer diese Person ist.«

»Aber könnte das die Person sein, die Sie als Sarah Werner kannten?«, wollte Poole wissen.

Porter zuckte mit den Schultern. »Sie hat die gleiche Haarfarbe und in etwa die gleiche Größe. Aber sie kann es nicht sein. Sie war noch am Leben, als wir dort weg sind.«

»Wer ist es dann?«, fragte der Staatsanwalt erneut.

»Ich *weiß* es nicht.«

Für einen Moment herrschte Stille im Raum. Dann wandte Poole sich an den Staatsanwalt. »Wollen Sie es ihm sagen?«

Der Mann winkte ab. »Machen Sie nur.«

»Mir *was* sagen?«

»Die echte Sarah Werner«, hob Poole an, »diejenige, die wir ermordet in ihrem Haus in New Orleans aufgefunden haben, stand in engem Kontakt mit den Leuten, die hinter BackPage steckten. Sie hat einige von ihnen verteidigt oder ihnen anderweitig juristisch zur Seite gestanden. Klozowski hat auch ihre Vergehen in seinen Notizen dokumentiert.«

»Dann hatte sie ebenfalls Dreck am Stecken…«

»Ja.«

»Wenn jemand es schaffen sollte, die Tote aus der Farm zu identifizieren«, wandte Porter sich an den Staatsanwalt, »werden Sie unter Garantie feststellen, dass sie auch in der Sache mit drinsteckte. Die Frau, die ich als Sarah Werner gekannt habe, ist jedenfalls immer noch irgendwo dort draußen.« Er tippte auf das oberste Foto. »Das ist sie jedenfalls nicht.«

»Wie können Sie sich da sicher sein?«

»Ich hab sie erst am Flughafen aus dem Blick verloren.«

»Sie haben sie am Flughafen aus dem Blick verloren«, wiederholte der Staatsanwalt. »Eine Frau, die außer Ihnen niemand gesehen hat.«

»Das stimmt.«

Aus seiner Tasche zog Poole eine dicke Akte, die Porter sofort wiedererkannte. Seine Patientenakte aus dem Camden. Poole schob sie quer über den Tisch auf Porter zu. »In der Akte steht, dass Sie sich die Frau eingebildet haben.«

»Die Akte ist Bullshit.«

Poole warf erst dem Staatsanwalt, dann Dalton und Hessling einen Blick zu, ehe er sich wieder Porter zuwandte. »Ich weiß.«

Porter hatte schon den Mund aufgemacht, um etwas zu entgegnen, verstummte dann aber.

»Ich glaube nicht, dass Sie je im Camden in Behandlung waren«, fuhr Poole fort. »Wir glauben, dass Upchurch die Akte gefälscht haben könnte, womöglich gemeinsam mit Klozowski. Sie ist ein Fake. Das Camden Treatment Center ist seit fast drei Jahren nicht mehr in Betrieb.«

Porter war sichtlich verwirrt. »Ich ... Ich hab dort einen Arzt getroffen. Ich war da, als ich gerade ...«

Poole ließ ihn nicht aus den Augen. »Sie haben sich mit einem Mann getroffen, der behauptet hat, Arzt zu sein, und der sich als Dr. Victor Whittenberg ausgegeben hat. Der behauptet hat, Sie seien bei ihm in Therapie gewesen, nachdem Sie angeschossen worden waren. Aber es gab nie einen Dr. Whittenberg im Camden, und bevor Sie im Februar dort waren, hatte sich jemand alle Mühe gegeben, das Camden so herzurichten, als wäre es immer noch in

Betrieb. Aber das war es nicht. Diese Leute wussten, dass Sie dort auftauchen würden – das Blut, das wir gefunden haben, die Tatortspuren, die nach Ihrer Abreise dort ausgelegt wurden – das war alles Fake. Das Blut war nicht mal Menschenblut, sondern das einer Katze.«

»Einer Katze?«

»Einer Katze.«

Bishops Katze.

Poole hatte den gleichen Gedanken. »Bishop hat Sie von A bis Z manipuliert. Das war mir vollends klar, als ich Oglesby aufgespürt habe.«

130

Porter

»Sie haben Oglesby aufgespürt?«

»Na ja, seinen Namen«, korrigierte sich Poole. »Er war fast elf Jahre lang im Camden angestellt und hat trotzdem kaum Spuren dort hinterlassen. Die meisten Camden-Akten sind vertraulich, weil sie Einzelheiten zu Therapien enthalten – trotzdem hab ich eine Reihe von Berichten eingesehen, die von ihm unterschrieben wurden, auch wenn ich an den restlichen Inhalt nicht rankomme. Wir glauben, dass er gegen Ende 1995 verschwunden sein dürfte – allerdings liegt keine Vermisstenmeldung vor. Im Camden steht in den Unterlagen als Austrittsgrund *Aufgabe der Anstellung*, wobei die Personalakte selbst komplett leer ist.«

»Er dürfte im See in Simpsonville gelandet sein«, murmelte Porter.

»Haben Sie die Leiche dort entsorgt?«, hakte der Staatsanwalt sofort ungerührt nach.

»Dort hätte Bishop ihn hingebracht, nachdem er sich sein Messer zurückgeholt hätte.«

Poole und der Staatsanwalt wechselten einen Blick. Dann fragte Letzterer: »Haben Sie Tom Langlin in Simpsonville umgebracht?«

Porter musste sich an die Tischkante krallen, um seine Wut zu beherrschen. »Ich habe niemanden umgebracht.«

Der Staatsanwalt schnaubte frustriert und nickte Poole zu. »Erzählen Sie ihm auch das.«

Poole rieb mit den Fingern über die Tischkante, ehe er sich wieder Porter zuwandte. »Die Frau, die wir in der Farm gefunden haben, war bereits mindestens zwei Wochen, wenn nicht länger tot. Auch sie war in Salz eingelagert worden, wie die anderen auch. Wir glauben tatsächlich nicht, dass Sie sie umgebracht haben – wir glauben auch nicht, dass Sie Langlin und all die anderen umgebracht haben. Das waren wohl Bishop und Klozowski – und womöglich noch andere.«

»Bishops Mutter ist immer noch irgendwo dort draußen«, sagte Porter mehr zu sich selbst.

»Sofern sie real war.« Der Staatsanwalt schnitt eine Grimasse.

Porter sah abrupt auf. »Sie haben ein Foto von ihr – aus New Orleans, aus dem Gefängnis, als wir die Besucherausweise gemacht haben! Das Foto müssen Sie sich besorgen!«

Doch Poole schüttelte bereits den Kopf. Dann zog er ein Foto aus seiner Brieftasche und legte es vor Porter ab. Es war das Porträt einer schwarzen Mittfünfzigerin.

»Wer soll das sein?«, fragte Porter.

»Das ist das Bild, das auf dem Gefängnisserver gespeichert war.«

Porter fegte das Foto beiseite. »Klozowski. Das war sein Werk.«

Jetzt ergriff Dalton das Wort. »Tom Langlin hatte dafür gesorgt, dass Ihr Name in den Unterlagen in Simpsonville auftauchen konnte. Sheriff Banister hat bestätigt, dass Langlin Zugang zu sämtlichen Archivunterlagen des County hatte und daran herumgepfuscht haben könnte. Wir gehen inzwischen davon aus, dass Klozowski dann den digitalen Eintrag für das Farmhaus manipuliert hat. Wahrscheinlich wurde Langlin nur deshalb umgebracht, weil ...«

»Loser Faden«, fiel Porter ihm leise ins Wort. *Vater hat mich gelehrt, hinter mir aufzuräumen.*

»Gut möglich.« Dalton nickte. »Sieht aus, als hätte er auch die Spur von Ihnen zu Upchurch gelegt. Aber daran arbeiten wir noch.«

Der Staatsanwalt zog eine gelbe Postkarte aus der Tasche, tippte mit der Kante mehrmals auf den Tisch und warf sie dann zu Porter hinüber.

Die Karte war an Porter adressiert. »Was ist das?«

»Haben wir in Ihrem Briefkasten gefunden.«

»Sie haben meine Post durchwühlt?«

»Sie sind nach wie vor ein Verdächtiger in mehreren ungeklärten Fällen. Wir haben nicht nur Ihre Post durchwühlt, sondern sie mit richterlicher Erlaubnis katalogisiert.«

Porter starrte die Karte an und runzelte die Stirn. Es handelte sich um ein Mahnschreiben einer öffentlichen Bibliothek. »Ich gehe nicht in die Bibliothek.«

Poole legte vier Stücke eingeschweißten Gipskartons auf den Tisch. Porter hatte davon schon gehört; Nash hatte sie in Porters Wohnung in den Innereien seines Sessels gefunden. »Sind das die Gedichte aus dem Haus an der 41st? Wo Ihr Partner ermordet wurde?«

Poole nickte und wies auf die Büchereikarte. »Der Buchtitel lautet *Schönheit des Todes, Tod der Schönheit.* Eine Anthologie aus Gedichten. Die letzte Person, die es sich ausgeliehen hatte, war Barbara McInley.« Er beugte sich über den Tisch und hielt die Hand über eins der Gipskartonstücke. »Die Handschrift stimmt mit Schriftproben überein, die wir von ihr in der Datenbank hatten.«

Porter verstand kein Wort mehr. »Barbara McInley, Libbys Schwester, Bishops fünftes Opfer – die soll diese Gedichte an die Wand in dem Haus geschrieben haben, wo Diener ermordet wurde?«

Poole nickte.

»Wann?«

Darauf hatte Poole keine Antwort.

»Wollen Sie mir damit sagen, dass sie noch am Leben ist?«

Sie schienen alle darüber nachzudenken, doch keiner sagte etwas.

Aus seiner Tasche zog Poole das Buch – ein dünnes Bändchen, kaum mehr als einhundert Seiten. Er schob es auf Porter zu. »Das haben wir in Ihrer Wohnung gefunden – im Regal zwischen anderen gebundenen Büchern.«

Porter zog es näher heran. »Die Bücher haben Heather gehört. Sie war eine begeisterte Leserin. Aber das hier hab ich noch nie gesehen.« Er nickte in Richtung der Gipskartonstücke. »Stehen die Gedichte da drin?«

Poole nickte. »Ich hab die Seiten markiert. Schlagen Sie's nach.«

Porter tat wie geheißen. Nicht dass er irgendetwas verstanden hätte. Er schlug die erste umgeknickte Seite auf, ein Emily-Dickinson-Gedicht mit dem Titel *Der Tod*. Jemand hatte mit einem schwarzen Filzstift eine große Acht daneben gemalt. Porter blätterte weiter. Das gleiche Symbol auf jeder Seite. »Das Zeichen für Unendlichkeit«, stellte er leise fest. »Das Tattoo…« Er blickte zu Poole hoch. »Was hat das zu bedeuten?«

»Wir wissen es nicht«, gab Poole achselzuckend zurück.

Bishop hatte das Symbol auf Emory Connors' linkes Handgelenk tätowiert. Jacob Kittner hatte das gleiche Tattoo gehabt, genau wie die Frau, die Porter Sarah Werner nannte. Andere auch.

Eine Weile schwiegen sie alle.

»Und da ist noch mehr«, sagte Poole schließlich. Er griff erneut in seine Tasche und holte das Handy heraus, auf dem Porters alte Visitenkarte klebte. Das Handy, das Bishop für ihn im Rollsekretär in der Farm hinterlegt hatte. Es steckte in einem Asservatenbeutel. »Das ist *mein* Handy. Bishop hat es mir abgenommen, als er mich niedergeschlagen hat.« Poole zögerte kurz, dann fuhr er fort: »Als ich es heute Morgen aufgeladen habe, war eine Nachricht drauf. An Sie.«

Porter beugte sich vor. »Darf ich sie lesen?«

Porter warf dem Staatsanwalt einen Blick zu und bekam ein Nicken zur Antwort.

Poole zog das Handy aus dem Beutel und drückte es Porter in die Hand. Porter raubte es den Atem.

Deine Anrufe fehlen mir, Sam.

Er hatte Schwierigkeiten zu sprechen. »Das ... Das ist Heathers alte Handynummer.«

»Die Ihrer Frau?«, fragte Dalton.

Porter nickte. »Nachdem sie gestorben war, hab ich immer mal wieder auf ihrer Nummer angerufen, um ihre Mailbox-Ansage zu hören. Ich ... Ich hab den Anschluss vor Monaten gekündigt. Ich konnte nicht mehr ...« Ehe irgendwer ihm Einhalt gebieten konnte, hatte er auf die Nummer geklickt und den Lautsprecher eingeschaltet. Es klingelte nicht ein einziges Mal. Stattdessen landete der Anruf direkt auf der Mailbox. Doch es war nicht Heathers Stimme, die am anderen Ende zu hören war. Es war die von Bishop.

»Hallo, Sam. Ich hatte leider nicht die Gelegenheit, mich von Ihnen zu verabschieden, und dafür möchte ich mich hiermit entschuldigen. Das war unhöflich von mir, unfreundlich – und meine Eltern haben mich nicht zu einem unhöflichen, unfreundlichen Menschen erzogen. Sie haben mir auf dem Parkplatz des Guyon eine Frage gestellt, auf die ich jetzt, da wir endlich Zeit haben, gern zurückkommen möchte. Ich war an dem Morgen ein wenig in Eile, aber nachdem all das ja nun hinter uns liegt, auch dieses unerfreuliche Gerichtsverfahren, und wir endlich frei reden können, wünschte ich mir nichts sehnlicher, als mich mit Ihnen zu unterhalten. Sie haben mich gefragt, wer Sie für mich seien. Ich nehme fast an, nach allem, was wir miteinander durchgemacht haben, erwarten Sie jetzt eine komplexe Antwort auf diese doch recht einfache Frage. Aber die Wahrheit ist: Auch die Antwort ist einfach. *Wer sind Sie für mich?* Nichts sind Sie, Sam. Sie sind ein Niemand. Sie sind eine dreckige, ausgebleichte Visitenkarte, die Tegan auf dem Boden des Transporters Ihres Partners gefunden hat. Sie sind jemand, der hätte helfen können und es nicht getan hat. Sie sind jemand, der weggeschaut hat, als Sie hätten hinsehen müssen. Sie waren nur Mittel zum Zweck. Ihre Strafe ist, dass Sie den Rest Ihres Lebens mit dem Wissen zubringen dürfen, was Ihre Untätigkeit für andere zur Folge hatte. Jedes Mal, wenn Sie Heathers Grab besuchen, will ich, dass Sie sich eines bewusst machen: Sie liegt nur Ihretwegen dort.«

Porter sackte auf seinem Stuhl zusammen. Sämtliche Augen im Zimmer waren auf das Handy gerichtet, als Bishop fortfuhr.

»Es ist mir wichtig, dass Sie verstehen, was Verlust bedeutet, Sam. Es ist wichtig, dass Sie den Verlust zu begreifen lernen, so wie ich ihn empfinde. Ich habe meine Eltern verloren. Libby McInley – die einzige Person auf der Welt, für die ich je etwas empfunden habe. Wiesel, Vincent, Paul, Tegan, Kristina … Ich habe sie alle verloren. Kid – Klozowski – hat für ihr Andenken sein Leben geopfert. Ein größeres Opfer gibt es nicht. Auch ihn habe ich verloren. Sie glauben vielleicht, dass ich keinen Schmerz empfinden kann, Sam. Aber das kann ich. Wann immer ich die Augen zumache, höre ich Libby weinen. Ich kann immer noch das Salz ihrer Tränen an meinen Fingerspitzen schmecken. Ich wache mitten in der Nacht auf und spüre ihre Hand in meiner – für diesen einen kurzen Augenblick zwischen Schlaf und Wachsein. Dann ist sie wieder weg, und ich bin allein. Sie haben die Gnade erfahren zu vergessen, aber ich habe diese Fähigkeit nicht. Ich will, dass auch Sie sich erinnern, dass Sie sich erinnern *müssen*. Das werden Sie für mich tun, Sam. Sie werden sich erinnern – an all diejenigen, die wir verloren haben. So können wir gemeinsam leiden. Ich habe Ihnen etwas hinterlassen, Sam. Ein fehlendes Puzzleteil. Ihre eigene weiße Schachtel mit schwarzer Kordel. Ich bin ehrlich gesagt überrascht, dass Sie sie noch nicht gefunden haben. Ich nehme an, es ist einfacher, über einen Gestank Scherze zu machen, als die Person zu sein, die ihn wegputzt. Anscheinend ignoriert man leichter den Unrat im Leben, als sich ihm zu stellen. Es ist nicht das erste Mal, dass Sie einer Sache einfach den Rücken gekehrt haben. Wird sicher auch nicht das letzte Mal sein. Aber vielleicht halten Sie beim nächsten Mal ganz kurz inne, bevor Sie sich abwenden.«

Ein Piepen war zu hören. Überrascht blickten sie auf. Sie hatten alle für einen Moment komplett ausgeblendet, dass sie bloß einer Mailbox-Ansage gelauscht hatten.

Porter schnappte sich das Handy und drückte auf Auflegen. »Bringen Sie mich in die Metro. Sofort.«

131

Porter

Der Staatsanwalt weigerte sich, Porter die Fesseln abzunehmen. Obwohl es Porter fast schon egal war, zog sein schleppender Gang in den Fluren der Chicago Metro nicht gerade wenige Blicke auf sich. Die meisten sahen sofort wieder weg; andere sahen ihn verächtlich an. Ihre Gesichter sprachen Bände: Sie hielten ihn für einen gebrochenen Mann, zudem für schuldig. Die wenigen, die zuvor auf Porters Seite gewesen waren, hatten das sinkende Schiff verlassen, als Bishop freigesprochen wurde.

Gemeinsam mit Poole, dem Staatsanwalt, Dalton und Hessling steuerte er den Aufzug an.

Als im Untergeschoss die Türen aufglitten, stand Nash auf dem Flur. Porter hatte ihn seit der Gerichtsverhandlung nicht mehr gesehen und seit über einem Monat nicht mehr mit ihm gesprochen. »Brian …«

»Hey.«

Nash musterte Porter von Kopf bis Fuß – den orangefarbenen Overall, die Handschellen, die Fußfesseln. »Jemand sollte loslaufen und dir auch noch eine Hannibal-Lecter-Maske besorgen, damit dein Look perfekt ist.«

Das Grüppchen stieg aus dem Aufzug, und die Türen glitten zu.

Nash starrte zu Boden, trat von einem Fuß auf den anderen, dann sah er wieder Porter an. »Poole hat gestern Abend angerufen und mich ins Bild gesetzt. Clair und ich haben immer gewusst, dass du unschuldig warst. Wir wollten dich besuchen, aber…«

Dalton räusperte sich. »Ich habe ihnen jeden Kontakt untersagt. Und nicht nur ihnen. Dem ganzen Haus. So lange, bis wir sämtliche Fakten beisammenhätten. Sie haben noch exakt drei Tage für die Beihilfe zum Gefängnisausbruch in New Orleans abzusitzen.« Er sah zum Staatsanwalt. »Angesichts der neuen Erkenntnisse kann ich mir nicht vorstellen, dass mit weiteren Verfahren zu rechnen ist. Wir stellen gerade eine gemeinsame Presseerklärung zusammen und bringen das mit den Medien hoffentlich wieder in Ordnung…«

Porter ignorierte ihn und lächelte Nash an. »Du und Clair, hm?«

»Ja, ich und Clair.«

Am Tag von Klozowskis Selbstmordanschlag war auch in Nash etwas gestorben. In ihnen allen. Porter freute sich für die beiden – er freute sich, dass sie auf andere Weise ihr Glück gefunden hatten. Am Ende würde nur das sie alle durch diese Sache bringen.

»Ist sie hier?«

Nash nickte den Flur entlang. »Sie war gerade noch in der Einsatzzentrale und hat aufgeräumt. Keine Taskforce mehr, kein Grund mehr, hier unten zu sein. Wir sitzen wieder oben an unseren Tischen bei der restlichen Bande. Sie ist eben erst hoch. Da hat jemand nach dir gefragt. In letzter Zeit passiert das häufiger. Aber die allermeisten sind Spinner.«

»Das werdet ihr euch mit ansehen wollen«, sagte Porter und setzte sich in Bewegung.

»Was mit ansehen?«

Unterdessen hatte Poole die Tür aufgeschlossen. Das FBI

hatte das Schloss zu ihrem improvisierten Büro ausgetauscht, kurz nachdem Porter sich dort unerlaubt die alte McInley-Akte geholt hatte. Auch wenn die meisten Fallakten inzwischen im Chicagoer Büro des FBI lagen, hatten sie immer noch nicht alles ausgeräumt.

Sobald Poole die Tür aufstieß, schlug ihnen der Geruch entgegen. Schwach, aber unverkennbar. Hessling rümpfte die Nase. Poole trat über die Schwelle und machte Licht.

Porter schlurfte mit rasselnden Fesseln auf die hintere Ecke zu. Er nickte Nash zu. »Hilf mir mal mit dem Tisch.«

»Der mysteriöse Fleck?«

Porter nickte.

Gemeinsam hievten sie den alten Metallschreibtisch ein Stück zur Seite.

Der Fleck auf dem hellbraunen Teppichboden war schon seit Jahren dort. Drei Handbreit groß. Nicht der einzige Fleck auf den Fußböden der Chicago Metro. Die Stadtkasse machte kaum etwas für Renovierungsarbeiten locker. Der Geruch war mal stärker, mal schwächer gewesen – und im Sommer immer am schlimmsten. Eine Mischung aus Stinktier, nasser Wolle und geronnener Milch. Porter hatte sich irgendwann eigenmächtig mit Teppichreiniger daran zu schaffen gemacht, und das hatte damals auch ein paar Tage lang geholfen, doch dann war der Geruch wieder da gewesen. Sie hatten den Tisch darübergeschoben, ein paar Kisten darauf abgestellt und sich anderen Dingen zugewandt. Und als das FBI hier eingezogen war, hatte es für sie erst recht keinen Grund mehr gegeben, sich darum zu kümmern.

Porter ging auf alle viere. »Der Teppich ist rausgerissen und wieder zurückgelegt worden.«

Nash sah verwirrt aus. »Warum sollte jemand so was tun?«

Poole zückte ein Ranger-Taschenmesser. Ein ganz ähnliches hatte Bishop besessen.

Porter zog die Klinge heraus und stemmte mit der Spitze die Teppichkante hoch, um sie dann unter der Fußleiste hervorzuziehen. Aus der Schaumpolsterunterlage war ein Viereck herausgeschnitten worden. Stattdessen steckte dort passgenau eine Schachtel, kaum größer als ein Stiftetui – weiß, umwickelt mit schwarzer Kordel.

132

Porter

Irgendwer brummte »Beweismittel«, aber irgendwie war ihnen allen klar, dass sie darüber inzwischen hinweg waren. Porter nahm die Schachtel heraus, zog die Kordel herunter und den Deckel ab. Vor ihm lagen zwei Glasampullen, beide etikettiert mit *Montehugh Labs – Coronavirus – Schweres Akutes Respiratorisches Syndrom.*

»Heilige Scheiße«, sagte Nash.

»Rühren Sie das nicht an«, ging Poole dazwischen. »Ich rufe einen Spezialisten. Das sind unsere zwei vermissten Ampullen.«

Porter starrte darauf hinab. »Die muss Klozowski hier deponiert haben. Er war der Einzige, der hier noch Zugang hatte. Aber das bedeutet, er hat sie versteckt, bevor er im Stroger eingesperrt wurde. Eine Ampulle hat er gebraucht, um die Spritze aufzuziehen, die Clair in dem Krankenhausspind gefunden hat. Die leere Ampulle haben sie in meinem Hotelzimmer in New Orleans deponiert ... Sprich: Sie hatten nie die Absicht, das Virus in Umlauf zu bringen.«

Poole hörte nur mit halbem Ohr hin, während er bereits telefonierte.

»Könnte er doch einen der Tunnel benutzt haben, um aus dem Krankenhaus herauszukommen?«, fragte Nash.

»Keine Chance«, antwortete Dalton. »Das Gebäude ist zu

jung, um an das Tunnelnetz angeschlossen zu sein. Außerdem hätte ihn jemand wiedererkannt und Meldung gemacht. Die komplette Metro wusste, dass er mit den anderen im Stroger festsaß.«

Niemand hatte Clair kommen hören. Mit Tränen in den Augen stand sie in der Tür. Sie räusperte sich. »Robin Hillburn war gerade da.« Sie sah erst Nash an, dann Dalton und Poole. Dann durchquerte sie das Zimmer und ging neben Porter in die Hocke. »Sie ... Sie hat mir das hier für dich gegeben.« Sie hielt einen Umschlag in der Hand. »Den hatte Derrick unter sein Kissen geschoben, bevor er ... gestorben ist. Zusammen mit einem Brief für Robin. Den hat sie mir nicht gegeben, sie meint, der sei zu privat. Aber sie wollte, dass ich dir diesen hier gebe. Sie lässt ausrichten, es tue ihr leid, dass sie damit so lange gewartet hat. Sie war sich nicht sicher, ob sie ihn dir überhaupt jemals geben sollte. Sie hatte Angst davor, was das für das Andenken ihres Mannes bedeuten könnte. Als Poole sie besucht und sie auf den jüngsten Stand gebracht hat, war ihr klar, dass sie den Brief nicht länger für sich behalten durfte. Jetzt nicht mehr.«

Das Kuvert schien vor langer Zeit schon mal geöffnet worden zu sein; der Kleber hielt nicht mehr. Innen steckte ein Brief, mehrere Seiten lang, handgeschrieben. Porter überflog den Text. »Oh mein Gott ...«

Clair legte ihm die Hand auf die Schulter. »Ich hab ihn gelesen, Sam. Ich weiß, das hätte ich nicht machen dürfen, aber ... Es tut mir so leid.« Sie hielt kurz inne. »Robin glaubt, dass Welderman und Stocks den Brief gefälscht haben, den sie damals in Derricks Tasche gefunden hat. Auch deswegen hatte sie Angst – sie wusste nicht, was die zwei ihr antun könnten, wenn dieser Brief hier bekannt würde.«

Als Porter fertig gelesen hatte, zitterten seine Hände so sehr, dass die Seiten zu Boden flatterten. Eine Weile saß er mit dem Rücken an den Schreibtisch gelehnt da. Dann sah er zu Poole, zu Nash und den anderen hoch.

Clair schlang ihm die Arme um den Hals. »Es war nicht deine Schuld, hörst du? Sam, du musst das alles hinter dir lassen. Wir helfen dir dabei, versprochen. Vergiss Bishop, vergiss, was er getan hat. Vergiss das alles.«

Sam versprach es ihr. Noch während die Erinnerungen über ihn hereinströmten und sich die Lücken zu füllen begannen, schwor er ihr, dass er alles vergessen würde. Er schwor es ihnen allen. Schon komisch, wie schnell Lügen zustande kamen.

133

Bishop

Anson Bishops Verteidiger informierte die Medien darüber, dass Bishop am Mittwoch, den 2. September, aus der Haft entlassen und anschließend in der Lobby des Cook-County-Gerichtsgebäudes eine Pressekonferenz stattfinden werde. Tatsächlich wurde Bishop bereits am 31. August um elf Uhr abends entlassen. Er verließ das Gebäude durch den Lieferanteneingang auf der Rückseite, und nur ein Hausmeister bekam es mit, der dort mit dem Fuß in der Tür dastand, damit der Rauch seiner Zigarette vom keine zwei Meter entfernten Rauchmelder wegwehte. Bishop stieg in ein wartendes Taxi, in dem eine schwarze Ledertasche für ihn auf dem Rücksitz lag. In der Tasche lagen mehrere Ausweise auf diverse Namen, Kreditkarten, Kleidung, Toilettenartikel, Autoschlüssel und zehntausend Dollar in bar. Das Taxi brachte ihn ohne Umwege zum Radisson am Midway Airport, wo er sich das Haar dunkel färbte, drei Stunden schlief und dann unter dem Namen Daron Metzler den ersten Flieger nach Boston nahm.

Ohne jedes Blitzlichtgewitter und unerkannt kam er am Logan International Airport an und lief zum dortigen Langzeitparkplatz. Der Schlüssel aus der Ledertasche gehörte zu einem zwei Jahre alten silberfarbenen vollgetankten Mercedes C 300 auf Stellplatz K302.

Bis nach New Castle, New Hampshire, war es rund eine Stunde, doch Bishop hielt an einem kleinen Strandcafé namens Mike's in Newburyport an, um dort zu frühstücken. Auf einem der Kabelkanäle lief eines der Videos, die Klozowski auf seinem Arbeitsrechner hinterlassen hatte – das Video, in dem er die ursprünglichen 4MK-Taten gestand. Von Calli Tremells bis zu Emory Connors' Entführung. Im Anschluss daran diskutierten mehrere Medienleute, ob die Geschworenen in Bishops Prozess dieses Video vielleicht doch zu sehen bekommen hatten, auch wenn es offiziell erst an die Öffentlichkeit gelangt war, als sie sich bereits zur Beratung zurückgezogen hatten. Bishop verließ das Café, ehe die Medienleute zu einem Schluss gelangt waren. Auch hier hatte ihn niemand erkannt.

Nachdem er in Portsmouth die Brücke nach New Castle Island genommen hatte, fuhr er gemächlich durch die alteuropäisch anmutende, heimelige Siedlung, dann der Beschilderung nach quer über die Insel bis Great Island Common – eine ruhige Parkanlage am Ufer des Atlantik. Auf dem Parkplatz stand nur eine Handvoll Fahrzeuge; die meisten gehörten wahrscheinlich den Joggern und Müttern, die mit ihren Kindern den Spielplatz besuchten.

Bishop stieg aus und schlenderte auf eine Parkbank direkt am Wasser zu. Er atmete die salzige Herbstluft ein, hielt für einen Moment genüsslich die Augen geschlossen und setzte sich dann neben einen Mann, der Zeitung las. Die Schlagzeile lautete: CHICAGOER ERMITTLER IM 4MK-FALL FREI, BLEIBT ABER WEITER SUSPENDIERT.

Der Mann blätterte um und überkreuzte die Beine. Er trug den denkbar hässlichsten rot-grünen Burlington-Pulli und eine Brille, die ihn deutlich älter machte, als er tatsächlich war. Als er von seiner Zeitung aufsah und den Blick über die Wellen am Ufer schweifen ließ, nahm er die

Brille ab und ließ sie an dem Silberkettchen um seinen Hals baumeln. »Wunderschöne Aussicht.«

Bishop musste sich zusammenreißen, um nicht breit zu grinsen. »Du siehst lächerlich aus.«

Der Mann zuckte mit den Schultern. »Ich dachte, du würdest mir vielleicht helfen, von Dr. Victor Whittenberg Abschied zu nehmen, bevor ich die Sachen verbrenne.« Er nahm die Brille wieder hoch und schob sie sich auf die Nase. »Dabei mag ich sie inzwischen eigentlich ganz gern.«

»Gut, dich wiederzusehen, Vater.«

»Gleichfalls, Anson.« Er sah auf die Uhr. »Zwölf Minuten vor der Zeit.«

»Tut mir leid.« Es war aus Bishop herausgeplatzt, ehe ihm dämmerte, dass sein Vater ihn nicht kritisieren, sondern ihm lediglich hatte sagen wollen, wie viel Uhr es gerade war.

Sein Vater winkte ab. Dann faltete er die Zeitung zusammen und legte sie neben sich ab, ohne das Meer aus den Augen zu lassen. »Ich bin stolz auf dich, Sohn. Ich weiß, dass du das als Kind von mir nicht annähernd oft genug gehört hast – aber das bin ich wirklich. Ich bin stolz auf den Mann, der du geworden bist. Was du nicht alles geschafft hast.« Er tätschelte die Zeitung. »All diese Sachen – all diese Leute, die du zur Strecke gebracht hast. Deinetwegen ist diese Welt ein besserer Ort.«

»Die Welt ist eine Jauchegrube.«

»Inzwischen ein bisschen weniger.«

»Mag sein.«

Bishops Vater tippte erneut auf die Zeitung. »Ich habe keine weiteren Meldungen zu den Leichen aus unserem See gefunden. Zumindest nicht in der Tagespresse.«

Bishops Blick war an einem Segelboot hängen geblieben, das vielleicht eine Viertelmeile von ihnen entfernt in der Nähe eines alten Leuchtturms auf einem Felsen im Wasser

dümpelte. »Klozowski meinte, sie hätten Mr. Carter identifiziert, Welderman und Stocks. Sie glauben, Oglesby ist
auch dabei, aber von dem gibt es keine DNA für den Ab-
gleich. Die anderen sind und bleiben ein Mysterium, zumindest fürs Erste.«

Vater seufzte. »Deine Mutter hatte damals wirklich ein
hitziges Gemüt.«

Beide schwiegen für einen Moment. Dann fragte Bishop:
»Hast du ihr verziehen? Dass sie mit Mrs. Carter und Kirby
durchgebrannt ist?«

Er schien eine Weile darüber nachzudenken und nickte
schließlich. »Ich glaube, wir haben irgendwann beide
begriffen, dass nichts für die Ewigkeit ist. Wir waren deinetwegen zusammengeblieben, nicht füreinander, schon damals nicht mehr. Was immer eine Beziehung zusammen-
hält, muss stärker sein als das. Wenn es nicht so gekommen
wäre, wie es nun mal gekommen ist, wäre ich vielleicht die
Nummer sieben im See geworden.« Er fummelte an der
Ecke der Zeitung herum und grinste. »Das heißt – hättest
du mich nicht schon früher umgebracht, in diesem Büch-
lein, das du geschrieben hast. Mein kluger Junge!«

»Du siehst fürchterlich aus in Weihnachtsfarben, Gerald.«

Bishop und sein Vater drehten sich nach links um. Sie
hatten sie gar nicht kommen hören.

»Hallo, Mutter«, sagte Bishop.

Sie trug einen J.-Crew-Pullover über einem Loft-Kleid.
Ihr Haar war dunkelblond gefärbt. Die Farbe stand ihr.

Sie lächelte und schaute übers Meer. »Das hier ist wunderschön, Gerald. Dass du uns das so lange vorenthalten
hast!«

»Ich heiße jetzt Warren. Warren Cray. Etwa ein Jahr nach
Simpsonville bin ich hier gelandet. Ich hatte es erst an ein
paar anderen Orten versucht, aber irgendetwas hat mich

hierhergezogen. Seit fast zwölf Jahren führe ich ein kleines Antiquitätengeschäft in der Stadt. Ich habe ein ruhiges Leben. Ich mag das so.«

»Ich freue mich auf ein ruhiges Leben«, sagte sie.

Vater stand auf und drehte sich zu ihr um. »Gut siehst du aus.«

Sie lächelte und nahm ihn in den Arm. »Du auch. Lang ist's her!«

Jemand hupte im Hintergrund dreimal kurz – von wegen ruhig.

Ein Golden Retriever, der in der Nähe Gassi geführt wurde, kläffte gleich zwei Mal zurück.

Bishop kannte den Ton dieser Hupe. »Da bin ich wohl nicht der Einzige, der früh dran war.«

Alle drei drehten sich nach dem weißen Ford Mustang mit dem schwarzen Rallyestreifen über der Kühlerhaube um, der soeben auf den Parkplatz rollte. Vincent Weidner stieg aus und streckte sich. »Hab das Ding erst überbrücken müssen – es hat eindeutig zu lange in der Garage gestanden. Als wir endlich auf dem Highway waren, lief's dann aber wie geschmiert.«

Bishop stand von der Bank auf und lief auf ihn zu. »Für einen Toten siehst du verdammt gut aus.«

»Und da bin ich nicht der Einzige«, entgegnete Vincent und nickte Bishops Vater zum Gruß zu. Dann zeigte er mit dem Daumen zurück auf sein Auto. »Dieser Typ hat die ganze Fahrt über gesungen. Den nehme ich nicht noch mal mit. Wenn er nicht gerade gesungen hat, dann hat er auf seinem Laptop rumgedaddelt. Weiß heutzutage denn keiner mehr, wie man einen Roadtrip genießt?«

»Das ist kein Laptop«, rief jemand aus dem Wagen. »Das ist ein Alienware 17 mit einem Prozessor der achten Generation und GTX-Grafik. Beleidige nicht meine Hardware! Außerdem halte ich gerade diverse Bälle in der Luft, ich

muss da noch was aussteuern ...« Dann ging die Beifahrertür auf. Edwin Klozowski stieg aus dem Mustang und nickte zu ihnen herüber. »Hey, Anson.«

»Hey, Kid.«

134

Bishop

»Du hast dir den Schädel geschoren.«

Klozowski fuhr sich mit der Hand über den kahlen Kopf. Die langen Haare waren verschwunden. »Ist mein *Breaking-Bad*-Look. An dem Ziegenbärtchen arbeite ich noch.«

»Niemand sucht nach dir. War eine ordentliche Explosion.«

Kloz blickte verlegen drein. »Ich hab den C4 wohl etwas unterschätzt. Sie haben meine Leiche in den Trümmern immer noch nicht gefunden. Da macht man sich all diese Mühe, DNA- und Fingerabdruckproben auszutauschen, und sie finden nicht mal den Daumen, den sie damit abgleichen können.«

»Irgendwas finden sie schon, hab nur ein bisschen Geduld.«

»Das bezweifle ich.«

Vincent trat hinter ihn und drückte Klozowskis Schultern. »Also, ich für meinen Teil finde es ziemlich cool, tot zu sein. Studienkredit abzahlen – nie wieder. Exfreundinnen abwimmeln – nie wieder.«

Mutter war auf die beiden zugegangen, und Vater war ihr gefolgt. Sie musterte Klozowskis Glatze. »Findest du das wirklich gut?«

Kloz nickte. »Ich hab jede potenzielle Datenbank durchkämmt und jedes Bit an Informationen für uns alle ausgetauscht – bis hin zu uralten Führerscheinfotos. Die Leichen, die wir ihnen hinterlassen haben, passen perfekt zu unseren früheren Leben – und zwar bis ins letzte Detail. Für die restliche Welt sind wir tot – alle außer Anson natürlich. Aber der ist auf freiem Fuß und kann für dieselben Taten nicht erneut belangt werden.«

»Und nachdem die Leute von BackPage entweder tot oder auf Tauchstation sind, wird auch niemand die Handvoll Mitarbeiter vermissen, die wir quasi an unserer statt abgelegt haben«, fügte Vater hinzu. »Polizei und FBI geben inzwischen eine dermaßen schlechte Figur ab, dass sie alles täten, um diesen Fall endlich abschließen zu können. Da gräbt keiner mehr.«

Klozowski griff in den Mustang und nahm mehrere Lederetuis heraus. Er legte zwei aufs Autodach, die anderen verteilte er. »Das sind eure neuen Ausweise und Kreditkarten. Bankverbindungen sowie Kredithistorie sind lupenrein. Ich habe uns allen Konten bei mehreren Banken eingerichtet. Das Geld stammt aus dem BackPage-Vermögen – mit freundlichen Grüßen und so. Deren Konten sind allesamt leer.« Er sah zu Mutter. »Mit dem Geld, das du und Lisa Carter damals Talbot abgenommen habt, sind wir bei fast vier Millionen Dollar pro Nase.«

Irgendwie schaffte es Vincent, noch breiter zu grinsen als zuvor.

Vater zog eine kleine Flasche Jameson-Whiskey aus seiner Innentasche. »Darauf sollten wir anstoßen.«

»Ich trinke nicht.«

»Heute schon, Sohn.«

Ansons Vater drehte den Verschluss ab und hielt die Flasche in die Höhe. Seine Mundwinkel zuckten nach oben, als er seinen Sohn ansah. »Du hast ordentlich aufgeräumt, Champ. Auge um Auge.« Dann sah er der Reihe nach Klozowski, Vincent und Mutter an. »Auf euch alle! Ihr ahnt ja nicht, wie stolz ich auf euch bin.« Dann hob er die Flasche an die Lippen, nahm einen beherzten Schluck und reichte den Whiskey weiter.

Bishop starrte kurz darauf hinab. Am Flaschenhals glitzerte ein Whiskeytropfen. Dann gab er die Flasche seinem Vater zurück. »Halt noch mal kurz.«

Er griff in seine Tasche und zog ein Blatt Papier heraus, faltete es auf und hielt die Zeichnung hoch, damit die anderen sie sehen konnten: ein Mädchen von vielleicht vierzehn Jahren in einem roten Pullover mit einem schelmischen Grinsen im Gesicht und einem Blitzen in den Augen. »Ein original Paul Upchurch. *Maybelle Markel.*«

»Du weißt schon, dass das Tegan ist, oder?«, sagte Vincent und betrachtete lächelnd die Zeichnung. »Er hat sein Leben lang auf sie gestanden.«

Bishop nickte. Dann zückte er ein Feuerzeug, und während die anderen ihm zusahen, zündete er die Ecke des Blattes an. Er hielt die Zeichnung hoch, so lange es ging, und sie sahen zu, wie die Flammen sich emporarbeiteten, das Bild allmählich schwarz wurde und eine Brise brennende Flocken mit sich riss. Das letzte Stück ließ er fallen, und es verbrannte auf der Erde. Fast eine Minute verstrich, ehe er wieder das Wort ergriff. Er nahm seinem Vater die Flasche aus der Hand und hielt sie auf Brusthöhe. »Auf alle, die wir auf diesem Weg verloren haben. Paul Upchurch und Lisa Carter. In unserer Erinnerung leben sie weiter.« Dann nahm er einen Schluck und reichte die Flasche weiter.

Für einen winzigen Augenblick befürchtete er, Mutter könnte bei der Erinnerung an Mrs. Carter in Tränen ausbrechen. Aber das tat sie nicht. Sie weinte nicht, nie.

Stattdessen lächelte sie ihn an. »Was hast du als Nächstes vor, Anson? Jetzt, wo alles vorbei ist?«

Er dachte kurz nach. »Ich glaube, ich schreibe ein Buch. Ich fand es immer schon spannend, was Leute alles glauben, wenn man nur einen bunten Umschlag um den Text packt und ›Roman‹ draufschreibt.«

Ein gelber VW Käfer rollte auf den Parkplatz und hielt neben Vincents Mustang.

Bishop grinste. »Die Mädels sind da.«

135
Bishop

Bishop ging um den VW herum zur Fahrerseite. Als das Fenster aufging, beugte er sich hinein und gab der Fahrerin einen Kuss. »Hey, du!«

»Hey, du!«

Libby McInley strahlte ihn durch ihre Gucci-Sonnenbrille an, die für ihr Gesicht viel zu groß war. Sie hatte sich die Haare wachsen lassen, seit sie sich zuletzt gesehen hatten. Lockig fiel es ihr über den Rücken. Ihre Haut hatte einen gesunden Teint. Sie hatte weiße Shorts und ein rotes Tanktop an.

Sobald Kristina Niven Vincent Weidner entdeckt hatte, stieß sie die Beifahrertür auf und sprang vom Sitz. Sie hüpfte regelrecht in seine Arme, schlang die Beine um seine Hüften und gab ihm einen Kuss.

Mit angezogenen Beinen schlief Tegan auf der Rückbank.

»Wie war Florida?«, erkundigte sich Bishop.

»Warm«, antwortete Libby. »Ich soll Grüße von Barbara ausrichten.«

Barbara McInley war die erste Tote gewesen, die er und Klozowski gefaket hatten, sobald Anthony Warnick und die anderen ihnen ein bisschen zu nah gekommen waren. Es war eine Art Testlauf gewesen. Die Leiche, die die Ermittler für Barbara McInley gehalten hatten, war in Wahrheit eine Ausreißerin namens Loria Tutson gewesen. Als Bishop ihr begegnet war, hatte sie andere Straßenkinder mit der Aussicht auf Geld und eine gewisse Stabilität für BackPage rekrutiert, nur um drei Prozent des Verkaufspreises im Guyon als Provision zu kassieren. Bishop war es nicht schwergefallen, sie kaltzumachen.

Libby hatte seine Hand genommen und betrachtete seine Fingerkuppen. »Was hast du denn getrieben?«

Bishops Fingerspitzen waren rußschwarz.

»Ich müsste mir mal Hände waschen – aber dann sollten wir allmählich losfahren.«

Sie nickte in Richtung eines kleinen Häuschens an der Zufahrt zum Parkplatz. »Dahinten sind Toiletten.«

Er beugte sich erneut durchs Fenster und gab ihr noch einen Kuss. »Wartest du so lange auf mich?«

»Immer doch.«

Als er auf das Klohäuschen zulief, hörte er, wie die anderen in seinem Rücken miteinander scherzten und lachten. Es hatte eine Zeit gegeben, da er geglaubt hatte, er würde so etwas nie wieder hören. Schön, dass es anders gekommen war.

Er schob die Tür zur Herrentoilette auf, und das Licht ging an. Ein dezenter Zitrusduft hing in der Luft. Für eine öffentliche Toilette war es hier ausnehmend sauber. Er wusch sich die Hände mit warmem Wasser und hielt sie unter den Trockner, als hinter ihm eine Klotür aufging.

Als Bishop im Spiegel in das Gesicht blickte, setzte sein Herz für einen Schlag aus. »Wie haben Sie mich gefunden?«

Mit einem kleinen schwarzen Revolver in der behandschuhten Hand trat Detective Sam Porter aus der Kabine. »Der rauchende Hausmeister aus dem Cook County – er hat mich angerufen und mir Bescheid gesagt. Sämtliche Taxis in Chicago können per GPS geortet werden, und mein

Metro-Passwort funktioniert immer noch, insofern war es nicht allzu schwierig. Ich hab dich von deinem Hotel zum Flughafen verfolgt. Herauszufinden, welchen Flieger du nehmen würdest, war nicht sonderlich schwer – da half auch kein Fake-Name. Schon komisch, mit wie wenig Geld man an jedwede Info kommen kann – aber das weißt du ja selbst. Ich hab einen anderen Flug zum Logan genommen – bin zwölf Minuten vor dir gelandet. Am Mietwagenschalter dachte ich schon, du hättest mich entdeckt, aber das war wohl nicht der Fall. Ich hab auf dem Parkplatz draußen gewartet, als du ins Mike's gegangen bist, um zu frühstücken. Das war echt hart. Ich hab immer noch einen Bärenhunger. Dann bin ich dir bis hierher nachgefahren.« Er fuhr sich mit der Zunge über die Lippen und nickte zur Tür.

»Mir war klar, dass sie alle noch am Leben sind – ich hab's nicht gleich begriffen, aber ich bin in der Zeit, die ich deinetwegen in U-Haft saß, alles im Kopf noch mal durchgegangen. Als wir vor dem Guyon telefoniert haben, hast du gesagt: ›Sie und ich, wir haben für Mr. Franklin Kirby einen speziellen Platz in unseren Herzen.‹ Gegenwart: nicht *hatten*, sondern *haben*. Im selben Moment dämmerte es mir. Mir dämmerte, dass all das nur Nebelkerzen gewesen waren – und mit Kloz' Hilfe hättet ihr sicher auch keine Schwierigkeiten gehabt, eure Freunde von der Bildfläche verschwinden und sie irgendwo anders wiederauferstehen zu lassen.«

Bishop wollte sich umdrehen, doch Porter hob die Waffe. »Nicht.«

»Okay…«

»Hände auf den Waschtisch.«

»Natürlich, Sam.«

Porter trat einen Schritt näher. Bishops Blick blieb an den Plastiküberziehern über dessen Schuhen hängen. Er hatte sie um die Knöchel mit Paketband fixiert.

»Tun Sie nichts, was Sie später bereuen könnten, Sam.«

Porter gluckste leise in sich hinein. »Ich *bereue* gar nicht mehr. Ich *fühle* im Grunde nichts mehr. Du hast es geschafft, diesen Teil von mir abzutöten. Ich hätte dich vor dem Guyon erschossen, wäre das FBI mir nicht zuvorgekommen. Aber genau das hättest du gewollt, nicht wahr? Dass ich dich erschieße. Es hätte wunderbar in deinen Plan gepasst – der Cop, der dich in aller Öffentlichkeit zur Strecke bringt, quasi dein persönliches schwarzes Schleifchen auf deiner eigenen Schachtel, weil so auch noch die letzten Leute, die an deiner Unschuld gezweifelt haben, vom Gegenteil überzeugt worden wären. Porter, der ihn in aller Öffentlichkeit zum Schweigen bringt – da musste er letztlich ja doch die Wahrheit gesagt haben, und der Cop war der Böse. Der Cop ist immer schon der Böse gewesen.«

Bishop sagte zu alledem nichts.

Die Waffe zuckte in Porters Hand. »Hat Warnick eigentlich überhaupt jemanden umgebracht? Oder warst all das auch du? Diese Frau auf dem Friedhof, die auf den Bahngleisen, von denen wir dachten, es wären Tegan und Kristina? Ich wette, das warst du. Du hast sie dort abgelegt und deinen eigenen Modus Operandi imitiert. Du wolltest, dass die Welt glaubte, deine Freundinnen wären tot. Und das hast du dann Warnick untergejubelt, stimmt's?«

»Warnick war genauso korrupt wie der Bürgermeister«, sagte Bishop leise. »Genau wie Talbot und alle anderen.«

»Mag schon sein«, sagte Porter, »aber er war kein Mörder.«

Auch diesmal sagte Bishop nichts.

Porter nickte zur Tür. »Ich hab deine Mutter auf den Parkplatz fahren sehen. Wer war die Frau, die du in der Farm zurückgelassen hast? Deine Mutter war's nicht; also – wer dann?«

»Ich weiß nicht, was Sie …«

In einer einzigen behänden Bewegung war Porter hinter ihm und drückte die Mündung der Waffe in Bishops Nacken. »WER ZUR HÖLLE WAR DIE FRAU AUS DER FARM?«

»Schon gut, Sam.« Bishops Stimme klang immer noch vollkommen ruhig.

Dann hörte er ein vertrautes Geräusch. Porter hatte den Hahn seines Revolvers gespannt.

»Sind Sie verkabelt? Zeichnen Sie das hier auf?«

»Nein«, antwortete Porter.

»Sie war ein Niemand, Sam. Mädchen für alles bei Back-Page.«

»Die zufällig deiner Mutter ähnlich sah.«

Bishop nickte.

Porter wich ein paar Schritte zurück in Richtung der Klokabinen. Fast eine Minute lang schwieg er. »Poole hat mir die übrigen Tagebücher zu lesen gegeben – die ihm jemand mitten in dem Durcheinander vor dem Guyon hingeworfen hat. Ich hab diesen Zettel nicht hinterlassen – den Zettel, den ihr an Stocks' Hemd in Finickys Auto gefunden habt.«

Bishop reagierte nicht.

»Ich war das nicht«, wiederholte Porter.

Bishop sah ihn im Spiegel an. »Sie sind genauso korrupt wie der ganze Rest. Ich hab Sie gesehen, dort vor der Farm. Und in der Gasse.«

Porter rieb sich über den Nacken und sah ein paar Sekunden lang ins Nichts. Dann zog er einen Umschlag aus seiner Innentasche und warf ihn auf den Waschtisch direkt neben Bishops Hand. »Lies das.«

Erst rührte Bishop sich nicht. Dann griff er nach dem Umschlag und zog die Seiten heraus. »Was ist das?«

»Hillburns Abschiedsbrief«, sagte Porter tonlos. »Der echte.«

Bishop ließ Porter im Spiegel nicht aus den Augen. Er hielt noch kurz Blickkontakt, dann schaute er auf die Seiten hinab.

»Lies ihn laut vor«, befahl Porter.

Bishop nickte, räusperte sich und fing an zu lesen: »Lieber Sam, ich hab im Leben einiges getan, was du ganz sicher nicht verstehen wirst; ich hab diesen Brief jetzt schon zigmal umgeschrieben, und jedes Mal, wenn ich es neu versuche, hoffe ich, eine Erklärung für meine Taten zu finden, hoffe auf irgendeinen Aha-Moment – irgendwas, was meine Taten rechtfertigen könnte, und zwar nicht nur dir gegenüber, meiner Frau und all denen gegenüber, die zweifellos Fragen stellen werden. Sondern auch mir selbst. Ich bin zu dem Schluss gekommen, dass es keine Rechtfertigung gibt. Ich weiß nicht mehr, an welchem Punkt mein Leben diese Wendung zum Schlechten genommen hat. Ich stand nie an einer Art Scheideweg. Stattdessen war es wohl eher eine Aneinanderreihung von kleinen Schritten in die falsche Richtung; einer führte zum nächsten, und ehe ich michs versah, war ich so weit in die falsche Richtung gelaufen, dass es keinen Weg zurück mehr gab. Ein paar Pokerrunden, die ich verloren hatte. Ein paar Dollar, die ich mir von jemandem geliehen hab, den ich für einen Freund gehalten hatte. Ich hab versucht, meine Schulden per Pferdewetten zu begleichen, und musste mir dafür natürlich noch ein bisschen mehr leihen. Diese Leute – die sind freundlich, wenn sie dir Geld in die Hand drücken. Aber das ist vorbei, sobald sie ihr Geld zurückhaben wollen. Stocks und Welderman haben in der Abteilung für Gewaltverbrechen gearbeitet, also nicht mit den Leuten, mit denen du unterwegs warst. Ich habe sie beim Pokern kennengelernt, Welderman pokert jeden Donnerstagabend. Lustig, fast hätte ich dich mal dorthin mitgenommen, aber ich wusste, dass du nicht spielst. Ich frage mich, was passiert wäre, wenn ich dich trotzdem gefragt hätte. Wetten, du hättest mir geraten, mit zwei Assen und Königen auf der Hand auszusteigen? Wenn ich das getan hätte, wäre mein Leben wahrscheinlich anders verlaufen. Aber ich hab dich nun mal nicht dorthin mitgenommen, und ich bin auch nicht ausgestiegen, und einen Monat später steckte ich bis zum Hals in Schulden, also hab ich zugestimmt, dass sie meinen Transporter benutzen durften. Beim zweiten Mal sollte ich fahren. Solche kleinen Schrittchen waren es; immer tiefer in den Sumpf hinein. Du weißt nicht, dass du darin versinkst, bis du bereits knietief drinsteckst. Ich hab sie nie nach den Kindern gefragt. Ich wollte es nicht wissen, und sie haben von sich aus auch nicht darüber geredet. Sie haben ihr Ding gemacht, ich meins. Ich hab mit jeder Fahrt zum Motel einen Teil meiner Schulden abbezahlt. Ich habe ehrlich gesagt keine Ahnung, wann du angefangen hast, uns zu beschatten. Ich hab erst sehr viel später erfahren, dass eins der Kinder deine Visitenkarte gefunden und dich angerufen und erzählt hatte, was da vor sich ging, aber das wusste ich damals noch nicht. Als ich dich das erste Mal drüben auf dem Parkplatz entdeckt hab, wie du das Motel im Visier hattest, wie du meinen Transporter im Visier hattest, war ich mir nicht mal zu hundert Prozent sicher, dass du das warst. Stocks hat mir dann erzählt, dass du es warst. Und er war auch derjenige, der mir gesagt hat, ich soll mich darum kümmern. Ich musste an meine Schulden denken – damit wären sie hoffentlich ein für alle Mal beglichen. Ich wollte das nicht, Sam, das musst du mir glauben! Aber ich war verheiratet, und meine Frau und ich, wir wollten eine Familie gründen. Ich brauchte das Geld. Erst wollten sie, dass ich dich in die Sache mit reinziehe. Ich wusste, dass du niemals mitmachen würdest, nicht du, nicht der geradlinige, ehrliche Sam Porter. Niemals. Nur hab ich ihnen das nicht gesagt. Ich glaube, ich hab dir damals das Leben gerettet, indem ich dich angelogen habe. Bin mir nicht sicher, wie viel Zeit ich mir damit verschafft hatte, aber dir zumindest ein kleines bisschen. Aber warum bist du da nicht einfach abgehauen? Das halbe Revier hat Schweigegeld kassiert – du hättest es einfach nehmen und gehen können. Aber das hast du nicht getan. Ich hab gesehen, wie du mich observiert hast. Ich hab gesehen, wie du mir hinterhergefahren bist. Als du damals in dieser Nacht raus zu der Farm gefahren kamst, als du mich bis dort draußen verfolgt hast ... Ab dem Zeitpunkt gab es für dich – und für mich – keinen Weg mehr zurück. Es fällt mir nicht leicht, aber ich sag es einfach so, wie es ist: Wir hatten die Farm verwanzt, wir wussten, dass dieser Junge, dieser Wiesel, dich angerufen und sich mit dir verabredet hatte. Und wir wussten, dass wir mächtig ins Schleudern geraten waren, als du mich bis zu der Farm verfolgt hattest. Deshalb hab ich ihn mit in die Stadt genommen. Ich wusste genau, er würde rausspringen, er würde aus dem Transporter fliehen, und *wir wollten es so.* Ich wusste, dass er versuchen würde, dir etwas zu übergeben – Beweise, die diese Kinder zusammengetragen hatten. Wir wussten nur nicht, wo sie die Beweise versteckt hatten. Also musste er uns zu den Beweisen führen. Dich natürlich auch. Er hat die Tasche mit dem Geld genommen, die Kamera und uns dann direkt zu dem Notizbuch geführt, das sie dort versteckt hatten – und in dem sämtliche Aktivitäten im Carriage House Inn dokumentiert waren. Als ich dieses Notizbuch sah, als ich es in der Hand hatte ... und als dann du dort aufgetaucht bist ... Da ist bei mir eine Sicherung durchgebrannt. Das letzte gute Fünkchen in mir verlosch, weil das nun mal die zwangsläufige Folge war. Ich wusste, wenn ich auch nur einen Moment nachdenken würde, wäre ich niemals imstande, auf dich zu schießen. Ich nahm die Waffe, die Stocks mir gegeben hatte, und hab, ganz ohne nachzudenken, den Abzug durch-gedrückt.«

Den nächsten Satz las Bishop zunächst nur im Kopf und hielt kurz inne. Als er ihn dann doch laut vortrug, drohte seine Stimme zu versagen.

»Den Jungen hab ich auch erschossen. Das hatten Stocks und Welderman so gewollt. Allerdings brachte ich es nicht fertig, noch einmal auf dich zu schießen. Ich dachte nicht, dass du es lebend auch nur bis ins Krankenhaus schaffen würdest, aber du hast es geschafft, du Betonschädel – du hast es geschafft. Damit war das Spiel für mich aus. Der Junge liegt in meinem Transporter. Ihr kleines Bündel Beweismittel ebenfalls. Sie haben mir gesagt, ich soll es verschwinden lassen, selbst das hab ich vermasselt. Ich hab es behalten. Dachte mir, eine Art Versicherung bräuchte ich, und da wäre es besser, alles sicher zu verwahren. Als du ohne Erinnerung aus dem Koma aufgewacht bist, hab ich mir eingeredet, ich wäre wieder auf der sicheren Seite. Niemand wusste etwas – doch es war nun mal so: *Ich* wusste es. Egal wie sehr ich versuchte, es zu vergessen – irgendwas hat mich immer wieder daran erinnert, und mit den Jahren sind die Erinnerungen immer lauter geworden. Schuld ist laut. Ich konnte dieses tote Kind draußen in meinem Transporter schreien hören – jede Nacht ein bisschen lauter. Ich wollte nie ein korrupter Cop sein. Eine Aneinanderreihung klitzekleiner Fehltritte hat mich dazu gemacht. Und jetzt sitze ich hier in meinem Keller, neben mir liegt ein Seil, und ich schreibe dir diesen Abschiedsbrief – dazu hat die Schuld mich getrieben. Ich muss diese lauten Schreie zum Schweigen bringen. Die Kinder dürften dir vorwerfen, dass du nicht rechtzeitig eingeschritten wärst; dass du nicht sofort bei der Farm vorgefahren wärst und alle verhaftet hättest. Aber Kinder verstehen nicht, wie man einen Fall wasserdicht macht, sie wissen nicht, was für eine gute Ermittlung erforderlich ist. Ich wahrscheinlich auch nicht. Du schon, Sam. Du hast es immer gewusst. Du bist ein guter Cop. Die Art von Cop, die ich gern gewesen wäre. Tu du das Richtige, für uns beide. Pass für mich auf Robin auf. Sag ihr, dass ich auch mal einer von den Guten war.«

Als Bishop fertig war, las er den Brief ein zweites Mal, diesmal leise für sich. Dann faltete er die Blätter zusammen, schob sie zurück in den Umschlag und legte ihn neben sich auf den Waschtisch.

Porter ergriff als Erster wieder das Wort. »Tegan hatte mich einige Wochen vor meinem Besuch auf der Farm angerufen. Daran erinnere ich mich jetzt. Sie … Sie hat am Telefon wahnsinnig schnell gesprochen. Das Einzige, was ich verstehen konnte, war irgendwas mit Fotos, die sie im Motel von ihr machten. Von der Prostitution hatte ich keine Ahnung. Ich wusste nicht mal, dass sie noch nicht volljährig war. Ich wusste nicht, welche Ausmaße das Ganze hatte. Aber ich hab angefangen, eins und eins zusammenzuzählen – und dann kam dieser Anruf, von diesem Jungen … Wiesel. Er meinte, wir müssten uns treffen, er hätte Beweise für mich …«

»Hillburn hat auf Sie geschossen, als Sie versuchten, die Beweise entgegenzunehmen«, sagte Bishop. »Und anschließend hat er Wiesel erschossen.«

Porter nickte.

»Ich wusste nicht, dass er Sie angerufen hatte«, gab Bishop zu. »Tegan hat mir das nie erzählt, keiner von ihnen hat … ich … Wir hatten keine Ahnung …« Er schien darüber nachdenken zu müssen. Wie anders es hätte kommen können.

Immer noch mit der Waffe in der Hand fragte Porter: »Was ist mit den Mädchen passiert?«

Bishop hätte ihn belügen können, aber er sah keinen

Grund. »Tegan und Kristina hatten Finicky im Farmhaus fesseln können, aber keine der beiden hatte einen Vater gehabt, der ihnen beigebracht hätte, wie man ordentliche Knoten macht. Finicky konnte sich befreien und hat Tegan den Revolver abgerungen. Dann hat sie ein paar Leute angerufen. Kirby war einer von denen, die geschickt wurden, um dort sämtliche Spuren zu beseitigen. Ich dachte … Ich dachte, Sie wären auch dabei gewesen. Sie haben Kid zu einem ihrer Pfuscherärzte gebracht, zu Stanford Pentz, aber die Verletzungen waren zu schwer – er war für sie wertlos, also haben sie ihn in Charlotte vor einem Krankenhaus rausgeworfen. Wahrscheinlich hat er noch Glück gehabt, dass sie ihn nicht direkt abgeknallt haben. Die Mädchen wurden in ein anderes Heim gebracht, nach Wisconsin. Dort wurden sie bis zum Verkaufstag im Guyon gefangen gehalten. Vincent, Paul und ich haben das erst bei unserem letzten Treffen mit Dr. Oglesby erfahren. Er war so nett, mir in dieser Nacht mein Messer und das Foto von Mutter und Mrs. Carter zurückzugeben. Zum Dank hab ich ihn bei seinen Kumpels im See versenkt.«

Bishop versuchte erneut, sich umzudrehen, und Porter richtete die Waffe auf ihn. »Gesicht zum Spiegel. Hände auf den Waschtisch.«

Bishop nickte und tat wie geheißen. »Wir haben vor dem Guyon gewartet und sie tatsächlich befreien können. Dann haben wir uns zusammen mit anderen Straßenkindern in einem leer stehenden Brownstone in der West Side versteckt. Sind dort fast zwei Jahre lang geblieben.« Wieder machte Bishop Anstalten, sich umzudrehen. »Sam, ich dachte …«

»Stopp«, blaffte Porter ihn an. »Bleib stehen. Mit dem Gesicht zum Spiegel.«

Durchs Fenster erhaschte Bishop einen flüchtigen Blick auf Kristina, die mit einem breiten Grinsen im Gesicht unten am Ufersaum an Vincents Seite zu kleben schien. Inzwischen war auch Tegan aufgewacht und lachte über etwas, was Libby ihr zurief. Bishops Eltern standen nur wenige Zentimeter voneinander entfernt daneben und blickten übers Wasser. Alles war so, wie es sein sollte.

Porter sagte lange nichts. Als er wieder das Wort ergriff, hatte seine Stimme eine gewisse Schärfe. »Eine Sache muss ich noch wissen. Die einzige Sache, die mich ehrlich gesagt überhaupt noch interessiert. Die *einzige*. Hast du Harnell Campbell wirklich die .38er gegeben und ihn zu dem Supermarkt gefahren?«

Bishop antwortete nicht.

»Oder hast du das nur behauptet, damit ich mich auf dich stürze? Ich hab lange darüber nachgedacht. Du wolltest, dass ich wütend werde, du wolltest, dass ich aus der Fassung gerate, dass ich emotional statt rational reagiere. Ich verstehe schon, warum du so etwas hättest sagen wollen. Aber ich muss es von dir hören. War es wahr, oder hast du das einfach nur gesagt, um mich zu provozieren? Ich muss es wissen: *Bist du für Heathers Tod verantwortlich?*«

Im Spiegel warf Bishop einen Blick auf Porters Schuhe. »Wer weiß noch, dass Sie hier sind, Sam?«

»Keine Menschenseele. Du bist nicht der Einzige, der an falsche Ausweispapiere rankommt.«

Bishop zwang sich, ruhig zu atmen, insgesamt wieder zur Ruhe zu kommen, genau wie Vater es ihn gelehrt hatte. Dann nickte er in Richtung Fenster. »Wenn ich Ihnen die Wahrheit sage, lassen Sie die anderen gehen? Lassen Sie meine Libby gehen?«

Porter nickte. »Versprochen.«

»Alle?«

»Alle.«

Diesmal war Bishop an der Reihe zu nicken. »Es war so, Sam. Ich hätte Heather genauso gut selbst erschießen können. Harnell Campbell war dermaßen high auf Meth – den hätte ich in der Nacht zu allem überreden können.«

Porter erblasste. Er brauchte einen Augenblick, um Bishops Antwort zu verarbeiten. Dann nahm er den Zeigefinger vom Lauf der Waffe und schob ihn über den Abzug.

Er schluckte. Seine Stimme war dünn geworden. »Calli Tremell, Elle Borton, Missy Lumax, Susan Devoro, Allison Crammer, Jodi Blumington – hast *du* sie ermordet? Hast *du* Emory gekidnappt? Oder war das Kloz?«

Bishop blickte ins Handwaschbecken hinab. Ein paar Seifenbläschen waren am Rand der Ablaufgarnitur hängen geblieben. Am liebsten hätte er das Wasser aufgedreht und sie hinuntergespült. Er tat es nicht. Stattdessen schloss er die Augen. »Ich hab sie alle ermordet, Sam. Und es war wunderbar.«

Der Schuss aus dem kleinen gemauerten Häuschen war so laut, dass er durch den Park hallte. Auf einigen vorgelagerten Klippen flog eine Handvoll Seemöwen auf und verschwand in den Morgenhimmel, noch ehe das Echo verklungen war.

Danksagung

Abschiednehmen ist nicht einfach. Ich habe mit Sam Porter, Anson Bishop und all den anderen mehrere Jahre verbracht, und ihnen jetzt beim Packen zuzusehen und nachzublicken ist mir wahnsinnig schwergefallen. Aber ich wusste, dass dieser Tag einmal kommen würde, und habe mich deshalb bestmöglich darauf vorbereitet. Ich stelle mir gern vor, dass sie jetzt alle an einem besseren Ort sind und sich weiterentwickeln, genau wie ich es getan habe, zumindest ein Stückweit.

Als ich diese Serie in Angriff genommen habe, hat mich eine Frage besonders beschäftigt: Kann ein Serientäter *gemacht* werden? Ist es möglich, dass aus einem guten Menschen ein Soziopath wird – aufgrund der Umstände, in denen er aufwächst? Im Lauf meines Lebens habe ich Menschen kennengelernt, die unter grässlichen Bedingungen aufgewachsen sind und aus denen trotzdem anständige Leute geworden sind – und umgekehrt: Ich kenne Leute, die auf der Sonnenseite des Lebens aufwuchsen und als Erwachsene all ihre Möglichkeiten verzockten und regelrecht verdarben. Ich habe mich mit Mördern unterhalten und festgestellt, dass sie die unterschiedlichsten Backgrounds hatten; Demografie, sozialer Status und finanzielle Mittel hatten gewiss einen Anteil daran, was aus ihnen geworden war, aber es spielte immer auch eine andere Kraft eine Rolle: die menschliche Natur. Ob in guten oder in schlechten Zeiten – die Menschlichkeit half ihnen über gewisse Hindernisse im Leben hinweg. Und dabei spielte ein

Killergen, wenn ich es so nennen darf, sei es nun psycho-
tisch oder soziopathisch, entweder mit hinein oder eben
nicht. Dieses Killergen ist kein Samen, den man eingepflanzt kriegt und dann hegt und pflegt oder den man –
umgekehrt – an der Wurzel packen und herausreißen kann,
sobald das erste Anzeichen von Bosheit in jemandem sichtbar wird.

Anson Bishop glaubte tatsächlich daran, dass er das
Richtige tat. Aber hat er auch wirklich das Richtige getan?
Das zu entscheiden überlasse ich Ihnen.

Wie in meinen anderen Büchern auch sind viele der hier
beschriebenen Orte real. Wenn Sie je nach Chicago kommen, schauen Sie beim alten Cook County Hospital vorbei.
Bei meinem letzten Besuch stand es in der Innenstadt –
mitsamt einem schweren Bolzenriegel vor dem Eingang,
weil die Bauunternehmer noch immer nicht wissen, was
sie mit dem Komplex anfangen sollen. Sofern Sie es schaffen sollten, dort reinzukommen, steht die *Schutzbefohlenen*-Statue genau dort, wo Kloz sie stehen gelassen hat (nur
der Bürgermeister wurde entfernt).

Auch BackPage ist real – oder vielmehr: *war* real. Mit der
Webseite wurde gleichzeitig auch einem der größten Traf-
ficking-Ringe ein Ende gesetzt – inklusive Kinderpornogra-
fie und Zwangsprostitution. Was einst als eines der ersten
Internet-Anzeigenforen begonnen hatte, entwickelte sich
mit der Zeit zu etwas anderem, zu etwas Abscheulichem.
Anscheinend kann auch aus guten Ideen etwas Schlechtes
erwachsen.

Wenn Sie die FBI-Seite gelesen haben, die inzwischen
unter der alten BackPage-URL aufrufbar ist, geben Sie auch
mal *fokussierte Ultraschalltherapie* in die Suchmaske Ihres
Browsers ein. Obwohl sie immer noch in den Kinderschuhen steckt, macht diese Therapieform vielversprechende
Fortschritte, gerade in der Behandlung von Gehirntumoren.

Ich möchte an dieser Stelle John Grisham danken, der mich darauf aufmerksam gemacht hat – eine wirklich faszinierende Sache!

Danken möchte ich überdies Tim Mudie, der nicht nur dieses, sondern auch schon die beiden vorangegangenen Bücher der Serie lektoriert hat. Danke auch an meine Agentinnen Kristin Nelson, Jenny Meyer und Angela Chen Caplan, die für diese Serie weltweit ein Zuhause gefunden haben – und zwar nicht nur gedruckt, sondern auch auf der Leinwand.

Danke an meine Leserinnen und Leser, an Sie, die meine kleine Geschichte auf diverse Bestsellerlisten gebracht haben. Sie sind der Grund, warum ich schreibe.

Danke an meine unglaubliche Ehefrau Dayna, die mit den Tausenden Zetteln überall im Haus klarkommt, die ich brauche, damit ich diese Geschichte im Kopf richtig sortiert bekomme. Die Zettel können jetzt weg, kommen in eine kleine weiße Schachtel und werden mit schwarzer Kordel verschnürt. Eines schönen Tages werfe ich vielleicht noch mal einen Blick darauf.

Also, bis dann –
JD

Verborgen hinter Lügen, liegt eine Wahrheit, die nie ans Licht kommen sollte …

560 Seiten. ISBN 978-3-7341-0865-5

Lund, Schweden: Adam, Ulrika und Stella sind eine ganz normale Familie. Adam ist Pfarrer, Ulrika Anwältin und Stella ihre rebellierende Tochter. Kurz nach ihrem 19. Geburtstag wird ein Mann erstochen aufgefunden und Stella als Mordverdächtige verhaftet. Doch woher hätte sie den undurchsichtigen und wesentlich älteren Geschäftsmann kennen sollen und vor allem, welche Gründe könnte sie gehabt haben, ihn zu töten? Jetzt müssen Adam und Ulrika sich fragen, wie gut sie ihr eigenes Kind wirklich kennen – und wie weit sie gehen würden, um es zu schützen …